The Rifles

William T. Vollmann

ザ・ライフルズ

ウィリアム・T・ヴォルマン
栩木玲子＝訳

国書刊行会

The Rifles

by William T. VOLLMANN

七つの夢

北アメリカの風景の書

ウィリアム・T・ヴォルマン

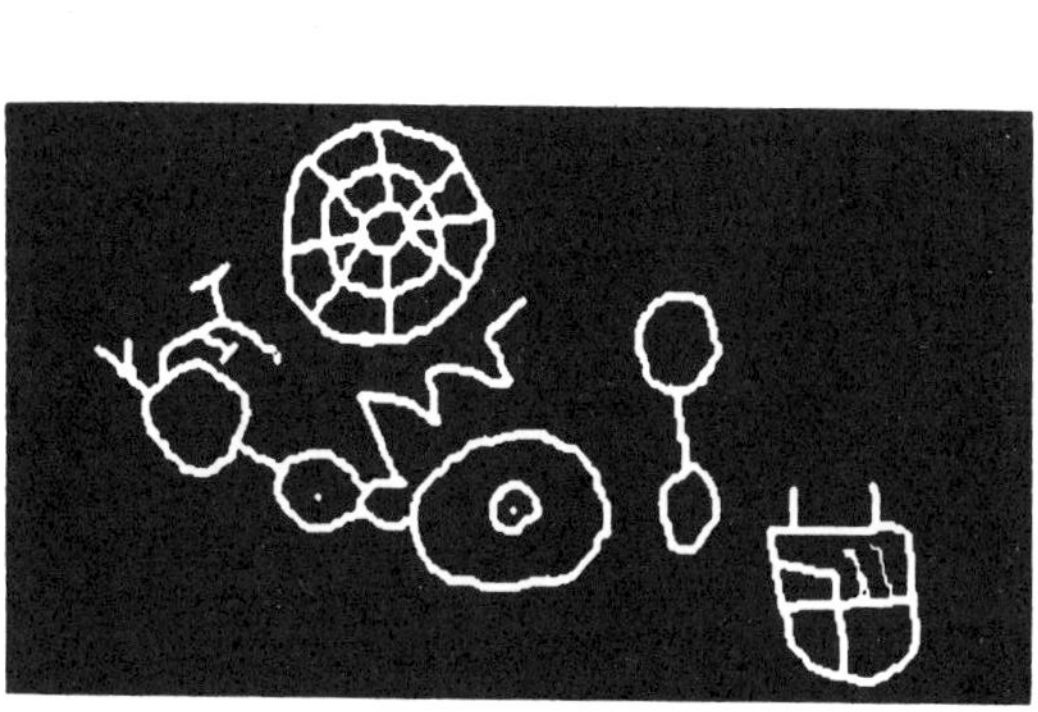

OUR LAND

	A	B	C	D	
		a	i	u	1
	p	pa	pi	pu	2
	t	ta	ti	tu	3
	k	ka	ki	ku	4
	g	ga	gi	gu	5
	m	ma	mi	mu	6
	n	na	ni	nu	7
	s	sa	si	su	8
	l	la	li	lu	9
	j	ja	ji	ju	10
	v	va	vi	vu	11
	r	ra	ri	ru	12
	q	qa	qi	qu	13
	ng	nga	ngi	ngu	14

-ABARY

sallusautigiqattatuq =
lying)

ivaa = she
her

1300

ᓄᓇᕗᑦ

	A	B	C	D
1		ᐊ	ᐃ	ᐅ
2	ᑉ	ᐸ	ᐱ	ᐳ
3	ᑦ	ᑕ	ᑎ	ᑐ
4	ᒃ	ᑲ	ᑭ	ᑯ
5	ᒡ	ᒐ	ᒋ	ᒍ
6	ᒻ	ᒪ	ᒥ	ᒧ
7	ᓐ	ᓇ	ᓂ	ᓄ
8	ᔅ	ᓴ	ᓯ	ᓱ
9	ᓪ	ᓚ	ᓕ	ᓗ
10	ᔾ	ᔭ	ᔨ	ᔪ
11	ᕝ	ᕙ	ᕕ	ᕗ
12	ᕐ	ᕋ	ᕆ	ᕈ
13	ᖅ	ᖃ	ᕿ	ᖁ
14	ᖕ	ᖓ	ᖏ	ᖑ

SYLL-

ᓴᓪᓗᓴᐅᑎᒋᖅᑲᑦᑕᑐᖅᑲ

he never sto

ᐅᐃᑕᖏᕚ (uit

takes him as

husband

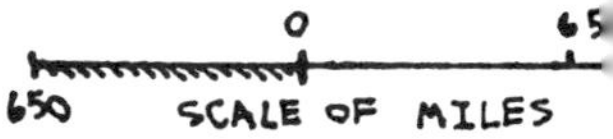

七つの夢

我らが大陸の物語　銃兵の時代　厳冬、黒い月の日々　**飢えた銃**の、幾層にも氷が張った銃尾をさらに凍りつかせながら　その時代の**英雄たちは**（まっすぐ狙いを定め、あるいはめくら撃ちで）**北西航路の滑腔を穿ち、猛り狂うクジラを押しとどめ　エスキモーを移住させた。金**《きん》を発見し、金《かね》に飛びつき、梅毒を患い、***連発銃を発明！***　**さまざまな口径で**　分解せしは**ウィリアム・T・ヴォルマン**（この世界での名は「盲目のウィリアム」）

六番目の夢

ザ・ライフルズ

わたしの人生など何ほどのこともないのです。わたしから離れ去り、立ち直らせてください。二度と帰って来られない暗黒の死の闇の国にわたしが行ってしまう前に。その国の暗さは全くの闇で死の闇に閉ざされ、秩序はなく闇がその光となるほどなのだ。

『ヨブ記』十章二十節から二十二節

のために

目次

年譜と用語集は『七つの夢』を読みすすめる過程で、必要な場合のみ参照してほしい。年譜はテキスト内の登場人物や出来事に脈絡を与えるものである。用語集では読者にとって馴染みが薄いと思われる単語を定義し、あるいは起源を明らかにした。出典一覧は無視するか、適当に斜め読みしていただいて構わない。私の出発点を記すものだが、他方面への旅人たちにも興味を持ってもらえるかと思い、ここに収録した。

地図

もう一つ私たちが守った掟は、食糧や衣料に用いない動物を殺さない、というものでした。

バーナバス・ピリュアック、一九八六年

いや、あれほど高い緯度でもアザラシやセイウチが相応に多く、私たちはその扱いに困るほどだった。何千頭ものアザラシやセイウチが寝そべっているのだ。私たちはその中を歩きまわりながら、気の向くままにそれらの頭を叩き割って、神が作りしもののふんだんさに心から笑った。

ヤン・ウェルツル、一九三三年

ライフル＝テキスト

北極の宝を求めて　1933

歴史ノート

こんもりと盛り上がった砂礫の丘の向こうに海が見え隠れし、太陽が雲の壁に隠れて白く明るく丸く輝くなか、おまえはコーンウォリス島を南へ進み、黄褐色や灰色の石だらけの平地をおぼつかない足どりで横切ると、砂礫の丘一つ隔てた向こう側に海が見え、腰の高さほどのその丘は緩やかだったが、それを越えてもなお平地が続き、水平線にはまたしても丘が現われ、それを越えれば今度こそ海があるだろうと、おまえは風に波立つとても浅いせせらぎを石から石へと渡って行くと、水の中にはジャコウウシの骨のかけらがあり、見上げれば島は腕を伸ばして海を抱きかかえ、左右の岬はまるで雪の筋がついた青い島のようで、とにかく海はすぐそこだからと、おまえは一つ、また一つ丘を越えて、足元には表面がざらざらにこすれて白くなった貝殻が転がっており、小さな水たまりの縁には七センチほどの厚さの藻がクッションのように育っていて、風で丸まった北極アジサシの羽毛が目に入ったその瞬間、澄み切った海が緑がかった灰色に広がり、海面には鮫の頭骨のような氷が浮かんでいて、おまえは砂浜へ下りてみたが、そこもあいかわらず石と、灰色や硫黄色の平べったい石灰岩のかけらだらけだった。エメラルド色の海には流氷が浮かび、気泡や空洞だらけの氷盤は船やラクダや雄牛の頭の形をして、それらが群れをなして波乗りでもしているように見え、水は澄みわたり、明るく、光にあふれて、夜の八時十五分だというのに太陽は南の方角にあって、光の通り道の中で氷は海の色をしていた。

❄ ❄ ❄

そこにたどりつくことができておまえは喜んだはずだが、同時に道々島にだまされ続けたことも思い出していた。あ

んなにも長い間目と鼻の先に海、海、海をぶらさげられて、船の形をした氷河ばかり多いここは、ある意味で天国のようなものだが、それでも今度はどんな妄想や幻があらわれてこの鏡なき鏡の家の中に閉じこめられるかと、おまえはずっと疑心暗鬼だった。実際、この海で起こったことが、内陸で川の源流を求めて歩いたときにも起こった。人々が水浴びをするところだとイヌックの少女が教えてくれた小さな池のわきを通り（八月半ばの昼日中、時折にわか雪が降るものの、おまえは真っ青な空がのぞく雲の切れ間の下にいて、そこからは陽が射し込んで暑かった）、六時間も歩くと川はすっかり細くなり、足下に気をつければ靴を濡らさずに渡れるほどだったので、翌日かその次の日には川の源である雪だまりなり氷河なりにたどりつけるはずだと思い、おまえは白痴的自信たっぷりに川沿いを歩き、このうえなく不毛な土地でも、風にそよぎながらぽつりぽつりと咲いている黄色い花（ふんわりとした綿毛の上に花びらが乗っており、金色の花の中をのぞくと、六つの真っ黒な萼片が星の形に並んでいる）に見守られるようにして、低い泥の山や固い砂礫の丘の斜面を降りて行った。それらの丘の間には乾ききった小さな谷や、ときには雪だまりから流れるせせらぎがあったりして、川づたいに丘の上を進むと、まわりをすべて見おろすことができたので、まるで自分が世界の頂にでもいるような気がしたものだ。こんなふうに数日が過ぎ去り始めた。上から落ちて砕けた岩の、尖ったかけらに足を取られながら、氷壁の谷間を歩いているうちに、両側にそびえておまえを凍えさせる壁もまた少しずつ低くなっていることに気付き、やがてこの峡谷も終わり、ついに川の源が見えてくるだろうと思った。湖か氷河かそれとも大きな雪の吹き寄せか——だが、氷壁の角を曲がってみると、ところどころ凍ったままの例の小川が相変わらず意味もなく流れ、その向こうには新たな丘が壁のように立ちはだかっていた。川をたどってまだたくさんの谷を越えなければならないことが分かった……。砂礫の丘は果てしなく続く。おまえがたどりつこうとした北極海の波さながらに、丘がおまえを取り囲んでいた。今やおまえはそのまっただ中にいて、陰険な起伏以外にはなにもない。それでもおまえは小川の源まで行こうとした。どこか確固たる場所にたどりつこうと必死だったのだ。ときどき川床が広がり、おまえの足を痛めつけては疲れさせるゴロゴロした色砂礫がいつのまにかなくなって、しばらくは堆積岩のだらだら坂や岩だなを歩くこともあったが、砂礫のかわりに足にささるのは巻き貝や貝殻の化石で、それらは島の面積のうちの×××平方マイルにわたって散らばっている砂礫と大差なく、やがて川がいくつもの池となる場所に出ると、イヌックの少女が話していたのはここか、と思ったが、おまえがそれを確かめることは永久にできない。丘の頂には石塚《ケルン》が立っていたり、壊れた石の家の残骸が残っていることもあった。大きな岩が砕けたらしく、ときどき斜面にかけらが散乱していた。崩れた階段を下りるように、おまえは足場を選んで降りていった。三日目の真夜中少し前、おまえは永久凍土から吐き出された岩の平野にたどりついた。――トランプのように土にささったいくつもの薄い石のかけら、穴のあいた石、頭蓋骨のような石。ここでようやくおまえは川の源を見つけたが、そこに湛えられた水は砂礫の上で不気味に浮いているように見え、どこからともなく溜まる水は透明で茶色がかっており、砂礫の岸が狭まって池はほとんど二分され、その向こうには真夜中のピンク色の雲が輝いてそれが水をほんの少し紅く染め、雲の西側の空は別の丘の向こうで硫黄色に広がっていた。それを眺めているとやがて雲が風に散って、水が硫黄色にぎらぎらと輝いた。――ついにたどり着いたわけだ！――おまえは砂礫の岸辺を登った（その高さからだと西の方には二つ目の丘が見え、その先の三つ目の丘のへりには筒形の美しいオレンジ色の光が押しつけられて、上空の雲の平原は黄色く柔らかく輝いている）。そして池を見た。東と北と西の部分が湾曲し、せせらぎが一本流れ込んでいる。結局そこもおまえが求めていた確固たる場所ではなかったわけだ。だが今度こそ、さらに一マイル下ったところで、ほんものの水源が姿を現した――錆色の丘の陰にある細長い茶色の湖――あたりの雲は鮮やかなオレンジ色に輝き、空は青と黄色の縞模様。穏やかで風のない真夜中だった。岩から割れ落ちたかけらは完璧なほどの円盤状で――そこでおまえはさっきの湖に注ぎ込む幅六十センチほどの小川を発見した。川の石は青や緑、おまえは平らな川床に点在する飛び石を渡って上流へ進んだが、石が積み重なって小高く盛り上がっているてっぺんには廃墟のような、そうでないような何かが建っていた（例の完璧な円盤状の落石を見た後だったので、おまえは何だって信じた）。それはブロック状の石を積み上げて作った壁に囲まれた長方形の空間で、入り口がぱっくりと開いている。中には同じ石を積んだ四角い標柱が何本か建っており、その標柱に区切られて膝くらいの高さの小部屋が十もあった。川の流れの怒ったような音を聞きながら先に進むと、魔女の頭を思わせる石を見つけた。西からの光が川を紫とオレンジに染め上げた。おまえがたどり着いた別の湖の岸には白い石板が敷き詰められていた（空には黄色と赤とオレンジの縦縞模様が走っている）。だがそれもやはり川の水源ではなかった。横に広がった、くるぶしほどの深さの灰色の湖に出ると、氷面で鳥が一羽鳴いていた。湖面には抑えた色の筋が横に幾つも波打ち、おまえがほとんど感じなかった冷たいそよ風の中、静かにたゆたっていた。湖の底から黒い石が突き出ていて、それが鳥のように見え、澄んだ水は飲むこともできた。鳥が二羽、上空でけたたましく叫びながらおまえを追いかけた。それからおまえはまた小高いところに出たが、そこにも湖があって、湖面のさざ波は黒と青とオレンジとシルバー、その向こうには青い雲をいただく漆黒の丘。湖はどこまでも続き、先へ進むと別の湖があって、そこから四方八方に川が流れ、おまえがたどった川にはいくつもの水源があるということをおまえはやっと理解した。これらの湖は島全体を被う永久凍土が溶けて滲みだしたもので、島にいるということは、あらゆるところから流れ出る川の世界にいる、ということなのだ、と。

それでもおまえは学び足りなかった。自分が進むべき方向を見極めようとした。今、あたり一面が銀世界だが、雪は軽く積もっているだけなので、ところどころから刈り株のような小石だらけの地面がのぞき、川向こうの丘にも薄くてまだらな白い鱗がはり付いている。雲間から青空がのぞいていたが、ぜんたいにどんよりとした曇り空で肌寒い風が吹き抜けた。気温は氷点下。川を渡って丘の一つに登ることができ、気が付くとおまえは一段と高いまん丸のプレートの上、そこから世界があらゆる方向へと見渡す限り広がっていて、おまえが渡ってきた川、いやすべての川が一瞬にしてその平原の低くて単調なうねりの中に消え去り、頭上の灰色の雲もやはり丸い板状で、その雲の上にはもう一つ別な世界があっても不思議ではなかった。だが南を見ると、敷き詰めたような砂礫の平地が少しずつ盛り上がり、低い砂礫の山になっていて、おまえはそれに向かって歩き出し、十五分もするとそこに着いた。山の高さは六メートルほどだったので（最初に見たときは三十メートルにも見えた）登ってみると、とつぜん視界に飛び込んできたのが、南と東のよそよそしくて冷たそうな青い入り江、雪の平野と川の痕跡、粉砂糖をまぶしたような岬の青い断崖や、遠くで雪を降らす紫色の雲。それらを見ることができたのもその小高い山のおかげだったが、おまえは当惑した。この世界の中心はおまえの期待とは違っていた。すべて非のうちどころがなかったが、おまえは自分の居場所を失っていた。何もかもがおまえの足下にありながら、すべてがどこかでズレていた。吹く風の冷たさに感覚がなくなり、平野には少しずつ霧が出始めていたので、それ以上そこにいればおまえはほんとうに道に迷って死ぬかもしれないと思い、そうなる前に例の川まで戻ろうと、だまされたような当惑した気持ちで道を下り始めた……

✲✲✲

レヴィ・ヌンガクとその家族は、一九五五年、〈カールナート〉[*1]によってこの島へ移住させられた。三十三年後、レヴィは座ってコーヒーを飲んでいる。彼は今六十三歳、彼の回りにはいつのまにか町ができあがっていた。彼はミニー・アラカリアラックの台所の窓から町を見ていたが、目は半分閉じたままだ。レゾリュートにまたしても秋の夜が訪れ、小さな箱のような家々からは光が漏れて、街灯が雪を黄色く照らし、紫の空にはまたたきもしない星が一つ、そしてシグナル・ヒルの明かり。黒いパーカーを着た少年が風に逆らい、体を丸めながら通りを急ぎ、やがて見えなくなった。――年老いたレヴィはマグを持ち上げて一口飲んだ。血色がいい。胸の上で腕を組んでいる。しゃべると下の歯が欠けているのが見える。彼は手を組んでゆっくりしゃべった。落ちついているのか悲しいのかよく分からない。

　通訳のエリザベス・アラカリアラックが彼の隣に座り、その顔を眺めた。子供たちが泣くと、彼女は冷凍フレンチフライをオーブンで温めたり、おっぱいを吸わせたりした。彼女は若く、丸いめがねのせいでどことなくフクロウに似

*1　文字通り「もじゃもじゃの眉毛の人々」。「白人」の意味のカナダ系イヌクティトゥットの言葉。

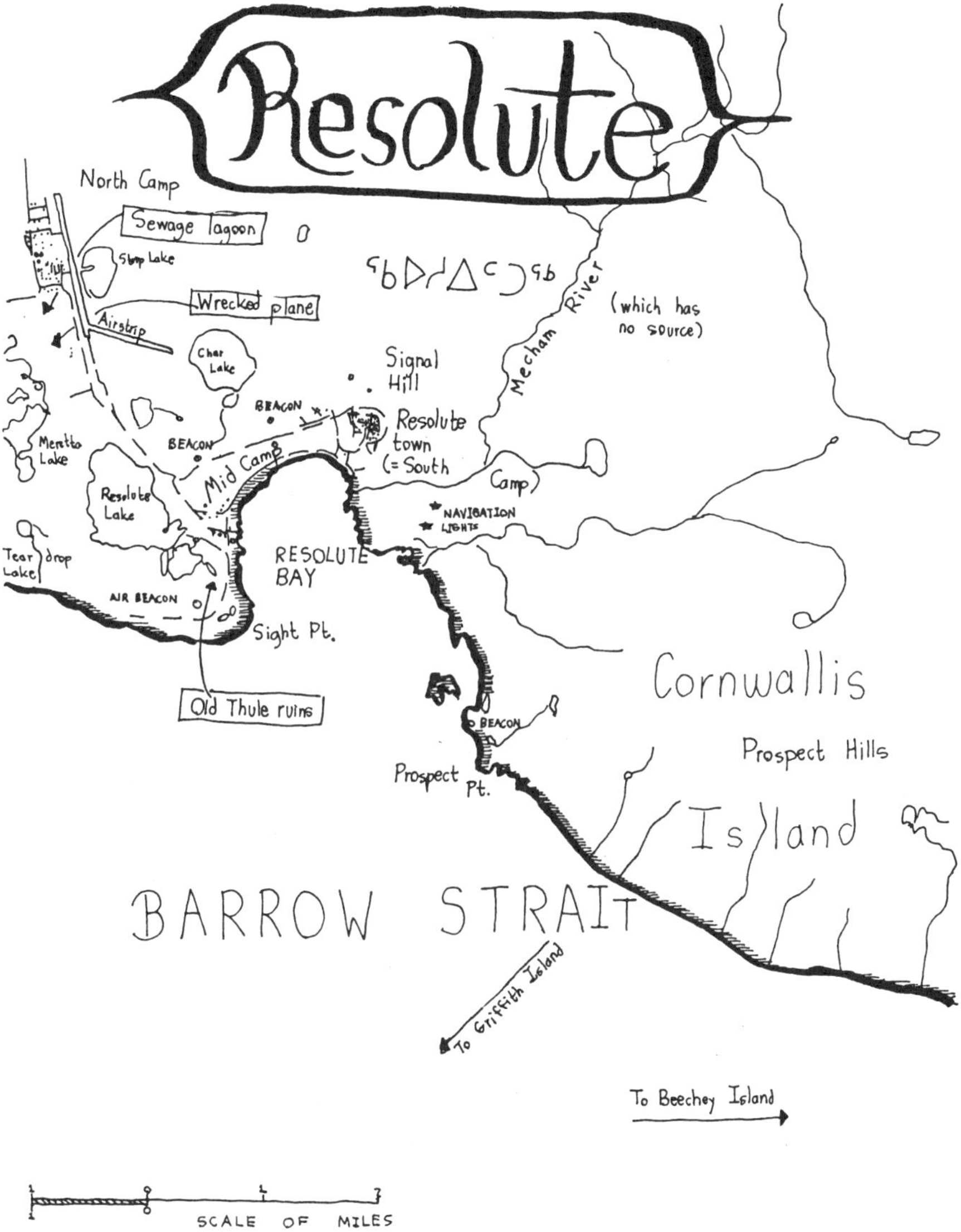
Resolute
North Camp
Sewage lagoon
Wrecked plane
Airstrip
Char Lake
Signal Hill
Mecham River
(which has no source)
Meretta Lake
BEACON
BEACON
Resolute town (= South Camp)
Mid Camp
Resolute Lake
NAVIGATION LIGHTS
Tear drop Lake
RESOLUTE BAY
AIR BEACON
Sight Pt.
Old Thule ruins
Cornwallis Island
Prospect Hills
BEACON
Prospect Pt.
BARROW STRAIT
To Griffith Island
To Beechey Island
SCALE OF MILES

ていた。

一九五三年になるとみんな言ってた、ケベック州北部から北西地方へ移っていく家族がいる、って。同じ年に最初の一家がここへ移住して、イヌクジュアックからみんなが手紙を出して、ここでの暮らしぶりを知ろうとした。返事によると、悪くないところだって。

彼は首を傾げた。目は半分閉じている。手でテーブルクロスをなでつけている。

で、彼らはここへやってきて二年ほど暮らした。一九五四年には、ここが気に入らなきゃ二年たったところで帰してやるって言われた。

彼はテーブルクロスを何度もなでた。何も見ていなかった。

ケベックに残してきた親戚たちにも会いたかったし、二年たったところで彼らは戻るつもりでいた。ところが約束の二年が過ぎて戻りたいって頼んだら、こう言われたそうよ。「レゾリュートが町として発足するんだから、親戚もこっちへ呼び寄せたらいいだろう。」

エリザベスはテーブルに片腕をのせて静かに彼を見た。耳を傾けながら集中しているので口の端がキッと結ばれている。きれいな金色の十字架が喉元で揺れていた。

つまりDINデー[*1]が過ぎた頃から、彼らは親戚を呼び寄せろって言ってきた。レヴィのお兄さんは五三年に最初に移住した家族の一人だった。ほんとはレヴィもここへは来たくなかった。あたしの両親だって同じ気持ちだったけど、レヴィのお兄さんがここから出られない以上、離ればなれのままではいられないから、両親たちがここに来るしかなかった。あの頃、白人に何か言われたら、その通りにするのが当たり前だった。嫌なことではあったけど、みんなそう思ってた。こうしてRCMP[*2]は移住者を獲得して、五五年にはレヴィの家族も引っ越して来た。大して躊躇もしなかったみたい。二年もたてば戻れると思っていたから。

その頃レヴィは二十八歳、子供は四人。十七歳だった一九四二年に第二次世界大戦が始まって……それとも第一次かしら？　カナダとドイツとで戦争が起きた。始まったときと終ったときのことは覚えているらしいんだけど。船に乗せられる前のことは、今じゃその程度しか思い出せないんですって。

レヴィが一番気に入らなかったのは、出発しても自分がどこへ行くのかよく分からないことだった。レゾリュートに行くとしか知らされてなかったから。そこまでは聞いたけど、あとは何も教えてくれなかった。騎馬警官隊が教えてくれたのはたったそれだけ。気が付いたらもう旅が始まってたのね。途中でいくつもの集落に止まったけど上陸は許されなかった。ボートに乗ってなきゃならなかったの。島が見えるたびに子供たちが泣いたそうよ、陸に上がりたいって。一ヶ月もそうやって旅が続いて、やっとアークティック・ベイ[*3]に着くと、連中は男たちにだけ上陸を許した。そこまで来ればケベックははるか彼方だし、どうせ戻れるはずがないって思ったんでしょう。

　今でもレヴィが覚えているのは船でとってもお腹が空いたこと。とにかく肉が食べたかった。食事は出たけどちっともお腹いっぱいにはならなかった、だって食べ慣れないものばかりだったから。レヴィは船の中でじっと座ってることがなかった。いつも歩き回って、係の騎馬警官隊と喋ったりしてた。騎馬警官隊は言ったそうよ、おまえたちがこれから行くところには獲物がたくさんいるぞ、って。

——一番ひどくてぜったいに忘れない、いえ、忘れられないのは、風が吹き荒れて嵐になったときのことですって。みんなほんとに船酔いがひどくて、まる一週間ほとんど何も口にできなかった。お腹がすいて、とにかくあれが一番ひどかった。でも私の母は肉よりむしろ魚が食べたかったって言ってた、魚が食べられないのが一番こたえたって。それからいっしょに乗り込んだ一家が、海のど真ん中で別のボートに乗せられて連れて行かれたとき。別れるのがとても辛かったって。連中はその一家をグリース・フィヨルドへ連れていったのよ。

---

*1　インディアン・アンド・ネイティヴ総務局記念日
*2　カナダ騎馬警官隊
*3　アークティック・ベイはバフィン島の北端、ボーデン半島に位置する。この時点で移住者たちはイヌクジュアックからレゾリュートまでの全行程の四分の三を進んだことになる。

この島を船から最初に見たとき、どういう印象でしたか？
醜悪な島だと思いましたか？

老人は窓の外を眺めた。そしてそっとテーブルクロスをなでた。こわがらせてはいけないとでもいうように。

目に入ったその島は砂礫だらけで苔すら生えていない、ケベック北部では見たこともない景色だったそうよ。温暖で優しい季節にケベックを出たのにそこはすごく寒かったから心配だった、こんなところで生き延びられるだろうかって。雨露をしのぐために与えられたのはキャンバス地のテントが一家に一つ。その頃この辺はどこもかしこも氷が張って。彼らを運んできた船、C・D・ハウ号はみんなをここの湾に降ろしたまま、氷に閉じこめられて一ヶ月も動けなかった。ここへ着いたのは秋。今も秋だけど、最初にみんながここへ来た頃はもっと寒かった。夏も今の方が長い。秋から冬が終わるまで一歩もテントから出られない生活が続いた。レヴィの家族は六人いて、みんなそのテントにこもったまま。夏が来るとベニヤの板切れなんかを集めて、やっとサウス・キャンプに家を作ったんですって。

✡ ✡ ✡

窓の外、雪の降る通りは緑がかって見えたが、空は真っ黒だった。横殴りのみぞれが吹きつける。朝になればサファイアのように澄んだ、青白く弱々しい日の出が訪れるが、その状態は何時間か続くだけ。闇がレゾリュートにやって来たのはほんの一週間ほど前だったが、早くも太陽がためらい始めている。もはや日の光に当たっても体は暖まらない。外に出たとたんに風が鼻や頬を射る。やがて町の東の尾根の向こう、雪の光が霧に反射するあたりに、白っぽい光があらわれるようになる。昔からそうだった。その先の、一ヶ月前に川がおまえを迷わせ、丘がおまえの前に立ちはだかったあたりでは、鉛のような灰色の光が宙にぶら下がっていた。そして少しずつゆっくりと暗闇があたりを覆い始める。外にいれば風が狼のように吠えたて、その音はあっちの方から聞こえて来るのに、おまえの体を押す風はこっちの方から吹いてくる。凍てつく霧がおまえの体を縮み上がらせ、湿ったみぞれをおまえの体になすりつける。ブーツも飲み水も、おまえがたどった氷の川や氷の湖と同じように、毎晩凍った。風がおまえの体を隅々まで震えあがらせ、おまえのテントを押しまくるので、おまえは飛ばされないよう中に大きな石を投げ入れなければならず、血の気が失せて感覚のなくなった足にはいた靴下まで凍りつき、雪が風に吹かれてせわしなく舞い上がり、地面にもほとんどとどまらず、おまえの顔に当たって痛みを残し、地面を横切り、長く尾を引き、流れるように吹く。そのさまは、鮫の航跡を思わせた。そこは北緯七四度四〇分、北極から数百キロのところだった。

✲✲✲

レゾリュートに着いてみると、獲物はなかなか見つからなかったらしいわ。まわりには鳥も魚もいなくて狩りにならなかった。土地カンがなかったしね。みんなケベックで食べていた肉を恋しがった。北部にいた頃はライチョウやアヒル、雁や魚の肉を食べてた。ここへ来てからはほとんどの人がお腹をすかせてた。ここにあるものに慣れていなかったせいね。みんなが口にしたのはシロクマの肉とセイウチの肉だけ。北部にいた頃はよくアザラシの肉を食べたけど、セイウチはそれとはぜんぜん違ってた。このあたりにもアザラシがいたけど、肉がやけにこってりしてて、それを食べるとみんな具合が悪くなった。お腹がすきすぎて死んだ人はいなかったけど、みんなやせっぽちで骨がすけてがりがりだった。お腹がすいてたし、何年も前に別れたきりの親戚たちに会いたい気持ちが募っていたから。

✲✲✲

ケベック北部ではカヤックやボートを使ってた。でもここじゃそれもなかった。カヤックやボートを作るための材料が何もなかった。

✲✲✲

彼らは銃を持ってきた――口径・三〇三や・三〇-三〇のライフル銃をね。これは騎馬警官隊が許してくれた。弾もまだ残ってた。北部の店で買った弾。北部じゃアザラシの皮一枚で弾が二個手に入った。交易所のあるところではそれが普通だった。一家が弾ぎれになると、厄介だった。

✻✻✻

白人は何かにつけて、手を貸してくれた。彼らはすごくよくしてくれた。でも当時騎馬警官隊はみんなを白人からなるべく引き離そうとしていた。白人は親切だったけど、騎馬警官隊は移住者にあまり近づかないようにって、白人に言ってた。――レヴィは片腕を上げて微笑んだ。黒い目が光った。白い歯を見せてニッと笑った。舌が上がって硬口蓋に触れた。――彼は行きたいところへはどこへでも行ったんですって。そうでしょ？　今話してたのは、レヴィがどんな所へ行ったか、ってこと。このあたりの白人といえばお天気か通信関係の人だったんだけど、レヴィは騎馬警官隊が眠った頃を見はからってそういうところへ忍び込んで、いろんなものを彫ってあげたりして仲良くなったそうよ。どうして騎馬警官隊が自分たちを白人から引き離そうとしたのか、レヴィは今でも分からないって。

✻✻✻

朝になると騎馬警官隊は決まってキャンプをチェックしたんですって。白人のところへ行った者はいないかって聞いてまわるんだけど誰も答えなかった。白人に会いに行ってることが分かると騎馬警官隊は彼らのにおいを嗅いだり、口の中に指を入れて何か隠していないか、調べたりした。狩りに出かけて戻ってくると、獲物がとれたかどうかを見ようと騎馬警官隊が橇の荷物を調べた。狩りから戻って何もとれなかったことが分かると、警官隊は怒った。彼らにすごく失望したのね。

✻✻✻

ここで何年も暮らすうちにたくさんの人がだめになっていった。レヴィも子供たちをだめにしたと思って自分を責めてるわ。自分のせいで子供たちの人生がめちゃめちゃになったって。ここへ来たことについて彼は自分を責めてる。子供だった私たちが傷ついていることも知っている。ケベック北部にあのまま残ってた方が子供たちにはずっとよかったのに、って思ってる。北部では呼び方でお互いにどういう関係かすぐ分かるの。たとえばアンガジュガとかアニガ[*1]とか。でもここじゃみんな名前で呼び合う。それが子供たちを傷つけるって。

ここへ来たとき、彼には子供が四人いた。傷つくのは若い子たちの方。ここでは五人の子供が生まれて育った。両親のことや、上の兄や姉たちがどんなふうに暮らしてきたか、彼らは知らない。彼らは上の兄や姉たちとは違う。

政府がイヌクジュアックへ帰してやろう、と言ってきたことは？

なかった。今まではね。去年か今年になって、帰りたいかと聞いてきた。グリース・フィヨルドではもう引っ越した家族がいる。[*2]

✲ ✲ ✲

今の彼はこの島のまわりでたくさんの石油とガスが採れることを知っている。だからここへ連れて来られたんだって思ってる。連中はこの島をカナダの統治下におきたかった。さもないとノルウェーに取られてしまう。だけどほんとうにそれが理由かどうかは分からない。どうして彼がここへ連れて来られたのか、誰も彼に教えてはくれなかった。

✲ ✲ ✲

管理ビルのあるノース・キャンプに配置されている沿岸警備隊の通信オペレーターは、レゾリュートの存在意義について別な説明をした。——発端を作ったのはアメリカ人だったのさ。近隣の友好的なロシア人に対して、こちらも友好的な警戒の目を北方で光らせておきたかったんだよ、違うか？——そう言って彼はおまえのあばらを肘でこづいた。だから一九四七年にアメリカ人はこの町を築いたんだ。このあたりにあるプレハブ小屋はみんなアメリカ人が建てたものさ。後になってそれをカナダに譲り渡した。それにしてもこの古い建物は滑走路に近すぎる。二年もすりゃ、ぜんぶ取り壊されるはずだよ。——おまえは友好的な目を走らせ、空港から延びていく、ところどころに建設用の溝が走る砂礫の滑走路を眺め、次いでカナダ環境庁や騎馬警

*1　家族関係をあらわす呼称。アンガジュガは「同性で年上の兄、または姉」という意味。アニガは「私の兄」「私の弟」という意味（話し手が女性の場合のみ使われる）。カナダ・イヌクティトゥット語にはこうした単語が多い。

*2　ヌンガクはこの翌年、ついにイヌクジュアックへ戻ることができた。

官隊や沿岸警備隊が業務を行なう細長い赤や黄色のバラック――それらの建物も取り壊されるのか――の間に視線を走らせた。さらに右へ曲がると掘っ建て小屋のような郵便局の黄色い建物があって、そこから廃水処理用貯水池の少し手前でもう一度右に曲がることができる。おまえがテント暮らしをしていたのはその貯水池のあたり、スポンジのようなツンドラに転がったままの墜落機の胴体を、風がすさまじい音をたてて吹き抜け、軋ませたり揺らしたりしている小高い丘の少し先だ。飛行機のかけら、ねじれてぎざぎざの鉄屑が点々と転がる地面は、石ころだらけで灰色で、海には燃えるマグネシウムの白線のような霧が立ちこめ、痛いほど白くて明るいその霧がどんどん近づいてすべてを覆い隠し、あとは風ばかり。そこから来た方へ戻り、大きな船で運ばれて来て、新しい建設現場――建物を壊したかと思うとまた建てる、なんてばかばかしくも醜いことだろう！――の凍った泥の中に置き去りにされたままの、レゾリュート行きだと分かるよう　，と印字された鉄の箱のわきを通り、そのままナーウォル・ホテルのあたりまで行くと、ハドソンズ・ベイ・カンパニーのあるところに出たので、中をのぞいてみた。カウンターの向こうには髪をバ

ンダナでまとめたイヌックの少女が悲しそうに座っており、そこへ貨物船に乗ってやってきた、Ｐコートに帽子をかぶった白人男たちが入ってきて、大浮氷群《パック・アイス》だけは願い下げだ、なんてったって二日後には仕事を終えてここから出なきゃならんからな、などと思いながら、売り物のレゾリュートＴシャツを見て照れたように笑った。彼らはアークティック・ベイをめざしていた。おまえの後ろ、おまえが最初に進んだ方向へ行くと東へ向かう道があり、そこから一マイルほど下ると、カナダ環境庁がミッド・キャンプと称するところに、彼らの衛星放送用パラボラアンテナが設置されている。北極上空の人工衛星からは一時間四十五分ごとに大気の状態を写した写真が送られてくる。道は風と霧の中をさらに三マイルほど続き、レゾリュート湖の脇を通っていくが、湖の水は貯水池から流れてくる排出物のせいで飲むことはできない。それからサウス・キャンプを抜けて村に出る。が、ノース・キャンプからこの村へやってくる人はめったにいない。誰もが一日十四時間は働いているんじゃないかといった風で、今日は天気がいいと言えばこんな返事が返ってきた。ああ、昨日よりはましさ。昨日は雪どけが始まっちゃって仕事にならなかったよ。――ジャキンスという名のもう一人の通信オペレーターによると、ノース・キャンプの連中はキャンプの外へは一歩も出ないそうだ。嵐だろうと、稲妻のように青い影がところどころにかかっている以外は灰色がかった青空が広がる気持ちのいい雪の朝だろうと、彼らにとっては同じことだった。――レーダーは何も映し出さないまま単調に回り続け、午前七時半、コーヒー・メーカーがポコポコ音をたてる中、事務所の人々はコンピュータの画面を見ながらアクビをして、現場の労働者は溶接をしたり槌を打ったり。三週間もすれば、何もなかったところに忽然と新しい建物が出現する。町の形が変わっても、あるいはレヴィや他のイヌイットには立ち入り禁止だったカマボコ型のプレハブが取り壊されても、誰が気づくというのだろう？　コーンウォリス島を名実ともにカナダ領にするために貢献した勇敢なるイヌイットの開拓者たちの功績をたたえて、レゾリュートのどこかに記念銘板をうめ込もうという話があることを、おまえは雑誌で読んだ――辛い仕事だ、でも一九五五年当時、彼らがやらなきゃ誰がやる？　その傍らで騎馬警官隊が友好的な目を光らせていた。――もちろん、ここはそんなにひどい場所でもなかった。覚えているだろう。ジャケットの前を、鈴をならすようなかすかな音をたててみぞれがたたきつける霧深い八月のある日、雲の中の青い穴がどんどん広がったことを。白く光る冷たい液体のように霧が尾根から流れ落ちてきた前日、おまえは太陽をぐるりと囲んだ虹色の環を見た。青い穴はその環を思い出させた。今や穴はどんどん大きくなり、太陽が顔をのぞかせ、気温は華氏三十二度、川が流れる渓谷の向こう、青空を背にした低くて茶色い砂礫の丘まで再び見渡せるようになった。風は冷たく、岩にはさまれた緑色の湿ったツンドラが帯状に広がり、北極地方はあまりに美しく、ふと、ここでなら暮らしていけるし死んでもいいとおまえは思った。尾根に向かって急勾配のところには雪だまりができ、風と雨で波模様がついて、砂の中を流れる川が群青色の組ひものように見えた。鳥は一羽も鳴かず、生命の音は一つとして聞こえなかったが、小さな黒い蜘蛛がぬくもった泥の上を弱々しく歩いていった。こうしておまえは幸せで自信に満ち、自分の川の源を見つけようと出発した。次に曲がったところにきっとあるはずだ、いや今度曲がったところに……。ちょうどレヴィ・ヌンガクのお兄さんが故郷のイヌクジュアックに二年後には帰れるだろう、それがだめならそのさらに二年後には、と思ったのと同じように。

＊＊＊

人生なんて希望を記憶にすり替えていく、その繰り返しかも知れない。九月の雪深い頃、おまえの記憶に残るものはあまりなかったのだろう。だがこれだけは思い出せるはずだ、平べったく砕けた硫黄色のたくさんの平石が、まるでパンのスライスのように一つ、また一つと互いに寄り掛かりながら積まれていたことを。おまえは本を思わせる石板を拾い上げ、赤みがかった黄色いページを手でめくり、斑点状の地衣を言葉として読んだ。風のうなりに耳を傾けながら。それから気が向けば、北極の湖のどこかにページを一枚一枚飛ばしてもいい。水面に当たるたびにページは二つに割れて沈み、緑がかった小石の間に落ちてはちらちら揺らめき、それらをひっくり返そうとでもするように、風に吹かれた水がその上をさざ波立てて流れるが、それらがひっくり返ることはないし、二つが一つになることも二度とない。——すべての本はこれと同じ。肩を並べて図書館の書架に並ぶ。はじめは「人気者」かも知れないし、そうでないかも知れないが、どちらにしてもやがては名無し同然となり、誰にも読まれず、忘れ去られる、それでいい。なぜなら命とはそういうものだから。ここで私は、これからずっと触れられもせず、さざ波も立てられず、奪われもしないだろうそんな本を思い出す。『北極の宝を求めて』というその本には「北極の男たちをも震えあがらせる」デビル・フィッシュのことが書いてある。何本もある四列の足で直立し、こうもりのような耳を持つこの動物は、男たちの上を転がって彼らを圧死させるという。それから氷に埋まった直径十二フィートの隕石の話も載っている。その核の半分は何の価値もない金属だが、もう半分は純粋な真鍮らしい。一九〇三年のカミネローロフ探検隊のことも出てくる。そのとき二十五人の男たちが巨大な波にのまれて死んだ。生存者たちは、凍え死んだ仲間がライフル銃を手にしている記念像を雪の中に立てた。――これらの話は全部ウソだが、それでもやはりおもしろい。レゾリュートで三十三年間を過ごしたレヴィを讃える銘板を作っても同じことだろう。私たちも自らの歴史を読み、そして微笑もうではないか。空が雲の間の青い隙間から冷たく、味気なく微笑んだように。

WITCH-HEAD ROCK, CORNWALLIS ISLAND

ザ・ライフルズ

当時ノルウェーのハンターたちは、さらに西寄りの近場の沿岸でたっぷりセイウチを捕まえることができたので、このあたりにはまだセイウチがたくさんいた……二千頭のセイウチを撃ち殺して、手に入る皮は五百枚ほどだった。というのも泳いでいるところを撃たれるので、ほとんどのセイウチが沈んでしまうからだ。

R・N・ルッドノーズ・ブラウン、一九二三年

ここ数年獲物は捕れず、クジラも二、三頭見かけただけだ。

フランツ・ボアス、一八八八年

1 キング・ウィリアム島

ᑭᑲᕐᑕᒃ

二人の男 1948,1848

苦痛とは、ともすると肉体における意識の唯一の保証であり……
三島由紀夫『太陽と鉄』（一九六八年）

一人の男がアザラシ狩りをしていた。彼は固く凍った海の上に立って待っていた。岸から半マイルほどの沖あいで氷のプレートが歪み、まっ二つに割れた。その水路には、少女の肌のように繊細な新しい氷の層ができ、男はそのそばに立って、自分の親指の爪よりも小さな丸い穴を見つめていた。アザラシたちはここへ息継ぎをしに来るのだ。男は身動き一つせずにじっと立っていた。ブーツの中の足指をちょっとでも動かせば、その音がアザラシの耳に届いてしまうことを彼は知っていた。彼は穴を見つめ、耳をそばだてながら長い間待ち続けた。手にはライフル銃を持っていた。

ついにさざなみの音が聞こえた。アザラシが彼に向かって泳いでこようとしている。彼は待った。穴から水がほんの少しだけ吹き出したが、それでも彼は待った。アザラシの体が水を押し出している。それから彼はアザラシが息継ぎする音を聞いた。が、それは最初の息継ぎにすぎない。ときどきアザラシは氷の下で、危険がないかどうか耳をすまし、息を吸うかわりに息を吐く。最初の息継ぎがかならずしもほんとうの息継ぎだとは限らない。が、すぐにアザラシは二回目の息継ぎをした。男はひきがねを引いた。銃声が鳴り響き、バシャバシャと水がはねる音がした。アザラシは苦しそうに一声あげて、それが最後の一息となった。

そこで男はかがみ込んで自分が仕止めたアザラシを初めて見た。息継ぎ穴の下の水が赤く染まった。男は斧で穴を広げ、死んだアザラシを引き上げた。アザラシの頭には口径・二二マグナム弾が飛び込んだ小さな穴と、それが飛び出していった大きな穴が二つあった。うまい撃ち方だ。男はうれしくなった。血まみれの雪の上にひざまずいて、彼は皮をはぎ始めた。湯気の立つ肉を切り出した。喜びをこめた声で叫ぶと小さな男の子が走ってきた。男の子は笑いながら死んだアザラシの体に片足をのせ、それから蹴飛ばした。男はアザラシの肝臓を一かけ切り取って、笑いながら息子にやった。

そこからそう遠くないところで、もう一人、男が待っていた。ここの空は灰色で、水平線の近くには筋状に黄色い光が浮かんでいる。フィヨルドも灰色だった。本格的に氷が張り始めようとしていた――平らなプレート状の、鋼鉄のような灰色の氷の間には、早くも氷が軋んでできたうねが兆し始めている。あるところでは男の体重を支えることができるほどの厚さになっていた。別なところではまだ半分しか凍りついておらず、小石がちょっと当たっただけで氷が砕けた。まん中には広い水路が走り、黒みがかった灰色の水がゆっくりと流れている。氷のプレートの間にはたくさんの水路があって、そのさざ波は砂州のように見えた。風の音が低いぶん水音がとてもよく聞こえる。海岸に落ちている小石の、豹柄の黒い斑点のように、それが男の耳にぽつりぽつりと飛び込んできた。時折、いたずらっ子がかじっているような、氷がバリバリ砕ける音がどこからともなく聞こえてきた。凍った泥の断崖では枯れた草がピリピリと震え、風が吹くとその茎が四方に広がって金色の星のように見えた。――男の足が寒さにかじかんだ。靴が凍りついている。彼は震えたまま座りこんで金色の草を眺めた。足下の薄い雪だまりと、壊れたテーブルのような石を見おろした。フィヨルドを流れる水をじっと観察した。彼は空腹だった。

❄ ❄ ❄

この二人の男はそれほど違わない。二人ともライフル銃を持っていた。が、二人目の男、白人の男は軋む氷のわきに座ったまま、ただ待つばかり。その土地でどうやって生きていけばいいのか、彼には分からなかった。生きていく力はもう残っていなかった。

彼の飢えはとても奇妙だった。というのもライフル銃には弾がこめられているし、他の男たちが死んだまま横たわっているロングボートにはチョコレートが残っているし、その近くにはまだ誰も手をつけていない保存用の肉の缶詰があったからだ。**セドナ**が海の底からたくさんのアザラシを送り出し、それらが氷のところまで上がってきた。殺そうと思えばいつでも殺せたが、男のライフル銃は彼の役には立たなかった。

❄❄❄

その後、動物がいなくなると、今度はイヌックの男が飢える番だった。そうなると彼のライフル銃も大して役には立たなかった。

2

ポンド・インレット

ᒥᑦᑎᒪᑕᓕᒃ

(high Arctic terrain)
Bylot Island
Crevasses
Sermilik Glacier
The Castle
Gables
Trinity Ridge
Iirquag Mt.
Kaparoqtalik Glacier
Narsarsuk Glacier
ECLIPSE SOUND
POND INLET
Beloeil Island
ALBERT HARBOUR
Mt. Herodier
Black Point
Sod house
Dump
Airstrip
Cemetery
Seth and Subzero's Camp
Black Pt.
Pond Inlet
ᒥᑦᑎᒪᑕᓕᒃ
Janes Creek
Mt. Morin
Tunuiaqtalik Pt.
Egeperiaqtalik Pt.
Salmon River
Uktuk Lake
(low Arctic terrain)
Baffin Island
To Jimi Maasi Glacier
Patricia River
Qorbignaluk Head-land
OLIVER SOUND
Bylot Island
Pond Inlet
Clyde River
Arctic Bay
ARCTIC OCEAN
Broughton Island
Pangnirtung
ᕿᑭᖅᑖᓗᒃ
(Baffin Island)
Meta Incognita Pen.
Iqaluit (= Frobisher Bay)
Cape Dorset
Lake Harbour
5 0 5 10
SCALE OF MILES

キャプテン・サブゼロ 1989

三、四年ほど前の『ナショナル・ジオグラフィック』で、古代スカンディナヴィア人と交流があったというグリーンランドの先住民の記事を読みました。この話はしたことがありましたっけ？　古代スカンディナヴィアの若者とグリーンランドのネイティヴの若者が、いつもいっしょに狩りをする良き友、良きライバルとなった。でもたしか劇的な結末を迎えるんじゃなかったかな。一方が他方の命を助けるか、一方が事故で死んでもう一方が自殺するんだったか……

ジェイコブ・ディキンソン、一九八六年九月一日付の手紙より

ブロフトン島に着陸しようとして飛行機のタイヤがパンクしたとき、おまえは風を避けてターミナルの壁際に立ち、砂利とほこりが煙のように滑走路を舞い、氷がきしんだ。おまえの隣には脱色したジーンズをはき、おしゃれに髪を刈り込んだイヌックの少女が立っていた。おまえの隣に立つ以外になかった。風が吹き込まないのはそこだけだったからだ。二人にとってブロフトンは空と海の間に吊されたエレベーター以外の何ものでもなく、そこでは慣例として誰もがまっすぐ前を見つめた。視線が平行であれば、定義上決して交わることがないからだ。

　どのくらい寒いと思う？　おまえは言った。

　彼女は地面を見た。――わからない。とてもやわらかな口調で答えが返ってきた。

　機内でおまえは彼女と通路を隔てて座った。クライド・リヴァーへの着陸で機体が揺れると彼女の女友達が声をあげ、彼女はちょっと困ったようにおまえを見て、おまえはやはり努力しながら彼女に微笑んだ。彼女は笑いながら視線をそらした。

　次の着陸地が最終目的地だった。ポンド・インレット。二人とも降りた。数日後、おまえは生協の店のレジで働く

彼女を見かけた。彼女はおまえをちらっと見ただけで知らないふりをしたが、その日のうちにおまえはきっかけを作るためにクッキー（とヒッコリー味のチップス一袋）を買いに店へ行った。次の日も。行くたびにおまえが誰だったか気付くまいとする彼女の意思はいっそう強くなり、列に並んでおまえが金を払う番になっても、彼女は黒い黒い瞳でとてもすばやくおまえの顔を見上げるだけだった。

もちろんおまえは、蚊、銃、いろいろな島、アザラシ、そして娼婦たちを描いた勲章で飾られたいつもの制服を着ていた。レジに立つと、胸ポケットに描かれたブロンドのヌード女性の絵がイヌックの少女の目の高さにあった。

なんでそんなことができたのか、なんでそんなふうでいられたのか。いや、それがおまえという奴だった。おまえがどんな人生を歩んできたのかは一目瞭然、まるで砂丘にはえる丈の低いヤナギの間を苦労しながら飛んだあとに、楕円形の羽を背中ですり合わせている蠅のように明らかだった。そんな人間離れした近付きやすさにもかかわらず、おまえと関わろうという者はだれもいなかった。

✲✲✲

人々に好かれるための最初の作戦を思いついたのは友人のセスだった。セスは植物採取のためについてきたのだが、ダウン・サウスでもずっと同じ調子だった。いい花だな、混合種だけど……それに飛行機に乗り換えるため、列車でモントリオールへ北上するときも、彼は窓に鼻を押しつけて叫んだ。あの草原のアブラナ、なんてきれいなんだろう！　さらに頭を突き出して言った　あの赤い樹皮の木はいったいなんだ？　すっごくきれいだよ、あの滑らかな赤い樹皮！　なんの種類だろう。残念だな。――こうして列車は先へ進んだ。正直者のセスはとても誇らしそうにガールフレンドの別れ際のキスマークを見せびらかしながら説明した。彼女、フェラチオがほんとにほんとにうまいんだよね。まじめな話、ありゃ彼女が音楽やってるおかげだと思う。それでさ、彼女がいざ街へでかけようって時に電話が鳴ったんだ。うわ、あのヤブヘビイチゴを見ろよ。――さっきも言ったとおり、どんよりと雲がたれ込め、射抜かれたようにぽつりぽつりと残る雪の白さ以外はひたすら薄暗いバフィン島を少しでも明るくしてやろうという希望を胸に、凧を持ち込むことを思いついたのはセスだった。というのは彼もおまえと同じようにその島の薄暗さを知り、愛し、恐れていたからだが、天気のいい日や雪の日にはその薄暗さを花々の光が貫くのを彼は見ていたので、宙に浮かぶ凧の姿を想像するのも彼にとっては簡単だった。彼は子供のように純真な心の持ち主で、走る幸せをこよなく愛していたのだ。(ただし彼は人見知りだったので、走るときはいつも一人だった。)そしてセスのアイディアの大胆さにおまえもワクワクした。北極の風をそんなふうに利用しようとは、おまえは夢にも思いつかなかっただろう。だからモントリオールをめざして北へひた走る列車の中でおまえは風のことを考えて思わずほくそえんだ。これで薄っぺらなテントにいても風におびえることはない!……なのにポンド・インレットでセスは例の凧をあげたがらなかった。二人に対するみんなの無関心さに、彼は怖じ気づいてしまったのだ。——だがある晩おまえはどうしても凧をあげると主張した。それ以外に大勢の友だちを引きつけて喜ばせる方法はない。——町の真南には子供たちが泳ぐ小川があり、夜の十時頃にそこへおまえが着いたときには、一台のバイクに乗って二人の男の子が走り去るところだった。セスが　これ以上先へは行けない　と言い、おまえが　なんで?　と尋ねると、セスは　俺たちはよそ者だからだ　と答えたのでおまえは　そりゃそうだけどここにこうして来ちまったんだからさ　と言って凧をもらい受け、苔むす道を堂々と行進して、川岸の湾曲したところのちょうど反対側に着いた。真正面には水着を着た二人の少年が蚊を叩きながら座っている。おまえはかたい決心のもと、キャンペーン第一弾を実行すべくデイパックのジッパーを開けた。〈ピーク・フリーンズ印のショートブレッド〉(二個入りプラスチック包装)と〈ダッズ・クッキー〉(これも同じような包装)。それを、スナックや菓子がぎっしり詰まった飛行機のゲロ袋から取り出した。心優しいスチュワーデスが、一ヶ月もポンド・インレットにいなきゃならないなんて、と気の毒がっておまえにくれたものだ。(ただしポンド・インレットもレゾリュートよりはマシで、というのもレゾリュートではカードで負けた奴の背中を退屈しのぎにナイフで突き刺すらしい、と彼女は誰かに聞かされていた。)第一ラウンド開始、ピーク・フリーンズ印のショートブレッド!

ねぇ、君たち、とおまえは言った。ショートブレッドいらない？

黙ったまま一人が勢いよく小川を渡り、おまえの手からショートブレッドをかっさらって行った。

ダッズ・クッキーはどうだ？　とおまえは一枚口にしながら言った。

もう一人が泳いできて、うつむいたまま自分の分を取り、小川の一番向こう側の自分の領地へ戻って行った。二人とも頭をタオルで乾かしてからバイクに乗って消えてしまった。

一方女の子たちは、もう少し先のやはり川岸が湾曲したところで、タオルを体に巻きながら水着に着替えていた。八歳か九歳くらいだろう。ひどく冷たい水に飛び込み、手足をばたばたさせたり、じっと水につかったり、笑いながら互いの頭を水にくぐらせたり。彼女たちの濡れた髪が灰色の空の下できらめき、おまえがただ蚊にさされて佇んでいると、後ろの道に立ったままのセスが気を取り直してあの素晴らしい凧を広げ始めた。子供たちがみんな見ていた。

風が弱すぎないか？　とおまえが呼びかけた。

ギリギリだな、とセスが答えた。――風についての予測にも係わらず、彼はまるで出陣する英雄さながらに道具を整え、地勢を吟味して駆け出し、それから思い切り走り、従順な凧が彼の肩より上のところまで上がり、彼は希望といっしょに糸を繰り出し、とうとう凧が宙に上がった！

……そして落ちた。ポンド・インレットは北極の風から見事に守られていた。だから人が住めるのだ。

女の子たちは岸に座り、腕から蚊をはらいながら笑った。おまえの指がかじかむほどの寒さだった。

✲ ✲ ✲

風はあるがほとんど雲一つない翌日、おまえとセスは苔の中をスキップしながら通り抜け、おまえは尋ねた　凧を上げるだけの風はあるかな。セスは　たぶんな、と答えた。――そして彼は凧の骨の張り方を教えてくれて、おまえは風が凧をとらえるのに任せながらまるで釣りでもするように糸を出してついに凧は優美に空を**飛んだ！**　それから自分たちがグローリー・ボーイズになったことを知ったおまえとセスは、あらん限りの声で「ビードル・ン・バム」や「サンバディ・ストール・マイ・ギャル」を歌い、おまえにくっついて行ったセスは植物採取を続けながら　なんてゴージャスなシオガマギクなんだろう！　と言うと、一本摘んで口に入れ、感想を述べた。マッシュルームの味がする！　そうするうちに爪はあらゆる氷河に対して自らの色を主張し、ブルドーザーの運転手たちは爪を見るためにスピードを落とし、おまえたちグローリー・ボーイズはその場に合うように歌詞を変えて、だから南のウナギは最高にうまいぜというのが北のアザラシは最高にうまいぜになったりして、そこへ二羽のトウゾクカモメが滑るように飛んできて、彼らの巣のあるジメジメした草むらからおまえたちが出ていくまでうるさく鳴き叫んだ。おまえたちは、白い羽のようにツンドラの上に散らばった長い無為の日々を忘れて、名誉の爪の高度を保つために湿地帯を駆け下り、ついにサーモン・クリークに出ると、セスは　ブルーベリーの季節にもぜったい来なきゃ　と言い、おまえは黒い地衣だらけの石が積まれてできた小丘に座りながら、蚊に刺された跡をひっかき、小川のせせらぎに耳を傾けた。その場所は古代の人々の遺跡だったかも知れないし、そうでなかったかも知れない。小川はそれなりに幅があり、水は透明で美しかった（ハドソンズ・ベイの店で聞いた話によれば、満潮のときには北極イワナがいくらでも網にかかるらしい）。それからおまえはそのままフォアショア・フラッツまで降り、爪がおまえの後ろから赤や青や黄色を振りまきながらついてきた。セスは　これ以上の幸せはないね　と言った。――その日、黄色いソラマメの花が崖一面に咲き始め、苔の上には一本の長い灰色のカモメの羽が落ちていた。

　海の氷が打ち上げられる場所があった。そこは草が伸び、風が強く、岩だらけだった。おまえとセスはドライフルーツやナッツを混ぜて固めたゴープでピクニックをした。二人のイヌイットの若者がオート三輪に乗って小川の浅瀬を渡って行った。おまえは手を振ったが、彼らは見つめるだけだった。おまえは町へ戻り、戻ったとたんに風のない状態が勝って、爪は落ち、色は明るいがくしゃくしゃのインポテンツ状態となった。

❋　❋　❋

ゲームズ・ウィークの最初の晩、女たちは子供用の自転車に乗って競争するが、彼女らが一メートル進もうと進むまいとおかまいなしに、スパイクの入ったバンドを手首に巻いたジーンズ姿の十代の男の子から、伝統的なパーカーを着た太った老女や、黒い瞳の太った少女たちまで、誰もが笑いころげた。ほこり混じりの風が滑走路を吹き抜け、みんなコーヒーを飲みながら寒さに震え上がった。おまえはそこにいた。セスも惨めったらしく壁に寄り掛かっていた。おまえの制服は汗と料理と北極ヒースのにおいがした。強い風のせいでおまえの両腕は青白くなっていた。売店の少女からクッキーを買い、それを袋に入れて持っていたおまえは、袋を開けてクッキーをみんなに差し出すと、子供たちは遠まきにして手を延ばし、十五秒で袋を空にしておまえのことは忘れた。メガホンを持った男がイヌイット語で何かを発表すると、何十個もの風船が口から派手な音を立てながら宙をきった。笑い、叫び、風船をつかまえる子供たち。——おまえは小さな女の子に言った。風船をふくらませてあげようか？——うん、彼女はだいだい色の顔を向けておまえをじっと見つめながら答えた。おまえは風船をゆっくりとふくらませた。クッキーのときと同じように、ほかの子供たちもふくらませてもらいたがるかな、と思った。おまえは風船の口を結んで彼女にわたした。そこでおまえは気が付いた。彼女は、他の子と同じように風船をぱっと放してそれがブーブー音を立てながら宙を飛ぶのが見たかったので、結ばずに渡してほしかったのだ。別な子供に、ふくらませてあげようか、と声をかけてみたが、彼はおまえをちらっと見ただけだった。

このとき、女の子たちがおまえの服についている裸のブロンド娘に気付き、ニヤニヤしながら指さした。おまえは威厳をこめてうなずいた。

その晩遅く、十一時半ころ、おまえは自分の役割に気付いた。バイクに乗った少年のわきを通ったので、おまえがやぁ、と言うと、彼も　やぁと答え、おまえは少年がおまえの服の荘厳さをたっぷり鑑賞できるように両腕を広げて声色を作り、こう言った。**我はキャプテン・サブゼロなり！**——すると彼はおまえの顔をまじまじと見つめ、おまえがうれしそうなのを見ると彼もまたカン高い声で笑った。

❋　❋　❋

それからおまえは町へ出かけるときは必ずビニール袋にク

ッキーを入れて持っていくようにした。子供たちはおまえのところへ駆け寄り、クッキーを一個ずつもらい、お礼を言った。タンキュー、タンキュー！ 挨拶がわりにおまえとハイ・タッチをする者もいた。ハドソンズ・ベイのポーチでは若い男がガムをかみながら立ち、少女が体のあらゆる部分を動かしながら、ほとんど飛ぶようにして自転車で駆け抜けた。後ろに束ねて風になびく黒い髪、贅肉のない褐色の手足、なにもかもが美しかった。ダンプカーが停まっているわきの丘では二人の女性がオレンジ色の袋に北極ヒースを集めていた。――**キャプテン・サブゼロ！** 子供たちが叫んだ。他の人々はおまえをさっと見て視線をそらした。――ブルドーザーが埃を巻き上げながら自転車の女の子と同じスピードで通り過ぎ、子供たちはその日も小川で遊び、ツンドラからかげろうが立ち、雲一つない午後だった。虫たちが歌い、東へ向かうワタリガラスと同じくらいやかましい音をたててヘリコプターが仮設滑走路から飛び立った。セメント・トラックが通り過ぎた。電柱とカナダ国旗が一軒に一本ずつ立っている低層の「マッチ箱」のような家が、湾の膨らみに沿って並んでいる。その向こうには、浅瀬の砂の風紋のように水路が走る氷と、山々の上に広がる本物の空と見まごうばかりの空色の水をたたえた湖があった。誰かが金槌を使っていた。リリーは郵便局で働いていて、調子はどう？ と尋ねれば、静かに笑って、カッタルイ！ と答えるだろう。子供たちは小川へ泳ぎに行こうと一列になって走った。小川のそばでは男の子が自転車に乗り、女の子たちがいくつかのグループに分かれておしゃべりをしている。おまえは反対の方へ、ちょっと傾いた丸い屋根の家々のわきを通って海へ向かった。通りすがりの男に軽く会釈すると無視された。だが輝くばかりの聖人になった今、クッキーの袋も用意万端のおまえは、勇気と誇りを持って通りをくだり、子供たちは一人ずつ、あるいは二人組になっておまえに駆け寄り、おまえは彼らのことが分かると思った。だがたとえばおまえはラブラドル産の茶花も、レースをよせ集めたようなカーネーションと同じ、一輪の花だと思い込んでいた。でもよく見ると、それは中心が緑色の小さな小さな花が何本も集まって一つの花のように見えただけ。しょせんはその程度の分かり方だ[*1]

＊1 ここ、ポンド・インレットでは、家族がレゾリュートへ移住させられようとしたとき、一人の父親が銃で自殺した。

った。

✲ ✲ ✲

花の話はともかく、キャプテン・サブゼロの名声は、白と青の美しい斑模様の海の氷が印象的なあの夏の日々を通して高まるばかりだった。抜け目ない彼は、チョコレート、ゴムでできた恐竜の鼻先のお面、Tシャツ、それにイヤリングをダウン・サウスから買ってきており、一人、二人と友だちを増やしていった。最初は障害のある少年、続いて風に向けて顔をしかめながら小川のそばに立っていた二人の少女たち……一人はフードをかぶり、それが風にはためいていた。その後ろの、色が抜けた木材や錆びたワイヤーがころがる砂州を、小川が流れた。その向こうには石油缶が三つ、そしてそばには雪の吹きだまりが白い筋状に残るなだらかな茶色い尾根。少女たちの表情にははにかみと情がこもっていた。——彼女たちの後には別な男の子、また別な男の子、そして女の子が二人。岸辺に座って静かな水面に小石を投げると、ワタリガラスがかぁかぁと鳴き、静寂の中で大型のハスキー犬が遠吠えをした……また一人男の子が増えた。彼はタビネズミを狩るハンターだ。——確かにサブゼロは、いろいろな人に目的を尋ねられ、それに対して絶対的に正確な答えを出そうとするあまり、自分ではなりたくない別人になってしまったことがある。だが北極の島々の夢のようなあの夏の中を泳いでいる間にも、花の影はまるで最後のそよ風にでも吹かれたように震え、小川は流れ、蚊が刺しては血をたっぷり吸いこんで飛び去り、カリブーが駆け抜けて行った。芝土でおおった丸い家の中、カリブーの毛皮を敷いた広い寝床で、彼とセスは子供たちのわきで眠ったりもした。子供たちはワタスゲの脂を入れたランプを灯し、バックパックやポケットの中に入っているものを全て見たがり、こう言った。これがほしい。これちょうだい。これなにかと取り替えてくれる？——彼らは決して盗んだりはしなかった。サブゼロが彼らにアメリカの一セント硬貨や十セント硬貨をあげると、彼らは二十五セント硬貨をほしがった。後から一人の少年が彼にカナダ・ドルをくれた。サブゼロはその取り引きで儲けたわけだ。子供たちは彼の雨用のズボンやレゾリュート・ベイのネーム入り野球帽を順番に試し、彼の方は土地の言葉を試してみた。〈クキ・ウティクルック〉いい銃だ、〈ピュジュクルック〉、小さくて愛しい、良き者よ。彼の制服の裸の女を見て子供たちはクスクス笑いながら聞いた。それ誰？　――ガールフレンドの一人だよ、と彼は答えた。――彼らはそれを指で軽くつついて彼に言わせた。ウクトゥク[*1]！　十歳の子が尋ねた。コンドーム持ってる？　――持ってないよ、と彼が答えた。黒髪を後ろで束ねた彼らのほっぺたと微笑みは褐色だった。大きな暗い瞳と平べったい顔。彼らは笑った。（海の氷には亀裂が入り始めていた。大きな穴のような亀裂のまわりには塩がところどころこびりついていた。）それが最初の晩だった。次の晩には彼らの両親が子供たちを家に呼び戻し、それからはサブゼロが呼んでも彼らは笑うだけで近寄らなくなった。氷のわきで海藻を集めるときも、彼らは一生懸命サブゼロの方を見ないようにした。が、サブゼロは忍耐強かった。土の道や芝土でおおわれた家で彼はこう言った。俺が誰だか覚えてる？　すると子供たちはビルと答え、彼が言う違うよ、俺のほんとうの名前は？　――すると彼らは笑いながら言った。キャプテン・サブゼロ！　昔の北極の探検家たちの歴史書を読みながら彼が苔の上に横たわっていると、ハンターを乗せたボートが通り過ぎた。ボートに引っ張られた小さな氷盤の上には別の男が立っている。それが視界から消えると彼は再び本に目を落とし、ジョージ・バックと銅色の肌の、美しいインディアン少女、グリーンストッキ

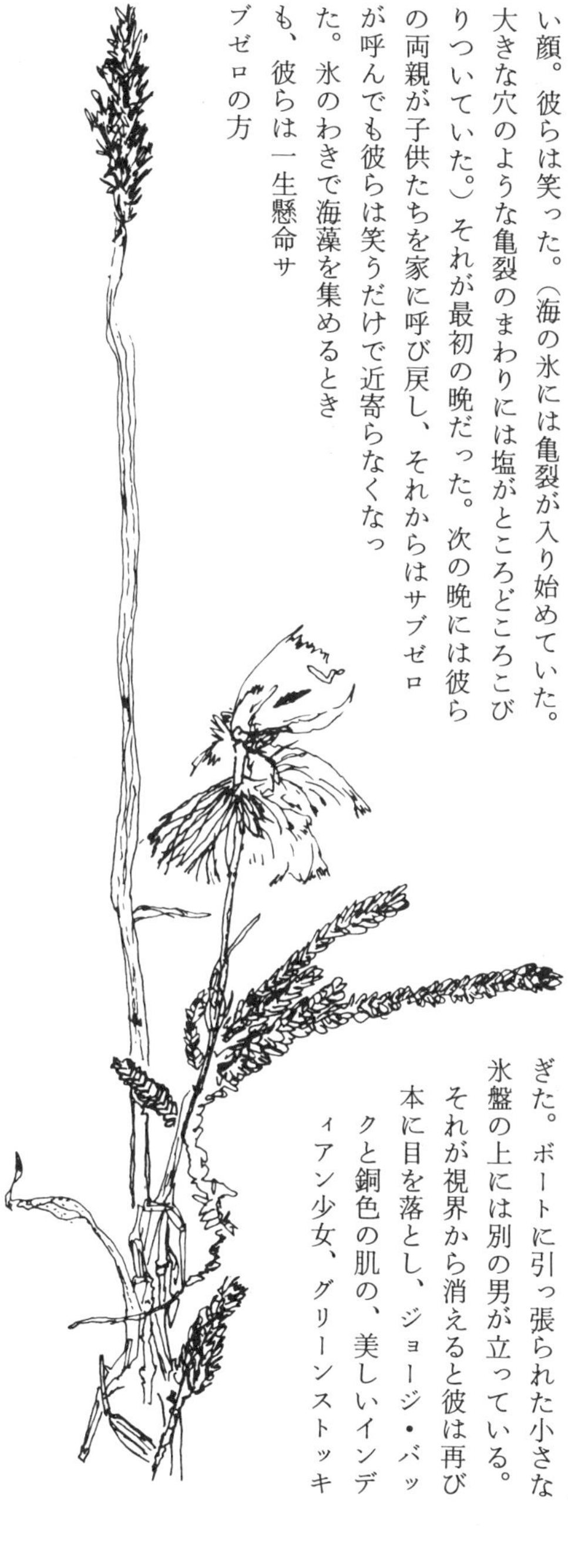

ングズの物語を読み続けた。そして、突然自分のそばに子供たちの気配を感じた。逃げてしまうといけないので、彼はなるべく後ろを見ないようにした。視界の端の方で、パーカーを着てスニーカーをはいた子供たちが草笛を吹いて遊んでいた。積んである屋根用の資材を利用してシーソーをしたり、蚊を叩きあったり。セスとサブゼロは朝食によく食べるシリアルを一つかみ差し出して彼らを誘ってみた……しばらくして彼と少しだけ仲良しだった子供がやってきて小声で言った。　ハーイ、キャプテン・サブゼロ……彼らはセス、じゃなくてスキーターにハコベを持ってきて、スキーターは彼らがレミング狩りをするのを手伝った。彼らは朝がくるまで、一晩中サブゼロとスキーターといっしょに遊んだ。その日の午後、二人の白人少年が眠っている間に、子供たちは屋根によじ登り、丸くて茶色い顔を一人残らずピタリと煙突の口にあてて、みそっぱの太陽がにんまり笑っているような顔になった。その夏の終わり、セスは心から愛する花々の中をさまよい、その間キャプテン・サブゼロは一人で家に帰って眠った。ぼんやりとしていて、幸せで、湿った肌がかすかに魚臭い。それはいつもとまったく変わらなかった。くたびれると彼はこう言った。

さぁ、みんな帰ってくれ、俺は少し眠るからな。すると子供たちは　シィィィ！　と言いながら素直に出て行ったが、何人かは必ず尋ねるのだった。ここで眠ってもいい？　そこでキャプテン・サブゼロは　おとうさんやおかあさんがオーケーならね　と答え、彼らは　いいって言ってたよ　と言うので、彼は　それじゃいいよ　と言った。毛皮に横たわる彼の脇に、イガとレアが体を丸めてきたので、寒くないよう一人にはレゾリュート・ベイの野球帽とキャプテン・サブゼロの制服を、もう一人には雨具をかけてやり、しばらくしてから寒くないかと聞くと、イガはレアを見て　レアが寒そう　と言い、レアはイガを見て　イガも　と言うので彼はジッパーを下ろして寝袋を開き、それを自分とイガとレアにかけ、二人は何やらささやき合っているうちに眠ってしまい、子牛のようにいびきをかき、彼の顔には健康な肉食の体から出る息がかかった。翌朝イガが　ガールフレンドいるの？　と聞くのでキャプテン・サブゼロは　君が俺のガールフレンドさ　と答え、リアが　子供はいるの？　と聞くので彼は　君が俺の子供さ　と答えると、二人ともうれしそうだった。彼らは煙突に手を突っ込もうと一人ずつ屋根に登り、他の子たちは腕を伸ばした。――ロージーの番？　と小さな女の子がためらいがちに言った――彼は彼女を抱き上げて屋根に登らせてやった。

夏はあまりにも早く、そして美しく燃え立った。青空がちょっとでも顔をのぞかせると、蚊がツンドラの巣穴から飛びだし、平原の柔らかな腹部はこんもりと盛り上り、蛍光色にも近い真っ白な地衣やハコベやシオガマギクがあでやかな斑紋となって生えていた。平原のゆるやかな傾斜は、青味がかった灰色の、人のおなかを思わせる雲になまめかしく触れ、つながっていた。そしてキャプテン・サブゼロはうるわしき友情推進運動を続けた。（彼は決して図に乗らなかった。滑走路のわきの排水溝に子供たちが石を投げていたときも、彼は子供たちの許可をもらってから投げ始めた。）もう少し年上の、十二、三歳の女の子たちとも知り合いになったが、同じ年齢の男の子や大人たちは男女の別なく彼のことを意に介さず、また話題にすることも嫌った。愛されたいという彼の思いはとても切実だった。彼はさらにいろいろなものを人にやった。

君たちのような女の子も狩りに行くのは好き？　と彼が問う。

嫌い。

なんで？

テレビがないから。

アークティック・ベイの子たちって大嫌い、と女の子の一人が言った。

どうして？

石を投げるから。

それじゃあ嫌いになるのも無理ないね。

この子はアーティック・ベイから来たのよ、と別な女の子が言った。

君は、石を投げるの？

投げない、とクスクス笑いながら彼女が答えた。

名前は？

ジューキー。

彼女、十四歳よ、とさっきの子が言った。明日になったら十五になるわ、お誕生日なの。

＊1（五三頁）「カント！」

違う、違う、私十二よ。ウソついてるの。恥ずかしがり屋なのよ。恥ずかしいときはいつもウソつくの。

イヌクティトゥットのダンスのやり方、知ってる？　とキャプテン・サブゼロが尋ねた。

女の子は三人いた。三人とも服の腰紐をほどきながら胸を指でいじり始めた。

知らない、と三人が答えた。

英語のダンスはどうやるの？　とジューキーがとてもまじめに聞いた。

一度に三人のお相手は無理だな、一人ずつなら踊れるけど、と彼が答えた。

あなたは二股かけられる？

かもね。君は？

私は一途よ。（みんな笑った。）

一途を何回？

千回くらい。

女の子たちは川の淀みで泳ぐのが好きだ、と言い、彼もいっしょに行きたいと言った。

だが次の日、女の子たちは現れなかったので、セスが見つけた、泳ぐにはうってつけの砂地の窪みへ二人で泳ぎに行った。日がよく照って、蚊が数えきれないほど飛んでいた。彼とセスは服を脱いで飛び込んだ。が、セスは震えながら早々と岸にあがった。彼はあらゆる点でサブゼロよりも強かったが、彼の体にはほとんど脂肪がついていなかったので、冷たさがあっという間に芯まで達してしまったのだ。セスが日の光の中で横たわりながら植物たちになにやらぶつぶつと語りかけている間、サブゼロは水の中にいた。両足の感覚が消え、睾丸が縮み上がった。髪に石鹸をつけて洗い、頭を水に沈めるとアイスクリームを食べすぎたときのようにこめかみが痛んだ。だがやがて水にも慣れ、下流に向かって平泳ぎをしながら、ツンドラの岸辺が一瞬の閃きとともに後ろへ退くのを楽しんだ。蚊が頭上に群がっているのでときどき頭から水にもぐった。その日は文句なく素晴らしかった。それから川を見下ろす小高い岸の、咲き乱れる花々の中でランチを食べながら、セスとサブゼロは水の流れが重くきらめくのを眺めた。

地元の女の子と結婚してここに住みついたらどんなだろうな、と彼が言った。

もう遅いね、とセス。花ならまだ間に合うけど、他はもう何をやっても遅すぎる。

ジューキーって女の子知ってる？

へんに思い詰めたような、不思議な目をした子だろう？

ああ。

けっこう美人だよね。

彼女、なにかを知ってるんじゃないかって気がするんだ。彼女を見てると、俺に聞こえる声が彼女にも聞こえてる気がして仕方がないんだよ。なんか、とても大事なことを今にも彼女、俺に話そうとしてるんじゃないかって。

セスはハコベをバラバラに千切っているところだった。

――おまえは何かしらゴールがなきゃハッピーじゃない。そういう奴だってことは分かってるよ、と彼。それはすごくいいことだと思う。僕自身はそうじゃないけど。とにかくうまくいくことを祈ってるよ。うまくいったらいいよね。

彼女こそは運命のキスを捧げるべき人、って言ってるわけじゃないんだ、とサブゼロはほとんど意地になって言った。だけど彼女は俺のなにかを知ってる、で、俺はそれがなんなのか知りたくてここへ来た、来る定めだったんだ。そいつをきっと探り出してみせるよ。

＊＊＊

彼はジューキーが手製の入れ墨を自分に入れているところを見た。茶色い蛾をつかまえて汚れたままの手の甲にあてると、蛾は鱗粉を落としながら羽をばたつかせ、やがて彼女の皮膚に模様がうつる。色あせて死にかけた、ものうげな蛾を、彼女はポイと捨てた――

＊＊＊

その晩、蚊が群れ飛ぶ小川で年長者のためのピクニックが開かれ、そこでも彼は誰からも無視された（彼は川の水をすくうためのコップをもらえないかと頼んだが、彼らの視線は彼をすり抜け、彼の後ろにいたよちよち歩きの幼児、笑いながらプラスチックのコップで遊んでいる幼児に注がれた）。帰り道、サブゼロは浜辺を歩き、その横をセスが石の上を飛び跳ねながらついてきた。村の西はずれまで来ると、ロープに引っかかったアザラシが半分水につかったまま死んでいた。毛皮には地衣のような白い斑点模様がついている。スコットランド人の友だちのジョンが笑った。死んでるかどうかキスしてみな！　だがサブゼロはキスなどしたくなかったので、話題を変えるために海の氷のかけらを渡って来るようジョンを挑発し、やがて三人は町に入り、サブゼロはピクニックで受けた対応のことを考えて気分が少し落ち込んだ。十一時近かった。ジョンは家に帰り、セスはホタルブクロを探すために百歩ほど内陸をふらふらと歩いていたが、一本も見つからないのでがっかりしながら後ろからついてきた。サブゼロは埃っぽい通りをすすんだ。低い太陽の光の名残で、水にはオート三輪に乗った人々に会山が金色に映っていた。彼はバイロット島の二つの釈をしたが、彼らは無表情に通り過ぎた。それからとつぜん彼の仲間が大声で叫びながら丘を駆け下りてきた。

ハーイ、キャプテン・サブゼロ！　ハーイ、モスキート！　——それでだいぶ気が晴れた。彼の顔と心には大きな笑顔が戻ってきた。人生に勝利したのだ。彼はスキーターがダウン・サウスで作ったスパイシー・ナッツの入った袋を差し出した。彼らははにかみながら突っ立ったままなので、彼が言った。ほら、食べなよ！この袋を空っぽにしてもらわないと困るんだ！　——すると彼らは泥を跳ね上げながら水たまりを通って彼を取り囲んだ。膝小僧にすり傷をつくり、手を泥だらけにして飛び跳ねているのはライラにティトゥスにアニーにエロザ、デイジーにジューダに他のみんな。自分たちからナッツを取るのではなく、サブゼロが一人一人の前に袋をさしだすのを彼らはじっと待った。くたびれていたモスキートは小さなおもちゃのバイクをサブゼロの手にすっと滑り込ませてキャンプへ帰った。ツンドラの尾根にそってブルドーザーがクラクションをならし、一晩中仕事を続けていた。サブゼロはあげるものが一つ増えたのでうれしかった。

✲ ✲ ✲

ライフル銃を理解するために彼は通訳を雇って老婆の家にいた（彼はこのとき、人生を理解するための七つの夢を、一つの連なりとして作り上げようとしていた。ヴィンランドでは鉄の斧が物事を決定し、ケベックでは火縄銃が全てを支配した。だとすると、ここでのライフル銃は何をしたのだろう）。彼女はグリース・フィヨルドへ移住させられた一人だ。十五年。もちろん強制労働キャンプへ行かされるのとは違う。今彼女は家に戻り、レースの模様が印刷されたビニールのテーブルクロスのある台所に座っている。

義理の兄がグリース・フィヨルドにいたので、彼女も行かざるをえませんでした、と通訳が言った。彼女の夫のお兄さんがグリース・フィヨルドにいて、彼女に来てくれ、と頼んだんです。こわくもなかったし、恐ろしくもなかったけど、彼女は泣きました。彼女には子供が九人いました。みんなで船に乗って行きました。二日間かかりました。氷山が立ちはだかっていました。そこはとても寂しくて何もなくて、騎馬警官隊の分遣隊がいるだけ。土地の住民たちが岸辺に集まっていました。人手が足りなかったので、荷物を降ろすのを手伝いに来たのです。ここからは三家族、それからイヌクジュアックからの人もいました。当時は家すらありませんでした。家を持つことができたのは警官隊の人たちだけでした。残りの人はみんなテントで暮らしていました。キャンバス地のテント。セイウチやイッカク、アザラシや魚を食べていました。ある時、食品雑貨店の品物が底をついてしまいました。小麦粉も砂糖もない。ぜんぶ空っぽ。買うものが一つもない。彼女は狩りに出かけました。ある時彼女は一頭のセイウチをつかまえました。いつかセイウチを撃ってみたいと思っていたのですが、それがついに実現しました。

サブゼロは家の中が妙に明るいと思った。太陽が氷の上で反射している。鉢植えが窓辺で茂っていた。真夜中の太陽の光が氷の上を滑って流れ込んでくる。セスが鉢植えをじっと見つめ、老婆はそれを見てほほえみ、なにか話したので通訳が説明してくれた。私たちは知っています、いつもそう、すべてに花が咲くと寒くなります、すべてがいっぱいに育つと、植物の季節は終わります。

サブゼロはこの言葉になにか特別な秘密があるような気がしたが、そのときはまだ気がつかなかった。たぶんその言葉はセス一人に向けられたものだったのだろう。やがてジューキーが語る言葉がサブゼロ一人に向けられるのと同じように。じっと見据えて待ちさえすれば、私たち一人一人に向けられたなにかが必ず見つかるはずだ。

＊＊＊

彼女がこのポンド・インレットで育ったときのことを思い出し始めたようです、と通訳が言った。その頃、家は四、五軒しかありませんでした。このへんもずいぶん変わりました。今では彼女はほとんどなにも分かりません。

私もそうですよ、とサブゼロが言うと、通訳が訳さずに笑い、セスが窓の向こうのこぢんまりとした村落を見つめた。滑走路のすぐ後ろには、とがった屋根の家々が並んでいる。唯一、人目を引くのは紅白のストライプの吹き流しだ。平べったくて黄色い、箱型のハドソンズ・ベイの店と、家々の裏に取り付けられている衛星用のアンテナ皿が、明るい火の玉のような真夜中の太陽の下で、ほとんど輪郭だけになって浮き上がって見えた——セスにはそれしか見えなかった。だが、ツンドラのはるか彼方を行き来する工事車両の音は聞こえた。それからオート三輪を飛ばす若者や子供たちの呼び交わす声も。そして落ちつかなくなったセスは、ウクトゥク湖のそばで見つけた一本の白い北極バラのことを考えた——

❖❖❖

英国国教会が布教活動を始めた一九二八年に彼女は生まれました　と通訳が言った。彼女はこれまでずっと宗教を信じてきました。ここのほとんどの人たちは英国国教会の信者です。妻も夫も子供たちも、家族そろって。子供たちは、彼女や彼女の夫とはまったく違います。彼女の息子は白人たちのやり方に今や染まりつつあります。

❖❖❖

今でも、彼女はアザラシの皮を使っていろいろなものを作りますし、テントも作ります、と通訳が言った。テントを作るためにアザラシの皮を防水にすることもできます。彼女はブルーベリーやブラックベリーを摘みます。河口のそばにはたくさん実がなっています。ここの人たちは少ししか見つけることができません。北極ヤナギの使い方も彼女はまだ覚えています。月の形をしたランプにアザラシの脂を入れて、ヤナギを使って火を灯すのです。ヤナギをマッチにします。苔をソリのスライダーに使う方法も知っています。苔を集めて正しい分量の水を加えて凍らせる。そうするととてもいい具合にスライダーができあがります。数日前にもアザラシの肉といっしょに木の根を食べました。彼女は動物はなんでも好きです……

✻✻✻

彼女は昔の、犬ぞり用の犬たちの夢をよく見ます、　と通訳が言った。　ビッグ・ドッグ、ノイズ・メイカー……

✻✻✻

南の病院に彼女の夫が入院したとき、犬たちは置き去りにされ、一匹ずつ死んでいきました、　と通訳が言った。初めは五匹、それから四匹、そして三匹。ご主人がいなくなって犬たちがほんとうに悲しんだとき、彼らは撃ち殺されました。

✻✻✻

彼女は一九七七年にポンド・インレットへ戻って来ました、　と通訳が言った。　グリース・フィヨルドにいた頃は故郷が恋しくてたまりませんでした。でも念願かなって戻ってみると、なにもかもが変わってしまっているのを知って、それが気に入りません。人が増え、車が行ったり来たりして、動物たちは姿を消してしまっている。今はもう動物もあまりいなくなりました。

✻✻✻

彼女は芝土でおおった小さな卵形の家に住んでいました、と通訳が言った。　よくできた家だったそうです。裏にも表にもキャンバス地が張ってありました。アザラシの脂のランプで暖めます。昼も夜もランプはぞんぶんに灯し続けます。蚊を寄せつけないないために鳥の羽で空気をかきまぜました。キャンバス地にもアザラシの脂を塗ります。アザラシの皮はばんそうこうがわりに使いました。ヤナギの枝の皮をはぎ、苔を詰めて作ったクッションもありました。子供の面倒はよく見ました。小さい子らは死にました。肺が詰まってしまうのです。屋根の高さはこの窓のサッシ程度でした。彼女は北東の方へカリブー狩りに行きました。内陸へ向かって何ヶ月もキャンプを張りながら移動します。彼女はカリブーの肉とアザラシの肉を食べました。入れ物がなくなると、鳥をつかまえ、その皮を使って入れ物を作ります。そんな生活を今、送ることができたらと彼女は思います。芝土でおおった家の下では、中にあるものすべてがタダなのですから。

✿✿✿

このあたりでは、金を使わずに友達を作る方法はないんですかね、と彼は皮肉っぽく通訳に尋ねた。

通訳はほほえんだ。——ここでは、と彼が続けた。ここではなにもかも金だ。

その晩彼とセスはテントへ歩いて帰った。セスはとてもイラ立っている。そしてこう言った。こんなこと言いたくないし、こんなこと言ったら学者先生たちに人非人扱いされるのも分かってるけどさ、ここは文化的に退化してるよ。消えちまったんだ。なにもかも消えちまったんだよ。

サブゼロはなにも言わなかった。

ほんとになにもないじゃないか、とセスが言った。

翌朝、外は暖かく、緑が燃え立ち、実にすばらしい天気で、水にゆらめく河床の砂州の模様をなぞるようにして、蚊と流氷のかけらが河口で入り交じっていた。満々と水をたたえた湖にはバイロット島の氷の山が映っていた。水のせせらぎがあちこちから聞こえた。ゴミ捨て場まで歩いていくと、セスがツンドラに投げ捨ててある絶縁体のかけらを見つけてこう言った。残念、使おうと思えばまだ使えるのに。

それはこの島全体に言えることとさ、とサブゼロがさらりと応えた。それからセスの方に向き直って言った。

まだ良いところもある、そうだよ、ぜったいあるよ！

ゴミ捨て場には美しい白ギツネが死んでいた。頭を撃ち抜かれたのだ。少しだけ牙をむいている。毛皮は純白で柔らかく、傷一つない。サブゼロが持ち上げるととても軽かった。誰かが殺して捨てたのだ。

二人はその場に立ちつくした。

柔らかいから触ってみろよ、とサブゼロが言った。

きれいだな、とセスが言った。でも腐り始めてるぜ。

皮だけでもなんとかできないかな？　このままにしておくのはすごく間違ってるよ。昔は白い毛皮を尿で色づけしたんだっけ？　でもなぁ、やっぱりどうにもならないかな。

どうにもならないね。

なんか使い道があってもよさそうなもんだけど……

しっぽを切り落とすことならできるかもよ。――セスはナイフを取り出し、フサフサした長くて美しい尾の付け根に刃をあてたが、すぐにこう言った。

いや、これも違う気がする。

サブゼロはしっぽをつかんで、キツネを自動車部品の山の上に放り投げた。すぐに蠅がたかった。

悪いな、キツネ、とセスが言った。

さらに先へ進むと胸を撃たれたばかりのワタリガラスが死んでいた。やはり蠅がたかっていた。

✲✲✲

……そしてその日（セスにとってこの日はあまりにも強烈で、人生で最悪の一日だった、と後に彼は語った）、氷の表面には長くて青い水たまりができ、蚊や小蠅が群れ飛び、ツンドラは乾いて柔らかく、座るにはうってつけだった。どの尾根からもあふれんばかりに雲がわき出て、まるで水をせきとめそびれたダムのようだった。地衣のカーペットのところどころにはエメラルドをはめこんだような緑色の柔らかい苔がこんもりと生えていた。北極ヒースの青白くて苦い花が鈴なりに咲いていた。ヤナギモドキの葉が開き、光を求めて背伸びをしていた。グレーの地衣の上にかぶさるように、今にも発光しそうな緑白色の凛とした地衣が生えていた。雲も虫もそこかしこで活気づいていた。セスはカラスとキツネを追悼するために一人で歩いた。制服を着て自信満々で町に入り、上から下までなめるように見られたあげく、あんたもよっぽど暇なんだな、と言われたときのサブゼロ以上に、今のセスは落ち込んでいた。――セスは自分なりの方法でキツネとカラスのために祈り、二匹のために、あるいは二匹といっしょに死にたいとすら思った。彼はそういう感受性の持ち主だった。シオガマギクの葉のように深く切れ込みが入った感受性。知識に完全に根ざしたものではないかも知れないが、だからといってその感受性が純粋でないとはいえないだろう。毛皮のコート

を着ているニューヨークの金持ち女たちを、セスが嫌悪と苦痛の入り交じった視線でにらみつけるのを見たことがあったが、毛皮のコートがどこからきたのかも知らないセスに、彼女たちをにらみつける権利はないのではないか、とサブゼロは思った。セスは熱帯雨林を救うために菜食主義者になったが、サブゼロはそれにも疑念を抱いていた。セスはいつも流行に弱いタイプだったのだ。ただし良き人たらんとしてセスが自分の大事な楽しみを自ら犠牲にしたことは確かである。金が入れば彼はそれを人にやってしまった。喜んでもらい、手助けをして、希望を持つことだけが彼の望みだった。どこかのアル中が都会の舗道で行き倒れになれば、セスは真っ先に駆け寄ってそのきたない頭を膝に乗せ、救急車を呼び、怪我があれば自分のシャツを破って包帯がわりに血を止めようとした！　セスが落ち込むのは打つ手がなにもない時だった。この場合セスの悲嘆と罪悪感は、リーパー（彼女を紹介するのはまだ先のことだ）に対するサブゼロの愛情まじりの哀しみと同じく、ある意味で人工的なものだった。というのもキツネとカラスは確かにライフル銃で凌辱され、破壊されたように見えるかもしれないが、彼がそれを知っていた、と言い切ることはできない。彼は独断で判断を下そうとしていた――おかしな話だ。というのもかつてセスは、自分の叔父と叔母が客船で旅をしている途中、かつて自分たちを苦しめたナチスの親衛隊に会ったときの話をサブゼロにしたことがあった。叔母の家族はその親衛隊を毎日嫌悪のこもったおぞましい沈黙で刺し貫いたが、叔父と叔母は彼を喜んで迎え入れた。なぜなら叔父たちがいうには、彼ら三人は人生の大事な時間を共有した仲間だったからだ。サブゼロは親衛隊と言葉を交わした側も、交わさなかった側も正しいことにかわりはないと思ったが、交わすのが一番のやり方だ、とセスに説得されてしまった。セス自身、この話を実に生き生きと語るので（叔母の家族が燃えるような嫌悪から声高に抗議したときの様子を語ったセスは、いっそう生彩を放っていた）、それでサブゼロは説得されてしまった。ところが今のセスは無言で責めるやり方を選んだらしい。後からサブゼロは思ったのだが、世界を傷つける人間に対してセスがかたくななまでに不寛容になったのは、この日からではなかったか。セスの人生には拍車がかかり、サブゼロが感嘆するような事柄が次々と成し遂げられていったが、その過程でセスは自分を追い込み、正統を奉じる種族になった。

その結果共産党に加わったりもした。だが以前にも言ったとおり、これはセスの真実の、そして苦悩の愛の結果である。自分にライフル銃を向けることでキツネとカラスを救うことができたなら、彼は喜んでそうしただろう。もちろん両親や兄弟、姉妹に対しては申し訳ないと思いながら……一方のサブゼロは自分が何になるのか、いろいろと新しい決心をすればそれになることができるのか、またどうするべきか、カラスとキツネがなぜ殺されたのか、あれこれ推測をしながら東へ歩いて行った。（衛生のため？ 射撃の練習？ ちゃんとした理由があるのなら——つまりはどんなものであれ理由がちゃんとあるならば——キツネもカラスも殺されずにすんだはずだ。）ライフル銃の道義的な意味について、あるいはここから海岸線に沿って一六〇キロほど行ったところにある捕鯨船の船長の呪われた墓についても考えた。人々のうわさによれば、船長の墓石はぱっくり割れて彼の胸の真鍮のボタンが見えるのだが、それを取ろうとする者は誰もいない。カラスとキツネは今、その固く凍った船長と一緒にいるのだろうか、とサブゼロはふと思った。もう少しでヘロディエ山に着くところまで来て、半分叩き潰された蚊の細い足がかすかに動くように唇がひきつり始めたので、サブゼロは踵《きびす》をめぐらせて引き返し、ゴミ捨て場を通り過ぎると、カビだらけのカリブー革のジャケットやウジのわいたアザラシ革のブーツといっしょに、今や蠅にたかられて真っ黒になっているキツネが見えた。歩き続けて町に入り、ハドソンズ・ベイのポーチの前を通ると、そこでは皆が大声を上げていた。酔っぱらったイヌックが別のイヌックの耳にかじりついているところだった。半分かじり取られた耳からの血が二人の顔に飛び散って流れ、騎馬警官隊の一人がかじってる男に手錠をかけ、かじられた男がそいつの顔に蹴りを入れ、サブゼロはこの二人もカラスやキツネといっしょだろうか、と思った。雲には目の形をした青い裂け目が入り、人々が残した魚の臓物をついばむために、ワタリガラスが溶け始めた氷盤の上に群がっていて、水が凍りついた船長に向かって東へ流れた。だからサブゼロは西をめざした。町の西ではツンドラから大きな白い十字架が突き出ていた。墓場はこのすぐそばだ。レゾリュートへ移住させられると聞いて自殺したあの男もここに眠っているに違いない。他には誰が？ それ以上なにも見たくなかった。その先の丘は傾斜がきつく、北極ヒースがいくつもの固まりになって咲いていて一層楽しげだったが、そのさらに西の先では岩肌がむきだしで丸石だらけだった。霧雨が降り始め、蚊や蝿が不安げに空を舞った。彼はフォアショア・フラッツに沿って歩いた。そこは最初にセスと凧を飛ばした場所に近い。彼はそこで次のことを決心した。

1 自分以外の何かになろうとしないこと
2 人を喜ばせるために自分を傷つけないこと
3 自由であること

今、彼はここにいた。自由になるためにここへ来たのだ。次に彼はどうするか。なにを求めているのか。

他人をより良く愛し、彼らの役に立てるよう、サブゼロは祈った。通訳に皮肉を言ったことも反省した。目の前に広がる水が太陽の光を浴びてこれほど輝くのを見たのは初めてのような気がした。氷盤がこんなに早く溶けたことはなかった。だがこれらの外見は現在が仕掛けたからくりにすぎず、すべてを新しく見せるところにその技量のほどが伺えた。鳥の鳴き声が疑問や驚嘆のように聞こえることがあるが、彼もまた、自分が見たものに対して感じる痛みから、世界に向かって呼びかけているような気がした。そしてあれだけ堅く決心したにもかかわらず、世界に対して彼は何一つ意見を語ることができなかったので、とうとうキャンプへ戻ることにした。どちらかというと実際的かつ表面的な彼の性質の証として、彼は早くもキツネとカラスのことを忘れかけていた。あの七月の澄みきった寒い晩、太陽は北へ向かい、草むらは乾いて茶色かった。彼はテントに横たわり、開け放した戸口から、セスが皿洗いをしている谷のほうを眺めていた。雪山が彼の頭上に広がり、風が強く、散歩のときにセスとサブゼロが使う杖の旗が、こわばりながらはためいていた。彼は目を閉じて、二人の女の子に手を振る制服姿の自分がとても誇らしかったことを思い出した。こんにちは、ご婦人がた、と声をかけると彼女たちは微笑んで ハーイ、と答え、彼が 二人とも今日もきれいだね と言うと、彼女たちは タンキュー と言いながらクスクス笑った。初めてジューキーを見たのがその時だったことに、彼はようやく気がついた。二度目に見たのは、彼が小川を悠然と飛び越え、軽やかな足どりでビーチへ出てオート三輪に乗った友だちと会い、そのまま家に招待してもらった時だった。栄養たっぷりでしかもおいしいウミガラスの卵（緑色で形はほとんどピラミッドのよう）のフライと、甘い木の実の味がする、脂ののった赤身の北極イワナの干物が出されたが、サブゼロが干物を幸せな気持ちで食べている間、その友だちはテレビで野球の試合を見ていた。まだ七月だというのにクリスマスのコマーシャルが流れ始めると、家の女主人である友だちの奥さんが　ごらん、白人たちがまたせっかちなことをしているよ！　と言った。――やがて子供たちが帰ってきて、焼いたイワナの干物をブラウン・シュガーといっしょに食べ、それから笑いころげながら飼っていた子犬と遊んだ。身も心も暖かくなったサブゼロはじきに眠たくなったのでさよならを言い、靴紐をしめて霧の中を、彼とセスのテントがまるで二隻の船のように（それらを〈テラー号〉と〈エレボス号〉とでも名付けようか）息づいている場所まで行進していき、その途中、町を出ようとするあたりで彼はジューキーとすれ違った。それがジューキーだったことに彼は今気がついた。そしてサブゼロは確信していた。ジューキーならライフル銃のことや、なぜキツネとカラスと他の者たちが死んだのか、その理由を知っているに違いない、と。（氷と同じくらい空っぽなことを考えるのは、なんてすてきなことなんだろう！）

バイロット島から恐竜の化石を盗むために遠征するヘリコプターの音が響きわたると、ワタリガラスが　アユー！アユー！　と叫び、あわただしく羽ばたいて飛び去った。

✲✲✲

白いキツネだって？　と男が尋ねた。

そうです。

そいつは去年の冬のやつだな。この季節のキツネなら茶色いはずだから。フリーザーから取り出したのが狂犬病にかかってたとか、皮が使えないとでも思って捨てたんだろう。キツネの毛皮も昔は四十ドルで売れたもんさ。今じゃせいぜい十ドルだね。それもこれもグリーンピースの連中のおかげさ。

✲✲✲

今日は鯨をしとめたよ、と男がうれしそうに言った。

じゃぁ肉もたっぷりだね。

ところが沈んじまった。岸辺から撃ったんだが。
どうして沈んだの？
彼は肩をすくめた。――牙が大きすぎたのかな。

❄ ❄ ❄

……柔らかな雲がたなびく美しい夜……戦闘機の翼のかたちをした一筋の灰色の雲がいつしか東から流れ込み、家やトレーラーの影が金色に輝く世界をかえって引き立たせ、その金色の中で燃えたつ半透明の氷河がゆりかごのように揺れ、光を屈射させ、それが水晶のような氷のさまざまな深みを貫き、子供たちは笑い、犬どもは大海から戻ったイッカク狩りのハンターや漁師たちの臭いをかぎつけて吠えたてる。バターたっぷりのエスカルゴのような、食用の鯨皮を焼く香りが台所の窓から漂い、野球帽を目深にかぶった男たちの乗ったオート三輪が通り過ぎると、おまえはほこりだらけになった。その間ジューキーだったかも知れない少女はキャプテン・サブゼロに一瞥もくれずに砂っぽい道を歩いて行った。蚊がサブゼロの手に止まり、彼がその縞模様の複雑さに思わず感心している間に、そいつは彼を刺した。オレンジと黄色のトラックが建設現場へ急ぐ。永遠に続きそうな好天だが、それもいつ曇るか分からない、とでも言うようにキャタピラー車が太陽の輝く夜を徹して動き続ける。オート三輪がスピードを上げてウォーター・レイクへ向かって走り、ライチョウが一声啼いた。彼の耳が蚊に刺されて腫れ上がった。夜中の一時だったが子供たちはブランコに乗り、走り回り、ほとんど狂ったように陽気に騒いでいた。三人の十代の女の子たちが芝土でおおった家にやってきた。ワタスゲの粘つく種を飛ばして髪につけ、それを取るときにわざと痛そうに顔をしかめる、そんなお遊びをするためだ。その一人がジューキーだった。太陽が螺旋を描くようにゆっくりと一日一日低くなり、尾根に触れんばかりとなって、影は真夜中になるたびに長くなり、まるで夕方のようだった。実際それは長い一日の夕方であると言ってもよかっただろう。数週間もしないうちに長い夜がやってくる。人々は信じられない思いで、陽が出ていた頃のことを思い出す。決して二度とありえないことが、どうにかすれば再びありうる……とでもいうように。

❋❋❋

真夜中の長い長い影――
　太陽は以前よりほんの少し低くて赤い――

❋❋❋

今日はイッカクがいた、とジューキーが言った。

　イッカクは好き？　と雄々しきサブゼロが聞いた。

　誰かが殺した後ならね！　と彼女は笑った。

　誰かが一匹殺したら、血だらけになったのが見えて、サメが来るんじゃないかと思った、とエリサピが言った。

　サメが来たら、ジューキーが言った、私、それも食べちゃう！

❋❋❋

夜ごと太陽が低くなった。

　薄暮の光しかささなくなった最初の晩、気温が下がり、太陽は尾根の陰に半分沈み、空には細長い雲がいくつもかかって、河口は明るい白亜のブルーだった。次の晩はさらにぼんやりして影も伸びた。氷盤が端からどんどん溶け出してマッシュルーム型に小さくなるのと同じように、あるいは芯のまわりをぐるりとかじられたリンゴのように、日の光も秘密のうちに溶け始めたのだ。草はこれまで以上に青々と伸び、小菊も咲き始めたが、タンポポはすでに綿毛に変わっていた。二週間前には満開の花を咲かせていたのに。ヤナギモドキも盛りを過ぎて白くて丸い部分が落ち、その下のとがった緑色の芯がむき出しになっていた。

　一晩中、しかも毎晩ブルドーザーとライフル銃の音がした。ツンドラの隆起がブルドーザーの奇跡的仲介によって泥土の小山に変わり、生き物が肉に変わった。

　太陽から視線を落とすと、じっと見ていられないほど明るい、目の形をしたオレンジ色の似姿が、バイロット島の氷河の一つに映っていた。そのすぐ手前の水には、さらに目がくらむほど輝く黄色い球が浮かんでいる。そこから河口を横切るようにして一本の杖が伸び、その先は羽飾りのように枝別れして、サブゼロの立っている岸辺から六〇〇メートル足らずのところまで来ている。そこに立って彼は理解しようとした。鯨を求めて船が通る、その後ろを航跡のさざなみが広がり、この不思議な杖を変形させ、それでもそれは彼が見ている目の前で伸び続け、今では水面を完全に横切って草のはえた砂丘を這い、彼の顔を撫でんばかりだった。これはいったい何だ。彼は海の臭いを吸い込みながら立ちつくした（河口の氷が割れるまで臭いなどなかったのに）。夜半過ぎ、船はうなりをあげて、緑がかった金色の苔がはえる丘から遠ざかった。丘の長い影は柔らかな色とぬくもりをたたえている。足首に当たる太陽の暖かさはウールの靴下をはいているようだった。

僕が好きなのはこの山と、それからこっちの山だけ、と少年が彼に言った。

貝の笛が鳴った途端にスピードを上げていく船が目に入った。鯨が水面に上がると、船は機を待ちながらじりじりと近づいて行く。白い海鳥がブイのように一列になって集まってきた。他の船はライフル銃を撃ち続けながら行ったり来たりしている。銃声の合間に、最初の船がモーターを止め、波に身を任せながら鯨たちの様子をうかがっている。再び死の笛。ゆっくりと陰鬱に息をする鯨に向かって彼らはすこしずつ櫓をこいだ。鯨は静かな船のまわりで、まるで持ち上げられた岩のように水面から上がり、そして沈んだ。音もなく。鯨の息は笛の音のようだった。何羽かの白い鳥が小石でも投げたように空を横切った。船がきしむ。最後の一撃が河口にとどろいた。それから船は緋色の沈黙に満たされた。

✲ ✲ ✲

彼がキャンプに向かってツンドラの丘を横切ったとき、三人の少女たちの影は細長く伸びていた。夜中の一時半。彼女たちは〈クンガリート〉[1]の赤錆色の花を摘むためにときどき立ち止まった。その甘酸っぱさがお気に入りなのだ。そして次々としゃがんではおしっこをした。苔の花を見つけると微笑みながら声をあげた。ピルクシアット！ ピルクシアット！[2] それに対して雄々しきキャプテン・サブゼロはこう言った。

君たちご婦人がたの方が〈ピルクシアット〉よりもずっときれいだよ！ すると彼女たちはうれしそうにうつむいた。だが、ポンド・インレットの小さな木箱のような家が後ろを振り返っても見えなくなり、茂みの丘を登っても茫漠と広がる苔と空と遠くの氷しか視界に入らなくなると、彼女たちはさすがに不安そうだった。

疲れた？　とキャプテン・サブゼロ。帰りたい？　帰りたいなら引き返して送ってあげるよ。

行きたいし行きたくない、とエリサピ。

どうして？

こわいから、とジューキー。シロクマがこわいから。

ここにはシロクマはいないよ。シロクマが海を離れることはめったにない。

ジューキーは首をすくめた。――夏の日に、と彼女はためらいながら話した。エリサピがおばあさんといっしょに木の実を摘みに行っているとき、シロクマがやってきておばあさんのテントを引き裂いたの。

ウチのおばあちゃんはもう死んだわ、とアニーが誇らしげに言った。

ウチのおばあちゃんはまだ生きてるよ、とジューキー。

エリサピは何も言わなかった。彼は彼女の丸い顔、白い歯、細くて黒めがちの瞳、銅色の頬を見た。そして斑模様のカリブー革のパーカーを着た彼女が、自分の〈ウールー〉[*3]でカリブーの皮をなめしている姿をありありと思い浮かべることができたが、それはもう過去のもの、エリサピが生まれる前の生活様式だった。

ゲームで遊んだりする？　とキャプテン・サブゼロが聞いた。

ときどき、とアニーが答えた。

どんな？

冬の暗いときにお墓へ行くの。お墓がボロボロだと中の骨が見えるのよ。

丘の上に大きな十字架が立っているところ？

そう、とアニー

それから彼女は黙ってしまった。

茂みの草の一本一本が影を落とし、まわりにはひとかたまりに生える茜色の草と空色の水たまりが点在し、その先ではいくつもの丘が連なって、赤みがかった金色の平原に変わる。おまえの頭上の蚊は金色に光り、まるで後光のようだった。ウズラが雌鶏よろしく卵の上にかがみこんでコ

＊1　カタバミ
＊2　花よ！　花。
＊3　イヌイットの女性が携帯するナイフ。第一巻『ザ・アイス＝シャツ』にはグリーンランドのウールーのスケッチがある。

ッコッと啼いた。満月に近い月が重たげに空に引っかかり、おまえに美しい光を投げかけて、無限の青白き呪いをかけようとしていた。おまえは少女たちを引き連れて湿地のくぼみを横切り、続いて丘の上に登ると、そこからはもう町に続く道も見えなくなった。真夜中、道の小石の一つ一つが流星の尾と同じくらい長くて細い影を斜めに落としていた。太陽は低く、明るかった。

シロクマがいたような気がする、とエリサピ。違った、白い岩だ。

もうすぐだよ、とキャプテン・サブゼロ。この丘のすぐ先だ。

こわい、とアニーが言った。泣きたくなってきちゃった。

小さな赤ん坊だったとき、私はたくさん泣きすぎてね、とエリサピが言った。かあさん、怒ってた。

私たち、夜、お墓に行ったの、とジューキーはとてもゆっくりと言った。そして死体の腕が伸びてくるところを想像したの、その死体のうち三つは三つ子、二つは双子、一つはただの人。死んでお墓に来させるために、その人たちが私たちをつかまえようとしている、って思った。私たちを光の中に連れて行こうとしたのかも知れないね。

＊ ＊ ＊

ここだよ、とキャプテン・サブゼロ。さぁ、靴をぬいで、横になっていいよ。入り口の網戸はちゃんと閉めてね。今入ってきた蚊はすぐ殺すから。喉かわいた？ 飲み物《タング》を作ってあげようか。

うん、と少女たちは答えた。

メガネを取るとピエロに似てるね、とエリサピが言った。あなたは白人。だから鼻がとても大きい[*1]。

そいつはどうも、とキャプテン・サブゼロ。そう言ってくれないかなぁ、って期待してたんだ。

＊ ＊ ＊

だが彼は上の空だった。ジューキーの言ったことが忘れられなかったのだ。その死体のうち三つは三つ子、二つは双子、一つはただの人。彼女がそう言った途端、墓の中にいる彼の双子のかたわれがサブゼロをつかまえた。彼はそのためにここへ来たのだ。下からの光に照らされて輝く、長くて白い指が苔の中から這い出して彼のテントの床をまさぐり、斑に地衣がはえてやせさらばえた関節がボキボキと音を立てて開いたかと思うと、その手が彼の足首をつかみ、中手骨の一つ一つがひんやりと虚ろに閉じてゆく。少女たちにはそれが見えないし、彼もなにも言わなかった。こうなったら彼は死んで墓に入るしかない。だが彼の双子のかたわれとは誰か。三人目の三つ子はどこにいるのか。――翌日、浜辺をぶらぶらしながら双子のかたわれが迎えに来るのを待っている間、彼はルールを暗唱した。シロクマには口径・三〇―三〇を使え。セイウチにも同じものか、・三〇六だ。

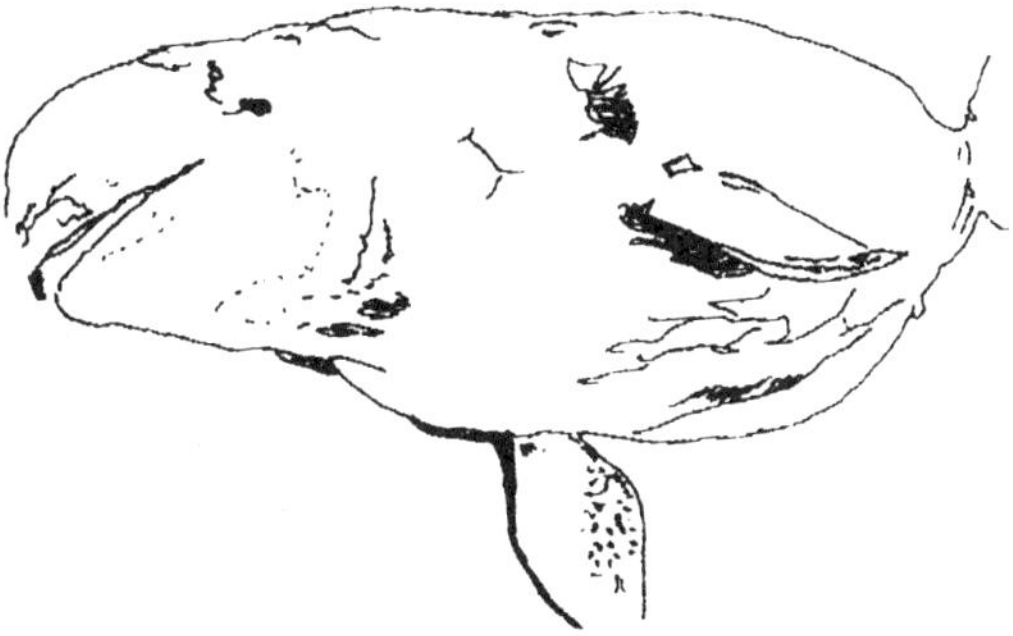

カリブーには・二二か・二二五。アザラシは・二二。彼はとても不安になり、落ちつかなかった。その日は天気がよくて風もなく、暑くも寒くもなかった。夜、風の音は聞こえなかったが、河口岸には何片かの陶器のかけらが打ち上げられているだけで、氷はほとんど消えていた。島と島の間には白くて細い線が伸びている。波一つない茶色い水を横切ってモーターボートが進み、氷山の端まで来ると一発の銃声が響いた。それから何発も発砲しながら半分ほどの距離まで引き返した。そして止まった。ゆっくりと旋回する。水はとても穏やかで浅いように見えた。形も色合いも歪んでうつる、青や茶色の雲の影がふるえた。別のボートが発砲した。どちらのボートもスピードをあげた。貝の音《ね》が彼の耳に届いた。鯨が潜った。ボートは円を描きながら待った。鯨が浮上すると彼らはまた発砲した。白い海鳥がブイのように一列になって水の上に集まってきた――

*1　一七六九年から一七七二年の間のあるとき、サミュエル・ハーンはこう書いている。「北米インディアンに美人の条件を聞けば、きっとこう答えるだろう。広くて平らな顔、小さな目、高い頬骨、それぞれの頬には三本か四本の黒い線が入れ墨してあって、肌は黄褐色――それからベルトのところまで垂れ下がった乳房。」

浜辺に打ち上げられた氷の固まりは溶けかかっており、ヒビが入って穴だらけだった。そのヒビを目でなぞり、死にかけた鯨を遠くにながめ、それからまた氷を見た途端、彼はもはやそこから視線をそらすことができなくなった。というのもそのヒビは象徴だったからだ。彼は音節文字を組み合わせて言葉をつづることが多少できたが、彼の知っているイヌクティトゥット語はごくわずかだった。女性、ブラウス、ソフト・ドリンク……氷のひびが形作る文字は、雲間から見え隠れする天使たちの顔よりもずっと明瞭に読みとることができた。彼はその文字を信じた。氷の影になっている砂の上に、彼はその文字を指で書きうつした。

ᔭᓐ　ᕙᕋᖕᑲᓕᓐ

ja n　va ra ng ka li n

ヤーン　ヴァラングカリーン。

ヤン　ヴァランクリン。

ジョン　フランクリン。

言うまでもなく氷のつづり字は完璧ではなかった。ᖕᑲの組み合わせは重複しているし、ぎこちない。実はᓐᑲなのかもしれないが、多少の乱れは仕方がないだろう。——彼の双子のかたわれはフランクリンだったのか。——彼はそれが分かってうれしかった。そのうれしさは、小型飛行機で運ばれる負傷兵が、ありがたい、看護婦がいる、と言ってうれしがるのと同じ性質のものだった。当の看護婦たちは男の性的な欲望を感じ取るかもしれないが、そうではない。実は一九七〇年代に飛行機の墜落事故があって、そのときの唯一の生存者が、潰れた死体の中から看護婦のものを選んで食べた。その肉がとてもうまかった、という。

ジョン・フランクリン卿は北への冒険を四回繰り返した。

（この手の事柄はえてして一回ではすまないもので、それは誰かを誘惑したり、アザラシを撃ち殺そうとする場合と同じだ。――アザラシ狩りの一発目はアザラシを殺すためではなく、びっくりさせて息継ぎをできなくさせるためだ。次に水面に上がってきたときには、ハンターはさっきよりもさらに近くから銃を撃ち、アザラシはまたしても酸素なしで潜らなければならない。三度目か四度目には頭を打ち抜くことができるほど近づくことになる。）フランクリンは最初の航海では副艦長だった。一行はグリーンランドの東海岸を航海して北極到達に失敗した。もう一方の分遣隊は、ロス（兄）が見た幻覚のおかげで北西航路に入りそびれた。……フランクリン中尉もこれにはなす術もなかった。次のロスはイザベラ号、彼はトレント号に乗船していた。次の航海（一八一九―二二年）はフランクリンが全権を握り、飢餓と殺人と人肉喰いが船を襲った。船員の一人はこう書き残している。　惨状がすこしずつ我らの背後に忍び寄り、我々は互いのやつれきった姿を見るのは慣れていたが、ミスター・フランクリンと彼のまわりにいる輩の世にも恐ろしげな風貌、ふくれあがった眼球、そして陰鬱な声は、当初耐え難いものであった。フランクリン自身は物事をもう少し明るくとらえており、日誌に書かれていることも楽しげだ。……一時間の停泊後、ボロ靴を馳走がわりにたらふく食べて鋭気を養ったところで、我々はコッパーマイン川をめざして出航した――奇妙なことにこの航海では十一人しか生還できなかった。（あるイヌックはこう言った。こうして我らの物語は続く。）フランクリンは大佐に昇進した。人生が完遂されて、人ははじめて死ぬことができる。こうして我らの物語は続く。）フランクリンは大佐に昇進した。結婚もした。オックスフォード大学からは民法の名誉学位をもらった。ギリシャのあがない主からの勲位も授かった。さらに奇妙なことに彼は同じ北極海に三度目の遠征にでかける。きちょうめんだけれど無責任ともいえる彼の性格のおかげで、北極海沿岸のかなり広範な地図が完成した。だが彼の人生は完遂されなかった。今度は勲爵士の位を授かった。タスマニアの総督にもなった。北西航路を求めての四度目の航海、レゾリュートからわずかに南の地点で、ようやく彼は人生のデザートを差し出された。彼はかなり早い時期に死んだ。もちろん、彼は他の者のように眼窩を南に向け、砂の上で骸骨となって散らばったりはしなかった。甲板のハッチカバーの使い方を知らないイヌイットたちが、氷づけの彼の遺体の下で眠る奇妙なお宝を略奪するために、

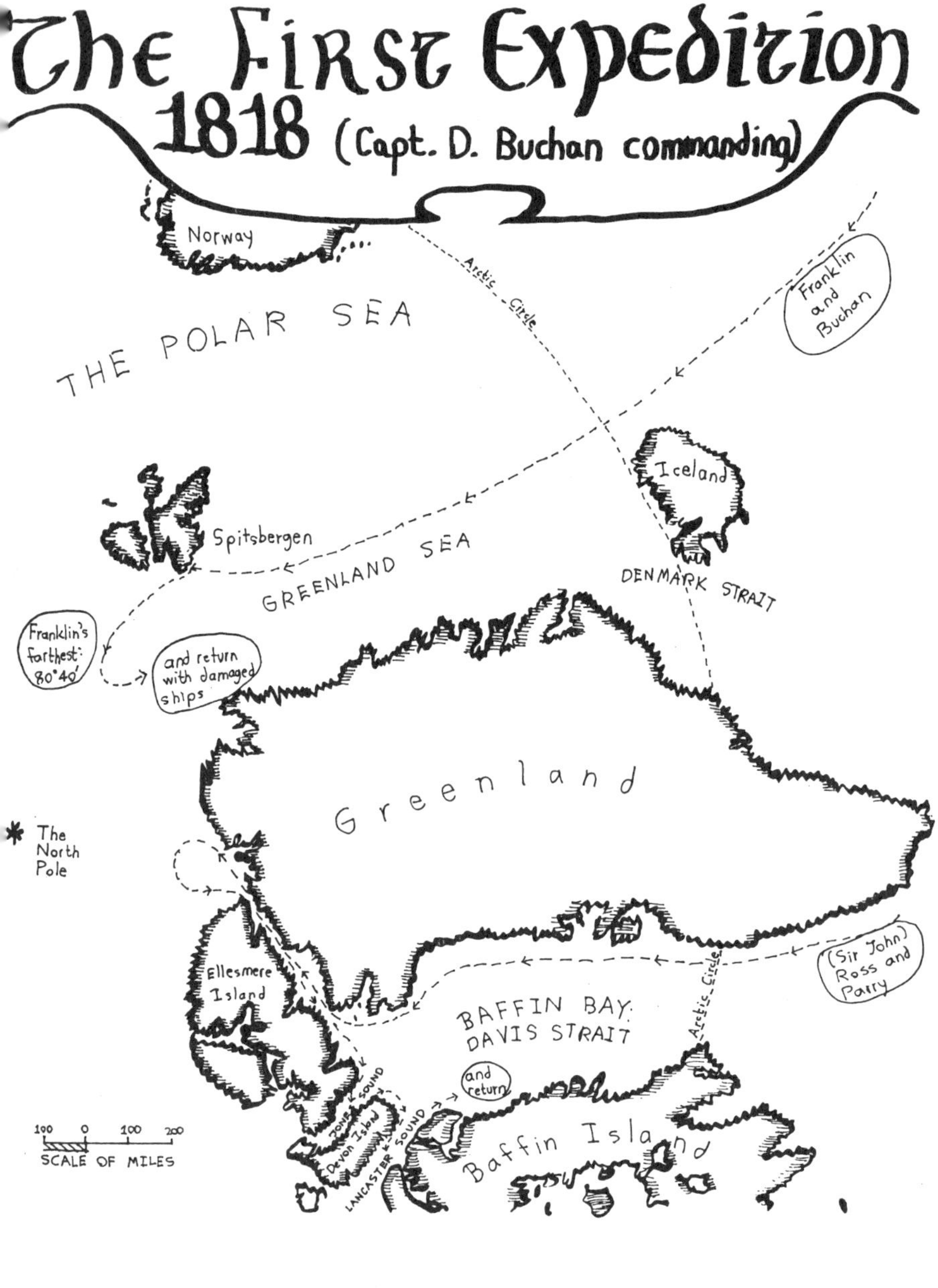
The First Expedition
1818 (Capt. D. Buchan commanding)
Norway
Arctic Circle
Franklin and Buchan
THE POLAR SEA
Iceland
Spitsbergen
GREENLAND SEA
DENMARK STRAIT
Franklin's farthest: 80°40′
and return with damaged ships
Greenland
The North Pole
Ellesmere Island
Arctic Circle
(Sir John) Ross and Parry
BAFFIN BAY: DAVIS STRAIT
JONES SOUND
Devon Island
LANCASTER SOUND
and return
Baffin Island
100 0 100 200
SCALE OF MILES

舷側に穴をあけてしまったおかげで、彼は死の船もろとも
に沈んだのだ。一九九〇年、北極大陸棚のクルーが北極海
の海底になにかが沈んでいるのを発見した。調査は行われ
ていないが、それが船である可能性はかなり高い――

男の子たちはみんなきみに夢中

一時期、パンニルトゥン地域におけるカリブーの生息領域は広大だった。だが人間の定住がすすむにつれて、冬場のなわばりへ移動するカリブーは皆無といっていいほど減少した。……それまでの移動パターンがパンニルトゥンの集落によって崩れたのである。

案内冊子『アユイトゥック国立保護公園とその近郊の動物たちについて』（一九七六年頃）

シロクマを見たような気がする、とジューキーが言った。違った、氷だった。

　持ってきたおみやげのうち最後まで残っていたかっこいいサングラスとニューヨークのTシャツ二枚を、彼女たちは目ざとく見つけて言った。ねぇ、見せて見せて。お願い、もらっちゃダメ？

　じゃあ君たちは僕に何をくれる？　と彼は言った。三つ子のうちの二人めの正体は分かったが、墓場にいるはずのもう一人はどこだろう？

　すると少女たちはヒソヒソと相談を始めた。そしてポンド・インレットのTシャツを買ってあげる、と発表した。

——今のは冗談だよ、と彼は言った。彼は少女たちにプレゼントをあげた。誰が何をもらうかは彼女たちに任せ、エリサピがサングラスを手に入れた。

　エリサピ、これで男の子たちはみんなきみに夢中だよ、とサブゼロが言った。

女の子たちはクスクス笑った。

あなたも？　ととても小さな声でエリサピが尋ねた。

もちろん、と彼。僕は女の子はみんな愛してるよ。

小さい子たちも？　とアニーが目を見開いて聞いた。

そうだなぁ……　——キャプテン・サブゼロもこれには困った。彼は少女たちのために飲み物《タング》を作った。だが女の子たちはまたしてもヒソヒソ。なぜならその中に蚊が一匹浮かんでいたからだ。

ポンド・インレットのTシャツ、ほしい？　とジューキーが尋ねた。

さっきのは冗談だよ。お金を無駄使いしちゃいけないよ。あなたが地面の中で生きる三つ子になったら、あたしには分かる、と彼女が言った。あなたとならゲームをしてあげてもいいけど、あたしを捕まえたりしないでね、怖すぎるから。

他の二人は互いのTシャツをほめ合ったりして、この会話が耳に入らない。彼は前かがみになってなるべく小さな声で彼女に聞いた。双子が誰かは分かったけど、三つ子は誰？

知らない。

知ってるはずだよ。

彼女はクスクス笑った。――男の子と女の子、どっちがいい？

彼の心臓が高鳴る。――女の子、と彼は答えた。

彼女は自分の人差し指を口にくわえて彼を見つめた。それから彼の手を取り、指で彼の甲に二つの文字を描いた。ツバの冷たい線で。感触が彼の心に残るように。

ᕆᐸ

Ri pa

、、、、

リーパー

3 レゾリュート湾

ᖃᐅᓱᐃᑦᑐᖅ

誰かが笑っている 1988

ここにあらず！　あの白き極北の地にこそあれ、汝の亡骸は。
汝、雄々しき船乗りの魂よ、
この世ならぬ極地をめざし、今しも
和《な》ごめる海を渡りゆく。
テニスン、フランクリンに捧げる墓碑銘

彼女は開け放した窓辺に座って、隣からやってきた大きな犬に生のベーコンの切れ端を投げてやっていた。笑いながら　イェィ！　とか、オウチに帰りなさい！　と言ったり、歌ったりしながら。――バイバイ、と最後は穏やかな口調で。ベーコンの脂身を一切れ口に入れて残りは冷蔵庫に戻した。

　そして出かけた。彼はフードをたぐり寄せながら風に逆らって歩く彼女を見た。風で窓がかたかた鳴った。しばらくして彼女は小脇に箱をかかえて帰ってきた。箱の中身はジョーリー社の電子ピアノだ。彼女はテレビが大好きだったのでつけっぱなしのまま、ピアノをSAMBA / RHUMBAにセットして演奏を始めた。あくびをしながらでも指一本で鍵盤を叩くと、すぐに覚えられるようなメロディが次々に流れた。しばらくすると彼女は演奏のスピードを上げた。鍵盤にかがみ込んだ彼女は革ジャンを着たままなので肩幅が広く見える。まっすぐ伸びた艶のある黒髪。テレビには色とりどりの場面が次から次へと映し出されるが、外は灰色がかったブルー一色で今にも雪が降りそうだ。台所の裸電球の光が空に反射して輝き、リーパーは平べったい指を動かしながら無表情に座っていた。リーパーが振り返って彼に微笑んだ、それはあまりにも美しかった。彼は言った。

　僕もやってみていい？　すると彼女が答えた。

まだ。私が終わってから。

しばらくして彼女はコーンの缶詰とマッシュド・ポテトと冷凍チキンの夕食を用意してくれた。

リーパーが演奏するとなにかが起こったが、それが長く続くことはなく、というのも彼女は、スピーカーのワイヤーの接続を良くすると称しては鍵盤の電源をしょっちゅう切ったり、あるいはVIOLINからORGANやTRUMPETへと設定を次々に変えていたからだ。だが一、二、一、二の安定したリズムはお気に入りで、彼女もそれだけは変えなかった。

窓がほんの少し曇り、何もかもが青味がかって見え、テレビでは筋肉男が泳ぎ、リーパーが彼にもう一度ほほえんで電子ピアノの電源を切った。

＊＊＊

女友達といっしょに、彼女は台所のテーブルで両肘をついたまま微笑んでいる。少し年輩のその友人は、パーカーのジッパーもおろさずにちょっと気むずかしそうに座っていた。スカーフも頭に巻いたまま。やがてテーブルに拳を押し当て、それで体を支えながら立ち上がって家から出ていった。去り際には肩越しにほほえんだ。少女たちが二人やってきてリーパーといっしょに電子ピアノのまわりに集まり、夢見心地に演奏を始めたからだ。窓の外は群青色に変わり、街頭には灯がともっていた。それからリーパーが自分の部屋に入り、しばらくして少女たちがバイクに乗って帰り、例の大きな犬が吠えて、それはまるで誰かが笑っているように聞こえた。

＊＊＊

誓ってもいい、彼には彼女の声が聞こえた。ああ、ジョン。あたし、長い間ずっと待っていた、そうよ、ジョン。

そんなはずはなかった。

＊＊＊

小さな男の子はこう言いながら家の中をよちよち歩き回った。ジョーリーの銃の玉。ビリーの銃の玉。ジョーリーの銃の玉。ビリーの銃の玉。

❄
❄
❄

誓ってもいい、彼にはこう聞こえたのだ。　あたし、イヌクジュアックでの天国を、待ってる。

皮は上手になめせばそれだけ長持ちする。

ジョン、レゾリュートはあたしに合わない、ね、ジョン。イヌクジュアックへ行きたい。

なめしているうちに皮がきしまなくなったらでき上がりさ。

ジョン、あたし、眠り、あなたの心を待つ。

たとえうまくできなくても、女の子は自分の作ったものをとにかく着るべきだね。次はもっとうまくなるから。

カリブーの革を着ていた頃、人々はこんなことを言っていたらしい。

❄
❄
❄

入り口ホールの銃架の脇にはアザラシの毛皮が一巻、立てかけてあった。洗濯場にはカモメの羽。

❄
❄
❄

ジョン、イヌクジュアックに行けるよう、あなた祈って。いい、ジョン？　あなたとそこで会いたいけど、あたしは飛べない。もしかしたらあなたがあたしのユビを切ったから。

❄
❄
❄

その朝は雪が降っていたが風はなかった。家々の屋根は雪でおおわれ、空気は柔らかな白に満ちていた。

4 イヌクジュアック

ᐃᓄᒃᔪᐊᖅ

スカーレット・マッシュルーム 1990

かつてカリブー狩りには槍が使われたが、それ以来ライフル銃がもっとも一般的な武器となった。

アメリカン・インディアンならびにイヌイット居住区行政担当局『ケベックのネイティヴ』（一九八四年）

キワティン行政区の内陸部に住み、カリブーに依存していたかなり大きなグループは、ライフル銃の導入以降、カリブーが移動しなくなったために消滅した。

『ブリタニカ大百科辞典』

自分が彼女にプレゼントを手渡すところを、彼は何度となく思い浮かべた。起き抜けのベッドが一つあるだけの汚い部屋で、蚊の飛ぶ音といっしょに歌を歌いながら赤ん坊と二人っきりの彼女。そこへ彼がズダ袋から手品のようにプレゼントを取り出す。最初は彼女の髪を結ぶための、蝶の羽のようにきらめく派手な色のサテンのリボン。（彼女の口、彼女の顔、彼女の手に彼はもうくちづけをしただろうか？）それから一枚目のTシャツ。プレゼントを取り出すたびに彼が彼女に言う。これはきみに。サングラスをあげるときもいかめしい口調で。これもきみに。彼女は笑ってそれをかけてみる。部屋に鏡はあるだろうか。あれば彼女は自分の姿をうつし、赤ん坊が少しぐずって、彼女はそれを物憂気にあやすだろう……彼は二枚目のTシャツを取り出す。これもきみに。新品の堅表紙のノート。これもきみに。ビールを一缶。これもきみに。――ありがとう、ありがとう！彼女はそれを見て言うだろう。そしてズダ袋の一番底からは、レースの花をふんだんにあしらった黒のパンティ。これもきみに。――彼が何度も何度も頭に浮かべるのはこの場面だ。パンティを手にする彼女の顔をじっと見つめる。彼女は身をすくめるだろうか？　それともクスクス笑うだろうか。彼は彼女の前にひざまずいてこう言うだろう。きみがそれをはくところを見たい。——そしてその後は……。パンティそのものは黙して語らず。びっしり生えた黒い地衣のように軽く、細かく入り組んだレース。北極では地衣の薄片が渦巻き模様となってたくさんの丸石を飾る。彼はその地衣を手の平いっぱいに摑んで食べたことがある。それはかすかにマッシュルームの味がした。[*1]

✲✲✲

気の毒なキャプテン・サブゼロは、経済的な基盤が曖昧だという理由であやうくカナダに入国できないところだった。

——行き先はどちらですか？　と入国管理官が尋ねる。

——イヌクジュアックです、と彼が答える。——聞いたことないな。——それはどうも、と勝ち誇ったようにサブゼロ。——管理官がにらむ。それでもきわめて個人的な事柄についていくつか質問をして、ようやく管理官はサブゼロの入国票とパスポートにスタンプを押して入国を許可した。

サブゼロは乗り継ぎの都合で一晩モントリオールで過ごさなければならなかった。彼はサン＝ローラン通りに出ると、ソーセージとチョコレートを買い、そのまま通りで食べた。最近読んだ社会学の本に出ていた歓楽行為という言葉の定義。——あらゆる社会に存在する欲求不満や倦怠を緩和するために必要な行為——について考えながら。彼は公園に座って楽しくなった。というのも女の子がひとり、噴水の中を歩き回ってとても楽しそうだったからだ。あれも歓楽行為だろうか。彼はサン＝ローラン通りに戻って「北極」という名のビールを二杯飲んだ。

彼女のことを考えずにはいられない。あと一日か二日で彼は彼女に会い、彼女にキスをすることができる——

✲✲✲

うまくいくはずがないではないか。そもそも彼女を訪ねること自体、彼にしてみればとても勇気のいることだった。彼女といっしょに暮らし始めたらどうなるだろう。彼女を憎み、自分自身をも憎むことになるだろうか。

Sightings of Reepah

ᓄᓕᐊᑖᕆᕋᑖᕐᐹ (nuliataarirataarpa = he has just married her)

＊＊＊

結局彼はどうしたか……。まずはその晩、ホテルの小さな部屋で最後の仕度に取りかかった。モントリオールという名の、はるか彼方の知られざる北の町で、独り快適に。明日はここを発つ。だから今夜はベッドとタンスの間の狭い空間に服を並べ、テレビを乗せたドレッサーの前を通り過ぎ、顔を洗い、自分が彼女の目にどううつるか知りたくて鏡をじっと見つめ、それから眠ろうとして横になった。夢見ることもなく、彼女のことを夢見ながら。

翌日、彼はさらに近付いていた。クーユアラピック。ここは極地の高木限界にあたり、常緑のトウヒでも彼の背丈より少し高いくらいで、ケベック南部で見た茎の長い美しい花が同じように咲いていた。風の強い灰色の午後を彼はぞんぶんに楽しんだ。ハドソン湾に向かってのんびり歩きながら、ま新しいハーモニカを吹いたり吸ったりして和音を奏でていると、風もいっしょにハーモニカを通り抜け、低音の伴奏がずっと続いた。草の葉がいっせいに彼の方へなびいた。（彼の風速計「ウィンド・ウィザード」によると、突風は風速四十キロから五十キロまで幅があった。その風速計は、テントが吹き飛ばされそうになったことをきっかけにして、買ったものだ。彼はたとえテントが吹き飛ばされても、風速を計ることさえできれば、少しは気がすむタイプの人間だった。）彼は草と砂と、それから北極と同じような白い地衣が生えている道をのんびり歩いた。ここでもヤナギモドキを見かけたが、丈は彼の腰のあたりまで。テントも張った。指から血を流して苦労しながら。チョコレートも食べた。前方に広がる平らで灰色の海を見て喜びが胸に湧き上がった。叩きつけるような雨が降って、それからやんだ。尾根や平たんな海と同じくらいに空がとても低く感じられた。箱型の建物とアンテナがそこここに立ち、ひっそりと囲い込まれたような村を見て彼はレゾリュートのことを考えた。こんなに風が強くて薄暗くなければ、レゾリュートのことなど思い出さなかっただろう。第一ここはレゾリュートほど寒くない。コーンウォリス島は灰色か茶色だったが、ここは緑にあふれ、苔むしてしかも豊かで、まさにヴィンランドだ。雨がいよいよ本格的に降り出したので町に向かって引き返すことにした。そこでまたレゾリュートのことを考えた。引き返すまで彼は海辺に立ちながら、自分のことをとても誇らしく思っていた――
豊かに茂ったトウヒの幹は、彼のふくらはぎのようにしっかりしていた。風の中で少しだけ右に傾き、灰緑色の蕾や枝がその幹のまわりで揺れた。

グレート・ホエールで見つけた落書き
グレート・ホエールは最低
（さらに悪いことに　**グレート・ホエールはかみつく）**
アイ・ラブ・ジョニー・フランクリン
ペニスほしいよー
ジョニーが恋しいよー
あばずれ彼のことなんか知らないくせにあばずれ

✲ ✲ ✲

翌朝は冷えて湿っぽく、彼はいくぶん機嫌が悪かったが、雲の層を突き抜けて飛行機が彼を運ぶ頃には生き返った。もうすぐ彼女に会える――

✲ ✲ ✲

湿度が高く陽が照って、想像どおりに蚊が飛び回る（ただし想像以上にむき出しの岩が多い）イヌクジュアックに着くと、彼はリーパーの家に行ってノックした。彼女は留守だったが、乾燥機には彼女の洗濯物が入っているからすぐ戻ってくるだろう、と二階の女性が教えてくれた。丘のふもとに置いてきた大きなバックパックを取りに行き、再び戻ってもドアは閉まったままで、蝶番の隙間から空っぽの部屋の空気が漂ってきた。そこで彼はイエバエが飛ぶ風通しの悪い踊り場で待つことにしたが、しばらくすると中から赤ん坊の泣き声がした。彼は扉をノックした。
ドアを開けたのは以前よりずっと痩せたリーパーだった。（リーパーは出産したばかりだった。）彼女は肩をすくめな

＊1（九〇頁）　この地衣こそは、二回目の遠征でフランクリンの部下たちが飢えを凌ぐために食べたというイワタケだったと言えば（もちろんそんなつもりはないが）、あまりにも陰鬱にすぎるだろうか。だが参考までに、私は北極で見た植物をほとんど食べてみた。そして味としてはスゲよりも地衣の方が好みだった。それでも概して私はリーパーの言ったことに同意する。野菜は海の底からのヌメヌメした食べ物に過ぎない、と。

INUKJUAK, SEEN FROM THE RIVER

がら後ずさり、顔をしかめた。——あなた誰？　と彼女が聞いた。

ジョンだよ。

ジョン！　彼女は驚いたように叫んだ。

どことなくぎくしゃくしていた。

彼女は彼の手を取って握手した。

泊めてくれないか？　と彼が言った。

いいよ。

彼は彼女のあとについて部屋に入り、ドアをしめた。

こわい、彼女はしばらくして言った。

プレゼントを持ってきたよ。

その言葉で彼女の瞳が輝くと思ったが、そうではなかった。病気だった、と彼女が言った。

赤ん坊が大きな声で泣き出した。

彼女はじっとしていることがなかった。何かをしようとするたびに赤ん坊が邪魔をした。彼女はとてもいい母親だ、と彼は思った。

彼女は言った。　ごめんなさい、あまりよく覚えていない。ガソリンやマニキュアを、嗅ぎすぎた。

ぼくのことは覚えてる？

覚えてる。

彼女は彼から送られてきた手紙を見せた（その全てに、愛をこめて、ジョン・フランクリン、とサインしてあった）。彼女はそれを引き出しにしまっておいたのだ。テレビの上には投函されないままの彼宛の手紙が置いてあった。彼女はそれを彼に手渡した。手紙にはこう書かれていた。

ハーイ、ハロー、ジョン。しんあいなるジョン、ありがとうありがとうありがとういいたい、おねがい、ありがとう。メルシー・トワ。
はーい！　げんきですか？　わたしはげんき、あかちゃんもげんきです、ジョン、ごめんなさい、おくさん、なまえわからないけれど、わたしがいいたいのは、とてもごめんなさい、ジョン、おかね$25ごめんなさい。ジョン、わたしあなた、イヌクジュアックへいってはたらくかなにか、それとなにかさがして、ジョン、わたしのはわたしにはよくない。いまはもっとわかる、わたしのかわりにしごとするひと。おかねまってる。ねむったりホテルへいったり、わたしのいえに。でももうぜんぜんない。わたしのあかちゃんとわたし、いえにこれだけあって、こういうのはごめんなさい。はちがつにあいたい、ジョン。しあわせだけどこわいのは、えいごがよくしゃべらないからです、しっているでしょう、ジョン。もっとしりたいからでんわ。ごめんなさいジョン。ありがとう。
あなたのともだち
リーパー

手紙の裏にはこう書かれていた。

おんがくすきで、しろとくろのTしゃつもすき。ジョンはしっている。

はーいジョンさようなら。


そのページには口紅でキスマークがついていた。

妻はジェーンって言うんだ、と彼は言った。

ジーン？

ジェーンだよ。ジェーン・フランクリン。

あなたはいくつ？　と彼女が尋ねた。

三十一。

年取ってるね。

君はいくつ？

二十四。

年取ってるように見える？

見える。

会話が途切れた。

悲しい、と彼女が言った。

年取っててごめんね、と彼が言った。


あなたの目が好き、と彼女が笑い、だがその後、彼が彼女の首筋をなでようとすると彼女は笑って言った。

だめ、触らないで。

プレゼントの中で、彼女が一番気に入ったのはネコの目のTシャツだった。テレビの上の壁にはネコの絵がかかっていた。

夕飯食べる？　と彼女が言った。

君次第だよ。

食べ物がないの。お金がないの。イヌクジュアックへ来るのにお金いくらかかった？

ずいぶんかかったよ。

彼女は彼のサイフを見たがった。サイフを見せてくれとせがまれたのは初めてではない。彼は自分を年寄りだと思った——身勝手な年寄り。自分はここにいるべきではない。なぜいつも戻ってくるのか。タスマニアの総督だった頃、彼はジェーンにこんな手紙を出した。今回は行政委員会の進言（このような場合にはぜひ必要です）に従って、小麦粉の消費削減のため、受刑者、役人、すべての囚人たちに配給するパンに、粗挽きトウモロコシとマメを一定量混合させる措置を講じました。このことについては新聞にも発表されたので、読みやすいようインクで印をつけた切り抜きを同封します。この措置はしかるべき段階を踏んで行われ、また大いに成功しました。総督としてニュー・サウス・ウェールズの司教を接待し、貧しい者たちのために食料品の値段を下げ、予算問題について演説をし、土地をめぐる訴訟問題を解決して、厳しい取り調べを行っていたとき、彼は自身の義務を全うしていたわけだが、彼は本当はどこにいたのか。ジェーンが「南極の盟友」と呼ぶ男たちといっしょにいるときだけ彼の気分は高揚し、リーパーを近くに感じることができた。ロスが一八四一年に南極圏を通過すると、彼の心臓の高鳴りはまるでイヌイットの革張のドラムを叩いているようだった――

彼はまだ黒いパンティを彼女にあげていなかったが、勇気を奮い起こしてあげることにした。彼のモットーは、物事はなんでも明るい方に考えるべき、というものだった。

いい、と彼女が言った。黒は好き。――彼女はネコの目のTシャツ（礼儀を重んじたのか、うれしかったからか、彼女はもらってすぐにそのTシャツを着た）をたくしあげて、彼に黒いブラジャーを見せた。

とてもいいね、と彼は言った。

頼まれ続けた挙句、彼は彼女にサイフをのぞかせた。グレート・ホエールに着いたときに、あらかじめ現金を隠しておくことも考えた。相手が娼婦だったらそうしただろうが、彼女は娼婦ではないし、彼女とはそんなつき合い方をしたくなかった――

金持ちだね、と彼女が言った。

そうじゃないよ、と彼が重い気持ちで答えた。

熱のせいで彼女の肩はいつも痛んだ。彼がさすってやると最初はおとなしくしていたが、突然いやがった。彼女の行動はなんでも唐突だった。

しばらくして二人は出かけることにした。赤ん坊が彼女の背中によじ登って夏用のアルモーティにくるまれ、背負われるところを見ると心が安らいだ。いっしょに通りを歩きながら彼女は顔をしかめて言った。重い。疲れた。かわろうか？

だめだめだめぜったいにだめ。

二人の少年の前を通り過ぎると彼らが囃し立てた。オイ、リーパー、新しいボーイフレンドかよ。

違う、と彼女が言った。

その言葉にサブゼロの心が痛んだ。

こいつあんたのガールフレンド？　と少年たちが彼に聞いた。

聞こえただろう、違うよ。

少年たちはそれでも二人についてきてからかった。ボーイフレンド、ボーイフレンド！

この岩、登る？　と彼女。

オーケー。

風が吹いて、濁った水たまりにさざ波が立った。段になっている苔むした石板を彼らはよじ登った。その姿が町から見えなくなったところで、彼女は赤ん坊を歩かせるために背中から下ろし、片方の手を彼に握らせた。こうしてまるで家族のように歩きながら、彼女が言った。イヌクジュアックの人たちは嫌い。

どうして？

分からない。

坂をおりると雨が降り始めた。これはモンターニュかと彼女が尋ねるので彼はマウンテンだと答え、イヌイット語ではなんて言うのかと聞いてみたが、彼女には彼の声が聞こえなかった、補聴器が苔の中へ落ちてしまったからだ。

彼がそれを拾ってあげた——

悲しい、と彼女。

どうして？

分からない。

どのくらいここにいてほしい？　ぼくは君にハッピーでいてもらいたいんだ。分かるね。

分かる。

三人はさらに歩いて行った。

ホテルに泊まりたい？　と彼女が正直に彼に聞いた。

いや、君といっしょにいたい。

＊＊＊

彼女は突然、二階で誰かが聞いていると言い出し、唇に指を一本あてた。それから一枚の紙にアザラシの絵を書いたので、彼がそれにライフル銃を書き、アザラシを指すと、彼女もライフル銃とアザラシに指をあてた。その仕草を彼はすでに知っていた。それから彼女は自分の右の胸に触れ、彼の手にも触れてこう書いた。ジョン、あなたにあざらしをあげる。

彼が書いた。きみといっしょにいたい。

だめ。

どうして？

わたしイヌイットのひとといっしょになる。わたしとおなじおとこのひとほしい。

きみといっしょにいたい。

わたしと？　それともジェーンと？

それから最後に彼女はこう書いた。しんあいなるジョン、おげんきですか？　わたしはげんきです。どうしてかわからないけどこわいです。――だが彼女は最後の文章は消してしまった。

✲✲✲

その晩、口から顎までヒゲのように血を滴らせた男がやってきた。酔っぱらっていた。サブゼロは彼に消毒薬を渡したが、男は酔っぱらいすぎてパッケージを開くこともできず、だらしがなくて陽気だった。抱こうとした赤ん坊が落ち着きなく彼の腕の中で身をよじった。リーパーが微笑みながら彼を見つめた。

私のもう一人の息子の父親、と彼女が言った。この子のじゃない、ポールージーのじゃない。

男がべつの部屋へ行っているほんの少しの間に、リーパーはサブゼロに結婚指輪を見せた。彼はそれを受け取って彼女の指にはめた。――これで君はぼくと結婚したことになる、と彼は言った。

男が戻ってきてサブゼロにタバコをせがんだ。

ぼくは吸わないんだ、と彼が答えた。

本当？　と男が言った。

Je sais ce que vous faites ici,（ここでなにをしているか知ってるぞ）と男がサブゼロに言った。Assez clair?（分かってるな。）

Je ne parle pas français,（フランス語は分からない）とサブゼロは答えた。

✲✲✲

リーパーは彼の寝場所をどこにするか、迷っていた。彼女の手紙にもあったとおり、ベッドは一つしかない。結局彼はベッドルームで寝ることになった。そこにあるマットレスの上に。彼女の従兄弟たちがポヴングニトゥックから訪ねてくる予定だったが、彼らには他で寝てもらうことになった。彼女とポールージーはリビングルームにあるマットレスの上で眠ればいい。

リーパーのベッドルームは十代の若者の部屋のようだった。ヘビメタ系のバンドのポスターがあちこちに張られ、カセットやファン雑誌が床に散らばっていた。彼女はカセット・プレイヤーを持っていたが、カセットをかけようとするとメトロノームのように音がカチカチいうだけで肝心の音楽はほとんど聞こえない。毎晩六時頃、姉の家に行く前に彼女は決まって「ぼくらが世界を殺した」という曲をかけた。他のカセットは床の上で死んだように転がっていた。

夜になると家は暖房で暑くなりすぎて、しかもタバコの煙が充満し、赤ん坊が泣きわめいた。彼女は毎晩三時か四時まで起きていた。彼が眠ろうとすると彼女がコーヒーとトーストを持ってきた。彼はいらない、と言った。

✡ ✡ ✡

フィッツジェームズ・リヴァイヴァルと書かれたペナントでベッドルームの窓はほとんど被われていたが、それでも明るい日ざしが差し込む日曜日の朝、オート三輪に乗ったハンターたちが町にやってきて、犬たちがそれに向かって吠え立てる。(遠くの狩猟キャンプには自分の黒い犬がいる、とリーパーは言った。だが疲れるので彼女は狩りがあまり好きではなかった。)

サブゼロは「前向きに生きるための十か条」を書きつけた紙片を持ってきていた。心配症の友人が昔くれたものだ。眠っているリーパーを起こすのはしのびなかったので太陽の光とぬくもりに抱かれたまま横になっていたが、これからどうするべきか、考えた。今日だけは自分とまわりの人々の領分を尊重する という一条がある。——つまりこれ以上彼女を誘惑してはいけない、ということだ。今日だけは自分で自分を尊敬できる行動を取る。——セスだったらどうするか？ 自分が求められていないと分かれば、早々に引き上げるだろう。サブゼロもそうするべきなのだ。——彼を待ち受けている墓の中の双子や三つ子はどうなる？ この際彼らのことはどうでもいい。大事なのは、彼女に対して誠実であることだけ。心を決めてからは、早くも気分が良くなった。リーパーが起きてきたのが聞こえたので彼もリビングルームへ出て、彼女におはようの挨拶をしたが、補聴器をつけていなかった彼女は驚くと同時に気むずかしそうに後ずさった。彼は荷造りを始めた。彼女は途端に興味深々で近付いてきた。

どうして？ と彼女が尋ねた。

今日はキャンプに行ってこようと思って、と彼が答えた。

それはオーケーね、と彼女はにこやかに言った。

こうして彼は自分が正しい選択をしたことにますます確信を持ち、気を良くして神に感謝した。早くもツンドラの地平線に向かって彷徨いたいという強い思いが込み上げるのと同時に泣きたくもなった。彼は、その悲しみを忘れよう、あるいはせめて隠し通そうとした。これ以上彼女を傷つけないために。彼女のため、そして彼自身のためにも、彼女には幸せであってほしかった。色紐のついたズダ袋にいろいろな物をぎっしり詰め込み、首を強く絞って紐を結んだ。それからズダ袋を一つずつリュックに押し込んだ。二度と彼女に会うことはないだろうし、彼女はそれで幸せなのだ。彼はリュックの底に寝袋を押し込めようとした。

ジョン？ とリーパーが言った。

なに？

今日は日曜日。

そうだね。

彼女ははにかみながら微笑んだ。

このとき彼は、リーパーが家に聖書（バフィンランド・エスキモー版）を置いていることを思い出した。そこには彼女の母親の名前と、彼女の名前が記されていた。彼は言った。日曜日はキャンプに行ってはいけない日だっけ？

そう！ 彼女は微笑んだまままささやくように答えた。

どうして？

彼女は肩をすくめた。

彼女はベッドルームに入って何かを書き始めた。「暗い」という単語のつづりを彼に聞いた。

彼女はサブゼロがさっきまで眠っていたマットレスに寝転がり、サブゼロも彼女のわきの床に寝転がって、彼女かもの紙きれを受け取った。それにはこう書かれていた。

わたしあなたきょうもどる
でないとあなたわたしつちにねむる
こんやはつちのなかくらすぎる
それであなたはこわくないの、もしかしたらこんやはくらいかもしれない

　彼は彼女の方を向いて寝転がっており、彼女は彼の瞳を見つめていた。彼女の手にキスしそうになった。心臓が早鐘のように鳴っていた。

　彼女が言った。歯は何本ある？

　彼が笑い、彼女は歯医者のように　アー――　と言いながら口を開けた彼に近付き、歯に指をあてて数えた。二十、三十、四十。――その手が彼の髪をなでた。彼の心臓は爆発寸前だった。彼女の短い黒髪を指で梳き、腰にそっと腕をまわした。

　リーパーはサブゼロを見つめながら体を起こした。

　抱き寄せようと彼が腕をのばし、彼女は彼を起こそうとしてその腕を全身の力で引っ張った。彼はしばらくリーパーに身をあずけていたが、やがて彼女を引き寄せると彼女の体が上になり、彼は眼鏡をはずして彼女の口にキスをした。下唇を吸うととても清潔で気持ちのいい味がした。彼女のすべてを吸いつくすようにキスを続け、そのまま彼の手が彼女の首筋をとらえてもっと強く引き寄せ、赤ん坊が二人の体の上に這い上がり、眼鏡で遊び、彼女に手をのばし、そして彼はこの上ない喜びを感じながら彼女にキスをしていた。彼女の顔を見ようと体をはなすと、彼女が尋ねた。

　わたしが好き？

好きだ。

　彼女の鼻にキスをすると彼女が笑った。彼女の頬と首にもキスをした。彼は何度も何度も彼女の口にキスをした。彼女は彼の上でとても軽く、清潔で、純粋だった。

　彼は彼女のシャツの下に手をすべりこませた。まだブラジャーをつけていない。時間が早かったのだ――朝の十時半。彼女の赤褐色の乳房はツンドラの地衣のような青黒い宝冠をいただいていた。

　彼がそれにキスをすると彼女は言った　しないで。

　わかった、と彼は言った。

　彼は彼女の唇に再びキスをして、それから彼女が立ち上がった。

✲ ✲ ✲

誰かが盗み聞きしていることは分かっている、とリーパーが言い、その誰かを彼女はとても嫌っていた。最近、彼女はほとんど一日中ブラインドを降ろして過ごしていた。埃まみれの道路に誰がいるのか、それを確認するために、ときどきブラインドの羽を広げて覗いた。町は彼女の家を回りこむように広がり、そのままイヌクジュアックの河口へ伸びている。その先のハドソン湾には平べったくて、黄褐色と緑の多い美しい島々が、水平線を乱さぬ程度に点在していた。川の両岸には、レゾリュートへ移住させられた我らがレヴィ・ヌンガクが、あれほど郷愁にかられて懐かしく思い出していたスポンジ状のツンドラがあらわれ、その所々に割り込むように、低くて幅の広い、ドームのような岩が見えた。岩の上は人が遊べるほどの広さで、サブゼロはそこでうれしさ極まって走り回り、黒っぽい岩を階段がわりに易々とよじ登っては新しい高みを楽しんだ。風は強さを増し（気温は零下五度、突風は風速計によると時速三十キロ）、彼はナイロンのパーカーを着込んで、窪みを飾るさざ波立った水たまりのわきを走り抜け、川が湾曲している東の方に向けて双眼鏡を覗いてみた。そこはキャンプによくないとリーパーが教えてくれたところだ。狼が出るらしい。リーパーは狼を恐れていた。

❋ ❋ ❋

リーパーは歯が一本欠けている。風船ガムがほしかったので、歯の妖精に一ドルもらおうと、自分で自分の歯を抜いたのだ。

❋ ❋ ❋

彼女は手話ができた（そんなに耳が悪いのか、と彼はショックを受けた）。彼女は手話で何度も伝えた。愛してる、ジョン。

❋ ❋ ❋

リーパーはその晩、九時頃に帰ってきた。昼のテレビ集会で、イヌクティトゥット語の「聖者の行進」を聞いて以来彼女の機嫌の良さは続いていた。片付けが済むまで、サブゼロはベッドで寝ころがってポールージーと遊んでいた。やがて彼女はサブゼロのために作ったインスタントのシュ

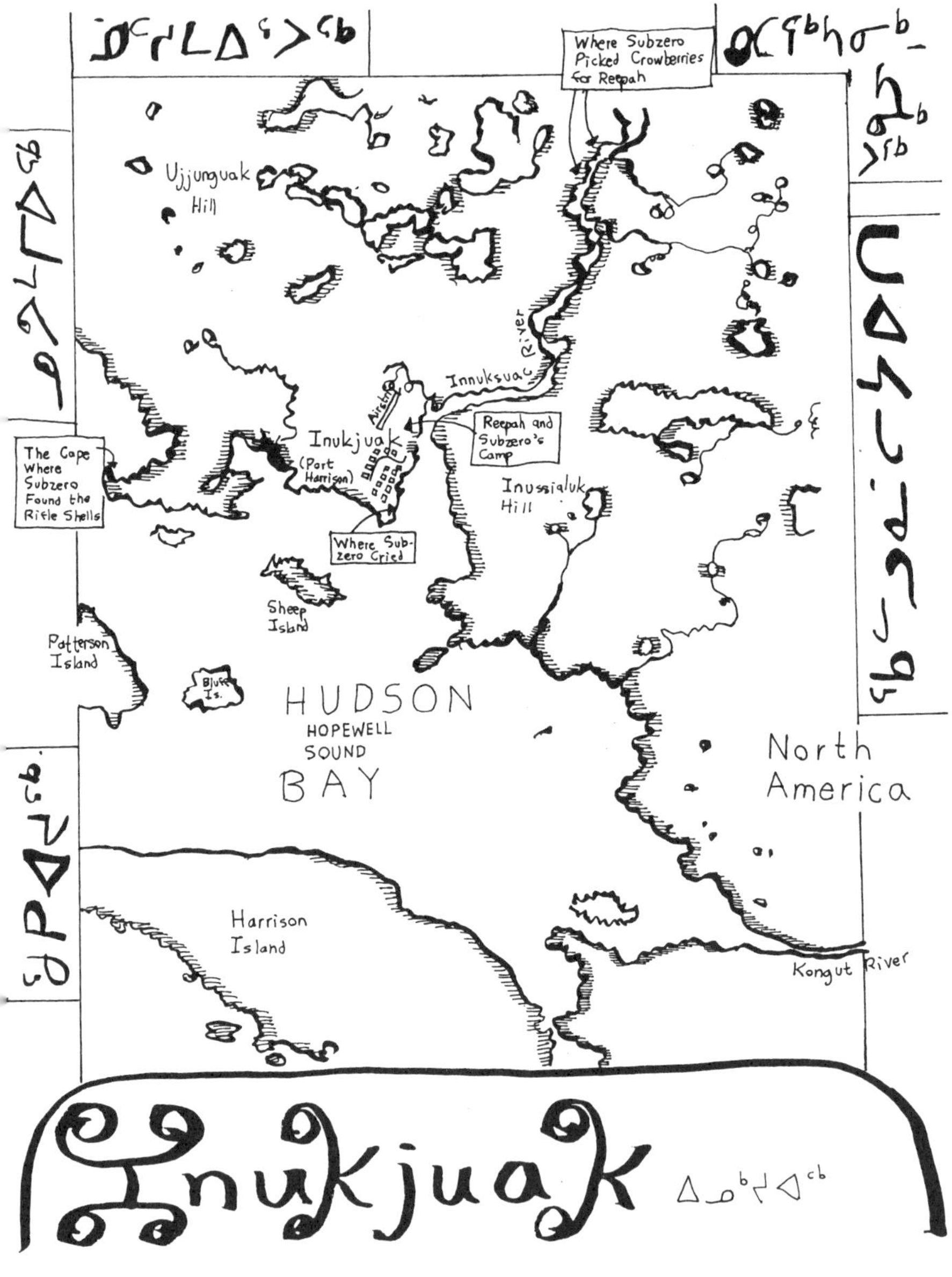
Where Subzero Picked Crowberries for Reepah
Ujjunguak Hill
Innuksuac River
Airstrip
Inukjuak (Port Harrison)
Reepah and Subzero's Camp
The Cape Where Subzero Found the Rifle Shells
Where Subzero Cried
Inussialuk Hill
Sheep Island
Patterson Island
Bluff Is.
HUDSON BAY
HOPEWELL SOUND
North America
Harrison Island
Kongut River
Inukjuak

リンプ・スープを持って部屋に入り、ベッドの上にすわり、彼が彼女を引き寄せ、二人はキスをし始め、そのとたんにドアの呼び鈴が鳴った。それでも彼がキスを続けると二重ドアの内側を激しくノックする音が響き、リーパーがはじかれたように立ち上がってドアを開け、三人の男たちが入ってきた。そのうちの一人が叫んでいる。俺の目ん玉、俺の目ん玉！　どうしちまったんだ、なにも見えねぇ！　ガソリンを嗅ぐのをやめさせるために彼の兄が殴りつけたのだ。トルエンの臭いがぷんぷんした。——目が見えねぇよぉ！　と彼がわめき続ける。どうなっちまうんだよぉ？

サブゼロは炎症用の冷湿布を取り出し、いらないと言うリーパーに、いいから、と答えた。その男はそれから一、二分おきに湿布に乗せる氷嚢の水をかえてくれとせがんだ。自分で動くのはいやなのだ。サブゼロはそのたびに彼のためにバスルームの流しと部屋の間を往復した。男は彼のことを笑い始めた。

リーパーは赤ん坊を連れて出て行った。——またねジョン、と言い残して。

✲✲✲

男たちが出て行くとすぐに彼女が戻ってきた。彼女は様子を見ながらすぐ近くで待っていたに違いない。彼女はシャツをたくしあげてポールージーに乳を飲ませ始めた。——ファック番組見たい？　彼女は笑いながらベビーに言った。ファック番組見たい？　——それから彼女はイヌイットの歌を歌った。

✲✲✲

夜中を少しまわった頃、彼が眠っているところへ彼女が入ってきて電気をつけ、マットレスのわきに座り込んだ。——ヒミツが見つからない、と彼女が言った。誰かが私のヒミツを取った。

こっちへ来れば、と彼が言った。

彼女が彼に近づき、二人はそれまでにないほど深くキスをした。彼は彼女を自分の体の上に引き寄せ、もっともっとキスをして、それからもう一度乳首にもキスをしようとしたが彼女は恥ずかしがってこう言った。　いけない。彼女にキスをしてベッドの上で転がり、キスをしながら彼女の体に夢中で自分を押しつけ、手を彼女のジーンズに滑り込ませ、ここにキスしたい　と言うと彼女は答えた　いいよ。ズボンを脱がせると、彼女はもらったばかりの黒いレースのパンティをはいており、彼の心は百万もの祈りの声よりも天高く舞った。ウクトゥクにはキスさせてもらえなかった。それもいけないことだった。彼女の体、彼の手。触れ、撫で、まさぐり、そしてつかむ彼の手は二人の絆となる織物を紡ぎ、鼓動をも共有する絶えまない感情の流れを作りだし、それ以上に自分そのものを彼女の中に溶かし込み、彼女の体の上で溶け出させてしまおうとした。彼の手にはまるでバターとなった彼の存在そのものがあって、それを彼女の中に溶かし込むことこそ、彼がなによりも欲していることだった。自分を受け入れてもらうために彼は無我夢中で手を使い、彼女の体に魔法をかけ、その間彼女は息を荒げ、うめき、二人とも互いの服を脱がせあい、キスはますます深く、抱擁はますますきつく、舌は互いの口からジュースを吸い、彼女の乳房や尻が彼の愛撫を受け、彼女の手も彼の上を走り、二人の動きはどんどん早くなったが挿入はまだしておらず、なぜならそれは文字どおり彼女の中で彼が血肉化するときであり、存在そのものが変容するときであるはずだからだ。今、彼女のだ液を味わっている彼はそのときこそ異質で美しく、愛される彼女となり、彼女であることの新たなすばらしさを堪能するだろうし、そうなれば彼はもはやどこにも存在せず、死なないままに甘美さのなかへ溶け出すことができる。彼は彼女の脚の間の潤いに分け入り、その中に滑り込み、すると彼女は小鳥のような声をあげ、その瞬間に彼女といっしょにいること、彼女の中にいることは、かつてないほどすばらしかった。なぜなら彼がそれまでにないほど愛したのは彼女だったからだ。彼女はあえぎ、震え、彼に最後が訪れ、彼が彼女を抱き締めると彼女は言った。

ごめんなさい。

謝らないで。ハッピーでいてよ。ぼくはハッピーだよ。

誰かがあたしのヒミツを取ったの。あたし、ヒミツが吸いたいの。

＊＊＊

彼女の口は、彼女が歯を売って手に入れた風船ガムの味がした。

＊　＊　＊

ポールージーが泣き始めた十時半ごろに彼女は起き出した。テレビが一晩中つけっぱなしになっていたが、幸いボリュームは低く、彼女の耳に聞こえなかった。彼女がほほえんだ。――ハーイ、ジョン。

ハーイ、リーパー。

彼女は天井を見上げた。――みんなあたしを嫌ってる。

誰が？

わからない。

どうして？

わからない。

でもぼくは君を愛してるよ。

彼女はタバコに火をつけて、赤ん坊の口にくわえさせた。郵便局に行ってくる。これジョニーへの手紙。彼、グレート・ホエールにいるの。

バスルームでもジョニーって名前を見たけど。それと同じジョニーかい？

わからない。

ジョニーって誰？

わからない。わたしのボーイフレンドかも。ときどきここへ来るの。彼のことはあまり好きじゃない。

彼女はでかけるために、赤ん坊の服を着替えさせた。

またね、と彼女が言った。

オッケー。

湾に行くの？

いや、川へ行ってみる。

オッケー。バーイ。――彼は彼女に歩み寄り、唇にキスをした。彼女の口は愛の味がした。

＊　＊　＊

北極圏のその日は――意外や、意外！　――灰色で、空には彼女の乳房の形をした曖昧な白い雲が出ていて空をいっそう灰色にし、川はそれよりなお灰色だった。砲金色よりいくらか緑がかっていたが、苔や草やくるぶしの高さのヤナギほど青々とはしていない。こんな描写の仕方では、私が小説家としていかに芸がないか、お分かりだろう。私は他の何かになぞらえることでしか、ものを描写することができない。ではサブゼロがリーパーに会わなければどうなっていたか。空にあいた白い穴は他のなにかに似ていただろうし、空はそれほど灰色に見えなかったかもしれない。とすれば川も同じことで、このインチキな言葉の世界もすっかり今とは違うものになっていただろう。だが、こうして彼はそこにいた。かなり幅のある川は侮りがたく、中央には急流が白い筋を作り、それを迎えるようにして、長くて低い岩のかたまりが所構わずつるりとした岩肌を見せて突き出ている。寒い一日だった。彼はリーパーが好きだという緑色の木の実を食べ、しばらくはハーモニカでデタラメに曲を吹いた。その旋律が彼を喜びで満たし、なにもかもが美しく見えた。草の葉の間からポップコーンの形をした白い苔が泡立つように生えている。彼にはそれが吐き出された唾のように見えて、彼女のだ液がまた恋しくなった。彼女のだ液を呑みたかった。そこから岸辺が険しくなり、凍って岩のようになっていたので尾根の頂きまで這い上がってみると、使用済みの弾薬筒のわきに、死んだ犬とカリブーの顎の骨が並んでいた。その日はとても肌寒かったので蚊がいない。彼は喜びを胸に走り続けた——

✲ ✲ ✲

彼のペニスが、イヌクジュアック近郊の湿った苔の中にときどき生えているスカーレット・マッシュルームのように彼女の中で花開いたあの晩、もしかしたらあのときこそは、彼が**神様**、あるいはそのようなものから、人生最高の祝福を受けたときだったのかもしれない。あのときこそ彼女は優しさと切望と信頼をもって彼の痛みをひととき忘れさせてくれ、さらには彼女自身も痛みを忘れた。だから彼が彼女の手首の傷にキスをしたときでさえ哀しくはなかった。それは彼女がかつて自殺をはかったときの傷だった。

もう一度

この国の急激な人口の減少は、明らかに捕鯨船員が持ち込んだ病気にその原因を求めることができる。とりわけ梅毒が原住民に及ぼした被害は甚大だ。

フランツ・ボアス『北極圏中央のエスキモーたち』(一八八八年)

夕べはあたし、ばかだった、と彼女が言った。

ぼくはもう一度したい、と彼が言った。

❂❂❂

夕べ彼女は彼に尋ねた。　赤ちゃんはいるの？　彼がいないよ　と答えると彼女は　なぜ？　と聞くので彼が　分からない　と答えると彼女は言った。ごめんなさい。ごめんなさい。

❂❂❂

今の彼の気持ちを正確な目録にすれば項目は二つ、不安と、間違っていたという思い。彼がこれからどう動こうと、誰かを傷つけることになるだろう。

彼女は言った。　家に帰りたい？

彼が言った。　分からない。

彼女が言った。　ここにいたい？

彼は答えなかった。

彼女が言った。　自分の家、恋しい？

いや。

何が恋しい？

本。それから地図。ロスが作った北極圏沿岸の最新の地図――

彼女は目をそらした。

彼女は「愛、結婚、そしてセックス」と題された教会のパンフレットを持ち出して彼に手渡した。それにはこう書かれていた。この三つの事柄を順番どおりに行なうことが大切です。

彼女は言った。気に入った？

いや。これによると、夕べぼくたちがしたことは悪いことになってしまうからね。

彼女が自分の洗礼証明書を見せると、彼はこう言った。きみはクリスチャンなの？

彼女は答えなかった。彼の質問が聞こえなかったのだろう。

✲✲✲

自分は彼女に悪を行ない、その上彼女を捨てればさらに悪を重ねることになる。ずぶずぶと沈み込むような思いがずっと彼につきまとった。妻のもとを去って彼女と結婚することも考えたが、それでは自分の悪を妻に振り向けることにしかならない。第一彼がイヌクジュアックに住んでも幸せになれるはずがない。だがリーパーと暮らすのならどうだろう。これまでと違うことだけは確かだ。これまでとぜんぜん違うことだけは。

✲✲✲

彼がでかけて戻ってみると彼女が言った。グレート・ホエールに恋人がいるの。ごめんなさい。

彼はとても寂しい気持ちになった。それがまったくの身勝手であることは分かっていた。彼女がどんな選択をしようと彼女にはその権利がある。そう思っても気持ちは楽にならなかった。

彼は言った。そのボーイフレンドが君を愛してくれてるといいんだけど。君を大事にしてくれるといいんだけど。

彼女が言った。あたしは彼を好きじゃない。

彼女が言った。地獄へ落ちたい。

二人がキスをしていると必ず体の上に這い上がってくる坊やが、その晩は自分のよだれだらけの口をサブゼロの口につけて離れようとしなかった。坊やはちょうど言葉を覚え始めたばかりだ。彼はサブゼロをダディと呼んだ。リーパーが赤ん坊をひっぱたいた。——マミーが先でしょ！ と彼女が叫んだ。マミー、マミー！

✿✿✿

彼女が真夜中に部屋へやってきたので、彼は彼女を誘ったが、彼女は頭を振るだけで、補聴器を取ると出て行ってしまった。

✿✿✿

朝早く、赤ん坊はまだ眠っており、とても寒く、風が強かった。彼女が彼の名前を呼んだ。彼が答えると彼女が部屋に入ってきて言った。こわい。

彼女は彼の寝ているベッドにもぐり込み、彼は彼女を抱いた。

彼女は言った。あたしはあなたといっしょにいたいけど、あなたはあたしといっしょにいたくない。あなたはジェーンといっしょにいたい、だからあたしはあなたといっしょにいたくない。

分かった、と彼が言った。

それから彼女は彼にぐっと近付いて言った。赤ちゃんができた。

どうして分かるの？ と彼が慎重に尋ねた。

分かる。妊娠した。あなたの子。

彼は天井を見上げた。白い天井を。

看護婦さんのところへ行ってくる、と彼女が行った。生理にしてもらうために。

いっしょに行こうか？

行きたい？

君がそうしてほしいなら。

ほしくない。

分かった。

違う。行きたくないの。

突然彼女の顔に勝ち誇ったような表情が浮かんだ。——赤ちゃんができたの。あなたの。

赤ちゃん、ほしいの？

違う。触らないで。キスもしないで。あなたはあたしといっしょにいたくないんだから。

だが彼女は彼とベッドに横になったまま、熱を持ったように熱い尻を彼の体に押し付けてくる。

彼女が彼の勃起したペニスに触れて笑い、こう言った。

これはなに？

彼は彼女の股の間を触って応酬した。――じゃあこれは？

ジェーンよ、彼女が苦々しく答えた。

ジェーンが嫌いかい？

いいえ。大好き。

彼女がもう一度笑った。指を内側に曲げてY字型の股をさした。――これはなに？

ウクトゥクだよ、と彼が答えた。

そう。あたしといっしょにいたくないの？

ジェーンと約束したんだ。

だから？

彼には言うべき言葉が見つからなかった。なにをどうしようと、彼の方が間違っていた。

あなたの赤ちゃんがほしい。ジェーンに話をする。

彼女が彼のペニスをこすった。

いつしか彼女は彼にまたがって体を上下させ、彼は甘くて切実な欲望以外になにも感じないまま、勢いよく体を半回転させて今度は彼女を組み敷き、あらん限りの力で彼女に突き立て、彼女は彼の肩先にしがみついた――

終わった後、彼は自分に言った。これが最後。これでおしまいだ。

彼女が言った。心配いらない。もう一度生理になる。

この言葉の意味を彼は考えた。――どうやって？

自分を打つ。自分のお腹を。

彼は心の中で叫び始めた。だめだ、だめだ！

だめだ、と彼は優しく言った。それはよくない。

大丈夫、と彼女が言った。二人はソファに座っていた。

彼女は立ち上がってバスルームに入って行った。

✲ ✲ ✲

彼女は泣き叫ぶ赤ん坊をお風呂に入れていた。お風呂が終わっても赤ん坊は小さな拳で彼女を殴りながら大声をあげていた。自分なら赤ん坊をなだめることができる、彼女の役に立ちたい、とサブゼロが赤ん坊を抱き上げると、途端に小さな顔がほころび、両腕が彼の首に巻き付いた。サブゼロは彼女の顔を見て、またしても恥じ入った。
あたしの赤ん坊はあたしが嫌いね、と彼女が言った。

✲✲✲

ウィンド・ウィザードによると風速は五十から五十五キロで、ときおり六十五キロの突風が吹いた。インヌクスアック川のすぐ北、ハドソン湾の岸辺には、グレイのさまざまな濃淡の、つるりと滑らかな丸石や小石が敷き詰めたようにころがっている。そこへ打ち寄せる波は低く、力強く、どれも同じようで、音も規則的だ。カモメがすっと視界を横切った。草の葉、木の実、花、そしてくるぶしの高さのネコヤナギの群生が風に吹かれて前後に揺れる。斑点状に苔むした頭蓋骨のかけらが、灰色の木片、ワイヤー、アザラシや鯨の朽ちかけた背骨の欠片といっしょに岩のあいだに転がっていた。本土の尾根はナイフのように長く、低く、島々のシルエットと見分けがつかない。一番近い島にはキャンバス地のテントが二張と洗濯用のヒモが見える。どこかの家族が肉を求めてキャンプをしているのだろう。
イヌクジュアックとレゾリュートの違いについて、彼はまた考えていた。まずここの方が緑が多い——もちろん、神々の時代にカドモスが地に播いた竜の歯のように、緑の中から無気味な岩が突き出ているのだから、ダウン・サウスほど延々と緑が続くわけではないが、少なくともここはレゾリュートとは別世界だ。夕べ彼がリーパーといっしょにテレビを見ていると、北部地方の天気予報が流れて、彼

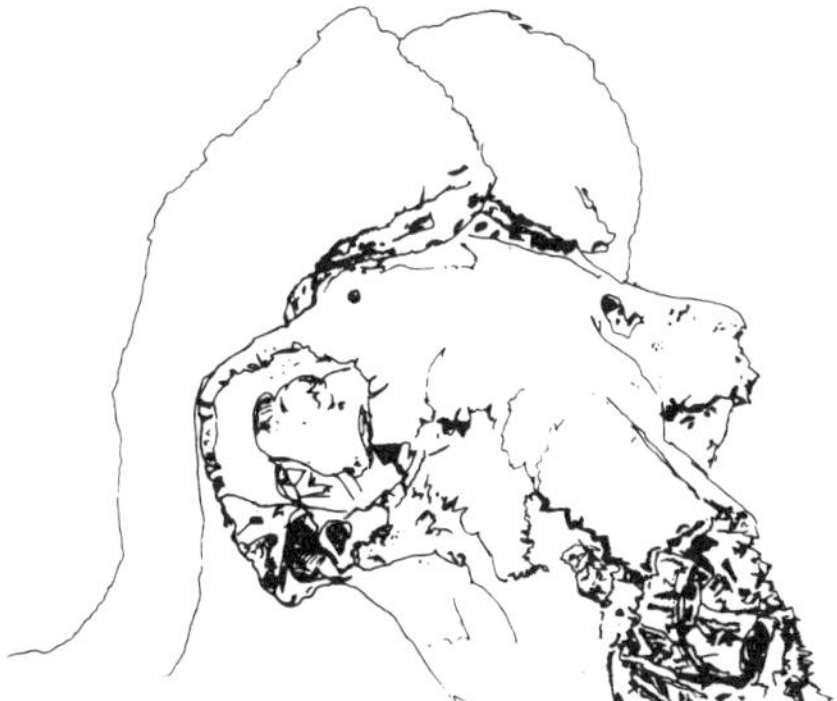

女が言った。　見て！　レゾリュート！　彼が見ると、そこの気温は摂氏マイナス二度……

現実はともかくとして、少なくともレヴィ・ヌンガクの思い出の中でイヌクジュアックは楽園だったし、彼がそう思うのも無理はない。わたしたちがエデンの園を愛するのは、わたしたちがそこから追放されたからではないか。（モーターボートが影を引きずりながら島の近くを走り、島には素早く航跡の下線が引かれた。）ここでは荒廃をめぐるもう少し偉大な原理が働いているようだ。でなければ目に青痣をこさえたり、口から血を滴らせたイヌックや、抑圧されたこの町の醜さ、荒れ方、抜け目なさをどう説明すればいいのか。（野生のガンが必死ではばたいている。リーパーはゴミを掃いてチリ取りに集めるのに、ガンの羽を使っていた。）島々の向こうには曖昧で邪悪な何かが潜んでいる――曖昧なのはまだ正体が分からないからだ。彼がそれを知るようになれば、悪はきっとどんどん大きくなるだろう。

島にはなにがある？　と彼がイヌックの一人に尋ねた。

ガンやアザラシだと思う、その男は答えた。

二人は島を見つめながら座っていた。

男が言った。　考えていることがある。

なんだ？　キャプテン・サブゼロは、返事を聞く前からいやな予感を覚えた。

言ったらおまえ、怒るかもしれない。

そんなことはない。

誰にも言わないでくれ。

分かった。

おれは『プレイボーイ』が好きだ、と男が赤くなりながら言った。

いいじゃないか。

花々が聞き耳を立てているのではないか、とでも言うように男はあたりを見回した。――おまえも『プレイボーイ』が好きか？

まぁね。

好きか？

ぼくはほんものの女の子の方が好きだ。

もしかしたらおまえ、ペニス吸うのは好きか？

いいや、ぼくは女の子が好きだからね。

おれもだ、と男は大人しく引き下がった。彼はタバコを吸いながら座っていたが、惨めに見えた。

キャプテン・サブゼロはハーモニカで一曲吹いた。

じゃ、と男が言った。

勢いよく立ち上がると彼は走り去った。

❃ ❃ ❃

リーパーの乳房を手で包むと、彼女の愛しい心臓は、まるで海風に吹かれて揺れる柔らかな緑色の苔のように震えていた。巨礫のうえに座りながら、彼はそんなことを思い出していた。

❃ ❃ ❃

ミイラのように真っ黒で、レースの地衣に被われた丸石が積み上がってできた陰鬱な丘が、どこへ行っても視界の中に入ってきた。リーパーのために買ってきたパンティを、かつてサブゼロはその地衣に喩えたことがあった。

❃ ❃ ❃

男が戻ってきて自分と寝てほしいと哀願した。こうしてサブゼロは男の欲望の唾棄すべきほとばしりを、身をもって体験したわけだ。リーパーもサブゼロに対して同じように感じたに違いない。——もちろん欲望が忌わしいとか嫌悪すべきだというのではないが、何かを必要とすることは、それだけで自らを卑しめることであり、だから人々は乞食を蔑むのだ。いつものサブゼロならこの男がそばにいても気にしなかっただろうが、今日は彼のことが不潔に思えた。それは古めかしい鏡に映ったサブゼロ自身だった。それでもサブゼロはそいつを我慢した。リーパーがそうしてくれたように。サブゼロが世界に対して負った借りは一週間前にくらべてずっと大きくなっている。男はサブゼロの寛容さを嗅ぎ取ってそばを離れなかった。

イヌクジュアックは大嫌いだ。ここではなにもすることがない、彼が言った。

どこでも同じだよ、サブゼロが言った。

ときどき死にたくなるよ、イヌックの男が言った。

みんなそうさ。

おれがほしいのは——いや、おまえには言わずにおこう。いいさ。

おれは自殺するかもしれない。

大丈夫、とサブゼロはつとめて優しく言った。人はいつか必ず死ぬ。そのときをじっと待てばいい。

腹へったか？　と男が言った。

いいや。

おれはへった。

分かったよ。食べ物をやろう、とサブゼロは言ってバックパックを開けた。

男は食べた。——ありがとう。これからどこか遠いところまで歩いていくよ。

✲✲✲

風はまるで、土の中に住むという北欧神話の小人トロールの、上機嫌なコーラスのようだった。サブゼロは「零下《サブゼロ》」という名前にも関わらず震え始めた。かなり冷え込んでいる。そのとき彼は、この世で人がほんとうに求めているのは愛情以外のなにものでもない、と思った。愛情を与え、与えられることの代償はなぜこれほどまでに大きいのか？

✲✲✲

タンスの上、聖書のわきには、寄付金集めのための封筒（「神聖なる財源」）を入れた箱が置いてある。彼は尋ねた。教会は好き？

好き。でもイヌクジュアックのは嫌い。ここのは嫌い。

みんなが君を嫌うから？

かもしれない。

それから彼女は彼に微笑んだ。——**イエス様**は好き？

分からない。

家では毎日お祈りをする。朝八時に一回と夜の八時半に一回。十二時はだめ。十二時は悪い力。十一時半は良い力。イヌイットはみんなそうする。あなたもしないといけない（彼女は静かな声で続けた）。イエス様といっしょに天国に住みたい？

ぼくはきみといっしょにいたい。

お願い。約束して。ごめんなさい。

わかった。教会のためじゃなくて、きみのためにお祈りをするよ。

約束？

約束だ。

ジェーンも。

彼女は祈ったりはしないと思う。

お願い。あなたとジェーン。

たのんでみてもいいけど。

ありがとう！　ありがとう！　ごめんなさい。

✡✡✡

彼が渡したお金を彼女はすでに使い果たしていた。赤ん坊のミルクを買い、郵便局から赤ん坊の写真を受け取り、六十ドルのうちの残った分はいとこのナジャーラクに渡してしまった。その晩、彼が干肉を食べているかたわらで（彼女は干肉が嫌いだった）、彼女は赤ん坊にミルクとクラッカーを与えていた。彼女はクラッカーを一枚食べ、タバコを一本吸い、瓶から直接ホットケーキのシロップをたっぷりと口に流し込んだ。

これ食べる？　と彼女はクラッカーをさしだして尋ねた。

✡✡✡

毎晩六時か七時頃、彼女は姉のところへ出かけた。彼がいっしょに行くことを彼女は嫌がった。彼といっしょに歩いているところを人に見られたくないのだ。そう思う彼女を責めることはできない。今日はまだ風が強いので、彼女はレゾリュートで着ていた雪のように白いアルモーティを羽織った。キツネの毛皮で縁取られたフードが彼女の幅広で茶色い顔を包み込み、背中に背負った赤ん坊が黒い瞳を肩ごしにのぞかせる。赤と黒の飾りがついたベルトを締め、色とりどりの紐を結んだ彼女はとても美しく、いかにも伝統的な「エスキモー」に見えた――

出かける前に、彼女は必ず彼にキスをさせてくれたし、彼女も心をこめてゆっくりと彼にキスを返してきたので、彼の心はいつもざわめき、高鳴り、彼女はずっとキスを続け、彼は彼女の頭をぐっと引き寄せ――

✡✡✡

その晩、彼の気持ちははっきりとした形にはならず、地衣に被われた小石だらけの尾根の後ろにかろうじてせき止められた雲のようにどんよりとたれ込めていた。彼は言った。今夜ぼくのところにくる?

行かない、と彼女が答えた。たぶん。

彼女はきっと来ると思った。が、彼女は来なかった。彼の睡眠薬を五錠も飲んだのだ。

❋ ❋ ❋

翌朝は日が照って暑かった。彼女は十一時近くまで赤ん坊の隣で眠り続けた。赤ん坊が泣き始めたので、彼女を起こさないように彼が赤ん坊をあやした。皿も洗った。ベッドルームで静かにシリアルの朝食を食べた。リーパーと赤ん坊は冷蔵庫や戸棚の食べ物をストーブで暖めたりして食べているのに、彼だけが家の中でキャンプ用の食事を食べている。バックパックを初めとする彼の持ち物もリーパーが壁際にきちんと積んでくれたままだ。最初のうちはそんな家の中のキャンプ暮らしが面白かったが、今ではそのことの哀しいまでの奇妙さとはかなさを、彼は知ってしまった。

彼とリーパーたちは互いにとって幽霊のような存在でしかなかった。

彼女が赤ん坊をバスルームに連れて行って体を洗い始めると、赤ん坊はいつものように泣き叫んだ。

彼は外の日ざしの中へ飛び出そうとバックパックを詰め始めた。出ていく前にリーパーと言葉を交わしたかったので、彼女がバスルームから出てくるのを待った。

ドアが開いた。

じゃ、また後で、と彼が彼女に言った。(彼女はいつもそう言って挨拶をした。)

そうだね、と彼女がけだるく答えた。

彼がブーツをはく。

彼女も赤ん坊といっしょに出かける仕度をしていた。彼のすぐそばで。

キスしてくれないの？　と彼が言った。

しない。

オッケー。

彼はキャップをかぶり、バックパックを肩に担いでドアに手を伸ばした。するとちょうど正面に彼女がいて、彼が彼女にキスをすると、いつもと同じように良い気持ちがした。

✡ ✡ ✡

風は刺すように冷たかったが、太陽がこんなに美しく照っているのだから、防寒用のぶあつい外套を着るのはもったいないと思った。――今日は鳥の日だ。アパートの裏では(彼は彼女の立場を考えていつも裏口から出た)大きな茶色いフクロウが身じろぎもせずに彼の方を向き、嘴を開いて鳴き声をあげた。羽をふくらませたフクロウはいかにも傲慢そうで、毛皮のコートを着たオペラの貴婦人のようだ。サブゼロはそのフクロウのわきを通り抜けて北へ向かった。今度こそロスや他の連中よりも遠くまで歩いてやる、と考えながら。彼はリーパーの足の間に北西航路を発見するだろう。湿った茂みの間を縫うように進んでいくと、尾根の石板に止まった白いガンが二十一羽、風に体を向けて休んでいるのが見えた。やがてガンが飛び立ち、まるで風に舞う紙きれのように空に散った。双眼鏡をのぞくとハドソン湾の端には全部で九十三羽のガンがいた(この頃には彼の耳も寒さで痛み始め、しかたがないので彼は外套を羽織った）。波や入り江の水はミルク色がかった青い色をしていた。

ワタリガラスが彼の様子を盗み見ている。

世の中、あまり深く考えない方がいいこともある、彼は自分自身に言い聞かせた。それじゃあ、何かを考えたというだけの理由で人を火炙りにした教会の人間たちと同じじゃないか、と言われるかもしれない。――だが、それは違う。――眠っている犬たちのうち、どの犬が生き残って日ざしや土遊びを楽しむことができるか、それを選ぶつもりはない。犬の良し悪しの基準は人によって千差万別だ。とすれば考えてはいけないこと、それはなんだろう。――何であれ、この奇妙な、死に行く場所で私が見つけ出そうとしているものとは――

彼が結論に達したのと同じくらい唐突に空模様が変わり、傾斜した巨大な雲がたれ込め、青空は島々の突端の細長い岬のジグザグの稜線にあわせて、長くて低い三角形だけが残った。彼にはその景色のすべてが何かを求めているように見えた。――悪気などまったくなく、むしろ無邪気な後悔の気持ちから。ちょうどあの赤ん坊のように。そしてサブゼロもまた同じものを求めていた。

✲
✲
✲

先端が指ではじき潰されたようになっていることを除けば、マサチューセッツ州にあるケープ・コッドとそっくりの、だがそれよりは小さめの岬があった。帰路につこうと歩き出してしばらくすると穏やかな哀しい既視感にとらわれ、それからたっぷり十五分ほどしてようやく彼は気が付いた。コーンウォリス島での最初の晩、レゾリュートから海へ向かっていったときと同じだ、と。ここにもイガイがあった――ただしレゾリュートよりも大きく青く、数も多いように見えた（当然のことながら比較用サンプルをレゾリュートから持ってきたわけではないが）。ここにも彼の足首を飲み込もうとするあさましい流砂があった。だが濃密で青々として繁茂しすぎのようにすら思える草――これはレゾリュートにはないものだ。ゴロ石や骨で足下をふらつかせながら、彼は少し内陸に入って（ここまで来ても半島はとても幅が広く、海は反対側の地平線の下に広がっていた）草地と呼べないこともない場所を歩き続けた。アザラシの脊椎がここにも転がっている。脊椎からはナイフのように鋭い骨がいくつも突き出ていた。彼はかがんでそれをポケットに入れた。鳥たちがお馴染みの物語を歌い始めたが、彼の耳には入らない。今、彼はさらに過去へと遡っていた。草の中に環状遺跡を見つけたのだ（最初の環状遺跡の中にはタバコの吸い殻が、最後の環状遺跡の脇には中身が詰まったゴミ袋があり、それは羽も艶やかな黒いアヒルが首を曲げているように見えた）。ここへ来て岬はかなり細くなり、両側に青い波が見えて、道も彼がやってきた内陸と平行して折れ曲がっている。草がおい繁り、砂がいっそう湿っぽくなり、ゴムのような緑色の多肉植物も消えて、彼はほとんど突端まで来ていた。そこで彼はライフル用の黄色い弾薬筒を一つ発見した。黄褐色、緑、そして黒く彩られた島々が彼のそばに横たわり、またしてもレゾリュートにいるような感じがした――が、コーンウォリス島から見た島々にこれほど緑はなかった。二つ目の弾薬筒は赤かった。いよいよ断崖までくると、彼の手の甲の厚さ程度にしか伸びない緑が、ところどころ房状に生えているだけで、あとは岩だらけだった。今や赤や黄色の弾薬筒は、四方に散らばっている。スズメバチの死骸がころがっているようにも見えた。水平線の上にぽつりと雲が浮かんでいる以外は晴れ渡り、風速二十五から三十メートルの突風が吹いていた。

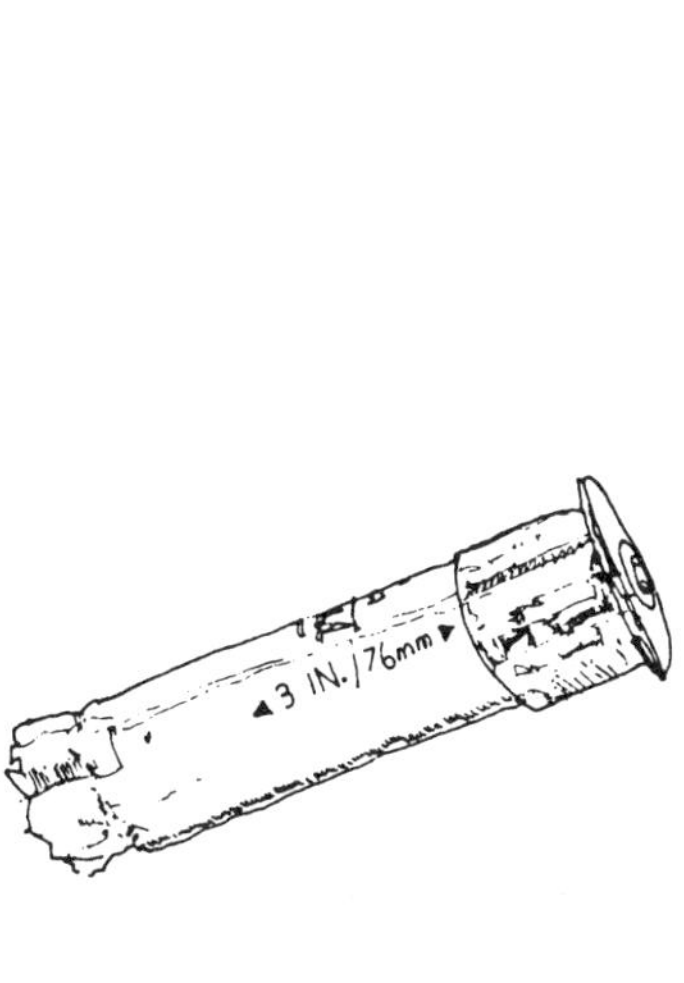

ザ・アイス＝シャツ

外気にさらされた部分は色が抜けて白っぽく、注意して扱わないと骨の表面の薄片が崩れ落ちた。表面には、小さくて明るい色の苔や地衣の群生が生えていた……

オウェン・ビーティとジョン・ガイガー『凍った時間――フランクリン遠征隊の秘密をとく』(一九八七年)

彼はリーパーの家に戻って言った。キスしてもいい？
彼女は後ずさりをして答えた。きたない！
ぼくがきたない？ と彼が聞いた。
あたしがきたない。
彼女は赤ん坊をよそ行きの服に着替えさせた。――じゃ、また後でね、ジョン。

✲✲✲

戻ってきてもやはり彼女はキスをしようとはしなかった。彼女の顔を見ずにはいられなかったので、目を離さずにいると、彼女は彼にメモを書いてよこした。わたしのいうことをきかないで、みないでそんなに、おねがいわたしはイヌイット。
分かったよ、と彼は力なく答えた。

✲✲✲

アレイシーとマーシーがやってきて、バスルームで延々と笑い続けていた。ガソリンを嗅いでいるのか、それとも何か他のことをしているのか、彼には分からなかった。

リーパーが睡眠薬を二錠ほしいと言ってきた。

オーケー、彼は承知した。

夜中の二時半頃に彼女が部屋に入ってきて幸せそうにささやいた。　酔っぱらっちゃった！　青いクスリを二錠と半分と、四錠と半分飲んじゃった！

彼女は彼が寝ているベッドにもぐり込んだ。下着をつけていない。彼が彼女にキスをすると彼女は楽しそうに呻き、それから二人があれを繰り返すのにそう時間はかからなかった。

ニンシンしたの。彼女は満足そうにため息をつき、そしてすぐに意識を失った。

❖❖❖

翌朝、彼女はこう書いてよこした。

あなたといっしょ　なりたい
にんしんしたから
ジェーン　おねがい　わすれて
あいしてる、ジョン。

だめなんだ、と彼が書いた。ごめん。

どうして　わたしにんしんしてる
わたしはいう
ジェーンにはなしたい
ジョンのこどもがいるごめんなさい

気持ちがぐっと落ち込んだ。ジョンはだめだ、と言った。

あなたといっしょなりたいおねがいあなたをとてもあいしてるジェーン
はわすれて
おねがい　おねがい　おねがい

彼女の哀願が脅迫めいてくると、彼の行動の唾棄すべき醜悪さが、崩しようのない卑俗さとともに全容をあらわし、彼女はなぐり書きした紙を千々に破り、彼はこの世から消え去りたいと本気で思った。

❖❖❖

分かった。生理になるようにする、と彼女が言った。

彼女はありったけの力をこめて自分の腹をげんこつで殴

り始めた。赤ん坊も笑いながら彼女を殴り、彼女は赤ん坊に言った。ありがとう、ありがとう。

彼女は赤ん坊に言った。これで弟は死んだ。妹は死んだ。

✲✲✲

その日、彼女はサブゼロにこう言った。テントに行って、おねがい。

分かった、と彼が答えた。

彼は荷物をまとめた。

どこにキャンプする?

川のほとりにでも、と彼は返事した。

いっしょにキャンプに行くかもしれない。ソーセージとお茶を持って。でもソーセージを買うお金がない。

僕もないんだ、と彼はそっけなく言った。
二、三、四、五、六時頃にここへ来る?
いいよ、と彼。じゃ、また来週。

だめ!

じゃ来月だ!

だめ!

じゃ十年後にな。

町から三キロほど離れた人目につかない断崖の上に、彼は快適に過ごせそうなキャンプ地を見つけた。少し降りれば水を汲むのに最適な早瀬がある。雨が降り始めたが、ちょうどテントを張り終えていたので中に入って寝袋にくるまった。気分は最低だった。一体どうしたらいいのか。彼女は医者へは行きたくないと言う。赤ん坊を産みたいのだ。

彼が今夜行っても彼女が喜ばないことは、はっきり分かっていた。彼が家を出るので、彼女はとてもうれしそうだった。行くのはやめよう。一日か二日、彼女をそっとしておこう。そうすれば彼女はハッピーなはずだ。

だが六時半になると良心がとがめてきた。彼女のほんとうの気持ちが誰に分かるというのだ? 彼はツンドラ用のブーツをはいて苔やヤナギの中を進み、ようやく道に出た。丘のてっぺんまで行くと、ずっと先の丘のふもとから白い人影がこちらへ向かっているのが見えた。初めはペニスを吸ってくれと頼んだ男かと思った。彼はあの時白いパーカーを着ていた。だが突然それが誰だか分かって涙が出そうになった。理由は彼にも分からなかった。彼は彼女に向かって駆け出した。アルモーティの中で赤ん坊が眠っており、彼女は腕に大きなゴミ用のビニール袋をかかえていた。彼は袋を受け取って（中には毛布や鍋、おしめなど、あらゆるものが入っていた）運んでやった。

ハーイ、ジョン、と彼女が言った。

それは今までで最高の夢だった。

彼女はちょっと歩いては木の実を摘むために屈み、摘んだ木の実を食べながら言った。この緑の実はとてもおいしい！　赤い実も熟して黒っぽい！　ブルーベリー、大きなオレンジ！

✲✲✲

テントに着くと、赤ん坊を背負ってきたせいで彼女はとても疲れていた。それでもテントの中を掃除して、毛布を床に敷き、赤ん坊を寝かせ、物を壁際にきちんと寄せるとすっかり家らしくなった。それから火を起こすために苔やヤナギの小枝を集めはじめた。彼が川まで降りて水を汲み、テントへ戻るとちょうどお茶が沸いたところで、白いパーカーを着た彼女が彼の帰りを待っていた。まるで夢のようだった。

ハッピー？

とてもハッピーだよ。きみは？

あたしはハッピー。

死んだ後の天国がこんなふうならいいのに、と彼が言った。

あたしは**イエス様**といっしょにいたい、と彼女が言った。

✲✲✲

彼女の信念に彼は感動した。彼女は赤ん坊をおぶり、重い荷物を持ち、人目にさらされながら町を出た。しかも彼がどこにいるのかはっきりとは分からないまま。それでも彼女はきっとサブゼロに会える、あるいはサブゼロが自分を見つけだしてくれると単純に信じ込んでいた。彼女が見当をつけた場所にテントはなかった。彼が来なければ二人が会うことは決してなかっただろう。

✲✲✲

彼は赤ん坊を苔の上で歩かせ、二人はいっしょに笑い、それを眺めながらリーパーも笑った。赤ん坊は彼のことが大好きだった。彼も赤ん坊を愛していた。彼は彼女を愛していた。赤ん坊が七つか八つになったら銃を持っていっしょに狩りに出かけよう——

✿✿✿

その晩彼女は睡眠薬を三錠ほしがったので彼は言われたとおりに渡してやった。しばらくして彼女はもう二錠ほしいと言い出した。

体に悪いよ、と彼が言った。

あたしのために哀しい？

そう。

哀しまないで。

分かった。

あたしはハッピーよ、と彼女が言った。

✿✿✿

赤ん坊が寝てしまうと、彼は暗闇の中、彼女の隣に横たわって彼女の体を触り始め、彼が彼女の体に入ると彼女は全身の勢いにまかせてあえぎ、それから二人が二回目もやって三回目に入ろうとしたとき、彼女はごろりと体を離してこう言った。　あたしは男のことになるとほんとにばか。

✿✿✿

二人はそのまま横たわり、そのうち彼が眠りそうになったとき、彼女が彼のランプをつけたり消したりして、それから指で影絵遊びを始め、彼が目を開けると言った。　見て！

彼は彼女からランプを取り上げて明かりを消した。

✿✿✿

妊娠してるの？　と彼が言った。

してない。

生理が始まったの？

始まってない。

じゃあ妊娠してないの？

分からない。してない。あたしは妊娠してない。

妊娠してるなんてどうして言ったの？

ごめん。

赤ちゃんがほしいの？

ほしくない。

ぼくには何がなんだかさっぱり分からないよ。

もうごめんなさいって言ったでしょ！

✲✲✲

彼は穏やかな気持ちで眠りについた。翌朝彼女は赤ん坊を連れて帰って行った。日が暮れると彼は鍋や毛布などを彼女のために町まで運んだ。その晩、彼は自分のテントで寝た。夜が明けて川の上流までかなりの距離を歩き、苔の中で一、二時間寝転がり、彼女のためにツルコケモモの実を摘んで計量カップに入れた。蚊は大したことがなかったし、手の感覚がなくなることもなく、ジーンズの膝がツルコケモモの汁で紫色にうれしそうに染まっていたので、彼も微笑んだ。

✲✲✲

彼女はドアを開け、くたびれたように腰をおろした。ツルコケモモの実を見て表情が明るくなり、何粒かを口に放り込んだ。が、すぐにまたうなだれた。

生理がほしい、と彼女は言った。あたしはハッピーじゃない。

診療所へ行ってくれ。

月曜日。

今日。

月曜日。たぶん。

いっしょに行こうか？

だめ。一人で。

約束するね？

オーケー。月曜日。たぶん。

赤ん坊が残ったツルコケモモの実を床にこぼしてしまい、彼女は一粒ずつ丹念に拾いはじめたが、突然それをマットレスの上にばらまいた後、立ち上がって冷蔵庫まで歩いた。そしてか細い腕で冷蔵庫を自分の方へ一メートルほど引っ張り出すと、今度は後ろへ回ってコンセントをしっかり差し込むフリをして、もう一度それを押し戻した。大型のストーブでも同じことを繰り返した。バスルームへ入り、浴槽の縁にのぼってシャワー・カーテンの竿からぶら下がるようにして体を伸ばした。それをじっと見ている彼に気付くと彼女はドアをばたんと閉めた。数分後、こんな哀しい光景は見たことがない、と彼は思った。数分後、バスルームから出てきた彼女は、今度はあちこちの椅子に上がって天井から古いセロテープを剝がすフリを始めた。柔らかな声で何度も繰り返すのが聞こえた。生理がほしい。生理がほしい。

彼女が言った。哀しい？

哀しい。

どうして？

ぼくはきみに悪いことをした。

あなたは悪くない。あたしが悪い。悪くてばかだった。

あたしがばかだった。

きみはいいんだよ。悪いのはぼくだ。

あなたは良くて悪かった。

すまないと思ってる。

大丈夫。


彼はそこに座った。

哀しい？

哀しい。

どうして？

分かってるだろう。

大丈夫、と彼女は言った。お願い、ハッピーでいて。生まれるとしたら三月か四月だね。

出ていく前にベビーが生まれたら姉に育ててもらう。あたしはいいの。

ぼくはどうしたらいい？　きみにとって一番いいのはなんだろう？

助けはいらない。ごめんなさい。

中絶はいやなんだね。

いや。

おねえさんは赤ん坊を愛してくれるだろうか？　いい母親になってくれるだろうか？

ええ。分からない。あたし、妊娠してる。

ごめん。ごめん。

大丈夫。

そのとき彼は、ついに泣き出した。

✡✡✡

それまでに見たこともないほど美しい晩だった。鎖につながれた犬たちに吠えられながら、彼は港に沿って歩いた。湖のように水が青く、澄んでいた。モーターボートが出たり入ったりしていた。斑点が目立つ島々はノーベル賞を取った人物の額を思わせ、月はまるで金持ちの望遠鏡でのぞいたようにくっきりと見えた。とても暖かく、蚊が歌を歌い、肌を刺した。海の臭いはほとんどしない。指を浸して味を見たが、塩っぽいだけだった。

モーターのついたカヌーが一隻、スピードを上げて入ってきた。そしてもう一隻。

太陽に照らされて、彼はたっぷりとした静寂の中の無の存在になっていった。

飢餓の入り江　1990

一九五五年、連邦政府はポンド・インレットとポート・ハリソン［イヌクジュアック］の人々をレゾリュートとグリース・フィヨルドへ移住させ、新しい共同体を作らせようとした。レゾリュートには空軍基地があったので就職口がみつけやすいことと、両地には野生動物が多く生息していることが移住の決め手となった。

北西地方立法議会パンフレットより（一九八七年頃）

彼がなによりも鮮明に覚えていることが二つあった。

一つは、彼女が自分には悪い力が宿っている、と言うのでそれを彼が必死で打ち消したこと。　そんなことはない、きみはいい、いい、いいんだよ！　二人が初めてキスをした日の朝、彼女は彼の髪を優しくなでた。そのときと同じように、彼も彼女の髪をなでようとした。だが突然彼女は彼の手を払いのけて言った。　あたしは犬じゃない！……次に覚えていたのは、昼の光の中で彼女のTシャツをたくしあげると、彼女の乳首がツルコケモモのようなワイン色だったことと——

飢餓の入り江 1848

彼等は戦闘と同様［狩猟］でも、毛皮と交換してイギリス人から入手した火器しか使用しない。少年たちを除けば弓矢を使用する者は皆無に等しい。インディアンたちに火器を与えておくことは愚策であると思われるかもしれないが、さにあらず。なぜなら彼等は通商ばかりか、自らの存在そのものに関してもイギリスに依存することになるからである。弓矢の場合、彼らは実に器用に一分間で数本もの矢を、音もなく放っていたし、実際、その頃の方が悪さをしでかした。ところが今や彼らは火縄銃から一発以上発砲することはなく、しかも注意深く木影から発砲する場合が多い。そして、かつてのフランドルのオランダ馬よろしくすごすごと帰っていくのである。

ウィリアム・バード『境界線の歴史』、一七二八年四月七日の記述より

日が暮れようとしている今、金色に輝くツンドラ、いっそう際立つ断崖、信じられないほど長く伸びた彼の影、彼が座る岩の影、草の茂った湿地帯——これらのすべてがポンド・インレットの真夜中を思い出させた。地平線へと続く路上で笑う三人のイヌイットの少女たちのシルエットがくっきりと浮かび、彼の影も彼女たちと同じくらい伸びていた。だがポンド・インレットとまったく同じというわけではない。これまで彼は何かが始まり、何かが終わる、そんな場所を探し続けたが、その場所へは少しも近付いていなかった。むしろあらゆる物から遠のいてしまった。川底の岩が作る水面のさざ波は、一つ一つ数えることができたし、太陽がとても優しく地表に接しようとするにつれて彼の影は無限に伸びた。彼の欲望と彼女の苦しみはいったいなんのためだったのか？

　彼が手を伸ばすと、その影がヤナギの先のなにか白いものに触れた。立ち上がってそれを拾いに行く。——口径・一二ウィンチェスター銃「ウェスタン式」の薬莢だった。

20GA
DOUBLE X

5 北西航路

レディ・ジェーン　1845

フランクリンなる名前は、それだけで国家的な信用を約束するものである。

ロドリック・マーチソン卿、王立地理学協会会長（一八四五年）

分かってほしい、親愛なるフランクリンよ（と、北極圏の最新海図を同封したボーフォートは書いている）。これだけは自信をもって言おう。賞賛に値する信念と純粋な心根、穏やかな性格、そして人々をひきつけてやまない裏表なき気質を持ち、尊敬すべき進取の気性に富み、私に対しても確たる友愛を抱き、その友愛を受けることを私自身が誇りとする君を、私は決して忘れない。のみならず、相識となればたちまちその素晴らしさに打たれ、愛を捧げずにはいられなくなり、率直に言って、男性の特質を二倍に輝かせるような、そんな女性と結婚した君であれば、なおのことだ！　男を二倍輝かせる女、レディ・ジェーン・フランクリン、旧姓ジェーン・グリフィンは、テームズの川岸に立ち、錨を上げよと命じる夫を誇らし気に見つめていた。私同様、彼女もまた、彼こそが北西航路を完遂させる男だと信じて疑わなかった。彼は二人の英雄の姿をあしらった十字架を胸に下げ、顔は青白く生気はないが決意に満ちている。ヘルメットからは炎と見まごう緋のリボンが一本。五十九歳の彼は最年長の北極探検家であり、海軍省からの報酬はその年齢に見合うものであった。（海軍大臣はこの任をまずジェームズ卿に依頼したが、彼はタスマニア自然科学協会からの金の腕輪をジェーンに贈った時と同じ高潔なる優美さをもって、この新たな名誉を辞退した。氷の世界への冒険には二度と赴かないことを妻と約束したから、というのがその理由だった。――愛すべきジェームズ卿！　のちにジェーンも知るところとなるが、彼はパリー次官にも労をいとわず掛け合ったらしい。そのパリーは大臣に直接訴えたと言われている。もしフランクリンを行かせなければ、彼は失望のあまり命を落とすやもしれぬ、と。――もちろんこのことをジェーンが夫に話せるはずはなかったが。）彼が選ばれたことはジェーンにとって大変喜ばしく、したがって旅の困難な側面についてはあまり思いが及ばなかった。三年分の食料はゴールドナーがあみだしたばかりの特許製法によって缶詰めにされた。エレボス号のマストからはゴールドナーのペナントが翻っていた。ロンドン中がその話でもちきりだった。国家の地平は早くも広がりつつあった。ジェームズ卿はレディ・ジェーンの意に沿わないことは決して行なうつもりがなかったので、本当に彼女が夫の指名を望んでいるのかどうか、彼女に念押しをした。ジェーンは訳もなく頬を赤らめて（これは緊張したときの彼女の癖で、自分でもどうしようもなかったらしい）こう答えた。　私がそれを望むか、とお聞きになったのですか？　これ以上何の望みがありましょう？　これほど強く何かを望んだことは、今の今まで一度としてありません！　――するとジェームズ卿は優しく微笑んでこう答えた。　分かりました！　ジョン卿は今でもご健康かつご壮健でいらっしゃるのですね？　――もちろん！　とジェーンは即座に言った。夫の衰えを示す徴候をご覧になったとでもおっしゃるのですか？　――いやいや、とんでもない！　とジェームズ卿はポケットの中身を手でいじりながら返答した。――ジェーンは（理由は分からなかったが）自分が何か言うべきだと思い、タスマニアでの経験で気を落としている今こそ夫は支援と心配りを必要としていることを、丁寧に説明した。――御存じのように、私たちの誰もがご主人に対する植民省のぞんざいな扱いを残念に思っているのですよ……　――分かっています、と彼女は言った。それについては私も腹立たしいばかりですので、これ以上話題にしたくはありません。――おっしゃるとおりです、と良きジェームズ卿も答えた。彼の友情を彼女は一生涯大切にした。（実際、その朝彼の来訪が告げられるや、彼女は彼から贈られた金の腕輪を急いで身につけた。）ですが、来るべき旅についてはもう少しおしゃべりをさせてください。北極圏では何ごとも予測がつかないことは御存じですね。バックが十ヶ月もの長きにわたって氷に閉ざされたことは覚えておいででしょう？　――彼はさらに言葉を重ねるつもりだったが、この時彼女が瞳を仄めかせ、勢いよく切り返した。私の意見を聞いてどうなさるおつもりですか？　そうした事柄について正確に語るには、私の知識が不十分であることはあなたも御存じのはず……

——ここでジェームズ卿が思い出したのは、南極でつがいのペンギンと鉢合わせしたときのこと。雄を襲撃から守るため、雌ペンギンが恐怖に駆られながらも勇猛にジェームズ卿に向かってきたのだった。そこで卿はおじぎをしてこう言った。　お許しを、レディ・フランクリン。——足音が聞こえてきた。ジョン卿が散歩から帰ってきたのだ。ジェームズ卿は立ち上がり、友人が部屋に入ってきたときにはすでに笑顔を浮かべていた。卵型の頭、今にも微笑みそうな口元、心優しく、意志の強いジョン卿。——つるりとした顎がつるりとした頭頂部を補い、宝石を埋め込んだ十字やボタンがきらめいて夜景を思わせる制服の両肩の中程からは、月のような頭がのぼっていた。——とてもお似合いだわ！　と妻が言うとフランクリンは気弱そうに微笑みながら、ジェームズ卿の手を取った。——仕立て屋には一ペニー払うつもりだったのに、どうしても受け取ってくれなくてね、と彼が言った。かわりにお嬢さんのためにエスキモーの手袋を持って帰って来てほしいそうだ……ジェームズ卿、よく来てくれた。レディ・ロスは一緒ではないのか？　そうだ、狼皮の毛布を送ってもらったが、そのお礼を言わなければ！　——北極の絆で結ばれた二人はすぐに話に夢中になり、ランカスター海峡の新しい海図の話題が出たところで、ジェーンは部屋を下がることにした。腹蔵なく海図をほめるジェームズ卿はなんとすばらしく、また良き人間なのだろう、とフランクリンは思った。ジェームズ卿のおじ、ジョン・ロス卿は一八一八年、立ちふさがる山脈の姿を装う蜃気楼によって前進をはばまれた。彼はそれをクローカー山脈と名付け、その存在しない山脈のおかげでランカスター海峡に近付く者は長い間誰もおらず、迂回を続けた結果、北西航路の完遂もそれだけ遠のいた。だがジェームズ卿はこうした古傷を苦にするにはあまりに偉大な男だ（とフランクリンは思った）。指揮官としての任命が確実になるとフランクリンとジェームズ卿は、ある晴れた土曜日、海図作成のもっとも純粋な喜びに満たされながら北極評議会委員の面々とともにその幸せをかみしめた。地図と海図がテーブルに広げられ、出席した全員の目に青や黄色や白が飛び込み、名前が読み上げられるたびに彼らの心は期待にときめき、女を求める思いさながらに（このときレディ・フランクリンは家にいた）、彼らは来るべき船旅に胸を焦がすのだった。――グレート・ベア岬！　――メタ・インコグニータ半島！　フローズン海峡、グレイシア海峡！　懐かしのターンアゲン岬もあった――フォート・コンフィデンスは我らが若かりし頃の出発点。ウィンター島、アイシー岬！　――磁気コンパスによる測量にかけては右に出る者のいないサビーヌ中佐も列席していた。任命された士官たちは、中佐から直々にコツを伝授されることになっている。北極の測量は、世界中で多くの測量士たちが記録を取るこの季節に合わせて行なうことが肝心だった。そのためには、北西航路を完遂させることが最重要任務だった……ピール首相は提案への同意を何度か繰り返し、ボーフォートは自分の水路測量士のバッジを見せびらかした……なにもかもが華やいでいた。――スペード型のもみあげを生やしたバックは地図におおいかぶさるように机に両手をつき、あと九百マイルで航路は完成だ、と一人つぶやいている。――そう、ほんの少し苦しめばいいだけさ、と彼の耳にバローが皮肉をこめてささやいた。ところでここで白状しておくが、私は指揮官にフィッツジェームズを推したのだよ。君ならその意図を分かってくれるだろう。――バックは姿勢を正した。そして顔をしかめた。――お言葉ですが、私はジョン・フランクリン卿こそ願ってもいない候補者であると考えております。――まぁそうだろうね、とバローは視線を走らせながら曖昧に答えた。だが実はハディントン卿も心配しておられたのだよ。なにしろフランクリンはかなり高齢《とし》だからな。――気の毒なバックは心を痛めた。かつての指揮官がこんな言われ方をするとは！　辛かったがこのまま立ち去るわけにはいかない。バローが悪意に満ちた男であることは有名だった。それでもバックは彼を哀れに思わないでもなかった。現役としてのバローの人生はもはや終わろうとしているのだ……

――もちろん逆の意見もあったがね、とバローは笑いながら続けた。他の連中はフィッツジェームズの年齢の方が心配だと、こう言うんだよ。まだ三十二歳だからね――指揮をとるには若すぎる、と。それならせめてフィッツジェームズを副指揮官にと推したのだが、それもどういう次第かストークスが推薦されることになってしまった。そのストークスがことわったものだからクロージャーに決まったというわけだ。彼はジェームズ卿の指揮のもとでテラー号の艦長を経験した男だからな。我らが輝かしきジェームズ卿！　レディ・ジェーンにすっかりのぼせ上がって……。おや、彼女は今日はお見えでない？　それは実に残念だな、え、バック。結局フィッツジェームズには私の強い推薦でエレボス号の艦長をつとめてもらうことになった、それだけは言っておこうと思ってね。——お伝えくださって感謝いたします、とバックはできるだけ冷淡に答えた。この馬鹿な気取り屋のそばから一刻も早く離れること、それがバックにとっては人生の最優先課題だった。給仕が銀の盆に乗せてシェリーを運んできた。バローがふっと顔をしかめて手を伸ばし、再びバックの方を向こうとしたところへ、ボーフォートが割り込んできた。彼もまた喉が乾いたのだ。バックはここぞとばかりにその場を離れたが、人の流れに押されたようにも見えた。バローはボーフォートの腕をつかみ、彼の耳もとでまたおしゃべりを始めている……——おめでとうございます、ジョン卿！　——フランクリンは上品に振り返った。バックが心のこもった返礼を期待していることは分かっていたし、彼が自分に対して微塵の嫉妬も含まぬ深い友愛を抱いており、それが自分には分不相応であることも知っていた。だがフランクリンはその友愛を受け入れられず、彼に対して同じだけの気持ちを抱くこともできなかった。バックはすばらしい男だった。一八二二年にはフランクリンの命を救ったほどだ。それについては正式な報告書にもはっきりと書き記されている。だが彼は性急すぎた。女王陛下の臣下たるもの、必要とあらば命も惜しまず——とはフランクリンの信条だったが、正当な理由もなく命を危険にさらすこともまた、命を惜しんで卑怯に堕するのと同じくらい嫌悪すべきことだった。バックがあのインディアン女のグリーンストッキングズをめぐって気の毒なフッドと決闘騒ぎを起こしたことを、フランクリンはどうしても忘れられなかった。ヘップバーンが決闘の直前にこっそりピストルから弾を抜いたのだが、それでもなんと馬鹿馬鹿しいことだろう。あの荒涼たる土地で、もしバックとフッドが二人とも死ぬか傷つきでもしたら、いったいどうなっていたか。フッド一人失っただけでも大変な痛手だ……——お食事はもうお済みですか、とバックが尋ねた。——ああ、済んだよ、ありがとう、とフランクリンが答えた。——だがバックがバローといっしょにいたことを思うと、ばつが悪くなってつけ加えた。出発の前に時間を見つけて君のスケッチブックを広げようではな

1845–48

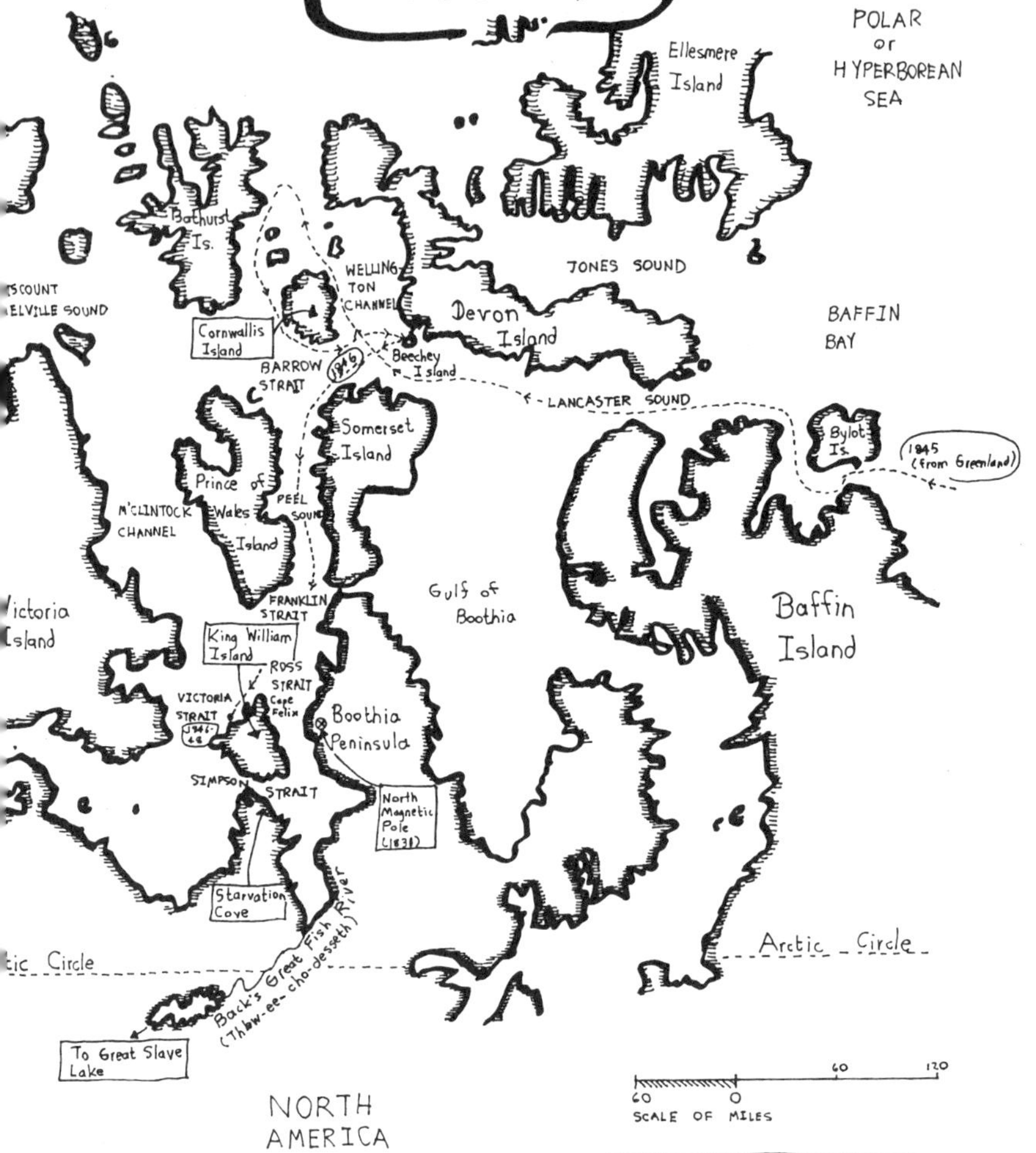

The Fourth Expedition

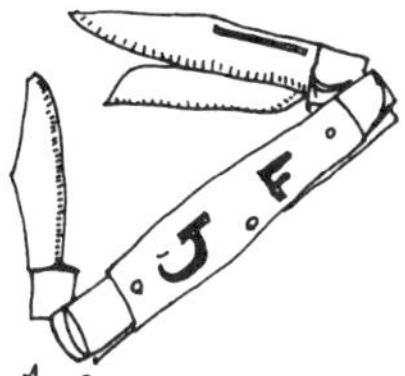

The Fourth Expedition:

STARVATION COVE 1845-1848

Selected List

	H.M.S. Erebus	H.M.S Terror
Officers	Sir John Franklin, Captain (and Commander of the Expedition) James Fitzjames, Commander	Francis R.M. Crozier, Captain
Lieutenants	Mr. Graham Gore Mr. H.T.D. Le Vesconte Mr. James W. Fairholme	Mr. Edward Little Mr. John Irving Mr. George H. Hodgson
Mates	Mr. Robert O. Sargent Mr. Charles F. Des Voeux	
Surgeons	Dr. Harry D.S. Goodsir (Acting)	Dr. John S. Peddie
Ice-Masters	Mr. James Reid	Mr. Thomas Blanky
Petty Officers	The Finnlander Kid, Captain of the Forecastle Mr. Edmund Hoar, Captain's Steward Mr. Thomas Watson, Carpenter's Mate	Mr. David MacDonald, Quartermaster Mr. John Diggle, Cook Mr. John Torrington, Leading Stoker
Men		
Able Seamen	John Stickland John Hartnell	
Privates, Royal Marines	William Braine Seth	

いか。レディ・フランクリンも色つきの風景画を鑑賞するのをなによりも喜ぶだろうから……　――それでは彼に合わせる顔がないのは誰か？　名前がSで始まる誰か、と言えばうがちすぎだろうか。――一八四五年五月八日、彼はバローの要望により妻を伴い、下士官とともに海軍最高委員会の参議員たちに会いに行った。バックはスケッチブックを持参して待っていた。パリー次官は自分が一八一九年にメルヴィル島で越冬したときの話をまたしても繰り返した（この話をする次官の口ぶりは、今ではイッカクの角のように滑らかだ）。――九月でも氷は厚さ十五センチあってな、だが我々は新聞を読んだり芝居を上演したりして時間をつぶした。私には何一つ不満がなかった。肉は充分あったし。君の体験が実にうらやましいよ、ジョン卿。チョコレートはたっぷり持っていくんだろうね。寒冷地でのチョコレートは何ものにもかえ難い価値があるぞ……　――チョコレートですか？　チョコレートは九百ポンド分持って参ります！

ジェーンはまた頬を赤らめた。理由は彼女自身にも分からなかった。

いつも彼女を見つめているジェームズ卿が近づいて、シャンパンとチーズでもご一緒しませんか、と誘いかけた。――寒さとチョコレートの話を聞かされて私もすっかりお腹が減ってしまいました、というのが彼の説明だった。

❄ ❄ ❄

フランクリンはなぜ再び北へ向かったのか？　その無惨な死ゆえに彼に興味を抱く者は、死ぬためだったと思うだろう。心臓の心室に陰鬱な縁取りのある自殺志向のタビネズミと同じく、フランクリンもまた死を愛する心を持っていたのだと。サブゼロはそれが愛、または世界の諸問題（つまりはリーパーの問題）を解決するためだったと信じている。ちょうど微分方程式を解くように問題を解決し、その間自分の問題解決は巧妙に避けるのと同じように。もちろん私自身でもあるフランクリンは、そんなふうに考えたことは一度もない。私の胸を動かし続けたのは心を形づくる熱き思い、良き思いに他ならず、それで十分だった。昨今のテスト・パイロットや衝突実験の運転手と同じだ。――そこにある危険そのものは誘惑でも何でもない。私のような性格の人間にとって危険は理解を越えたところにある。

むしろ私を惹き付けるのは、死としばしば結び付けられる忍耐という名の幸福なる孤独だ。砂糖をまぶしたように薄く雪をいただく小石だらけの平原や平地を歩くことを（その時私は一人のこともあれば、家族や友人や仲間の前を歩いていることもある）、何度夢見たことか。その夢の中、空気は穏やかで風は甘い。道しるべとなる星に届くまであと少し。目覚めると私は楽しげに微笑んでいる。

　だが最近では毎時間のようにリーパーが私の思考に忍び込み、私の心は痛むばかりだ。今この瞬間にも不幸なことが彼女の身に起こり、私にできることが何かあるはずなのに、電話がかかってきても彼女の話は要領をえず、彼女がどの留置所にいるのか、赤ん坊がどこにいるのか、拳銃で彼女がなにをしたのか、どうしても分からない。私の腕の中で安心してほしいと思っても、それを実現する方法は一つしか思い付かない。つまりは彼女が死ぬのを手伝ってやること。だがそんなことはしたくない。なぜなら彼女の心臓は美しい命で脈動しているのだから。私はこれ以上彼女を怖がらせたくない。安定した極軌道にのせることはできても、有益な軌道に打ち上げるところまではいかないこうした思考は、ライフル銃も持たずに北へ向かったときの白日夢のような思考とは比べものにならない。それでも私はそれらの思考の不完全さを受け入れて北へ進み、彼もまたそうした。

　彼の友人たちが警告しても、彼はオウィディウスに出てくるパエトーンの墓碑銘を笑いながら引用してみせるばかりだった。

HIC STVS EST PHAETHON
CVRRVS AVRIGA PATERNI
QVEM SI NON TENVIT MAGNIS
TAMEN EXCIDIT AVSIS.[*1]

❖ ❖ ❖

十八日の日曜日、ジョン・フランクリン卿は乗組員を集めて礼拝式をとり行った。レディ・フランクリンと、（死別した）前妻との娘でその名を継ぐエレノアも出席した。彼

＊1　パエトーンここに眠る。日の神ヘーリオスの馬車に乗り、御することはできなかったが、それでも大いに奮闘した。

は、全能なる神の慈悲深いお導きと御加護が全員の上に与えられんことを、そして後に残る者たちにも救いの手が差し伸べられんことを、神に祈った。こっそり目を開けたサブゼロは、レディ・フランクリンの大理石のような頬のなかばに一筋の涙を見た。翌朝、一行は出帆した。エレノアが義理の母の隣に立っている。——見て！　と彼女がささやいた。指先から瞬時に放たれた線をたどってみると、そこにいたのはマストに巣作りを始めた鳩だった。それに気づいた船乗りたちも、そのことをうれしそうに伝えあった。二隻の艦船がゆっくりと港を離れてゆく。ジェーンが目にした夫は船橋に立ち、深い愛情をこめて彼女に微笑み、少しずつ小さくなり、ぼやけていった。彼女が夫の姿を見たのは、それが最後だった。

ストームネス港

……すべての者たちはその好みと適性に応じた家庭と職業を見つけることだろう。胸高鳴る冒険に満ちたこれまでの生活に比べれば、もどかしさが生じるのは無理からぬことだが、それに屈してはならない。海の彼方の新しい冒険へ再び招かれることもあろうが、その誘惑にも負けてはならない。というのもその先にあるのは死と失望ばかりだからだ。

ウィリアム・T・シャーマン将軍、解散する隊へ向けて（一八六五年）

オークニー諸島が視界に入ったことを伝えるためにフィッツジェームズ中佐がやってきたとき、彼は自分の船室《キャビン》にいた。そして報告を聞くとかすかに微笑んだ。軽くため息をついて屋外へ出、船がドックに入る間、フィッツジェームズ、ゴアそしてサージェントといっしょに欄干近くにたたずんだ。テラー号は彼に敬意を表していくぶん遅れて進んでおり、したがってロープで港にくちづけをしたのは彼の船が先だった。それは一行が踏む祖国最後の地だった。彼は期待されているとおりの、勇敢かつ粋な態度で船を降り、握手をし、歓迎の礼を言い、最良の政治家も顔負けの誠意をもって赤ん坊たちにキスをした。グリーンランドまではバレット・ジュニア号が十頭の雄牛を積んで随行する約束もとりつけた。あとのことはフィッツジェームズとクロージャーに一任して、彼はすみやかにその場を離れた。踏み固められた雪で道は白く薄汚れており、空も同じ色だった。ブラッドレイ空港のターミナルは霧の中にたたずみ、ぼんやりとした灰色のシルエットしか見えない。レゾリュートは相変わらずなにもかもが陰鬱で、身が切られるほど寒かった（カナダ環境庁の職員によると前の晩はマイナス十六度だったという）。簡単に言うとその季節にしては比較的穏やかだった。手の平で押すとドアは屈服したように内側へ開いた。むっとするタバコの煙を香のごとく吸い込み、王室の白黒写真を鑑賞し、白熱灯がジージーと音を立てるのを聞くあいだにも、動物としての彼の体は空港の熱気で一瞬ごとに暖まってゆく。外では骨の髄まで貫こうと待ち構える、たちの悪い風が脈打つように吹きすさび、海は凍てついて青い。彼はそれを見ただけで震え上がった。不吉な光の中で島々は白く、黄色く照り輝き、風はいよいよ強まった。

公衆電話に二十五セント玉を入れるとオペレーターの声がした。ボンジュール？

電話番号を告げてコレクト・コールを頼む。

もしもし、妻の声が聞こえた。

ジェーン、安心してくれ、これからいよいよ航海に出るが、船にはあらんかぎりの必需品を積んであるから……

こちらでは凱旋の宴を早くも計画してますのよ、と彼女が答えた。バックは招待しますか、それともやめておきましょうか？　彼の性格についてのあなたのお考えは存じておりますけれども、ジェームズ卿がおっしゃるには――

先走ってはいけないよ、とフランクリンはなるべく優しい口調で言った。私といっしょに神に祈ってくれ、そうすればすべては定めのとおりに運ぶはずだ。士官や部下たちもおおいに満足できる顔ぶれなのでな。

外のフェンスやケーブルのスプール、テントの張り綱や凍ったケシの茎には霜が降りていた（ケシの茎はことのほか美しかった）。航空標識が霧の中で光ったり消えたりしている。海の上の霧は紫がかった灰色のアザのような色だった。それが雪の上では白く光り、彼の目を射た。

あたりを歩きまわっているうちに、ひどい臭いを放つ絶縁体の切れ端が散乱する古いかまぼこ兵舎に行き当たった。**立入禁止**の標識がかかっている。

時計を見るとまだ歓迎の儀式が続いている時間だった。彼は満足した。万事心得ているフィッツジェームズが、ジョン卿は少々風邪気味である、と連中に告げているだろう――

そろそろ体を暖めようと人気《ひとけ》のなくなった空港に戻ると、ちょうど電話が鳴った。

もしもし？　彼が言う。

ジョン？

彼女の声だと即座に分かった――小さな妖精のようで、はにかむような、それでいて挑発的な。彼はとにかくうれしかった。

あたしのところへ来てくれるの？　と彼女が言った。

そうだよ。

彼女は少しためらった。――こわい！

なにが？

あなたが！　――彼女は笑った。――ビールを一本持ってきて。一本だけね。

探してみるよ。

ありがとう！　ありがとう！

（これで彼の恐怖心はほとんど消えた。だが彼を不安に陥れる出来事はすでに起っていた。ロンドンで悪寒がしたとき、ジェーンは不注意にも縫いかけの国旗を彼の脚にかけたのである。彼は彼女を怒鳴りつけた。イギリス国旗をかけるのは遺体の上だけだ。その風習を君は知らないのか？）

シロクマは出ていないかい？　と彼が聞いた。ナノックク？

全然。

彼は安堵のため息をついた。

ジョン？

なんだい？

あたし今、自分でアパートを借りて暮らしているの。

家族はどうしたの？

二度と会いたくない。

いっしょに暮らしてるんじゃないのかい？

猟に出ている。海じゃなくて陸で。あたし、自分の場所ができたの。ここに泊まりたい？

ああ。泊まりたい！

ベッドは一つしかない――あたしと赤ん坊のよ。

構わない。

今までで一番素敵で一番セクシーなお土産を持っていこう、と彼は思った。

出発しようと、彼はキャプテン・サブゼロのバックパックを肩にかけた。いつもならその重みだけで憂鬱になったが、今回はそれを軽々とひっかけ、うれしさのあまり声をはりあげそうになった。

レゾリュートの兵舎は降りしきる雪にもかかわらずオレンジ色と緑色に光輝いていた。

かくれんぼ

グリーンランドというとほとんどの人が雪と氷を連想します――北アメリカとヨーロッパ北西部をつなぐ飛行機からながめる内陸部の氷、そして写真や本を通して知った氷山。観光客がグリーンランドに抱くイメージは、たしかにこのような大自然が大きな比重を占めています。ですが実際に観光客が足を踏み入れることができるのは、ほとんど雪を知らない沿岸地域に限られており、彼らが目にする自然は実は全体のほんの一部にすぎないのです。

デンマーク観光協会／グリーンランド自治省発行のツーリスト・パンフレットより（一九八七年頃）

海軍省が懸念を表明するずっと以前から、彼女は夫の身を案じ始めていた。その不吉さは、霧の下で、赤みがかったグレイにかすむコーンウォリス島に似ていた。霧はおろか、まだコーンウォリス島すら彼女の視界には入っていない。ジェーンは北極圏上空を進む飛行機に乗っており、明るい光に照らされた青空の中を、それがどんなに冷え冷えとしているかも知らず、順調に飛行を続けていた。はるか下の雲の鋪道は美しかったが、それが雲ではなくて霧のてっぺんであることなど、彼女には思いもよらなかった。コーンウォリス島が埋葬されている、霧でできた墓。彼女は彼からの昔の手紙を取り出し、もう一度読み始めた。タスマニアで牛車に乗っていると、泥道があまりにもひどいので彼が降りて脇を歩き、かわいそうな牛の荷を少しでも軽くしてやるために彼女も降りると申し出たが、彼は妻の声に耳をかそうともせずに歩き続けた、そのときのことが思い出された。彼はいつ、いかなる時でも紳士だった。部下たちもまた彼にふさわしく紳士的な者ばかりだった。今回、ボーフォートとジェームズ卿があえて随行をことわったのは残念だったし、いささか狭量に思えた。――もちろんそれでフランクリンに対する彼らの忠誠が疑われるものではないにしても。――だがフィッツジェームズ中佐は夫に忠実に仕えてくれるだろう。テラー号の艦長を勤めるクロージャーも有能だ。良き前兆、マストに止まった白い鳩のことも忘れてはいけない。彼女が手紙を読み返しているのと同じ頃、彼女の父もまた娘からの手紙を読み返していた。父は、娘がそばにいないので、同じくらい心に穴があいたような気がしていた。……島はたいへん豊かに変わりつつあります――お金に不自由する者はなく、囚人たちも行いが良く……

日々が過ぎ、年月が経ち、その間もジェーンのそばには夫の姪のソフィーが付き添っていた。（ジェーンと義理の娘エレノアとのあいだには埋め難い溝があった。エレノアは嫉妬からジェーンを認めようとしなかったのである。母親が死んだというだけで、彼女はジェーンが自分に取って代わったかのように感じていた。それはとても辛いことだった。）

彼は今なにをしていると思う、ソフィー？（とレディ・ジェーンが尋ねる。）

今頃はもう越冬の準備に入っているに違いありませんわ。ねぇおばさま、もう一度おじさまのお話が聞けたらどんなにすばらしいでしょう。デッキが凍ると熱い砂をまいて通り道を作るお話や、居心地よくするために帆布をあちこちに張るお話……おばさまの猿も風邪をひいたりしていないといいですわね！

みなさんがきっと面倒を見てくださっているわ。グリーンランドから来た最後の手紙を覚えている？　フィッツジェームズ中佐が楽しそうなご様子で書いてきてくださったでしょう。あの子のためにちゃんとスモックとズボンも用意してくださったって。

それから見つけ次第ジャコウウシを打ち殺しているんでしょうね。ちょっぴりかわいそうだけれど。だって気性は荒くともすばらしい動物には違いないし、ライフル銃でジャコウウシを狩るのは容易なことではないとおじさまも言ってらしたから――

そうよソフィー、必要なことを成し遂げるのはときとして残酷なものよ。

生きたジャコウウシをこの目で見てみたいわ。みんなにも見てもらえるように、おじさま、一頭くらい連れて帰ってくださらないかしら。

残念だけどこの土地はジャコウウシには暖かすぎるでしょうね。

でもスコットランドは涼しいところよ、おばさま。それに餌になる苔もたくさん生えているし——

ソフィー、あなたはほんとうにそんなおばかさんなの？それとも私の気を紛らわすためにわざとそんなことを言っているのかしら。

いいえ、私はただ——

あなたが心のままにおしゃべりするのは勝手ですよ。でも私が夫を信じる気持ちは、あなたが何を言おうと変わるものではありません。

私は——

ああソフィー、それにしてもずいぶん時間がたってしまったわね。

その後、海軍省はヘンリー・ケレット大佐を送り出した。国家の威信を保証し、救助など無用の男を救助するためではなく、単にいくつかの噂を否定するために。だがケレット大佐はなにも発見できずに帰国した。ジェームズ卿も(彼は奥方からついに引き離されたのだ)レイもリチャードソンもしかり。続いて二万ポンドの賞金が発表された。

レディ・ジェーンの働きかけにより、一八四九年のある日には六十以上もの教会が、遠征隊のために一斉に祈りを捧げた。コリンソンとマクルーアがベーリング海峡を通過し(このときもまだフランクリンが今しも目の前に現れるのではないかと期待する者が少なからずいた)、オースティンがランカスター海峡を貫き、グリネルがアメリカ海軍の祝福とともにその近辺を訪れ、ジェームズ卿とミスター・レイが再び捜索に赴いた……オースティンの副指揮官が空《から》の石塚《ケルン》を発見した後(調査の結果、一つを除いてすべての石塚にはなにも埋まっていないことが分かった)、ペニーがビーチー島で三つの墓を見つけた。一行は越冬し、春の訪れとともに犬ぞり部隊を凍った海へと送り出した。コーンウォリス島にも上陸した。レゾリュートに人々を移住させるというどうしようもない発想がまだ芽生えてもいない頃のことだ。ペニーの一行はオースティン率いる遠征隊が肉の入った缶詰を発見したデヴォン島へ引き返し、島々をまわり——ああ、ラッセル島にメルヴィル島、それにバサースト岬。プリンス・オブ・ウェールズ島へも行ってみたが、氷でおおわれた状態を荒らすに足るものはなにも見つからなかった。ヴィクトリア島を横断する頃には暖かくなってきたが、一行はそれと気付かず、方向転換をしたままキング・ウィリアム島から少しずつ遠ざかった。捜索隊が寒さを感じるのと比例して、キング・ウィリアム島に埋まった骨もますます凍えていった。翌年、レディ・ジェーンはケネディをリージェンツ・インレットに差し向けたが収穫はなかった。ジョーンズ海峡へ向かうイングルフィールドのために資金を提供し、その間にもベルチャーが隙のない捜索を行い、ケーンが指揮する船に乗ってグリネルが帰国した。マクルーアが再度試みたが、けっきょく彼も氷に四方を阻まれて立ち往生し、船を放棄せざるをえなくなった……

　誰もがあきらめ、フランクリンと部下たちは女王陛下の任務遂行中に死去し、その名も名簿から抹消されることを海軍省が発表すると、ジェーンは何年も着ていた喪服を脱ぎ捨て、絶望的ながら強烈な抗議としてきらびやかな服を身にまとった……その頃レイがブーシア半島を横断し、イヌイットの間で語られている物語について詳細な報告書を提出した。私たちが知るとおり、今やジョン卿は凍った海に囲まれた岸辺で最後の眠りについた。立ちはだかる海を彼が打ち負かすことはついになかったのである。――これは『トロント・グローブ』紙からの一文だ。ソフィーがこれをどう受け止めたのか、我々には知るよしもない。だがジェーンは遺産の残りをはたいてもう一隻だけ救助船を差し向けた。クリミア戦争勃発の頃である。フォックス号の出港を見送った者は多くなかったが、この遠征によって石塚からは文書が見つかり、人骨も発見された。彼らはついにキング・ウィリアム島へ到達したのだ。

　ところで人生にはよくあることだが、とある文学関係者の集まりで私はひとりの男と出会った。二人で酒を飲んでいるうちに、その男がフランクリン遠征隊の話を始め、自宅には氷漬けの遺体を写したフィルムがあることをほのめかした。彼の描写によると、遺体の顔の皮膚は私が以前イカリュイで見た黒い地衣にそっくりらしい。その地衣には緑の斑模様があって、ちょうどカエルの背中のようだった。男は法医学の関係者として発掘にかかわっていたと言う。彼は私に連絡先を教えてくれた。――だが一ヶ月後に電話してみると彼はごく儀礼的で冷淡だった。彼は広告会社に務めており、電話番号はそのオフィスのもので、彼が持っていたのはテレビ番組の録画に過ぎなかった。

彼の骨の意味　1990

こうした状況下ではよくあることだが、私はしばしば跪かなければならなかった。そして、自分が氷の上にいるのか土の上にいるのか、それが分かるまでナイフで掘り続けた。

ヴィルヤルムル・ステファンソン『楽しき北極』（一九一六年）

ポヴングニトゥクでのこと。雲が浮かぶ穏やかなある日、白人たちが砂利穴を掘っていると、二人の少女の遺体が出てきた。三十年前に死んだ彼女たちの遺体はミイラではなく白骨化していた。ポヴングニトゥクでの永久凍土の厚さは一五〇センチに満たない。少女たちの名はリーパーとジューキー。ブルドーザーの動きが止まった。年寄りの中には死んだ少女たちのことを覚えている者もいた。（ポヴングニトゥクでは、少なくともひと昔前までつぎのように事を運んだ。誰かが死んだら遺体に土をかぶせる。墓標のようなものはいっさい立てない。誰かが遺体を埋めた場所を覚えている。だがそれも気にする者がいる間に限ったことだ。）老人の話によると、少女たちはパーティに行きたがったそうだ。両親は天気を心配したが、少女たちがどうしてもと懇願するのでとうとう行かせてやることにした。彼女たちはとても喜んだ。髪を洗い、顔も洗った。カーミクを履き、手作りの手袋をはめ、フードをかぶり、笑いながら手をふって勢い良く出かけていった。父親と母親は戸口に立って二人の姿が消えるまで見送ったが、誰かが溶けてしまうところまで見ることはできない。なぜなら光景もまた溶けてなくなってしまうからだ。暴風にあおられた雪が彼女たちの体をおおい、小さな丘ができた。さらに雪が降ると丘が消えて平らになった。（雪は、二人の足跡に降り積もるあいだは穏やかだった）。雪の上にまた雪が降り、二人の両親はじっと座ったまま待ち続けた。やがて春の訪れとともに両親が二人を発見し、哀しみとともに二人を砂礫の下に埋めた。三十年分の夏の熱気が二人の愛すべき骨から肉と脂肪をこそげ落とした。三十年分の冬の寒さが二人の手の骨や肩の骨を芯までこごえさせた。三千本もの霜柱が、雪のように白い二人の歯に降りてそのまま凍りついた。白人たちが二人の遺体を掘り起こすまで。白人たちはとにかく指示を仰ごうと、無線で市長に連絡した。市長側はどうしたらいいか分からなくて記録を繰った。『エスキモー語の文法』にこんな例文があった。寒いですか？　あなたは寒くて小さくてかわいそうですか？　――私はとても寒いです。なぜならあなたは親切で優しい白人だからです。こうして白人たちは死んだ少女を塀で囲い、二人の体の上に砂礫をかけた。そしてそのまま砂礫を掘り続けた。というのも道を作るために砂礫がどうしても必要だったからだ……　――そしておまえは自分を見失って悪に染まったと感じるとき、良き自分を見つけるためにどこへ向かうか？　どこかのコケ鳥の忍び笑いがおまえの自信を奇跡的に回復させてくれるとも思えない。あるいはすべての魂の善良な部分は、白骨化していようといまいと、地衣やツルコケモモがからみあうその下の地面に埋まっているとしよう。――それさえ発見できれば、すべての問題を解決するという魔法の弾丸を手に入れたも同然だ。だがそれを手に入れるには、いったいいくつの砂利穴を掘り返せばいいのだろう？　――氷に閉ざされたフランクリンの場合はもう少し単純だったかもしれない。捕われの身であれば、善なき自由ゆえの苦悩とは無縁でいられる。つまり「そんなこと」は後で悩めばいいことで、まずは家に帰り着くことが先決だった（その家は本当の自分の家ではないのだが、それはまた別な話）。だからこそ元囚人や元兵士たちは郷愁にかられて再会の集いを開くものだし、概して苦難とは魅惑的なのだろう（少なくともその苦難が過去や未来のものである限りは。たとえば少女たちの亡骸もそう。その姿今はなく、塀だけが彼女たちの存在を押しつけがましくない程度に知らせてくれる。塀には彼女たちが一九六〇年に死んだこと、一九九〇年に発見されたこと、そしてたとえば二〇二〇年にはテクノロジーの画期的な進歩によってあるいは再び彼女たちが蘇らないとも限らない、ということが記されている）。だからこそサブゼロはフランクリンであることを楽しんだ。そのときの物理的な制約だけに専心していられたからだ。たとえば一八二一年、二回目の遠征でフォート・チプウィアンへ向かう途中、温度計の水銀が完全に凍ってしまったときのように。それでも彼らは冬の最中《さなか》に一三七一キロの遠征を完遂した。フランクリンの部下たちのカヌーが滑るように進むかたわらで、犬たちは氷の上を元気よく飛び跳ね、肩にマスケット銃を担いだ海軍兵士たちが体を前後させて櫂をこぐ。フランクリンは氷の張った岩の上に立ってその様子を眺めていた。肉体労働は士官にはとうていふさわしくないからだ。寒さに捕われた今、彼は夏の自由を思い出さずにはいられない。艦隊が広いスレーヴ川をゆったりと進んでゆき、松の木々をいただく崖の姿が川に写り、幽霊のようなその影を彼らの船がやすやすと貫く。毛皮会社に雇われた運び屋たちも、四角い帆を立てたカヌーに乗って川を行き来し、インディアンがパイプをふかしながら船を漕ぐ。フランクリンは自分のために特別に誂えられた、樺の樹皮で作った十メートルほどのカヌーに部下たちといっしょに乗っていた。彼の計算にもとづいて一行はグレートスレーヴ湖の深い湾に入っていったが、彼は善良なる自己の骸骨を求める気持ちでいっぱいだったので落ち着かなかった。彼はまだジェーンとは結婚していない。エレノアとすら結婚していなかった。だが水銀も凍るほど寒い冬が到来するや、砂礫がこうした不幸な熱望をおおい隠し、私が言ったように彼は正気に戻って夏を思い出した。満たされることのない、それだけに純粋な思慕とともに。彼のわきには、彼がオーガスタスと呼ぶ通訳のタタノユックが立っていた。この少年はフランクリンのお気に入りだ。彼はタタノユックの黒い前髪を撫でた。だがタタノユックが獲物を求めて狩りに出たいと言ってもフランクリンは承知するわけにはいかなかった。腹が減っていようといまいと狩りをする時間はなかった。彼らはランド・オブ・リトル・スティックスにあるフォート・エンタープライズに無事到着したが、同じ頃、部下たちは雪の中ですっかり腹を減らし、腐敗した鹿の皮やイワタケを最後の力をふりしぼって探し求めていた……今やすっかりはげ上がったフランクリンは腰に手をあてて遠くを見つめている。彼はとても痩せていた。自分は死ぬだろうと思った。肩章のついた彼の肩先は断崖のように切り立ち、光を受けて輝いていた。

彼は自分に言った。身勝手もこれまでだ。（彼は、二回目の遠征でインディアンの女が氷に穴を穿ち、すばらしいカワカマスを捕まえたときのことを思い出していた。インディアンたちは誰もそれを食べようとはしなかった。「私たちは飢えに慣れているが、あなたがたは慣れていない」と言って。）

彼はこの先の自分の人生を思い、こう一人言をいった。何か尊敬に値することをしよう。

ジェーンとリーパーのどちらも愛し、二人の力になるにはどうしたらいいか。

自分の行ないに対してどのような希望、どのような期待を抱くことができるのか。

インディアンの女、グリーンストッキングズをめぐってバックとフッドが争うのを見た上で、そして賛否両論を秤にかけた上で、私はこう言わざるをえない。私はリーパーのためにジェーンを捨てることはできない。（グリーンストッキングズが初めてセックスを許した晩、ミスター・フッドはヴァギナの夢を見た。それは灰色の雲の中に浮かぶオレンジ色の裂け目のように見えた。赤い血がそこから下の空に滴っていた。）リーパーと自分の気質を考えればいずれ決裂は避け難い。――だが私が自分の身勝手さをもう少し抑えれば、あるいはうまくいくだろうか……？　ああ、もしかしたらリーパーとうまくやっていけるかも知れないというこの希望。この希望を捨てるのは身を切られるより辛い――

彼はリーパーの脚を広げた。（まさにやるべきことをやったと実感して君は満足だったろう、と根が善人であるセスが言った。こうする以外に道はなかったのだ、と。）苔に包まれるようにして、苔よりもなお甘やかなグレイの湖があった。その周りには岩棚が斜めに走っていた。（他の男たち二十人ほどが彼女を痛めつけたそこには、固い傷跡が残っていた。）ガンが頭上で鳴き、蚊が必死で飛び回っている。あたり一帯、世界は平らな円盤のようだった。せり立った岩石丘はアメリカ西部のメサにも似ていたがそれほど高くはなく、ほとんど特徴のない水平線が安定した丸みを帯びて広がり、この世界円（と古代スカンディナヴィア人なら称しただろう）のまわりには、苔を巧みに切り取ってふんわりと盛ったような、同じグレイの色合いの丸い雲がかかっている。黒い小鳥がキスに似た音をたてながら空を横切った。川が流れ、砂利が動く音がする。こんな世界ではどの方向へ向かおうと大差ない。時折太陽が雲を突き破って白い光が差し込みそうになり、すると湖のグレイはわずかに緑色を帯び、水平線にはインディゴ色のリボンがかかった。彼と彼の部下たちが次の湖にたどりついた頃には、その緑がかったグレイは再びただのグレイに戻った。

* * *

ところで、彼はほんとうに身勝手だったのか。――忘れていたが、彼は一度彼女をニューヨーク――ではなく、ロンドンまで呼び寄せたことがあった。これから語られようとしている最後の遠征で彼はリーパーのところへ行き、彼女と末長く暮らしたわけだが（彼に乾杯、祝砲三発、万歳八唱！）、これはその少し前の話。彼女の来訪は彼にとってとてもうれしいものだった。（おそらくこの時ジェーンは留守だったのだろう。たしか婦人会の面々にタスマニア救済を訴えに行っていたはずだ。）リーパーが帰ってから数ヶ月がたち、ジェーンと散歩しているときでも、向こうから犬を連れた誰かがやってくるのを見つけると、彼はジェーンを自分の方に引き寄せ、彼女を安心させるためにその目を覗き込んだ。十字路で盲人の腕を取るのと同じくらい反射的に。リーパーはニューヨークの犬を怖がった。レゾリュートでもそうだったが、イヌクジュアックでは犬はあくまでも橇を引くために飼われているのであって、決してペットではない。手に負えず、獰猛で危険。飢えた犬が子供を食べてしまった話もある。本当かどうかは分からないが、リーパーは子供の頃ハスキー犬に噛まれたことがあったらしく、町の犬でも近付きすぎると歯をむき出しにして唸ることを、彼女はよく知っていた。だからリーパーが、ヒミツがほしい！　外を歩きたい！　と言い、彼がゴム底の靴を、彼女がカーミクを履き、手に手を取ってエレベーターで下へ降り、彼女のタバコを買いに雪の中を出かけていくと、彼女は手をつながないまま彼の隣で何を見ても珍しくて笑っている、が、それも犬が目に入るまでのこと。

大型のゴールデンレトリーヴァーだろうと、おばあさんが連れて歩く、ピンクのセーターを着た、犬というよりはげっ歯類に似たビーグル犬だろうと関係なく、リーパーは恐怖からかん高い声でクスクス笑い出し、彼の脇の、とにかく犬から遠い側へ回った。犬とすれ違うときには彼の手を握りしめ、いつでも逃げられるように体を緊張させながら、彼の体ごしに犬から目を離さない。犬が行ってしまえば、彼女は彼から離れて、もとのようにハッピーになる。当初彼は理屈と経験の両面から、怖がる必要などないことを彼女に分からせようとした。犬がペットであること、彼は嚙まれたことが一度もないこと、犬はヒモでつながれており、もしも誰かに嚙みついた時には飼い主がしっかり責任を取らされることなど。だが何を言っても彼女の思い込みは変わらず、また変わらないのが当然だ、と彼は思った。というのももし彼がイヌクジュアックの道を歩いていて、向こうからシロクマがノシノシやってきたらどうだろう。飼い慣らされているから大丈夫だ、と誰かに言われてもそれを鵜のみにするだろうか。こうして彼は鋪道を歩くときには犬に注意する習慣がつき、なるべく早く犬を見つけて——たとえば半ブロックほど先でも——彼女に腕をまわして耳もとでささやいた。見てごらん、リーパー、犬がいるよ！ そうすればいきなり現れた犬に彼女がびっくりすることもない。リーパーが帰ってしまってからもこの条件反射はなかなか消えず、さすがにジェーンに声をかけることはなかったが、陥ってもいないパニック状態から彼女を救うために腕の方はつい伸びてしまう。そんなとき、彼は奇妙な罪の意識にとらわれた。強いというよりは後を引くような深い罪悪感。散歩の途中、何度か彼が曖昧な身ぶりで彼女に腕をのばし、かと思うとまるで自信を失ったように引っ込めることに、彼女も気付いていたに違いない。だがそれは彼が北極行きのことを考えて上の空になっているからだろう、と彼女は思った（彼もそんなフリをした）。ふだんの彼の身のこなしは迷いがなく、確固たるものだった。またしても彼女は、タスマニアのぬかるみの中を牛車で進まなければならなかったときのことを思い出した。彼は荷を軽くするために他の二人の若い者といっしょに牛車を降り、かわいそうな牛の負担を少しでも軽くするために、自分も降りると彼女が申し出ても、愛しい君はそんなことを考えてもいけないよ、と言って彼女の肩に腕を回した。だがそのときの様子と、ためらいがちな今とでは全然違う……――物事は何でも明るい方に考えるべき、これが彼の信条だ。彼女も同じことを自分に言い聞かせた。――もしかしたらこれは危機であり、それを彼は避けようとしているのか。危機だとしてもそれは彼がいまだかつて経験したことのないもの。今までの危機については次の一言で事足りた。私の決断に弱さがあるとすれば、それはチョコレートと脂肪の摂取が足りないからだ！

なにか気掛かりなことがあるんじゃありませんか、あなた？

いや、ジェーン。そんなことはないよ。

北西航路完遂のための遠征でお悩みなのではなくて？　お望みなら私からジェームズ卿にお話ししてみましょうか？　あの方なら喜んであなたを推薦してくださるでしょう。あなたが任命されるのは当然のことですし……

それは**神さま**がお決めになることだ。そのために私たちが人前でへりくだる必要はない。――彼はできるだけ柔和で穏やかな口調を保とうとしたが、彼女は彼をとてもよく理解しており（彼が彼女を理解している以上に）、彼の痛みが彼女にはまるで低周波の絶えまない振動のように伝わってきて、心がうずいた。

彼はひとりでジェームズ卿のもとへ赴き、自分のなすべきことを彼に尋ねた。毎晩のようにリーパーの夢を見ると、思いはますます彼女に引き寄せられ、ハート型の茶色い木の葉のように心が揺れ、それでもリーパーと同じくらいにジェーンを愛していることを告白した。ジェーンは法のもとに娶った我が妻ではあるが、リーパーはあまりにも愛しくて……

それは分かる、とジェームズ卿が言った（彼は自分の意見を述べる前に必ず相手に同意してみせた）。だが恋愛を成就してかつどうやって名誉を守ろうというのだ？　このエスキモーの娘は確かに心優しく、愛しい者かも知れないが、一年もいっしょに暮らしたら君の頭はどうかしてしまうだろう！　親愛なるフランクリンよ、――ジェーンのことを、――頼むからジェーンのことを考えてくれ……

✲　✲　✲

レディ・フランクリンが夫のために交渉しに現れると、ジェームズ・ロス卿は自分が難しい立場にいることを痛感した。一方にはリーパーの件があり――もちろん彼女はジョン卿がサブゼロである限りにおいてのみ存在しており、まさにその限りにおいてのみ、ジョン卿はジェームズ卿の理解の範囲を越えていた――彼はまったく別の時代からのまったく別種の生き物だったのだ！　――それでもリーパーが存在することにかわりはなく、したがって彼の友人であるジョン卿はもはやジョン卿であってないようなもの。ジョン卿がリーパーの住む世界に戻る手助けをすることは、時間旅行と不貞行為を黙認することに等しい！　――だがなにも知らないレディ・フランクリンはジョン卿が北極へ行けないとなればさぞがっかりするだろう……　――もう一方でジェームズ卿には密かな希望があった。言うまでもなく紳士たるもの、自分の希望などは他の者のためにいつでも犠牲にするが、自分にも航路完遂の権利があるはずだ、と彼は考えていた。――それでも紳士は紳士、彼はジョン卿、というよりはむしろその妻にこの野望を譲った。――リーパーについてはここで告白しよう。私は歴史の再構築についつい耽ってしまった。時間が両方向に作用すると仮定した場合のみ、ジェームズ卿はリーパーのことをこんなふうに考えることができる。つまりサブゼロがフランクリンの生まれ変わりだとすれば、フランクリンもまた（それがどれほどわずかであっても）なんらかのかたちでサブゼロであると認められなければならない。あなた自身に問うてみればいい。一世紀あるいはそれ以上の時を経て生まれて来る誰かが、いつの日かあなたのことを考える、そのことによってこの瞬間にもあなたは本来のあなたとは違う行動を取る、そんなことがありうるだろうか？　ないとも言い切れないだろう。――だとしてもそれがなんだと言うのだ？　どんなに白い薄氷でも、あるいはどんなに青や灰色の水でも、遠目に見ればやがては同じ色ではないか。

それから数週間後、フランクリンとジェームズ卿は同じ件で相談を重ねたが、今度はもう少し遠回しになった。二人はテラー号とエレボス号が修理を受けているウールクイッチ造船所へ足をのばした。ジェームズ卿はいくつかの変更を提案するつもりだった。――ビーチー大佐のスクリュープロペラのおかげで船の性能はずっと良くなるだろうが、プロペラのための空間がどれほど取れるか疑問だね。

われわれの部屋を少し狭くしなければならないだろう、とフランクリンは静かに微笑みながら答えた。

言葉を返すようだが、とジェームズ卿。それには同意しかねるな。一般論からいえば部屋を狭くするのが妥当だろうが、この場合は違う。いいかね、この遠征は君が指揮をとるのだよ……！

　フランクリンはジェームズ卿を哀れんで再び笑った。指揮を成功させて手本を示すにはより大きな権限をすすんで享受するに限る、とジェームズ卿は思っていたし――それまでもずっと――そう考えてきた。だが最良の指揮をおこなうためには、船員や他の者たちのために最大級の犠牲を払うべきであることを、フランクリンはカナダ北部のツンドラで学んだのである。

　君の考えていることは分かっている、とジェームズ卿が言った。本当に彼には分かっていたのだ。わざわざ君に思い出させるのは失礼かもしれないが、私はまさにこの船で四年もの歳月を南極で過ごしたのだよ。――その間、自分の船室を広すぎると思ったことは一度もない。これは自分にとってではなく、部下たちにとって、という意味だ。彼らのために私は何度か船室を開放してやったことがある。彼らとて手足をのばして寛げる場所が必要だからね。気分がふさぎこむのを防ぐ目的もある。壊血病は気分がふさいだときが危ないのだよ。君が指揮した陸の遠征はあれに比べれば簡単だし、生ぬるい。もちろん危険であったことにかわりはないが、私はそのことを言っているのではない。君たちもずいぶん危険な目に遭ってきたはずだ！　だが一面氷づけの中で越冬するとなると……

　たしかに退屈だろうし、不便でもあろう、とフランクリンは言った。だが知ってのとおり、ランカスター海峡からシンプソンズ海峡まではさほど遠くない。ロス、他ならぬ君だからこんな自慢めいたことを言うがね、実は私は航路を一シーズンで完遂できるのではないかと考えているのだよ――

　あるいは可能かもしれない、とジェームズ卿が語調鋭く答えた。だが部下たちのことも考えろ！　一冬か、あるいは二冬か！　太平洋に出たあとはホーン岬経由で帰還するのだろう？　だったら六年はかかるぞ。その間じゅう二隻の船に閉じ込められることになる。私はあの船を知っているんだ！

　君の言っていることはもっともだ。だが我々は忍耐と経験によって己れを強くしよう。いずれにしても君の話のおかげで、いい点に気がついた。部下たちには日頃考えていることを開放できるようなオアシスが必要らしい。――彼は一瞬ためらった。――私を許してくれ、ロス。君が正しいことは分かっているのに……

ジェームズ卿は彼の肩に手を置いた。この友人フランクリンは自分を卑下する傾向にあり、今まさにそんな気分に陥りつつあることをジェームズ卿は知っていて、そんな彼をなんとか励まそうとあれこれ思案してみたが、妙案が浮かぶ前にフランクリンが口を開いた。

ほんとうのことを言ってくれ。氷に閉じ込められた暮らしはそんなにひどいか。

ひどいね。

氷のこわさを初めて経験したときのことを思い出すよ、とフランクリンが言った。もう二十九年も前、トレント号に乗っていたときのことだ。私たちはほとんど視界ゼロの海峡をどうしても通り抜けなければならなかった。――あのときの闇は、経験したこともないような、底知れないものだった。船が傾くたびに鐘が鳴るものだから、部下たちの恐怖をやわらげるために鐘をおおう命令を出して、そのあとすぐに船が氷にぶち当たった――

そう、木が氷に当たって砕けるあの音は誰でも一生忘れられないものだ。それから流れ込む水の音を聞いて、自分はもう死ぬんだってことを知る。今回の遠征には鉄の敷板を薦めるよ、フランクリン。ぜったいにそうするべきだ。

私もそう思う。だが海水を温める新しい装置については――

いや、あれも必要だ。私たちが南極へ行ったときも、あれがあればどんなに助かったか。危険のない独創的な装置だと思う――

ロス、君の親切に神の御加護を！

我が親友にも同じく神の御加護を！　だが出発まではまだ間がある。いいか、パリーをここに呼んでいっしょに歩き回るといい。彼なら大いに興味を持ってあちこち見てくれるだろう。蒸気を使った機械の検査は彼がもっとも好む役回りだ。良き行ないでもある。彼は年を取ってきているし――

二人の間に沈黙が訪れた。

ザ・ライフルズ

本書は物語としておもしろく、本質的に有用なばかりではない。ジョン・フランクリン卿の運命に人々は長い間興味を抱いてきたが、本書は彼の若き日の冒険譚を、初めて手軽で読みやすく提示した。読者は必ずやこの物語にひき込まれるに違いない。

『北極圏での三十年』（一八五九年）への序より

さっさと本筋に入ったらどうだ、と大方の読者はお思いだろう。四回目の遠征へ出発しようとまさに用意万端整えたのに、二回目の遠征に逆戻りしてしまったのはなぜだ、と訝しんでいらっしゃる。ミスター・バックをはじめとする遠征隊の冒険者たち同様、みなさんもリーパーがどこにどう関係するのか見当がつかないし、ミスター・フランクリンが死ぬところを早く見たい。それはそれでお見せするが（見せないような私でないことはみなさんすでにお分かりでしょう）今はまだ時期尚早。というのも私たちはヴィンランド第六期の破滅、つまりはライフル銃の時代に至る準備がまだ十分ではないからだ。ヴィンランドの首都がなぜレゾリュートなのか、それを分かっていただくためにもこの時代の解説がどうしても必要となる。だがそれとミスター・フランクリンの話はあまり関係ない。彼の時代をはるかに遡り、フランス人たちがカナダに銃器を持ち込んだとき、彼らは自分たちが何をしようとしているのか、その意味をしっかりと自覚していた。それがミスター・フランクリンの頃ともなると、ライフル銃は天然痘よりも早いスピードで広まり、えじきになる以外に選択肢はなかった。ミスター・フランクリンの奇妙な死があったからこそ私たちは北極に腰を落ち着けることになった。まずは救助隊として、次に商人、宣教師、警察、そして移住行政官として。

私たちの目的は、イッカクの角のように長く、鋭く、らせん状に伸びていた。ミスター・フランクリンがこのことと密接に関係する理由は一つ。それは、私がどうしても記憶からぬぐい去ることができない、ライフル銃と飢餓をめぐる一つの偶然に関係している。この話自体とても悲しく、語り始めるのも辛いが、とにかくどこを歩いてもライフル銃の薬莢が落ちていて……——そう、語り始めてしまえば、あるいは最後が訪れるまでに終えることができるかもしれない。

* * *

連発銃に着目すると、人間の惰性と愚かしさという、歴史上もっとも強力な二つの力（ただし憎しみは除く）が、ぴかぴかに仕上がった鏡として私たちを迎えてくれるだろう——連発銃を使う愚かしさを言っているのではない。そこまで話は進んでいない。その前の段階、とりあえずは連発銃の開発をめぐる愚かしさに、ここでは感嘆してみよう。連発銃の着想は何度も実現されかけたが、そのたびに王や兵器担当局の懐疑主義によって流れた。大砲を除くすべての銃器があくまでも補助的な武器であることは、彼らにとって地球が平らであるのと同じくらい揺るぎない事実だった。[*1] 突撃の最中《さなか》、次の発砲までに兵士は弾をこめ、火薬を定位置に詰め、火縄をとって火をつけなければならないのだから、火縄銃の価値などいかほどのものか。そもそも一人であやつる銃など強力でもなければ正確でもない。火薬を詰め過ぎれば砲身が爆発する。担ぐのに重すぎず、しかも安心で事故のない砲身を作ることができる鍛冶屋はいない。どんな狙撃の名手でも、弾のわずかな歪みや、砲身のかすかな傷までは防ぐことができない。可哀想なのは兵士だ。彼を貫き倒そうと敵がやみくもに突進してくる一瞬のあいだに、再び弾を込め、狙いを定めなければならないのだから。

　カナダでは、殺したい相手は弓矢しか持たないので火縄銃でも十分役に立つ。**クルスカップ**の人々もロングハウスの人々もそれに気付いていた。[*2] 狩猟の対象となる動物には火縄銃の方が具合がいい。だがヨーロッパでは、城主がた

＊1　「ある種の爆発物については、爆薬が強ければ強いほど発火させるのが難しい。これは、あまり知られていない事実である」——カール・O・ブラウアー『花火技術ハンドブック』（一九七四年）

まに銃で雄鹿やイノシシを狩ることはあっても、本当の意味で武器が使われたのはユグノー派、カトリック、カルヴァン主義者、ルター派、フランス人、そしてイギリス人に対してであった。彼らが武器を持っている以上、こちらも常に武器を改良していかなければならない。

一四三二年と記載された古い写本には、フス党の乱で使われた四輪馬車が描かれている。その旗の中で、水搔きのある鳥がまったく無表情に後ろを眺め、翼の先端部の下には大砲が据えられた高台があり、そのさらに下ではテントの中から戦馬が用心深く様子を伺っている。前方には船のへさきのような胸墻が築かれ、鎖のついた大きな車輪が回りを囲み、帽子を目深にかぶった小太りのいしゆみ射手がその後ろで跪いている。童顔の彼らはいかにも誠実そうだし落ち着いている。彼らと、馬のテントの間にある三角形のデッキには直立不動の男が一人立っていて、その肩には何本かの丸太を一くくりにしたような小型の大砲が固定されている。複数の銃身が出会い、火薬の詰まった暗いトンネルで一つになる。戦闘はこんな具合だったのだろう。まず、敵の矢が襲ってくるあいだに、彼はいしゆみ射手の後ろで膝をつき、順番にすばやくそれぞれの銃身に弾をこめる。次は火薬と火縄だ。火をつけ、立ち上がり、敵を正面に見据え、心臓は高鳴り、シューシュー音を立てるヒューズによって彼はその瞬間だけ彗星や流れ星（アラスカのイヌイットは流れ星のことを「星の糞」と呼ぶ）の永遠性の中に捕らえられる。何頭かの馬のうちの一頭がおびえ、別な一頭が車輪に鼻をこすりつける。砲撃手は足を踏ん張り、大砲を首と肩の間のくぼみにしっかり抑える。すでに何発か撃っているのでそこには青黒い痣ができている。火が火薬に届き、すべての銃身の中で爆発する。鉛の弾が音を立てて宙を切り、一発目は誰かの頭に命中し、もう一発は岩の上を跳飛し、三発目は馬の足をふき飛ばし、四発目はどこへ当たるか分からない。めまいに襲われ耳も聞こえず、気がつけば砲撃手は地面に倒れ、馬たちが頭上でやさしくいななないている。いしゆみ射手が早くも矢を放ち始め、彼は出血する耳をこすって再び弾をこめる――

ほんとうのところ彼はどの程度重要な存在だったのか。思うに彼一人に対していしゆみ射手五人といったところか。つまり彼は五人分の価値があったのか、それとも彼が威力を発揮する確率は五分の一に過ぎなかったのか。皇帝に聞いてみよ。マキシミリアン一世に。彼は時計が十五世紀の終わりを告げるのを眺めながら、世界初のライフル銃を受け取った。ブロンズの銃身は手作業でくりぬかれ、施条が刻まれた。――ドイツ人たちの小器用さときたら！　数世紀のうちに彼らは鉄条網をつくり出した……　――弾はより早く、より遠く、よりまっすぐに施条の中を突き進んだ。おそらくマキシミリアン一世はじきじきに鍛冶屋のかしらに礼を言いに行っただろう。王が鍛冶屋の仕事場の二重アーチをくぐり、威光を放ちながら入ってきたとき、鍛冶屋は銃の引き金の用心金を一心に磨いており、まったくふいをつかれた（あるいはそのフリをした――お忍びとはいえ王ともなればまったく目立たないはずはあるまい）。

とにかくこうしてマキシミリアン一世がやってきた。鍛冶屋は即座に跪いた。

面《おもて》をあげよ、と皇帝。この火縄銃はすばらしいぞ！

光栄に存じます、陛下。実はこれ以上のものをお作りしようと――

そうだろうとも。おまえには野心がある。専門の職人ならば当たり前だ。

それで、連発銃を作って差し上げることもできますですが、陛下。

連発銃？　それがなんの役に立つのかね。いしゆみ射手がいるではないか。

哀しき砲撃手の価値は五分の一にすぎなかったのだ。木版の古写本に残された彼の顔から察するに、彼自身もそれを知っていたのだろう。それでも彼は危機に怯まず、四輪馬車を見捨てず、馬車はきしみながら前進した。一六〇〇年、デンマークが国家として初めて軍隊にライフル銃を採用した。ダ・ヴィンチが早くから弾と弾薬を一枚の紙製の薬包にくるんではどうかと示唆したが、当時のライフル銃ではあまり実用的ではなかった。弾を銃身に込め、蛇が通った跡のような施条の中へ通すだけでも難しかった。そう、まだ時期尚早だったが、それでも実用化はされた。いつ、どうやって？　スコットランド人のウィリアム・ドラモンドがそれを実用化以上の不条理にまで発展させた。彼は五十もの銃身を持つライフル銃を作り上げたのだ。その後は、連発銃と同じ効果を持つ回転式の砲尾や、いくつもの点火孔が連結された複数の銃身を持ったライフル銃の、曖昧か

＊2（一六三頁）　このことについては夢の七部作の第二部『父たちとカラス』で語られている。

つお気楽な時代が到来するが、そこに長居は無用。お誂え向きのきわめてユニークな逸話が続くものの、それらはみな突発的で、反復される歴史の一サイクルとなるだけの安定した単調さには欠けている。そこへカルソフ兄弟の御登場だ。彼らは明らかにヨーロッパ的な視野を持って開発を手がけ、後装式の弾倉を付けた連発銃をつくり出す。一六四五年に完成したピーター・カルソフのホイール・ロック式連発銃には、次のような銘が刻まれている。**第一号**——そだがほんとうにそれが初めての連発銃だったのか。——その年、新大陸ではオランダ人伝来の銃を持ったイロクォイ族によって、ヒューロン族が殺戮の憂き目にあっている。イロクォイ族は連発銃を必要としなかったが、パーマーという名のイギリス人は違った。彼は一六六三年、王立協会に手紙を書いた。ライフル銃の火薬の爆発力をより有効に利用すれば、薬室に次々と弾薬筒を送り込む装置ができるはずで、それはとんでもない幸運、または不運を招くであろう、と。病的な永久運動主義者だ、と誰もがパーマーを嘲った。ちょうど四半世紀の後、パリでアブラハム・ソワイエなる人物がスパイ容疑で逮捕された。フランス憲兵たちは、彼の荷物の中にパーマーの原理に基づいて製作されたピストルを発見した。一七一八年、ジェームズ・パドルが三つの銃身を持った銃の特許を取る。この銃の優れたところは、薬室が空になるたびに弾倉が九回まで回転することだった。兵器担当局はこのマシンガン第一号を使い物にならないと一蹴した。それでも連発銃は到来した。新大陸のイギリス植民地では、ハンドルを回すだけで弾を込めることができて打金が起きる、火打ち式発火装置付きの連発ピストルが作られ始めた。独立革命で意気揚々たるジョセフ・ベルトンなる人物は大陸会議で、とある装置のデモンストレーションを行なった。それを取り付ければどんなマスケット銃でも五秒以内に二十発の弾を撃つことができた。だが彼の発案は無視された。同じ頃にロンドンの銃工が海軍のために七銃身の銃を作った。何人もの将校の死体を跨ぎながら、連発銃はブレニム、ボロディノ、ワーテルロー、ゲティスバーグなどを経て、一歩一歩近づいて来た。一六九三年には十連発のマスケット銃が登場し（弓の射手の方が頼りになりますが、陛下）、次にガットリング機関銃（マスケット銃の方が使いやすいですね、大統領閣下）、マキシム砲——原理としては一六九三年の十連発式マスケット銃と似ていたが、マキシム砲は一秒間に十連発だ。それからステン軽機関銃に対航空機銃に集束爆弾（ガットリング機関銃をこのまま使いたいのですが、上院議員殿）。マキシミリアン一世の拒絶にも関わらず連発銃がやってきて、その結果、まるで私たちの大陸を後にして北へ向かう船さながら、灰色の中をひたすら進む長い航海と、さらには空無と冷酷な愚かしさの時代をいくつも経て、捕鯨船員たちは錨を降ろし、漕ぎ、そして手には連発銃を持って歩み出た。バフィン島の陰鬱な茶色い岸は歴史の岸でもある。濡れて、泥だらけで、凍っていて、ところどころに雪が残り……

もちろん捕鯨船員にマキシム砲は不要だ。彼らはエスキモーと戦っているわけではない――そう、ミュンクの航海（一六一九年）など、思い出すだけで優しい気持ちになるではないか。エスキモーが一斉に一人の船員に駆け寄り、抱き締めた。その船員は色が浅黒く、鼻が低くて黒髪だったので、彼らは自分たちの仲間だと思ったのだ！――戦っている？　――まさか！　――たとえそうだとしても火縄銃で十分だ――エスキモーたちは弓矢すら持っていなかったのだから。こうして捕鯨船員たちは動物以外に何かを殺そうとは思いもしなかった。一六九三年の十連発のマスケット銃なら便利だったかもしれないが、ほとんど同時に百発の弾をはじき出せたとしても、それがなんの役に立つだろう。弾代がかかってしょうがないし、第一それで仕留めたカリブーはシチューにでもするしかない。だが三発、いや十発でもそれなりにすばやく連続して発射できれば、そのカリブー（あるいは三頭、いや十頭のカリブー）を仕留める確率は三から十倍に跳ね上がる。そもそも船員たちには時間がなかった。彼らはなんでもすばやくこなし、話し方はガンの鳴き声のように威勢がいい（もちろん彼らはガンも殺した）。彼らは鯨を殺すためにやってきたのだ。真夜中の太陽が東に傾き、空は夜明けのように淡い青色で鮮やかだった。指で描いたような金色の長い雲がたなびき、山々は青く、白く切り立っていた。氷の上を飛ぶ三羽のワタリガラスが見張りの目に入り、初めは三羽がいっしょにどこかへ向かっているのかと思ったが、そのうち一羽だけ残して二羽が別な方向へ飛んでいき、見張りが二羽を目で追うと、その先に潮が上がっているのが見え、彼は叫んだ。鯨だ！　即座に船長が射撃隊を召集し、帆の準備を整えた。ジャコウウシを仕留めている時間はない……――ただし捕鯨は初めから行われていたわけではなかったらしい。十六から十七世紀までグリーンランドではイッカク猟が盛んだった。イッカクの角は性的不能や老齢や愚鈍さに必ず効くと信じられていた。イサーク・ド・ラ・ペリエールは言い訳がましくこんなふうに語っている。この発想は別段新しいものではない。バートリンもユニコーンについての論考の中で、海に棲むイッカクのためにわざわざ一章をさいている。だが古えの王たちの勃起もそれほど持続せず、ユニコーン・コーストは捕鯨船に明け渡された。船酔いを和らげるために香辛料を噛み、腐った魚、ぬるぬるした魚、じょうごのような形の魚の中を漕ぎ、船上特有の不安と闘いながら、これらの死刑執行人たちは自らの務めを果たそうとした。必ずしも愉快な仕事ではない。フレデリック・マーテンズは『スピッツベルゲンとグリーンランドへの航海』（一六七一年）の中で陰気な調子でこう書いている。私は鯨の精液を太陽の下で乾かそうとしたが、それは鼻水そっくりだった。——彼らは五月三十日に鯨を捕獲している。マーテンズは続ける。その鯨はとてもうつろな音を立てた。生きていても臭いがきつく、早くも鳥たちが肉をついばみに来た。死ぬと鯨は発酵しはじめ、死体から立ちのぼる湯気で目が刺激され、ずきずきした。その晩、コルネリウス・シーマンは氷に押しつぶされた船を棄てた……——［六月］八日、霧が出て一日中雪。海辺の氷にはたくさんのアシカ（あるいはアザラシ）が出ていたので、我々はボートを下ろして十五頭ばかり仕留めた……十二日、一日中寒い嵐。晩には日が出る。十分注意していないと昼なのか夜なのか分からなくなる。——グリーンランドでの捕鯨の様子を描いたハンス・エーゲデによる版画（一七五〇年）はチョコレートとヴァニラのソフトクリームのように白黒がはっきりしており、海と陸は同じように氷に閉ざされているが、海は黒い波頭を見せながら均一にうねり、その波頭の上を、一生懸命に櫓を漕ぐ人物たちが並ぶ細長いボートが滑ってゆく。画家が適当と思った場所で、小さな一人乗りのカヤックが思い思いに浮かんでいる。男たちは、陸上げされた鯨の背中の上を注意深く歩いたり、アザラシがライオンに似た不格好な頭をあげるのを島から眺めたりしている。敬虔な漕ぎ手たち（その何人かはフードを被った女のようにも見える）が海の彼方を見つめる間にも、牙のような槍が、潮を噴いて死にかけている別の鯨の肩に突き刺さる。遠くではブルーのシャツを思わせる氷の壁が冷ややかな影をつくりながらそびえ立ち、海鳥が池のアヒルのようにプカプカ浮かび、エスキモーは一人もいない。やがてそれがグリーンランドやバフィン島で大きく変化する。ジャコウウシの群れを殺せば冬の食料は万全だ。それならエスキモーにやらせればいい。古い前装銃を何丁か与えて、銃なしでは生きられなくさせてやれ。ステーキ肉一トンと引き換えにウィスキーか鏡をくれてやるんだ。ライフル銃を使い慣れれば弾ほしさに奴らは戻って来る。それが銃のいいところだ。

ああ、その頃から毛皮にもなにがしかの価値が出てきた。(フードの毛皮はエスキモーの顔からまるで太陽の光のように燃え立った。カリブーの毛皮で作られた彼らの服は、黒い斑点のついた金色がかった茶色だった。)ジャコウウシをもっと殺すよう、彼らに伝えろ。キツネなら片っ端から殺せ。銀色の毛皮、青みがかった毛皮、それらはサンフランシスコじゃ金になる。弾ならもう一度くらいくれてやれ。全員が砲撃手になれるよう教え込むんだ!……

私たちはほとんどの時間を狩猟に費やした……すばらしい銃器のおかげで、前装銃を使うよりもかなり多くの動物に傷を負わせることができた。狩りの古い言い方にならえば、カリブーは「たらふく鉛を喰う」ので、われらがネットシリックの友人たちはこれらの傷を負った動物たちに狙いを定めて、殺していった。今年のキング・ウィリアム島にはいつになく三本足で走り回るカリブーが多かったし、この秋ほど土着の住人たちの狩猟が充実していたことはない。一日で最大二十四頭のカリブーを仕留めることもあった。*1

ハインリッヒ・クルチャック『陸路から飢餓の入り江へ——イヌイットとともにフランクリンを探して一八七八—一八〇年』

倒れた獲物を見て友人は喜びのあまり声をあげ、小躍りした。彼は銃の効果にただただ驚いた。まず最初に弾の通った孔を注意深く調べ、「ジャコウウシの」体を貫通したものもある、と私に報告した。だが彼をもっとも驚

*1　家族や犬たちに充分食べさせるため、内陸に住むイヌイットは一年間に少なくとも一五〇頭のカリブーを仕留めなければならなかった。

かせたのは、骨が砕けた肩の状態だった。彼が私の顔をまじまじと見つめたときの恐怖と驚きの表情を私は忘れることができない。

ジョン・ロス卿『北西航路を求める二度目の航海の物語』（一八三五年）

北極圏アメリカに火器が導入されて以来、ジャコウウシや熊狩りはずっと容易になり、エスキモーたちは以前のような危険をまったくおかさずに獲物を殺せるようになった。

フランツ・ボアス『北極圏中央のエスキモーたち』（一八八八年）

ここへ到着してみると、毛皮目的の動物［ジャコウウシ］の殺戮は思った以上に盛んでした……動物の数は年々減少していて、捕鯨船員ですら、このペースですすめばハドソン湾の西海岸のジャコウウシはやがて絶滅するだろう、と予言したほどです。

ムーディ地域監督（一九〇五年）

ある暑い一日、マイラシクットの近くで私たちはジャコウウシの群れに冷や汗をかかされた。私たちは彼らを怒らせてしまったのだ。殺された仲間の毛皮に気がつくと、まるで人間のような嘆き声をあげるウシもいた。彼らの

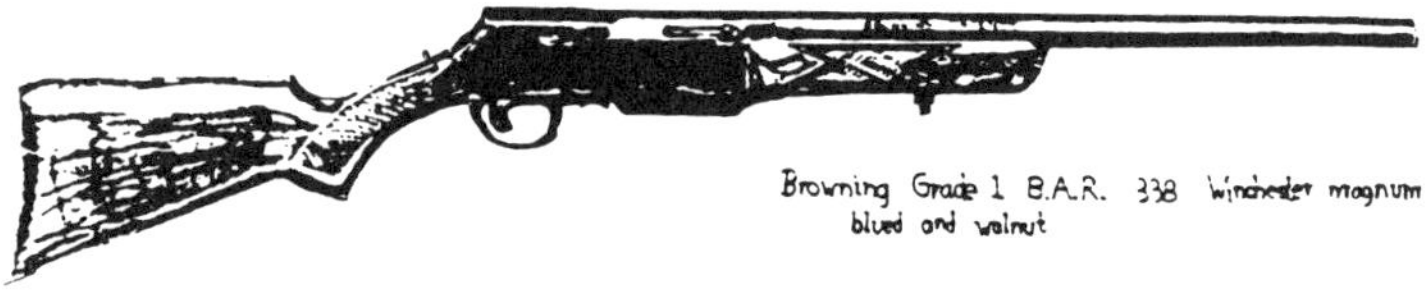

怒りはすさまじく、男たちは彼らを抑えることも、追い払うこともできなかった。

ジーニー・ミッピガック『クーユアラピックの思い出』（一九九〇年）

エスキモーたちは、その優れた狩猟技術をもってしてもそれまで手出しできなかった獲物を、銃器のおかげで捕らえることができるようになった。すなわち浮氷群の中の水路や氷の端に近いところにいる海獣たちのことだ。

リチャード・ネルソン『北の氷の狩人たち』（一九六九年）

だがバローでは鯨一頭仕留めるのがやっとの年もある……それにウェーンライトでは捕鯨技術がすでに失われつつあった。

同上

……近年ではアザラシ狩りは減ってきている。

同上

息継ぎの穴を利用した狩りは、バロー岬やホープ岬の老人たちがたまに行なうくらいで、北アラスカではほとんど見られなくなった……開水面でライフル銃を使う近代的な狩猟の方がずっと効率的だし簡単だ。どんなに説得

しても若い男たちは息継ぎ穴を狙う狩りをやりたがらない……どちらの方が効率的なのか。最大の難点は……弾に捕獲用の縄がついているわけではないので仕留めた獲物が沈んだり、海流にのまれて流されてしまうことだ。利点は確実に獲物を仕留められること……

同上

何年か前までカリブーはしばしば沿岸までおりてきたが、エスキモーたちの話によると、ここ数年は捕鯨船員に雇われた先住民による乱獲がすすみ、山の北側など今では一頭も残っていないという。

ヴィルヤルムル・ステファンソン『偉大なる北部のハンターたち』（一九二二年）

弾倉付きのライフル銃がすべてを奪った。熟練の技によってのみ効果を発する武器を使い、一種族として何百年にもわたって鹿狩りを続けてきた男たちの前に、何の制約もなく、技術すら不要な武器がさし出されたのだ……イドセン・エルデリ族のハンター全員が薬莢のケース（千発分）をたずさえて冬の狩猟場へ出かけてゆく。最近は春がくる前に薬莢の補充のため、交易所へ戻ってくることも多い。利益はおもしろいほど上がった。そこで、購買者と動物双方を保護するために弾薬の販売規制が先頃提案されたが、それは自由の侵害であるとして撤回された。たしかに侵害かもしれない。だがそれは、無知ゆ

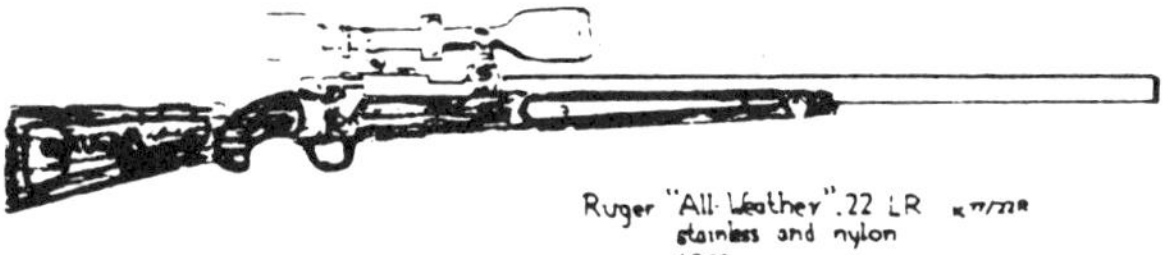

Ruger "All-Weather" .22 LR K77/22R
stainless and nylon
1989

えに自分たちを破滅へ追いやる自由と権利に対しての侵害である。

ファーレイ・モワット『鹿を狩る人々』（一九五一年）

年を重ねるごとに、カリブーがどんどん減っていることに私は気がつきました。ここへ引っ越すと同時に、私は肉を干すのをやめました。

ミニー・タカイ（一九八二年）

家族全員が餓えて死にしました。

モージー・マク（一九八二年）

……彼らの商売はすっかり停滞した。彼らのまわりでは、インディアンが火薬と薬莢不足のために次々に死んでいった。

ムッシュ・ニコラス・ジェレミー（一七一三年）

やっとの思いで仕留めたカリブーが身じろぎもせず横たわっており、私は若いエスキモーとともにそいつに近付いた。エスキモーの男はどうしても我慢できずに片膝をつき、六十センチほどの至近距離から死んだカリブーに向かってもう一度発砲した。

ゴントラン・ド・ポンサン『カブルーナ』（一九四一年）

あの頃［レゾリュートでは］イヌクジュアックから伝わったライフル銃と犬ぞりが使われていました。今では犬ぞりではなく、スノーモービルです。その方が経済的だからです。お金が存在する世の中では、犬ぞりではなくスノーモービルを使わなければなりません。狩りに出るのは以前よりお金がかかりますし、難しくなっています。

レヴィ・ヌンガク（一九八八年）

ベルチャー諸島に住む年寄りの男女は、南からやってきた者たちと初めて取り引きをしたときのことを覚えていたが、一九七二年には、最長老の者でさえ銃をもたない頃のことを思い出すことはできなかった。

ヒュー・ブローディ『北極に生きる――カナダ北方のハンターたち』（一九八七年）

というわけだ。あとは深入りせずにこれだけ言っておこう。葉巻きは葉巻きにすぎないこともある、とフロイトは言うが、ライフル銃はつねにライフル銃以上のものだ。十字架が金属の棒を二本クロスさせた以上のものであるのと同じように。いや、言い直そう。――連発銃の乱用によって飢餓がほんとうに引き起こされたとして、いくつもある飢餓のうち、どれが連発銃のせいなのか、はっきりしたことは分からない。先にあげた幾つかの引用が示唆するものは大きいだろう。だが昔からその場にいたわけではない私自身に偏りがないとは言い切れない。私のアドヴァイスはただ一つ。あなたが今どこにいるのか知らないが、自分の身のまわりを見わたして、まっすぐな気持ちで自分に聞いてみてほしい。この大陸の状況は以前よりひどくなっているかどうか、と。

『父たちとカラス』でもそうだったように、この本を書き始めたとき、私はすべてを書かなければならないと思った。一八〇〇年から一九〇〇年の間に北極クジラやシロイルカがほとんど絶滅してしまったこと（これらの鯨を主食としていたイヌイットは多い）、北極東部ではセイウチの数が八十パーセントも減ってしまったこと、それからカナダ北部のツンドラ地帯では人々が絶滅したカリブーを待ち続けて餓死したことなど。だが先の引用だけでそれは十分果たせたような気がする。もはや打つ手はないのに、悲惨な歴史を書き足して何の役に立つというのか。――一九一四年、コッパーマイン・イヌイットについてカナダ騎馬警官隊の一員がこう書いている。彼らは鹿革の服を着ていた。ライフル銃を持っている者もおり、大半はやかんを数個所有していた。——鹿革の服を着る者は今、ほとんどいない。——昔はこんなふうに教えられたものだ。——発情期に入った雄のカリブーはぜったいに殺すな。やむを得ない場合以外、冬は子のいる雌牛を殺すな。何が足りなくなるか分からないのだから、自分の持っているものはなんでも大事にしろ。——私は、雨のあがった晩にエスキモー・ポイントにいたという白人に会った。——奴らはなんの意味もなく八百頭のカリブーを撃ち殺したんだ！　と彼は叫んだ。そしてしばらく間をおいてからこう続けた。　雪が溶け始めていたので通りにころがった犬の死骸を見ることができた。カラスたちが目玉をつついていた。腐りはじめていたカリブーの死骸もあった……　——そんなことを知って何になる？　——（彼らはカリブーが通る獣道にそれぞれ名前をつけた。三回、または四回分の夏が過ごせるように、互いに助け合うために彼らは結婚した。）——肩先で広がる長い髪の男と、私は知り合いになった。彼は頭を振って叫んだ。アイ！　アイ！　彼は両手を大きく広げた。着ていた毛皮が風に吹かれていた。子供の頃、彼はどうしても父親といっしょに狩りに出たくて泣いた。六歳か七歳のときにやっと連れていってもらった。十歳になるまで両親といっしょにキャンプで生活した。それから彼は学校へ行き始めた。子供たちのそばで暮らすために両親はイグルーリックへ引っ越した。母親が急性灰白髄炎にかかったので村に留まらなければならなくなった。——あるとき、彼はおじと二人でセイウチを追いかけた。彼がセイウチを撃つと、そいつはそのまま海にもぐった。そして再び正気を取り戻すやカヌーの底に牙をつき立てたので、水が流れ込んだ。二人は死にかけたセイウチが沈んでゆくのを黙って見ているしかなかった。彼らは浅瀬に乗り上げた。死んで陸にあげられ、腐りかけたセイウチを見つけたのはそれからしばらく後のことだった。彼らは牙を切り取り、死骸は一部が地面から出るように埋めた。キツネがそれを見つけられるように……　——ポンド・インレットにいた頃、ある男がアザラシを見つけた。アザラシは一度もぐってから岸に近付き、男からは六メートルも離れていなかったので、男はそれを撃ち、一分半後にはそれが海に沈んだ。アザラシはただ殺されたのだった。——だがそれを知って何になる？何かがちょっと無駄になったからと言って、誰かを責めることができるだろうか。人生に無駄はつきものだし、死にも無駄はつきものだ。シベリウスは最後の交響曲を完成させないまま死んだ。レゾリュートでは故郷に帰るのを待ちながら多くの人が死んだ。シロクマが男を襲って殺したが、そいつを食べる前に撃たれて死んだ。――百年前ならアザラシが海に沈んだからといってどうということもなかっただろう。いや、どうということはあったかも知れないが、今ほどではない。――一八八八年、ウィニペグ近郊のセント・ピーターズ居留地では、インディアンたちがサイコロのかわりに弾丸を使ってギャンブルに興じていた。弾丸が通貨がわりであるのと同時に奴隷化の媒介であったことを考えれば、それは過酷な運命の前触れのようにも思われるが、当時は不吉でもなんでもなかっただろう。――クリー族について我らがフランクリンはこう書き残している。彼らは優れた狩猟の腕を持ち、概して根気強い。弓矢を捨て、ウサギやウズラを捕らえるとき以外は罠も使わない。彼らは生きる糧を得るためにヨーロッパ人に完全に依存している。彼らは銃をほしがり、常に火薬と弾を求めている……――何が不吉で何が不吉でないか、これ以上知ってもいいことはないだろう。――ポンド・インレットに狩りが大好きな少年がいた。初めての狩りで、彼は父親の口径・二二を使ってアザラシを仕留めた。これは良いことであるとしか私には思えない。そのときの話をしてくれた少年は本当にうれしそうだったし、アザラシも無駄にならずに人々の役に立った。だから彼の話に耳を傾けよう。キャプテン・サブゼロがそうしたように。ダルメシアンの毛皮の模様を思わせる黒い地衣におおわれた丸石や長石が散らばる緑の坂道から覗いてみよ。――ところどころに氷の固まりが（地衣のように）浮かぶ、静かで青みがかった灰色の海の広がりが見えるだろう。その半ばのところで何度か銃声が鳴り響いた。

乗組員たち

船に女は乗せない。これは半ば鉄則だ。だがごく稀に誰かが女を連れてくることもある。彼女らはたいていジュルテンかバラミストかフェティシストだった——ベーリング海沿岸の部族出身の女たち……そのほとんどが混血だった。というのも純血の女では体臭がきつすぎるからだ。

ヤン・ウェルツル『北極の宝を求めて』（一九三三年）

エレボス号にはいうまでもなくフィッツジェームズがいて、それからゴア、ル・ヴェスコンテにフェアホルム。そしてフランクリン、サブゼロ、おまえ、誠実なるおまえ、さらには私、私自身、我。トレント号での最初の遠征や、二番目、三番目の遠征で通ったバレン・グラウンズで活躍してくれたミスター・バックは、今回は参加していない。北極の盟友であることに違いはないが、それでも私たちは彼を信用できなかった。いずれにしてもフィッツジェームズが大半の士官や乗組員を選びだした。私たちは人選にほとんど関与していない。一八三六年にバックが指揮官をつとめたとき、テラー号が氷に閉じ込められたことはご存じだろうか。——この手のことは彼の冒険ではしょっちゅう起こった。部下たちはかろうじて帰還したが、道中文句を言いっぱなしだったらしい。とにかくぼろぼろのテラー号が、修復を経てジェームズ卿の南極行きに使えるようになったのはまさに奇跡だった……いやいや、そんな言い方はきつすぎるかも知れない。というのも帝国軍艦テラー号は今や私たちの掌中にあり、バロー卿がフィッツジェームズを推そうと画策したにも関わらず、クロージャーが艦長をつとめることになったのだから。それからリトル大尉、アーヴィング大尉、ホジソン大尉。彼らは、先に名前をあげたゴア、ル・ヴェスコンテ、そしてフェアホルムらと同様、海軍の規律に最後まで忠実だった。(ゴアはリパルス湾でバックの部下をつとめたが、それは彼の罪ではない……)フィンランダー・キッドはフォアキャッスルの責任者だったし、セスは英国海兵隊の新兵だった。二人のコックはともにロスと南極へ赴いている。今度も彼らは脂肪たっぷりの冷凍バーガーを調理しながら緯度をしっかりチェックすることができるだろう。五八〇ガロンものピクルス(ミックス、キャベツ、タマネギ、そしてクルミのピクルス)が彼らに任された。その他にも困った奴ら《ピクルス》——彼らに**神**の御加護を! ——には事欠かなかった。船員仲間、上官たち、外科医、下級准尉、曹長、新兵、そしてもちろん有能な一等兵から三等兵まで。——要するに二隻の艦船には一三三名が乗り込んでいたのだ。このうち病気になった四名はバレット・ジュニア号とラトラー号に乗ってイギリスへ帰還した。残りの一二九名は全員死んだ——程度の差はあれ、苦しみながら。この任務に指名されたことがどんなに名誉なことか、誰もがよく分かっていた。文明社会にとってこの任務の目的がいかに重要であるか、それは今さら言うまでもないだろう。セスはこれについて次のように言っている。 なんかすごくキザに聞こえるかもしれないけど、自分の人生を意味あるものにするためにはある種の生き方があってさ。——これに対してフィンランダー・キッドはこんな独り言で応えた。 人間ってほんと、イヤだ!(これを聞いたセスは大きな声で言った。 ああ**神様**、これはひどすぎます。滑稽すぎます。)フィンランダー・キッドは次のようにつぶやきながらデッキを歩き回った。 野蛮人ほどではないにしても、あいつらだってクソは残していくからなぁ。大尉どもは嫌いだけど、ゾッとするほどじゃない。フランクリンははっきり言って好きだ。ライフル銃、官僚、六分儀、それに温度計は大嫌い。それ以上に嫌いなのが、今の自分に甘んじてる自分自身のあつかましさや、心にひびが入ったまま人の話を聞いたり喋ったりしていること。それからクソみたいに薄汚れた連中といっしょに雪だらけの天国に向かって帆を広げていることもぜったい気に入らない。天国はいつになったら自らを守るのだろう。——だが彼以外の者はいたって陽気で(ときどきは陰気の虫に取りつかれることはあったにしても)、彼の独り言に注意を払う者は誰もいなかった。実際フィンランダー・キッドは不従順であるとの理由から、持ち場での任務を解かれた。私がそう命令したのだ。もともと彼はそのポストに不向きだった。氷が張った海の上を不器用に翼を翻すカラスのように彼は場違いだった。私が唯一残念に思うことは、私たちが不幸にして全員死んでしまったこと。それを除けば、私たちの誰もが、晴れのとき、あるいは「病めるときも哀しみのとき」も、心から一体となっていたことを思い出して、私は純粋な喜びに満たされる。

北十字星のもと

種は……ピンと張ったサヤから振り落とされ、冬の疾風によってどこへともなく吹き飛ばされてゆく。

インニチョ・チュン『植物学者が見た北極とロッキー山脈』（一九八四年）

北へ進むにつれて緯度線がどんどん密になってゆく。我らが良きサブゼロは地図に書かれた島々とその従兄弟にあたる現実の島々との一致に驚き、それならば海と陸を横切る緯度線が、人間技とは思えないほどピンと張られた黒いケーブルか、若死を望む者たちの願いを叶える仕掛け線のように実際に見えるはずではないか、と目を凝らし続けた。いくら私がそういうものじゃない、と説明しても彼は信じなかった。地図上のものは、実在することもあるし、しないこともあるという私の主張より、ニヒリズムの方が彼にとっては呑み込みやすかったのだろう。彼はセスと違って作り話は嫌いだった。グレイハウンド・バスに乗ってニューヨークからテネシー州ナッシュヴィルへ向かっているとき、セスは時間帯の利点と欠点について乗客と激しい口論になった。——それならこの質問はどうだ？　とバスを降りながら、セスはいくぶん残酷、かつ得意げに言った。北極では本当のところ何時なのか？　そして彼はこの天文学的な問いに吹き出した。これについては私自身なんの結論にも至っていないので、次のようなことを冗談半分につけ加えるしかない。北極が何時だろうと南極ではそれと同じか、または「反対」の時間（反対というのはつまり十二時間の違いということだ）ではないか？　同じ時間ならなぜ南極は夜で北極は昼、あるいは南極が昼で北極が夜なのか？　「反対」の時間なら、この地球上のどこで緯度線が突然寒さから暑さ、または暑さから寒さへと逆の温度を示すようになるのか？（まったくの話、私は一度赤道上を旅したことがあるが、そこではなにも起こらなかった。）一方ミスター・フランクリンはというと、相変わらず同じことを考えていた。具体的には、自分はいつジェーンと別れてリーパーの元へ行けるか、ということ。ジェーンはこう思っていた。彼がほんとうに死んだという確証を得られるのはいつだろう。リーパーは何も考えていなかった、彼女のまわりでは何も変化しなかったのだ。北十字星の真下に入り、水平線が「氷のきらめき」で真っ白に見えたとき、サブゼロは自分の心の中で張り詰めていた何かが、パチンとはじけるのを感じた。自分が緯度線を切ってしまったに違いないと思った。それと同じ瞬間に不思議な感覚を味わっていた私は、私の超自然的双子の兄弟が私の魂に触れた、という結論に達し、記念としてその時に見えていた氷河の島をジェミニ（双子座）と名付けた。丸太が次々に流れてくるところを見ると、エスキモーが最近この土地を活用しようとしているのだろう……　――こうして霧に閉ざされた入り江はその白雪のような唇で私たちの艦船にくちづけをした。交差したり平行に張られた索具が、汚れた茶色の台形の帆と船体をつなぐ。テラー号とエレボス号は、薔薇色の靄の中でぼんやりとしか見えないブルーの浮氷の間を縫うようにして、音もなく進んだ。一行は雪と霧の白いさざなみに従った。どこまでも光あふれる午後の青空が、頭上のどこかに広がっていることは分かっていたが、それを見ることはめったにできない。だからといって彼らは気落ちしなかった。南では視線を遮るものに出くわすことはめったにないが、この地では、世にも繊細なレースの縁取りで飾られた灰色のイースターの卵のような縞模様の氷が水平線を占めていて、そんな水平線といっしょに動いていれば、つねに新しい何かが見えてくる。――二隻の艦船の乗組員たちの心は、まるでネズミイルカのように弾み、北へ行けば行くほどその弾みに勢いがついた。おまえがフランクリンである限りにおいて、おまえも同じ気分を味わったに違いない。しかしまた、サブゼロである限りにおいて、おまえは古い氷のような日々の痛みから逃れることができなかっただろう。リーパーが困っていること、アザラシたちが無意味に殺されていること、ポンド・インレットのゴミ捨て場でキツネとワタリガラスが腐りかけていること、そしてイエローナイフではPCB汚染が報告されていることを知っていたからだ。私たちの大陸の初めの方のページでは、その苦しみも議論されるところまで至っていなかった。――誰かが助けを求めて叫んでいるのに、どうしたらいいか分からない、そんな状態はその人の死よりもはるかに辛い。氷に閉じ込められる理由もここにある。

分かりにくい？　ポイントがぼけてる？

六月二十三日、一行はストームネス港を良好な状態で出航し、ホイとポモナの間の入《はい》り口を進んだ。だが今回ミスター・フランクリンは、錨を揚げるタイミングを慎重に潮に合わせた。最初の遠征はそれを怠ったことが原因で失敗した。――大した失敗ではなかったが、後から不要な労力を必要としたことに変わりはない。今回はやがて来る冬に備えて、船員たちのエネルギーを存分に貯え、ためておくことにした。彼は全員に良く食べるよう命令した。体がしっかりしているかどうかは、武器弾薬の充実と同じくらい成功を左右する……彼らはポモナでは、危険な岩礁をすべて無事に迂回した。彼はそのあたりの岩礁を、昔ながらの友人のようによく知っていた。こうして一行は大西洋に戻った。航海に出ると、彼は必ず士官たちに、暗号コードの記号表と詳細な命令文書を配った。士官たちは一日か二日かけてそれを暗記するのだが、それによってフランクリンはますます士官たちへの敬愛を深め、彼の態度も（もともと厳しさの点では必要最低限を越えることはなかったが）いっそう柔和になって、いつしか彼の指揮下にある者全員が、彼を友とも父とも慕うようになった。（だが彼らのなんと若いことか！　――といってもクロージャーだけは別だが。彼はもうすぐ五十一歳になろうとしていた。）例によってミズナギドリやフルマカモメが、西へ向かう彼らのお供をした。彼は微笑み、海の香りを吸い込んだ（カナダ北部のインディアンたちはそのあたりを「臭い湖」と呼んでいるらしい）。二隻とも索具はフォアマストとメインマストがスクエア式で、ミズンマストはフォア・アンド・アフト式だった。概して二隻はつかず離れず航海し、したがってフランクリンは自分の命令下にある船を歩きながら、同時に自分の命令下にある船をながめる二重の喜びを味わうことができた。どちらも実に立派で見栄えがした――船体は黒く、帆は白く、ウェザーワークは黄色。船乗りなら誰もがそう思うように、彼もまた自分の船を完璧だと思った。ジェームズ卿の言葉に従って厚板は二重に張られた上、氷に耐えられるよう長さ六メートルの鉄で補強されて、先に述べたスクリュー・プロペラには二十馬力のエンジンまで装備されている！　軽い訓練と称して新しい暗号で命令を下し、二隻の士官たちを総動員してモーターを作動させ、四分儀で割り出した地点へ向かうことも試みた。問題は何一つ生じなかった。もちろんこうした訓練は燃料と時間を節約するため、短時間で行った。夏の本が今開かれようとしている。一度開かれたなら、未探索のページをなるべく多く繰らなければならない。というのも凍てついた表紙がいつ彼らの上で閉じるか分からないからだ。こうして彼らは緯度と経度の編み目の奥へと進んで行った。二十日ほどで一行はフェアウェル岬に到達。二十五日にはグリーンランドの岸を目視できるところまで進んだ。二十七日、濃い蒸気が発生したため九時から正午にかけて互いの船影が見えなくなったが、不安が生じる前に蒸気は消えていった。翌日、博物学者ドクター・グッドサーの要望により、採泥器が水深五四九メートルまで下ろされ、何種類かの生き物が捕獲された。これにはドクターも大喜びだった。そしてセスは、見張り当番を終えてそれらの生き物を目にすると、こう叫んだ。あのヒトデみたいな奴、かっこいい！　――

二隻の艦船は岸に沿って進んだ。氷がほとんど張っていなかったので、スクリュー・プロペラを使う機会はなかった。ときどき古代北欧人の残した遺跡が見えると、船員たちは陰鬱な気持ちになった。尾根のそば、石が積んであるのはエイリック・ザ・レッドの家の跡だとロスが教えてくれた。その尾根からの急な坂道を、いかにも屈強そうなエスキモーの若者が何かの死体を肩にかつぎ、両手を頭の後ろにまわして降りてくる。なんの死体だろう。サブゼロが望遠鏡をのぞいて見ると、それは羊だった。グリーンランドの住人は羊の年を角の曲がり具合で当てることができる。サブゼロは住人たちからそんな話を聞いたことがあった。――この雄羊は――十歳だ！　と彼らは角を見せて言った。脂肪を食べろとも勧められた。天日で干したものはちっとも脂っぽくなく、むしろ乾いて軽い。――試してみな、とイヌックが言った。おいしいよ。――だがサブゼロは羊味のロウソクを食べているようにしか思えなかった。――サブゼロの記憶によれば、彼らは羊の心臓も同じように干した。心室の一つには白いピル状の蠅の卵が産みつけられていた。そういう箇所はハンターたちが毎日のように切り落とした。彼らは何をどう扱えばいいか、ちゃんと心得ていた……

——**神よ**、最後にグリーンランドの岸辺に足を踏み入れたのはいつのことだったか？　一九八七年？　——そう、一四二年も……

七月四日、あの裏切り者のジョージ・ワシントンが泥を塗る以前のこの日、フランクリン隊はホエールフィッシュ諸島の近くで錨を下ろした。食料用の子牛十頭のうち七頭がおそらくは船酔いのせいですでに死んでいた。彼らの第一の目的はこの不足をなんとか補うことにあった。そこでフランクリンはエスキモーと交渉して鯨の肉を手に入れようと、ミスター・ゴアならびに希望者を陸に送った。火薬と弾は大量にあったので、艦船がバフィン湾を横断しだい、食べられそうな海鳥は即座に打ち落とせ、とフランクリンは命じた。もちろんどんな肉でも可能な限り手に入れるつもりだった。そこで青い制服に身を包んだ男たちが苔むした小さな島に上陸し、歩き出した。そこではグリーンランド人が鯨を解体していた。砂の上のラジオからは陽気な歌が流れ、ビールの空き缶があちこちに転がっている。岩の上にはずっと前に解体された鯨の骨や、さびかかった大きな梯子さながらの椎骨が見える。壮大な頭部からは黄色い櫛のような、どこまでも伸びる鯨鬚《げいしゅ》が突き出て、そこに人々が群がっている。その向こうには肉。黒い皮と脂肪にくるまれた幾重ものステーキ。鯨の皮膚は、ちょうどナスの皮のように柔らかくてしなやかだろうと、サブゼロはいつの頃からか思い込んでいたが、実際にはとても硬かった。——スーパーで彼がかつて見たよりもさらに大量のステーキがそこにあった。死んだ鯨の体に沿って隙間なく人々が並び、その体を刻み、肉の切身が冷たく固い地面に散らばっている。巨大な背骨の血みどろの一本ごとに、さらに大量のステーキが切り落とされるのを待っている。骨の一区画にぶらさがる一つのステーキは百ポンドほどもあるだろうか。

テラー号から何人かの部下を引き連れたミスター・クロージャーは、当惑するほど大量の肉の山を前にしても動じなかった。血でかなり台無しになってはいたものの、そこに咲く花々を愛でるのに忙しかったからだ。——これは賢い戦略だった。もちろんいつでも誰にでもできる芸当ではない。ミスター・クロージャーが満足していたのにはそれなりの理由がある。ミスター・フランクリンは出港以来、変わらず好人物だったし、自分の考え方が他の誰よりも——例えばジェームズ卿などよりも——フランクリンのそれと一致していることは明らかだった。ジェームズ卿との南極での四年間はとても長かった……実を言えばクロージャーはフランクリンの下で働くことを強く希望していた。ミスター・フランクリンは士官たちに慕われることにかけては非常に評判が高かった（バックがフランクリンに寄せた様々なかたちの崇敬を見よ！）。ジェームズ卿のようなお堅い道徳心しか持ち合わせない人物ではなく、自分がほんとうに慕うことのできる人物のために働くことが、これほど心地よいものだとは――

それに再びテラー号の艦長になれたことはこの上ない喜びだった。ミスター・クロージャーはテラー号を知り尽くしていた。南極での四年間でテラー号はすっかり馴染み深い存在となった。テラー号には何ができて何ができないか、彼はすっかり把握していた。こんな彼の幸せな一瞬に対して、私たちが子を甘やかす親のように微笑んだからといって、それは彼が悪いわけではない。

ミスター・クロージャーの後ろには、一列になってミスター・リトル、ミスター・アーヴィング、そしてミスター・ホジソンがついていた。それぞれ使い慣れた携帯用クロノメーター、コンパス、虫眼鏡、そして拳銃を携えている。前代未聞の駆け足で語られている私のこの歴史物語では、ヌナヴットにたまたま船でやってきた白人一人一人の心中に入り込む時間はない。それでも真ん中を歩いているミスター・アーヴィング（そのかたわらに転がっていた数学のメダルによって、白骨化した遺体は彼に違いないと判断された）が上官のミスター・クロージャーに呼ばれたところで、残された一人目と三人目の会話にしばし聞き入ってみよう。ちなみにミスター・アーヴィングが呼ばれたのは、表向きは地球構造学をめぐる意見の相違に決着をつけるためだったが、実際にはミスター・クロージャーがミスター・アーヴィングを介してこの瞬間のこの上ない喜びを実感したかったからである。二人は肉がぶら下がる骨の間を、言葉を交わしながら歩き、ミスター・リトルとミスター・ホジソンは二人っきりになった。

今年は夏が早くきそうだって今朝エスキモーが言ってたな、としばしの沈黙の後にミスター・ホジソンが切り出した。

俺もそう思うよ、とミスター・リトルが応えた。ここ二、三日は、温度計が零度を上回っているからな。

ああ、俺も見た、とミスター・ホジソンが言う。どうして今すぐ出発しないんだろう。

余分な食料を積まないまま出発するのか？

航路完遂なんて軽くできそうなことは、おまえも俺も分かってるわけだしさ。こんなときにはチャンスを無駄にしないでさっさと完遂なり発見なりしちまえばいいのに——

おまえには物事がやけにはっきり見えてるようだな、ホジソン。俺はとてもかなわないぜ。俺にはそんなにはっきり断言することはできない。

ミスター・ホジソンの頬がかすかに赤くなった。——俺のことを軽率だと思ってるんだろう？

上官の命令の上手《うわて》をいこうとするのは気楽なお楽しみの一つさ。だけど自分の判断の方がほんとうに上手《うわて》だって思えるだけの理由がちゃんとあるのか？　まわりを見ろよ、ホジソン。ここじゃ俺たち二人っきりだ。誰にも言わないから言いかけたことを最後まで言ってみな。バレン・グラウンズのツンドラで飢えかけてるわけじゃあるまいし、意見のかけらや切れ端をチビチビくれるんじゃなくてさ、たっぷり一食分喰わせてくれよ——

おまえとは意見が合わないことが分かったよ、リトル。

なんだよ、今さら俺の前でおじけづくなよ、と相手が皮肉な調子で笑った。掌中の英知の珠を見せたかと思うと、次の瞬間には拳を握って隠すのか？

俺は——

話は終わっちゃいない。ミスター・クロージャーでもミスター・フランクリンでも、上官が下した命令に俺は喜んで従う。で、おまえは俺に賛成か、反対か？

上官にこのことを報告しても俺は構わない、とホジソンが言った。それだけだ。おまえは俺についての判断を固めた。俺はどうやら間違っていたらしい。

さぁてね、とリトルが肩をすくめた……

✻ ✻ ✻

ふだんのリトル大尉は上官の名誉についてこれほど神経質なわけではない。前述のやりとりから、リトルはホジソンに対して、お仲間のサンショウウオどもといっしょに石の下にでもいるがいい、と思ったように聞こえたかもしれないが、実はそうではない。コックのディグルとのちょっとした話し合いの結果、リトルには彼なりのかすかな不安があったのだ。食べ物についての乗組員たちの苦情はいつになく少なかった。ポテトに味がついてないと文句を言う者もいたが、それ以外はみな満足している様子だった。ミスター・リトルは部下を励ますのが一番だと信じていた――彼自身、ある意味でそうだったからだ。彼はすでにミスター・クロージャーに名指しで誉められたことが何度かあり、気をよくしてますます任務に没頭するようになった。――没頭しすぎて任務に埋もれそうなほどだった。例のサンショウウオどもと同じように。端的に言って彼は模範的な士官だったのだ。リトルはディグルを一言誉めてやるのも、手間に見合うことだと思った。

だがディグルの方は、誉めても通じないくらい一つのことに心を囚われているようだった。――補給係から報告がいったんですか？　と彼は、まるで暗殺者を恐れるように調理室のドアを後ろ手に閉めながら小声で尋ねた。ほとんど滑稽だった。

気の毒なミスター・リトルはジレンマに陥った。ディグルの言っていることが分からないと認めれば、上官が部下に対して保つべきだと彼が考えている全能のイメージが損なわれてしまう。だがもう一方で、分かっているふりをするのは嘘をつくことになる。

話を続けたまえ、と彼はその場しのぎをした。だがなるべく手短に頼むぞ。

ディグルは居心地悪そうにトントンと足を床に打ちつけた。

それがですね、私は食べ物のことについちゃ一応分かってるつもりです。これは自慢できます。それで申し上げますけど――積んできた食べ物が、なんかヘンなんですよ。味がおかしいんです。胡椒がたっぷりあるんで、そのヘンな味を隠すためにいつも多めに振ってるんですがね。いえ、海軍の食事は大尉殿もご存じのとおり、食えたもんじゃありません。でもそれとは違うんです。手伝いの奴が缶詰を開けると、ときどきてっぺんが灰色になってたりしまして。なにかがまわりに溶け出してるみたいに。だから私はこのことをミスター・マクドナルドに報告して、ミスター・マクドナルドは大尉殿に伝えるって言って下さったんです。

よく分かった、ディグル。このことは他にまだ誰にも言ってないな。

もちろんです。それから缶詰の肉は、銃に弾をこめようとして弾を口にくわえたときの味、あんな味がするんですよ。

リトルは、なんとかしなければ、と思いながら調理室を出た。だが何をどうできるものでもなかった。ディグルの言葉になんらかの実質が伴っているのかどうか、それを推し量る術がない、というのがほんとうのところだった。補給係のマクドナルドも同じように考えたのだろう、と彼は思った。

✲✲✲

空気はいささか淀んでいたが、ミスター・フランクリンの承諾のもと、キャプテン・クロージャーが鳥撃ち隊を組織し、ロングボートでの彼らの出発を見送った。アーヴィング大尉が責任者だった。有志たちはテラー号とエレボス号が停泊していた大きな氷盤のふちに沿って、音もなく消えていった。テラー号で氷の状態を観察するアイス・マスターのミスター・ブランキーは、まだ青二才に過ぎない士官たちに向かって、氷山に停泊するのは必ずしも安全でないことを説明していた。氷の団塊がとつぜんくずれて船になだれ込んだり、氷山から海中に突き出た槍のような氷が船の横腹を貫くこともある、と。キャプテン・クロージャーは立ったまま聞いていた。ミスター・ブランキーの説明で不安になる者もいたかもしれないが、彼らはそれをおくびにも出さなかった。彼らは優秀だった……クロージャーは鳥撃ち隊の銃声が響くのを待っていた。額に当たる陽の光を楽しみながら。彼とフィッツジェームズ（彼は有能だし悪い男ではなかったが、とにかく何も分かっていない若造だった）は今日、フランクリンと夕食を共にし、二隻の当直に関するいくつかの事柄について話し合うことになっている――

リトルが後ろに立っていた。彼は二人きりで話がしたい、と恐縮しながら申し出た。

クロージャーは笑った。――分かったぞ。船がイッカクにやられたって言うんだろう。

だがリトルはほんの申し訳程度に笑うだけだった。

いいだろう。そう言うと、クロージャーは彼と連れ立って船室へ向かった。どうかしたのかね？

穏やかで分別があり、その上おっとりしているクロージャー艦長が頭をかしげる前で、椅子に座ったリトルは、唾を呑み込み言葉を抑えながら、やはり自分は間違ったことをしていると思わずにはいられなかった。医者を前にするとそれまでの痛みが嘘のようにぴたりと止まってしまうのと同じように、ミスター・リトルの致命的な疑惑は、返事を待つ艦長の自信を前にしてすっかり癒えてしまったのである。キャプテン・クロージャーの唇は今にも微笑みそうな形をしている。彼は明るい男で、ふさふさとしたもみあげは帽子の日よけの下で陽の光を集めたように輝いている。上着にはたくさんのボタンが並んでいた。

食料の貯えについてなんですが、マクドナルドによれば塩漬けポークの最後の二缶が腐っていたそうです、それからコックも――

マクドナルドは三つ目を開けたのかね?

はい、開けました。それは問題なかったそうです。

君の報告には感謝する。マクドナルドには誰にも口外しないよう命令したかね。

しました。ですがコックがどうも不安がっていて――

君の方から安心させてやってくれないか。ウリッジで荷物を積み込んでいるその場で、フィッツジェームズ中佐と私が五十缶ごとに一缶取り出して中身を確認したことを話してやってくれ。そのときは一つとして腐っているものはなかった。一つとして、な。

分かりました。

それからよく報告してくれた、とも言い添えたまえ。ゴールドナーの特許品が不良だったとしても、この季節が終わるまでには航路を完遂している可能性が高い。それが本当のところだ。

了解しました。

それに私たちにはライフル銃もある。いざとなればそれを頼りにすればいい。

承知しました。

話はそれだけかな。

それだけです。

ご苦労だった。下がってよし。ドアを閉めていってくれ。

南極で、ジェームズ卿のもとで副指揮官だった頃、キャプテン・クロージャーは磁石を使った羅針を作ったことがあり、それが実に役に立った。今も彼はそれを船室のマホガニーの箱の中にしまってある。彼はその羅針がたいそう気に入っていた。それを手に取ると、眠りを覚まされた針がとても静かに震え、西の方向を指した。北磁極にあるジェームズ卿の石塚の方角だ。彼はそれを見つめた。今、針は再び静止、というよりはほとんど静止した。

クロージャーの口元は笑っていたが、彼自身はそれに気付いていなかった。

二つの腐った缶詰のことはミスター・フランクリンに報告するまでもないだろう、と彼は思った。

✲✲✲

一方キャプテン・フィッツジェームズは自分の小さな船室で夕飯のために着替えているところだった。（フランクリンがジェームズ卿に指摘したとおり、スクリュー・プロペラはとても大きく、場塞ぎなので、士官や船員たちは通常以上に窮屈な思いをしなければならなかった。）彼は世間が言うところのさっそうとした若者だったが、最近は年寄りたちと同じように顔が赤らんできたし、髪はいつもぼさぼさだった。二十二歳のとき、彼はチェイニー大佐に随行し、汽船に乗ってユーフラテス川を下ったことがある。一行が出発しようとした矢先、フィッツジェームズは税関吏が水に落ちるのを目撃し、命がけで彼を助け、その結果銀のメダルを二つ頂戴した。それが済んでいよいよ聖書の地へ出発！　ただしユーフラテスの河口に着いたのは一隻だけで、その一隻にミスター・フィッツジェームズは乗っていなかった。ほどなくして彼はムハンマド・アリーと闘うためシリアに配属され、大いなる勇気をしめした。さらに中国では突撃隊の隊長となり、チン・キアン・フー捕囚に際しては負傷し、叙勲。そして今、彼もまた二十五年前のミスター・フッドと同じように犠牲とならなければならない。ミスター・フッドはかつて変わることのない献身ぶりでミスター・フランクリンに従い、道中、土地の美しさを賞賛した。

ドアをノックする音が響いた。ゴア大尉だ。ミスター・フランクリンは磁場に関する計算でお忙しいので、今日の緯度報告書にはフィッツジェームズ中佐のサインをいただきに上がりました――

フィッツジェームズはゴアが書き込んだ報告書にざっと目を通した。そしてこう記した。問題なし。そして署名をした。ミスター・ゴアは礼を言うとそれを持って立ち去った。やがてその報告書は銅の筒に入れられてハンダ付けをされ、舷側から海へ落とされることになる。

＊＊＊

その午後、ミスター・フランクリンの胸元のレースは脇ボタンのところまで華やかに波打ち、肋骨にぶら下がるクジラの肉を思わせた。白い手袋をはめた手には巻き上げられた地図があった。首いっぱいの黒い詰め襟が顎のところで彼を裁断していた。丸味を帯びた額の下から彼は穏やかに視線を投げかける。北極圏の樹木分布線同様、その巻き毛はついに後退できるところまで後退した。彼は微笑んでいた。エレボス号のアイス・マスター、ミスター・リードが、ミスター・ブランキーをはじめとする何人かの士官たちと共に浮氷群の端まで探査し、帰船した。その報告によると水路はたくさんあるし、波も穏やからしい。すでによく知られたグリーンランドの一番端にいるフランクリンは、レゾリュートで最初にリーパーを見かけたときと同じ、甘い気持ちを味わっていた。彼も彼女もほとんど何も言わなかったが、やがて彼女に別れのキスをする日が来ることを彼は知っていた。

足音が聞こえてきた。続いてあどけなさを残すフィッツジェームズの大きな声。指揮官殿は今頃きっと地図を広げていらっしゃるに違いない！……すぐにノックの音がした。

＊＊＊

一同、女王陛下の健康に乾杯した。グラスの音が響く。氷山とぶつかったときの音にそっくりだ、と一部の士官たちなら言うだろう。

さて、お二方、とミスター・フランクリン。明日の進行の妨げとなりそうな問題はなにか起きているかね。

エレボス号はすべて準備万端です！　とフィッツジェームズが大きな声で応えた。

年輩の士官たちは微笑まずにはいられなかった。

それは結構、とフランクリン。テラー号の方はどうかな、ミスター・クロージャー。

意図しようとしまいと、ためらいが何かをほのめかす場合もある。艦長はためらわなかった。――同様であります、指揮官殿……

七月十二日、ジョン・フランクリン卿はこの世で最後の急送公文書を書いた。グリーンハイスで行なったのと同じように、コンパスの時差修正のために船を旋回させている。午後には終わるので、今夜にも出航できるだろう。――そして実際、氷と夢の夏の夜、輝き、震えるその晩に一行は

バフィン湾へ向けてホエールフィッシュ諸島を旅立った。その頃バレット・ジュニア号は、イギリスへ帰ろうとしていた。エドワード・グリフィス艦長は密かにこう思っていた。　フランクリンの乗組員はこれ以上望めないほど素晴らしい！　――ちょうど良い風が艦船の帆をふくらませた。ミスター・ゴアはコンパスのぶれがひどくなっていることを報告。十九日にはウーパーナヴェックを通過。そこでドクター・グッドサーは小ぶりの海藻を目にして標本簿にぜひ加えたいと思ったが、航海に最適な季節の短さを認識していたフランクリンは、残念ながら、と言ってそれを拒否し、エレボス号は北北西に進路を取った……二十三日、彼らはテラー号を待つために帆をゆるめ、その間にドクター・グッドサーはミスター・ル・ヴェスコンテの助けをかりて採泥器を下ろしたが、寒さで力を失ったのか、弱々しく逃げまどう薄灰色のカニ以外、なにもかからなかった。――実は、この程度の寒さはカニにとっては何でもなかったのだが。着衣についての命令はまだ出さなくていいだろう、とフランクリンは思った。水兵たちがジャケットなしで任務につくことは珍しくなかった。全員健康でしっかりしていた――ゴールドナーの特許によって缶詰にされたク

ランベリーやレモン・ジュースのおかげだろうか。——彼がジェーンへの手紙にも書いたとおり、季節は一行にとても好意的で、完璧ともいえる進行状況だった。月末にはランカスター海峡と同じ緯度にある氷山に停泊し、彼らがこの世で会うことになる最後のイギリス人たちと交流した。彼らはとても愛想のいい捕鯨船員だったが、とくに深い印象をフランクリンたちに残したわけではなかったらしい。

屋根のように世界を覆う雲の下、カメの甲羅にも似た丸味を帯びた地衣だらけの石の間を、時間が黒い流れとなって音もなく過ぎていった。時間の流れの浅瀬の中に、不揃いに芝を生やした小さな島が、みすぼらしい影を落とす。さざ波一つ立っていない水面の下では、ぽつりぽつりとオレンジ色の地衣が輝いている。——ちょうど良い入《はい》り口を求めて一行は浮氷群に沿って三キロほど進んだ。ミスター・フランクリンとミスター・フィッツジェームズが相談した結果、エレボス号から、すぐ後ろのテラー号に信号が送られ、二隻が浮氷群の中へ入っていった。二人のアイス・マスターが言ったとおり、条件はそれほど悪くなかった。ミスター・リードが双眼鏡をのぞきながら一番いい水路をみつけて方向を修正し、それに従って二隻はかなり広い水路を進んだ。エレボス号が突然傾いてガラスが一、二枚割れた。水を打ったように静かな空が西に向かって相変わらず澄んでいる。まるで彼らの希望のように。それから何度か衝突をくり返したが、二隻は無事に浮氷群を通り抜けることができた。燃料に限りがあったので、プロペラを使う必要がなかったのは幸いだった。キャプテン・クロージャーが乗船して、テラー号は異常なしとの報告を行なった——

☼☼☼

海軍省からの指示では、ランカスター海峡からそのままコーンウォリス島（つまりはレゾリュート）の南側にあるバロー海峡に入り、ウォーカー岬まで海峡を進んで、それから英国領の最北端に沿って西南方向へ向かうように、とのことだった。そして現在のアラスカにあたるロシア領沿岸を前進して北西航路を完遂させた後は、ベーリング海峡を抜けて太平洋に出る。おそらく（このとき彼の心は、割れてしまうのではないかと思うほど強く西を求める青い氷の破片のようだった）彼はかつてのサンドウィッチ諸島、現在のハワイ諸島のいずれかの島で錨を下ろすだろう。船員たちは早くも熱帯での一時《ひととき》を楽しみにしていた。それからホーン岬経由で帰国……ホーン岬が一番の難所となる可能性もあった。その頃には部下たちがポリネシアの人々によってすっかり甘やかされ、骨抜きにされていると思われたからだ。北西航路そのものの未踏部分については、不測の事態が待ち受けているとも思えなかった。若い士官たちの予測に反して、一年以内にサンドウィッチ諸島に到達するのは無理かもしれない。だが船の食料は三年分、ライフル銃も積んであるし、たとえ全てが失敗しても親切なエスキモーがいるではないか……

——バロー海峡が氷で閉ざされている場合、コーンウォリス島とデヴォン島の間のウェリントン海峡を北へ折れる許可も取ってある。そのまま行けるところまで行き、別ルートで北西航路を完遂させればいい。海軍省には髭がある、なし、両タイプの賢者がいた。彼らは北極付近に凍結することのない開水域があることを証明していた。だがそれは理論上のこと。北極圏に初めてやって来たミスター・フィッツジェームズは彼らの意見に賛成した。ミスター・フランクリンは、全面否定はしなかったものの、そうした開水域はまず存在しないだろうと考えていた——バック、ジェームズ卿、そしてパリーも同じ意見だった……

正午、ミスター・ゴアが緯度を計測していると、一行の目の前に北極クジラが現れた……

✲ ✲ ✲

氷に一番悩まされるのは、経度九五から一二五度のあたり、というのが彼の読みだった。そこからは、氷もさほど厚くないだろう。

セドナとフルマカモメ

よそ者はエスキモーたちの創造性豊かな工夫の才に圧倒されるだろう。彼らはエスキモーの器用さと想像力にはるかに及ばず、エスキモーの前では子供同然である。白人は状況が困難になると絶望に身をゆだねるが、同じ状況下でエスキモーは可能な解決に向け、出来ることから始める。

リチャード・K・ネルソン『北方森林地帯のハンターたち』（一九七三年）

八月八日、彼らはバフィン島を見ながら進んだ。安定した風のおかげでさほど時間を無駄にせずに済んだが、ここ最近の砕氷がはかばかしくなく、北緯七三度まで南下を余儀なくされた。ミスター・フランクリンはエスキモーを目撃したらすぐに報告するようにと、いつもの命令を士官たちに下していた。彼は、それまでのエスキモーとの良好な関係を保ちたいと思っていたし、説得さえできれば案内人か通訳として一人随行させたいと考えていた。命令はそれだけだった。だが彼らと再び会い、少しでもリーパーに似た喋り方をするエスキモーの声を聞けば、指揮官殿にも良い効果が及ぶだろう、とミスター・フィッツジェームズは思っていた（言い忘れていたが、リーパーは自分の叔父の二連式ライフル銃を借り、銃口を額に押し付け、右手で銃身を握ってかがみ込み、左手で引き金を引いた）。レゾリュートの誰かからフランクリンが聞いたところによると、リーパーは彼の子供を産んだらしい。彼女は、アルモーティから顔をのぞかせる時以外は、下ばかり向いている赤ん坊をおぶる女の一人になったのだ。女たちに赤ん坊は重荷だ。赤ん坊が彼女たちの軛となった。女たちの首が曲がっているのも、あれほど静かで哀し気に立ちつくすのも、そのせいだった。アルモーティのたっぷりした袋が尻までずり落ち、赤ん坊はといえば、自分が生まれたこと、そして二つ目の真っ暗な袋の中でそうやって暖められていることに当惑しながらしかめっ面をのぞかせている。その姿がフランクリンの目に見えるようだった。この時代、赤ん坊は長じて何になるか。昔は五歳になるとライフル銃でカリブーを殺すことができた。いずれにしてもリーパーの姉が赤ん坊を引き取った。それがリーパーの希望だった。そして彼女は、フランクリンが電話した翌日にライフル銃で自殺した——。

それでも物事はなんでも明るい方に考えるべきだ。

彼らはさらに進路をはずれることになるので、クライド・リバーには寄らなかった。クライド・リバーは悪い町だという噂が流れていた。そこへ行くと人々はこう言うそうだ。やれやれ、また白人だ。——そもそもそこはまだ町にもなっていなかった。一行は南東方向にあるクライド・リバーには上陸せずに前進した。茶色く、平坦なツンドラや、海のように広がるクリーム状の雲でとつぜん見えなくなる湖や、一セント硬貨と同じくらい無数にころがっている湖、そして雪をいただく隆起した山々が続く。だが九日に一行はポンズ・ベイ[*1]に浮かぶ二隻のカヤックを発見……

フランクリンは、ずっと昔、三人の少女たちといっしょにそこに立ち、彼の影と三人の影がとても細長く伸びるのを見ながら、そこには存在しないし、生えることもない木々を思い出して、哀しくなったことがある。ライチョウが驚き、羽をばたつかせて飛んでいった……そして見張りの男がめりはりのある調子で叫んだ。二隻のカヤックが船尾を前にしてエレボス号（例によってこの船が妹分のテラー号より少しばかり先んじていた）にぐんぐん近付いた。

リーパーはじっと動かなかった。まるで苔の上に落ちた濡れたカラスの羽根のように。

現地の人々から見ると、これらのカールナートたちは見込みがありそうだった。アザラシを食べるセイウチが獰猛かどうかは、牙がアザラシの脂で黄色くなっているかどうかで分かるし、貝を食べるセイウチとアザラシを食べるセイウチの違いは、貝を食べるセイウチの牙が、貝をこそげ取るために傷だらけであるところから見分けがつく。それと同じように金持ちの白人とそうではない白人もすぐに分かった。金持ちは必ず金目のものを所持している。ライフル銃を持っている場合もある。人々はライフル銃のことをすでに知っていた——

彼はミスター・クロージャーをはじめ、興味を持った何人かの士官たちと上陸することにした。彼は憂鬱そうに振り返り、二隻の船の向こうのバイロット島の、砂時計の形に筋が入った砂礫の崖をながめた……そして自分がサブゼロだった頃、深い峡谷を走って下り、遠い海を前方に見ながら甘い空気を飲み干すように吸い込んだことを思い出し、なんと若くて幸せだったことか、と思った。

ボートが陸についた。丸石だらけの海辺を歩いていた母親に、彼はナイフとガラス玉を優しく手渡した（士官たちはこのときも彼の後ろに控えていた——彼らはいつもそうだった！）。母親の後ろには二人の子供が続いていた。三人目は幼いのでまだアルモーティに背負われている。二人の子供たちは石だらけの海辺を、石から石へ飛び移りながら実に楽し気に跳ね回っていた——

母親は歯を見せるだけの穏やかな笑い方をする女だった。贈り物で母親の警戒心はとけただろうと思った彼は、続いて子供たちの一人に近付いた。ふくよかな褐色の頬、黒い瞳、黒い髪の少女に。彼はその子にこう尋ねた。君は僕の子かい？　僕の子だったことはあるかい？　死ぬ前のリーパーのお腹の中から出て来たのかい？　僕の友達にちなんで君をリーパーって名付けてもいいだろうか。僕は彼女の愛と優しさにずいぶん感謝しているんだ——

子供は悲鳴をあげた。

晩夏の深夜、彼の手は白く冷たくなっていたが、首の後ろが暖まるほど太陽は十分低いところにあった。三つ子の三人目は死んでしまったので二人目を探すことにした。子供が行く先々であらゆる物に触ろうとするのと同じように、彼はすべての物に目で触れた。セスとサブゼロがあげた爪の、しわくちゃになったプラスチックの死骸もどこかで見つかるかも知れないと思った。子供の顔から察するに、彼は遠くへ来過ぎてしまったが、爪の助けがあれば以前の彼に戻ることができるかも知れない。しおれて乾いた花々やいろいろなものの影でツンドラは迷路のようだった。そこでライチョウたちは哀し気な三重奏を歌う。彼が通るとあわてて逃げ出すライチョウもいて、赤茶けた苔の上を不器用に右往左往する様は、茶色い羽のボールが勢い良く跳ねているようだった。

浜辺の氷の裂け目に自分かリーパーの名前を読み取ろうとしたが、それも見つからず、今度は彼が悲鳴をあげた。

＊1　ボンド・インレットのこと。

良く晴れた晩、卵型の黒い丸石が波の中で輝く……背中にアザラシを背負って少し前かがみになりながら冬のキャンプに戻ってくる……セイウチの皮を張った幅広の小舟、ウミアク……白く縁取りされた前掛けのついたアザラシ革のパーカーを着た女性たち……

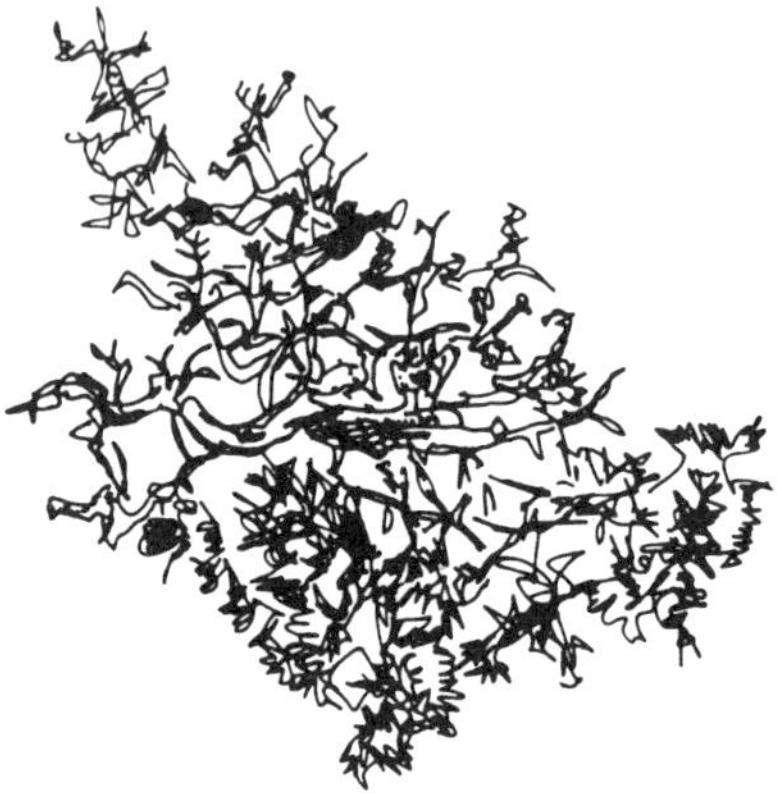

なんてことだ、ミスター・フランクリンが倒れた！　とフィッツジェームズが叫んだ。今すぐドクター・グッドサーを呼べ！

目を開けると、彼らは見下ろすようにフランクリンを取り囲み、高々と聳え、その影はどこまでも伸びていた。フランクリンの口には鉛の味が残っていた。この不慮の事故の原因がなんなのか、彼にはさっぱり分からなかった。ドクター・グッドサーが彼の方に屈み込んでいる。その姿は、黒曜石のように黒い蠅の重みでたわんだ、青白いスゲを思わせた。

そのとき心配そうに彼を見下ろしていたのはフィッツジェームズだ。彼は老いるとはどういうことなのかを初めて目の当たりにして、これから続く年月に怖じ気付いた。——全乗組員の命運を握っているのがこのミスター・フランクリンだ！ クロージャーも犬のようにむっつりと口をつぐんでいる。だがさすがのクロージャーも、ミスター・フランクリンの一時的な魂の錯乱が、ゴールドナーの特許品に関係あるとは思いもよらなかった。

　もちろんそうでない可能性もあった。だが鉛による酩酊だけが、今の彼をより遠くへ連れ去ることができた。たとえば版画の世界へ。その版画には、アラブ人のようにターバンを巻き、負い革とライフル銃を担いだ、哀しい目をしたヒゲ面の「レスキュー隊」の姿が描かれていた。彼らは雪が降り積もってできた崖のふもとのロングボートを覗き込み、指差し、何かの身ぶりをしていた。ロングボートには雪と闇と骸骨たちが詰まっている。「レスキュー隊」の一人が骸骨のあばらにかかったボロ布をめくり、別の一人が優しく——その無骨さからは想像もつかないほど優しく——頭蓋骨をなでた。というのも死んだ男たちやロングボートや「レスキュー隊」ですらも、そこにいるべきではなかったからだ……彼のあの卒倒、あの一瞬の生の否定は、骸骨になることの困難以外、何も証明しない！ ——そしてここでリーパーと彼を比較することで、彼女の神聖さを汚す危険をあえて侵すとすれば、リーパーも彼も、どちらもたしかに鉛中毒者だった。別々に、ではあったが、二人ともライフル銃に頼っていたし、二人とも実に巧みに鉛を肉の代替物として利用した。彼女は鉛の匂いを嗅ぎ、彼はそれを食べていたのだから。ドクター・ウィンガールデンとドクター・スミスがその論文に記載したとおりだ。（この論文のことは北極に住む者なら誰でも知っている。）快楽を目的にガソリンを嗅いでいると、鉛中毒に陥る可能性がある。有機四エチル基を持つ鉛は神経系統にある種の作用を及ぼすと思われ……四エチル基鉛中毒は多幸症、イライラ、不眠、幻覚、痙攣、そして時には精神錯乱の原因にもなる。——なるほど。彼女がどこへ連れて行かれたがっていたのか、私たちには知る由もない。まず最初に彼が他の方法を試したことは、読者もご存じのとおり。彼は彼女に電話をかけ、彼女の元へ行き、彼女を自分の元へ呼び寄せた。実は、このことをあまりにも都合良く再現してくれるイヌイットの伝説がある。昔々、物々交換が主流だった時代、二人のイヌイットの少女たちが海辺に座って、静かな水面に小石を投げて遊んでいた。ワタリガラスがカァ！　カァ！　と啼き、大きなハスキー犬が静かに舌をたらし、浅瀬では丸みをおびた氷の先端が水面からじっと顔をのぞかせていた。開水面は陸から少し離れたところからどんどん凍りつき、流氷群からの自由を保っているのは水路だけとなった。さらにその先、海は完全に消えてしまい、氷が勝ち誇ったように孤独な地平をつくり、スノーモービルが何台か停車し、その上の白い空は氷ほどの力強さはなく、それでもところどころに古い絵画のひび割れのように青い筋が走っていた。そこから顔をのぞかせているのはバイロット島の山々や氷河だ。少女たちの一人をジューキーとしよう。彼女はもう一人の友達にこう言った。双子の兄妹がやってくるよ。今あんたの方へ向かって突っ走ってくるよ！　するともう一人が消え入りそうな声で答えた。うれしい、かなしい、どちらかわからない。うれしいほうをためしてみたい……　――少女たちの背後で浜辺は唐突に終わった。枯れ芝におおわれた砂丘が続き、その上に最初の一列の家々が並ぶ。サブゼロが何人かの子供たちといっしょに寝起きした、芝土のレンガでできた古い家もここにある。だがそんなぬくもりも、外付モーター式のボートが不規則に並ぶ、砂丘のふもとの浜辺ではほとんど感じられなかった。とくにサブゼロが座ったのを見てしばらく笑い続けた二人の少女が、やがて去って行ったときには。彼は双子の片割れではなかった。まだ、そうではなかった。彼が二人と同じように小石を投げると、ワタリガラスが二度羽ばたくよりもずっと早く、その小石は落ちていった。

翼の羽ばたく音が近付いてくる。ワタリガラスではなくフルマカモメだった。

もう一人の少女は（伝説によると）セドナという名前だった。男やもめの父親といっしょに暮らす彼女は、求婚してくる若者たちをことごとく退けたが、それでも**フルマカモメ**は氷が音を立てて割れる海の遙か彼方から、墓地で遊ぶ者たちの光に導かれるようにして彼女のもとへ飛んで来た。カリブー革の脚絆とアザラシ革のカーミクをはいたその少女のもとへ。美しい少女だったという。脚絆は彼女の腰の上まで続いてアザラシ革のコートの中へ消えてゆき、コートの肩はまるで炎のようにゆらめいて点と化した。彼女は真っ白な歯を見せて笑い、**フルマカモメ**の方を見ないよう恥ずかしそうに地面を見下ろしながら立っていた。丸い顔のまわりのカールした髪が揺れる。彼女がうれしいのか哀しいのか判別できない――一度見たら忘れられない顔だ、と**フルマカモメ**は思った。額が美しい……（ほんとうのところ**彼**はなぜ彼女を求めたのか。）――風が吹くので彼女は瞳を半分閉じている。――私はこの物語を誤って解釈しているのかも知れない。それはここで言っておこう。**フルマカモメ**が本当にセドナを愛していたとはどこにも書かれていないからだ。**彼**はただそう思えるような行動を取っただけ。たとえば、彼女のランプの油は決して切れることがないだろう、彼女の鍋には必ず肉が入っているだろう、というラブソングを歌ったりもした。彼女はそれに心動かされたし、父親も同様だった。もちろんその情熱は認められて、希望のないままいつまでも持続した。**フルマカモメ**とセドナのどちらの側にも、表現されることのない忍耐と善良さが続き、互いを求める緊張感がときにはじけることもあった。ラップランド・ツメナガホオジロが金属的な声で鳴いた。イグルーの床には柔らかな革が敷き詰められ、彼女のための動物はすべて**彼**が捕り、彼女が凍えることは決してないだろう、と**フルマカモメ**は約束した……それを聞いた彼女は部屋に入り、罫線の入った紙を見つけて**彼**に返事を書いた。

わたしのたんじょうびは一がつ二十一にちでイヌクジュアックのそとはさむくてわたしはしあわせわたしはこのちきゅうのイヌイット、**イエスさま**はわたしたちをあいしわたしはありがとうとあなたにいう……

――溶けた氷の水が澄みきってゆくように、彼女の心は**彼**に対してゆっくりと和んでいった。ついに彼女は**彼**といっしょに鳥たちの国へ旅立つことにした。それはとても遠かった。初めの頃は彼女もそこで幸せだった。

泥と雪の中の野営同然だった。コーン型の革張りテントが十あまり。茂みから一本だけ飛び出した草のように、竿の先がテントのてっぺんから芽吹き、橇を引く犬たちが地面をかぎ回っている。そこに住むわずかばかりの人間は鳥だった。彼らは家の外にすわっていた。野球帽をかぶった男たちはタバコを吸い、髪を三つ編みに結った女たちは黒っぽい縁取りのついた白いパーカーを着ている。フードをかぶった小さな女の子が母親の膝の上で寝ていた。彼女は**フルマカモメ**の従妹《ナヤクサヴァ》だった。みな血がつながっていた。四方何千キロにもわたって砂礫が取り囲んでいる。――セドナは彼らを愛するように努め、夜はまるで祝日のようだった――暖かく日が照る中で動物を探したり、石のように硬くなったきれいな木のかけらを拾ったりしながら彼女が夫と浜辺を歩いていると、濡れた雪片が舞い降りてきた。――**フルマカモメ**の母親は年老いてすでに耳も遠くなっていたので（息子を通してセドナに伝えたとおり）、彼女はしょっちゅうセドナに笑いかけるようにした。イヌイットの陽気な歌をテープで聞き、編み物をして、「アメリカはチームを一つにまとめるために非常に面白い方法を用います」とテレビが言っているかたわらでいっしょになってアイ・ヤ・ヤと歌った。外では雪が降っていたがやがてやみ、それから何時間もの間、セドナは日没のとてもぼんやりとしたオレンジ色の光が斑にあちこちで仄めくのをながめることができた。太陽の真上の雲は、下の方が真っ白に光っている。風で電線が揺れ、シグナル・ヒルのビーコンが電気仕掛けのロウソクのように瞬き、そこから発せられる光が発電ポールの裏手の白い雪尾根に降り注いだ。雪道を時折人が通るが、彼らは決まって背中を丸めて震えている。それでも家の中はとても居心地良く、セドナは台所に座り、**フルマカモメ**の母親は彼女のためにお茶を入れ、何が食べたいか尋ねてくれた。母親は店で買った冷凍チキンと冷凍の魚を薦めようとしたが、セドナは頑固に頭を振ってフリーザーに入っているイヌイットの食事を指差した。そこで老いた母親は、マジックで**リーパーのもの**と書かれた空のダンボール箱を部屋の中に引っ張り込み、セドナも手を貸してそれを破き、床の上に平らに広げた。それから**フルマカモメ**の遠い親戚にあたるリーパーという少女が、冷凍にされた生のカリブー肉や北極イワナの大きな欠片と、それを漬けて食べるためのイヌクポ[*1]を取り出し、セドナに斧を手渡した。故郷でやっていたのと同じように、彼女は床に座って分厚い肉の固まりに斧を入れ始めた。五、六回ほど斧を振りおろすと、床には溶けかかった肉片が散らばり、彼女は一口大の欠片を拾って噛んだ。カリブーは美味しかったし、イワナはとろけそうなほどだった。（ここで私はピアリーの記述を思い出さずにはいられない。北グラント島のイワナは斑点をもつ実に美しい魚で、ときには五キロあまりになることもある。二度から五度以下の水からあがったばかりのこの魚のピンクの繊維質は、世界でもっとも弾力に富んで甘い肉の一つだ。この地域への探検の早い時期から、私はこの美しい魚を槍でとらえ、氷にあげて凍らせてから後で拾い上げ、地面に叩き付け、皮の下の肉を粉々にして橇に積んだものだ。その場を離れながら、あたりに飛び散ったピンク色の肉片を拾っては食べるのだが、それはまるでイチゴのように甘かった）。イヌクポは腐る寸前の甘さだった。セドナはお腹がいっぱいになるまで食べた。彼女は**フルマカモメ**と結婚して幸せだった。冷凍庫には北極イワナが丸ごと一匹、冷凍にされた巨大な魚の頭や鮮やかな赤いカリブー肉、イヌクポ、それに冷凍マカロニとチーズが一鍋、ぎっしり入っていた。そばの床には真っ白なライチョウの死骸が入った麻袋がころがっていた。ライチョウは頭を胸に沈め、その羽は血で汚れていた。ダンボールでできた台の上にはそのうちの一羽から切り出された赤みがかったグレイの臓物がのっていた。リッツのクラッカーもあったし、ストーブにはお茶がかかっている。家の中は**おばあちゃんの台所――手助け求む！**などと書かれた貼り紙やイエス様の絵や子供たち、孫たちの写真があふれていた。善良さが住まう家だった。だがそれも、セドナを騙すのに十分な、ほんのちょっとの間だけ。やがて（こういったことはだいたい「やがて」分かってくるものだ）セドナは、微笑んでいた老母がおらず、家は風が吹けばいっしょにそよぐような魚の皮を継いだものにすぎず、鳥たちが与えてくれる食事といえば魚の切れ端だけ、であることに気が付いた。彼女の心は雪の尾根に閉じ込められて凍えるキツネのようだった。彼女を助けてくれるリーパーもいない。双子の姉妹などいないのだ。でっぷりと妊娠したセドナ。彼女をリーパーと呼んでもいいだろう。丸顔でちょっと上向きの鼻、足取り重く家の中を歩き回り、床を掃き、お茶を入れ、皿を洗い、テレビの音は消したまま（ビーバーがハイイロフクロウに救われる番組が放映されていた）カーペ

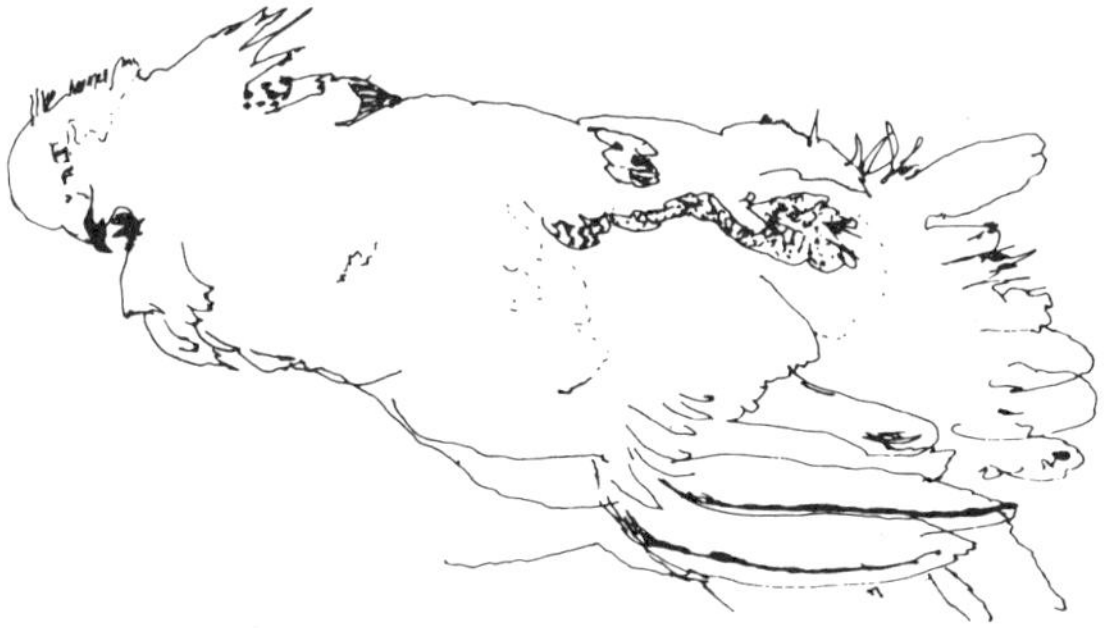

＊1　液状のアザラシ脂

ットやイスやソファーにそっと掃除機をかけながら、彼女は**フルマカモメ**にこう言った。お茶、入れようか？　砂糖がのった大きな皿や炭酸飲料やリッツの箱といっしょにお茶のポットを台所のテーブルにのせた。家事をしている間に家の空気を入れ替えようと彼女が開けた窓からは冷たい空気が流れ込み、空は灰色とオレンジ色がまざり込んでいる。数えきれないほどのジッパーがついたヘビメタ風の革ジャンを着た彼女は、テレビを見ようと一瞬だけ腰をおろした。――彼女は自分の部屋に行った。出て来たときにはタバコを口にしており、そのままテレビの前に座りこんだ。**フルマカモメ**はまばたきを知らない目で彼女を見ようと、長い首をまわした――彼女が文句を言うと、**彼**は残酷な、長い鋏のようなくちばしにものをいわせ、怒りにまかせて彼女にかみついた。そのうち指をチョン切るぞ、と言いながら……　――シナモン・ロールのように丸められたホカホカのオート麦のバノックを焼いてくれたり、血も滴らんばかりの赤く、冷たく、そして柔らかい生のライチョウや、そのスネの先の柔らかいカギツメ（そこの黄色い脂肪の固まりが一番おいしいのだ）を食べるのを見守ってくれるような年老いた善良な母親がいたとしても、さらには彼女が自由にテレビを見ることができたとしても、彼女がレゾリュートへの移住を喜んだとは、私には到底思えない。そうではないか？　彼女は嘆きに身を任せ、哀しい歌を歌った。だがそれはたまのことで、たいていの場合彼女は与えられた条件の中でなんとか快適に過ごそうと努めたことを私は知っている。彼らはみないっしょにここへ追放されたわけだし、リーパーの従妹のジューキーが電気ピアノを弾きに来てくれることもあった。二人はリーパーの部屋に閉じこもってクスクス笑ったり内緒話をしたりして、それからジューキーが雪の中へ出ると風が彼女の髪を吹き散らし、彼女はエンジンがかかるまで何度もバイクのスターターを唸らせて、ようやく走り去った。リーパーがガソリンを少しばかり嗅いだのはこのときだっただろうか。――いうまでもなくセドナの父親は彼女の幸福を信じていた。それについて彼は自分が事態をきちんと把握していると信じ込んで疑わなかった。天気はどうだ、と十一月にレゾリュートに電話すると、今日はいい一日だったよ。零下二十四度で雪がほんの少し、四十五センチ程度かな……　――と聞いて、それで分かったような気になってすっかりいい気分になるのと同じだった。あるいは十二月に電話するとこういう返事がかえってくる。寒かったよ、零下三十八度だ……――それを聞いておまえは　そうか、思ったとおりだ！　一月に電話すると　零下四十六度だよ……　――それでまた分かったような気になるわけだ……だが伝説によると、翌年、父は娘の家をたずね、娘がすっかりやつれているのを見てライフル銃を取り出し、**フルマカモメ**を殺して彼女を家に連れ帰ろうとしたらしい。前にも言ったようにここは地の果て。彼らは広がる海に櫂をさした。セドナの父親は早くも笑っていた。娘と二人、無事に家に帰った姿が彼には見えていたのだ。影のような青い雲を一筋頭上にいただく、のっぺりとしたブルーの丘を彼方に見つつ乳白色の狭い湾をボートで進む。しばらく行くと白い雲が天井のように海をおおい、動物の皮でできた家が見えて来た。――静かな海面にコオリガモが一羽、尾羽根をまっすぐ上に立てている。やがて**フルマカモメ**がやってきた。――彼らがやってくるのをセドナは見た。遠くからだと、鳥は隣の島の山を背に白く見えるが、浮氷のまわりでは黒く見えることを彼女は知っていた。父親にはなにも見えなかった。**彼ら**がやってくることに父親が気付くまで彼女は待った。**フルマカモメ**がやってきて、その**力**で嵐を呼び寄せた。風の音は、パイプを通って遠くから聞こえてくる息遣いのようだった。それが近付いてくる。父親の表情が変わった。漕ぎながら瞳から恐怖がにじみ出るのを彼女は見た。緑がかった陰気な鳴き声が空気を包み込む。波が高くなってくると父親は自分が助かることだけを考えるようになり、ついに彼は、復讐を果たそうとする鳥たちにセドナを差し出すことにした。父親が彼女をボートの脇から海へ落とそうとすると、彼女は泣き叫んだ。父親の顔はすでに鳥の顔になっていた。彼女は泣きわめいた。　おねがい、おねがい、わたしは愛してる、**アクマ**のところへはいきたくない。ほんとうにてんごくへいきたい、ちちなる**神**とその御子である**イエスさま**のところへ。良き人でありたいありたい！　愛とともにわたしのこころ、そして助けて、よき、よき人

　そしてわたしはなぜ哀しいのかおぼえている
　　または愛
　　またはなにか
　　まちがったこと――

彼女がカヤックの脇にしがみついて離れようとしないので、彼はナイフを取り出して関節を一つ一つ切り落としていった。最初の関節は鯨に、爪は鯨の骨になった。二番目

の関節はアザラシに、そして最後の関節はアゴヒゲアザラシになった。この嵐ならセドナもすでに溺れただろうと考えた**フルマカモメたち**が引き上げ始めたので、父親は彼女をボートにあげてやった。二人が家に戻った後、父親が眠っているのを確かめたセドナは犬たちを呼び、父親の両手両足を喰いちぎらせた。父親は自分を呪い、彼女を呪い、犬たちを呪い、すると地球が彼らを呑み込み、二人はアドリヴン[*1]と呼ばれる国に転がり落ちて、**セドナ**はそこの女主人となった。伝説によると、獲物となる動物が少ないときには、シャーマンたちがアドリヴンに下りて行かなければならない。**セドナ**をなだめ、**彼女**の髪をとかしてやるために。指のない**セドナ**は自分で髪をとかすことができないのだ。やがて**セドナ**はアザラシやセイウチや魚や鯨を放ち、人間の目に見えるところまで泳がせてやる。人間は再び多くを食べることができる。

✲ ✲ ✲

ジューキーはポヴングニトゥクに帰り、リーパーは家の掃除をしているところだった。――見て！　と彼女が言った。彼女は黒いゴミ袋から、血にまみれた反吐のついた四角いボロ布を摘まみ上げていた。

ジューキー、嗅いでいるのよ！　と彼女は言った。

マニキュアかい？

そう。

そのことをどう思う？

別に。みんなやってるもん。

✲ ✲ ✲

翌日、日の光はますます強く、氷が水になって流れ出した。今のところは雲も上がって、バイロット島の低い山々の頂上が見える。幅広の水の筋が氷山の青さの中を光りながら下りてゆく。氷が弛んでいるのでスノーモービルでの移動はそろそろ危険だ。イヌイットの雪ぞりはとても小さく見える。ミスター・フランクリンはだいぶ気分が落ち着いてきた。ドクター・グッドサーとドクター・ペディが彼につきそっていた――フランクリンはバツが悪かったが、出番ができて私たちもうれしいですよ、とドクター・グッドサーがとても明るく言った。どちらの船にも、患者と呼べる者が他にいなかったのだ。――それについては**あがない主**に感謝しなければ、とため息をつきながらミスター・フランクリンが応えた。

ところでお尋ねしますが、以前にもこんなふうに気絶なさったことはありますか？　なにしろこの航海は指揮官殿の両肩にかかっておりますからな。指揮官殿くらいのお年ともなれば、十分注意していただきませんと。

ミスター・フランクリンは辟易した。

たしかに身体的な弱点はなんであれ不快なものですし、屈辱的とすら思われるかも知れません。それは私自身承知しております、とドクター・ペディがつけ加えた。ですが、これは保証いたしますが、ここでのお話はいっさい漏れることはありません。ですからこれまでのご病歴などありましたら、すべてお話しください。

隠していることはなにもない、と患者が少々不機嫌に答えた。健康状態はいたって良好、イギリスを発って以来、むしろ良くなっていると言ってくれたのは君たちではないか――

では今回のように気絶なさったことは今まで一度もないということですね、とドクター・グッドサーが尋ねた。

一度も、とは言い難いな。バレン・グラウンズで一度か二度――以前の遠征でも、空腹のあまり――

それ以来一度も？

ジェーンとともにタスマニア駐留中にも何度か。政治的に不愉快なことがあってね。私がほとんど無理矢理任務をとかれたことは二人も知ってのとおりだ。いくつかの不運な状況が重なって……だがそれ以来、こんなことは一度もない。しかも今回の場合これまでとは違うような気がする。誰かにひきずり下ろされるような感じがした。こちらがうんざりしているのを知っているくせに、他に行くべき所がないものだから離れようとしない、そんな奴がたまにいるだろう。そいつがそばにいるだけで、疲れがどんどんたまって――

誰がおそばにおられたんですか？

たぶんサブゼロだろう。あるいはリーパーかもしれん。はっきりとは分からない――

二人の船医は何も言わなかった。ミスター・フランクリンは眠りに落ちた。そのまま夜まで。空が希望に満ちた銀

＊1　「我らの下にいる者たち」

白色に変わり、キャタピラー式トラクターが雪ぞりを海辺まで牽引し、氷の上では子供が自転車を走らせて、スノーモービルに乗った男がボートを引いていた。家族連れがスノーモービルをボートにのせて海峡をゆっくりと横切ってゆく。浮氷の間を男は注意深く運転した。彼の体の重みでボートの先端がまるで海ガモの尻尾のように浮き上がっている。そしてミスター・フランクリンは窓の外をながめてこう言った。薦められるままに私は双子と三つ子を受け入れた。私は満足したと思った。だがどの選択も、私に新しい何かをもたらしてくれるどころか、私は爪はじきにされるばかりだ。

ドクター・ペディが彼の方を見た。その視線には皮肉がこもっていると彼は解釈した。彼はドクター・ペディを信用していなかった。――他の誰かになることが、果たしてそれほど急を要するものでしょうか？

私の動機は純粋だったのだよ、ペディ。それは心から断言できる。私は探検し、愛したかった。それがなぜ私にとって死を意味するのか、私には理解できない――

❄ ❄ ❄

ジョン？

え？

ジョン？

誰だ？

ジョン？

リーパー！　リーパー、君なんだね？

そう、と彼女は誇らし気に言った。

ジョン？

なに？

息子がうまれたの。あなたの息子。

名前は？

あなたといっしょ。

そうか。

ジョン、あたしにはボーイフレンドがいない。

どうして？

死んでるからよ、あなたと同じように。

そうか。

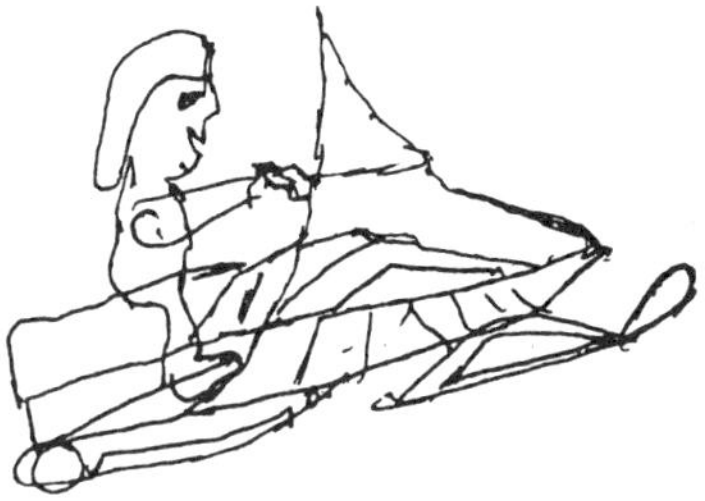

奥さん、まだいるの？

ああ。

ジョン？

なんだい。

ジョン。――彼女は笑った。お金ちょうだい。

どうして？

息子が病気なの。あの子まで死んでしまう。嗅ぎすぎたの。お金ちょうだい。ガソリンのお金。嗅ぐお金。

✲✲✲

同じ月の十二日、ミスター・フランクリンもすっかり回復し、二隻の艦船は再び航路についたことを喜びながらポンズ・ベイを出航した。イヌイットのカヤックはついてこなかった。明らかに彼らはミスター・フランクリンが気絶したことに不吉なものを感じていた。一行が希望したガイドも雇えなかったが、ミスター・フランクリンは、物事なんでも明るい方に考えるべきだ、と乗組員たちに話した。風が彼らの進行を助けてくれた……

何人かの船員が同じような腹痛を訴えたが、旅の興奮と環境の変化が原因だろうと一蹴された。

❊❊❊

こうして私たちは日陰の目立つバフィン島の崖の前を通りすぎた。近寄るな、と羽をばたつかせながらワタリガラスが陰気な声で警告する。一行に気づいた女たちが、互いのアルモーティに赤ん坊を隠した。ツンドラにはネズミの顎骨や鯨の皮の切れ端、蠅がたかったカリブーの毛玉、北極ウサギの骨盤、振ると音が出る節くれだったアザラシの脊椎がころがっていた。黒い苔の群生から北極キンポウゲがはじけんばかりに元気良く咲いている。鳥たちが金属的な水音のような声で鳴いている。私たちはそれらを置き去りにして先へ進んだ。北西航路を求めて。

だがウォーカー岬で見張りの者たちが氷を発見した。それは氷の壁だった。

❊❊❊

レゾリュートは気持ちのいい雪の朝だった。空は黒みがかった灰色で、稲光のような青い影がかかっていた。穏やかにレーダーが回り続け、事務所の人々はコンピュータの前であくびをしたり、朝のコーヒーを入れたりしていた。八月の七時三十分すぎ。――イヌイットの少女が南のモントリオールへ飛びたいと言っている。かなり金がかかる。――ほんとうに行きたいの？　チケット・カウンターの女性が尋ねた。――どうしても行かなきゃならないの、とイヌイットの少女はゆっくりと、だが完璧な英語で答えた。そうでないと一ヶ月後にわたしは良い人間でなくなってしまう。――だが罠にでもはまったような気分のサブゼロの耳には「良い人間」が良い囚人に聞こえた。――遙か北のエレズミーア島は白い霜の光でひび割れ、その峡谷は深く、崖は険しく、山々には壁のような影がかかり、すべてに雪の筋がついている。私は一度そこへ行ったことがある。ミスター・フランクリンは、バレン・グラウンズへの遠征の前、つまり初めての遠征でその付近まで船を進めたが、再びそこへ戻ることはなかった。私は自分になるためにそこへ行った。ドクター・ペディもジェーンも私をそこで発見することはできなかった。（グッドサーはいい奴だ。彼だったらリーパーの出産にも手を貸し、みんなを助けることもできたかも知れない……）私はうまれたばかりの息子といっしょに氷の彼方にいた。今や彼が三つ子のひとりだ。歩ける頃になったら、彼を南に連れて行こう。苔の上には氷のように白い羽根が散らばり、私は小さくて不器用な手でそれらを集める息子を見て笑い、それからその羽根を息子の母親の墓に供えに行く。昔ジューキーが楽しんだのと同じゲームをして楽しみ――ジューキーの姿が見えれば、私は息子に彼女のことを〈アナナーガ〉――私のおかあさんと呼ばせるだろう。夜になるとリーパーの手が苔の間から伸びて、私と息子のくるぶしを摑み、私たちを光の中へ連れ出してくれる。ミスター・ゴアとミスター・ル・ヴェスコンテが偵察隊の指揮を取ってくれているが、私がすでに知っていることを彼らもやがて知るだろう。――この氷を通り抜けることはできない（少なくとも私たちが進もうとしている方向へは、そして少なくとも今年中は）。他の士官たちが見張りについたり、一番近い浮氷から水桶に水を汲んでいる間、私はテラー号のキャプテン・クロージャーと上の空で打ち合わせをしながら船室にとどまった……私のまぶたは氷のフタのようで、目を閉じると私はまたしても、壁の後ろ、痛みのまったくない場所へ戻ることができた。エレズミーア島では綿毛のような白い植物が茎を氷で固まらせ、風に揺れながら光っていた。私が息子を墓から掘り起こすと彼は雪の固まりで遊び始めた。風が吹くと、小川のさざ波には扇のかたちの模様ができた。風はとても強く、私は耳、喉、そして胸で海の音を聞くことができた。

額の感覚がなくなった。息子からはずいぶん遠く隔たっていたはずなのに、彼の手が墓の中から私に触れた。私はもはや、息子以外の何ものにもなれない。それから私は痛みが再び始まるのを感じた。痛みは、ミスター・フィッツジェームズがコツコツと叩く壁の向こう側から来ている。私は思いだした。彼女のもとへ行くと、彼女は傷付き、こわがっているような表情をした。だが彼女に初めて会ったとき、彼女は私を親友と呼び、私も同じ気持ちだ、と答えると彼女が私とはいつか天国で会えるかもしれない、と言った。ミスター・フィッツジェームズが壁を叩いている。彼が壁を叩いている。がっかりしながら、哀しい気持ちで私は氷菓子のように鮮やかなブルーの空に背を向け、草むらから草むらへ、とぼとぼと歩を進めた。その夏、リーパーはずっと私といっしょに過ごしてくれた。あのときと同じように、今度も彼女が付き添ってくれた。私の愛すべき妻と同様、彼女にとって唯一のメリットは、私が与えることのできた愛、それだけだった。

☼ ☼ ☼

南へ歩けば歩くほどリーパーは遠のき、ついにおまえはジェーンの待つ家にたどり着いた。初めから彼女のそばを離れなければよかったとおまえは思った。ジェーンはドクター・ペディと同じ、皮肉な微笑みをおまえに向けた。母親が、自分をめざしてよちよち歩いてくる幼い子供を見つめるときの微笑みだ。赤ん坊は母親のスカートの裾をつかもうと腕をのばし、しがみつき、赤ん坊特有の大きな頭を母親の膝の間にうずめる。これからできるようになるはずのことを思うと隔たりは大きいが、だからといって母親の微笑みから誇りと愛情がわずかでも消えることはない。彼との息子を見てリーパーもそんなふうに微笑んだだろうか？果たしてほんとうにほんとうにそんなふうに微笑んだだろうか？　――だが可哀想なジェーンは微笑むためだけに微笑むことはできなかった。彼女の微笑みはリーパーのそれと違って必ず何かを意味していた。だが言うまでもなくジェーンもまたリーパーと同じように不幸だったのだ。残念ながら二人を不幸にしたのはおまえだと言わざるをえない。ジェーンはおまえにとってのイヌクジュアックだったのだから、おまえは彼女といっしょに居るべきだった。彼女はおまえが毎年行かずにはいられない心の遠征のために、何枚でも喜んで旗を縫ってくれただろうし、船が着いて手紙が届くたびにそれを何度も読み返しただろう。彼女の膝元に残ること、失われた息子と同じようにおまえが彼女の膝の間に顔をうずめることについては、そうしたければできたはずだが、それでは歴史に名を残すことができない。おまえは何を求めたのか？　巻き毛で、瞼は重たげ、口が達者で胸はほどほどの大きさの（鼻は少し大きすぎたかもしれない）ジェーンは、昼食にはおまえも来るものとばかり思い、おまえの大好物を用意した。彼女は賢明な女だったから、おまえを自分ひとりで迎えることはせず、三人目としてジェームズ卿を呼ぶことも忘れなかった。そうすればおまえは凍結した地峡について気がすむまでお喋りができたし、磁気学の細かいところまでジェームズ卿と論争することもできた。ジェーンはどんな話題にもついていくことができたし、自分の考えも述べたに違いない。彼女は何にでも同意する間抜けな才能を披露するのではなく、むしろ暖かくも生命力あふれる織物を紡いで、すべてを包み込んだ。その糸の一本一本が自立した思索をあらわしていたが、織り上げるに際しては必ずや愛するおまえのことが慮られた。――簡単に言えば、キング・ウィリアム島をほんとうに島と呼んでいいのかどうか、ジェーンは彼女なりの意見を持っていたし、それは必ずしもおまえの意見と一致するとは限らなかったが、彼女がおまえの妻でなければ、彼女はそれについてもたいした興味は抱かなかっただろう。ジェーンは素晴らしい妻だった。私が彼女についてこれ以上書かないのは、彼女があまりにも素晴らしすぎるからか？――そうではない。――実のところこういうことなのだ。おまえは何になりたかったのか。幸いにもジェーンは自分が何者なのか、すでに知っていた。――たとえばおまえが三つ子と双子を放棄したとしよう。そうすることでおまえは今後、頭から血の気がひくような思いはいっさいしなくて済む。自分の存在はここまで、とはっきり境界線を引くことができる。その境界線がなければおまえは生焼きで形の定まらないパンケーキと同じだ。ただし境界線を引くことができるのは狭量な魂の持ち主だけ、というのもまた事実。――私は、否定的なことばかり言って、わざと醜くうつるような光の当て方をしているのかもしれない。大半の人間はこうして生きていくわけだし、リーパーにしてもそのはずだった。父親が彼女の指を切り落として彼女を溺れさせたり、あるいは**フルマカモメ**が彼女をレゾリュートへ連れていきさえしなければ。飢餓の入り江に眠っていたおまえの部下たちの骨が発見されたのはジェーンのおかげだったが、それとて彼女が境界線を引く生き方を貫いたからだ。それを拒否したのはおまえ一人だ。他の時空に生きる他の誰かになるだけでは単なる置き換えにすぎないし、たとえうまくいっても存在論的な状況はまったく変わらない、と言って、おまえはそうすることを嫌がった。そうだ、おまえは自分にも他人にもなりたくて、複数の自我を所有しようとした。**神**がそうしたと言われているのと同じように、自分の本質をまっ二つに分けたおまえは、無限に繰り返されるセクシュアリティによって、一つの精神のボトルから次のボトルへ流れ込むことができた。ジェーンの新しいドレスの色などどうでもよかったのと同じ様に、ボトルの中身もどうでもよかった。おまえには比較する力が欠けていた、と言っているのではない。おまえはジェーンを置き去りにして、その身にふさわしい苦痛の日々を過ごし、その挙げ句に彼女の元へ舞い戻ろうとした。そんな彼女がいたからこそ、おまえはタバコの味がするリーパーの口づけをあれほど痛快に感じたのではなかったか。良くて皮肉、悪くて辛辣なこの審判は、決して不当とは言えないだろう。

リーパーの自殺の直接の責任はおまえにあるわけだし、おまえは本当の親を知らずに育たなければならない子供をこさえ（それともその子もまた、すでに死んでしまっているだろうか？　イヌクジュアックからの連絡が途絶えて久しい）、ジェーンを未亡人にし、そして一二九人の男たちを飢えと病にさらして死に追いやったのだから。――その一方でこうした犯罪をおかすには、二重、三重（三重とは、ポンド・インレットで三人の影が重なって伸び、小さな茶色いツメナガホオジロが鳴きながらツンドラを跳んでいたあの夏、ジューキーがおまえに明らかにしたとおり、リーパーがおまえでおまえがリーパーだというおまえの希望のこもった主張を受け入れた場合、の話だが）の歪んだ本質を必要とするし、それは私たちの大半がもっている一つの本質に比べれば、少なくとも豊かであることは間違いない。平衡反応とは違うのだから、歴史やおとぎ話に出てくる一方通行の変身がいつまでも永遠だとは限らないことも、私は認めよう。いつまでも繰り返し何かに成り、与え、貪る永遠の愛をこそおまえが求めていたならば、私はおまえを許してやってもいい。愛は誰にとっても必要だし、同じくらいに残酷なものだからだ。第一、おまえほどではないにしても、私たちはみな同じ悪徳に侵されている。おまえの良き妻でさえ、自分であることに常に満足していたわけではない。それが証明されたのは一八五一年。誰かがニューファンドランド沖で三本マストの放棄された艦船を二隻目撃し、そのことをジェームズ卿に告げられると、彼女はそれが夫の船であると確信して心臓が飛び出さんばかりだったが、結局それ以降、艦船を見た者は誰もいなかった。どうやらそれは錯覚だったらしい。

✲✲✲

暖かくて気持ちのいいその日、ジェーンと夫の姪のソフィーはジェームズ卿とジョージ卿を夕食に招いた。ジョージ卿とはもちろんバックのことで、ジェーンたちにとってもバックはバックだったが、彼はナイト爵に叙されたので一応の礼は尽くさなければなるまい。実はジェーンは自分の夫ほどにはバックを嫌いになれなかった。ジョンの命を救った男であれば、感謝せずにはいられなかったのだ。(それから数年後、バックがミスター・フランクリンの部下たちのことを唐突に思い出したのは、不思議と言うほかないだろう。バックが発見したグレート・フィッシュ川なら彼らの遺体も無傷で保存されているかもしれない、と誰もが希望を抱いたものである。)

バックが話をしているところだった。インディアンたちの呼び声は決して忘れません。イーセン＝オーラー、イーセン＝タホウティー――これはね、レディ・ジェーン、鹿はいない、鹿はいなくなった という意味なんですよ。

バックが話しているのはもう十年も前の冒険話。イーセン＝オーラー、イーセン＝タホウティー の意味を、ジェーンは北極の盟友たちと同じくらいよく知っていたが、彼女は黙ってうなずいた。――ジェームズ卿、もっとスープを召し上がってくださいな、と彼女は言った。

そうですね、ではそうさせて頂きましょう。おことわりするにはあまりにも美味ですからね。私は適度な量の脂肪とクリームが入ったスープが大好きなんですよ。お嬢さん(これはソフィーのこと)はいかが、脂肪はお好きかな。

ええ、もちろんですわ、ジェームズ卿。滋養が豊かでなければスープを飲む甲斐がありませんもの。だからといってお話の中のエスキモーたちのように、列車のオイルをなめたりロウソクを齧ったりはしませんけれど。その違いはありましてよ。

ロウソクの話はご免被りたいですね、とバックが（ソフィーの話はジェームズ卿に向けられたものであることをすっかり忘れて）興奮気味に叫んだ。ジャコウウシの肉なども思い出すだにおぞましい。

そうとも、そうとも、バック君（とジェームズ卿）。君が肉についてはは相当うるさいことは有名だからね。

あら、ジョージ卿もそろそろおかわりの頃合じゃありません？　どうぞ遠慮なさらないで。

ありがとうございます、レディ・フランクリン。ほんとうに美味しいスープですね。

ジェームズ卿はナプキンをあてながら軽く鼻を鳴らし、落ち着かない様子であたりを見回した。幸せな結婚生活を送る彼は、こうした場でも妻といっしょであることに慣れていたが、レディ・ロスは軽い病気だった。みな黙ってしまったので、彼はバックへの返答をなにか考え出そうとしたが、大脳に薄い氷の膜が張ったのか、気のきいた新しい言葉は一つも思い浮かばなかった。そこでいつもの話題に落ち着くことにした。

で、ジョン卿は今頃どうしていると思う？　と彼が言った。

北西航路をすでに通り抜けているとしても驚きませんね、とバック。未踏の部分が一番楽ではないかと、卿自身も私におっしゃっていましたから。もちろんこういったことは予想以上に時間がかかるものですが。コッパーマイン川が見えるあたりまで、そろそろ来ているんじゃないでしょうか。

そうだな、とジェームズ卿。君が発見したグレート・フィッシュ川もたぶん通り過ぎているだろう。

それはいつか話してくださった、あのすばらしいインディアンの老人が呪いをかけたという川ですか、ジョージ卿。アカイチョのことをおっしゃっているのでしたらちょっと違います。もちろん、若き女性に北極の地理を分かって頂こうという方が無理ですがね。あのへんはほんとうに地形が複雑ですから。距離を考えただけで、誰もがそれなりに不安になったものですよ。（だがあなたが南極を航行した総距離に比べれば、大したものではないでしょう、ジェームズ卿。）一八三三年に再会したときのアカイチョはすっかり年をとっていました。言うまでもなく、ご主人のこともたいへん気にかけていましたよ、レディ・フランクリン。彼は今どうしているのか、と尋ねられました……

……言葉など一つも耳に入らないままうなずいていたジェーンだったが、バックが彼女の愛する人を話題にしたので、もう一度身を入れて会話に加わった。北極の盟友たちはパンにバターを塗っているところで、その量たるや半端ではなく、それを見てジェーンは気持ちが悪くなった。北極圏で長く過ごした者は誰でもこの悪癖を身につける、とジェームズ卿から聞いたことがある。最近ジェームズ卿やバックが太ってきているのも、間違いなくこのせいだろう。彼らと一緒に過ごし、同じ話を幾度となく聞かされていると、彼女はいつも彼が戻ってくることを信じたくなった。見た目はだいぶ年取っているに違いない。目も悪くなり、体重も減っているだろう。仕立て屋の娘のためにエスキモーの手袋を手に入れることはできただろうか、と彼女は思った。手に入らなかったのであれば、昔彼にもらった自分の手袋をあげよう。若い娘をがっかりさせるよりは、よっぽどいい……

どんな人生にも哀しくて邪悪な矛盾が一つは潜んでいる。レディ・フランクリンの場合、彼の失踪があったからこそ確固たる行動を取ることができ、高貴さを発揮することができた。夫の中に認め、彼女が賞賛していたのと、それは同じ高貴さであった。彼女の貞節にうたれた男たちが、ついには彼女を讃えるバラードを作った。もちろんそんなことよりも彼女は夫に戻ってきてほしかった。ジョージ卿はまたしてもカリブーが周期的に減ることについて話しており、ジェームズ卿が聞き入り、ソフィーが質問をしては話を中断させていた。彼女が質問をするのは純粋に興味があるからか、もしくはその間、叔母にスープを飲ませてあげようという思いやりからか、いずれにしてもジェーンは愛すべき心優しい友人たちがそばにいてくれることがとてもうれしかった。彼女は墓の中の自分の双子を探し出そうとは決して決して思わなかった。心半分の寂しい者たちだけがそんなことをするのだ。彼女はバックと同じように安定し、リーパーと同じように愛に溢れていた。もちろん彼女の夫（ここではサブゼロのことを言っているのだが）がたった一人でも同じ選択をできればよかったのだが、北西航路を一人で選択する者などいない。それは人間の力を遥かに超えることであった。

二十一日、ル・ヴェスコンテとゴアの両氏は一行の状況を石塚に残す任務につくことを志願し、彼はこれを了承した。西側の氷は通過不能であるばかりか、最近では夜の気温が氷点下を大きく下回ることはないにも関わらず、浮氷そのものが互いに繋がりあってどんどん大きくなっている。いずれにしてもウェリントン海峡を北上するというもう一つのルートを試すのであれば、ぐずぐずしている暇はない。ミスター・フランクリンはル・ヴェスコンテとゴアのそれまでの働きを心からねぎらった。続いてエレボス号のキャプテン・クロージャーと、相談も兼ねて夕食を共にした。キャプテン・クロージャーは、すでに最良の季節が終わろうとしていることに懸念を示した、――これを聞いた若いフィッツジェームズはじれったそうに、しかし熱意をもって反論した。いずれにしても次の段階に入るべきだ、ということについては全員が同意した。ウェリントン海峡北上に賭けてみるべきであり、それは早ければ早いほどいい。一行は夜明けには艦船の方向を転換していた――

その頃には秋と言ってもいい気候になっており、太陽が霧を通して白く、心細く輝いて、それは丸いフレームに白いアザラシ皮を張ったエスキモーの太鼓〈キラウヤウティ〉を思わせた。その太鼓が空ろに響く中、太った丸顔の女たちは白いパーカーを着て床に座り、雪ぞりや鳥の季節や夏の短さを謳ったアヤアヤを歌い、男たちはキラウヤウティを叩き続け、子供たちはコーラを飲んだりこぼしたりキャンディをなめたりしながら公民館を歩き回った。少女たちは早くも人形を背負ってアルモーティを着ていた。この秋の光、八月の秋のうす暗さの中をテラー号とエレボス号はウェリントン海峡を上り、北緯七十七度に到達したところで再び氷に阻まれたので、今度はコーンウォリス島の西側に沿って南下した。とくにミスター・フィッツジェームズにとって、これは身を切るほど辛かった。――ウェリントン海峡の東側はデヴォン島だ。この島の南端にはビーチー島と呼ばれるさらに小さな島がある。この島でミスター・フランクリンは越冬することにした。（青味がかったグレ

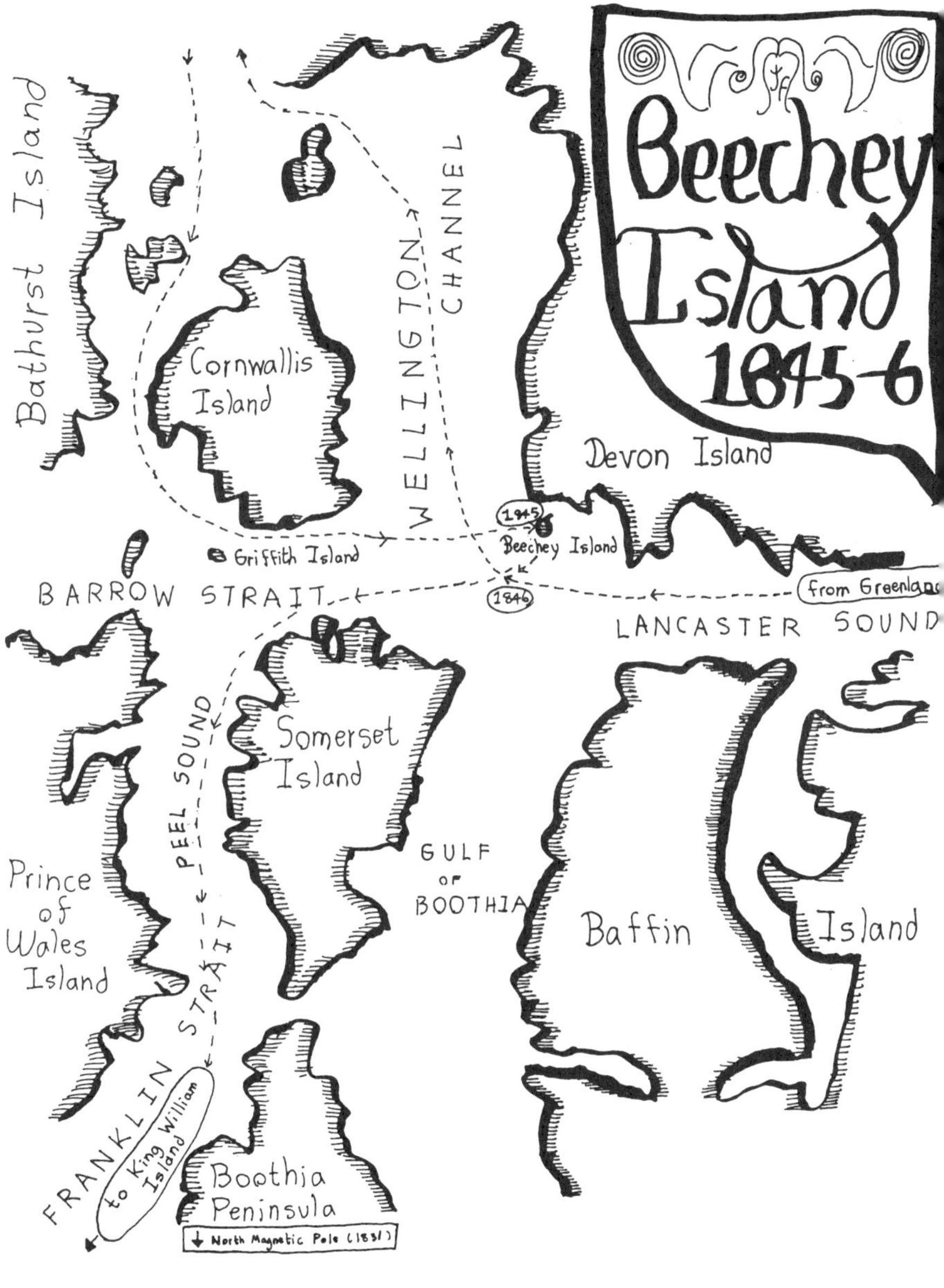
Beechey Island 1845-6
Bathurst Island
Cornwallis Island
WELLINGTON CHANNEL
Devon Island
1845
Beechey Island
1846
Griffith Island
BARROW STRAIT
from Greenland
LANCASTER SOUND
PEEL SOUND
Somerset Island
GULF of BOOTHIA
Baffin Island
Prince of Wales Island
FRANKLIN STRAIT
to King William Island
Boothia Peninsula
North Magnetic Pole (1831)

イの海に小さく浮かぶロングボート、煙突のようにそびえる細長い崖、そのはずれに錨を降ろしたテラー号とエレボス号が見えるだろうか。二隻ともガラスの海の上で灰色に見える。氷河だけが本物だった。）テラー号を待つために帆を絞ったところで、ミスター・フランクリンは乗組員たちに引き綱を引くよう命じた。キャプテン・クロージャーもここが良さそうだと思ったので、彼らはライフル銃を撃ち、万歳八唱して上陸した。

アカイチョの負債 1819-1822

近所の小さな集落から雇い入れた数人のエスキモーの召し使いたちは、その所帯を実に立派に切り盛りしていた。材料をそろえ、料理し、洗濯をし、繕いものをし、頼まれれば散髪までしてくれた。それも鷹揚なことに、一日たったの煙草二本で働いてくれるのである。

マーチン・リンゼイ『グリーンランドでの日々』（一九三二年）

彼らは艦船を降りて生活の場を築き始めた。冬の到来とともに観測所、木工所、囲い付きの洗い場、貯蔵庫、そして鍛冶場が建設された。島の東側には射的場まで作られた。（ジェーンがそこにいればこう言ったに違いない。ヴァン・ディーメンのように囚人たちを使えばここは立派な植民地になる、と。）彼らは板を切った高さ二四〇センチほどの杭をあちこちに立て、その上に艦船の方向を指さす黒い手を打ち付けた。突然吹雪になっても、その黒い手に従えば船に帰り着くことができるというわけだ。氷はあくまでも白く、だがところどころに血管のような筋が走り、霧が出血多量の濃厚さでたちこめていた。

　マストと帆桁を降ろし、乗組員たちが犬臭い狼革の毛布をかぶって丸くなっているのにも飽きた頃、士官が運動のために彼らを雪の中に連れ出した。怠惰がもたらす危険をよく知っているミスター・フランクリンは、他に何もすることがないときは、つとめて彼らに力仕事を命じた。部下たちに考え込む時間を与えるのは得策ではなかった。他にどんなことをして時間をやり過ごしたか。みなさんも興味がおありだろうから例をあげると、ミスター・フランクリンが毎週日曜日（この日は例外なく安息日とされた）に礼拝式を行い、ミスター・フィッツジェームズが男性合唱団をつくり（彼らがリーパーのお気に入りの曲を歌うことは決してなかったが)、乗組員は自分たちで作った芝居を上演した。スープからは臭いのこもった湯気がのぼり、男たちの息と混ざりあって甲板と甲板の間にもやが立ち、ロウソクやオイル・ランプが二隻の艦船を無気味に照らし出した。その艦船全体を舞台にして、彼らは影絵遊びでもするように動き回った。そしてもちろん両艦船の士官たちが交代で主宰するイベントも各種開かれた。やがて飽きられたものの、最初の数ヶ月間、船員たちは雪の壁や雪の家を作って遊んだ。士官が審査員をつとめる雪像コンテストも開かれた。ミスター・フランクリン自ら優勝者に賞を渡すこともあった。こうした活動にはもちろんそれなりの効果があって、やがて全員が寒さの中でもすっかり居心地良く過ごすことができるようになった(不幸にもレディ・フランクリンの猿だけは例外だったが)。凍傷の治療を受けに来た者がドクター・ペディのところに二人、それもごく軽いものだったし、ドクター・グッドサーのところへは一人もやってこなかった。凍った海は船員たちにとっておなじみの街路となった。恋人や軍事行動や種馬のことを話しながら士官たちが二人連れ立って歩いている姿は日増しに日常的な光景となった。もちろん太陽はだいぶ前に消えてしまった。あたりを取り巻く紫がかった黒い空は、ごくたまに明るくなってもどんよりとした灰色に変わるだけで、そうなった時でもあたりには目を楽しませてくれるものは何もない。見えるのは雪の吹きだまりや、どこへ続くわけでもない石ころだらけの道なき道が延びる茶色い尾根、それに泥の中から小木がはえているだけの崖。その崖の下にもなにもない。尾根の優しい贈り物といえば雪ばかり。風で時々姿を見せる眠たげな地衣は茶色、または赤みがかった灰色だ。そして崖に窪みがあればそこにたまっているのは雪また雪。だがシロクマに喰われてはたまらない。散歩に出る者は必ず銃をたずさえ、一人では決して出歩かなかった。二隻の艦船の通風孔からは人々の息とココア色のスチームが大きな柱となって吹き出し、まるで船が火事にでもなったようで、仲間と一緒に仕事や遊びに熱中していた船員が当惑したようにふいに動きを止め、黙ったまま船を見つめることもしばしばだった。だが物静かなミスター・フランクリンはそうしたことも含めて全てを把握していた。したがって雪像コンテストだけでは船員たちが飽き足らなくなってくると、北極キツネ狩りが企画され、船員たちはにわかに生気を取り戻した。——また、彼は小さな黒板を七十枚と黒板用の石筆七十本、ペン二百本、紙、インク、そして数学の本を大量に持参して来ていた。乗組員たちのためにちょっとした学校を開き、できれば彼らに少しでも教養をつけさせてやろうと思ったのだ。最初の学期は十二月に始まった。地理の人気が高かった。北米における英国領から未知の領域がずいぶん減ったのはフランクリンのおかげだったが、そんな彼の主だった旅についての講義を聞くのは生徒たちにとってもたいそう楽しく、青いブロードクロスの服を着た彼らは熱心に耳を傾けた。翌年の夏、一行が北西航路を完遂させ、サンドウィッチ諸島へ赴く頃、北米大陸には未掌握の部分が一ヶ所もなくなっているだろう。彼らはとても熱心で、ミスター・フランクリンの冒険話を少しでも長引かせようとした。――幾何学の人気もなかなかだった。多少なりとも野心のある船員は十分に数学を学ぼうとしたし、士官たちもまた教えることを厭わなかった（彼らにも活動が必要だったのだ）。雪を溶かした水は決して美味しいものではなかったので、そのまずさを少しでも紛らわせるため、毎週土曜日には一定量の酒が配られた。携帯用のクロノメーターやコンパス、虫眼鏡、そしてライフル銃を持った士官たちをリーダーとする偵察隊が組まれた……

ミスター・フランクリンはパリー、シンプソン、そしてリチャードソンの本を読み返し、その間中、雪が溶けたときに取るべき航路を考え、逡巡した。時が来たらすぐに行動しなければならない。再び氷に閉ざされる前に先へ進まなければならないのだ。（士官たちのおかげで、内海に向かって数キロの海岸線はすでに地図に記載した。フランクリンはとある岬にジェームズ卿の名前をつけた。南極探検に際してジェームズ卿は、自ら発見した島をフランクリン・アイランドと名付けており、ミスター・フランクリンはそれに対する適切な返礼をここで行なえたことを、たいへん喜ばしく思った。）

キャプテン・クロージャーはさまざまな深度における海底の重力についての観測を続けていた。調査のためにあけた穴がまたたく間に凍ってゆく光景は見物《みもの》だった。彼は水夫たちに何度もノコギリで穴を開けさせたが、自分がつけた記録が後世に一つも残らないと知ったら、そんな無情なことを命令しただろうか。知らない方がいいこともある。射的場から少し東へそれたところにミスター・クロージャーは適当な磁場観測所を建てた。――愛すべきわれらが士官には、彼に取り憑いて離れないような不倫の恋人も幽霊もいなかったので、彼は至福のうちにその冬を過ごした。大尉たちがトウモロコシ法や種馬についておしゃべりを始めると、彼も純粋な興味から聞き耳を立てた。幸運なキャプテン・クロージャーはほとんど何にでも興味を抱いたのである！　彼にとって磁場観測所は障害物競馬に匹敵するほどの面白さだった。――ロシア領アメリカへは来年の七月に到達できると思うんだがね、と言うリトル大尉の声が聞こえる。――相手のホジソン大尉はこう答えた。その上今年はいつもより早く夏がくるかもしれないよ。グリーンランドにいたあの年寄りのエスキモーがそう言っていただろう。あいつ、俺のライフル銃をあんなに欲しがってさ。おまえさんも見たよな。なんだか野蛮な感じすらしたよ、あの男……。隠れていたクロージャーには分からなかったが（ミスター・フランクリンなら分かっただろう、彼はいつだって分かっていたのだ）、このような会話は、話題が目新しければ、話を円滑にするためのある種の慰めとして役に立ったが、その慰めの要素がすり減った今となっては、まるで氷さながらに歪みが生じたり、軋みをあげたりした。置かれている状況の中で唯一ミスター・クロージャーが気に入らなかったのは、自分がしばしば鍵穴から話を聞くというあまり愉快でない立場を強いられることだった。それは決して意図したことではなく、部屋の暗さと距離のせいだったのだが。私たちがミスター・バックと呼ぶ例の月並みな北極イワナと同じくらいミスター・クロージャーはストイックだったが、彼には他人の幸せを心から願う特別な能力も付与されていた。アーヴィング大尉が数学で取った銀メダルを、どこかにしまい込まずに飾っておく限り、クロージャーは彼を誉め続けた。それでもフィッツジェームズがくり出す、もはや擦り切れたユーフラテスの思い出には、さすがのミスター・クロージャーも我慢ならなかった。だがフィッツジェームズ艦長はクロージャー艦長の配下にあったわけではないのだから……

崇拝するミスター・フランクリンを真似ようと、たった今話題に上がったフィッツジェームズは、来年始まるはずの偉大な作戦行動をより精細に想定することに夢中だった。根拠があるかどうかはともかく、フィッツジェームズはまわりにいる大尉たちに、最強の敵である氷は以前よりももろくなっていると主張した。ミスター・フランクリンがこれまで行なった三回の遠征のおかげで、人目に触れないまま氷に閉ざされた未知の領域はずいぶん減り、この最後の試みによって、彼らは冷たくて灰色の氷のくちばしからいよいよ賞をもぎ取ることができるのだ。シーズンが遅かったわりにはそれなりに進むことができた。今は越冬のためビーチー島に錨を下ろしているが、すでに群島の奥まで入り込んでいるので、ミスター・フランクリンが新たに後退を命じても即応できる状態だった。——もっとも奥まった場所にあるもっとも暗い舞踏室で、我々が氷盤や氷山とワルツを踊る日も近いぞ！　フィッツジェームズが笑いながらゴア大尉にそう言うと、上官の機嫌のよさに気をよくした大尉はお辞儀をしてみせた（ミスター・フランクリンはその場にはいなかった）。

その時代、いやどの時代の骨相学者が見ても、ミスター・フィッツジェームズは神経質とは言えなかったし、やつれた顔をしていたわけでもない。目蓋は重たげで皺も出始めていたが、それはたまった疲れを示唆するだけで、海軍の一員にはありがちなことだった。ぶよぶよの二重顎の兆しは、フィッツジェームズもまた苦労を重ねて老士官の仲間入りをしつつあることの証拠だったし、だらしのない襟元と、手入れとは無縁の髪は、彼が早くも自分の生を消耗しつつあることを宣言していた。彼を拒絶することなど誰にできよう？（先程言及したアイドル、ミスター・フランクリンはクロージャーを副指揮官に任命したことに満足していた。ミスター・フィッツジェームズは勇敢ではあったが、何ごとも真剣に受け止めすぎるきらいがあったし、少なくとも無力な状況にあっては勇気よりも忍耐の方がときには大事であることに、彼はまだ気付いていなかった。）

ミスター・フィッツジェームズは自分の船室に戻り、細めの引き出しが横に三つ並んだ机に座った。幅のあるその机のすぐ隣には、棺のように細長いベッドが続き、さらにその先の行き止まりには本棚が置いてある。彼はランプを灯して壁にかかった肖像画をしばらくながめ、真ん中の引き出しから航海観測日誌を出すと羽ペンにインクをつけて微笑んだ。灰色がかった青い氷の結晶には細かいヒビが入りやすいが、彼の微笑みはそれを思い出させた。

ミスター・フィッツジェームズ？

ああ、その声はホア君だね。

そうです。指揮官殿がお呼びですが。

ありがとう。すぐに行く。

ミスター・フランクリンは晴々とした様子でミスター・

フッツジェームズに椅子をすすめた。

いつもの冬とはどこか違うと思わないか、フィッツジェームズ君。

ええ、そうですね。

船員たちは北極圏での生活にうまく適応しているかな。彼らはいろいろなことを君に話しにくるそうじゃないか。（必ずしも本当とは限らないことで部下を誉めてやるのは、ミスター・フランクリンの好意的なトリックの一つだった。相手を思いどおりに動かす最良の方法は、早々と誉めてしまうに限る。）

そうですね、すべて順調と言っていいでしょう。北極のオーロラについての迷信を信じる者もいなくなったようですし。スティックランドの頭痛も消えたと聞いています。それから全員が今度の合唱コンテストを楽しみにしています……

それはよかった、とミスター・フランクリンは答えた。

ですが氷が割れ次第、船を思いきり動かすことが、なにも増して楽しみです。これは私だけの意見ではなく、全員そう思っていることでしょう。

君の熱意にはいつも感謝しているよ、フィッツジェームズ君。実のところ、挑戦を楽しむ余裕のない男には、北極での生活は向いていない。私が見聞きした限り、君ほどこの地域での生活に適した人間はいないようだな。若くて健康、熱意があってその上とても忍耐強い……

ありがとうございます。（ミスター・フィッツジェームズは頬を紅潮させた。）次の夏までに極点を制覇する確率はどのくらいでしょうか。二つも名誉を獲得することができればこんなに素晴らしいことはありません！

そうだな、まぁ、やるだけやってみよう……

一行はとても盛大にクリスマスを祝った。二十八日、レディ・フランクリンから贈られた猿が寒さのあまり死んでしまい、この猿をかわいがっていた船員たちは悲しんだが、概して陽気な雰囲気は損なわれなかった。

新年初日、水兵のジョン・トリントンが死去。死因は肺炎と思われた。同年一月四日、似たような病状でジョン・ハートネルも死亡、ドクター・グッドサーにはなす術もなかった。両者の遺体が独特の灰色だったこともあり、テラー号のドクター・ペディは新種の壊血病ではないかと疑ったが、これについて二人の医師の見解は一致しなかった。いずれにしても取るべき予防措置はすべて取っていたので、これ以上どうすることもできなかった。二人の死によって船員たちが落ち込んだのは事実で、とりわけハートネルの死はトリントン以上にこたえた。トリントンが死んで数日とたたないうちにハートネルも逝ってしまったので悲しみはいっそう深く、鉛のような重さで船員たちの上にのしかかった――ミスター・フランクリンはどちらの場合も熱心な祈りを捧げ、船員たちの信望はますます深まった。航海にはこうしたことがつきものなのだということも、彼らには分かっていた。一月中旬には、天に魂を召された二人に敬意を払ってしばらく控えられていた授業が再開され、フランクリンは士官たちを対象とした新しい講義を始めた。エスキモーは野蛮で暗愚であるものの、正しく教化すればきっと役に立つはずだ。このことをフランクリンは士官たちにも分からせようと努めた。まず彼らはセイウチの牙をタダ同然の品物と交換してくれるが、――これは個人ばかりか、イギリスの富をも約束するだろう。（ミスター・フィッツジェームズはうっとりとした表情を浮かべた。ミスター・フランクリンが述べたやり方で国に奉仕することがミスター・フィッツジェームズの夢であり、それは皆の知るところだった。）もしかしたら（とミスター・フランクリンは続けた）ポンズ・ベイでガイドを見つけることができなかったのは、船員の誰かが知らないうちにエスキモーのタブーをおかしたか、言い伝えに触れたのかも知れない。これからは細心の注意を払うように。（フランクリンが気絶したことについては誰も何も言わなかった。あれは現実の出来事ではなかったのだ。）それから彼はジェームズ卿から聞いた話をした。橇を使って陸路の旅を始める前、ジェームズ卿と彼のおじ、そして腹をすかせた部下たちは、エスキモー一人に一本のナイフを与え、引き換えに九十ポンドの梱二つ分の乾燥サーモンを手に入れた。その上、魚が届くのを待っている間、気のいいエスキモーたちは彼らのためにイグルーを作ってくれ、イギリス人が持参するのを忘れた毛布まで貸してくれた。そう、エスキモーたちはこちらが親切に扱ってやりさえすれば、とても重宝だ――食べ物はまだたくさん残っていた。

＊＊＊

二月になるとフランクリンは一隻に一紙、新聞を発行する許可を出した。こうして『エレボス・センティネル』と

『テラー・タイムズ』が誕生し、ゴシップや冗談でなんとか相手を打負かしてやろうと報道合戦が繰り広げられた。

三月、気候が穏やかになると有志をひきつれた士官たちが、以前よりもさらに遠くまで偵察に出かけるようになったが、ミスター・フランクリンは後に残った。二十年前にカンバーランド・ハウスで凍傷にかかって以来、彼の指はうまく動かなくなっていたのだ。雪の上には灰色の傷跡が走っていた。彼らは、ビーチー島からそれほど遠くないところにあるキャスウェル・タワーと名付けられた巨岩まで進み、そこに布の端を石で抑えてテントを張った。ウェリントン海峡の東岸沿いでは狩りが続けられた。ミスター・ゴアとミスター・ル・ヴェスコンテが、氷を快適に観測するための観測ポストを設置したのもそのあたりだ。床と壁は石で作り、屋根にはテントのキャンバス地を利用した。いつも元気なゴアは、これまでに寒いと言ったことが一度もなかったが、そのことを微笑みながら指摘したのは皮肉屋のル・ヴェスコンテだ。――しかしな、ここで寒さを経験しないのは損だぞ。一生に一度のチャンスかもしれない。夏の終わりには航路を完遂させてしまっているだろうからな。――おまえさんが震えるのを見てるだけで満足さ、とゴアが答えた。歯をガチガチ鳴らして体中ひきつっている奴を見るのはけっこう楽しいものでね。――つまり私のようなありふれた体はごめんってわけか？　――それからル・ヴェスコンテは、氷に水路を発見しようと双眼鏡をのぞいた。計画はすっかり整っていた。ウェリントン海峡の氷が八月（または運がよければ七月）に溶ければそちらへ進む。そうでなければ南西へ戻る。――偵察隊は四方へと探索にでかけたが、どちらへ向かおうとそれほど遠くまでは行かなかった。第一に橇が重かったし、第二に、船から離れる理由がなにもなかったからだ……

✲✲✲

メガネの曇りを晴らすため、帽子についた毛皮の縁取り（苦酸っぱい臭いがする動物の毛のところどころには、溝のように氷の筋が走っている）を顎の近くまで引っぱりながら、おまえはコーンウォリス島をひたすら南へ向かって歩いた。雪のかたまりを踏みしめ、その一歩一歩が前とは違った音をたてる。カギ爪が恐ろしく長いシロクマの足跡が残っているが（二日前、レゾリュートでは背丈が一八〇

センチもあるシロクマが撃ち殺されたばかりだ)、おまえはそれを横切り、続いて犬やキツネが通った跡も横切った。雪は細かい球状で粒が大きく、あちこちに小丘ができている。丘は砂丘のようにも見えたが、砂とはまったく違う。そう簡単には崩れなかったし、何よりも色彩豊かだった。同じ色が一つもない、青と白の微妙な濃淡がどこまでも続き(しかも雲母のようにキラキラと光っている)、一歩進むごとに新しい表情が生まれた。凍結した表面が削られることもあった。そんなときにはブーツの跡がかすかに残る。あるいは足跡が全然残らないこともあった。毛皮についた氷が重く、それにつれて息が荒くなり、凍りついた毛皮をヒューヒューと抜けてゆく。[*1]

後方の一番遠くに見えるキャンプは、例によって立方体や円筒形を寄せ集めたように見えた。中間地点のキャンプは凍った海の端にあって雪に降り込められている。そう遠くない、水平線の下の地平線では一人のイヌイットが雪橇の脇に立ったままおまえを見つめていた。彼が獲物を待っているのなら邪魔してはいけないと思い、おまえは彼を遠

*1 毛皮の氷を意味するイヌクティトゥット語は「マヌリク」だ。

巻きにして避けた。風が吹き、ひどく冷え込んできた。断熱用の詰め物が入ったミトンで鼻水をふいていたので、そこはとっくに凍りつき、それでもおまえは相変わらずそれで鼻をふきながら、凍った海にようやく出た。海の氷の上には漆喰を塗ったように雪が積もり、それがグリフィス島の長くて低い雪の土手まで伸びていた（イヌイットは、その土手にフランクリンの遠征に関係した誰かの墓があることを知っており、そのことを北西地方の行政長官に伝えると、長官は墓標をすべて盗んでイギリスに持ち帰ってしまった）。夏の記憶ではグリフィス島は青と白ばかりの島だった。今は午前十一時、太陽は特別な星位に入り、その光が高さ八十センチの雪の台地の縁をとらえ、おまえのブーツの下の暗くて青い雪のあたりには、いつしか女の髪が埋もれていた。一房一房が腐食して白く、崇高になった女の髪。頭部のない、髪だけがおまえの下を漂い、おまえはそんなふうにポヴングニトゥクで死んだ少女たちの上を歩いた。リーパーの墓の上を歩いた。

* * *

三月のある日、三人目の乗組員ウィリアム・ブレインが死んだことをうけ、[*1] 計画変更が必要かどうかを諮るため、ミスター・フランクリンは一種の閣僚会議を召集した。だが士官たちによると、この悲しい状況にもかかわらず乗組員の士気はいぜんとして高いとのこと。ミスター・フランクリンは少なからず当惑し、士官たちが自分に気兼ねしているのかとも思ったが、彼らはとり立てて緊迫しているようにも見えない。自分たちの観察はほんとうのことで、指揮官殿を喜ばせたくてそんなことを言っているわけではない、と士官たちは言う。そこでミスター・フランクリンの憂慮も消え、一同はすべての海図に目を通し、やるべきことは全て手順どおりにやっている、という確認をした。ミスター・フランクリンは、士官らにタバコでも一服吸って寛ぐようにすすめ、給仕がゴールドナーの特許製法によって缶詰めにされた珍味やショートブレッドやプラム・プディングをテーブルに広げた。ミスター・フランクリンが物静かに短い祈りをあげた。そして乾杯！

　イワタケとは雲泥の差だな、と彼が笑いながら言うと、よく気のきくゴアはプディングを切り分けながら——

まったくです。

教えてください、と肩飾りを少々傾かせてフィッツジェームズが熱心にせがむ。指揮官殿が以前の航海で食料不足に陥ったとき、船員たちはイワタケを喜んで食べたのですか、それともそれは不快な義務にすぎなかったのでしょうか。

私自身にとってイワタケはまさに恐怖だったよ。というのもあれを食べると決まって消化不良を起こしたのでね、とフランクリンが答えた。それに味がどうも——つまりげんなりさせられる、というか、単調なんだな——

彼はショートブレッドを少しだけ、そっと齧った。

幸いにも凍った海にイワタケは生えないから、この遠征でなんらかの大難が起こってもイワタケを食べるという苦しい試練だけは免れるだろう。

全員がどっと笑い、彼もまた微笑んだ——

インディアンだったらあの状況をどうやって凌いだだろうか、と彼が言った。我々に比べると意志は弱いが、体格はずっといいし、ある意味で彼らの方がイギリス人よりも生き延びる術には長けている。私が気に入っていたキャスカスリーという、年寄りのエスキモーを思い出すよ。いや、もちろん彼も他の野蛮な奴らと同じ、気まぐれで迷信深かったが、まったくの疲れ知らずで、そのしぶとさときたら！ そう、あれは一八二〇年のある晩のことだった。ドクター・リチャードソンと私はコッパーマイン川に向かって徒歩で探索をしていて、バレン・グラウンズに入る前の最後の木の下でキャンプをしたんだが、その晩は寒くてね。私たちは凍えないように服を着たまま寝たんだが、あのキャスカスリーときたら、素っ裸になったかと思うとカバノキで作ったたき火の燃えさしの上を転がって体を暖めてそのまま鹿革の毛布の下に潜り込んだ。——気温は氷点下だ。——なのに奴はいたって気持ち良さそうに眠っている。ドクター・リチャードソンも知ってのとおりかなりタフな男で、彼が一度や二度ならず凍った川で泳ぐのを見たが、キャスカスリーの流儀で寝るとなると——とにかく、私もリチャードソンもそれを見ただけで身震いがしたね。

キャスカスリーだって震えてた、って方に私は賭けますよ！ とかっぷくのいいル・ヴェスコンテが言うと、風が軋むのを聞きながらまたしても皆が笑った。

＊1　彼の埋葬を準備した乗組員たちはかなりショックを受けていた。というのも何物かが彼の肩先を齧り取ってしまったからだ。——ネズミだよ、とドクター・グッドサーが彼らに優しく教えてやった。

それから若い士官たちが、その時の様子、その時のほんとうの様子を語ってくれとフランクリンにねだり、気がつくとフランクリンは一八二〇年九月のある日のことを語り始めていた。その日、キャスカスリーとヘップバーンがツルコケモモの実る原っぱへハクガンを撃ちに行き、一行は申し分のない夕食の後、片麻岩の累層にこしらえたベッドにもぐり込んだ。気の毒なフッドは——フッドはどこにいたのか？　——多分あのふしだらなグリーンストッキングズといっしょにいたのだろう——翌日は雪が降り、さらにその次の日には、昔ひねったミスター・フランクリンのくるぶしがひどく痛んだので、進展らしい進展はなかったが、幸いにもキャスカスリーがたっぷりと脂肪のついた肉を貯えてくれていたので、一行はそれで慰められた。冷たくやせた砂丘でキャンプを張り、キャスカスリーもいっしょにその肉を食べ、笑った。ミスター・フランクリンが祈りを捧げた後、誰もがベッドに入った。物語の宝庫であるドクター・リチャードソンに話をせがんで熱心に耳を傾ける聴衆がおらず、そのため彼が落ち込み気味なのを察した陽気なヘップバーンは、残り火の淡い明かりの中でリチャードソンにウィンクを送り、彼を外へ連れ出した。当時のヘップバーンはまるでいくら食べてもなくならないペミカンのズダ袋さながら、いかなる状況でも士官たちにお世辞を言い、従順さを示して彼らを喜ばせた。——コッパー・インディアンのことをもっと話してくださいよ、ドクター・リチャードソン、と彼が言うと、火起こし棒のごときリチャードソンの熱心さが勢い良くこすられ、やがて火花が散り、彼は、ヘップバーンが語り口まで暗記しているお馴染みの話を一から語り始めた。最初はインディアンたちがライフル銃などを使っていかに巧みにカリブーを殺すか、という話。続いて、いつでも銃を撃てるようにしながら、カリブーの頭の皮をマスクのようにかぶり、二人組で群れに近付くドッグ＝リブ・インディアンの話。ヘップバーンは口をあんぐり開けて、そいつは凄いですね、と驚いてみせる。——十月に入ると肉を求めてアカイチョの元へ遣いが出向き、カリブーの乾燥肉を約一七〇キロと、腎臓や脂肪を九十キロほど手に入れてミスター・フランクリンを大いに喜ばせた。アカイチョと彼の部族のインディアンたちの勤勉さのおかげで、ミスター・フランクリンはすでに鹿百頭と三六〇キロ分の脂肪を貯蔵していた。もちろん彼らの働きに対する報酬としてミスター・フランクリンは全額を手形

The Second Expedition 1819–22

The Second Expedition: COPPERMINE

1819–1822

Selected List

Officers

John Franklin, Capt R. N., F. R. S.
and Commander of the Expedition

Dr John Richardson
Surgeon of the Royal Navy,

Mr George Back } Admiralty Midshipmen
Mr Robert Hood

Men

John Hepburn, Seaman

Canadian Voyageurs

Belanger
Credit
Peltier
Perrault
St. Germain
Semandré
Michel Teroahauté, an Iroquois

Copper Indians

Akaitcho, a Chief
Cascathry
Greenstockings

Esquimaux

Augustus (Tattannoeuck) } Guides
Junius (Hoeootoerock)

で支払った。十二月、キャスカスリーは**水の神**にタバコとナイフの供物を捧げた。水の神のたたりで彼の妻の鼻には腫瘍ができてしまい、ドクター・リチャードソンの診断によると、彼女の鼻はじきに腐って落ちるだろう、とのことだった。ドクター・リチャードソンは彼女を気の毒に思ったし、キャスカスリーも娘のグリーンストッキングズも同じ気持ちだった。そのことを知れば、バックも同様に感じただろう。当時バックはミスター・フランクリンの命令で、補給物資調達のためにフォート・プロヴィデンスへ向かっていた。（一〇四六キロの行程は、徒歩で進むには大変な距離だが、バックのように凡庸な人間にはこうした任務こそが最適なのだ。フォート・プロヴィデンスに着くと、バックはハドソン湾の仲買人で探検家でもあったミスター・シンプソンに会った。ちなみに彼は後に発狂し、ライフル銃で自らの脳みそをぶち抜くことになる。それはともかく、ミスター・シンプソンはその場の状況にぴったりのお辞儀をしてこう言った。あなたのお話から推察するに、ご一行が目的を達する可能性はほとんどありませんな。——そんなことは断じてない！　とバックは声を大にして主張したがシンプソンは答えた。フランクリン大尉は一日三食ご所望で、お茶も欠かさず、どんなに頑張っても一日十二キロ程度しか進めないのでしょう？……　——バックの、ほとんど人殺しをも辞さない険しい表情を見てシンプソンは言葉を呑み、少量の小麦粉と肉を彼に渡すと、バックは歓声と銃の一斉射撃に送られて再び一〇四六キロを戻っていった。そしてミスター・フランクリンは彼を迎えたが、そのときもこう言っただけだった。ああ、よくやった、よくやったな、ミスター・バック！）クズリに嗅ぎつかれないよう、彼らは石を積んで肉の隠し場所を作り、いつしかまわりが肉だらけになった。優秀なる海軍の規則に則って幾つかに切り分けられた肉の夢を見ることが、ミスター・フランクリンにとっての喜びだった。肉がふんだんにあるからこそ、彼は北極海の岸辺をこうして探索し続けることができるのだ。一方ドクター・リチャードソンは、肉があるという揺るぎない事実のおかげで、食後のゆったりした気分の中、自分の感想を自由に展開することができた。聞く者がいない場合には、もっぱら日誌に書きとめた。船員たちも何度か指摘していることだが、冷たく澄んだ晩には、息の水分が吐いた先からかなりはっきり音をたてて凍りつく。そして彼は満腹ゆえの幸福からため息をつき、ヘップバーンはキャスカスリーの娘といっしょにタバコを吸い、こうしてフォート・エンタープライズでは何もかもが快適だった。翌日、アカイチョと部族の若者たち、それに彼らの妻が去ってゆくと、いっそう快適になった。というのもインディアンたちの食べる量がバカにならなかったからだ。すでに士官たちは夜更けまで起きて、食料備蓄への影響を計算し始めていた。いざさらば、赤き肌の手下どもよ。ミスター・フランクリンは弾丸を別れ際の贈り物として彼らに渡した……年が明けてまもなく、夕食の最中、ドクター・リチャードソンに薬をもらおうとキャスカスリーがやってきた。リチャードソンがテーブルを立ち、頼まれた薬を機嫌よく手渡すと、キャスカスリーはそれを受け取り、畏敬の念をこめてこの聖なる物をとても丁寧に包んだ。それを見たドクター・リチャードソンの上唇がひきつり始め、ヘップバーンが突然笑い出し、ミスター・フランクリンですら控えめながらもこの楽しい気分を共有した。キャスカスリーは幾らか気分を害した様子でその場を去った。キャスカスリー一家は、一晩中祈りを唱えた。ドクター・リチャードソンが手渡したものが毒ではないかと思ったのだ。――そうでなければ、なぜあんなふうに軽蔑的な、突き放したような笑い方をしたのだろう？　彼らがミスター・フランクリンの肉を食べるのが気に入らないからか？　それともグリーンストッキングズとフッドの仲を嫉妬しているのだろうか？　（フッドはうなだれた。特にバックの幾つかの言葉から、自分が愚かしい存在になり下がっていることを、彼はよく知っていた。そこで、このつながりがほんの一時的なものに過ぎないと考えることで自分の気持ちを慰めた。ミスター・フランクリンはグリーンストッキングズの部族の人間を、肉の供給源として一時的に利用しているだけ。彼にとってのグリーンストッキングズもそれと同じだ、と。そう自分に言い聞かせたものの、それは本当ではなかった。彼は彼女を愛していた。そのために彼の無力感はいっそう惨めなものとなった。バックは羨望の混じった嫌悪をこめてフッドをにらみつけ、こう言った。おまえですらこの大騒ぎをとめられないのか？　――無理だ、とフッドが答えた。私ではどうにもならない……）朝の訪れとともにグリーンストッキングズは母親といっしょに泣き叫び、キャスカスリーは悪霊を追い払うための祈りをやめず、ミスター・フランクリンはこう言った。これではあまりに陰鬱だ。リチャードソン、なんとかならないのかね。田舎者たちの前でつい浮かれてしまった自分を恥じたドクター・リチャードソンは、疑いを晴らすため、急いで彼らのもとへ行き、再びその信頼を得ることに成功した。グリーンストッキングズの母親は、自分の鼻も喜んでいると言い、こうしてフォート・エンタープライズでは誰もが再び幸せになった。だが二月、隠してあった肉の半分がクズリに掘り返されていることが発覚した。さらにミスター・フランクリンの手形がフォート・プロヴィデンスでは思ったほど尊重されないと言って、インディアンが代わりのものを請求しに来た。滞在中の彼らの食事は、フランクリンたちが面倒をみることは言うまでもない。貯えた肉を全部消費してしまっても仕方のないことだった。温和な四月、数人の士官が肉を補充するために狩りにでかけた。フッドとバックは競い合っているようだった。フッドの方が成績はいい。というのも彼はグリーンストッキングズを連れていたからだ。(バックは心の中で思った。フッドと俺と、どちらが筋金入りか、いつか必ず証明してみせる!)五月、誰もが肥えたガンを食べていた――

それからアカイチョが部族の者たちを連れてやってきたので、ミスター・フランクリンの命令に従って一行は彼らを歓迎し、アカイチョを喜ばせるために、例によってライフル銃の空砲が鳴らされた。彼らは手形が使えないので文句を言いにきたのだが、ミスター・フランクリンは、この状況を鑑みて、ノースウェスト会社はアカイチョのこれまでの負債を帳消しにし、いつか彼には特別な贈り物が与えられるだろう、と説明した。――しかしね、アカイチョ(こうしてミスター・フランクリンは、教育されたとおりに話の主導権を握った)、君には私たちこそ失望したよ。乾燥した肉をもっとたくさん持ってきてくれるはずじゃなかったのかね。肉が私たちにとってどんなに大切か、君にも分かっているだろう。北極海へ旅立つためには十分な食料が不可欠なのだよ――

あの航路は危険だと言ったはずです、とアカイチョ。進み方が遅すぎます。動物たちも逃げてしまう。あの航路に固執すれば全滅は免れないし、私はあなたに二度と会えなくなるでしょう。

さて、それはどうかな、と若きフランクリンが答えた。いずれにしても私の遠征を邪魔する者は捕らえられ、裁判のためにイギリスへ連行されるだろう。そのことを忘れないように。

今のお言葉は彼に伝えない方がいいと思います、ミスター・フランクリン。（これは通訳の言。）彼を怒らせかねませんので。

そうだな、とミスター・フランクリンがため息まじりに言った。そのとおりだ、これは失礼——

六月、アカイチョと部族の者たちがポイント・レイクのドクター・リチャードソンを訪ねてきた。前装銃の弾薬を自分たちの狩猟で使い切ってしまったので、もっとほしいと言いに来たのだが、持ち込まれた鹿肉の量に応じて弾薬を与えるように、というミスター・フランクリンの指示に従い、ドクター・リチャードソンはその依頼をことわらざるを得なかった。さて、いよいよコッパーマイン川に向けて出発し、自分たちに何ができるのか、世界中に知らしめる時がきた。七月初旬、アカイチョ、ホワイト・カポット、そして「ふたなり」とあだ名された男をガイドとして、フランクリンたちはザ・フックと呼ばれる良きインディアンの領地に入った。フランクリンがザ・フックにメダルを与えると（フランクリンはメダルをいくつも持参していた）、ザ・フックは貯えの全てを彼に差し出した——細切れ肉約六十キロ、乾燥肉をいくらかと、かなりの量の舌肉。——決して多いとは言えないな、と顔をしかめながらいくぶん悔しそうにミスター・フランクリンが言ったが、それでも冬の到来とともに代金を支払うよう指示したノースウェスト会社の手形にサインをした上、ザ・フックには一握りの弾丸と火薬を渡してやった。その使い道についてはザ・フックも十分わかっていた。遠征隊より一足早くザ・フックの領地に着いていたキャスカスリーとその家族はしばらくそこに滞在していたが、翌日ミスター・フランクリンが取り引きを終了すると、キャスカスリーだけが一行とともに川を下った。ミスター・フランクリンと同じカヌーにはキャスカスリーが乗り、アカイチョはもう一つのカヌーに乗って先導した。砂礫でできた高い崖の上からザ・フックが見送り、キャスカスリーの妻が見送り（その頃までに彼女の鼻はすっかり落ちていた）、グリーンストッキングズが見送り、それからイギリス人たちにブロードフェイスと呼ばれた彼女の一番新しい恋人も一歩下がって見送った。グリーンストッキングズはフッドの子供を身ごもっていた。フッドは川の流線を地図に書き込むため、北を向いていた。それが彼女を見る最後になるとはフッドも思っていなかっただろうが、それでも彼の唇が震えているのを、ミスター・フランクリンは見逃さなかった。フッドはまた体調を崩したのだろうか、とフランクリンは思った。そのまま三時の方向へカヌーが迂回。フッドはそれ以上彼女から離れるのが辛くて心が痛んだ。彼の体についた彼女の臭いはすでに薄れ、彼はキャスカスリーの顔を見つめたが、キャスカスリーは皮肉な視線を返すばかりだった。このとき突然フッドには（こんな奇妙なものが見えるとは驚きだったが）、キャスカスリーが静かにライフル銃に手をのばし、岸辺のジャコウウシに狙いを定める姿が見えた。そしてその瞬間、彼は自分自身の死に様を、そしてキャスカスリーの瞳の中で自分がいかに忘れ去られていくかを見た……——私はライフル銃をおおいに信じますよ！　フッドは後に笑いながら言った。ミスター・フランクリンは彼の肩を叩いてこう言った。　それでこそ将校候補だ！　——翌日、弓矢でかなりの収穫をあげているインディアンたちに出会うと、ミスター・フランクリンは彼らから乾燥肉を約三十キロ買い入れた……フランクリン隊のハンターたちは先に進んでおり、時折岸辺には死んだカリブーが横たわっていた。ライフル銃が火を吹いたのだ。昨日、今日、三日後。未来の肉を求め、彼ら自身が堂々とカヌーから銃を撃つこともあった。森の中の枝が宙を泳ぐ、そんな連想を呼ぶ、群れなすカリブーの枝角。やせた背中の筋肉がひくひくと動くのは、蚊を追い払うためだろう。見渡す限りカリブーだらけだった。一週間後、彼らはジャコウウシを二頭目撃し、インディアンたちが二頭とも仕留めた。それからアカイチョが待ち伏せをしてハイイログマを打ち殺し、ミスター・フランクリンのもとには最も上質な部分が届けられた。チプウィアン族は熊の肉を食べない習わしだった。ミスター・フランクリンはその肉の方がジャコウウシよりも上等だ、と言い、士官たちも全員それに同意した。というのも彼らはミスター・フランクリンを敬愛していたし、そもそも彼が言ったことは本当だったからだ。（僕のために火薬袋に刺繍をしているとき、グリーンストッキングズがなんて言ったか、話したことはあったかな？　——悪気のないフッドがこう切り出すと、バックはまるで白いオオカミのように怒りで息を荒くした……）温度計によると気温は摂氏八・三度。ぶどう弾よりもみっちりと、まるで雨粒のように蝶が遠征隊の肩や手を叩いた。隊員が息をするたびにブヨが帽子の縁から鼻の穴や口に飛び込むので、誰もが咳をしたり唾を吐いたりした。口もとをハンカチでおおう者もいたが、やがてハンカチは汗にぬれ、ダラリと垂れ下がって彼らを窒息させそうになった。その上に蚊がとまり、布ごしに刺す。首やくるぶしに止まった蚊は、一番刺し甲斐のありそうなところを探しながら身繕いをした。耳の中に飛び込んではしばらく羽音をとどろかせ、獲物の近くを、前が見えないほど濃い雲霞となって飛び回った。——世界の際《きわ》、三〇〇メートルほど先を、堂々たる体格の茶色いカリブーが無邪気に歩いてきた。その後ろにもう一頭。枝角から下は動いているのに、枝角自体は止まったままのように見えた。若芽を食べるために一頭が首をかしげ、もう一頭は蚊を振り払い、やにわに頭を上げてミスター・フランクリンを正面から見据えた。ミスター・フランクリンは風下にいたが、どうしたわけかカリブーが彼の臭いをかぎつけたのだ。カリブーは不安げに世界の果てへ小走りで逃げ去り、もう一頭もそれに続いた……彼らは北緯六十六度三十三分の北極圏内に入り、コッパーマイン川は流れ続けた。ミスター・フランクリンは大事な友人たちにさらにはっぱをかけた。いかにインディアンたちからより多くの肉を手に入れるか、いかに狩りの縄張りへと彼らを急がせ、鹿の脂肪を持ってこさせるか、いかに自分の食べ物は自分で調達するよう道案内の者たちを説得するか、いかに**神の存在**をアカイチョに理解させるか、これから起こる予定の日食の知識を、いかに効果的に披露して彼らを驚かせるか……ミスター・フランクリンは常にこうしたことを頭の中で計算していたが、特に最後の事柄についてはかなりうまく事を運ぶことができた（実際、アカイチョは日食の情報をもらったお礼に、いっそう熱心に狩りをすることを約束した）。こんなふうにミスター・フランクリンの一行は湿地に横たわるカリブーの骸の脇を通り抜け、先へ進んだ。骨の中には腐りかけた黒い筋が残っている。切り取られたばかりのカリブーの頭も転がっていた。蚊がいよいよひどくなったが、白霜もおりるようになっていた。ミスター・フッドはオーロラを閃光と光束、そしてアーチに分析してみせた。彼はインディアンたちが酔っぱらって奴隷踊りを始めた時のことを思い出し、微笑んだが、それを見たバックは、彼がまたグリーンストッキングズのことを考えているのだろうと思った。こうして彼の胸中には、欲望と憎しみと、惨じめったらしくふやけた愛情がわき起こり、心がキリキリと締めつけられるような気がした。川幅が広くなり、やがてそれが湖になった。ほとんど滝と呼んでもいいほどの急流が湖に何本も流れ込んでいる。勢いのいい水流と轟音は、果てしない灰色の空の下で無気味なほど響いた。一行はとても興味深い光景をいくつも目にした。フッドとバックは交互にそれぞれの感想を披露した……――最良の品質の肉を生み出すライフル銃と動物たちとの幸福な結婚は、永遠に続くと思われた。コッパーマイン川をさらに下ると、エスキモーたちの石斧で切り倒された木株が増え始めたので、一行は未知なる北極海にいよいよ近付いたことを知った。ミスター・フランクリンが栄光に満ちた運命にからめ取られるのはそれから何年も先のこと。それはまるで丸みを帯びた茶色い岬の後ろに潜む切り立った氷山のように、彼を待ち伏せていた。昨日まで悩まされていた蚊のかわりに、いつしか隊員たちには雪がまとわりつくようになった。同じ月、七月の十五日、ブラッディー・フォールズに到達。そこは五十年前、採掘された銅をめぐって、残虐なインディアンの一団がエスキモーたちを襲撃した場所だった。その惨状を目撃したイギリス人のハーンはこう書き残している。私のすぐ傍らで十八歳ほどの少女が襲われたとき、私の恐怖はいや増しに増した。最初の槍が彼女の脇腹に突き刺さると彼女は私の足下に倒れ、私に体をからみつかせた。死に抗う最後の力を振り絞って彼女は私の足首をつかんだ。その手を振りほどくのにたいそう苦労した。この不運な犠牲者を追うのは二人のインディアンの男たちだ。私は一心に彼女の命乞いをしたが、殺人者たちは返事もせずに持っていた槍を二本とも彼女の体に突き立て、彼女は地面に串刺しとなった。それから彼らはいかめしい表情で私の方を見ると、私をからかい始めた。おまえはエスキモーを妻に娶りたいのか、と。その間にも気の毒なエスキモーの娘は二本の槍に貫かれたままウナギのように体をくねらせ、苦しみの呻きをあげていたが、その声はインディアンたちの耳にはまったく届かないようだった……ミスター・フランクリンの命令一下、遠征隊はまさにこの地点に野営することにし、頭蓋骨が散らばっていただろう草の上に幾つものテントが張られた。そしてミスター・バックはもし自分がハーンで、インディアンたちに　そうだ、私はエスキモーの妻がほしいのだ、と答えていたらどうなっていたか、と思ったが、それでも彼はグリーンストッキングズのことをつい考えてしまうのだった。一方エスキモーを襲ったインディアンは自分たちの敵意に応じて彼らの死体を扱い、エスキモーの女の性器は他の女と形が違う、と言って笑い合った。ハーンはこれを憎しみからくる嘲りであり、悪口にすぎないと思ったが、はっきり言ってバックの方はこの北極圏ではどんなこともあり得ると考えていた。その例として彼はミスター・フランクリンがめとり、一度は家にまで連れ帰ったエスキモー妻のことを思い浮かべた……——彼女が優しい心の持ち主であることは一目見て分かりました、と士官たち（その中にはバックもいた）が落ちつかない様子ながら忠誠心から口々に言った。笑顔がなんとも愛らしいですね。——そうなんだよ、とフランクリンは誇らしげに答えた。彼女は私のもの、だからこそ彼女の微笑みは私の評価を上げるだろう、と彼は思った。彼女は人前でも平気でげっぷをした。彼女が盛大にげっぷをすると友人たちはげんなりして顔をそむけ、そのたびに彼の心はぽっと暖かくなった。彼女がすることはすべて良いことのように思えた。彼の基準からすれば、彼女はひどく我儘で、しかも何のためらいもなく身勝手な行動を取った。したがってそれすらも感嘆の対象になった。朝も夜も彼女は言い続けた。ほしい、ほしい。——セスは彼にこう言った。ここへ連れてくる以上は、ぜったいに彼女を女王様のように扱わなきゃ。——そしてセスは正しかった。ある日彼女が映画を見に行きたがったので（何を見たいのかは彼女にも分からなかったし、そんなことはどうでもよかった）二人で『ロシア・ハウス』を見に行くことにした。彼はそこの映画館が気に入っていたし、スパイ映画なら登場人物が潜伏したりピストルやライフル銃が出てきて彼女もハラハラするだろうと思ったのだ。しかしそれは計算違いだった。センチメンタルで退屈なセリフが延々と続くばかり——彼女にはセリフの意味が分からないので、彼はいっそうそんなふうに感じたのだろう。——映画の真っ最中で彼女はトイレに行きたいと彼の耳元でささやいた。彼女は一人ではトイレに行けなかった。トイレが見つからないときのことを思うと怖かったのだ。けっきょく彼が連れていってやる他なく、実際彼はそうした。女子トイレのドア近くの冷水器によりかかり、その頃映画の中ではわくわくするような、あるいはとても重要な事件が起こっているに違いないと思って気が気でなかったが、彼女がトイレから出て混雑した暗闇に戻ってみると、前に起こっていた、つまりどうでもいいようなことしか起こっていなかった。彼は最後まで我慢して座った。そして映画が終わってから、気に入ったかどうか彼女に尋ねると、彼女は礼儀正しくこう答えた。――すこーし。映画館を出ると彼女はお腹がすいたという。最初に目に入ったデリカテッセンに行ってみたが、彼女が店を見回して、ここじゃないところ、というので――オーケーと彼も応えた。――次に見つけたのはテックス・メックスのレストラン。あの店ならどう？　と彼が聞くと彼女はとてもうれしそうにうなずいた。二人は店に入った。とても間口が広く、どこまで続いているのか分からないほど奥行きのある店だった。オレンジとグリーンとピンクの照明がまぶしく、壁には骸骨と干したトウガラシが飾られ、クリスマス・ツリー用の、それ自体トウガラシに負けないくらいホットで明るい飾り電球が、からまるように柱をつたっていた。リーパーは何度も何度もささやいた。　ここよ！　そう、ここ！　あたしはここがいい！　――細身でしなやかな、毒蛇のように機敏そうな黒衣のウェイトレスが、長い長いカウンターの、星で飾られた止まり木の椅子ではなく、グロテスクなマスクの下の、そこだけぽつんと離れたテーブル席に二人を案内した。アザラシ革の汚い深靴《マクラク》をはいたリーパーは、大きな音をたてたり、まわりのものを汚したくないとでもいうように、とても恥ずかしそうに一歩一歩進んだ。彼は彼女のために椅子を引き、コートを脱がせ、ウェイトレスが微笑む前で彼女の手にキスをした。ウェイトレスがその場を去るとリーパーは言った。　あたし――あの人みたいになりたい！　というのも七つの夢の物語の中では誰もが他の誰かになりたがるか、あるいは他の誰かを求めていたから。そして彼は彼女に言った。　ハニー、のど渇いていない？　スウィートハート、何か飲む？　スプライト、セブン＝アップ、セルツアー・ウォーターもあるよ。

　ビールがほしい。

　彼は大げさに手を降り、テキサス・ラトルスネーク・ビールを二本注文した。背中に菱形模様をしょった大きなガラガラ蛇が居心地良さそうにラベルに巻き付いている図柄だ。それを見たリーパーが楽しそうにやわらかな叫び声をあげた。ウェイトレスが分厚いトルティーヤ・チップスを赤いソースと緑のソースといっしょに運んできた。とても辛かったのでリーパーはしかめっ面をしながら、それでも食べ続けた。彼女は細長いカウンターの向こうで右へ左へと忙しく働くバーテンをながめた。ボトルの中では聖堂などで使われる赤や青のろうそくが炎をゆらめかせている。刺繍かトウモロコシ、あるいはまたしてもトウガラシでできた（この薄暗さでははっきりとは分からなかった）十字架が彼女の目にとまり、彼女は顔をしかめて言った。いけない！

ロックンロールがかかっていて、そのビートは彼女にも聞こえるほどだった。彼女は頭でリズムを取った。

その晩の一本目のビールを飲み終ると、そのおかげかどうかドラムの音が少し遠のいたように思えた。光がいくらか柔らかくなり、彼はテーブルごしに彼女を見つめた。彼女とビール——それは少なからず彼を不安にした。酒を飲むと彼女は手がつけられなくなる。以前彼女がこの街を訪れた時にそれは経験済みだった。彼女が酔っぱらったら最後、あとは両腕で彼女を押さえつけ、正気の世界へと引きずり戻すしかない。

ありがとうありがとうどうもありがとう、ジョン！　と彼女は大声で言った。

どういたしまして、ハニー、と彼は彼女の手にキスをしながら応えた。

ハニーじゃない！

どういたしまして、スウィートハート。

スウィートハートじゃない！

どういたしまして、エスキモー・パイ。

彼女は笑った。

自分の分を注文する金はなかったが、彼女にはチキンの手羽のバーベキューを頼み、彼はそれを少しつまんだ。彼女はチキンが大好きだった。チキンはジャコウウシと同じくらいおいしかった。リーパーにとってその店はまるで天国だ。彼女がトイレに行きたがったので、トイレの場所を確認して連れていってやり、いつものように外で待っていると彼女が出てきて彼の唇にキスし、強く抱きしめ、腰をすりつけてきた。彼が言った。愛してるよ、ハニー。

あたしも。あたしもあなたをとても愛してる。

夕食を済ませると彼はレセプションに出席しなければならなかったが、同席した彼女は退屈し、げっぷをし、帰りたい！　と言い続けた。そこで彼がウィンクして手を振ると、彼女はホールに出て二時間もの間エレベーターで昇ったり降りたりして大満足だった。彼の方はその間中、彼女が誰かにレイプされるのでは、刺されるのでは、撃ち殺されるのでは、と気が気でなかったので、とうとう皆に別れを告げた。だが不運にもそこにはバックが来ており、彼だけはどうしても振り払うことができなかった。——もう一杯、指揮官殿、もう一杯だけいきましょう！
いつもなら喜んでつきあうがね、と彼が言った。彼女に
アルコールは御法度なんだ。
ですが今日はかわいそうなフッドの一周忌じゃありませ
んか——彼の思い出のためにも飲みましょうよ！　お気づ
きですか？　指揮官殿は最近世捨て人のようですよ。提督
殿がおっしゃるには——
ジョージ卿、提督は目と耳と、それからギリシャ神話の
九頭の大蛇にも負けないくらいたくさんの舌をお持ちでい
らっしゃる。そのことを否定するつもりはない。さて提督
がなんておっしゃっていたか、教えてもらおうか。
いや、指揮官殿は最近じゃ公の席にもご出席にならない
し——それに北西航路のことも——これは北極行きを共に
した盟友としてお伝えするのですが——
警告に感謝するよ、ジョージ卿、と彼は最後に言った。
（リーパーはまだホールにいるだろうか。その気配はない
が。）
それならどうですか？　どこかでもう一杯だけ。
では一杯だけ。だがリーパーには気を配ってやらないと
……
彼女は一階のドアマンのデスクに座っていた。ドアマン
はそこにいなかった。
三人はスプリング・ストリートにあるバーに行くことに
した。実はバックはアルモーティから両腕を振り回す赤ん
坊のように自らの魂を探していたのだ。バックがフランク
リンの耳元で語りかけ、それを見て耳の聞こえないリーパ
ーは当惑しながら微笑むので、フランクリンは彼女を無視
したようで自分に嫌気がさし、バックの延々と続くおしゃ
べりを遮った。（彼のおしゃべりはグレート・フィッシュ
川よりも広くて長い。）そして彼女を愛おしむ言葉を何気
なく彼女の耳にささやくと、バックはまごつき、あるいは
少し傷ついた。彼らがバーに着くや、彼女は目を輝かせて
（バックは彼女をまるで無視したが）彼に言った。酔っ
ぱらいたい！
酔っぱらうのは君のためによくないよ、と彼が言った。
どうして？
君が酔っぱらうと僕は恐ろしくなる。君が酔っぱらうと
僕はへとへとになってとても疲れてしまうんだ。
あたしが酔っぱらうのがこわい？　と彼女は驚いたよう
に尋ねた。

そう。

大丈夫！　酔っぱらうのはハッピーだから！

それでもこわいんだ。すまないけどねリーパー、僕は君のせいでこわくなってしまう。

そうなの？

そう。

そうなの？

そうなんだ。

オーケー、と彼女はとても優し気に言った。

酔っぱらわないって約束して、リーパー。お願いだから。

オーケー。約束する。

一本だけビールを飲もう。ミケロブとバドワイザーとどっちがいい。

分からない、と彼女が言う。分からないと言ってごめんなさい。ジョン？

なんだい、ハニー。

ハーイ、ジョン。

ハーイ、リーパー。

ハーイ、ジョン。あなたが好き。

それじゃね、スウィーティ、バーまで行って自分で見てきてごらん。

バック（彼はちょうど男子トイレから戻ってきたところだった）はミケロブを頼んだ。最初の一杯は、栄誉なことだからと言う彼のおごりだった。羊の毛のような髪は滑稽なスタイルだし、顔も腫れぼったいバックに恋人ができないのはじゅうぶん納得できる。唇は分厚く、目も凡庸で全身から順応主義が漂っていた。フォート・チプウィアンだと思ってこの席を守るように、と彼に言い残して、フランクリンはリーパーをバーへ連れて行った。彼女の肩にまわした腕がいかにも幸せそうだ。二人はボトルの放つ暗い輝きに近付くと、彼が指差した。見てごらん、リーパー、あそこにある瓶だよ。あれがバドワイザーだ。

あれがほしい！

自分で頼んでみるかい？

こわい。

大丈夫。やってごらん。楽しいかもしれないよ。

彼女がちょっとモジモジして瞳を輝かせたので、楽しいかもしれないという彼の提案が効いたことが彼に分かった。

バーテンダーが彼と視線を合わせ、さっそく近付いて来た。

ご注文ですか？

ミケロブを二本。それからここのご婦人もなにか注文したいそうだ。何がいいんだい、リーパー。

彼女は真っ赤になった。そして背伸びをしながら思いきり胸を張って、大きな声で答えた。――バットワイザーをください。――彼女は自分の大胆さに満足していた。すぐお持ちします、とバーテンダーが言った。四ドル五十です。

二人はテーブルに戻り、彼がリーパーにバックのビールを渡し、リーパーがそれをバックに渡した。光栄です、とバックが言った。

この人の名前、なに？　とリーパー。

ジョージだよ。

誰？

ジョージ。リーパー、これは僕の友達のジョージだ。ジョージにハーイは？

ハーイ、ジョージ。

こんにちは、リーパー、とバックは慇懃に答えた。お会いできてうれしいです。

ハーイ、ジョージ！　ハーイ、ジョージ！　ハーイ、ジョージ！

❖❖❖

ビールを飲み終わる頃には、彼女もバックをすっかり気に入っていた。それは明らかだった。フランクリンが彼女に二十五セント硬貨をあげてジュークボックスの鳴らし方を教えると、彼女は時間をかけて吟味した末、やっと一曲を選んだ。その間バックは再び席を守った。一杯目はバックがおごってくれたので、次の一杯は自分がおごるべきだとフランクリンは思ったが、リーパーがいるのでこれ以上酒を飲むわけにはいかない。

ジュークボックスからリーパーの曲が流れる頃には、三人ともそれが何の曲だったか忘れていた。

❖❖❖

バックは彼女を見て深い思いに捕われていた。グリーンストッキングズを思い出していたのだが、フランクリンはそのことに気付かなかった。ちょうどフッドがグリーンストッキングズと深い仲でしかも彼女が妊娠したことに、バックが気付かなかったのと同じように。ではフッドは（彼は牧師の息子だった）、ブロードフェイスが彼女と寝ていることに気付いていたか、いなかったか。いずれにしてもフッドがヘップバーンにこの話をして、それから何年か後に年老いたヘップバーンがすべてをばらしてしまわなければ、私たちにはこのいきさつを知る由もなかっただろう。——バックは今でもグリーンストッキングズに惚れ込んでいて、彼女を思うと彼の心はツンドラの巣から追い立てられた茶色いライチョウのように狼狽した。ライチョウは驚きのあまり動悸激しくツンドラを跳ね、一直線に進みながらときには一、二メートルも飛び、隠れたりあたりを見回す余裕もなく、したがってひたすら前をめざし、夢の川[*1]へと突進した。（交尾の時期になるとカリブーの雄の尻は脂肪がついて赤くなるが、フッド、フランクリン、そしてバックはどうだったろう？）

✲✲✲

バックは誕生日パーティに招待されていて、出席しないわけにはいかなかった。——一緒においでになればきっと歓迎されますよ、二人ともね、と彼が言った。そんなに長居するつもりはありませんから。

リーパーが行きたがらないだろう、とフランクリンは思った。彼女は人込みをこわがっていた。だが招待されたことを説明すると彼女は叫んだ。パーティ、ほしい！

✲✲✲

リーパーはネイティヴ・アメリカンであり、それはすなわち彼女がエコロジカルであるということだったので、彼女はパーティですっかり人気者になった。会場に着くとまず最初にフランクリンは、リーパーにビールを勧めないでほしいと言って回り、彼女から目を離さないようバックに頼むと、ようやく安心した。バックは自分が騎士の役目を仰せつかったことが全員に分かるよう、あたりを巡回した。彼は十二歳でスペインの砲兵中隊を壊滅させ、ヴェルダンで収監されたときには数学とフランス語と美術を学んだ。ご婦人方のリクエストに応じてピストルを撃ってみせたりもした。もちろん弾は入っていなかったが……リーパーは恥ずかしさを克服して最高の時間を過ごした。床に落ちたピーナッツの殻を拾って部屋をきれいにしたり、みんなの名前を覚えて何度も何度もハローを連発したりして部屋の中を忙しく動き回った。彼女はハッピー！　ハッピー！　だった。——（君に大事なヒミツを教えてあげるよリーパー、とバックが囁いた。——ヒミツ？　と彼女。わたしのヒミツがほしいの？　ごめんなさい。わたし、ヒミツ、全部吸っちゃった。——違うよ、そうじゃないんだ、と礼儀正しいバックは笑いながら言った。僕が君にヒミツを教えてあげるんだ。それはね、このキャビアのディップがとってもおいしい、ってことさ。）——フランクリンは座ってくつろぎ、北極圏の海岸線に始めて到達したときのことを誰かに話していた。切り立った崖だらけの島が渦巻く雲の中に隠れるように点在し、ナイフの刃先を思わせる大波が木の葉さながらにボートを揺らしたときのことを。パーティも佳境に入っていよいよピニャータを割る時間になったので、彼はリーパーのところへ行ってこれから何が始まるのか、説明した。そして彼女を落ち着かせるために肩に手を置いていっしょに見物した。バースデイ・ガールがバットを振り、一度ははずしたが、二度目には当たった。次はリーパーの番だ。彼女は笑いながら嬌声をあげ、誰もが微笑み、バットがピニャータに当たると拍手がわいた。それからフランクリンが目隠しをされ、あまりにも強くバットを当てたものだからバットの方が折れてしまい、あたりはやんやの喝采で、なにもかもが一段とうるさくなり、リーパーがビールを飲み、そこで初めてフランクリンは気がついた。彼女は手に負えなくなりつつある。まず帰りたがらなくなった。彼女のフード付きのジャケットを取ってきても笑ったり泣いたりするばかりで、もう少しここにいようと懇願し、繰り返した。アガサ（バースデイ・ガールの名前はアガサだった）がほしい！　ドアの方へ歩いていく間にもテーブルの上のビール瓶をことごとくひっくり返し、それを見てアガサが　まったくもう！　と言い、彼が謝り、彼女を部屋の外へ連れ出して、階段を降りる間もずっと彼女はアガサがほしいと哀願し続けた。ほとんど歩くこともできなかったので、階段を降りるときはフランクリンが彼

＊1　グリーンストッキングズはほとんど少年のようだった。彼女はまだ十六になっておらず、輝く黒髪は肩まで届くか届かないかの長さだった。たっぷりと豊かでまっすぐな黒髪だった。白黒のはっきりした彼女のひとみは機敏そうに輝いていた。彼女は柔らかくて目の粗い革の服を着てあたりを歩き回った。顔つきは穏やかで唇はとても繊細。彼女はリーパーとはまったく似ていなかった。

女を支えてやらなければならなかった。悪夢はこれからだ、ということが彼にはまだ分かっていなかった。彼の脳裏に浮かんだのはなぜか安全で快適な旅を……というフレーズだった。だがタクシーに乗る金は残っていない。地下鉄までは歩かなければならない。一番近い駅はここから歩いて十五分かかる。彼女をそこまで連れていくのは、船を太綱で操作して浮氷の間を進ませるのと同じくらいの重労働に思えた……数分おきに彼女はおしっこがしたいと言い出した。なにもかも真っ暗だった。彼は彼女を路地に連れて行き、彼女がしゃがんでいる間、見張りをした。彼女は何度も自分の尿の中に倒れた。地下鉄への哀れな行軍の間、水たまりに漬かることもあった。ジャケットはびしょ濡れで不快な臭いを発し、彼女は通りすがりの見知らぬ人々に、誰彼構わずハーイ!……ハーイ!……ハーイ! と声をかけた。たまにハーイと返事がかえってきた。そんなとき彼女は、彼が押さえ付けなければ彼らに駆け寄って泣き顔をこすりつけ、こう叫んだ。いっしょにいきたい! ボーイフレンドがほしい! だれかがほしい!……彼の方こそ泣きたかったが、彼は彼女を押さえることで涙をこらえることができた。――ハーイ! と彼女が二人連れに叫んだ。自分の愛情を示したくて二人に突進した。服や恰好がどんなにみすぼらしくても彼女の愛情だけは他の何よりも輝いていたが、他人にそれが分かるはずもなく、フランクリンは彼女の襟首をつかんでこう言った。もういいだろう、リーパー。さぁ、スウィートハート。――いや、そのときの彼はフランクリンじゃなかったかもしれない。フランクリンは十四歳にしてコペンハーゲンの砲撃を目のあたりにした。グレート・バリア・リーフの砂浜で座礁し、発見されるまでそのまま数日を過ごしたこともある。トラファルガーでは無傷だった。ニューオーリンズでの戦争にも加わった。自分を誰かに捧げたいとこれほど痛切に思っているのに、世界中の誰にも受け入れてもらえない、そんなリーパーの身を切るような哀しい光景。これ以上哀しい光景をフランクリンなら見たこともあっただろうが、サブゼロはなかった。――だが馬鹿げた幸運に恵まれたフランクリンはそれまで本当のみすぼらしさを正面から見据えたことなどなかったのかもしれない。彼にとってはすべてが冒険にすぎなかったのだろうか。ナポレオンが殺した青い軍服の若者たちの悲鳴や、バレン・グラウンズでの飢えた部下たちの呻き声すらも。フランクリンとサブゼロはまだ一心同体だったのかもしれない。その男が誰であったにせよ、彼は彼女を見てほとんど泣けてきた。前にも話したとおり、とてもハッピーなときの彼女は、顔全体で笑い、すると誰もが彼女の無垢と愛情深さに気付くのだった。おしゃれなホテルの玄関先でドアマンが雪かきをしていると、彼女はそれを手伝おうとした。彼が物乞いに二十五セント玉をあげると、彼女は二ドルあげた。そのたびに彼女は素晴らしい笑顔を浮かべた。あなたといっしょに行く！　だれかとデートしたい！　と言いながら通りすがりの男たちに片っぱしから抱きつく今も、男たちは笑いながら彼女を軽く抱きしめ、サブゼロにウィンクしてこう言うのだった。彼女、ちょっと飲み過ぎだね。叫び続ける段階になっても彼女はやはり笑顔を浮かべ、人々はやはり手を振り返した。もう真夜中だった。地下鉄での彼女は誰かを抱きしめたくて立ち上がろうとし、そのたびに座席から転げ落ちそうになった。（プラットホームで彼女がもたれかかった女性は恐怖の悲鳴をあげ、リーパーのしつこいキスを逃れて別な車両に乗り込んだ。）彼はそのつど彼女を座席に引きずり戻した。地下鉄は騒々しい彼女とともに轟音をたてながら進んだ。乗客はみな顔をそむけている。彼女は**イエス**についてイヌイット語混じりのでたらめな英語でわめき散らした。彼は彼女を押さえ付けるのに全力を使わなければならなかった。リーパーはゴミ箱から中身が半分残ったセブン・アップの瓶をつかんでそれを飲み干した。道ばたの汚れたビール缶を拾うと、ビールか唾か雨水か、とにかく缶底に残った液体の最後の一滴を飲もうと口つけた。それからサブゼロの唇にキスをした。自分の腰を彼の体に強く押しつけながら。サブゼロがようやく彼女を家に連れ帰ったとき、彼女は金切り声で彼が結婚してくれないことをなじり、彼女をじっとさせるために彼は青いピルを四錠与え、彼女の上におおいかぶさるようにして一晩を過ごさなければならなかった。あれだけのアルコールの上に青いピルまで飲んだのだが、それでも彼女は何度も目を覚まし、そのたびに大声を張り上げたので、近所の誰もがその晩はたいして眠れなかったに違いない。そのときの彼女は笑ってなどいなかった。朝がくると彼は芯から疲れ果てていた。彼女はまぶたを腫らし、顔は真っ赤、一方の腕で顔をおおい、仰向けでほとんど息をしていないかのように眠りこけている。そんな彼女を彼はほとんど憎んだ。ヒーターはイヌクジュアックと同じように唸り、電気は明るく、音を消したテレビの中では馬が亡霊のように静かに走っていた。だがやがて彼女は笑顔を取り戻し、彼も彼女の美しい心を愛した——

❄❄❄

以前にも話したとおり、バックはグリーンストッキングズに同じ思いを抱いていた。(だからこそ彼女への求愛に成功したフッドへの嫉妬は、アメリカヘラジカの頭部に巣食う蛆虫さながらに彼の内側を這い回ったのだ。)——だがそれについては考えないのが一番。——ミスター・フランクリンがエスキモーに銃を与えるよう命令したとき、彼は喜んだ。これがきっかけで、エスキモーたちは打ち解けて喋るようになった。——それでも多弁とは言えなかった。というのも彼らは相変わらず身を隠すことの方が多かったからだ。そこで交渉に参加させるため、アカイチョと部族の男たちは動物を倒すときと同じように彼らを囲い込み、彼らが姿をあらわすように仕向けた。ミスター・フランクリンは手斧などの武器をすべて下に置いたが、エスキモーたちは相変わらずそうした丁重な儀礼を無視し続け、いつしか七月も終わろうとしていたので、ついにミスター・フランクリンはそのシーズンをあきらめてインディアンたちも解散させ(いずれにしろ彼らはそれ以上先へ進む気がなかった)、遠征隊を北極海の沿岸に導いた。一行はイヴィアギクナックと呼ばれる場所にキャンプを張った。イヴィアギクナックとはイヌイット語で〈女の乳房のような〉という意味である。——これを聞いてミスター・フランクリン、ミスター・バック、そしてミスター・フッドは当惑し、互いに視線をそらした。

❄❄❄

翌日、ミスター・フランクリンは食料を節約するためさらに五人を解雇し、びっしりと厚い氷におおわれた海に向かって、砂地の三角州をゆっくりと進んだ。ドクター・リチャードソンがエスキモーの通訳を連れて、老いた友達に会いに行くと、彼は娘の一人を妻として通訳に差し出そうとした。それを受け入れればミスター・フランクリンが自分に失望し、不快に思うだろうと予想した通訳は、その申し出をことわった。二人はテントに戻った。ドクター・リチヤードソンは日誌にこう書き記している。運び屋たちはバーク材のカヌーで凍った海を渡る旅を極端に恐れているようで、これについては幾度も話し合いを行なった。二人の通訳は少しも隠しだてせずに自分たちの恐怖をあらわにし、ミスター・ウェンツェルとともに帰還したいと、切に申し出ること一度ならず。だがミスター・ウェンツェルは他の四人といっしょにすでに出発している。アカイチョは三日間だけ彼らを待つと約束した。

＊＊＊

彼らは約八八〇キロ進んだが、それはコッパーマイン川の河口から本来の目的地であったリパルス湾までの距離の五分の一にすぎず、踏破しなければならない未踏の地はかなり残っていた――次の遠征に望みを託そう。そう考えてフランクリンは自分を慰めた。彼自身はもっと進みたかったが運び屋たちの不安が大きすぎたのだ。実際、フランス系カナダ人の運び屋たちがインディアンと同じように迷信深く、こわがりであるとは、なんと情けないことか！　イギリス人の乗組員ならどこへとも、なぜとも聞かずに意気揚々と彼に従っただろう。

八月十八日の土曜日、一行はとある岬に到達し、そこはポイント・ターンアゲンと名付けられた。そしてそこから彼らは引き返した。

＊＊＊

リーパーがチキンをたらふく食べてラトルスネーク・ビールを飲んでいる間、ミスター・フランクリンはその先やってくるだろうひもじい日々について黙想したが、そんなフランクリンを読者は許してやらなければなるまい。その頃ジェーンは詰め物をしたキジ肉をつつき（彼女はひどい食欲不振に陥っていた）、船乗りたちは冬のビーチー島の陰鬱な日々を吹き飛ばそうと小型の手回しオルガンのクランクを回し、フィッツジェームズとクロージャーはミスター・フランクリンの船室を訪れ、氷が溶けなければ北西航路のことを話しても仕方がないので、かわりに互いの昔話を披露しあい、ミスター・フランクリンは微笑み、手酌でリキュールをグラスに注ぎ、風は頭上で叫び声をあげた。火事になった場合にそなえて氷の穴を閉じないようにするのがセスの役目なので、彼は風の中を出てゆくが、このときも彼はこう考えていた。あのときミスター・フランクリンがアカイチョの言うことを聞いていれば、誰も飢えたりしなかったのに！　――だがそれは的はずれというもので、もしミスター・フランクリンがコッパーマイン川から引き上げていたら、祖国での彼のキャリアは終わっていただろう……　――セスが頭をかしげると首の腱が角度をつけて浮かび上がった。彼は考え込んだ。運び屋たちの言うことを聞いてもっと早く引き返していれば、そのときでもまだ間に合ったかもしれないのに！　――だがそれもやはり的はずれだ。というのもその時に引き返していたらポイント・ターンアゲンを発見することはできなかっただろう。――それにミスター・フランクリンがこうした発見をしたからこそ、船室で思い出を語る雰囲気がどこか祝福めいているのだ。フッドは戻れなかったが、それ以外の士官たちは全員帰国することができたのだし。――こうして我々は今ここにいるわけだ。

❖❖❖

一八二一年八月のあの凍えるように寒い日、海の氷はすでに間近に迫っており、ミスター・フランクリンは陸路――つまりバレン・グラウンズを通ってフォート・エンタープライズへ戻ることにした。（一八四五年、夜のように真っ暗な午後、昔語りをするミスター・フランクリンがほんの少し微笑んだのは、そのときもやはり海の氷に閉じ込められていたからだ）。二一年も四五年も同じように、コッパーマインとバロー岬の間の土地には、獲物となる動物が少なかった。ポイント・ターンアゲンで通訳二人のうちの一人がカリブーを仕留めたが、霧があまりにも濃く、倒れたはずのカリブーを見つけることは結局できなかった。それを探している途中、士官の一人が太ももに凍傷を負った。ミスター・フランクリンは、ほとんど底をつきそうな乾燥ペミカンの袋をあけるよう命じたが、そのぶん翌日は夕食を抜かなければならなかった。予想される飢えを何よりも恐れた運び屋たちは、嵐で荒れた波のうねりをものともせず、自分たちの住処のある西へ向かってひたすら漕ぎ続け、ミスター・フランクリンを満足させた。やがて一行は岩場に上陸し（カヌーは二隻とも無事だった）、ミスター・フランクリンの命令に従って残りのペミカンの半分が配られ、それがその日の侘びしい食事となった。奇妙な肉を食べなければならない日々が、これ以降続くことになる。バリーズ・アイルズでの彼らは三頭のやせたカリブーをほとんど躊躇することなく平らげた。脂肪のついた肉とやせた肉との違いは明らかだ。実際、やせた肉には寒さを和らげる効果がほとんどないし、空腹感も満たされない。だがそれはまだいい方だった。まだ二十四日の金曜日だ。翌日、彼らは北極海峡の奥に到達し、ドクター・リチャードソンは日誌にこう書き残している。我々に同行したカナダ人たちは経験も浅く、海の危険をいっそう誇張して考えたに違いないが、彼らはそれにもよく耐え、概して相応の勇気を示したといえるだろう。それでも任務を解かれるに際しては喜びの表情を抑えられなかったようである。――彼らは翌日からバレン・グラウンズの横断を始めた。

✲ ✲ ✲

九月七日、一行が食べ物を口にしなくなって三日目、ミスター・フランクリンは出発時に失神したが、ポテト・スープがわずかに残っており、それをドクター・リチャードソンが匙でフランクリンの口に運び、彼はどうにか意識を取り戻した。その日の午後には数羽のウズラを仕留め、二人で一羽ずつ食べることができた。翌日、一行は黒いイワタケを食べ始めた。サブゼロがポンド・インレットとイヌクジュアックで好奇心から口にしたのと同じものだ。十日にはジャコウウシを撃ち殺すことができ、誰もがネズミか蛆虫のようにその死体にくらいつき、胃袋の中身を貪り喰い、長い長い歯で内臓を引きちぎった。だがそれも、ほんの二、三歩堕ちたにすぎない。十四日、インディアンの通訳のサン＝ジェルマンが、自分の割り当てから少しずつためた小さな肉片を、友愛の証として一人一片ずつみなに分け与えた。ミスター・フランクリンをはじめ、全員がこれに涙した。ジャコウウシの肉はとうに食べ尽くしていた。後に彼らはカリブーを二頭倒すが、事態が好転したとは言い難い。誰もが足元をふらつかせていた。彼らの心の中では、全員が死ぬだろうというアカイチョの声がこだましていた。十七日、ハンターたちはカリブーを見つけたがそれを仕留めるだけの体力がなく、一行はイワタケと、それから表面を焼いた獣皮のカスを食べて、さらにもう一歩堕ちた。二十三日、トウヒの低木が植生し始める地域まで南下したところで、彼らはその春、狼に殺されて倒れたままの一頭のカリブーを見つけた。文字どおり骨と皮ばかりだったが、彼らは皮に手を加えて食べられるようにし、骨は嚙み砕けるよう火であぶった。自分達の古靴を食べ始める者も出てきた。ここまでくるとかなり堕ちたことになるが、それでもまだマシだった。まだ誰も死んでいなかったからだ。二十五日には五頭の小ぶりのカリブーを仕留めることに成功し、おかげで一行はもうしばらく生き長らえることができた。肉の三分の一を一日で食べてしまったのは、男たちの必死の懇願によるものだった。とくに体調を崩していたミスター・フッドは日ごとに休む回数が増えていた。彼が今グリーンストッキングズを恋しく思うのは、彼女を抱きしめたいからではなく、むしろ彼女が狩りの名人だったからだ。彼女だったらこの事態にどう立ち向かうだろう。他の者たちは彼より少し後に続いていた。雪の吹き寄せを横切っているとき、彼は霧の中に動物の影を見たと思い、ライフル銃を肩から下ろしたがそこには何もいなかった。翌日、一行はコッパーマイン川に着いた。二十七日、彼らは腐りかけたカリブーを発見し、岩場からその体を持ち上げようとすると、ほとんど液状になった肉が彼らの指からしたたり落ち、それをも彼らは舌でなめ取り、内臓の中身までつまんで食べた。デザートはブルーベリーとクランベリーだ。(ある所では数えきれないほどのカリブーが群れをなし、その枝角はまるで動く森のようだったし、濃い色の毛におおわれた肩の盛り上がりは草むら、足は木の根のように見えた。そして突然やせ地の草が消えたかと思うと、動く森が川を渡って飛び跳ねてくるのだった。)十月六日の晩、クレジットとヴァイラントがばったりと雪の中に倒れ、そのまま死んだ。ミスター・フッドもそろそろ限界に来ており、ドクター・リチャードソンの肩に寄りかからなければ一歩も歩けなかった。彼の意識は雲に閉ざされ、刻々と模様が変わる砂州にゆらめく岸辺のようだった。そこに灰色がかった白い冬の氷が張るのは時間の問題だった。足の感覚がなくなってから数日がたっていた。ドクター・リチャードソンはフッドがフォート・エンタープライズまで生き延びられるとは思っていなかったが、ドクターを喜ばせるためだけにフッドは前へ進み、そのたびに麻痺した足がもつれ、道なき道からそれた。フッドは七歳の誕生日に父親からプレゼントされた、しなやかで柔らかい革靴を思い出して泣き始めた。それを食べられないことが悲しかったのだ。他の食べ物についてはなるべく考えないようにした。普通の夕食を思い浮かべただけでも、彼にはもはや重すぎた。――おまえさんはきっと大丈夫だ（とドクター・リチャードソン）、さぁ、もう一歩踏み出して。うまくすれば今日は野ウサギが捕まるかもしれない。先頭に立っているミスター・フランクリンを見ろ！　心臓はすっかり弱っているが、あんなにがんばっていらっしゃるぞ。よし、次の一歩だ。それからもう一人――ほら、バックにあんなに焼きもちを焼かせたあのかわいらしいインディアンの娘……――フッドは囁いた。彼女は弾を七つだけほしいと言ったんだ……　――もう一歩だけ進んで、とドクター・リチャードソンが応えた。こっちは弾はたっぷりあるんだがね、肉が足りんのだよ。うまくすればサン＝ジェルマンがウズラを何羽か仕留めてくれるかもしれん。アウグストゥスはジャコウウシを見つけるんだと言ってまだ希望を捨てておらんしな……よし、もう一歩だ。おまえさんも士官なんだから、このくらいは朝飯前だろう……　――ドクター（とミスター・フランクリンが近付いて来てつぶやいた）、ペローの様子がおかしいのでちょっと見てやってもらえないか？　かなり疲れているようで、しかも目が回ると言い続けている。他の者たちの士気にも影響するので……君が心配することはないぞ、フッド。ドクターがいない間は私が手をかしてやる……　――十一日、一行よりも遅れたドクター・リチャードソン、フッドそして我らがヘップバーンはそうと知らずに人肉を食べた。というのもそれを持って来たイロクォイ族のミシェルが、森で見つけた狼の死骸の肉だ、と言ってそれを差し出したからだ。その狼はペローかベランジャーのどちらか、あるいは両方だったのかもしれない。フッドはすっかり弱っていた。肉がまだあった頃、彼はいつも一番小さい切れ端をもらった。イワタケは体が受けつけなかった。彼はベッドに横たわり、グリーンストッキングズのことを想ったり、宗教の小冊子を読んだりした。二十日、フッドのライフル銃が火を吹いた。テントの幕ごしに引き金をひいたのはミシェルだ。長めの鼻が眉毛の薄い額へと斜めにゆっくりと伸びるフッドのシルエットの後ろから、ライフル銃の黒いシルエットが近付くのをミシェルは見つめた。そしてそのまま跪くと、フッドの子供っぽい唇が開くのが見え、二人の間にのぼる煙まで見えたような気がした（それほど彼は集中していたのだ）。息を引き取る間際のフッドはその瞬間、ビーズで飾られたグリーンストッキングズの脚絆を静かに脱がせ、熱い足にキスをしている夢を見ながら、愛の言葉をつぶやいた。空腹は寒さを呼び込む。したがって彼がもっとも強く求めたのは彼女のぬくもりだった。彼は彼女の髪の中に頭をもぐりこませ、感覚のなくなった片方の手をその脇の下に入れて毛布がわりとし、彼女の胸元を飾るヤマアラシの、赤く染められた針を指でなぞった（だがそのときの音は、実のところ哀れなミシェルが歯をガチガチと鳴らしている音だった。彼はフッドの肉の臭いをかぎながら、テントの外の雪の中でしゃがみ込んだままだった。ヘップバーンとドクター・リチャードソンがその場にいないことを確かめるためにあたりを見回し、聞き耳をたてた。哀れなミシェルと言ったが、それは本当で、彼はフッドほど立派な人間ではなかった。——もちろんフッドほど立派な人間などどこにもいなかった！　一行の中で、他の誰かを食べようと思ったことが一度もなかったのは、フッドただ一人だった。そう、彼はただみなにキスをすることだけを願っていた）——ミシェルは顔のぬくもりを剝ぎ取ってゆく風の、かすかな音を聞いた。続いてライフルの銃声を聞いたような気がしたが、それはドクター・リチャードソンとヘップバーンが薪にするため峡谷から引きずってきた木の枝が折れる音だった。それからフッドの小さな声が聞こえた。ごめんよ、きっと君を助けてあげられると思ったのに……ここでミシェルはテントに駆け込み、ライフル銃を拾い上げ、フッドの後頭部にそれをすりつけ、二人の命を救ったのだった。（まさにその頃、グリーンストッキングズはフッドの娘を産もうとしていた。彼女もまたライフル銃こそが自分たちを救ってくれると信じ、それを頼りにしていた。だが彼女は翌年には命を落とすことになる。銃の暴発でブロードフェイスの手が吹き飛び、二人とも飢え死にするのだ。）ドクター・リチャードソンとヘップバーンが走って来た（いや、這って来たと言った方がいいかもしれない。彼らは骨と皮ばかりだった）。そしてドクターの脇で息を切らしたヘップバーンは、薪を放り出してきたことが悔やまれてならず、そのことばかりを考えていた。身勝手で卑しいことだったが、薪を取りに戻るだけの体力がないと思ったのだ。アルミ箔をカサカサと開くときのような銃声が、ヘップバーンの脳裏でいつまでも鳴り響いていたが、ドクター・リチャードソンは何も聞こえなかったと言った。——わざわざ言わなくてもいいのに、とヘップバーンが囁いた。テントは雪におおわれた陰鬱な木立の中に張られており、二人はそれが見えるところまで近付いた。**なんてことだ!** とヘップバーンが叫んだ。幕に穴があいてるぞ、しかもあんなに血が! ——事故だったんです、とミシェルが言った。——その声の調子にはある種の冷酷さが潜んでいて、二人の男は震え上がった。ドクター・リチャードソンはさっそく必要な観察と、事態の分析のための尋問に入った。このときばかりは体内のアドレナリンが一気に分泌され、それが彼の集中力を助け、空腹感を忘れさせた。すべては神のおかげだ、とリチャードソンは感謝した。火薬による火傷の位置とススの析出から殺人の疑いが浮上した。——彼はライフル銃の手入れをしてました、とミシェルがさっきと同じ冷たい調子で言う。——ここでヘップバーンはドクター・リチャードソンを少し脇へ引っ張って、しばらく前にミシェルとフッドが口論しているのを見たと囁いた。(実はこれは恐怖心にかられたヘップバーンの嘘だった。ミシェルが殺したという彼の推測はあたっていたが、その推測をどうしても受け入れてもらうためには、証拠を補強する必要があった。だがミシェルとフッドがいったい何について口論するというのか。ミシェルはフッドに対して怒っているわけではなかった——ライフル銃を持った男が、視野に入ったカリブーに対して怒っているのではないのと同じように。)このヘップバーンの告発があってもなお、ドクター・リチャードソンは葬式が済むまで判断を保留した。

雪だらけの暗闇の中、三人が眠ろうと横たわってからしばらくすると、あたかも小便にでも行くようにミシェルが立ち上がり、それに気づいたドクター・リチャードソンが彼の後をつけた。そしてミシェルが死体を被っている藁をかき分け、ひざまずき、凍った血をまるで吸血鬼のようにそっとなめるのを見た……二十一日、ライフルの銃声が六回響いた。ミシェルがウズラを四羽仕留めたのだ。彼は進んでそれを二人に分け与えた。だが早くも彼はヘップバーンに目をつけていた。北極ジリスと同じように、彼もまた頬袋の中に木の実をため込んでいるようにミシェルには思えた。ミシェルは肉が食べたくてうずうずしていた……だが仲間がいなくならない限りフッドを食べることはできない。これこそは延期された満足というものだ。二十三日、ドクター・リチャードソンはそうしなければならないことを嘆きながら、ミシェルの額を撃ち抜いた。それ以外に自分とヘップバーンの存在を守る方法がなかったのだ。二人はミシェルを食べなかった。少なくとも二人はそう言っている（もちろんそれがほんとうかどうかは分からない）。どちらにしても、生と死なんて互いの尻尾に食らい付く二匹のやせこけた狼のようなものではないか？　二人は這いつくばるようにしてフォート・エンタープライズへ向かって進み、ようやく二十九日に到着した。ミスター・フランクリンたちは空腹のあまり立ち上がることもできずに横たわってい た（ほんの少し歩いただけで二千頭以上ものカリブーの群れに出喰わしたシーズンもあったというのに）。それまでは腐ったカリブー皮にわいたウシバエの幼虫をつまみ取っては必死の思いで呑み込んでいたが、三十日、一行はついにそのカリブー皮まで食べ始めた。ペルティエとセマンドレが一日に死去。スープ用の骨も底をつき始めた。ヘップバーンの両足が腫れ始めたのはこの頃だった――

❉❉❉

彼らの命を救ったのはアカイチョと部族の男たちだった。それが先住民のいいところだ、と賢明なるフランクリンが言う。彼らはいつもちょうどいいタイミングで現れる。アカイチョたちを迎えに行ったのはバックだった。彼にも果たすべき役目があったのだ。（歩きながら雪の中には点々と血の跡が残った。スノーシューズをはいていたが、彼の足はすっかり擦り剝けていた。）ライバルが死んだことも知らず、筆舌に尽くし難い苦労を経てアカイチョの元にたどりつき、グリーンストッキングズがキャスカスリーのテントで混血の子供に乳を飲ませているのを見て、バックはいったい何を思ったか。今のグリーンストッキングズにはたっぷりと肉がついている。彼女はこれからまるまる十二ヶ月先まで生きることができる……心優しいインディアンたちは、ライフル銃で撃ち取った肉をかついで即座にフォート・エンタープライズに向かった。火を起こし、鱒を釣った。ミスター・フランクリンには彼らの精力が超自然的に見えた。十六日、白人たちは彼らの恩人とともにフォートを出発できるほど健康を回復した。彼らは移動するカリブーの群れについていった……インディアンたちは凍傷にならないよう白人の顔をとても優しくこすってくれたし、自分たちのスノーシューズを白人にはかせて裸足で歩き、アカイチョは自らの手で肉を調理した――

十二月十四日、アカイチョが彼らに会いにフォート・プロヴィデンスまでやってきた。ミスター・フランクリンの手形で約束された品物を一括して貰い受けるためである。だが残念なことにミスター・フランクリンが注文した補給品は届いていなかった。

アカイチョは倦むように笑った。——世界は悪く進む、と彼は言った。みな貧しい。あなたは貧しい、商人も貧しい、私と私の一隊も同じように貧しい。品物が届いていなければそれを貰い受けることはできない。

私としても心苦しい限りだ……とミスター・フランクリンが言った。

あなたがたに食料を分けたことは後悔していない、とアカイチョが短剣の刃のような微笑みを浮かべながら言った。レッド・ナイフの人間は、自分の土地の食料が足りないせいで白人が苦しんでいるのを見れば、助けずにはいられない。おっしゃる通り、私たちの物となるべき物を、私たちは来年の秋には受け取ることができるでしょう。私はそれを信じます。——いずれにしても白人がレッド・ナイフ・インディアンに借りを作るとは。こんなことは初めてだ。

肉 1989

服の作り方をはじめ、妻は心得るべきことはすべて心得ていた。私もまた生き抜くために男が知るべきことはすべて知っていた。

ウィリー・クーパー『クーユアミウクの思い出』ᑰᕐᓯᐊᒥᐅᑉ ᐊᐅᓚᔾᔭᖅᑐᖅ
（一九八九年）

暗渠に流れ込む幅の広い流水のほとり、灰色の空の下では蚊が群れ飛び、水着やシャツを着たイヌイットの子供たちが笑い声をあげ、震えながら茶色い水の中へしぶきを上げて入っていった。岸辺の子供たちはスタイロフォームのビート板を足下に敷き、魚が来ないかと見張っている。

彼らは網に九キロほどの石の重りをつけ、氷盤のすぐ脇にそれを沈めた。するとほとんど次の瞬間にウキが動き始めた。北極イワナが網にかかったのだ——九百グラムはあるだろう。そんなのが六匹ほど、あっという間にかかった。やがて彼らはカヌーを引っ張りながら戻ってきた。浸水するカヌーにできた水たまりの中では、銀白色の魚が泳いでいる。彼らは魚をつかんでは、砂浜に打ち上げられた氷盤の上に叩きつけた。それから一匹ずつ生きたまま内臓を取り除き、またしても叩きつけた。血に染まった氷の上で、内臓をくり抜かれた魚たちは長い間痙攣し続けた。

魚は実に美味だった。

北西航路 1846

こういうことだ。男は腹が減ったので釣りに出かける。糸を垂らしているがまだ一匹もかかっていない。釣りを始めてからだいぶ時間がたつ。魚がいないかと四方を見渡す。彼はまだ釣りをしている。

サーリ・アーングナイトゥク「巨人と男」（一九五八―五九年）

肉の被害はさらに広がった。フランクリンは膨れ上がった缶詰を開けさせて検査をした。開けた缶詰は数えやすいよう一列に並べた。残った缶詰を数えるよりも、その方が簡単だった――異常のない缶詰はまだ相当量残っていた――

内々の相談ということでフランクリンはミスター・クロージャーを呼んだ。

つまりだ、とフランクリンはなるべく穏やかに切り出した。保存用の肉についてちょっとしたウワサがたっていてね。君の経験からなにか分かることはないかと思って。ジェームズ卿も南極へは肉の缶詰を持参したんだったな。

ええ、そうですが、とミスター・クロージャー。でもゴールドナーの缶詰ではありませんでした。持参したのはジョン・ギヨン・アンド・カンパニーのものです。不満といえば――

なんだね？

不満と言えば、缶のスズをもう少し丈夫なものにしてほしかった、ということくらいでしょうか。というのも三年の間に錆びてしまうものがありましたから。

錆びたもの以外は食べられたということか。

そうです。

ゴールドナーの缶詰は大丈夫だと思うかね。

正直に申し上げて、それは分かりかねます、指揮官殿。

フランクリンにはミスター・クロージャーの「指揮官殿」が一つの方策のように思えてならなかった。すべての責任を遠征隊のリーダーである彼一人に押し付けるための。そのせいかフランクリンは少々苛立ちを覚え始めた。――では想像でいいから言ってみたまえ、と冷ややかに言い放った。

とおっしゃられても、不用意なことを申し上げるわけにはいきません――

春には帰還した方がいいと思うかね。

このとき、ミスター・クロージャーは見るからに躊躇した。遙か以前、グリーンランドで船の準備はいいかと聞かれたときにこそ、彼はそれだけ躊躇するべきだった。指揮官の目をまっすぐ見ていたものの、やがてその瞳には甘やかな曖昧さとよそよそしさが氷のようにすーっと張り詰めた。――いいえ、思いません。ついに彼は答えたが、間違いなくミスター・フランクリンは彼からのサインを読み取っていた――

一八五二年、フランクリンの捜索隊のために海軍省が注文したゴールドナーの肉の缶詰は腐敗が進み、ついにはスピットヘッドの海に投棄せざるを得なくなった。最初は問題なかった――いや、むしろうまい肉だった。雄牛の頬肉などはとくに。だからミスター・ゴールドナーをあまり強く責めてはいけない。フランクリンは責めなかった。引き返すほどのこともないだろう。それがミスター・フランクリンの結論だった。

一行はビーチー島に十ヶ月間留まった。そびえ立つ断崖、海上の月の光、渦巻く雪。その下にある墓はほとんど見えない。ずんぐりした黒い崖はまるで夢のようだ。ミスター・ゴアの具合が悪くなり、腹痛が襲っては消えた。ドクター・グッドサーはもじゃもじゃのもみ上げを親指でこすり、風が吹くのでキャップの目ぶちを少しだけ下げ、いつも傷ついているように見えるあの瞳でじっと彼を眺めてから、ようやく診断を下した。少し休めばすぐに元気になるだろう。――少し休めば？　とゴアが笑った。ここじゃ休む以外に何もしてませんよ。——ちょっとした疝痛《せんつう》です、とドクター・グッドサーはミスター・フランクリンと二人っきりになったときに説明した。ミスター・フランクリンはこう言った。ああ、それなら安心だ。だが何でもないことを訴えるようなゴアではない。北極光のせいで気分が鬱になっているのだろうか。その可能性はないかな。——ありますとも、とドクターが答える。北極光が引き起こすさまざまな現象についてはまだほとんど知られていません。いずれにしても彼の容態については私が十分注意しましょう……——実はこのときドクター自身も頭痛に悩まされ始めていたのだが、賢明にも彼はそのことを誰にも話さなかった。相棒のドクター・ペディにさえ。というのもその痛みは不都合以外のなにものでもなかったからだ。痛みで眠れないときには少量のアヘンチンキを自分に投与した……だが時間がたつとこめかみの後ろで爆発するような痛みが起こって目を覚ますことになる。ドクター・グッドサーは外の闇の中で唸り声をあげる風の音を聞きながら横たわった。彼が気に病んだのは痛みではなかった。それくらいの痛みは、医師であり、海軍士官でもある彼にとっては十分我慢できるものだった。だがここから遙かグリーンランドまで、目覚めているのは自分だけだと思うと、それが辛かった。男たちが眠り続ける中、彼の思考がうごめく無防備な脳は、恐ろしいほどむき出しで明るい月を思わせた。たとえばシロクマのようによこしまな何かが、空にかかる月となった彼を見つけるに違いない。その瞬間、シロクマは屹立する尾根を伝って彼の背後から忍び寄り、ついにその鉤爪で彼を殴り倒し、血みどろのゼリー状にたたきのめすだろう……眠る船員たちは同じ土から生えるキノコの群生さながら、ある者はタマゴテングタケ、ある者はイワタケを連想させた。自分の回りで眠る彼らの、とても優しげな呼吸の音を聞きながら、彼は、ひどく寂しいときには他人が息をする音さえも愛である、ということを知った。彼らは、キハダカンバやカエデが生える、まるで天国のような南を渇望した。（だがシャーマンたちはヌナヴットを決して離れなかった。雪が雨になり、暗い霧が青い霧になる南へ飛ぶことは一度もなかった。）男たちは狼革の毛布の下で夢を見続けた。狼の剛毛が静電気でパチパチと音をたてる。ドクター・グッドサーは横たわりながら、頭蓋の内側からの叩き付けるような痛みに負けまいとしていた。彼は目を閉じてドクター・リチャードソンの目録に載っていたさまざまな植物を思い出そうとした。ダイアンサス属の〈ヴェロニカ・ペレグリナ〉に続いて、ドクター・リチャードソンがバレン・グラウンズで発見した〈ピングイキュラ・ヴルガリス〉まで思い出したところで、まるでコルクの栓が抜けたかのように頭痛がぴたりとおさまり、疲れ切った彼は他の船員たちが共有する呼吸の至福へと滑り込んでいった……　——船は氷の中で待機した。風を防ぐために雪が堤防がわりにかためてあり、デッキにはタールが塗られ、どの桁にも雪が積もっている。——僕にとって今年の冬はとても有意義だったよ、とセス。モラルに照らしていろんなことを固め直すことができた。——その頃には、あらゆるものにパターンがあるのと同様、凍結した雪の表面を歩くブーツの音にすら一定のパターンがあることに、セスは気付いていた。足音の調子の上がり下がりは、ボトルに液体をなみなみと注いだり、あるいは空にしたりするときの音にそっくりだった……肉のウワサは彼の耳にも届いていた。その話題をミスター・フランクリンの前で持ち出したこともある。ミスター・フランクリンがまだ比較的暇で、サブゼロになる時間もあった頃、フランクリンである時間の方はとても短かったが、そんな短い合間を縫って、セスは彼に話したのだ。穏やかでかっぷくの良いミスター・フランクリン。口の端はゆるやかに下降して勇猛さを醸し出し、肩章のふさ飾りがまるで折れた指の骨のように垂れ下がり、ダブルの制服の真鍮のボタンをきっちり締め、腫れた手をテーブルにのせて、彼はため息をつきながら息で頬をふくらませた。セスはこう言った。ポンド・インレットでのことは絶対に忘れないよ。まだリーパーに会う前、ウクトゥク湖をファックするために僕たちは出発したんだよね……　——するとミスター・フランクリンが微笑み、そのときセスが十年前に見た映画について、こんなことを喋ったのを思い出した。あそこでバートンのセックス遍歴をもうちょっと詳しく見せてくれると思ったんだけどさ。それでもすごくいい映画だったよ。——そしてサブゼロも、自分がこれまでに見た映画の中で一番よかった作品について、ごく手短に論じてみせた。するとちょうどサブゼロがセスの映画に対してそうしたように、セスもまた彼の映画に敬意を示し、それぞれ相手の話に納得し、相手が言及した映画がいかに完璧か、讃え合った。ミスター・フランクリンは妻に先立たれたチプウィアン族の男の話にも納得した。彼は自分とともに残された幼い息子の身の上

を悲しみ、気づかい、ついには自ら乳を与えるまでになったと言う。そうこうするうちにサブゼロとセスは断崖に近付いた。赤いシミが走っているのは土に鉄分が含まれているからだ。丘が湿地に変わり、ブーツが音を立てて沈んでゆく。ウクトゥク湖はまだ十一、二キロ先だ。谷から聞こえてくるのはそよ風の音、かすかな水音、鳥の鳴き声、少年たちの耳のそばで群れ飛ぶ蚊のコーラス（それは狼の遠吠えを小さくしたような音だった）――だが、一番はっきり聞こえたのは、自分たちの心臓の鼓動だった。セスの心臓が、頭上高く飛ぶシロハヤブサの翼の先の白い輝きや、北極の空に浮かぶ唯一の雲と調和して鼓動を繰り返しているのが聞こえるような気がした。二人は自然にできた堰をつたって川を渡り、尾根の頂上を超え、酸化物で砂州がオレンジ色に染まった小川にたどりついた。絶壁のふもとには苦い臭いを発する湿った場所があり、そこに生える地衣はまるでカビのようだった。サブゼロは立ち止まり、グリーンストッキングズの恋人、我らが哀れなフッドの言葉を思い出し、重荷から逃れるためにそれを朗々と復誦した。

成功という点において、これらの海を探検した昔の人々と肩を並べることはできるかもしれない。だが優秀さにおいて彼らと勝負しようと思うのは不遜である。それができるのは、新たな危険が立ちはだかり、科学が役に立たない、そんな地域に足を踏み入れたときだけだ。――セスが笑っ

た。そりゃ、お望みとあらばどこにでも危険はある。それも長続きしないさ。というよりこっちがそんなに長続きしないような、ね。——鉄砂の上、崖の頂上を屋根のように飾る道には、無色の石英（大きさはマツの実から卵くらいまで、さまざまだった）や小さな三角形の鉄鉱石のかけらがころがっていた。ここから見えるウクトゥク湖は二つの崖にはさまれ、淡くブルーに輝いて謎めいていた。二人の少年たちは歓声をあげ、砂利だらけの坂道を駈け降り、茂みにおおわれた牧草地を横切った。小石で縁取られた小さな川が二人の進路に対して直角に流れ、メガネをかけたワシ鼻のセスがそれを見て愛おしむように微笑み、その間何匹もの蚊が少女のように優しく彼の腕に舞い降りた。そして彼が言った。あっちにはずいぶんたくさんのユキノシタが生えてるなぁ。しかもいろんな種類のユキノシタだ。ピンクのウイキョウのようなのもいっぱいある。ダンドボロギクは君も知ってるだろう？　みんな同じ仲間だ……——大威張りの太陽のせいで目の前にはときどき黒斑が浮かぶ。地衣だらけの小石が敷き詰められた絶壁を二人は登り始めた。そこでサブゼロは霧のように白い氷の筋と、遥か下の入り江と、二人の背後の入り江が、大きく金色に輝くのを見た……風が強く、明るい日の光で何もかもがきらめいていた。細長くて筋張ったセスの足まで。湖はすぐそこだ。小さな岩のかたまりが突き出ていて、ちょうどクリトリスのようだった。ここからだとまず最初に雪の線が垂直に走る大きな崖があって、次に大きな湖とそこから流れ出る淡い緑色の急流、そして薄暗い影の中に立つ崖に、まるで宝物のように守られている細長いブルーの湖。湖面に白い波頭が立つほど風が強く吹いている。泡が飛び跳ねていた。サブゼロの手が風の中でかじかんだ（セスはこぶしを握って両手をポケットに突っ込んでいた）。ウクトゥク湖の両足はそのすぐ先で広げられていたが、灰色の水が流れる川の水位は高く、緑色の茂みやヤナギの枝をのみ込み、激しい流れで振りまかれた泡は岩の上でピラミッド状にたまっていた。川幅もかなりある。岸からは二本の枝が突き出て、一本は泡で白っぽく、もう一本は灰色でしっかりしていた。川の真ん中には緑色の島があった。——さて、とサブゼロ。どう思う？　これこそは、新たな危険が立ちはだかり、科学が役に立たない場所……じゃないかい。——セスは笑うだけだった。——横切るなんて絶対無理だ。——フランクリンの部下ならきっと横切ったぞ、とサブゼロは自分の立場を擁護するように言った。——そりゃそうさ、とセス。そうせざるを得なかったんだから。この川を見てみろよ。まずこの川幅。それからこの急流。岩もごろごろしてる。水はほとんど凍る寸前の冷たさだ。せいぜいもって五秒だな。あとは急流に流されておしまい。——枝に咲いている白いラブラドルチャの花が風に震えているのが目に入った。サブゼロはズボンも下着もおろし、ペニスを川に突っ込んだ。だが何かが違う。リーパーのかわりに娼婦をファックしてるような感じだ。何年かの後、セスは言った。あのさ、あの川のことを考えてたんだけどさ。あの時ロープでもあれば、一人がそれを自分の腰と、それから岩にでも結び付けて、もう一人が残りの端を持って進めば、少なくとも最初の浅瀬までは行けたかもしれないな。——どっちにしてもいい一日だったよ。——もちろん、最高の一日だった！　あの夏で一番いい一日だった。それから帰り道にはシロフクロウだって見たしさ、あれこそあの日の締めくくりにふさわしかったね。——でも、とサブゼロ。ウクトゥク湖に行くことができればもっと良かった。——セスはうなずいた。髪が後退していけばいくほどセスの顔つきは厳めしくなる。その彼がこう続けた。——君は僕を知ってるし、僕も君を知ってる。僕たちは二人とも、手に入らない物を大切に思い、手に入ってしまえば完全に幸せな気分にはなれない性分だ。——サブゼロは無言だったので、しばらくたってからセスがこう付け加えた。いや、君一人でも川には入れたな。そして五秒間だけは自分が本当にやりたかったことをやってる実感を持つことができて、満足しただろう。——サブゼロは唇をかんで船室の窓から部屋の外をのぞいた。ゴアはいつものように『パンチ』を読み返しており、アーヴィングは『ニコラス・ニコルビー』を読んでいる。——彼はドアを閉め、小さな声で言った。それでゴールドナーの特許の方はどうなんだ？——これ以上の危険は望めない、ってところだな、とセスが尊敬をこめた口調で答えた。それで君は幸せだろう。ただし命あっての話だけどね。

私の命のことかい？　とフランクリンは穏やかに言った。じゃ君はどうなんだ？

まぁ、いい遠征だったと思うよ、とセスは肩をすくめて言った。もう少し花が咲いていればもっと良かったけど——

こうだったらもっとよかった、っていうのは誰もが思ってることだよ、セス。

　とにかく、こんな状況になだれ込むことができたのは最高だね、とセスがおもむろに笑った。（このとき、彼もまた鉛中毒だったのだ。）ほんと、最高だよ。圧倒されちゃう。これを変えることは誰にもできやしない。

　実際、その季節にはそれ以上誰も死ななかった――これはまちがいなくミスター・フランクリンが出した賢明なる命令のおかげだ（とドクター・グッドサーは言った）。その命令とは士官の見ている前で乗組員全員、割り当てられたレモンジュースを飲み干すこと。そうだ、とミスター・フランクリンは優しげに言った。パリーも同じことをした……初夏になると乗組員たちはキャンプの東側の畝に楕円形の庭を作り、縁には苔や地衣、ポピー、アネモネなどを植えた。五月二十四日、慣例にしたがって一行は女王陛下の誕生日を祝い、きちんと並んだライフル銃から礼砲が放たれた。彼らは斑模様の氷丘の氷を眺めた。

✡ ✡ ✡

一行が求める必需品をどうやって手に入れるか。この問題は、海図を検討するためにミスター・フランクリンの船室に集まってきた士官全員の悩みの種で、ミスター・フランクリンはそんな彼らを見て微笑んだ。彼の微笑みはまるで墓石に彫られた大理石の天使か、撃ち殺されて浜辺に横たわるシロイルカのように青白かった。彼は自分の顔の、ゴムか大理石のような肌をゆっくりと引きつらせた。砂糖やソースがわりのミスター・ゴールドナーの鉛が、彼の体の奥深くに入り込めば入り込むほど、彼の容貌は別な種類のクジラにどんどん似てくるのだった。灰色のクジラ。細かい砂利のついたその皮はぺろりとめくれ上がり、溝状に波打つ霜降りの脂肪が、血に汚れたつけ根の方まであらわになっている――

　一言いっておくと、ミスター・フィッツジェームズはその冬がもたらした怠惰な暮らしに誰よりも苛立っていた。極地でのゲームとなれば、活動できるのはほんの数週間にすぎず、あとは風と氷と闇が何ヶ月も延々と続くばかり。その中で、船員たちはそれまでの自分の行ないを悔やみ、次の行ないに望みをつなごうとする。この状況は、私たちの知る人生のさまざまな状況とそれほど異なるものではない（たとえばミスター・フランクリンがジェーンやリーパーとともに続けている長いゲームを見よ）。だがミスター・フィッツジェームズはいろいろな意味で若く、社会のためには骨惜しみすることなく喜んでエネルギーを提供したものの、そのエネルギーを無理矢理せき止められるとなると、それは彼にとって何よりも堪え難いことだった。このとき、彼にも鉛中毒の微妙な症状が、他の者たちと同様に出始めていた。彼の場合は指揮官と違って、失神するという形ではあらわれず、むしろこの段階では彼の激しやすい性格がさらに半オクターブほど高まったというべきだろう。気持ちがいつも安定しているミスター・クロージャーは、性急にことに当たろうとするこの若者にほんのわずかだが不快感を抱いており、したがってこれを機に彼に対する自分の判断の正しさが証明されればこんなうれしいことはなかった。彼はかつてミスター・フランクリンと二人っきりになったときに言ったことがある。――ミスター・フィッツジェームズはいつも自分が一目置かれていなければ気がすまないようです。

白状すると私もそう思い始めていたところだが、なにしろ彼は若いからね、とミスター・フランクリンは悲しげに言った。我々も少し大目に見て我慢しようではないか。

ささいな事でフィッツジェームズに腹を立て、船室に訴えに来ていたクロージャーは、申し訳ない気持ちで部屋を出た。――ミスター・フランクリンもやはり若い部下には失望していたのだ。となれば自分もフィッツジェームズについてはなるべく寛大にならなければ。そうしないとミスター・フランクリンがまた一つ荷物を背負い込むことになってしまう。しばらくはこれで調和が保てた。これぞフランクリンの才能だった。

✲ ✲ ✲

七月十三日の朝、取るべき進路について最終的な打ち合わせをしたいというフランクリンの要請を受け、上級士官たちがエレボス号に集まった。去年の夏には海だったところに青い氷山ができ、風がそこに低く吹き付け、空にはほとんど雲一つない。少しだけ息を切らし、顔のまわりに氷の結晶をびっしりつけて、大胆な仮面でもかぶっているようなミスター・フィッツジェームズがまず姿を見せた。彼はごく最近、ゴア中尉を艦長代理に立て、志願者を率いて凍ったウェリントン海峡を一六〇キロほど北上してみたが、北への突破口となる水路の兆しはないことを確認した。北へ進むという考えは、彼の頭の中ではその時点でもはや消えていた。一方、どんなに低い可能性でもそれを捨ててしまうべきではないし、北極海のどこかに凍結しない海があることを夢見る海軍省の学者連中が誤っているかどうかは現段階では断定できないことを、南極で越冬したことのあるミスター・クロージャーは知っていた。(彼はときどき骨に痛みを感じていたが、そのことを除けば健康状態はまだ良好だった。)

諸君、不安に思うことはない、とミスター・フランクリンは例の曖昧な微笑みを浮かべながら言った。今週は無理かもしれないが、来月には必ずや氷が溶けるだろう。大事なことは全員の意志を統一しておくことだ。この件についてはもっと早く結論を出しておくべきだった、それをなぜここまで引き延ばしたのか、私にもよく分からない……

これに対して誰も応えなかったので、ミスター・フランクリンは咳払いをしてこう続けた。全員の合意を確認する意味で聞くが、これまでの展開について少しでも疑問を持っている者はいるか……?

沈黙。

ミスター・クロージャーは?

疑問はありません、と指名されたクロージャーは生ツバを飲み込みながら答えた。

ミスター・フィッツジェームズは?

もちろんありません! ですが一つ提案があります――

いいだろう。このあとすぐに聞かせてもらおう。だがその前にいつものように海図を確認しようではないか。それから悪いが誰か船室係を呼んでくれ。酒がほしいとな。そのくらいの働きは、我々もしているのだから。

✲ ✲ ✲

いつでも出発できると分かったところで、ミスター・フランクリンは一つの結論を出し、検討会を解散した。その結論とは、海軍省ご推薦のルートを完遂させるべくもう一度バロー海峡を通って西へすすみ、後はどちらの方向だろうと、とにかく速やかに太平洋に出られる海路を選ぶというものだった。(といってもそれはもともとミスター・クロージャーが提案した案だったのだが。) フィッツジェームズは北進することには何がなんでも反対らしく、実際、嫌悪感すら示した。だがフランクリンは彼の偏狭さに対処するため、彼のかつての上官であるミスター・バックも同じ意見を持っていたと威嚇（そう、これは半分はほんとうだ）した。フィッツジェームズはバックに強い嫉妬心を抱いていた。バックこそは成功者だった。そしてこの嫉妬心は、その対象が不在であるというまさにその理由によって際限なく陰気なものとなった。不在であることによって、バックは実際よりもずっと大きな存在となっていた。ミスター・フランクリンはそんなフィッツジェームズの心理を知ってはいたが、理解しないままそれと戯れた。彼にとってバックは頑固で劣った男だった。ミスター・フランクリンはずいぶん前から心の中で最後の切り札としてバックを救世主とすることを考えていた。別なあるときには、彼はあまりきつく抱き締めてはいけない存在でもあった。一方フィッツジェームズにとってバックはミスター・フランクリンの放蕩息子だった。彼に取って代わるためには、彼の成し遂げたことを自分もまた別な形でやってみせなければならない。だからミスター・フランクリンが、どの方角であろうと氷が溶けている方へ進むので全員そのつもりでいつでも出発できるように、と命令を下したとき、彼は言下に自分の意見を伝えた。もちろんです、と。

❄ ❄ ❄

三十日、船員たちが荷物をビーチー島から船へ移動するのを監督しながら、ミスター・クロージャーはゆっくりと歩き回っていた。船員たちは十分元気そうではあったが、何人かの顔には共通して見られる奇妙な傾向があり、それがなんとも気がかりだった。彼らの顔は、脂ぎった金属のマスクか何かですっぽりと被われてしまっている感じだった。そのことに彼ら自身も気がついていない。さて（とクロージャー）、これですべては**神**の手にゆだねられた。ミスター・フランクリンの船室での集まりは心中複雑だった。理由も分からないまま気持ちが妙に落ち着かなくて、彼は沈黙したままだった。ミスター・フランクリンはジェームズ卿よりもずっと優しく、寛大な指揮官だ。直接意見をぶつけることもできただろう。あるいはそうするべきだったのかもしれない。だが何といえばよかったのか。――私たちの問題の根本にあるのは、ほんとうに鉛だけだろうか？　話の内容が、イヌイットたちにライフル銃を与え続けることの効用だろうと、イギリス人に対する鉛缶の影響だろうと、私にはどうでもいい。——あるいはどうでもよくないのだろうか？——少なくとも今となってはどうでもいいだろう。というのも次にどう動くべきか、すでに私たちには分かっているのだから。またしても時刻は真夜中前、岩だらけの浜辺には氷のかけらが集まり、その上に月の光がまばらに当たっている。まだ弱々しく、ほとんど高さもないが、それでも波が寄せ始め、その結果淡いブルーの波が、いっそう濃いブルーの入り江に打ち寄せ、その上を、地面近くで飛び回る蚊と同じくらいたくさんのコオリガモが飛び去ってゆく。ふもとには定規で引いたようなまっすぐな霧がかかり、そのせいで地面からは切断されているように見える山々が、まるで紫の鳥のように中空に群れていた。

＊＊＊

八月二日、野営地の解体も順調に進んだ頃、ミスター・フランクリンは潮の変わり目とともに出発できるよう命令を下し、士官が伝統に則って酒をふるまい、乗組員たちは歓声をあげた。これ以上中断されることなく北西航路を成就させることができる。誰もがそう信じて疑わなかった。——錨を上げ、帆を全開！——三つの墓は彼らの後ろで見る見る小さくなった。風がとても強かった。翌日、一行は南西へ向け、バロー海峡の中程まで進んだ。開水面は色鮮やかなチャイニーズ・ブルーだったが、その美しさには誰も気付かなかった。海面には山々の姿が、まるで氷から伸びる群青色の鍾乳石のようにさかさまに写り、氷のせいでその像と分断された本物の山はくすんだ紫色で、雪がうっすらとかかり、頂上は雲に隠れていた。左舷側の先には、セスが単性のホタルブクロを見つけたサマーセット島が見える。景色によって仲間の気持ちが高揚してゆくのを見ながら、ミスター・フランクリンはこの上ない喜びに浸っていた。このシーズンを無事に乗り切るため、彼らはミスター・フランクリンに親愛の情を寄せ、その良き判断に頼り切っていた。八月五日、一行は分岐点に到達した。まっすぐ進めばヴァイカウント・メルヴィル海峡、北はペニー海峡、南はピール海峡。北緯七四度よりも若干南に下ったこの地点の、非常に正確で興味深いスケッチをミスター・グッドサーが描いている。その頃ミスター・フランクリンは信号によってミスター・クロージャーやミスター・フィッ

郵便はがき

恐れ入りますが
切手をお貼り下さい

1740056

東京都板橋区
志村1—13—15

国書刊行会
行

＊コンピューターに入力しますので、御氏名・御住所には必ずフリガナをおつけ下さい。

☆御氏名（フリガナ）	☆性別	☆年齢 歳

☆御住所

☆御電話

☆eメールアドレス

☆御職業	☆御購読の新聞・雑誌等

☆お買い上げ書店名

書店　県 市 区　町

愛読者カード

☆書名

☆お求めの動機　1.新聞・雑誌等の広告を見て（掲載紙誌名　　　　）
2.書評を読んで（掲載紙誌名　　　　）　3.書店で実物を見て
4.人にすすめられて　5.ダイレクトメールを読んで　6.ホームページを見て
7.その他（　　　　）

本書についての御感想（内容・造本等）、小社刊行物についての御希望、編集部への御意見その他

購入申込欄

お近くに書店がない方は、書名、冊数を明記の上、このはがきでお申し込み下さい。「代金引換便」にてお送りいたします。（送料420円）

☆お申し込みはｅメールでも受け付けております。ｅメールで御注文の場合のみ、送料は小社が負担いたします。

お申込先eメールアドレス: info@kokusho.co.jp

ツジェームズと相談し、彼らも航路完遂の可能性がもっとも高いのはピール海峡への進路であることに合意した。この海峡を通ればやがてシンプソン海峡に到達できるだろう。結論が出たところで、進路は即座に南に変更され、その間にもミスター・グッドサーはスケッチの最後の描線を書き込んでいた。薄汚れた浮氷が茶色い霧の中でぐるぐると渦を巻き、ワタリガラスが叫び声をあげた。後には天気がすっかり良くなり、フランクリンが望遠鏡を通して見ると、彼方の尾根の石がまるで錠剤のようにはっきりと見えた――

✡✡✡

ピール海峡がアメリカの海岸線に向かってどんどん伸びているのを見て、ミスター・フランクリンはとても勇気づけられた。(めまいは相変わらず襲ってきたが。)彼はこの一ヶ月というもの、謝礼が安くてもガイドを引き受けてくれそうなエスキモーに会えないものかと期待し続けていた。(日の光があるっていうのはいいものだ、とフィンランダー・キッドはつぶやいた。もうじきこれがまったくなくなるんだから。)海は緑色とグレイ。二つの尾根にかかる霧を貫くようにして、今にも沈もうとする太陽が細いオレンジ色の息を吐き出した。空は黄色く、青かった。雪が尾根の頂きに沿って渦巻き、炎が煙と一体になるのと同じように黄色い空と解け合った。何もかもがひどく黄色く、そして明るく、まるで朝を迎えたかのようだった。低くて青い峰を長々といただく幾つもの島がとても遠くに見え、白い岬には皺が寄り、そこだけ黄色か青く光っている。インディゴ色の水には四角い氷山が浮かび、チェス盤から逃げ出した升目のようだった。巨大なカタツムリの殻のように、氷山が海面にぷかぷか浮かんでいた。

✡✡✡

日がたつにつれて浮氷の数も増えていった。南西方向に強い氷映がある、と見張りが報告した。ミスター・フランクリンが四百メートルほど後方に停泊しているテラー号に合図を出すと、艦船のことはリトル大尉に一任して、キャプテン・クロージャーがほどなくやって来た。彼はミスター・フランクリンの船室に入り、その間艦船はクロース・

リーフ・トップスルの状態で静止した。二人の相談はいつになく長い時間がかかったので、士官たちは何ごとかと気にし始めたが、やがてキャプテン・クロージャーがテラー号に戻り、一行はそのまま南南西へ進んだ。——ドクター・グッドサーがおとなしそうな鯨を何頭か目撃した——英国の通商にとってなんと都合のいいことか！ ——北磁極に近付くと、このあたりに最初に足を踏み入れた友人ジェームズ卿のことが思い出されて、ミスター・フランクリンはすっかりうれしくなった……今シーズンにはきっとこの浮氷群も通り抜けられると士官たちが断言したので、乗組員は相変わらず陽気だった。ドクター・ペディがフルマカモメのコレクションに新しい亜種を加えようとしたちょうどそのとき、キャプテン・クロージャーが再度乗船し、テラー号の病人がまた増えたとドクター・グッドサーに報告した。フルマカモメはまるでドクター・ペディを襲おうとでもするように彼に向かって急降下してきたので、捕まえるのは簡単だった……ほどなくしてキャプテン・クロージャーが自分の艦船に戻り、彼の表情は士官たちの目にやはり不安げにうつったが、すぐにミスター・フランクリンがデッキに姿を見せ、実に優雅な風情で皆に声をかけて回り、それだけで誰もが喜びで満たされた。右手に控えるミスター・フィッツジェームズは指揮官のそばにいられるだけですっかり顔を上気させていた。ミスター・フランクリンが上の方を指さすと、フィッツジェームズの視線も間髪入れずにそれに従い、士官たちも屋根板のようなクロース・リーフの帆がある上方を見ずにはいられなかった。船はほとんど音もなく進み、テラー号がそれを控えめに追い、姉と同じように小さな氷山をまわり込む。こうして二隻の艦船は進み、雲が笑った。土曜日の晩、ミスター・フランクリンは恋人や妻たちに捧げるために乾杯の音頭を取った。日曜日には礼拝が行われた。月曜日にはテラー号に合図を送り、こうして彼は一行を浮氷群へと導くことになった——

✻✻✻

一八四六年九月十二日、フェリックス岬からさほど遠くない地点で一行は氷に囲まれた。九時に本を読むには少々暗くなってきた。そのことに初めて気がついた晩だった。岬の東側とはすなわちキング・ウィリアム・ランドの東側に回あたり、そこには氷が張っておらず、ミスター・フィッツジェームズはぜひ進むべきだと言い張ったが、ミスター・フランクリンがその意見を却下した。バックやロスの地図を見るとキング・ウィリアム・ランドがその実アイランドであるとはとうてい思えなかった（実際にはそうだったのだが）。だから彼は通り抜け不能、つまりそれはウクトゥクではなくアヌスであろうと判断したのだ。いつものようにエレボス号が先導した。ミスター・ゴアが見張りとともに立って開水面上にできる水空を探したが無駄だった。二隻の艦船は、ロンドンのスラム街もかくやと思われる細くて曲がりくねった水路を、氷の縁に船体をぶつけながら進んだ。まわりではアザラシが遊んでいた。やがて一行は小さな湖にたどりついた。エレボス号の船員たちは神経を張り詰め、ゆるい氷に囲まれたままデッキに立ってテラー号を待った。ミスター・フランクリンが合図を出してキャプテン・クロージャーに会いに行き、戻ってきたときにはうっすらと微笑みを浮かべていた。進路はこのまま南西へ。ミスター・フランクリンは忠実なるフィッツジェームズにこう言った。クロージャー君は実に良き友人だ！　その翌日、ミスター・フランクリンはキャプテン・クロージャーを初めとする数人の士官とともに船を離れ、一行を取り囲む平らな氷山の一つにのぼって水空の愛しい暗さを探したが、目に入ったのはできたばかりの氷、蓮葉氷、砕氷、そして氷壁ばかりだったので一行は引き返し、今度はキャプテン・クロージャーがテラー号の水桶用に、緑色の二年氷のかけらを集めて来させるため、何人かの乗組員を送り出した。その間ミスター・フランクリンは船室にこもって一人で祈り、ミスター・フィッツジェームズは必要になるとは思えなかったが、その冬の暖房用にアザラシの脂を手に入れようと、ボートのチームを編成した。こうしてライフル銃の銃声が幾度となく響き渡り、乗組員たちは満足そうに血と脂肪を大量に持ち帰り、その翌日、ミスター・フランクリンは二隻の艦船の舳先へボートを引き上げるように命じた。まだ薄い氷の上にボートを落として砕いてしまおうという算段で、船員たちはその命令をてきぱきと遂行し、ボートを引き上げては氷に落とし、苦労に苦労を重ねてどうにか進んだのが約二七〇メートル。そこからは新しい水路が開けていて、三二キロほど進むと、そこだけ凍らずに小さな池のようになっている場所へ出た。二隻の艦船が一応動き回ることのできる広さだったが、その様子はまるで罠に追い込まれたヒメハヤのようだった。ミスター・フランクリンは、氷に封じ込められないよう十五分おきに船を間切らせよ、と命令した。翌日、氷は船員たちがその上を歩いても崩れないほどの厚さになったので、ノコギリで水路を切り出さなければならなくなり、それを双眼鏡でさしたる興味もなさそうに眺めているうちに、ミスター・フランクリンはいつしかレンズの焦点をフィンランダー・キッドに合わせていた。彼の髪はいつも濡れたように額にべったり張り付いている。唇は意外なほど知的だ（とフランクリンは思った）。澄んだ瞳と細めの眉、その容貌からして彼はひょっとするとこの先ひとかどの人物になるかもしれない……フィンランダー・キッドは氷にノコギリをあてているセスの肩ごしにお喋りをしていた。ロシア領アメリカをうろついていた頃、エスキモーの墓地に忍び込んで象牙の彫刻を探し出したり、砂礫の浜辺に転がっているイピュタック期の骸骨のデスマスクを漁っていたときのことを話していた。セスが肩をすくめてノコギリを引き続けているとフィンランダー・キッドがこう言った。いいものを見せてやろうか？　セスはことわったがフィンランダー・キッドは鳥のように笑って言った。　いいよ、見たいんだろう？　セスはノコギリを引き続け、フィンランダー・キッドが手伝うフリをしていると、ミスター・フィッツジェームズが歌うように声をかけた。　その調子だ、みんながんばってくれ！　そしてフィンランダー・キッドが言った。俺の骸骨のような魂を守るための、死のデスマスクだ――これに対してセスは何ごとか考え込み、しかめっ面をして、厳しく、緊張した表情になり、彼の顔を正面から見据えた。すると本当に、丸みのあるダイヤモンド形に彫ったセイウチの牙のような、この男の頭蓋が見えてきた。切り込みのように見えるのは、両目と口、そしてちょっと斜めになった鼻の穴だ。だがフィンランダー・キッドが頭蓋に過ぎないのは当たり前だということがセスには分かっていたので、このときも彼はちっとも恐ろしくなかった。フィンランダー・キッドの魂は新品のショットガンのように清潔だ。かくして一行は再び氷の少ない大きな湖にでることができ、それはきっと海に違いないと思い込んで誰もが歓声をあげた。帆はすべてスタンスルにして彼らは北西航路をさらに奥へ進んだ。前方には新たな氷映が見えている。――そうなんだよ、君、と彼はフィッツジェームズに語り始めた。ヴァン・ディーメンズ・ランドでの気候もちょうどこんな具合だった。一八四一年、私が総督だったときにジェームズ卿と化石の森へ探検に出たことがあってね……――前方に氷発見！と見張りが叫んだ。霧も立ち込めている。テラー号とはぐれるといけないので、ミスター・フランクリンはスピードを落とすよう命じた。霧が深くなってくると、姉妹たちは衝突を避けるためにライフル銃を介しておしゃべりを始め、こだまする銃声を、重い空気がまるで肉のように貪り食い、疾風が吹き、ついに一行が帆をたたむと今度は風がやんだ。ミスター・フランクリンは話を続けた。そのときは妻も同行してたね。彼女は探検には実にうってつけの人物なんだよ、フィッツジェームズ君。――そうでしょうとも。――だが彼女がスカーレット・マッシュルームを摘むことは一度もなかったな……――今なんておっしゃったんですか？――君も食べたことがあるだろう？イヌクジュアックで……――翌日はよく晴れて穏やかだった。その先には浮氷群が待ち受け、可能性のありそうな水路をいくらでも見せつけて一行をますます奥へと誘うだろう。

二六一番の海図によると、キング・ウィリアム・ランドはブーシア半島と地峡で結ばれているはずだった。フランクリンがカナダ・イヌクティトゥット語に入れ込み、あらゆる方角を向いた三角形や、釣り針形や、CやLがたくさん出てくる彼らの文字や言葉を勉強していれば、氷の水路が彼に伝えようとしたメッセージを読み取ることができたかもしれない。ちょうどサブゼロがポンド・インレットでフランクリンの名前を読み取ったのと同じように。だが今やサブゼロはミスター・フランクリンになりきってしまって、もはやサブゼロではない。ミスター・フランクリンはイヌクティトゥット語を理解できなかった。そもそも彼の時代にはこの音節文字はまだ知られていなかった（モラヴィア教会の宣教師たちがようやくそれを編み出したばかりだったのだ）。だから彼は氷を読むことができず、間違った方角へ曲がってしまったのである。――もちろん氷が彼に嘘をつくこともあったかもしれないが。疾風が吹き続けた。天気が落ち着けば氷も多分散るだろう。やがて海路が開くはずだ。眠っているときのリーパーの手のように。もはや悪夢を握りつぶすことができないと知って、彼女のこぶしはゆっくりと開くのだった。睡眠薬か酒を飲まない限り、リーパーが夜通し眠り続けることは決してなかった……どちらにしても彼が正しい方向を選ぶ可能性は五分五分だった。物事はなんでも明るい方に考えるべきだ。水平線には氷映以外に何も見えなかったが、このとき彼は西への海路を選んだ。それはまた自らを葬むることでもあった。

6　ピール海峡

トランプ　1847

何年か前の『ナショナル・ジオグラフィック』にはエスキモーの墓場についての記事があり、それによると海からそう遠くない洞穴に何十年、いや何百年か前に積み上げられた死体が何体もあったらしい――それは乾燥した北極の空気のおかげでちょうどいい具合にミイラ化していたという。

ジェイコブ・ディキンソン、一九八六年九月一日付の手紙より

派手だけれど生気のない眉毛のクイーン、アステカ芸術を思わせる奇妙なほど煌びやかなローブをまとったキング、どちらもふたなりよろしく頭が二つ花開き、ハートやスペードの群れが彼の手の中に消え、シャッフルに合わせてパチパチと音を立てた。指と指の間でトランプが滝となって流れ（雨垂れはその間にもあるときは強く、あるときは優しく天幕の上に落ちてきた）、それからトランプは再び七つの山となって開花し、彼は七の上に六を置き、キングを引き、負けるとトランプを集めて点数を書き込み、トランプがまたしても指の間でたわみ、飛び跳ね、彼はこう言った。　一三六点。　これは今までで最低の点数じゃないかな？　――そうだ……　――それからイコンのようなトランプの顔が伏せられたり開かれたりして登場し、彼は胸と腕を出して後は毛布にくるまったままそれらを見下ろし、今度は勝った。雪片が外で舞っては溶けていく。氷は白かったが、泥かなにかの茶色い筋が入っていた。

ミスター・フィッツジェームズ？

彼らの北方約十九キロの入り江には、小さな氷河が白痴的にポカンと浮かんでいた。気温はちょうど氷点下、海は青みがかった灰色で、波はあったが静かだった。ミスター・ゴアは六人ほどの男たちと一緒に氷が溶け始めた海の近くに配置された。ときは再び六月、間もなく氷が割れる

はずだ。今年はシーズン到来も早いだろう。あらゆる兆しがそれを物語っている。ゴアは、確実に氷が溶けたところで本隊に知らせるように、との命令を受けていた。獲物を求めて東へ行ったミスター・リトルと有志たちは明日戻ってくる予定だが、彼らもうれしい知らせを持ってくるかもしれない……ミスター・フィッツジェームズとミスター・クロージャーが乗組員を数グループに分け、中堅士官たちの指揮で狩りに行かせてから三週間が過ぎようとしていた。彼らは雪の中でジャコウウシの足跡をたどった。ジャコウウシはときどき足をひきずる習性があり、その足跡は二本のスキー板のように見えることがある。上官たちはミスター・フランクリン立ち会いのもと(といっても彼はときどき優し気に笑うだけでなにも言わなかった)、給仕たちとミーティングを開き、その結果、ライフル銃のおかげで獲物の量によっては四年目も十分乗り切ることができることが分かった……風はほとんど吹いていない。二隻の艦船を閉じ込めている氷の道に氷河が近付き、軽い衝撃とともにそこにぴたりと接岸した。氷河は丸みを帯びた形をしていた。氷の道は海へ続く丸石の鋪道のようだ。海にはときどき超自然的な閃光が走り、サブゼロはそれを悪いことの予兆と思うこともあれば、心浮き立つ光景だと思うこともあった。岩の橋が太陽に向かって左に湾曲した先には淡いブルーの氷があり、それが海峡近くのイッカクたちを見つめ、サブゼロは拾ったライフル銃の弾薬筒をポケットの中でじゃらじゃら鳴らしながら、もう一度氷の溝にリーパーの名前を見つけることはできないかと、ポンド・インレットとレゾリュートとユリーカ海峡の浜辺をゆっくりと歩いた。彼をサブゼロと呼ぶのは誤りだが、絶対的な正確さを求めてあがけばあがくほど、私はまたしてもなりたくない人物にならざるをえなくなる。氷の鋪道はどんどん続く。これで終わりだ。艦船は二度と自由に動くことができない。

ミスター・フィッツジェームズ?

六の上に五、五の上に四。

ミスター・フィッツジェームズ?

入り江の両側には雪でおおわれた長くて低い丘の斜面があった。片方はリーパー島でもう片方はレディ・フランクリン島。その一ヶ月の間、一行はレディ・フランクリン島の方に近かった。(その頃レディ・フランクリンはエレノアといっしょに、まず西インド諸島に滞在し、それからアメリカへ足を伸ばした。捕鯨船の船員たちからは何の情報もなく、海軍省も賞金を出すところまでは踏ん切りがつかないらしい……　――見て、あの方がそうよ、と他のご婦人方がひそひそ言い始めていた。ご主人の消息がぷっつり途絶えてしまったんですって。）浜辺の丘は筋肉のようにせり上がったかと思うと、雪が大理石模様に残る半島へと降り、そこからキラキラ光る滑らかな小石や化石化した木のかけらが転がっている砂丘に変わる。風の中で枯れた花が震え、氷と溶けた雪で葉がきらめいている。花は甲板からは見えないが、士官に先導されて狩りにでかけるときにそのあたりを何度も横切っているうちに、ようやく彼らの目に入った。ドクター・グッドサーの具合は相変わらず悪く、その結果ドクター・ペディに負担が集中したが、そのおかげでセスが臨時代理として自然観察の役目をおおせつかった。見張りの時以外、彼は鼻歌を歌いながら芽吹いたばかりの新鮮な植物の間を歩き回った。死んでもいいくらい幸せだった。

四の上に三。

ミスター・フィッツジェームズ？

なんの用だ。

指揮官殿がお話があるそうです。

待ってました。さぁ、三の上に二、と。嵐に向けて帆の準備だ！

ユニフォームを。

そうだな。青いアイス＝シャツを着て、さぁ行くぞ。

しかめっ面の雲ばかりが目立つ灰色の一日で、入り江の氷がクリームのように輝いていた。しばらく寝たきりだったミスター・フランクリンが、暗闇の中で目をしばたいた。北極に住む老いた男たちと同じように、フランクリンの目も太陽の光と氷の結晶のせいですっかり傷ついていた。彼はラブラドル角膜症を患っていた。

ああ、君かね、フィッツジェームズ君。

そうです、お気の毒な指揮官殿――

ミスター・フランクリンが微笑んだ。――ミスター・ゴアからの連絡は？

まだ何も。

それでは君の方は？　頭痛はどうだね？

もう大したことはありません。

フィッツジェームズ君……

なんでしょうか。

どうも――どうもまた発作が起きそうだ――

すぐにドクター・ペディを呼んできます。

二の上にはエースだよ、フィッツジェームズ君。

今なんと?

ドクター・ペディを呼ぶ必要はない。私の頭をもう少し高くしてもらえないか? 我ながら運が悪い、こんな状況は初めてだ。それからそこの飲み物を注いでもらおうか。茶色い瓶からほんの少しだけ——そうだ——

少しは楽になりましたか?

フィッツジェームズ君、私が指揮をとれない場合、後はミスター・クロージャーに任せることにしたよ。彼の方が君よりも年上だしね。

分かっております。

君ならミスター・クロージャーと協力してうまくやってくれるだろう。天候がよくない時はとくに——

了解しました。

それから神についての説教も頼む。

分かりました。

六月六日、ミスター・フランクリンは完全に失明し、天幕を叩くスタッカートの雨音はどんどん激しくなり、船室への出入り口の屋根にはいろいろなものが混ざり合って奇妙な模様ができ、それが雨に濡れて流れ出していた。屋根の下では弱々しい黒蜘蛛が糸を紡いだり、動きが鈍そうな前足の鉤つめで自分の体を引き上げたりして、その間ミスター・ホアが日課に従って下の甲板に熱い砂を広げた。厚手の防寒コートを着た他の乗組員は、翌日にはフェリックス岬にいるミスター・ゴアの救援に出発することになっており、その前に半分凍ったブーツを乾かそうと火で炙った石をブーツの中に落とし、待っている間はクリベッジ・ゲームに興じていた。空だきした料理鍋に放り込まれた石はポップコーンのように勢いよく爆ぜ、外では雪が降り、ブーツの中から蒸気がのぼり、それだけやってもブーツが乾くのかどうか分からなかったが、にも関わらず彼らは自分たちのしたことに満足したに違いない。泥だらけのものは全部片付け、夕食を作り、横になって雨の一斉祝砲を聞いていると、やがてサブゼロがトランプとクリベッジ・ボードを取り出し、誰もがチョコレート・バーをかじりながら、ダブル・ランやトリプル・ランやペア・イン・プレイやトリプル・イン・プレイやフィフティーンを次々に出すものだから、ペグはあっという間にボードを回り、一手で十二や十六ポイントはざらで、それ以上になることもあり、積金壺はポイントでいっぱいになった。配られる手はどれも最高で、どのカードを捨てればいいか迷うくらいだったので、すぐにゲームは終わってしまった。もちろん一方が負けたわけだが、双方とも勝ったような気になるのは、双子の墓の上に雪片が降るのと同じくらい自然なことだった。それはなぜか。実はその瞬間、不眠症のジェーンがとつぜん起き上がり、愛する者を自分から引き離す障害が何なのかやっと分かったとでも言うように、盟友たちが作った北極の海図を、ろうそくの明かりを頼りにじっと見つめたからだ——だが夜のしじまの中で座る彼女にとって、海図には空白が、憎々しい空白があまりにも多すぎた！　彼女が彼のことを真剣に案じ始めたのはこの瞬間だった。ずいぶん昔のディナー・パーティで、ミスター・バックが北極の荒野の広漠とした陰鬱さについてソフィーに話したときのことを、彼女は思い出した。閨房で一人座る彼女は、初めて彼を理解したと思った。地図の上の空っぽの領域は無慈悲にも不変を装い、それを征服できる者など誰もいないように見える。夫はどうしようもなく迷っている。彼女はこのときほどそれを強く実感したことはなかった。まるで彼とリーパーがベッドを共にしているところを見つけてしまい、彼の行ないをそれ以上否定することができなくなってしまったかのようだった。部屋に入ってランプをかかげると二人はすっかり縮み上がり、彼は懇願するでもなく、リーパーの腕の中に隠れるでもなく、ただ雪の中の黒い虫のように体を丸め、恥ずかしさに世界から切り離されたまま、考えもせずにもがき、息をつくこともできない。発作が起きたときの彼もそんなふうだった。誰も彼を助けることができないほど遠くへ行ってしまうのだ。ジェーンは自分の幸せよりも彼の幸せの方が大切だと思っていたので、それを見てもただ哀れみと、彼にかわって深い懸念にかられるだけで、恨みの念に貫かれることはなかっただろう。（恨みや憤りは後からやってくるものだ。）だがほんとうの意味で惨めなのは、彼女が何の役にも立たないことだった。これはセスがポンド・インレットで、死んだキツネとワタリガラスを見たときの気持ちとちょうど同じだった。もちろんジョンが自分を裏切ることなど、彼女は一瞬たりとも想像したことがない。彼はそんなことをするにはあまりにも高潔だった。だがもしも彼がそんなふうに自分の愛情を二倍に増やしていたとすれば、彼女はやはり裏切られたと思うだろう。彼女は自分の無力さに苛まれ、そのために自分がひどくみじめに思えた。くたびれ果てて、心臓の鼓動すら疎ましく感じられた。ソフィーを起こして、何か読んでくれるよう頼むべきだろうか。いや、それはあまりにも身勝手だ。そこで彼女は悄然として眠れないまま、何も考えずに憎々しい地図を見つめた。――一方墓場の双子は船員たちのために新しい気晴らしを考えだそうとしていた。吐いた息が凍りつくように、月日がみっちりと結晶し始めていた。それを彼らが無事に乗り切ることができ、自分たちの置かれた現状についてあまり深く考えたりしないように。万が一考え始めれば、彼らの規律や自信は損なわれかねない。ミスター・フランクリンは浮氷が吹き寄せられて凍りついたパックアイスの上でレースを開くために、トボガンと呼ばれる橇を大工たちに作らせようと提案した。二十五年ほど前にアカイチョはそれを見てひどく感心したものだ。ちょっとした運動にもなったので、既に悪化しつつあったミスター・フッドの体調にも少しは良い影響があったのかも知れない。グリーンストッキングズが笑いながら見つめる中、フッドとバックがトボガン・レースでしのぎを削った様子を、ミスター・フランクリンはありありと思い浮かべた……いや、もちろんミスター・フランクリンはもう一人別なグリーンストッキングズを心に秘めていた。彼女が姿をあらわす気になってくれれば、ミスター・フィッツジェームズやミスター・クロージャーもそれに誘われて、トボガン・レースは一気に盛り上がるだろう。彼女はいつだって気がおけなくてつき合いがよかった――だが、彼女を使って彼らを誘惑することなど、彼にはできない。彼女を共有することなど彼にはぜったいに無理な話だった。雹と冷たい滴が透明な屋根に大陸模様を作った。風がすべてを波立たせ、彼を凍えさせた。床の下の雪は解けなかったので、かえって乾燥して居心地良く、彼らは幸せだった。サブゼロはトランプで一人遊びをしていた。カードの中にリーパーの顔がまだあらわれなかったので、私は彼をうらやんだりせずに、じっと見ていた。どうしたいのか、彼女はまだ何も私たちに示してはくれなかった。

高校生だった頃にさ、と壁にもたれかかりながらセスが言った。凍りついたメガネに陽が当たって白く反射している。僕にすっかり夢中だったジェーンって女の子がいたんだ。でも彼女がだれと結婚したか、今さら言わなくても分かるだろう？　彼女、結構荒んでてね。もちろん荒んでる女の子でもなきゃ僕に恋したりしないだろうけど。その子、ローマ教皇の護衛は手袋をはめてないから卑俗化したって思い込んでた。卑俗化――彼女はそう言ったんだ。もちろん当時の僕にはその言葉の意味が分からなかった。でも僕の背中にハチミツをたらしてそれを舐めたい、っていうようなことを彼女が言い出した頃からどうもヤバイ気がしてきてさ。それを廊下で言い出したもんだから、こっちは冗談だろうと思って冗談で切り返したけど。それでその日の午後遅く、彼女が会いたいって言ってきた。僕はノーって言うしかなかった。とにかくそれが彼女にはショックだったらしい。僕は彼女にちゃんと優しくしてあげたけど、それからはほんと、話すこともなくなっちゃって……。彼女はきっと自分が傷つくような状況を自分から求めていたんだと思う。自分を追い詰めたかったんだろうな。頭を使ってしっかり考えてなかったんだよ。

鉛中毒だね、とサブゼロが賢くも応えた。

それで思い出した。いやね、実は彼女のお兄さんが僕の妹に対して同じような感情を持っててさ、妹もほとんど僕と似たような対応をした。そしたらそのお兄さんは家に帰って首を吊ろうとしたんだ。学校の誰かが妹に電話をよこして教えてくれてさ。もちろん未遂に終わって彼はケガも何もしなかったけど。ところが、その男がノックスヴィルに引っ越して採石場で自分の脳みそを吹き飛ばしたってことを、つい数ヶ月前に知ってね。ライフル銃の銃口に頭をくっつけて足の親指で引き金を引いたんだとさ。それで妹はこう言ったよ。そうね、私は悪いことをしたって思うべきでしょうけど、ぜんぜんそんなふうには思わない。――それでいいんだよな！　どうせそいつは自殺したがってたんだ、理由なんかなんだってよかったのさ。妹は一つも間違っちゃいない。世の中、おかしな奴らがいるもんだ。

彼がカードをめくるとクラブのジャックだった。が、そのジャックはそれまでに見たどんなジャックとも違っていた。三つ編みにした少年の毛先はイッカクの牙のように白く螺旋状に渦巻いていた。カーミクには熊の鉤つめらしきものがついていた。しかめっ面で、気だるそうで、血走った目はやぶにらみだ。カリブー皮がボロ布のように体からぶら下がっている。

まったく下らないね、とセス。そんなのは何の意味もない。

少年の顔はどんどんやせ細って、ついには骨だけになった。彼は飢え死にしたのだ。

結局そのジャック少年は欲しいものが手に入らなかったわけだ、とセスが黙ったままのサブゼロに言った。でも僕は自分の欲しいものを手に入れたし、ジョン、君だってそうだろ？　僕たちは二人ともヒーローなんだ——それも死んだヒーローさ——僕たちには今何かを欲する権利はないと思う。僕の妹に恋をした奴といっしょだ。奴も欲しいものは全部手に入れたわけだからさ。

ほんとうに欲しいものはないのか？　とサブゼロは驚いて尋ねた。

そりゃ女の子は欲しいよ。僕にメロメロだったエイミーって子を覚えてるかい？　主義の問題とか何とか馬鹿馬鹿しい言い訳をして、僕は何のモーションもかけなかったけど。その彼女が今、僕の顔の上で股を広げてくれたらどんなにいいか、って思うよ。分かるだろ？　その股に思いきりかぶりつきたいさ。君も同じじゃないか？　つまり君がまだリーパーを待ってることは分かってるよ。うまくいくといいな、とも思う。そうなりゃ最高だもんな。

リーパーにもっと気に入ってもらうために、僕がもし——

リーパーは君を愛してるよ、ジョン。

それから北西航路も……

それはどうだろう、とセスが言った。それについては、何を言っても白々しいか、もったいぶってるようにしか聞こえないんじゃないかな。でも賭けてもいいけど、それは欲望するためだけに何かを欲しているに過ぎないし、不幸でありたいがために何かを欲しているんだと僕は思う——

だがそのときサブゼロがスペードのクイーンをめくると、それはリーパーだった。彼女はカナダドライのボトルをそっと手に持ち、肩越しにアザラシがのぞき、彼女はとても優し気に自分の頭をアザラシの方に寄せている。おでこをアザラシの頬に当てながら。アザラシは彼をじっと見つめていたが、彼がプレゼントした黒地に赤い文字のニューヨークTシャツを着たリーパーは、視線をそらすようにカナダドライのボトルを見下ろし、その様子はとても辛抱強く、愛にあふれ、しかも傷ついているように見えた。それはちょうど**フルマカモメ**（すなわちミスター・フランクリン）と暮らそうと努力した**セドナ**、父親に指を切り落とされ、海に突き落とされようとした瞬間に父親の顔を静かに見つめた**セドナ**を思わせた。死の向こう側、彼女の苦しみも孤独も完全なものとなる水底のあの場所へ沈み、サブゼロの墓の中でも輝かしい存在になった彼女のまわりには、アザラシたちが集まり始めた。アザラシはすでに自分たちが彼女のものであることを知り、ヒゲで彼女をくすぐった。それはリーパーが髪にパーマをかけることにした日を思い出させた。彼女は生まれてから一度も美容院へ行ったことがなかった。いい美容院を教えてもらおうと、彼がジェーンの友達の一人に電話をかけていた頃、氷が船体を締め付ける音を確認するために、ミスター・フィッツジェームズは船倉へ降りて行った。――水漏れ防止のコーキングにはアフリカ原産の板が使われ、しかも二重になっているが、それももはや心もとなく、――オーク材やニレ材で二十センチもの厚さの二重の船腹すら今やうめき声を上げている！氷よ、それらの板材をはぎ落とせ！　そうすれば鉄の鎧を着けた船腹にも穴が穿たれ、海水が流れ込むだろう！　二重に細工された甲板も、熱い獣脂で補強された甲板も、鉄のフックや支柱すらまったく役に立たない……　――ああ、北極の魔法よ！　とフィッツジェームズがつぶやいた。――彼の襟巻きは氷で固まっていた。彼はそれを慎重に首からはずし、ポンプ管に何度か叩きつけてみた。それからもう一度それを首に巻いた。そしてしばらくそこに立ちつくした後、自分の船室に戻り、トランプで一人遊びをした。ミスター・デ・ヴォーに代理を頼んだので邪魔は入らないはずだ。彼はトランプをしながら頭をさすって頭痛を和らげようとした。病人のリストは長くなるばかりです、とドクター・グッドサーが言っていた――そして彼女は、触れたかどうか分からないほどそっとアザラシに触れた。彼がキスをし、吸うことをあれほどまでに好んだ彼女の下唇は心持ち垂れ下がり、目はほとんど閉じられている。ずっと昔、ポンド・インレットで、彼の三つ子の兄妹たちが誰なのか、ジューキーが教えてくれたときのことを彼は思い出した。彼には彼女がいて、彼女には彼がいて、それでも彼女はとても傷ついていた……　――地下鉄に乗るのは初めてだったので彼女は　イイイイ！　と叫び、ジェーンが戻ってくるまで六日もあって彼の心もまだ痛まず、彼は彼女といっしょに回転式の改札口を通り、彼女は驚いたようにそのバーに触れ、二人でトークンのブースを通って階段を登り、風が吹いて汚れた雪が残る船の甲板に出ると、十二月のその日はとりわけ彼には寒く感じられたが、リーパーはフードも手袋もしていなかった。彼女の手は頬と同じように赤くハッピーに輝き、彼女は何ごとかを深く考え込むようにゆっくりとガムを嚙んだ。そのまま美容院へ行くと美容師の女性がどんな髪型がいいかとリーパーに尋ねたが、リーパーは耳が聞こえないので何も答えなかった。そこで彼が彼女の耳元で質問を繰り返し、美容師が彼女に髪型の本を手渡し、リーパーはそれをぱらぱらとめくって言った。あれがいい。違う、あれがいい！　——そして彼女は笑い出した。

この子、どこから来たの？　と女性が聞いた。

彼女はイヌックなんだ。

イヌック？　何よ、それ。

エスキモー。

ウソでしょう？　ワオ！　ライラに教えてあげなくちゃ。ここにはいろんな人が来るけどエスキモーってのは初めてだわ。

やがて美容院の女たちはリーパーを取り囲み、彼女をじろじろ眺めた。リーパーは気にしていないようだったが、あるいは気にしていたのかもしれない。彼女が何を考えていたかは**イエス様**のみぞ知る——

美容師がリーパーの髪にパーマをかけている間、彼はこわがらないよう彼女の隣に座った。彼女がドライヤーのお釜に入っているところへライラが戻ってきた。彼女は彼の腕をつかみ、大きな声でささやいた。それで、あの話は本当なの？

あの話って？　彼はなるべく忍耐強く聞き返した。

しばらくいっしょに暮らした相手にはさ、エスキモーの男が自分の——自分の妻を差し出すって話よ！

昔、交易で取り引きをした者同士ではそんなこともあったらしいけど、今はもうないよ——

だが彼女はリーパーをしげしげと眺めた。その目つきは血を流しながら海の底へ沈んでゆくアザラシの目にそっくりだった——

木も欲しいかな、とセスが言った。ここらにはあんまり木がないから。グレートスモーキー山脈で過ごしたときのことを思い出すよ。真っ暗な闇の中でカエデがぼーっと輝くように浮き上がって見えてさ、そりゃ美しかった。その頃は僕も笑ってばかりいて軽薄で、自分のことしか頭になかった——

分かるよ、とミスター・フランクリンが微笑みながら答えた。それが君の務めだったんだ。

イエス・サー。

最後の難関に立ち向かう準備はできてるかね？

わくわくしています。もちろん少し緊張もしていますが、それでもとてもわくわくしています——

上官の船室を後にして、傾斜している甲板を下ると（ちょうど船室係が砂をまき終えたところだった）セスは氷に押されて船が少しだけ呻くのを聞いた——船は通常より十二メートルも持ち上げられていた——そして一瞬だけ、彼も他の誰もが考えることを考えた。氷が突然船を解き放ったらいったいどうなるのか、と。（それはバックがテラー号を指揮したとき、実際に起こったことだが、我々も知ってのとおりバックは非常に運のいい男だ。）そしてまだ見張りの時間ではなかったので、セスは長手袋をはめて便所へ歩いて行き、その間にも氷は唸ったり呻いたりして、氷がぶつかりあってできた畝は昨日よりもさらに傾斜を増した。これほどの規模の氷が相手では、スクリュー・プロペラも二十馬力の鉄道用エンジンも歯が立たない。そのことはすでに証明済みだったが、ミスター・フランクリンは驚いたり失望したりしなかった。こうしたおもちゃは最新のものだったし、だからこそ士官たちもそれらをたいそう有り難がったが、ミスター・フランクリンはそんなものがなくとも過去の航海を成功に導いている。従ってそれらが機能しないのは別に重要なことではなかった。そう、私たちが難破しそうになったときのことを忘れたのかい？　この前の航海のことさ。そのときは人肉喰いなんて起こらなかった——もう二十年も前の話だ！　——彼の指令は東ではなく西へ向かえ、ということだった。かわいそうなフッドにも生きているうちにあれを見せてやりたかった！——ミスター・フランクリンが実際に指揮を取った三つの航海のうち、二番目の航海はほとんど注目されていない。明らかに誰も餓死しなかったからだ。北極の盟友たちはジェーンを安心させるつもりで言った。——ご主人にとっては波乱万丈の航海になるでしょう。でもひるむほどのものではありませんよ。あのあたりの海岸線は変わったところもなさそうですし、心配することはありません、レディ・フランクリン。ご主人はきっといつもと同じように勝者の王冠をかぶって戻ってきますから……（だが仲間うちではこんな会話が交わされていた。彼がさいきん痙攣の発作を起こしたことは知ってるか？　相当まずい様子だったらしいね。エスキモーの恋人のことをずっとブツブツ言い続けてたそうだ。）——ミスター・フランクリンは日誌にこう書

The Third Expedition

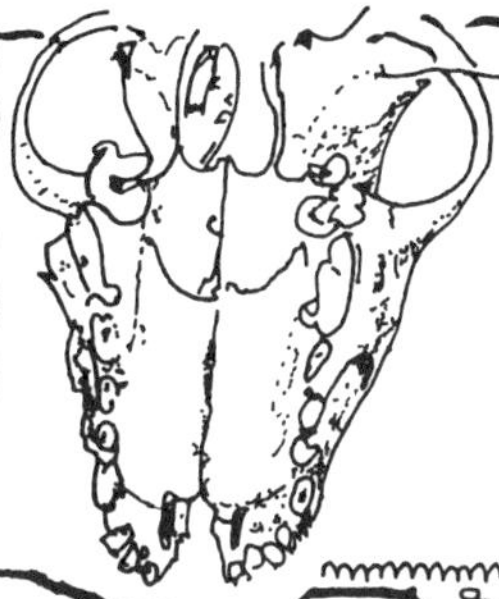

The Third Expedition:

RUSSIAN AMERICA

1825-1827

Selected List

Officers

H.M.S. Lion

John Franklin, Capt and Commander of the Expedition

H.M.S. Reliance

George Back, Lieut., commanding

H.M.S. Dolphin

Dr. John Richardson, commanding

H.M.S. Union

Mr. Kendall, commanding

Men

The Lion

George Wilson
Gustavus Aird, bowman

Esquimaux

Lion and Reliance

Augustus (Tattannoeuck), guide

き記している。ドッグ＝リブ・インディアンが来なくなれば、それはむしろ喜ばしいことだ。今や彼らはこぞって押しかけ、しかもいつも手ぶらである。この時点でミスター・フランクリンは肉の備蓄のことをかつてないほど心配していた――無理もない。義務も愛情も愛国心も何もかも、肉があってこそ存在する。アカイチョの頃ほど獲物が豊富ではないとインディアンたちは主張したが、それを信じるのは難しかった。とにかくライフル銃は紳士のごとくふるまい、すぐに保存用のペミカン袋がいっぱいになった。

――それから北極海に向けて再び北上する日がやってきた！　一八二六年七月二日、一行はエスキモー領地の際《きわ》まで順調に到達した。エスキモーがどういう行動に出るか予想がつかなかったので、用心のためミスター・フランクリンは乗組員全員にライフル銃と短剣と弾を配給した。ミスター・バックとドクター・リチャードソンも一緒だった。昔と同じ。できればバックは連れて来たくなかったが、第一の候補は死んでしまったので、誰が見ても次に適任だったバックが選ばれた。バックは、現地の女性をめぐって二度と決闘騒ぎを起こさないと誓い、実際にその誓いを守った。彼はエネルギーのすべてを指揮官のために費やした。我らがドクター・リチャードソンについて言えば、彼は東方への分遣隊を任されることになる。ミスター・フランクリンは私たちが現在アラスカと呼んでいるロシア領アメリカへ向かって西漸することが目的だったが、ドクター・リチャードソン一行の使命はベア・レイク川とコッパーマイン川にはさまれた海岸線を踏破することにあった。規模の小さな艦船であれば、バックも艦長の務めを十分果たすことができるだろう……七日、ロッキー・マウンテンに連なる山脈の数ヶ所で方位の測量を終えたところで、エスキモーの住む湾が視界に入った！　――用心深いミスター・フランクリンは、すべての食料備蓄を余った帆の下に隠すよう命令し、ミスター・バックはあらかじめ決めてあった分量だけガラクタを取り出して、残りはやはり隠した……はじめはすべてうまくいったが、贈り物が底をついてもエスキモーたちは大勢で押しかけて物をせがんだ。一人がミスター・バックのピストルを盗み、それをきっかけにエスキモーたちは、テイマ、テイマ！[*1]と叫びながらボートを浜辺に引き上げ、白人たちにナイフをつきつけて脅した。女たちが金切り声を上げた。二人のエスキモーがミスター・フランクリンの両手首を摑んで彼をひざまづかせ、そうなると彼らをいさめようとする彼の言葉はまったく効力を失った。彼らは短剣でジョージ・ウィルソンのコートとベストを切り裂き、グスタヴス・エアドの服も引き裂いた。彼らは錨が浮き出ているミスター・バックのボタンが特に気に入ったようで、それを切り落とそうとした。このときバックは、指揮官の方が危険な事態に陥っているのを見て、自分を庇おうとしていた族長をミスター・フランクリンのもとへ行かせた。そう、ミスター・バックは自分を犠牲にすることにかけてはまったく頼りになる男で、そうすることによって彼は勝利するのだった。彼は向こう見ずな暴走を何度も繰り返してきたが、ほんとうにひどい目に合ったことは一度もない！　——その秘密はいったい何か？　——もちろん秘密はライフル銃にある。彼の命令とともに船員たちがライフル銃を構えると、エスキモーは声を上げて逃げ出した。こうして、まるで夢の中のようにエスキモーたちはカヌーの影に隠れて見えなくなった（彼らは銃の威力を知っていたのだ）。やがて満ち潮がボートを浜から連れ去り、ミスター・フランクリンは一行を率いて再び前進を始めた……　——今度は何が待ちうけているか？　——次のエスキモー部族はもっと友好的だった。これ以上西へ進むのは危険だと、彼らはフランクリンに忠告した。たとえ船の装備が不十分な上、犬ぞり用の犬もいないし、たとえ浮氷群が海岸線から沖へ漂い始めていたとしても、星が再び見える頃にはぶつかり合いながら戻ってくるだろう……　——だがそれらの忠告はミスター・フランクリンにとって初耳ではなく、どれもみなアカイチョに言われていたことばかりだった。アカイチョは、ミスター・フランクリンが戻って来ることはないだろうと予言したが、実際には戻って来たではないか？　それらは何もかも**神**の定めのとおり。したがっていつものように彼は何も気にせず先へ進んだ。十三日、どういうはずみか一行はサビーヌ岬の西で巨大な氷河に押しつぶされそうになった。翌年には、彼はジェーンの元、つまりロンドンに戻っていた……そしてセスは、いくつもの樹氷をぶら下げ、堪え難いほど（といってもあの場合堪えるしかなかったが）傾きながら雪の中を進むエレボス号のことを思い出して、こう一人言をいった。僕たちはほんとうに栄光の日々を生きてきたんだな。

＊1　推測される意味は「止まれ、止まれ！」

このあたりでセスが誰かに食べられてしまう場面を入れてはどうか。ミスター・フランクリンがそうリクエストしてきたが、私たちにそんな恐怖は不要だ。——彼が僕の価値を認めてくれる限り、彼との生活はとてもいいものだ、とセスは自分に言った。惨めな思いをすることはほとんどない。もちろん惨めなときはすごく惨めだけど。それに目の前にあるものを楽しまないのは罪だ。あのへんの雪の吹きだまりにでも行って二、三回マスでもかいてこようかな。このテの景色にはそそられるんだ。ほんと、僕って変態的！

餓死がどういうものなのか僕には分からない、とセスは心の中で言った。サブゼロはこれこそが正しい道だって言うけど、奴の道はライフル銃だろ。僕は銃は嫌いだ。じゃ、僕の道は何かって考えたとき、やっぱり馬鹿なことをしでかすのが僕らしいかな、って思う。カヤックに乗って進もうとした途端に転覆させたり、服に火がついてヤケドしそうになったり。なんかヘマをやっちまう。そう、それがいいや。たとえばふらっと出かけて、ひもじくなって、頭もいかれて（僕も少しは空腹を体験しないとミスター・フランクリンに悪いもんな）、雪の積もった絶壁の端まで来て、こんなことを考えちゃったりして。このまま引き返さなかったら、どうなるんだろう？　なんて。

フェリックス岬ではフィンランダー・キッドの葬式から戻ったミスター・ゴアがトランプの一人遊びをしていた。氷はもうすぐゆるむだろう。彼はテントの入口を開けて雪の中に唾を吐いた。フィッツジェームズがトランプを並べるのは絶望よりもさらに深い無感覚に陥るためだったが、ゴアは違った。彼の場合それは一種の挑戦だった。彼のエネルギーが震え、きらめいた。冷たく忍び寄る死にも都合がいいように、他の船員たちは怠惰に甘んじていたが、彼は新しいカードが出るたびに数字の無意味さについて心の中で弁舌をぶった。その数字は少なくとも氷景よりは意味があった。そして眠た気な残骸である自身の内側から、まるで天を突くミズンマストのように、突然誇らし気に声を上げたりした。彼が好んだもの、彼を完全に生き返らせてくれるもの、それは動物だった。殺そうと思えば殺せるアザラシかクマかジャコウウシ。それらがいれば、自分も役に立つことができる。肉の缶詰めが一列分腐ってしまって以来、さすがにミスター・フランクリンも事態の深刻さに気付いていた。当初、士官たちは競って狩りに出かけたが、動物の足跡すら見つけられずに帰ってきた。ライフルの砲身には霜がはり、ハンターたちの腕がその重みで冷たく痛んだ。今や狩りへ行きたがる士官は少ない。ミスター・ゴアは一回ごとにきちんと点数をつけながら一人遊びを続けた。——さて、ここらで切りあげるか、と彼が言った。

——テントの入口を開けてタバコを吸った。半分吸ったところで雪の中に投げ捨てた。鼻水が出た。それが口ひげのところで凍った。夕飯の青豆のスープも青い鍾乳石のようになってそこからぶら下がっていた。彼がアクビをして新しいカードをめくると、それはクラブのクイーン、つまりはリーパーだった。彼女は彼の目を見つめた。その日は彼女の誕生日で、サブゼロは彼女にプレゼントをいくつもあげたが、ジェーンとミスター・バックとジェームズ卿がいたのでリーパーは惨めだった。リーパーは包み紙の下に手を隠して彼を見つめた。その目は窓の向こうの闇と同じくらい漆黒で無表情だった——

❄ ❄ ❄

ミスター・フィッツジェームズは、ちょうどセスが本を読むときにそうするように、少しだけ顔をしかめながらトランプで一人遊びをしていた。氷は接近したまま動かない。トランプをめくるとハートのクイーンだったが、それはおおざっぱに書かれた二つの顔の見慣れたクイーンではなく、リーパーだった。彼女は少女らしい体つきをしていた。ふっくらとして丈夫そうで、胸も大きく、笑顔が明るい。おでこに上げられた雪用のゴーグルは、まるで角が落ちた後のカリブーの根株を思わせた。彼女は雪のように白いカリブー革のパーカーを着込み、長いふさ飾りがウェストで揺れていた。それを見た彼女の求婚者たちは気も狂わんばかりだろう。大きくて柔らかな手袋の中の彼女の手もまた人の心をひき付けた。誰が見ても分かるとおり、彼女は服を作るのが上手だった。

✡ ✡ ✡

北極キツネが用心深く走っていく。心なしかビッコをひいているようにも見える。キツネは後ろを何度も確認しながら走っていった。

✡ ✡ ✡

ミスター・フランクリンがベッドの中で一人遊びをしていた。氷はあいかわらず後退している。ミスター・フランクリンにはトランプも視力もなかった。彼はダイヤのクイーンを必要としていなかったのだ。青みがかった深紅の鉛の上に太陽の光が金白色に輝くのと同じくらい彼の希望は明るく、しかし瞬間的なものだった。その希望には、見つかり、なくなり、さらにもう一度見つかったような、そんな感傷的な付加価値があった。彼の白い息はこんなふうに見えた。

✡ ✡ ✡

彼女は黒い顔料で（火薬がまだあれば、それを使って）直線や点線の入れ墨をしていただろう。顔全体を暖める陽の光のように、鼻から頬や額に向かって放射線状に、そして口から顎にかけては勢いよく広がるように。彼が彼女と暮らすようになると、彼女の乳房や足やよく働くすてきな腕の入れ墨を彼が見るだろう、そして彼に会うずっと前から、彼のために美しくなろうと彼女が入れ墨をしていたことを知るだろう。つまり彼女の痛みはまたしても未知の愛を信じる証しとなる、イヌクジュアックで彼女が彼のペニスを受け入れたときと同じように。――その行為を彼は永遠に裏切ったのだ。

取り囲まれて 1846-1848

どんなシャーマンにとっても、手助けをしてくれる精霊は新たな「神秘的な道具」だが、一つ、またはそれ以上の精霊を獲得したければ、その前に、新米のエスキモー・シャーマンはたいへんな修行を積まなければならない。精霊を操るためには、長い期間誰とも会わずに黙想を繰り返す。その目標は骸骨となった自分を見る能力を得ることにある。

ミルチャ・エリアーデ『シャーマニズム――エクスタシーへの古代技法』（一九七一年）

はっきり言って重要な出来事というのはそうそう起こるものではない。したがってそれがほんとうに起こった場合には、衝撃と驚異が日常生活の凡庸さを貫く。人生が一変してしまったと言って私たちは驚き、その出来事がまだ起こりつつあった時点へ戻ろうとする。科学的にその原因を求め、まだ凡庸だった頃の日常までたどり着けば、その出来事自体を凡庸なものに変えることができる、とでもいうように。もちろんフィッツジェームズのように、あらかじめ原因となるものに心当たりがないこともある――いや、むしろどんなに関係があると思っても、原因などはけっきょく何の説明にもならない。起こったことは起こったことであり、それを過去へ遡ることは無理な話だ。何かを学ぶとすればこの程度のことだろう。船のまわりに浮かんでいた氷についても同じだ。氷は一秒ごとに彼らをいっそう深く死の中へ閉じ込めた（といっても一秒ごとに見れば、何か大変なことが起こっているようには到底見えなかったが）。刻々とリーパーの家で時間が過ぎ、リーパーの生理がこなくなった時もそうだった。二隻の艦船のまわりで氷がどんどん固まり、それと同じように生理がこない一分一秒ごとに彼女のお腹の中で赤ん坊が宿命のように成長した。リーパーと赤ん坊が戻ってくるのを、閉められたカーテンの影で彼が待っている間、時計の秒針が確実かつ機械的に時を

刻んだのと同じように。——五時か六時か七時か八時か九時と彼女は言った——彼女はいったいいつになったら戻るのだろう? 彼といっしょにいるところを見られるのを、彼女は極端に嫌っていた。アーケードに行くお金を渡しても彼といっしょには行きたがらなかった。——青い旗が風の中を泳いでいる。カーテンの隙間からそれが見えた。——のこぎりでは切り出せないし、引綱で引いてももはや無駄。彼は閉じ込められていた。通話料を払いきれなくなった電話がマットレスの上に置かれている。彼がそこにすわっていると、彼女はときどき受話器に向かっておしゃべりをした。彼と電話で喋るフリをするのだ。相手が他の誰かの場合もある。それから彼女は彼にとても誇らしげに受話器をわたす。ピアノの鍵盤のように電話のプッシュボタンを押すとカチャカチャと音がして、彼はそれを聞いて大袈裟に感心してみせる。赤ん坊が受話器に向かって、ママと言って遊ぶこともあり、そんなとき、彼女は笑って、赤ん坊がきゃーと叫ぶまでその顔にキスをした。分針がだいぶ動いた。通りでは子供がふざけて大声で何かをわめいている。オート三輪が通り抜け、その音がツンドラに棲む新種の蝿を思わせた。ブルドーザーのギアがシフトするのが

聞こえた。大浮氷群が天国へ向かって流れてゆく。夕べの一時か二時に聞こえてきたのは、北方のオーロラの下の犬たちの遠吠えだけだった。彼女が彼を窓辺へ呼んで、二人でそのオーロラを眺めた。裸のままそこに立つ彼らの体は、未知の炎を燃やす石炭のように熱かった。彼女が言った。見えるでしょ？　きれいね！　そして彼はその緑がかった明るさの中で彼女にキスをした。その瞬間だけでもいろいろなことが起こったが、それはどれもかけがえのないことばかりで言葉にするのがはばかられ、だから二十四時間を示すあの時計の上でコチコチと流れてゆく他の瞬間よりも、それは今や近くにも遠くにも感じられた。河口は青かった。空をまんべんなく被うほどの雲は出ていない。夜が更けていった[*1]。彼女はまたしても部屋の模様替えがしたくなって机とソファーを移動させた——それは赤ん坊との終わりなき闘いの結果でもある。赤ん坊は今日もベッドルームと、それから彼女が寝ている間にリビングルームでもおしっことウンチをした。パンパースを買うお金がないので、赤ん坊は裸で走り回って床にウンチをし、彼女は怒鳴って赤ん坊がへんな泣き声をあげるまでお腹をなぐった。ミルクを買うお金もなくて彼女は哺乳瓶に砂糖水を入れた。来月にならないと政府からの小切手が届かない。食べ物を買うお金もなかったが、ダウン・サウスから恋人が持ってきてくれたものにリーパーは手をつけようとしなかった。その乾燥食がリーパーは大嫌いだったのだ。もちろん食べ物のことは心配だった。フランクリンのことも心配だった。彼は日に日にやせ細っていたからだ。そこで彼女は、大きな白い鳥の入った袋を下げて、やっと帰ってくるや（廊下から彼女の足音が聞こえてきた途端、部屋に満ちていた正体不明の空しさが、シャンパンのコルク栓のように楽し気にはじけた）、にたっと笑ってこう言った。おかあさんがキャンプで殺した！　鳥がほしいからおかあさんのところへ行って、それから妹のところで塩をもらってきた……おかあさんは鳥を何羽殺したの？　——百万、百万！　と彼女は笑った。——鳥は殺されたばかりだったが、すっかり冷たくなって少しだけ魚臭かった。リーパーはそれをフライパンに放り込み、自分のウールーを取り出して、最初に足を切り落とした。——これ、食べるの大好き！　と言った。それから彎曲した刃の下の方を使って胸を開き、皮を削ぎ始めた。ゆっくりと慣れた手付きで作業を続け、赤ん坊が指を血にひたしてそれを舐めるのを見て笑った。手羽を切り落としたが、羽根が小さすぎたのでむしるのはあきらめてそれらは捨てた。――まだ小鳥！　と彼女は言った。足の骨と柔らかそうなピンクの首の骨は手で折って肉から抜いた。胸の肉をはがして山の中に加え、最後はあばら骨にウールーを入れて内臓をかき出した。彼女は生の肝臓を味見して、おいしくないという結論に達した。が、心臓は心から楽しんだ。紫色の生肉を上手に薄切りにして彼と赤ん坊に与え、時々は自分の口にも放り込んだ。他の細かい肉は妹からもらった塩といっしょに、水がたっぷり入った鍋に放り込み、四十分くらい煮込んだ。ブイヨンも足したいところだが、そのお金はなかった。――鳥の足には皺が寄り、海藻のように青黒くなった。とてもおいしかった。うまくて新鮮な肉から出る蒸気でどの窓

も曇っていた……　――こうしてミスター・フランクリンは思い出から栄養を摂取した。氷と氷がぶつかって軋む。大きな島の縁が最初は雪、それから透明で灰色の氷、最後に灰色の水になる。それと同じように、今や囚われの艦船のまわりにはどんどん新しい境界線ができていった。だが聞くところによると、けっきょくこの艦船も海の底に沈むらしい。艦船とその乗組員たちがいよいよ追い込まれている、と言うのはたやすい。幅広の縞模様に残った雪のまわりには泡が湧き、青みがかった灰色の平野の中には細くて白い川が深々と沈み、崖が切り立ち、雪をかぶって柔らかそうな丸みを帯びた山々が連なっていた。広々とした雪原は凹凸に富み、渓谷を流れる深い川はすっかり凍り、同じように凍った湖は、あちこちにミルクをこぼしたように見えた――そのどれもが知っていた。寒そうに震える茶色の

*1　暗くなるというのは不思議なものだ。あまりにも少しずつなので、私たちは騙されてしまう。川はまだ青い――もちろん今までと同じ青さだ！　反対側の岩にはいつものようにたくさん亀裂が走っているし（数えたわけではないが）、小さな苔や葉が生えたツンドラもそこにあるのだが、さっきより見えにくくなっている。十五分前に見えたものが今は見えない。理屈では、分かっているつもりだ。だが我々はほんとうに分かっているのだろうか？

尾根が、どんなふうにミルクの湖氷に影を落とすか。その影はどこまでも続くように見えるが、決して単調ではなく、どれ一つとっても同じものはない。あるいは船が停泊しているここを中心にして、どうやって永遠へと続いて行くのか。歯痛のように襲ってきては囲い込もうとする氷についての現状認識を、多少なりとも確認することができたミスター・フィッツジェームズは、鉛色にむくんだ顔を掻きながら細長い船室に閉じこもってトランプをしている。頭蓋の内側の痛みが雷のように炸裂した。自分がどこにいるのか、自分は誰なのか、それすら忘れてしまうことがあり、そんなときには船室係のミスター・ホアが、彼の弱々しいうめき声を聞くことになる。エレボス号の大尉たちは彼の状態を秘密にしておこうと努力したが、今やそれは誰もが知るところとなっていた。かわいそうなこの男が貧血状態になりつつあることも、ドクター・ペディには分かっていた。幸いにも、両艦の乗組員を次々に襲う原因不明の腹痛がミスター・フィッツジェームズを苦しめることはなかったし、発作は繰り返し襲ってきたにも関わらずそれほど頻繁ではなく、部下から報告を受けたり、他の士官たちと打ち合わせをしたり、額をさすりながら暗くて見通しの悪い甲板の上を歩き回っているときには彼も何とか無事だった。

――一方ミスター・クロージャーは相変わらず元気そのものだった。柔和ながらも懐疑的な視線で前を見つめる彼は、船を包みつつある恐怖を一笑し、健康的な雰囲気を保つべく最大限の努力を払っていた。スクリュー・プロペラが作動しないことについて、内心では相当がっかりしていたが、彼はそれを表情には出さなかった。ミスター・フランクリンの健康が心配だった。彼は、空腹という言葉は正確ではないにしても、脂肪分が恋しくなるあの不可避な段階に達しようとしていた。というのも脂肪とはほんとうに使い道の多い成分だからだ。頬や唇に塗れば風にかみつかれる心配はない。もう少し唇に塗ってみて――そうそう！　それから寒い日に豚の脂をほんの少しでも舐めたり吸ったりすることの、あの幸せ！　脂肪を消化すれば、それは真実、自分のものとなる。血液と結ばれた脂肪のおかげで体が温まる。体力もつく。おどける余裕もできる。飢えた人間にありがちなように、心の袋小路に迷い込んで泣き言を言うことも決してない！　ケワタガモは冷たい風の中でも水面を穏やかに滑ってゆく。体が暖かいのは、私たちの皮膚に相当する羽毛のためだけでなく、その下にためこんだ脂肪のおかげだ。だからこそアヒルの骨付き肉は、火にかければパチパチと勢い良く爆ぜ、あれほど美味なのだ。もちろんミスター・クロージャーは飢えていたわけではない。だが缶詰の肉や酢漬けの肉は、どんなに脂肪がついていようと味に乏しい。チョコレートやゴールドナーが特許を取った缶入りバターやチーズもまだ残っていた……二隻の艦船が氷の中で動きを止めてからまだ一年もたっていない――いや、「動きを止めた」というのは正確ではないだろう。氷は一ヶ所にとどまるわけではないし、氷といっしょに艦船も動く――だが地球といっしょに太陽を回る墓は動くといえるのか。いえるとしても、だからといって墓の住人には動く力が微塵もない。ということで私の戯言は忘れてほしい。――さて、ゴア大尉が方位を測ったところ、一行はフェリックス岬にずいぶん近付いている。忍耐力と理解力を持たない他の乗組員たちのことを思うと、気絶の発作の合間で正気を保っていたミスター・フランクリンはほんの少しくやしかった。――バックとフッドを随行したコッパーマイン川への遠征で、一行がグリーンランドからハドソン湾を経て西に向かっているときは、氷河のおかげで毎日のように進路を変更せざるをえなかったが、それでも厄介な事態は何一つ生じなかった。どうにか難破の危機を回避したそのすぐ後、レゾリューション島付近の氷山に船体をこすりつけたことがあり、その時に聞こえてきた音に比べれば、今、氷が唸ったり軋んだりする音など他愛のないものだ。――彼は災難に慣れていた。レゾリューション島で水位が一五〇センチを超えないようにするため、乗船している者を全員動員してポンプで水をくみ出させたのも彼だった。こうして彼らはメタ・インコグニータと呼ばれる半島の南を通って無事にハドソン海峡を抜けることができた。水漏れは瀝青質のキャンバス地を使って修繕するよう指示を出したが、その後船倉の状況が好転したので、今のレイク・ハーバーに住むエスキモーたちと物資交換をするための停泊も可能となった。釘やリボンを毛皮やセイウチの歯と交換し、乗組員たちは女を甲板下に連れ込んで相互利益のための一仕事に勤しみ、その間彼は問題を明るい方に考えることにした。そうするべきだ、ということが彼には分かっていた。見習い将校だったフッドは日誌にこう書いている。女たちの容姿は月並みで、目は男たちより大きいが、乳房がきわめて弛緩しており、それゆえヨーロッパ人は彼女らを嫌悪の対象とするだろう。　フランクリンがこう尋ねる。何を書いているのかな？　するとフッドは　自然史的な観察記録ですミスター・フランクリン、と答え、フランクリンはうなずいて、アルクトゥルスが子午線を通過するときの高度を測量する準備を始めた。フッドは惨めな気持ちで唾を呑み込んだ。彼は自分がグリーンストッキングズと恋に落ち、彼女をめぐってバックと決闘し、ちょうどサブゼロがリーパーにそうしたように彼もまた妊娠した彼女を置き去りにする運命にあることをまだ知らなかった。――歴史は自らを繰り返すが、それはなんてチャーミングなことだろう！　――そしてフッドは、グレート・ホエールから帰ってくる飛行機の中でケベック出身の男と隣合わせになったときのことを思い出した。彼はこう言った。

いいや、イヌックとは結婚したくないね。問題が多すぎるよ。どう感じているか、何を考えているのか、そういうことを誰かに話す習慣が彼らにはないんだ。それを聞こうとしても返ってくる答えは「分からない」の一点ばりだ。もちろん感情はあるんだけど、それをコントロールできない。たとえば知り合いの男の話だけど、彼があるときイヌックの妻の気に入らないことを言ったらしいんだ。するとその妻はいきなりナイフを持ち出して奴の足をグサリ！　さすがにその女とはすぐ別れたらしい……そこへスチュワーデスがやって来た。白人の美人だ。フッドの好みのタイプだな、とその男は思った。だがそれはまったくの見当違いだった。

✡ ✡ ✡

フルマカモメがめくったのはクラブのエースだった。トランプの中の彼らは地衣におおわれた平地に座り、泥で縞模様になった顔を向けてじっと**彼**を見つめていた。赤ん坊は指を二本吸い、小さな女の子は膝の上で手を組んで恥ずかしそうに頭を少し傾けていた。肩のまわりに毛布をきつく巻いている大きい方の娘の視線は**彼**を突き刺さんばかりだが、息子はちょっと目をそらし（手にはナイフを持っている）、老いた両親は悲しそうな、だが揺らぎのない目でこちらを凝視していた。やがて彼らはいなくなった。キング・ウィリアム島での彼女の名前は**セドナ**ではなく**ヌリアヨク**だった。彼女は孤児で、したがって厄介者だった。彼らはカリブー海峡を通るときに彼女の指を切り落とし、彼女は海の底に沈んで動物の神様になった。――少なくともあのときのことは、オレには関係ないぞ、と**フルマカモメ**が一人言をいった。——自分の島へ彼女を連れて来たとき、**彼**は彼女に黒い革のジャケットを買ってやり、彼女はたいそう喜んだ。そう、彼女はこう叫んだ。あなたから私への、私だけの、お土産！——耳を寒さから守るマフを買ってやると、彼女はこう言った。私の一番好きなもの！——夜になると**彼**は、ヒミツがほしいという彼女のためにいっしょに出かけた。初雪が降り始め、彼女は幸せそうに見えたし、**彼**が聞くと幸せだと答えたが、犬がそばを通るたびに相変わらず**彼**にしがみつき、**彼**の影に隠れた。それからさらにしばらく後、外がとても暗く、隣合った高層ビルの窓が単調で無気味な光を放つ中、**彼**がイヌイットの遊び歌のCDをかけると、ヒモが欲しいと彼女が言うので、デンタル・フロスを長めに切ってわたすと、彼女は**彼**のために伝統的な一人綾取りでいろいろなものを作り始めた。五匹の犬に引かれるイヌイットの犬ぞり、何か別なものに変わる家、寄り添う二人（彼女はそれが自分と**彼**だと言った）。それから彼女はヒモで輪を作って**彼**の頭にのせると笑いながらこう言った。あなたの頭を切り落としちゃうよ！——そうして彼女がヒモの端を引っ張ると輪が消えて一本のヒモに戻った。——**彼**は彼女にこう言った。この先フランクリンになっている時間はそれほど長くないと思うんだけど、それでも僕に動物を寄こしてくれるかい？すると彼女は応えた。ジョン、お腹がすいてるの？**彼**は言った。今はまだ大丈夫だけど、すぐにとてもとてもすくことになる……彼女が言った。ハーイ、ジョン。（こわかったり、自信がなかったり、とても楽しいとき、彼女は彼の目をのぞき込んで言うのだった。ハーイ、ジョン。）——ジョン、お腹がすいた、と彼女が言った。彼女はチャック・ワーゲンという缶入りの犬の餌がお気に入りで、それをほしがった。物の多さに感心するだろうと思って、**彼**は彼女を雑貨屋へ連れて行ったが、彼女はますます尊大な態度を取り、ついにはこう言った。ここには何もない！チャック・ワーゲンがない！かわりに彼女はチキンを二羽買うとそれを**彼**に持たせ、家に帰ってからは**彼**のスパイスを全部拒否してそれを塩水で茹でた。しばらくして彼女はそのチキンをとてもうまそうに食べ、**彼**にもしきりに勧めるので、**彼**は彼女の気持ちを汲んで一切れだけ口に運んだ。彼女が尋ねた。おいしい？**彼**が おいしいよ と答えると、彼女はとても静かに イイイイ！

と言った。驚いたときにはいつもそうするのだ。彼女が**彼**のコンピュータのハードディスクを消してしまい、その後スクリーンが爆発したかのように真っ暗になったときもそうだった。初め、その イイイイ! は魅了されたり、満足したときの表現かと思ったが、スキンヘッドで入れ墨をした友人たちの写真を見せたときも彼女は イイイイ! と叫び、こう言った。入れ墨は悪魔のひとたち。——**彼**が尋ねた。僕が氷の下へもぐって君の元へ行き、君の髪をとかしてあげたら、君は動物を寄こしてくれるかい? すると彼女はこう答えた。もしかしたらね。それからこうも言った。ジョン、私、血が出てるの。

僕のせいで?

もしかしたら。

彼は彼女に生理用ナプキンを買ってやった。彼女はトイレット・ペーパーを丸めてそこに詰めたりもした。だが**彼**は彼女に幸せでいてほしかった。一週間分の食料や雑貨を買うために三百ドルを渡したが、彼女はそれを一日で使ってしまい、それでも彼女がハッピーなので、**彼**もまたハッピーだった——

そして彼女は言った。ジョン、言ったでしょ、血が出てるの、言ったでしょ! あなたは私の指を切った。あなたのせいで血が出てるの、あなたのせいであたしは妊娠したの、あなたのせいであたしは溺れてるの! なのにあなたにはジェーンがいてあたしには誰もいない——

ジェーンを愛していないわけじゃないんだ。彼女は僕にとって大事な人だし、僕に慰めと満足を与えてくれる。

でもあなた、あたしといっしょがいいんでしょ?

そうだ。いつも君といっしょにいたい。

あたしといっしょにいたいのはへん。あたしはいたくない。あなたにはジェーンがいるから。あたしは悪い、悲しい、バカ、嫌い、だから——

君は良い人間で、美しくて、愛と幸せそのものだよ——

それならジョン、あなたといっしょにいたい。あたしは妊娠してるから。ジェーン、彼女を忘れて。

すまない。でも僕は君がほしいし、もうじき動物もほしくなる。今僕に動物をよこしてくれ、リーパー。動物をくれ、さもなければライフル銃を使ってでも奪い取ってみせる——

あなたはジェーンと結婚した、結婚した。あなたはジェーンと結婚した! あたしはバカ。あたしは悪い! あなたはジェーンと結婚した、結婚した。あなたはジェーンと結婚した！　あたしは悪い、だから……だから天国へ行きたい。愛する人たちに会うために天国へ行きたい。叔父さんの銃を手に入れる。幸せが恋しい。あなたを愛したのが懐かしいよ、ジョン。だからだから、銃が天国まで連れていってくれる。力がほしい。今からでも天国へほんとうに行きたい。イヌクジュアックのこの世ではあたしはバカ！　ほんとにバカ！　どうしてライフル銃であたしがあんなことをしたかあたしは知ってる、それくらい知ってる、だって頭も自分もくたびれて、目も耳もそうだし、あたしは自分もあなたもイヌクジュアックのかわいいあの子もみんな大嫌いで、でもあなたもあたしの人たちもみんな愛してるけど、あなたが何をしたかを見るためにあたしは泣きたいから今は叔父さんの銃がほしくて、だれかがあたしの話を聞いてる、いそいで天国に行かないと、自分といっしょにいたい、銃がほしい、銃がほしい、ガソリンは嗅ぎたくない、銃があればいい、あたしの中に銃、そうすればあたしは天国で赤ちゃんになる、口に銃をくわえて、あたしが愛してるみんなに会うために、泣きたい、ごめんなさいジョン、あなたとのことであたしはバカ、でも銃しかあたしにはいらない、こんなこと言うのはごめんなさい、イヌクジュアックを出たい、土の中で今は眠りたい、銃、今、銃、銃、銃、こわい、銃、ちょっとこわい、銃、今、銃、今

――

✲✲✲

海氷は白と青の斑模様でとても美しかった。塩が縁に結晶化した、大きな穴のような水路がちょうど開こうとしていたが、それはここではなく、別なところだった――

✲✲✲

一八四七年の一月中旬までに連絡がなければ捜索に出る、とジェームズ卿が言った。今や一月中旬はとっくに過ぎていたが、ミスター・フランクリンはこう言った。そう言ってくれるのはうれしいが、そんな必要はまったくない。ジェームズ卿は少し語気を荒げて聞き返した。なぜだ？ ミスター・フランクリンは言った。君の友愛にはとても感謝しているが、君にそんなことをさせるのは正しいことで

はない。それにそんな必要はないんだ。君がもう帰国していることを知らずに、バックが君を探し出そうとしたことは覚えているだろう？　――忘れるはずないじゃないか？彼は自分の命を危険にさらしたんだ……　――それはバックの特質でもあるんだがね、とミスター・フランクリンは笑いながら言った。――以前から感じていたんだが、とジェームズ卿が切り出した。君はバックに厳しすぎやしないかね。――他人への思いやりにかけては君の右に出る者はいないよ、とミスター・フランクリンがぼそっと答えた。ただ願わくば――

願わくば、君はもう少しバックを好きになる必要がある、とジェームズ卿がほとんどどうなるようにして言ったので、ミスター・フランクリンはどうやら自分のせいでジェームズ卿が機嫌を損ねたようだ、と思った。これには彼も恥じ入り、こう言った。

とにかく君の親切な申し出についてはクロージャー艦長や他の士官たちとも話し合ってみよう……

満場一致で、士官たちは指揮官の意見に同意して、救援は無用との結論に達した。

サブゼロの負債　1991

エスキモーたちは手足を切断した後に諸器官が再生するという恍惚的な体験を信じている。彼らが語るところによると、動物（クマ、セイウチなど）が候補者を傷つけ、ばらばらにするか、貪り喰う。すると候補者の骨のまわりからは新たな肉が育ってゆく。
ミルチャ・エリアーデ『シャーマニズム』（一九七一年）

雪が溶けきることがなくなり、かつて北極ノウサギがせわしなく遊んだ艦船の尾根と尾根の間にも、渦巻く巨大な指紋のような根雪が残り、またたく星座にも似た霜がおりてキラキラと輝き、男たちが踏んでも軋むだけで崩れないくらい雪が固く積もって、ブーツの底にくっついたその瞬間に雪が凍りつき、振っても蹴っても掃いても削ってもなかなか落ちなくなると、男たちの何人かは希望を失いはじめた。三年分の食料が用意されていたが、もう三年目に入っている。空の色は灰色でも青でも白でもオレンジでもなく、むしろそれら全てを冷たく混ぜたような色で、輝きはないものの調和を欠くというのでもなく、むしろ虹の冷たさを放ちながら穏やかだった。

すでに九月に入っていたが、しばらくは水路も残り、ミスター・ゴアは忠実にそれらを観察し続けた。家の大きさと形をした青い氷山が居座り、遙か水平線まで青灰色の亀裂を蜘蛛の糸のように氷の上に放っていた。氷山のてっぺんはバラ色の霧の中に聳えていた。氷の中を他の氷山が巨大な石英水晶のように滑ってゆく。みぞれの音がまるで彼を軽蔑するように聞こえ、顔に当たって目にしみた。それが彼のバラクラーヴァ帽の上で固まり、氷の仮面でもかぶっているようになった。サングラスが曇り、風のせいで湧き出る涙が頬の上を転がり落ちた。こめかみが痛んだ。

❋❋❋

レゾリュートに底意地の悪い風が吹き、それから家に地鳴りのような音が響いた。かつてリーパーが住んでいた部屋には、ソファーと剝き出しの壁と、吹きつける雪しか見えない窓があるだけ。リビングルームでは老いた女性がいまだにカーミクを作っていた。彼女はメガネごしに太い糸をじっと見つめながら、サブゼロのカーミクの底をつけ直してくれた。そしてフリーザーから冷凍にした生のカリブー肉を取り出し、ダンボールの上に置いた。切り分けるのは彼の役目だ……

❋❋❋

ゴアのライフル銃が火を吹いた。雌のジャコウウシが倒れたが、もう一頭は手負いのまま逃がしてしまった。彼はカリブーも撃ち取った。その年初めての日没で、氷が張っていない最後の開水面は真珠貝の色をしており、尾根からは大きなオレンジ色の光の柱が立ちのぼり、雲は栄光の雲だった。それ以降、彼は一頭もカリブーを見かけなくなった。男たちは肉がほしくて鳥を撃ったが、それは鳥を見かけるほど幸運な場合の話だ。やがて鳥たちもいなくなった。（物語によると**セドナ**は執念深いそうだが、実際の彼女はそうではない。彼女は誰も傷つけるつもりはなかった。ただマニキュアの匂いを嗅ぐのが好きだっただけだ……）彼らは氷に穴をあけて魚や甲殻類をつかまえた。何もかもが茶色か、赤みを帯びた茶色で、レゾリュートの砂利の色と同じだった。彼らは大きくて茶色いムラサキイガイをかき集めた。貝には虹のような輪がついていた。

❋❋❋

彼らはエスキモーに出会う希望を捨てなかった。エスキモーなら彼らを助けてくれるはずだ――

❋❋❋

キング・ウィリアム島にあるジェームズ卿の石塚の、積み重なった石の柱の中に、海軍大臣宛ての文書を埋めるため、ミスター・フランクリンが彼を派遣してから四ヶ月たった。その紙にはこう書かれていた。一八四七年五月二十八日。英国帝国軍艦エレボス号とテラー号は北緯七〇度〇五分、西経九八度二三分の氷上で越冬。北緯七七度までウェリントン海峡を北上し、さらにコーンウォリス島の西側を南下したのち、一八四六年から四七年にかけて、ビーチー島北緯七四度四三分二八秒、西経九〇度三九分一五秒にて越冬。ジョン・フランクリン卿が遠征の指揮にあたる。万事順調。一八四七年五月二十四日、月曜日、二名の士官と六名の乗組員からなる小隊が艦船を出発。ゴア大尉、チャールズ・F・デ・ヴォー航海士。斜めにたてかけた厚石の上に最後の丸石を転がし、ジェームズ卿の石塚に再び石板のフタをのせたところで、デ・ヴォーがずる賢そうに笑いながらこう言った。上官のご苦労を無駄にするつもりはありませんが、たった今サインした書類ですね——あれを、その、もう一度見せていただけませんか?

どういうことだ? とゴアが驚いて尋ねた。

ビーチー島での越冬の年が間違っていると思うんです。越冬したのは一八四六年から四七年ではなく、一八四五年から四六年にかけてです。

そうだ、君の言うとおりだ。とゴアが応えた。今から思うとなぜあんな日付けにしたのか。今日は頭の中に霧でも立ちこめていたかな……——それにしても君——デ・ヴォー! どうして今まで黙っていたんだ? 君もあれにサインしただろう——

申し訳ありません。実は私もたった今気付いたものですから。

航海士の口ぶりはいかにも恭順だったが、そこには間違いそのものと同じくらいにミスター・ゴアを苛立たせる何かがあった。彼の脳裏にはいくつかの計算がめぐった。兵士たち(そのうち四人は原因不明の腹痛を訴え、体も弱っている)は同じ作業を二度繰り返すのを嫌がるだろう。もちろん英国海軍においてはシーシュポスの悪夢のごとき骨折り損は当たり前だった。だが今の状況はきわめて特殊だ。何人かの部下たちは精神的にほとんど限界に達している。デ・ヴォーは彼らを造反させようとしているのか。これはミスター・ゴアにとってはまったく意外なことだった。実際彼はデ・ヴォーのことを、時にじれったく思うことはあっても、好ましく感じていたことに変わりはない。

では、このことをみんなに知らせてきましょうか?

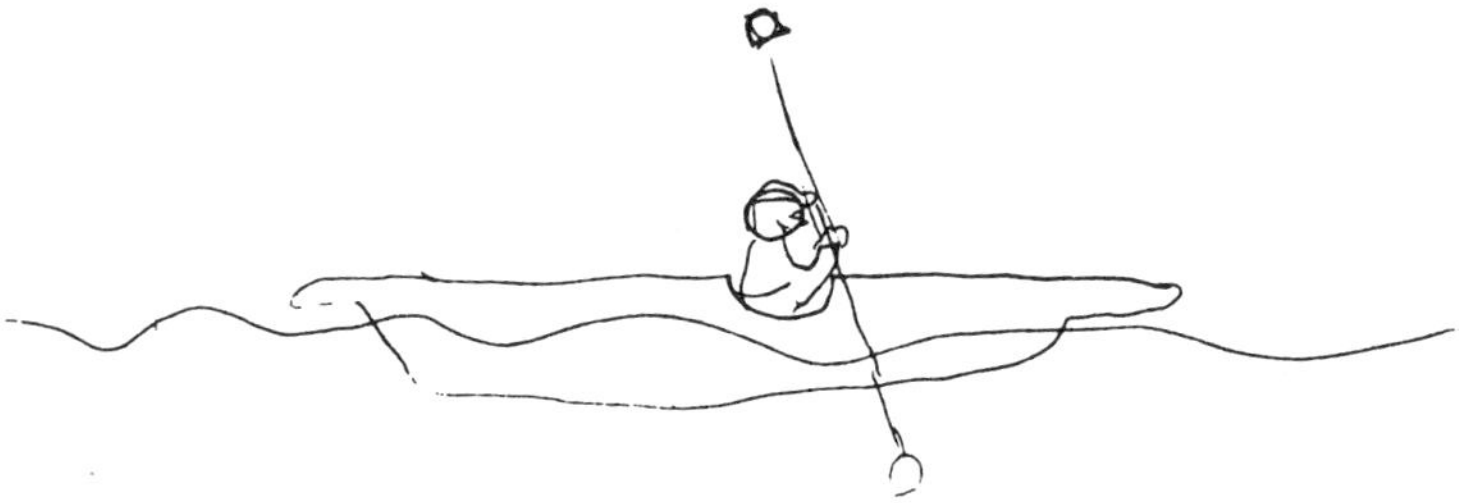

いや、その必要はない、とゴアは怒ったような口調でぶっきらぼうに答えた。来年の五月には、最新の記録に書き直すために、ミスター・フランクリンが再び私たちをここへ寄越すだろう。書きかえるのはその時でいい。
来年の五月！　とデ・ヴォーが声を上げた。ですが、今度の六月か――七月には氷も溶けるはずですよ――
二人はそのまま沈黙した。

もちろん、エスキモーが彼らを助けてくれた。真夜中になる三十分前、リーパーの兄とジューキーの兄が、帯のような金色の水にうつるバイロットの山影や雲のわきをカヤックで通り過ぎ、細い水路に入った。前を漕いでいたリーパーの兄がカヤックから降りて、へさきを氷の上に引き上げた。それから二人はあたりを歩き回り、スノーモービルの点検をした。二人はとてもゆっくりと後ろ向きに漕いだ。水に沈んだ氷に何度もぶつかりながら。しばらくすると銃声が響いた。翌日、彼らの家には杭に張ったアザラシの皮が四枚干されていた。

❈❈❈

水がどんどん凍るのを、ミスター・ゴアは志願者たちといっしょに持ち場から観察していた。九月までには間がある、まだ六月だった。泥酔したリーパーと一晩を過ごした翌日の、指揮官殿と同じ気分だった。眠ることができず、骨の髄までくたびれ果て、目は冴え渡り、貝殻でもあてたように耳鳴りがして波の音が聞こえる……ときおり吐き気が襲ってきたが、そうした症状に見舞われたことは初めてだったので、奇妙な感じがした。彼の顔は細長く、北極オオカミに似ていた。これ以上病気を避けることはできないが、同じ理由から、もはや病気を恐れる気持ちは消えていた。すでに病気が彼に襲いかかり、体に巣食い、彼を食い尽くそうとしている以上、少なくとも彼を待ち伏せして驚かすことはできない。彼が読んだ聖書の一節にはこう書かれている。天地の**主なる父**よ、我感謝す。これらのことを智き者、慧き者に隠して嬰子に顕わし給えり。然り、かくの如きは**御意**に適えるなり。ドクター・ペディによると、彼の症状はドクター・グッドサーの症状に似ているらしい。この病気が新しい壊血病の一種なのかどうか、ドクター・ペディも断定できなかったが、違うという感触の方が強かった。（それでもゴアは夜中に一人密かに祈り、震えながら余分に酢を飲むことがあった。）志願者たちは週に二回交代したが、ゴアはそのまま残って海水面の観察を続けた。もちろん動物を探すことも忘れなかった。動物を一匹でも多く仕留めて肉の貯蔵を増やせば、ミスター・フランクリンは大いに喜ぶだろう。そう考えただけでゴアの気分は、夏場の温度計の水銀が昇るようにいくらか良くなった。だが次の瞬間には顔から汗が吹き出し、腹がよじれたように痛み出した。これでは肉を食うのは無理だな、自分の分はまだ食えそうな誰かにやってしまおう……ミスター・ゴアはあることを計画していた。ジェームズ卿のもう一つの石塚がここからそう遠くないところにある――磁極を通過した後にジェームズ卿と彼の叔父が立てた石塚だ。きっとそこにジェームズ卿は食料を貯蔵したに違いない。ミスター・ゴアは心の中でそう確信していた（実際、彼とデ・ヴォーが最初の石塚に海軍宛の記録文書を残したときも、風が吹きすさぶ中、下士官たちが石を転がして脇へ寄せている間じゅう、素晴らしい何かが出てくるのではないか、とミスター・ゴアは半ば期待したものだ)。それを食べれば彼はたちまち治って、少量ずつでも何度か食事をとることができる。(こんなところに彼の狭量さが表れた、と読者の方々は思うかもしれないが、ミスター・フランクリンと違って彼にはリーパーがいなかったことを思い出していただきたい。フィッツジェームズと違って彼にはミスター・フランクリンもいなかった。彼には鉛漬けのせいで起こる差し込みや腹痛があるばかり。それらは確かに容赦なかったが、それでも彼は生きていることを実感できた。トランプの一人遊びでは、もはやその実感は得られない。というのもすべてのトランプには無気味なエスキモーたちの顔があったから。)ミスター・ゴアは十二月か一月にはその石塚へ行こうと思っていた。信用できる二、三の士官たちを連れていくのが賢明かもしれない――だが薬が足りなくて全員に行き渡らないと厄介なので、士官の数はそれ以上増やさない方がいいだろう。自分の希望が何を根拠にしているのか、ゴアには説明できなかった。――なぜなら根拠などなかったからだ。それはゴアにも分かっていたが、誤った期待のあとにやってくる失望は、先延ばしにされる限り、十分に受け入れられる代償だった。フィッツジェームズは崩壊寸前、と誰もが言い、気の毒なミスター・フランクリンは重病だった。――いったい何が起こっているのか?この先何が起ころうとしているのか?

もちろん夏と同じ長さのこの寒波は自然の気紛れであり、そうそう繰り返されるものではない。仲間の士官たちは同じ計算を継り返し、いまや彼らの予測はどんな賛美歌にも負けないくらいお馴染みのものとなった。それは、氷を溶かして沸騰させた湯の中で、表皮のような布地を濯いだり絞ったりする洗濯の日と同じくらい乗組員たちをうんざりさせた。彼らの服から青い染料が血のようにしみ出ることはもはやなくなった。地学を勉強する者は一人もいないし、男声合唱クラブの活動に熱心なのはル・ヴェスコンテだけになった。(彼は一人で模範になろうとしていた。ちょうどゴアが手強い氷を前に決して目を閉じないことで模範になろうとしたのと同じように。)いつもよりだいぶ時間がかかったとしても、二隻の艦船の回りの氷が、今季はかなり遅ればせな、ゆっくりとした優美さをもって割れ始めないとも限らない。だから彼は、氷河から汗がしたたり、溶けはじめ、泣き声をあげ始めたように思われるや、またしてもその青い氷河に向けて望遠鏡の照準を合わせるのだ

――

氷が溶けはじめたら、ミスター・フランクリンに遣いを走らせよう。ことは急を要する。エンジンを起動させ、ランカスター海峡まで戻り、海峡を通り抜けてグリーンランドに着けば、食料備品の再調達ができる。グリーンランドで越冬し、故郷からの手紙を受け取り、新鮮な肉も食べられるし、そこには町も教会もあって、子供たちが走り回っている。自分を治してくれるデンマーク人の医師もいるはずだ。(この病気が極地にありがちなものであることは間違いない。これほど多くの乗組員がやられているのだから。グリーンランドの医師ならその治療法も知っているだろう。だが彼は日ごと病の深みにはまり込んでいった。ちょうどフィッツジェームズが夜中になるとエレボス号の船倉をうろつき、怯える水兵に樽をわきへ転がすよう命令するのと同じように。肋材にはかなりの負担がかかっていたが、それでも船が壊れる兆しがないことを確認してからでないと、フィッツジェームズは眠れなかった……)春の訪れとともに彼の具合もよくなり、ミスター・フランクリンも恢復するか、少なくとも――

十月になっていないのだから、希望を捨てるのはまだ早い。

✲✲✲

リトルとホジソン、ル・ヴェスコンテとゴア――彼らはみな少しずつ策略を練りはじめていた。頂点に立つ父親が死につつある以上、家族としては当然なことだ。クロージャーとフィッツジェームズはそれぞれ正反対の理由からそれには係わらないようにしていた。とにかくその緊張は醜いところまではまだ達していなかった。そんな中でセスの立場は、フィンランダー・キッドが彼に取り憑いていることもあって、決して優位とは言えなかった。

俺は少しずつ自分の性格をおまえにほのめかしてきたのに、おまえは俺をちっとも分かってないんだな、セス!

君の正体を、僕は、なんていうか、無視しちゃってるんだろうね。でも君の葬式にはちゃんと出てやっただろう? 君が嫌いとかそういうんじゃないけど、どういうわけか、君は君自身に違和感を抱いているっていうか……

俺が汚れたまま横たわっていた場所には、違和感も何もなかったのさ。俺に最初に会ったとき、おまえはさめざめと泣いたよな……

君のあの唸るような表情、とセスはとてもゆっくりと言った。あれをどこかで見た覚えがあったんだよ。

ゴミ捨て場だよ、思い出してみな。ジューキーの兄貴が俺の頭を撃ち抜いたのさ。俺は唸りながら死んだんだ。

セスは彼を見た。——サブゼロがリーパーに対してそうしたように、君は僕の双子の兄弟として受け入れてもらいたいんだね。でもサブゼロは、死んでもいいと思うくらい切実にリーパーを必要としていた。僕は死を受け入れる準備はだいたいできてるけど、どうしても受け入れなければならないってほどじゃない。僕の場合は単に、こうした事態に巻き込まれた以上は最後までつき合わなきゃならないっていうだけ。でも君は——君はものすごく必死で——リーパーとは全然違うし（いや、彼女も必死ではあったけど）、僕もサブゼロとは違う。それが分からないのかい？

僕は自分以外の何者にもなりたくないんだ。だって君はあの醜い町で撃ち殺された生き物に過ぎないだろう？ 苔のはえた遠くのどこかで死に果てたわけじゃない。もちろん君がかつてその苔の一部だったことはあるかもしれないけどさ。でも今はゴミの一部であることに慣れたはずだ。君はもう**キツネ**じゃないんだ。自分では**キツネ**のつもりでいるらしいけど、ほんとうに**キツネ**だったらこんな事態からさっさと抜けて、うまく戻ることができたはずだ。

フィンランダー・キッドはセスのすぐ近くへ来て囁いた。おまえの言うことは全部ほんとうかも知れない、だけどこれだけは教えてやろう。俺は肉のありかを知ってるぞ。

そりゃ一体どういうことだ！ とセスが叫んだ。恐いからそんなことを言ってるだけだろう！ 君はもう二回も死んでるくせに、まだ死ぬのが恐いんだ。

だがそこでセスは自分の思いやりのなさを恥じて、こう言い足した。君が誰かを必要としていることは分かっているよ。**ワタリガラス**を見つけてみたらどうだろう？ **ワタリガラス**ならもう死んでるからさ。

❄ ❄ ❄

九月三十日、空には雲一つなく、冷たい太陽が青さ《ブルー》の中でまるで水晶のように輝いていた。その晩温度計は——零下十二度に達した。彼は真夜中に目がさめた。口のまわりは霜だらけだった。翌日からは十月に入ったが、彼は十五日まで希望を捨てないことにした。雲の下では澄んだ空気がまるで一固まりになっているように見えた。昼になると霧が出始めた。太陽が間近に見えて、空気は相変わらず暖かそうなオレンジ色だったが、実際には少しも暖かくなかった。鉄のようにこわばったブーツにこもった冷気で足先が痛む。ミスター・デ・ヴォーは、氷に変化なし、と報告した後、志願者たちを再び狩りに連れ出した。誰もが無駄だと分ってはいたが。ミスター・ホジソンの具合が悪く、うわごと混じりに暴れるようになったので付き添いが必要になり、ゴアは一人で見回りに出た。何も期待せず、何も知らないまま。そして突然彼はこう思った。ミスター・デ・ヴォーの一行が氷の張っていない水路を発見し、この瞬間にも自分たちを置きざりにして救命ボートを海に浮かべ、立ち去ろうとしているのではないか、と。めまいがしたので目を閉じると、自分の前にエスキモーの娘が立っているような気がした。彼女の髪をとかしてやらなければならないと思った。幸いなことに発作はまもなくおさまった。(同じことがセスの葬式でも起きた。)死を一切れ切り取ったような、あの雲のない四月の午前七時、ミスター・ホジソンのうめき声から逃れられるとあって、気分良く出かけたゴアは、体が弱っている割には見事といえるほどのペースで進んだ。北へ向かうよう言われていたが、彼はまず南へ行くことにした。氷から解放された艦船が彼を置き去りにしていないことを、何はさておき確かめたかったのだ。ライフル銃も携帯した。入り江の水面は池のように静かで、底に沈むなめらかな丸石や、砂利の帯のような縞模様の上で、透明な灰色の水が幽かに踊っていた。水は空とほとんど同じ色だったが、暖かみはやはりなかった。一三〇メートルほど離れた視界ギリギリのところにはもう一方の岸辺、暗く、曲がりくねった半島が横たわっている。なにもかも静かだった。浜辺の砂は固く凍り、羽毛のように見えるが実際は強直な草が、からかうように氷の小山からのぞいている。雪と氷が細長い吹きだまりになっている。動物の足跡はない。——ミスター・ゴアは艦船が停泊しているはずのフェリックス岬に向かい、他には何も見えないので岬の数でおよその位置の見当をつけながら、南へ歩いていった。氷はますます権勢を誇っていた。草の茎は厚さ数センチにも育った氷の鎧をつけ、茂みは凍った涙を流し、汚れた茎が軋んで、まるで歯ぎしりのような音がした。水の表面には氷のそばかすが散っていた。石を投げればゆっくりと灰色のさざ波が立ち、海中の岩が鍋底に残ったシチューの固まりのようにうっすらと見え、踏み石ほどの大きさの柔らかい氷が岸辺近くを漂って、氷で暗く被われている半島が彼の目を射た。水の向こうの腰までの高さの泥の隆起も、そこに固まっている灰色の貝の化石も凍りついていた。丸石は氷で白っぽい灰色に見えた。彼のライフル銃の銃身には霜が降りた。——今や氷はどんどん厚みを増し、ミスター・ゴアが投げた石はみっちり凍った雪面をつき破り、さざ波のかわりに灰色のひび割れが走った。氷は岸辺から九十センチほど突き出て棚のようになっており、その上を歩いても崩れないほど堅固だった。——氷はますます厚くなっている。丸石は、ぶどう粒ほどの大きさの水晶のような氷のビーズで飾られていた。氷の中に入り込んだ平らな小石が死んだ魚のように見える。岸から少し離れたところでは銀色の氷の房が茂っていた。——開水面に向かって西へもう少し進むと、岸辺が暗い皮膚におおわれて、ゆっくりと上下していた。皮膚のところどころには楕円形の穴があって、それらが動くのを見ることができた。穴が着実に西へ向かって漂っていることから、潮が引き始めていることを彼は知った。

その六月の穏やかな日に、太陽が生まれた。入り江は純金そのものだった。

光量測定を再び始めるべきだ。そうすればミスター・フランクリンもきっと喜ぶだろう——

何かが彼を蝕み、彼は腹を抱えて嘔吐した。それでも痛みは消えない。風の中、みじめにしゃがみこんで、接岸間近の氷の弱々しい瞬きのような震えが、足の付け根からつま先まで走るのを感じながら、彼は吐いた。

二時になるとウロコ状の氷の上で柔らかなオレンジ色の光が仄めいた。入り江を流れる流氷が、あるものは白く、あるものは色づいた。魚雷の形をした長い雲が空を横切った。とても寒い。岸のそばで水路が一本だけ勢いよく流れている。中程にもう一本、それから他の水路も、陽が当たる池のように煌めいた。だがそれを除けば、氷はどこまでも続き、まるで溶岩でできた平野のようだ。どっしりと固く、調和や意味とは無関係に模様が走り、山がそれを囲んでいるが、閉じ込めることはできなかった。実際、氷はどこまでも続いた。

ミスター・デ・ヴォーにひそかに出し抜かれ、彼は泣いた。ミスター・デ・ヴォーは航海士に過ぎず、彼は大尉だ。

だがデ・ヴォーは、寿命を延ばす秘けつを選ばれし者のためだけに編み出し、彼、つまりグラハム・ゴアはその選ばれし者の中に決して入れてはもらえない。なぜならミスター・デ・ヴォーは彼を嫌っているからだ。その考えをぬぐい去ることができなかった。よく晴れた七月の午後、ピール海峡で衰えてゆくばかりのミスター・ゴアは思い出していた。よからぬ相談が行われていないかどうか盗み聞きしようと、もう一隻の艦船まで雪の中を這って行った二月の晩のことを。見張りの体をすーっと通り抜け（というのも、これは多分、彼の夢に過ぎなかったからだ）、キャプテン・クロージャーの騒々しいイビキに導かれて暗闇の中を降りてゆくと、ミスター・ホジソンがミスター・リトルと話している声が聞こえた。――ミスター・フランクリンが今日エスキモーを見たのに何も声をかけなかったそうだ、とミスター・ホジソンが苛立たし気に言った。――まぁ無理もないね、とミスター・リトルが応えた。あの人のほんとうの目的は俺たちを野蛮人どものエサにしちまうことだからな。おまえが俺のことを嫌ってるのは知ってるけどさ、俺の秘密をおまえに教えてやるよ。そろそろ頭を使った方がいい時期だし。――どういうことだよ。ミスター・ホジソンの声がミスター・ゴアの耳に入ってきた。先が聞きたくてしょうがない様子がミスター・ゴアにもありありと伝わった。――全部話すわけにはいかない、とミスター・リトル。物事には一定の線を引くのが俺のやり方だ。だがグリーンランドにこだわるおまえの気持ち、俺も考えてみたんだ。あのとき俺は知ってることを教えてやろうとしたのに、おまえは聞こうとしなかった。おまえ、本当に卑怯者になる覚悟はできてるか？　言ってることにウソはないか？　――はっきり言えよリトル！　このずる賢いキツネめ！　分かったぞ、おまえのそのあくどそうな目の輝きからな！　肉の話だろう？　デ・ヴォーから聞いてるぞ。

……風の中、風の中にそれを感じることができる……風が吹き始めると、まず膝の感覚がなくなった。次は凍った革に埋もれた足のつま先。触れあっている左右の太ももを感じることもできなくなった。走ってみても、足の支配権はついに取り戻せなかった。冷気で指が痛くなり、次第に痺れてきた。すっぽりフードで被った顔が寒さに焼けるようだ。今や風が、軋みながら彼を後ろへ押し戻そうとした。転んで頬を切り、血が流れ出したが何も感じない。顔の上であっという間に血が凍って固まった……

✲✲✲

獲物はますます減っているようだ。キツネの罠は風の道の少し脇に仕掛けること。キツネが餌にかぶりつくのは風下から、と決まっている。――イヌイットはそう言った。だがカールナートたちはそれを知らない。彼らは**セドナ**のことも知らないのかもしれない。だが今や彼女の幻影は至るところに現れた。部下たちの目を守るスノー・ゴーグルと同じくらいにそれは当たり前のものとなったが、それでもキャプテン・クロージャーは当惑した。私たちが北極と呼ぶ、この疑惑にまみれた低い地平を彼は以前にも探検したことがあるが、**セドナ**の姿をかいま見る恩恵に与ったことは一度もなかったからだ。もちろんこんなことで精神を病むようなキャプテン・クロージャーではない。彼は他の者たちよりずっとしっかりしていた。なぜなら彼はこの同じテラー号の艦長として、ジェームズ卿の指揮のもと、四年にわたって南極の氷の中で過ごしたのだから！　北の磁極付近で氷に閉ざされ、三回も越冬しなければならなかった話をジェームズ卿から聞かされていたし、キャプテン・クロージャー自身、パリーと共に北極を一度ならず訪れている。ミスター・フランクリンの病状が確実に進んでいる様子を聞くにつけ、彼は不安や悲しみを募らせたが、その不安や悲しみはあくまでも大切な友人である卵型の頭をしたかっぷくのいい老人に対してで、この遠征そのものや自分に対してではなかった。その昔、エスキモーの女に抱いた不義の情熱らしきものについて、ミスター・フランクリンがうわごと混じりに口にすると、それを聞いたキャプテン・クロージャーはすっかり心をいためた。レディ・フランクリンのためだけではなく（もちろん北極の盟友たちの大半がそうであったように、キャプテン・クロージャーもまた彼女に対して並々ならぬ敬意を抱いていた）、それがミスター・フランクリンの気持ちを蝕んでいるのが明らかだったからだ（ミスター・フランクリンの心は年とともに脆くなっているように思われた）。実を言えば、そのような関係は珍しくなかった――軍属でない者たちの間ではむしろよくある話だったが、海軍士官であるフッドとバックのことは誰もが知っていた。クロージャーは例の決闘について一度だけ本人から話を聞かされたことがある。酒を飲んだ勢いでバックはクロージャーが聞きたくもないことまで話し出した。バックは吃りながら喋った。（この居心地の悪い告白を他の誰かに聞かれやしないかと、あたりを見回すクロージャーに向かって）バックはこう話した。俺はあいつの目をまっすぐ見つめてさ、そ、そ、それでこう考えた、こんなこと、俺はやりたくない！　って。分かるか？　――そうだな、とクロージャーが優しく言った。おまえさんの言いたいことは分かるような気がするよ。――そうか、とバックが押し殺したような声で答えた。かわいそうなフッドがそこにいて、それから俺がいて、雪の野原で互いににらみあって、そ、そ、それで、まわりにはツンドラの風が吹くばかりだった。行くか、ってオ――オレが言って。ミスター・フランクリンが起きてきてこのザマを見たら、二人とも面目丸つぶれだってことは分かってたよ。フッドも俺も間違ってるってことは分かってた。でも二人とも自分を抑える力がなくて。そういうことってあるだろう？　――どうかな、とクロージャー。今は何も思いつかないけど、そうなったことはないって言い張る奴がいたら、そいつは**悪魔**に見込まれても仕方がないだろう。――そうさ、とバックが言った。それでオ――オレは――俺の中には彼女の根っこがしっかり張ったみたいだった。いや、グリーンストッキングズのことだけどね。彼女、やっと十五になったばかりだったかな。それでも亭主が二人もいて。それを知って俺は嫌悪感を持ってもおかしくなかったのに――いやフッドにだって体を許していて、しかも何度も何度も寝てたことは知ってたんだけど、俺とだって――寝てくれた……一度だけ。いや、本当は二度になるはずだったのにフッドがやってきて、だから……知ってのとおり、俺はフッドを憎んでたわけじゃない。あそこに立ってあいつに鉛弾をぶち込もうとした時だって。介添えにはドクター・リチャードソンを頼んだ。フッドにはヘップバーンがついた。ヘップバーンが俺たちのピストルから弾を抜き取ってたんだから、ドクターもヘップバーンも笑いをこらえるのに必死だっただろうな。そ、そ、それで俺は狙いをつけて、そ、そ、そして自分の指が引き金をゆっくり後ろに引っ張るのを感じた。よく覚えてるよ。それから何かが起きる予感に、畏《い》れのようなものを感じたことも。予感がして、それから撃鉄が何かに当たって、あとは自分がひたすらバカみたいに思えた……　――キャプテン・クロージャーはこの話をするバックの惨めこの上ない様子を、一度たりとも忘れたことはない。だがミスター・フランクリンの告白に対して抱いた印象はそれとは少し違っていた。というのもミスター・フランクリンの奇妙な言葉の断片に潜む罪悪感や羞恥心には、いつも勝ち誇ったような、達成感とすら呼べるような何かが、底流のように流れていたからだ。キャプテン・クロージャーにはそれが何なのかよく分からなかった。分かりたいとも思わなかった。この先あまり気持ちのよくない事が待ち受けていそうだ、そのことだけが彼には分かった。

✲ ✲ ✲

自分の葬式が済むと、セスは昨日のそのまた昨日へと記憶をたぐり、フィンランダー・キッドが話していたポンド・インレットでの夏を思い出した。セスが言った。まったくあのキツネは美しかったな、毛皮が真っ白で柔らかそうで！　そして彼はこうも言った。こんなこと聞いたらミスター・フランクリンは嫌がるだろうけど、ときどき考えるんだ。僕たちに今起こってることの原因は、あのとき**キツネ**と**ワタリガラス**に起こったことと関係あるんじゃないかって。（それにしてもあの**キツネの精**は無気味だった。悪いけど、ほんとに不気味だったよ……）そこへスペードのクイーンを手に持ち（今日のクイーンはジェーンだった。彼女はシャベルを持った女王。というのもジェーンは今、夫の骨を埋めようとしていたのだから）、マフラーについた氷を払い落としながらフィッツジェームズが戻ってきた。がっちりと氷に閉じ込められた艦船の見回りから戻ってきたのだ。彼はセスの言葉を聞くや彼に近付いて、こう言った。**神様**のなさることはもっと微妙だよ。このカードを見ろ！　キツネやワタリガラスの姿が見えるか？　――いえ、見えません、とセスが気恥ずかしさと悲しさから頭を垂れながら答えた。気の毒なミスター・フィッツジェームズは自分に正直ではなかったので、セスは彼のそばにいると窮屈だった。――あのとき**キツネ**と**ワタリガラス**を殺したのは誰かな？（分かるかい、坊や、私は君の文句なんかみんなお見通しなんだよ！）――セスは彼をまっすぐ見つめて言った。誰が殺したかは問題ではありません。それにこんなことを言うのはまったくの間違いかもしれませんし、間違いじゃないかもしれませんが、僕は思い出さずにはいられないんです。あの二匹が蝿や蟻に、まったく無意味にたかられながら苔の上に横たわっていたサマを。だってあの二匹はかつては生きていて美しかったのに、何の意味もなく死んだわけですよね？　で、もし僕たちがライフル銃を捨てて、ただひたすら歩き始めれば、もしかしたらリーパーだか**セドナ**だか誰だか知らないけど、そいつが僕たちを助けてくれるんじゃないかって、こう思うわけです。いえ、どうせ生き延びられないだろうと思いますよ。生き延びられるわけがありません。でも少なくとも絶対的に正しい行ないをすることにはなるはずです。——正しいこと？　とフィッツジェームズが叫んだ。そんなばかげた嘆願を聞き入れて誰かが苦しむべきだって、君は本気で考えてるのか？　しかも君はもう死んでるんだぞ。それに士気を高めるために、俺はきっちり命令したはずだ。恋人や妻に杯を捧げるとき以外は、女の名前を口にするな、って。ところで今なら君は、誰を殺さずにおくかな？

✼ ✼ ✼

前にも言ったとおり、ミスター・フランクリンは今や視力を失っていたので、すでに死んでいるセスの姿を簡単に見ることができた。ミスター・フランクリンはこう言った。

リーパーのことを一日中考えていたんだ。彼女を見つけたら僕に教えてくれないかな？

彼女はここにいるよ、ジョン。

彼女はまだ僕を愛しているかな。

もちろん愛してるよ。彼女はいつまでも君を愛し続けるよ。たとえ君にどんなに余裕がなくてもね——

君も僕と同じように彼女を愛してるかい？

ああ、君とは違う意味で、だけど。彼女のためなら何だってするよ。君が言ってたとおり、彼女はほんとうに可憐だけど、僕は彼女を求めたりしない。彼女を愛してはいるけど、僕には彼女が必要ってわけじゃない。僕には君だって必要じゃない。君がたった一人で泣いている声が聞こえたから、僕はこうしてここにいるだけ。

君は今、誰かを求めてるの？

僕が求めているのは、昔飼っていた犬の隣でぐっすり眠ること。その犬はずいぶん前に、ニューメキシコでガラガラヘビに嚙まれて死んじゃったんだ。アパッチの居留地で僕が植物採集をしていたときのこと、覚えてるかな？　一年目の夏、僕の犬は大喜びで砂漠をかけ回ってた。誰にも迷惑をかけずにね。ガラガラヘビだってやるべきことをちゃんとやっただけの話だけど。でも、僕が死んでもいいくらい恋してた女の子たち、いたでしょ？　恋しくて恋しくて、心臓がもうドキドキでさ。それがさ、あの時を境に、僕はそういう気持ちをすっかり超越して、女の子を見ても家に帰ってマスをかくだけで、それ以上何もほしくなくなっちゃった。今は犬の隣で横になることさえできればそれで満足。でも犬は死んでしまった。僕だって死んでるんだけど、どうしてもあの犬を見つけることができないんだ。

　だから言ったじゃないか？　いつも同じことの繰り返しだって。何かを求めるのは、それが手に入らないからだ。女の子たちが君を求めたのも、君が手に入らないって分かってたからだよ。

　確かにそれもあるかもしれない、とセスが言った。このことは前にも話し合ったよね。でも他にも理由があって、それは人が征服者になりたがることと関係してると思う。手に入らないものを求めるだけじゃなくて、手に入れちゃいけないものまで求める。そしてそれを手に入れてしまう。手段や方法を問わず、ね。そうじゃないか、君とリーパーを見てごらんよ。それからこの北西航路とやらだって――

　それから君の死んだ犬も。犬を土の中から掘り起こすことだってできたはずだ。それからジェーンも……

すでにお分かりのとおり、羅針盤の針がはっきりと方向を示していたにも関わらず、彼らは本来いるべき場所から随分はずれていた。誰も知らなかったのだろう。毎年冬の暗闇が訪れる直前に二人の男たちがどこかへ消え、それから女の恰好をして戻ってこなければならないことを。女もののパーカーを羽織り、彼らには決して生むことのできない

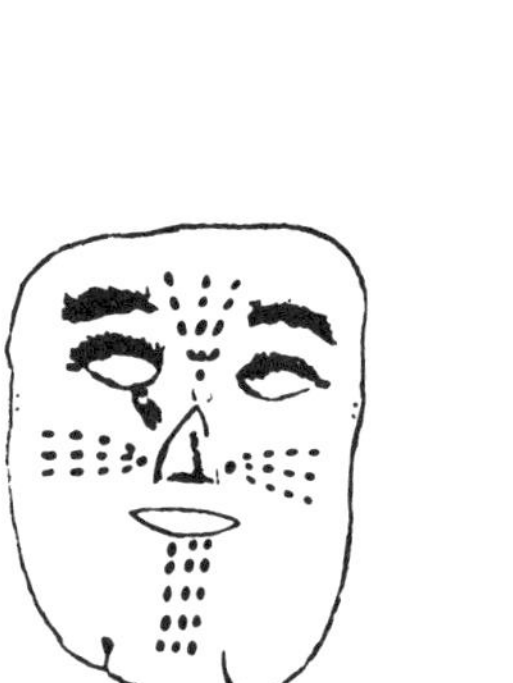

Baffin-Land Inuit sealskin mask with women's tattoing (used to ask SEDNA to give sea animals to the People again)

赤ん坊が入るはずの空っぽのアルモーティに空気をはらませて、彼らは幅広の肩かけをだらりとぶら下げてくる。不在の赤ん坊たちを暖かなアルモーティに滑り込ませ、役に立たない男の乳首の方へとまわせるように。パーカーの胸の、白く浮き上がってみえる部分には、入れ子状になった飾り布が丁寧に縫い込まれている。それは乳をふくませるうちにできる乳房の皺を模したものだ。ペニスは女の外陰部の形をした黒っぽいもので隠し、顔には、顎と鼻からのびる幾筋もの線が描かれた女の仮面をかぶっている。その線は女性特有の入れ墨をあらわし、仮面ぜんたいが非常に巧みにできている。彼らがやってくるとエスキモーたちは叫び声をあげた。二人の男は、既婚未婚お構いなしに、男と女を組み合わせて一ヶ所に集めた。そして彼らは交わった。この祭儀はセドナを喜ばせるためのものだった。創られたばかりの新しい命を見て彼女は海の底の闇の中で、指先を切り落とされた両腕を広げ、アザラシたちを解き放った。アザラシは人々に喰われるため自ら氷に上がった。――鳥に鬚が生えたような顔をしたアザラシたちが何頭も頭をもたげる。頭蓋骨のように丸くて青白い顔をしたアザラシ。黒い頭の、犬のようなアザラシ。首のまわりにたっぷりと脂肪を蓄えたアザラシ。毛の生えたナメクジが飛び立とうとでもするかのように、上体をぐっと起こしたアザラシ。アザラシの上にアザラシ。アザラシの脇にアザラシ。食べたらうまそうなヒレ足を体の下に畳み込んで休むアザラシ。食べたらとてもうまいアザラシ。――ああ、だがパートナーやら三つ子やらのあの例のゲームでは、他の者たちの空腹を満たすために、死んだ女の役を誰が引き受けてくれるのだろうか。

✡ ✡ ✡

こうして闇と氷がいっそうきつく彼らにからみついた。――とてもいい具合だ。――一九九一年三月、キャプテン・サブゼロなる男が、自分の**フルマカモメ**型の頭蓋骨からフランクリンの凍える肉仮面をひきはがそうと、エレフ・リングナース島のイージクセンにある、廃墟となった気象観測所で十二日間を過ごすことにした。――そうすれば全てを知ることができるだろう！　――もちろん鉛なんか食べやしない（とサブゼロは自分に言った）。まだ他にもやり残したことがあるんだから、脳みそをやられちゃた

Wanderings of the North Magnetic Pole

まらない。第一この夢から覚めた後、次に自分が何になるのか誰にも分からないわけだし。でも少なくとも死がどういうものか、これで理解できるだろう……今までのことはきっちり押さえてるつもりだ。ミスター・フランクリンは今や精神を著しく損ねて、精神病と言ってもいい。ミスター・ゴアは感情の揺れが激しく、絶えまない腹痛に苛まれ、誇大妄想を抱いている。舳先を岸に向けて、ポンド・インレットの狭いビーチに引き上げられた何隻ものボートの、曲がりくねった列のように彼の精神は歪んでいる。小さなヤナギが一日ごとに枝を伸ばし、新芽が毛羽だった緑の葉を見下ろしながら、風に震えて細長く成長するのを彼は見るだろう。もう人間を食べることを思いついただろうか？ミスター・フィッツジェームズについては……いや、三回目の冬の様子を想像するのは難しい。果たしてそんなことが自分にできるのか。とにかくイージクセンへ行ってみよう。

自分の墓場の双子がこんな気狂いじみた計画を実行に移そうとしているので、それを止めようと、ミスター・フランクリンは思いつく限りの論拠を持ち出した。いいかね（とフランクリンが言う）、君の場所は私といっしょにいるここだ、私が抜け出せずにいるここなのだよ。大工の助手のミスター・ワトソンも君の棺桶を造り始めたところじゃないか。この先、話がどう展開するのか知りたいだと？ああ、それなら私が教えてやろう。忘れないでくれ、サブゼロ、私は君の近しい同胞ではないか。我らが二隻の艦船は氷に閉じ込められて少しも動けない。キャプテン・クロージャーが葬式の挨拶を読み上げてくれるだろう。（ジェーンとリーパーもできれば列席するだろうが、今はともかく明るい方へ考えるべきだ。）もちろん半旗が掲げられることになる。棺桶を旗でくるみ、たいへんな労力を費やして墓が掘られるだろうし、**フルマカモメ**が頭上を飛ぶだろう。私とはさっさと縁を切るように、あれが君をせっついていることは知っているが、それは哀れなジェーン（彼女は自分をカルタゴのディードーになぞらえている）を捨て去るにも等しい。君は高潔だよ、サブゼロ。それになかなかいい奴だ。だがいずれにしてももう手後れ、つるはしや棍棒やライフル銃にもたれたまま（目に浮かぶようじゃないか）、彼らは君の棺が氷の墓穴に下ろされていく脇に立ち、羽毛で飾られた頭を垂れるだろう。そして君はきっと何世紀も変わらぬ姿のまま地中に眠るだろう！　君の肩は石のように固くなり、初めは灰色だったが、やがてレース編みのような黒い地衣が島を被う頃には（それは、今から五百年ほど後のことだろうが）、その肩には白っぽい緑色の地衣が燐光性の固まりとなって、競うように生え始める。それが生えていない場所には鉱物質の緑色をした地衣がびっしりと生えて、斑模様ができる。他の羽毛のような地衣や苔に埋もれるように横たわり、石灰化した君は、今度は現実味の薄い柔らかなパッチワークと化す。さらにその後、大陸が移動してイギリスが忘れ去られる頃になれば、君の氷づけの心臓から草木の芽が生えてくるかもしれない。真ん中の、何もないところから、がっしりとしたヤナギの根が伸びてきて、最後は一インチほどの高さの木の芽が生える。その木からは黒い斑点のついた柔らかな新芽が芽吹いているが、その重みにも係わらず、枝はぴんと張っている……その間ずっと君は私といっしょなのだ！

だがサブゼロがフランクリンである、そのあり方にはあくまでもサブゼロなりの流儀があった。彼はどうしても一人で死ななければならなかった。

イージクセンがどこにあるか、ご存じだろうか？　ミスター・フランクリンは知らなかった——知るはずがないではないか。エレフ・リングナースは一九〇〇年頃にやっと発見されたのだ……北極の地図を開いてみよ、北極圏の盟友たちよ！　白い犬の大きな頭のようなグリーンランドが見えるだろう？　そこから視線を西のカナダの方へ移してみると、脳みそを壁か何かに立て掛けたような、丸味のある突出部のついた、うねった形の島がある。それがエレズミーア島だ。八万二千平方マイル、大きさはグリーンランドの十分の一だが、グリーンランドは大陸と言ってもいいくらいなので、それを除けばエレズミーアは世界最大級の島の一つだ。ミスター・フランクリンはエレズミーア島を見ながら航海したことがあるし、ジェームズ卿もしかり。西側の凹部で巣ごもりをしているのがアクセル・ハイバーグ島で、そこには化石化したすばらしい森があるという。私はその島をエレズミーア島の先端から見たが、足を踏み入れたことはない。アクセル・ハイバーグ島の南西部は海峡になっていて、その海峡を渡ったところに、北を向いた弾丸の形をしたアームン・リングナース島がある。兄のエレフと同様、アームンもまたノルウェーでビールを醸造していた。島の発見者が二人に乾杯を捧げたとき、せめてビールが凍っていなかったことを切に願う。地図すらも寂しくて叫び出しそうなこんな北のはずれの、泥の土手しかないような陰鬱な島には、ビール以外に楽しみなどないのだから。アームン・リングナース島はレゾリュートからさらに北へ、島を三つも隔てたところにあるのだ! さて、アームン・リングナースの西にあるのがエレフ・リングナース。島の北北西の部分を斜めに切り落としたような、少し大きめのパズルのピースだ。この島は、北極海諸島の荒涼とした西側の壁を作るために積み重ねられた石の一つ。北極海諸島は大陸から北東に向かって次の順番で浮かんでいる。バンクス島、プリンス・パトリック島、ブロック島(この島は群島の中では、いわば泥でできた句読点のようなものだ)、ボーデン島、それからエレフ・リングナース島、ミーエン島、そして群島の北の角のアクセル・ハイバーグ島とエレズミーア島に戻る。この一線を越えれば北西航路を抜けたことになる! かくしてアームン・リングナースですら寂しいのに、エレフ・リングナースは本当の意味で無に面している。つまり北極まではずっと島一つない海が凍りつき、西のノヴォシビルスク諸島まで経度一〇〇度ほどは何もない——このノヴォシビルスク諸島こそはスパイスを豊富にもたらしてくれるだろうと目されていた。

そしてそれこそが北西航路の存在理由《レゾン・デートル》だったわけだが、とんだお門違いだ。それでもリーパーにとってジェーンが立派な理由だったのと同じように、ノヴォシビルスク諸島到達もまた、一つの目的であると考えるしかなかった。

ジェーンのように北極海諸島へ行ったことがない人間にとっては、どの島も同じようなものだった。——レゾリュートには何もない、その有様はすでに描いてきたつもりなので、それは分かっていただけたと思う。——だが何もないことにかけて、イージクセンはレゾリュート以上だった。レゾリュートには元気のいい植物が七十種類も自生している。エレフ・リングナースの北端にはたった二種類しかない。そこから六十キロほど離れたイージクセンでは、どこかの熱心な輩が四十八種類も見つけたらしい。かなりの数だが、それでも滞在するならレゾリュートの方がいい。(ハドソン湾に面したチャーチルという町では四百種類が認められた。イヌクジュアックもその程度だろう。)——次なる統計。レゾリュートでは一平方マイルあたり十五羽の鳥が生息している。イージクセンでは十羽。私がそこにいたときは一羽も見なかったが、もちろんメガネははずしていたので正確には分からない。(ポンド・インレットには同じ面積あたり四百羽が生息する。温帯地域の森だと、その数は一万二千羽にのぼる。）

イージクセンは西経一〇三度三二分、北緯七八度四七分に位置する。三月は一年で二番目に寒い月だ。太陽がちょうど戻ったばかりで（一九九一年の最初の日の出は二月二一日だった）、気温はだいたい摂氏マイナス三十から四十度の間を行き来する。エレフ・リングナースから北へ八十キロほど行ったところには、北極大陸棚プロジェクトの職員が時折派遣される氷の島が浮かんでいる。だが一番近いところにある集落は、約四九七キロ南東に下ったレゾリュートで、この町についてはみなさんすでにご存じのとおり。同じくらいの距離を北東に進んだエレズミーア島のユリーカには、カナダ環境庁が管理する気象観測所がある。簡単に言えばイージクセンは静かなところだ。滑走路の脇の小屋では温度と風速の観測値が一時間ごとに記録される。それを除けば、島はほとんど忘れ去られたまま。飛行機が頭上を飛び交うこともない。イージクセンは溶けることのない浮氷の固まりに閉ざされて、年々凍りついてゆく。

＊＊＊

イージクセン・ヒルトン・ホテルに向かいながら、何かドラマチックなことが起きるのではないかという期待を、サブゼロはぐっと抑えた。一八三一年にジェームズ卿がどんなに失望したか、そのことが頭にあったからだ。その年、大方の推測を裏切って、北磁極が鉄の山ではないことが明らかになった。北磁極は何の変哲もないところに位置していた。ジェームズ卿が誰も住んでいないイグルーの中で最終的な測量に及んだところ、あっけないことに北磁極はその床下にあった。彼と部下たちはその地点と、さらに西へ行ったキング・ウィリアム島のポイント・ヴィクトリーに石塚を立てた。（魔法の薬が埋められているのではないか、とミスター・ゴアが期待を寄せたのは北磁極に立てた石塚の方だ。）その頃、北磁極はブーシア半島に位置していた。それから一六〇年後、サブゼロが旅に出発した頃までに、北磁極は北極海にもぐって北へ、西へとさまよい、バサースト島に到達しており、サブゼロの地図にもそこが北磁極の位置として印されていた。極はじわじわと北へ向かい、彼が例のすてきなエスキモーの長靴を履こうとした頃には、早くもキング・クリスチャン島まで達していた。地図で見るとこの島はほとんどエレフ・リングナースに隣接している。あらゆる実際的な意味から考えて、イージクセンは北磁極にあった。きっと床屋にあるような大きな紅白のポールが立ってるよ、とセスが言った。電気なんかもあったりするかも。それで思い出した。電気でおもしろい話を聞かせてやるよ。ワシントンDCにいる友達のスージーが去年の夏、雷に撃たれたんだよ。ざぁざぁ降りの中で彼女、バイクに乗っててさ。結局運が良かったんだろうな。バイクの下の方に雷が落ちてきたら、接地してることになるんだかならないんだか、とにかくお釈迦になるはずだろ？　だけど雷はバイクの上に落ちてきたわけだ。電流みたいなものが体の中を駆け上がっていくのを感じたってさ。彼女、すっかり怖くなって近くのバス停の屋根の下に駆け込んで、そこにいる人たちに雷に撃たれたことを話すと、そいつらはこう言ったそうだ、ここから出てってくれ。感電したらどうしてくれるんだ？　で、彼女が奴らに近付こうとすると、みんな悲鳴をあげて逃げ出したんだってさ。

❄ ❄ ❄

その旅はサブゼロにとって喜び以外のなにものでもなかったが、それも火災警報機が何度も誤作動を起こしたあの晩までのことだった。警備員の詰め所へ行ってみると、他の階からも人が集まっていて、最初は本当に火事が起こったのかと思ったほどだった。スチームのパイプに問題があるらしいと分かってからベッドに戻ったが、それでも不安が消えなかった。眠りに落ちるまぎわ、ふと気が付くと彼は薄暮れの観測所の前に立っていた。すべての窓に板が打ち付けてあったので、観測所の中は地下墓地のように暗い。中に入るために、ドアの前で雪かきをしている自分の姿が見え、それから肩ごしに目をやると、後ろの地平線の尾根には黄色っぽくてみすぼらしい影が見えた。彼は驚かなかった。――腹をすかせたシロクマだった。逃げ場はないし、銃もあてにならない。あるいはそこが観測所から遠く離れた場所だったとしよう。たとえばカイロ岬に向かって島を横切ろうとしている、そんなときにシロクマが自分のまわりをグルグル回っていることに気づいたら……この幻を見

てからというもの、彼は決意した。家に帰る日まで黒い冷蔵庫のような観測所から一歩も外へ出るまい、と。だがシロクマが外で待ち伏せしていて、飛行機が着陸し、彼が滑走路へ出てそれに乗り込もうとする、その時に襲われたらどうするか？　ショットガンは毎日でも試し撃ちするべきだ――だがそれで初めて彼の存在に気付いたシロクマが、銃声に興味を持ってやって来る可能性もあるではないか。シロクマがドアを破って、暗闇の中、彼の匂いを嗅ぎながら追いかけてきたら？　サブゼロはシロクマの習性をあまりよく知らなかった。

もちろんイージクセンにシロクマはほとんどいない。浮氷が溶けることはなく、従ってアザラシが息継ぎや捕食をするのに必要な水路もない。アザラシがいなければシロクマも食べ物がないわけだ。すべてはうまい具合にできている。

ほどなくして彼はまた夢を見た。観測所は四角くて、屋根はガラス張り。彼が昔働いていたコンピュータのオフィスに似ていなくもない。太陽が照って暖かいが、外の平べったい景色には雪が降っている。友人や親戚が全員集まってサブゼロのさよならパーティを開き、やがて彼らは家に帰るだろうが、彼はもちろん帰らない。外にさまよい出た人たちがグループに分かれて、笑いあっている。観測所の中で人々は風船を膨らませ、コルク栓を抜き、ケーキを切り、どの部屋でも巨大なカラー・テレビやステレオがつけっぱなしになっていて、誰もが自分の紙皿にアイスクリームとケーキを積み上げていた。だがサブゼロがガラス窓の外をのぞくと、時間がたつのをじっと待っているシロクマたちの姿が見えた。何十頭もいる。色は雪のように白かったが、体形や大きさはまちまちで、彼が一人になるのを待ちながら、あたりをいつまでもうろついていた。

＊　＊　＊

過ちから学ぶ最良の方法は、それを生き延びることだ。サブゼロの場合、焦げた眉毛や軽い凍傷を負った指が彼の野心に報いる程度で、それよりひどいことはなかった。彼は結局のところミスター・フランクリンではなかったのだ。彼は計画を立てることは、予測される失敗を補う手段を事前に立案するプロセスだが、あらゆる計画の核心にあるのは、安全が保証されるための根拠の宝庫であり、それは最後まで決して崩れることのない砦でなければならない。ミスター・フランクリンが自分のライフル銃に頼ったのと同じように、北極への旅でサブゼロがいつでも聖域としていたのは、彼の寝袋だった。だがこの旅では、彼の寝袋は効果を発揮しなかった。

彼がもし伝統的な知識をある程度持つイヌックだったら、道具はさほど大きな問題ではなかっただろう。イヌイットに関する本で、サブゼロは彼らの際立った柔軟性と、プレッシャーの下での即興的な工夫の才について読み、何度も感動した。たとえばある男は凍った肉の細切りを自分の橇の滑走部に使って急場を凌ぎ、無事に目的地までたどり着いた。別の男は子供の頃の病気や怪我をどんなふうに治したか、その方法について語った。オデキができたときは、石鹸とオートミールと水とアザラシの脂を数滴混ぜて薬を作りました。それがオデキの膿汁をすっかり吸い取ってくれました。そういうものを作り続けていたら、今頃私はきっと医者になっていたでしょう！[1]　まったく同感だ。――だがサブゼロ自身は、北極のように温度の低いところでさまざまな素材がどう変化するのか、あるいはどんな処置が適切なのか、十分な知識を持ちたくても持てなかった。したがって彼の試行錯誤は失敗の不規則な連続以外の何物でもないし、おそらくは低体温で彼の動きが鈍りでもしない限りそうした失敗にも歯止めがかからないだろう。ミスター・バックもいないのだ。彼は自分の過ちの結果から自分を守るためにも、装備に頼らざるをえなかった。装備だけはある程度コントロールできる。そして一つでも見落としがあればここでは致命傷になりかねない。

　たとえば汗。一九八七年、バフィン島で三日間雨が降り続き、テントに閉じ込められている間、彼はじっとりと輝かしい汗の法則を見出した。気温は摂氏五度くらい。イージクセンに比べればうんざりするほど暖かい。それでもサブゼロは気を抜かなかった。ミスター・フランクリンと違って、ここでは自分が異邦人であり、理解している法則がほんのわずかであることを、彼は決して忘れなかった。一人で旅行するときには二倍の注意を払った。たとえば明らかに通り雨であることが分かる場合を除いて、雲から最初の数滴が降ってきたらすぐにテントを張った方がいい。遅れれば遅れるほどテントの中に入り込む水の量は増えてゆく（濡れた雨具やバックパック、寝袋、鞄などのせいで）。とくに寝袋が濡れたとなれば、この法則が自らを主張し始める。グースダウンの寝袋の場合、羽毛が乾いているときは信じられないほど軽くて暖かいが、濡れると保温効果は消えて、価値がほとんどなくなってしまう。湿り気を帯びるだけでも、寝袋はひんやりと冷たくなる。だからあの七月の昼間に雨が降り始めたときも、従順なサブゼロはキャンプに良さそうな場所をすぐに探し始めた。だが残念ながらいい所が見つからない。東の尾根は吹きさらしで、丸石だらけだったのでテントを張るには最悪の場所だ。すでにそのあたりは雨足が相当強くなっていた。まわりの湿地帯はスポンジのような凍土で、歩くたびにブーツが音をたてて地面に吸い込まれ、沈んでゆく。雨がますます激しくなっていたので、すぐにもテントを張り始めなければならない。尾根へ向かう道の中ほどは、ブルーベリーの灌木が生える台地になっており、湿気もさほどひどくなかったので、彼はフライシートをかぶせたまま通気性の良いインナーテントを手早く張り、続いてフライシートのペグを地面に打ち込んだ。中にもぐり込むと満足した。もちろん、そのまま歩き続ければ嵐もじきにやんだかも知れない、と思うほどには彼も十分ミスター・フランクリン的ではあったが、三日も雨が続いたのだから、彼の慎重さは報われたことになる。上出来だ。テントの中はそれなりに乾燥していた。風に吹かれた水滴で内側の壁が所々湿っていたが、それは些末なことだった。床面は乾いており、濡れた地面からさらにテントを守るため、彼は舞台用のキャンバス布を敷いていた。体を動かすわけにもいかず、気温が急に下がってくるにつれて寒さがこたえるようになり、もう少し重ね着をすることにした。歩いている間中、彼の体を暖めてくれた雨具も着込んだ。それが間違いだった。彼の体から発散される水蒸気が、通気性のいい服を通って雨具の内側の表面に凝縮し、水滴になった。歩いているときも同じことが起こっていたが、今度は体を動かしていないので水分はすぐに冷え、それが服に戻って彼の体を冷やすのだった。雨具を脱がなければ体が暖かくならないことに気付くまで、ずいぶん時間がかかってしまった。だが雨具を脱いだ後、

＊1　アヴァタク文化協会 ᐊᓂ ᐊᓯᐅᑎᓯᐅᕆᑐᐱᓂᑦ ᐱᑭᓯᑕᐅᓂᖓ『伝統医学プロジェクト　中間報告　一九八三年九月二十八日』（イヌクジュアック、ケベック、一九八四年）、十一頁。

彼はさらに二つ目の、もっと重大な間違いを犯した。震えたまましばらく座るか跪き、体と服の間にたまった水蒸気を逃がせばよかったのに、彼は即座に寝袋に入ってしまったのだ。テントから出られないときに体が冷えた場合、暖をとる方法は二つしかない。温かいものを食べるか、寝袋に入って横になるか。(運動も一時的にはいいかもしれないが、こうした状況下では一時間程度の効果しか期待できない。)当時の彼のテントはとても小さかったので、その中で調理すればテントが焼け落ちることは間違いなかった。雨足が非常に強くなっていたので、外で調理するのも得策とは言えない。したがって体を温める可能性のあるものとしては、寝袋しか残されていなかった。服の中に湿気を含んだまま、彼はその可能性に飛びついて寝袋にもぐり込んだ。時間がたつにつれてグースダウンが湿ってきた。一方彼の体重と装備の重さのせいで、テントの床がさらに二・五センチかそれ以上苔の中に沈み、床が濡れはじめた。寝袋を守るために彼は寝袋の下にレインスーツを敷いた。こうして彼は横になったときに下に敷くことのできそうなものを全て濡らしてしまったことになる。湿気を追い出すために寝袋から出ても、彼は横になれないわけだ(ちなみに、雨が降っているときに寝袋から湿気を追い出すには、ずいぶん時間がかかる)。バックパックの上にでも座っていればよかったのに、ようやく雨が上がるまで、彼は三日三晩続いた嵐の大半を寝袋の中で横になって過ごした。寝袋はすっかり濡れそぼり、彼は震えていた。

ほんの二十四キロほど離れたところにイヌイットの町があったので、事態はそれほど危険なものとはいえない。どうしても必要な場合には雨の中を歩いて町まで行けばいい。だがこの経験から彼は二つのことを学んだ。

1　触ったときには乾いているように思えても、寝袋に入る前には防水加工の服を必ず脱ぎ、こもっていた蒸気を服から全部逃がすこと。

2　寝袋の中で過ごす時間は必要最低限におさえること。

人生が教えてくれる大半のルールがそうであるように、この二つのルールを守るのは難しい。一九八九年に北極へ向けてステガー遠征隊が出発したときも、合成繊維でできた彼らの寝袋は一個あたり約七キロだったが、目的地に到着した頃には寝袋にこもった汗や息が凍って約二三キロにまで増えていた。ステガーとその一行は一つの寝袋に二、三人で寝ていたらしい。ステガー一人だったらどうしていただろう。

もちろんイージクセンでのサブゼロの状況は、それに比べれば優雅なものである。規模を見ても、彼のプロジェクトはステガーのそれの一パーセント程度だ。ミスター・フランクリンとてサブゼロの旅を戯れとしか考えないだろう。眠る場所は複数の建物から一ヶ所を選べばいいし、凍った海ではなく地面で夜を過ごすので、寝袋の下に突然水路が開けた場合にそなえて、いそいで寝袋から飛び出す心配をしなくてもいい。それに防水ライナー（ＶＢＬ）だって使おうと思えば使えるのだ。

ＶＢＬとはどういうものか。例のバフィン島でサブゼロは雨具を脱がなかったが、その雨具を一番上ではなく一番下、つまり地肌（あるいは全身を包む極薄の肌着の上）に着て、その上に服を着ていたとしよう。すると、彼の毛穴から出る水分は雨具を通過することなく、地肌近くで止まるので冷たくならない。しかも雨具の上に重ね着をした服まで届かないので、重ね着の保温効果も保たれる。寝袋のＶＢＬも同じ機能を果たす。ＶＢＬとは防水の効いた中袋なのである。このやり方の明らかな欠点は、それを利用する者がつねにじっとりと湿ったままでいなければならないことだが、湿気ていても温かければそれほど不快ではない――温室の花に聞いてみれば、それはよく分かるはずだ。

イージクセンへの旅で、彼は初めからＶＢＬのついた寝袋を選んだ。マイナス四十度まで使用に耐えられるという製品だ。製造元によるとマイナス七十五度でも快適に過ごせるらしい。彼はＶＢＬ付きのジャンプスーツも注文し、それを服の一番下に着込んだ。

北極大陸棚プロジェクトが氷上チャーター便に乗せてくれないと言うので、サブゼロ（彼は家の冷蔵庫に入っていた残り物のラザニアを冷たいまま食べるのが常で、その点からも彼は自分がこのような遠征にある程度向いていると思っていた）は困った。何ぴとたりとも置き去りにしてはならない、というポリシーがあるのだとか。――危険すぎる！　と彼らは言った。何のためにそんなことをしたいんだ？
（ほんとうに、彼は何のためにそんなことがしたいのだろう？）

そうですね、と彼は思い付きを口にした。エドガー・ライス・バローズの本を読んだことありますか？

ターザンの本を書いたあの作家か？

ええ。その中の一冊で、ターザンはペルシダー——ほら、例の地球空洞説ですよ——へ行くんです。つまり北極には穴があって、その穴を通って地球内部に行くとそこは灼熱の太陽が輝くジャングルで、恐竜やプリンセスなんかがみんな逆さまに歩き回って……。読んだことあるでしょう？ 僕の計画はそのペルシダーを探検して、金の鉱脈でも発見しようかな、と……

沈黙。

***

プロジェクトの面々は、ほんとうに彼に行ってほしくないようだった。行かないように進言した。行かないように強く促した。彼らの話では、カナダ騎馬警官隊が新しい規定を作ろうとしており、サブゼロのように単独行動を取る場合、あらかじめ申込書で申請をしなければならなくなるらしい。カナダ政府が彼の所在を把握していることはとても重要である、と。なんのサポートもできない、とも言われた。そう、彼らは恐ろしい話をたくさん披露してくれた。
……

では、聞かせてもらいましょうか。

そうだな、去年のことだったか、スイスから来た男がグレートスレーヴ湖を犬ぞりで単独横断しようとしてね。ところが橇が転覆して低温症になって、そのまま犬に喰われちまったそうだ。

でもまぁ、とサブゼロ、人生なんて末期の病と同じですからね。

***

だがそれからの彼は気をゆるめることができなかった。雪が降る二月のその日（同じ月には記録的とも言える温かい日も何日かあった）、彼は自分がほんとうに正しいことをしているのかどうか、分からなくなった。持ち物を乾かし、紐で縛り、荷造りをする、といった細かい仕事に精を出したが、すぐに疲れきってしまって数分おきに座り込んだ。座ったとたん、もっと重要な何かをしなければならない、という思いにかられた。最初の二、三時間が一番大変だろうと予想した。寒くて、風が吹き、真っ暗だろう。バックパックを背負った彼にとって、雪の吹きだまりは深すぎるかもしれない。橇を持って行くべきだ、と誰もが言ったが、航空貨物で送れば紛失するに決まっている。紛失しないものなどまずないのだ。したがってせっかく送っても結局現地では使えない。つまりは堂々巡り。いずれにしても滑走路から廃墟となった観測所までは一・六キロ足らずだ。レゾリュートに一日か二日泊まることになるだろうから、一人で移動するのが危険かどうかはそのときに分かるだろう。彼にはそれほど危険とは思えなかった。だが霧が出るか吹雪にでもなれば、迷わないという保証はない。それに建物の中へ入れるかどうか。あれくらいの気温だと雪の吹きだまりも土と変わらないほど固くなる。建物に入るまで何時間もかかるかもしれない。とにかく予測がつかなかった。北極で冬を体験したことは一度もないのだから。建物の入口が分かるかどうかすら、あやしかった。雪が積もっていればどこにドアがあるのか、探し出すだけでも一苦労だろう。それから抑え板のクギを抜くのも、分厚い手袋では決して愉快な作業ではない。その後はどうする？　あの暗い冷蔵庫の中で寝袋を出してロウソクに火を灯し、それから――

✲ ✲ ✲

遺体を回収する費用の補償金として、全財産をカナダ政府に残す手続きを極地政務局で済ませてから（対応した職員は例の新しい規定に関わっているらしい。その規定は間違っており、命を失う覚悟さえあれば誰でも北極を堪能する許可が与えられるべきだ、とサブゼロがその職員に主張すると、男はそっけない調子で、ああ、そうさ、北極は美しいからね、と応えた）、サブゼロは観測所で一人残されている自分の夢を見た。その夢にあらわれたのは、今までに想像したこともないような場所だった。辛さや厳しさとは無縁の、夏の穏やかな霞に包まれ、甘酸っぱい木の実や木々が茂る樹林草原の中、コオロギが跳ね回り、観測所はうす明かりに照らされてまるで静かな図書館のようだった。

彼はその不思議さの中、たった一人だったがとても幸せだった。目が覚めると恐怖はもはや消えていた。

✲✲✲

セスも手を貸してくれた。――そうだよ、君は悪い方へ考えすぎるんだよ、とセスは言った。でも四十年前には、零下四十度の中を一週間も二週間も過ごそうって奴はいなかっただろうからな。――セスは正しかった……

✲✲✲

北磁極へ行ったら暑くて湿度が高い、そんな夢も見た。泥土が盛り上がって泥プリンのような小丘になり、その間を湿った土の道がうねっていて、蚊が大量に飛び、空を曇らせる。――恐ろしくも執拗な静寂さとともに、彼の恐怖の向こう側で彼を待ち受けているのは、明らかにペルシダーだった。

✲✲✲

ブラッドリー航空に支払うカナダの百ドル紙幣百枚をもう一度数え直しながら、彼はこう言った。こんなことはするべきじゃない。この旅から無事に帰ることができたら、もう二度と同じ間違いを繰り返すものか。――北極への旅の始まりで、彼は必ず自分にそう言うのだった。ところが旅を終えると、海岸線が彼の視界にしがみついて離れず、やがてそのカギ爪が、彼の心臓をつかんでは愛撫するようになる。それはまるで死人の足の爪に何かの拍子で触れてしまって肝を冷やす、そんな感じだった。そして彼は、自分が北極に残してきたさまざまなことを思い出しては後悔し、自分にこう言うのだ。また戻ろう、と。

✲✲✲

キャプテン・サブゼロのユニフォームを少年の日々といっしょにクローゼットにしまい込み、サブゼロは最後のシャワーを浴びた。言葉や文章がすべて二ヶ国語で書かれたバルバソールの缶を開け（缶には地衣のシミがたっぷりついていた）、石鹸を泡立て（それはポンド・インレットでセスといっしょに使ったものだ）、髭をそり、それからひんやりとして滑らかなナイロン・コイルの「ワイルド・シングズ」のジャンプスーツ（これにはバックも真っ青だ）にすべり込んだ。

❄❄❄

モントリオールでは、娼婦たちがまだハービーズの外に立ち、地下のモールでは金で作ったミニチュア製品の展示が行われていたが、今や彼は、汚れた雪と泥だらけの凍った丘の間に一列に並ぶ、灰色の立方体の家々に別れを告げようとしていた。飛行機はサンローラン川を横断するところだった。——鉄でできた四角い臼歯のようないくつかの灰色の立方体が後ろに飛び去り、灰色や白の平原を過ぎ、葉がすっかり落ちてむき出しの木を見下ろし、氷とフリーウェイを眼下に見て……やがて平らな白い平原が終わると、雪の谷間を囲んで灰色の苔（ほんとうは木なのだが）が水ぶくれのように生え、ついに飛行機は寄せ集められた雲の最初の層の中を上昇した。西へ向かってうねる高速道路がまだ見えたが、すぐに雲が立ちこめ、いつもの丸石の小道に変わった——

それからとぎれとぎれのかすかな光。単調で情け容赦ないおなじみの白と青とセピアがかった黒。これでもう後へはひけなくなった。

❄❄❄

機内の乗客たちはみな彼のことを小馬鹿にしたような目つきで見た。北極用の服を着込んでいたからだ。他の乗客はみなTシャツ一枚だった。

❄❄❄

夏に見たことのある平地の湖が雲の隙間から見えた。今は雪のチーズに空いた灰色に凍った穴のようだ。

恐怖が再び彼を襲い、去ってゆく気配を見せない。醜くて疲れを誘う汚れ。手がひりひりして食欲が失せ、胃が痛む。

またしても白い平原、今度は川が流れている。それは陸地だったのか、それとも海か？

今度はまちがいなく海上を飛んでいる。平らな白い頭蓋骨に裂け目がいくつも見える。これという特徴もない。あちこちにアバタ状の吹きだまりがあり、小さな水路や割れ目が走っているが――雪に被われてほとんどのっぺりしている。NASAが撮った月の表面に似ていた。数分もたたないうちに物の大小がまったく分からなくなり、目が痛くなった。気持ちが悪い。筋は全部同じ方向に走っていた。風が吹く方向だ。彼は見るのが嫌になった。

長老たちの手で割礼を施されたり、初めて虎を狩ったりしても、その一回で男らしさを獲得できるわけではないことを、彼は知っていた。それは自分の恐れるものを常に求め続けることで、何度も何度も追求されなければならなかった。じっとしているだけでは恐れるものが増えていくばかりだ。男だからといって怖いものがないわけではない。ただ恐怖に支配されるのではなく、恐怖によって警戒するようになる。これから自分がやろうとしていることを彼が恐れるのは当たり前だった。彼にとっては初めての経験だ。それをやろうというのだ。後になって誇りに思うか、恥と思うか、二つに一つだろう。

バフィン島が視界に入った。茶色ではなく純白の島を見るのは初めてだった。尾根が白さの中でくっきりと浮き立ち、底に模様のないブーツで歩いた跡のようにも見えた。

　席に座って眺めているうちに、島は見る見る大きくなった。突然、彼の中に歓喜の気持ちが再びわき上がった――

イカリュイの町を彼はどうしても好きになれなかったが、それでもそこの冷たい空気をしばらく味わおうと、通路に

向かって歩いていくと、スチュワーデスが彼のジッパーの留め金をつまんでぐっと引き上げてくれた。――ここは北極よ、坊や、と彼女は言った。それなりの服装でいかなくちゃ。肺炎にかかっちゃうわよ。
　かわいそうなキャプテン・サブゼロは一瞬混乱したが、すぐに彼女が自分をからかっていることに気づいた。――そうだね、と彼は言った。これで安心だ。

❉❉❉

空港の中はいつもと大して変わらず、いろいろな会話が飛び交っていた。ファックスは確かに受け取ったよ。それで、カテゴリーはいろいろあるのかい、それとも大きな賞がどーんと一つだけ？　……外は零下十四度。北極大陸棚プロジェクトの一人と思われる誰かの声も聞こえた。氷の島での最大の問題は風だよ。あんまりひどいんで全員がパークオールに避難しなきゃならないこともあるくらいだ。あの頃のことはよく覚えている。それからチャーリーが降りてきてシャワーを浴びて、氷の島用の帽子を思い切りはたいていたっけ。そうだろ？
　斬りつけるほどの冷気ではなかったので、彼は少しほっとした。だがたった数分では大したことも分からない。零下十四度といえばまずまずの暖かさだ。彼は座ったまま思い出していた。七月の午後、イカリュイでは（どこへ行くにもここを経由することになるので、彼はここへ何度も来ていた）土にささったプラスチックの破片に連れ添うように、小ぶりのシャクナゲが紫の花を咲かせていたことを。すべてがどんよりとした茶色がかった緑色で、鬱々とする中、小鳥が一声さえずり、セスが卵形で赤茶色の薄い葉をしたシオガマギクにうっとりしていた……

❉❉❉

レゾリュートまであと数時間だった。氷の中には青い池が見え、割れた氷の小さなかけらが塩の干潟を思い出させた。アイスクリームのようなメサや、糊のきいたベッドシートのような風景の上を飛行機が飛んでゆく。コバルト・ブルーより明るく、マンガンよりもっと鮮やかな、いかにも気持ちのいい紫色の影がところどころにさしている。尖頂を切り取った円錐形やピラミッドの形をした、思いがけず幾何学的な氷河がしばしば彼の心をとらえた。雲間からは寄せ集められて不機嫌そうな山々も見えた。だがほかのものはいかにも柔らかく渦巻いており、それが彼を驚かせた。まるで小麦畑のようだった。そして一瞬彼は夏の夢をもう一度信じそうになった――

飛行機が下降し始めると心臓が高鳴り、彼は前屈みになって景色を見たが、それは彼の記憶とはまったく違っていた。青みがかった灰色の平野にはひっかいたような白い跡があり（遠くの方では一本の黒い線がどこまでも続いていた）、黒い岩をてっぺんにちりばめて雪をかぶったコーンウォリス島の低い崖を過ぎたかと思うと、雪の中に深い川の痕跡が見えた。フランクリンたちの墓があるビーチー島の西側だ。大理石模様の大地はトルコのお菓子、ハルバを思い出させた。さらに近づくと油絵の具を何層も塗り重ねたような平野……白い波が吹き付ける滑走路の灰色のガラス……

❈❈❈

空港では、荷物が回り始めていた。キャンプ用の装備か、でこぼこの金属製のスーツケースばかりだった。重さ約四十五キロのサブゼロのバックパックが出てくると皆がそれをじろじろ眺めた。――誰だ、こんなものを持ち込んだ馬鹿は？　とサブゼロがそれをひっつかみながら言った。誰も笑わなかった。

❈❈❈

ブラッドリーの男はとても感じがよかった。バックパックを担ぐのを手伝ってくれて、サブゼロをナーウォル・ホテルまで車で送ってくれた。それから彼を一人にしてくれた。深呼吸をした。胸の奥には、空気のせいで冷たく燃えるような感覚があった。どうして自分がここにいるのか、彼はもう一度考えた。それから着替えて外へ出た。

❈❈❈

メガネがすぐに曇ってしまい、やがてそれが氷になった。メガネをはずすしかない。ゴーグルはしてもしなくても同じだった。イージクセンへはメガネ無しで行くことになりそうだ。

✲ ✲ ✲

海の際には一かたまりのパンのような形をした断崖があり、彼は何年か前の夏と同じようにそこを降りはじめた。それほど寒くはなかった。当たり前だ。まだたったの零下十九度だ。

✲ ✲ ✲

カナダ環境庁は覚えていたとおりの場所にあった。建物に入ると、彼といっしょにチャーター便に乗ることになったマーヴという男も来ていた。マーヴはイージクセンの自動気象観測所に定期的に通っている。観測所まで出かけ、一、二時間計器をいじって、そして帰る。帰るにあたっても、サブゼロは北極大陸棚プロジェクトのチャーター便に同乗させてもらおうと思っていたが、単独行動の人間をどこかで拾って帰るのも彼らのポリシーに反するらしい。サブゼロを途中で降ろすのを嫌がったのと同じ理屈だ。責任はきわめて重い、と彼らは言った。そこでサブゼロは一人で飛行機をチャーターしなければならなかった。栄光を得るには金がかかる。――気象事務所ではマーヴも親切にしてくれ、なにもかもがうまくいっていたし、何でもできそうな気がした。イヴァンとはユリーカでも会ったことがあった。サブゼロの携帯用の気圧計を自分たちの計器と比べ、〇・四ミリバールしか狂っていない、おめでとう！　と言ってくれた。サブゼロは持ってきた温度計を自慢して、三人とも楽しい時間を過ごした。彼は自信を取り戻していた。こういう旅で今までひどい目に遭ったことは一度もない。一人のときはいつも慎重に行動した。危険なことは必ず避けた。北極にも何度か行ったことがある。北へ行くのは七回目だ――

✲ ✲ ✲

冷凍ホタテの秘密を教えてくれたのは、食べることが好きなマーヴだった。マーヴは宝の在処を全部知っていた。古い観測所が閉鎖されることになったとき、彼はイージクセンにいたのだ。二ケース残ってる、いや三ケースかも、と彼は言った。前回彼は北極心理研究プロジェクトの連中と一ケースを半分ずつ分けたらしい。食べたがる者はほかにいなかった。マーヴの知る限り、危険なのは低温やけどだけだと言う。彼はサブゼロの地図にホタテの在処を示す印をつけると約束した。ホタテは十三年前のものだ。あと百年はもつだろう。

　こうしてサブゼロには理由ができた。町で唯一の社交場であるナーウォル・ホテルでは一八五ドルも出せばいつでも好きなだけバナナ・ブレッドやブラウニーやカップケーキを食べることができる。そこで彼は何度も聞かれた。なんのためにあんなひどい所へ行くんだい？　すると彼はちょっと笑ってマーヴにウィンクし（彼もそこに泊まっていた）、こう答えた。冷凍ホタテのためですよ。

✲✲✲

イージクセンはとても寒くてしんとしており、足音が地平線まで響くような気さえした。観測所の、波形金属の通路はまるで霊廟の通路だった。乾燥して真っ暗な冷気の中、彼の一歩一歩が反響し、うめいた。ヘッドランプを点けなければならず、その光がわびしく前方を照らし、消えたままの非常灯のガラスに彼の黒い影がうつり、怪物かなにかが常に彼の方へ向かってくるように見えた。娯楽室は特に暗く、ぞっとするほど不気味な雰囲気で、死骸でいっぱいの地下納骨所を思わせた。肘掛け椅子に堆く積もった雪が暗闇を引き伸ばし、苦しめていた。天井からは氷づけのワイヤーが絡み合いながらぶら下がっている。片方の手袋を一瞬だけはずすと、一本一本の指先から水分がまるで煙のようにのぼっていった。それを見るのは楽しいことだ、と彼は思おうとした——

✲✲✲

最初の晩、彼は少しも熟睡できなかった。体が温まらない。一番上に着ていた服を脱ぎ、防水ライナーをはずし、下の服の霜もはらい落としたが、それでも背中とつま先は一晩中冷たいままだった。北極への旅の一晩目はたいてい不快なことが多かったので、今回もあまり深刻には考えなかった。次の晩には疲れと環境への慣れでもっとよく眠れるだろう。三日目には探検に出よう——メガネなしだとまった

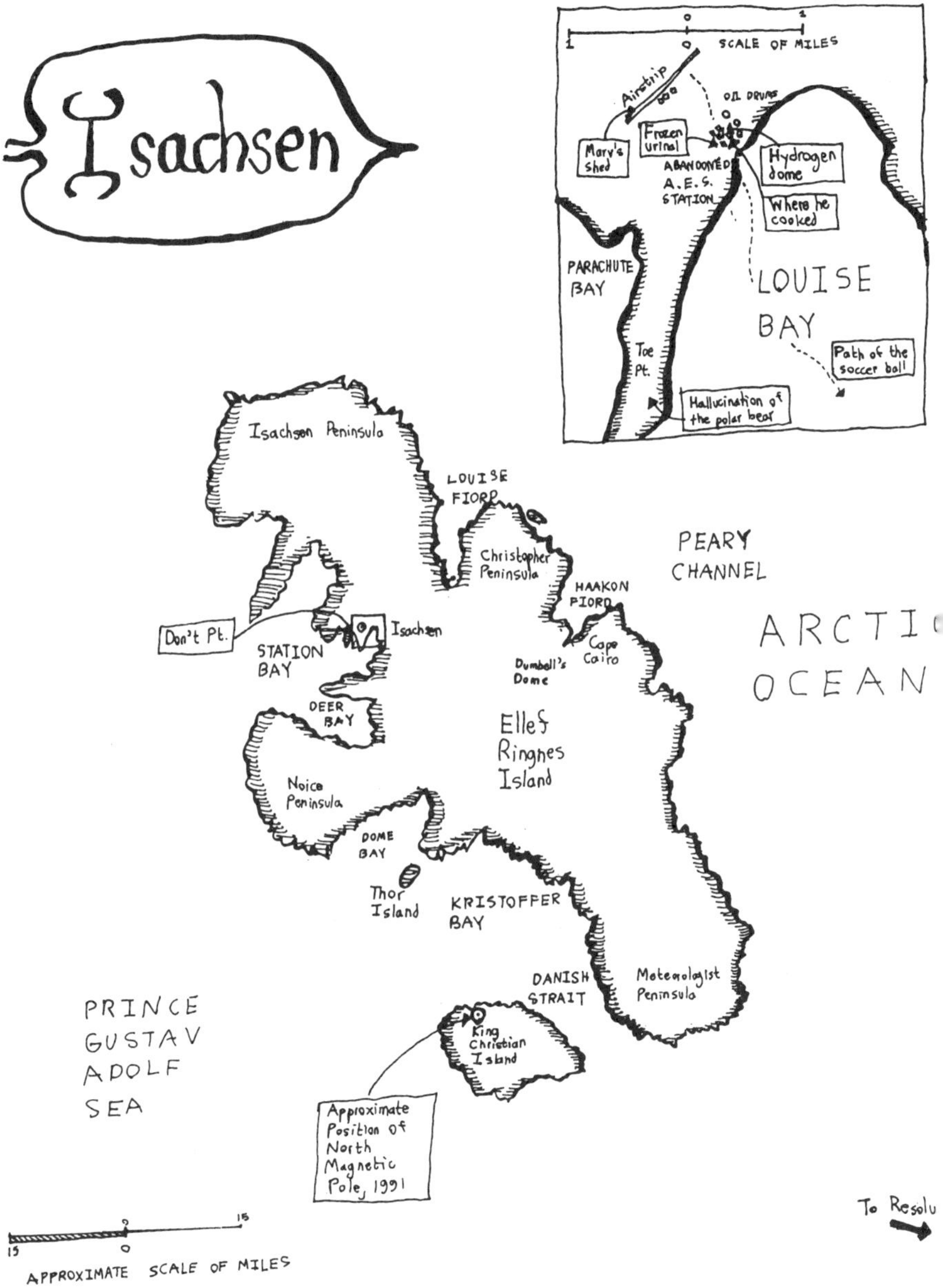
Isachsen
0 1
1 0 SCALE OF MILES
Airstrip
OIL DRUMS
Frozen urinal
Mary's shed
ABANDONED A.E.S. STATION
Hydrogen dome
Where he cooked
PARACHUTE BAY
LOUISE BAY
Toe Pt.
Path of the soccer ball
Hallucination of the polar bear
Isachsen Peninsula
LOUISE FIORD
Christopher Peninsula
PEARY CHANNEL
HAAKON FIORD
ARCTI
OCEAN
Don't Pt.
Isachsen
STATION BAY
Cape Cairo
Dumbell's Dome
DEER BAY
Ellef Ringnes Island
Noice Peninsula
DOME BAY
Thor Island
KRISTOFFER BAY
DANISH STRAIT
Meteorologist Peninsula
PRINCE GUSTAV ADOLF SEA
King Christian Island
Approximate Position of North Magnetic Pole, 1991
To Resolu
15 0 15
APPROXIMATE SCALE OF MILES

く「探検」と言うのがふさわしかった。三〇〇ドル出して買ったノースフェイス社製のバックパックも置いて行くしかない。南極横断遠征でも零下八十度の極寒に耐えたというのがうたい文句だったのに、イージクセンでの最初の三十分で、ファステックス社のヒップベルトのバックルがガタガタになった。それでも彼はかなり自信があった。翌朝、ストーブ用の雪を切り出すために外へ出ようとすると、左足の小指の感覚がまったくないことに気づいた。どうなっているのかと思ってメガネをかけたが、分厚い氷が張ってしまって使い物にならない。凍傷にかかったのだろうか? イヌイットの長靴に張るための、フェルトの裏地に足をくるんで三十分ほどさすっているうちに、ようやく感覚が戻ってきた。

太陽は出ていたがもやが立ちこめ、気温は零下三二度。丸太やケーブルには針山状の霜がおりていた。太陽は白いコロナをかぶり、そのせいで視界には斑点が入った。彼はとても楽観的だった。息がフェイスマスクにかかった途端に凍りつき、細かい針のようになって彼の鼻先をひっかいた。明るいもや越しの地平線には真っ白な低い山々が見えた。あそこに登るのももうじきだ、と彼は思った。彼は今、島のすべてを所有していた! 彼は声を出して笑った。

ポットには前の晩の夕食がちょうどうまい具合にこびりついている。そこで昼食には机の引き出し四分の一ほどの雪をそのポットにぶち込んだ。椅子を引き寄せ、顔についた氷の結晶を払い落とし、ストーブに点火して(プラスチックのポンプ・ハンドルは冷気ですっかり粉々になってしまった――ステガーも同じモデルを北極に持って行ったはずだ――それでも軸の一部は残っていたので、なんとか使うことができた)、一キロほどの丸いチェダー・チーズを取り出し、氷用の斧で幾つか欠片を割り落として、カーペットに散ったそれらを拾い、野菜といっしょにポットに入れた――うまい! デザートには、イヌクジュアックへの旅で残った果実のペミカンを袋から食べた。ペミカンはちっとも固くなっておらず、むしろ柔らかくてとてもとても冷たかった。ちょうどアイスクリームのようだった。

❄ ❄ ❄

それからしばらく時間がたったその日の午後、前の晩の寒さを思い出して、彼は手元にある素材をかき集め、いわば

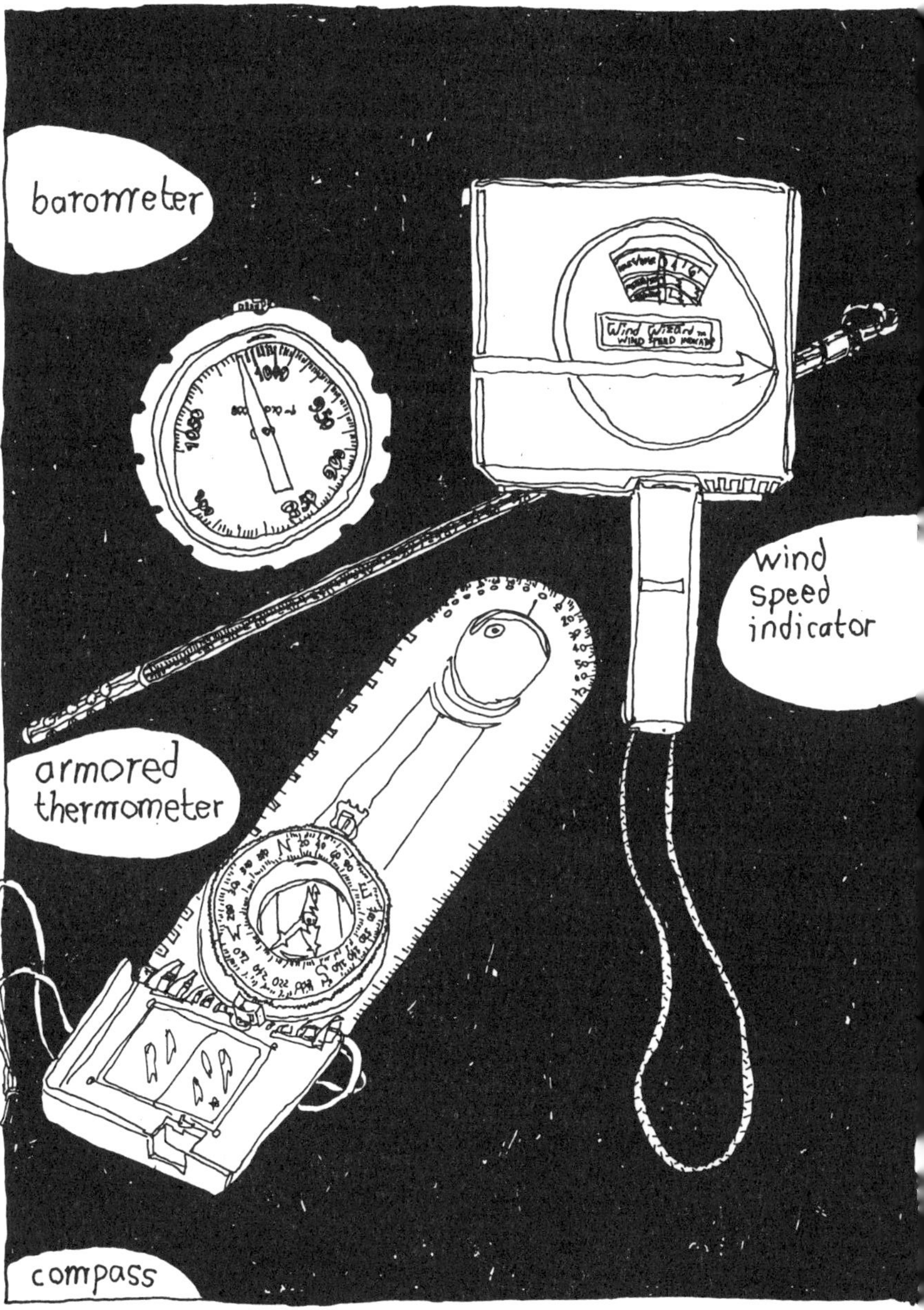
barometer
wind speed indicator
Wind Wizard
armored thermometer
compass

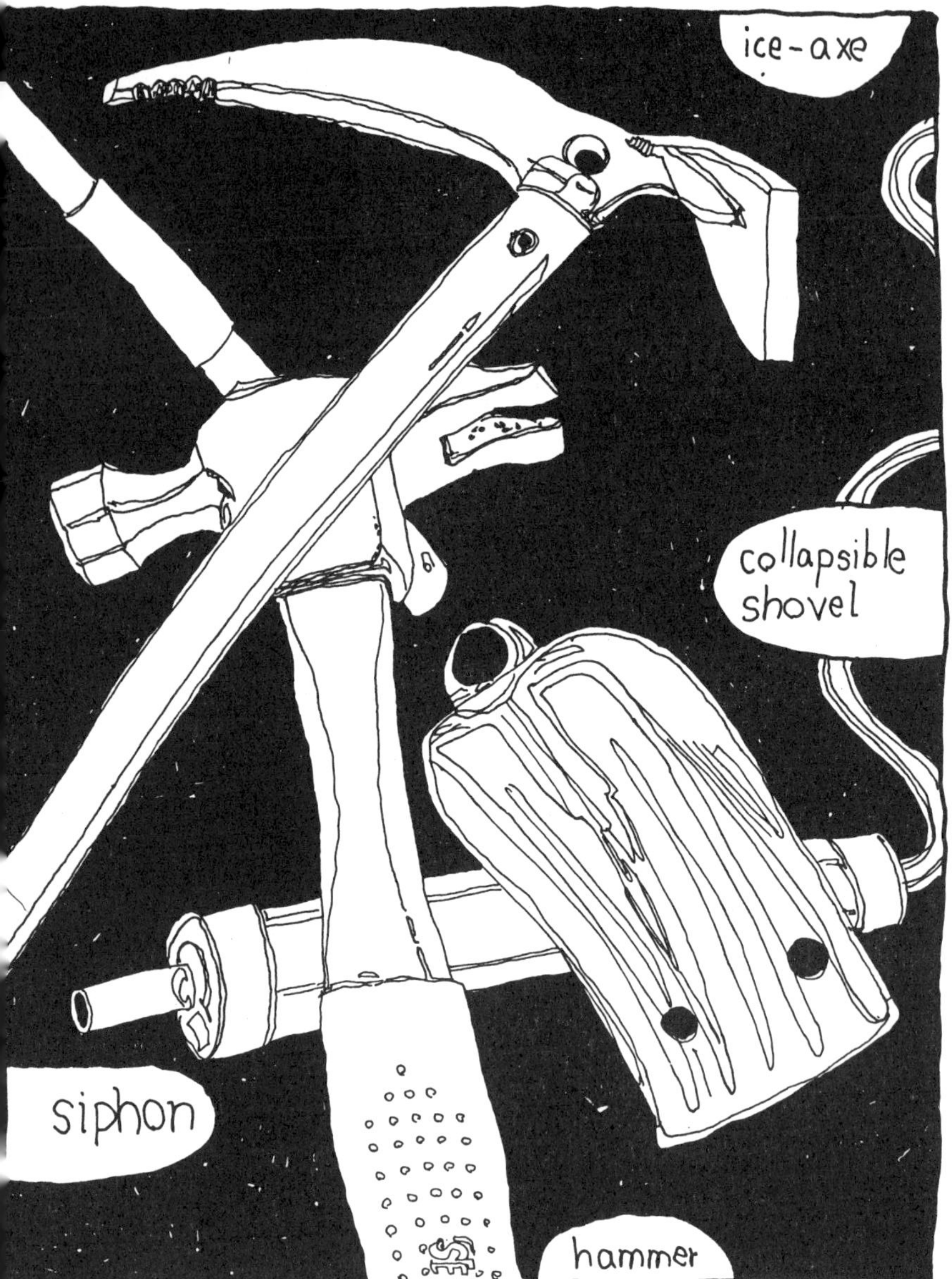
ice-axe
collapsible shovel
siphon
hammer

温熱箱を作ることにした。隣の部屋にはマットレス付きのベッドがあった。窓に打ち付けられた板をはずして、ベッドのまわりに壁を作り、その上をキャンバス地で被った。飛行機が飛び立ってから二十四時間が凍え去ろうとしていたが、彼は氷の海の上をまだ一歩も歩いていなかった。顔馴染みと言えるほどの丘は一つもなく、カイロ岬へもまだ行ってない。一番奇妙だったのは、ほとんどなにもしていないことが少しも奇妙に思えないことだった。彼は震えていたが、その事実はとりとめもない思考の中に埋めた。寓話の中で蟻の方が正しかったことを思い知った後のキリギリスのように、彼はそそくさとベッドの回りの板を補強したが、そのときですらも、彼はいつかはやらなければならないことをやっているだけだ、と思い込もうとした——だが言うまでもなく、それはそのときにやっておかなければいけないことだったのだ。彼は毛布を求めて部屋中を探し回った。北極心理研究プロジェクトの男が、観測棟のどこかに袋詰めにされた非常用毛布があると言っていた。どこまでが宿舎棟でどこからが観測棟か彼にはさっぱりわからなかったが、いずれにしても毛布は見つからなかった。——まぁいいか。——彼は鼻をぬぐった。手袋についた鼻水の跡が凍りつき、粗い紙やすりのようなさわり心地だった。

彼はベッドにのぼり、寝袋のジッパーをぐるりとしめて横たわった。震えが止まらなかったので、寝袋から出てダウンのパーカーとパンツを着、仮眠できることを楽しみにしながらもう一度ベッドに戻った。二時間後、彼はまだ震えていた。

❋❋❋

レゾリュートでは、友人のデイヴィッドが余った服を一山貸してくれた。余分なものは何でも持っていけ、とデイヴィッドは言った。零下三十度、四十度の中にいてみろ、一週間もすれば必要になる。——他のいくつかの物に加え、その余分な服こそは彼の命を救ってくれたものだった。

❋❋❋

ブラッドリーの男は彼に無線機をくれた。毎晩無線で連絡を入れることになっていた。そうすれば連中は気がすんだ。

彼を飛行機から降ろしたついでに、彼らは無線も設置してくれて、前の晩はそれでうまく交信できた。だが今、連絡を入れようとしても応答がなかった。

✡ ✡ ✡

寝袋が役に立たないことを彼は認めたくなかった。役に立たない場合としても、彼には打つ手がなかったからだ。ニューヨークでは念のために古い寝袋も持っていこうかと思ったが、とにかくバックパックが一杯でそれ以上荷物が入らなかった。冬の遠征の場合はたいてい橇を使うが、前にも言ったようにカナダ北極圏への航空貨物はまったくアテにならず、送らない方がマシな位——少なくとも予算に限りのある無名の人間の単独遠征の場合には。実はレゾリュートの環境庁が道具箱を運ぶのに便利だから、と橇を貸してくれて、それがとても役に立った。その橇には荷物を一つくらい余分にくくりつけることもできた。だがその荷物をどうやってレゾリュートまで運ぶか、それが問題だった。彼にはどうすることもできなかった。

✡ ✡ ✡

その晩彼は二、三時間しか眠ることができず、けっきょく寒くて目を覚ました。朝の四時二十分。なにもかもが青味を帯び、彼の吐く白い息が影のように見えた。体を暖めようと外に出て歩き回った。七時半、太陽が青白い水平線を照らし始めた。巨大な楕円形にも見える太陽は赤味がかったオレンジ色だったが、それがやがて黄色くなった。観測所の外に出て、目の前に広がる一日を思うと幸せな気分になり、寝袋の問題はまたしてもうやむやになった。最高に楽しい時間を過ごせるに違いない、彼はそう信じて疑わなかった。海が無言のまま彼を誘った。その上に降り積もった雪には高さ二・五センチほどの、ナイフのように切り立った尾根模様がついている。昇ろうとする太陽の、日差しが当たらない陰の部分はとても美しい青だった。浮氷がそのまま凍りついたのか、それとも遠い山なのか（メガネをかけていないので彼にはぜんぜん分からなかった）、低くて青い台形の何かが、早く登りに来て、と誘っていた。叫びながら、銃を撃ちながら、魔法瓶からホット・チョコレートをぐいっと飲み干しながら、楽しく登りに来て――

✡ ✡ ✡

ああ、そうだ、魔法瓶。ガラスでは割れてしまうので、彼はスチール製の魔法瓶を持ってきた。蓋をあけるには手袋をはずさなければならない。むき出しの指で金属を持つのは苦痛だった。口をつけるところに息を吹きかけることを忘れないようにした。さもないと唇が魔法瓶に凍りついてしまうのだ。

滞在中の平均気温は零下三五度。朝食時に、沸騰させた液体を魔法瓶に注いでも晩にはすっかり冷たくなり、翌朝になると厚さ二、三センチほどの氷が張っている。寝袋を温めるために魔法瓶を入れておくことはできなかった。寝袋自体、彼を温めてくれようとはしなかったからだ。

✡ ✡ ✡

メガネがないと風景はすっかりぼやけて見えた。ある意味でその方がずっと心そそられた。埃が舞い、くすんだような青い地平線の中に、延々と広がる砂漠がおぼろに消えてゆくように見える。だが選択の余地なくそう見えていることが残念だった。デイヴィッドが貸してくれたダウンのフェイスマスクのおかげで視界はさらに狭くなった――フェイスマスクは、風と寒さをしのぐには、神様からの贈り物といってもいいほどの効果を発揮したが、表面には瞬く間に氷の羽根がはえ、まるでフクロウさながら、あるいは鎧でも着けているようで、目出し穴のまわりには霜がつき、そのかたまりでますます視界が狭くなった。ときどき外側の長手袋をはずし、内手袋をはめた指で霜をこそげ取った。何かを見ようと目を細めただけで上下のまつげが凍りつき、目を開けるには凍ったまつげを一本ずつ抜くしかなかった。粘りけのある白いロープ状の、半分凍った涙のせいで見る物すべてに格子の模様がかかってしまい、それを溶かすために今度は数百回もまばたきを繰り返すことになる。それでも見るべき美しいものはきりがないほどたくさんあった。固い雪の層に被われた何か。一面に白霜がおりて、ハリネズミさながらにささくれ立った板のような何か。昇る太陽に照らされ、甘みのある黄色いバターのように輝く雪の断崖……そしてその風のない朝、サブゼロは何かがザクッと音を立てるのを聞いた。山の尾根に立ち、氷原となった海を見下ろしているときだった。再び同じ音がした。そしてもう一度。足音。メガネをかけていれば、あるいは睡眠を十分にとっていれば、彼もそれほど怯えなかっただろうが、その静かな場所で正体の分からない音が何度も聞こえてきたときの、ぞっとするような効果を想像してみてほしい。

彼は、氷の上で黄色い何かが動いているのを見たような気がした。心臓が高鳴り始めた。ショットガンを観測所に置いてきてしまったのは自分なのだから、何が起こっても文句は言えない。観測所に向かって、彼はなるべく早足で歩き始めた。明るいオレンジの背負い袋にヘッドランプと魔法瓶が入っている。彼はどうしても必要なヘッドランプだけ取り出して、袋はその場に捨て置いた。追って来たクマの気を逸らすためだ。そこから彼はさらに足早に歩いた。何かが後ろから追って来ているのかどうか、自分で振り返って確かめられないのはいっそう恐ろしい。追ってきたのはクマではなく、実際には、彼の不安が夢の中でクマの形を取っただけだったのだろう。その後、あちこちに角が立った吹きだまりやオイル缶や同じ大きさに見える赤い建物が目立つ、なだらかで優しい雪の斜面を横切り、橇を置いた場所にたどりついて落ち着きを取り戻したところで、彼は弾をこめたショットガンをしっかり懐に抱いて魔法瓶を取りに戻った。それからはショットガンを必ず持って歩くことにした。ショットガンは具体的な物であり、したがって想像上のシロクマが何頭現れても安心だった。

＊ ＊ ＊

彼はまだ幻を見たり、幻聴が聞こえたりするところまでは至っていなかった。少しばかり疲れているだけだ。ここで、昼食を取るキャプテン・サブゼロの正確な位置と状況を描写するならば、こんな具合になる。窓際にすわり、机にもたれ、右の前腕は例のチーズの固まり（あれ以来チーズの出番はあまりなかった。というのもこれを切るのは、翡翠の固まりに彫刻を施すのと同じくらい大変だったからだ）の上にのせ、それでもスーツとジャケットを通してチーズの冷たさが伝わってくるので、肘から手首にかけてはすでに痺れ始めていた。薄地の手袋をはめた右手にはスプーン（普段それは凍った粉ミルクの入ったプラスチック容器に入れてあり、そのプラスチック容器は雪だらけの戸棚の中、チーズの後ろに置いてあった）、彼の目の前にはストーブがあり、左手にはフェイスマスクを柔らかくするための固形アルコールの缶があった……　――何のことはない、必要なものは全部そろっているわけだ！　前日よりも寒い気がしたが、スープとポテトの芽を余分に食べてエネルギーを補給した……窓からはもう何も見えない。料理をしたので水蒸気がたまり、それが霜になったのだ。小さな部屋は妙に広く感じられた。音が相変わらず彼をだまし続けた。手袋をはめた指で引いたデンタル・フロスが軋り、その音が反響して彼の耳を聾した。飛行機が近づいているに違いない、と彼が思いこんだのは、歩くときにダウンのズボンをはいた両足が触れ合い、規則的にこすれる音に過ぎなかった。フェイスマスクを通して聞こえる自分の呼吸の音が響き、彼はまたしても背後から雪を踏みしめながらシロクマが近づいていると信じ込んだ……ショットガンを持って外へ飛び出し、異常がないことを確かめるためにあたりを見回した。メガネをかけていないのだから、どうせ大して見えやしなかったのだが。

＊＊＊

光は多少明るかったり、ほの暗かったりしたが、たいていは遅い午後の日差しを思わせた。

＊＊＊

その日は何かいいことがありそうな気がした。服を着るときのコツや、ペースの取り方が、何となくつかめてきた。寒いのは、体を動かさずにじっとしている時だけだった。

＊＊＊

廊下の向こうから不気味な何かがやってくるような音がしたが、それは彼が持ってきたストーブの与圧の音だった。警察のサイレンも、結局同じ。ベルが鳴る音は、歩くたびにジッパーの凍った留め金が軽くぶつかり合う音だった。

❉❉❉

マッチをつけるのが大変だった。マッチの先で火花が散って、それが燐を燃えあがらせることもあれば、そのまま消えてしまうこともあった。耐風、耐水マッチですら、スロー・モーションで撮ったようにゆっくりと燃え上がった。

❉❉❉

朝まで生きられるかどうか。この頃の彼はそれを毎晩考えるようになった。ステファンソンの著書によると、寒い時に眠っても死ぬことはなく、体が冷えてくれば必ず目が覚めるそうだが、ほんとうにそのとおりだった。それでも真っ暗な夜の縁で、これから体がどんどん冷えていくことを知りながら震えをおさえて横になるのは、かなり不安だった。闇の中でじっと体を横たえ、次の震えがやってくるのを待ちながら、首のまわりにできた鉄の首輪、顔の周りの鉄のヘルメット、そして頭の後ろの凍った頭巾を、無意識のうちに取り払おうとしていた。しばらくすると凍らんばかりに冷たい水の、最初の一滴が鼻の脇を通り、フェイスマスクを滴り落ちる。鉄の首輪がゆがみ始め、冷水が背骨を伝って降りてゆく。一方服の下では逆のことが起きていた。背中と尻と腹の汗が氷に変わった。日中は体が発する水分を律儀に、できる限り頻繁に逃してやるようにしたが、残らず気化させることはできない。夜になると、日中のように何度もＶＢＬをはずしていたのでは体が冷えて仕方がない。いずれにしてもＶＢＬの内側の氷は爪やナイフを使ってさえ、そう簡単に削り落とせないほど、がっしりと布にしがみついていた……夜の睡眠時間が、一、二時間しか取れない状態がいやおうなく続いた。彼は自分の墓碑銘を考えた。我、防水ライナーの品質向上のために死す。だが翌日目が覚めて歩き回っているうちに体が再び暖まると、彼は自信を取り戻した。楽しいことだけを考えた。夜のことを考えても怖くなるだけだから、あまり考えないようにした。一日に一度か二度、霜がびっしりついたフェイスマスクの目出し穴までメガネをかざし、息を止めて数秒だけのぞき込むようになって四日目、他の人たちが双眼鏡を使うような感覚で、特別な場合だけメガネを使うことに慣れた頃、サブゼロは滑走路から東へ八キロのドント岬へ出か

けることにした。耳慣れない音が相変わらず彼に取り憑いていた。いかにも近視らしくノートに顔を押しつけるようにして文字を書いていると、彼の息の水分がその上で凍結する。鉛筆が紙をひっかく、その音が突然遠くから響くように聞こえて、彼は怯えた。シロクマが自分を襲いに丘をゆっくり降りて来ているに違いない。魔法のお守りのように銃に触れると心が安らいだ。(物事はなんでも明るい方に考えるべきだ。)睡眠不足だったので瞳の焦点が合いにくくなっている。それでもほどほどには見ることができた。日の光がいい具合だった……

地面は凍った泥が固まってすっかり堅くなっている。白くて美しい丘が彼を取り囲む。太陽は低く、白く(時間は午後一時半)、光線はぎざぎざに降り注いだ。芝の短い茎には霜が降りて、それがまるで花のようだった。歩いているうちにショットガンの重みで首がくたびれ、その冷たさがダウンの襟首を貫いて少しずつ首まで伝わり、ヒリヒリと焼けるような痛みに変わった。少しは暖まるかと長手袋をはめた両手を叩きながら、彼は一九六四年に立てられた石塚に刻まれた名前を読むために立ち止まった。石塚は黒、赤、緑の地衣におおわれた茶色い石を積んで作られていた。

それから彼は小さな丘まで行き、その柔らかな雪の上を、パラシュート湾の海氷まで一気に駆け下りた。風のせいで海氷はところどころ禿げて灰色の斑点が見えているが、禿げるとはつまり雪の下に横たわる鉄のような氷がむき出しになるということ。彼はその上を歩いてみた。その上では乗馬だってできただろう。この氷こそがフランクリンの艦船をしっかりとくわえ込んだわけだ。太陽は愛想がよかった。氷も愛想がないわけではなかった。それはいつも同じように振る舞った。

　彼は最初、おずおずと氷の上に足を乗せ、それからうれしくて笑い出した。凍った海の上を歩くことが彼の一生の夢だったのだ……

＊＊＊

午後遅く、雪を背負った赤い建物が彼の周りで動き出したように見えた。上を歩くことができるほど堅くなった雪の吹きだまりが建物の脇に積もり、そのなだらかな斜面を登ればそのまま二階や三階に届いてしまう。かと思うとなんの気まぐれか、まったく雪が積もっていない入り口もあった。西を向くとゴミ捨て場があり、雪をたっぷり積んだトラックのシルエットが浮かび上がる（ゴミ捨て場はサバイバル・キャンプを開くにはうってつけの場所だ。トラックの車内でちょっとした雪の洞窟を作ることもできる）。その向こうには、雪の尾根の青い側面が見える。いつか彼がデイパックと銃を背負い、健康的な汗をかきながら歩いた尾根だ。汗が獣の臭いとなって立ち上《のぼ》ったが、その臭いだけが彼のお供だったので、彼はそれをも愛おしんだ。体はほかほか、心もほかほか。一方廃墟となった観測所は体が冷える場所だった。あるいは波形金属でできた廊下を歩くときの、銃声のように大きくて恐ろしい自分の足音で、自分自身を怖がらせる場所。さらには寮内の、家具が置き去りにされたままの幾つかの部屋は、自分をだます場所だった。印象派の絵の模写が壁にかかった部屋で椅子に座りながら、彼はふと訳が分からなくなることがあった。生き延びるために、なぜこんなグースのダウンがたっぷり詰まった宇宙服のようなものを着なければならないのか――それから彼は気づくのだ。両手と両足の感覚がまたしてもなくなっており、息が首のまわりで凍りつき、首が痛み始めていることに――

磁気は脳の松果体に何らかの影響を与える、という説があるが、松果体が影響を受けるとどうなるのか、誰も知らなかった。だから北磁極では自分の考えることに気をつけた方がいいと言う人たちもいる。――雪だらけのまっ暗な廊下で、日没のたびに聞こえてくる訳の分からない呻き声やため息は、その北磁極の影響なのか？

⚙ ⚙ ⚙

その晩、サブゼロはまたしても自分が死ぬのではないかと思った。寝袋の薄いクッションは氷のように堅く、実際それは凍っていたに違いない。ダウンの中で小石のような氷があちこちで固まりを作り、その鋭い先端部がバッグの外側のナイロンに穴を穿った。目を閉じると薪架のある暖炉で燃えさかる炎が見えた。彼はほんのり暖かい女が自分を抱きしめてくれる夢を見た。目が覚めてみると三時間も眠っていた。寝袋の首の部分には白い霜がびっしりと降り、それが彼の首に張りついて痛い。自分の息でできた氷のせいで彼は窒息しかかっていた。闇の中で、腕も足も感覚がなくなっていた。背中と尻が寒さのせいで鋭く痛み、震えが止まらない。腹の底から寒かった。

彼はブーツをはいて外に出て、物事を考えられる程度に体が温まるまで一、二キロほど歩いた。

ホット・チョコレートを飲まなきゃ、と彼は一人ごとを言った。

斧で雪を切り出してストーブにかけた。やがて雪が溶けて沸騰し始めた。じっと座っていたので、その頃までに彼は寒さで半分死んだようになっていた。フェイスマスクを取って濡れた肌を冷気にさらすのはとても不快だった。どんどん冷めてゆく液体を喉に流し込んだ後、マスクをもう一度かぶるのも同じくらい不快だった。脱いだマスクはしぼんだまま固まっていた。彼は歯を食いしばってその氷の渦をかぶった。

寝袋に入って体を暖めた方がいいかもしれないな、と彼は言った……

⚙ ⚙ ⚙

朝が来て、彼はなんとしてでも例の緊急用の毛布を見つけ出さなければ、と思った。ダウン・パーカーはすっかり氷漬けで体を動かすたびにバリバリ音がする。デイヴィッドからもらったパーカーがもう一枚あるが、いずれにしても分厚い氷があっという間に張ってしまうのは、よくない兆候だ。何をするにも力が入らず、太陽の日差しが目に入って、一瞬、氷が、小さなダイヤモンドや十字架を縫いつけたグリーンランド女性の衣装に見えた。シャベルを使って観測棟と思われる建物の入り口の雪を払うと、もう一つ半開きのドアがあらわれた。雪がうず高く積もっている。その堅い雪をよじ登ると、木の骨組みがむき出しになった暗い廊下が右手に続いていた。薄汚れた電球を愛おしむように雪が包み込み、壁の隙間からは部屋を突き刺さんばかりに雪が吹き込んでいた……廊下の突き当たりのドアを抜ければ寮に出られるだろう。きっとそうに違いない。とにかくまっすぐ進もう。彼は次のドアの雪を払った。天井からのツララは彼がドアを蹴って開けたときも、まったく揺れなかった。衰弱しきっていたので、ドアを開けるまでにずいぶん時間がかかった。長手袋の紐が内側の取っ手に引っかかった時も、一体何が起こったのか、理解するのに数分を要した。彼は自分に言い聞かせた。この寝袋の問題さえ片づければ、僕は今よりずっとハッピーになれる。彼は暗闇の中へ、足をもつれさせながら踏み込んで、それからヘッドランプの明かりをつけた。ヒューズボックスのふたが開いて内臓が丸見えになっている。逆さまになったバケツ、釘の入った幾つかの箱、それから三つ目のドアが見えた。ドアの向こうでは廊下が左右に分かれていた……まずは右に行ってみよう。壁にはポスターが貼ってあった。どこかの熱帯の砂浜で頭をのけぞらせて踊るビキニの女。笑っているのか悲鳴をあげているのか分からない。彼女の体にはカビが点々とはえている。隣の部屋で彼はマットレスとハンモックを見つけた。ハンモックの上の天井からはランプがぶら下がり、それがガムテープで修理してある。なぜかとても第二次世界大戦風だった。大きく吐いた白い息が一つ、また一つと空中に放たれ、それが際限のないパレードのように壁まで進んでそのまま吸い込まれてゆく。彼はヘッドランプの明かりを消した。ストーブのパイプの後ろの、雪をかぶった鏡板を貫いて微かな光が差し込んでいる。そうだ、ストーブだ。その脇にはマッチ箱が一つ置いてあった。彼は紙切れを見つけ、それをストーブに放り込んで火をつけようとした。ずいぶん時間がかかった。マッチは昔ながらの木のタイプで、赤い先端部に白い燐がぽつりとついている。白い燐はときどき発火したが赤い部分になかなか燃え移らない。ようやく火がついたので、ストーブの中の紙にマッチを近づけた。ストーブパイプのバルブも開けたし、準備は完了だ。だがパイプのところどころに貼ってあるマスキング・テープから煙が漏れてくると、それがもくもくと上昇し、やがて天井から二、三センチほどのところで広がり始めた。結局ストーブは使い物にならない。彼は毛布を求めてあたりを見回した。棚、ほとんどの矢が中心にささっているダーツボード（亡霊がやったにしてはなかなかの腕前だ）、そして『サイエンティフィック・アメリカン』と『ポピュラー・メカニックス』（最新号は一九七四年のもの）が積まれたテーブルが見えた。壊れたランプの他には何もない、カーペットを敷き詰めた暗くて小さな部屋。——頭がおかしくなってきたような気がするが、震えてはいないので低体温症ではないだろう。さては風邪をひいたか。——ストーブのそばには大きな肘掛け椅子。その前に金属製のグレイのコミュニケーション・パネルがあり、もはやどこにも通じない受話器と送話器、沈黙を守る丸いスピーカー、列になった赤や黒のプラグやスイッチ、それぞれが少量の雪をいただき、彼に向かって声を張りあげているようだが、聞こえてくるのは絶望的な静けさばかり。隔壁の後ろのパワーブースはわずかに窪み、そこからはそれなりの人生を送ってきたラジオの、内面のもつれが見えた。ソルト・シェーカーほどの大きさのバッテリー、グリルやワイヤーや雪や暗闇。まるで博物館だ。……彼は捨ててあった金属片につまづいた。それだけだった。——今度は左。体がとても弱って、動きも緩慢になっている。さらに暗くなった。隠れるにはうってつけの小さな闇だ。玉突き台か解剖台のように見える、雪で覆われた長テーブルのある部屋……ヘッドランプの光は凍ったケチャップの瓶をとらえた。彼の口から吐く息が宙に昇るかわりに降りていくほど部屋は寒かった。隣の部屋にはスチールの流しと闇と空間しかなかった。流しにはプラスチックの袋が捨ててあった。そして毛布。

彼は毛布と枕をすべて橇に積み、一人ごとを言った。これがうまく行けば僕の悩みも解決して生き延びることができる。逆にうまく行かなかったら、とてもヤバイことになるな。

彼は滑走路に建っているマーヴの小屋に移ることにした。小屋は小さいので体温が部屋にこもり、少しは暖まるのではないかと思ったのだ。プロパンのタンクも一つある。鍵はマーヴから借りてあるし、そこにある小さなヒーターの使い方も教えてもらった。

小屋までのわずか一、二〇〇メートルほどを歩くのにもずいぶん時間がかかった。ひどくめまいがした。最初は百歩に一度休んだ。しばらくすると八十歩に一度。ペースを落とさなければならなかった。一人言が口をついた。おもしろいことに、雪というのは柔らかければ柔らかいほど特徴がないものだな。マーヴの小屋にようやくたどり着いても紐の結び目をほどくのがまた一苦労だった。彼は毛布を中に引きずり込んで言った。さて、今度はどうだろう。寝袋に入ってみた。体の上の氷が溶けるにつれて、どんどん冷えてゆく。だが、ある時点でそれ以上冷えることはなくなった。これでなんとか大丈夫だと分かって目を閉じると、小虫のような黒い点が群れ飛んでいるのが見えた。それらを数えようとしたが無駄だった。それから木が何本もはえている斜面が見えた。彼は一度だけ泣いた。

突然、爆発するように体温が上がって発熱した。彼は笑った。低体温症なんかではなく、単なる風邪だ。きっとレゾリュートでかかったに違いない――

✲ ✲ ✲

マーヴの小屋は人が住めるようにはできていなかった。まるで氷の家。壁にも天井にも霜が髭のように生えていた。床は人間が二人も横になれば肩と肩が触れ、頭と足先が壁につくほどの狭さだった。しかもその床の半分は自動気象観測送信装置と、さまざまな梱包用の木箱で占められていた。百ポンドのプロパン・シリンダーが二つ、対角線上に置いてある。ドアから遠い、正面の壁の角にあるシリンダーは彼の頭の側に、もう一つのシリンダーはドアの反対側、木箱によりかかるようにして彼の足下の側に置いてあった。彼はそれぞれのまわりに枕を積み上げ、体温がシリンダーのスチールに盗まれないようにした。だがそれ以上に危険だったのは、マーヴがドアにかなりしっかりと目詰めをつけていたことだった。ドアは外開きで、外からしか閉めることができず、それもかなりの努力を要した。中から閉めることはまったくできなかった。彼は力布をドアから留金に結び、夜、小屋に入るときに自分の方へ引っ張ることができるようにしたが、その方法だとドアが六十センチほど開いてしまう。さらに悪いことに、外側に開くということは、つまり風がドアに向かって雪を吹きつけた場合、彼は中に閉じこめられてしまう、ということだった。

❄ ❄ ❄

午後はずっと熱にうかされたまま、夢を見ながらゆったり暖かく眠り続けた。ここへ来て初めてのことだった。ナーウォルのホテルのガラス窓には美しい網目模様の霜が張り、水晶のような氷の層が曲線を描いて、井戸のポンプの取っ手を連想させた。それが少しも不快ではないのと同じように、吐いた息でできる氷はわずかでほとんど気にならなかった。目をさましたサブゼロはまず気圧計を確認し（腕を伸ばしたせいで冷気が寝袋に吹き込んで、再び暖かくなるのに十五分もかかった。それは賢い所作とは言えなかった）、気圧が下がっていることが分った。一日中下がり続けている。彼は飛び起き、長手袋をはめてブーツをはき、肩にショットガンをひっかけて、観測棟で見かけた釘を取りに行くことにした。観測棟には窓を被うために使ったと思われる木ぎれもあった。それを引きずりながら丘をのぼり、小屋に戻った。友人のデイヴィッドも観測所で働いていたことがあり、そのデイヴィッドによると、イージクセンの風はこの世のものとは思えないという。急いで風よけを作らなければならない。彼は大きくて固い雪の塊をシャベルで掘り出し始めた。少年の頃、父親といっしょに、自分たちの土地にあったニューイングランド式の古めかしい石塀を幾つか補修したことがあった。ノコギリがなかったのでイヌイットのようにきっちりとしたブロックは切り出せなかったが、雪の塊を少しずつ重ねながら列に並べ、柔らかい雪を押し込んで隙間をふさぎ、用心のためモルタルがわりに尿をかけた。彼はその作業を大いに楽しんだ。というのもそれには始まりと中程と終わりがあり、しかもすべては彼のコントロールのもとにあったからだ。彼自身がコントロールできることなど、この地では皆無に等しい。ドアが半開きになる程度に（荷物を背負って出入りができるように）、ドアから少し離れたところに雪の塚を作った。雪塚の壁に平行して風が吹いたときには、ドアと壁の間の狭い通路を大きな板で塞げばいい。ナイフのような雲が、凍った海から彼に向かって進んでくるのが早くも見えてきた。風が正面から吹いてドアが開かなくなると困ると思い、ドアの枠に防水シートを釘で打ち付けてぴったり閉まらないようにした。暑くなってきたので、汗の蒸気を逃がすためにオーバーオールを肩からはずしたが、その途端にインナーウェアの内側の毛羽立った繊維が凍りつくのを、背中で感じることができた……

✲ ✲ ✲

ほとんど眠れなかった。前の晩、暖かかったのは熱があったからだ。熱が下がると、彼は一晩中震えていた。寝袋は冷たく、湿っている。胸と腹が一番冷えた。睡眠不足も限界に達し、物事をはっきり考えることすらままならなかったが、明日は観測棟に行ってヒーターを探そう、と自分に言い聞かせた。たとえ毛布が見つかってもあまり役に立たない。彼を冷気から守るだけではなく、温めてくれるものが必要だった。

風は吹いていない。雪が少しだけ降っていた。

ポンプが破損した最初のストーブは燃料が切れていたので、その朝、彼は二つ目のストーブを使い始めることにした。灯油ボトルを一杯にしてポンプをもう一度差し込むという単純な作業すら、この温度では不可能だった。パッキング用のゴムリングに吸着力がなくなってしまったからだ。実際、二つ目のストーブも、飛行機から降りて真っ先に組み立てたにもかかわらず、燃えさかる炎からほんの数センチ離れたところから灯油が漏れだしていた。これはまずい。ゴムリングに少量のスープを垂らしてみたところ、それが即座に凍りついて、漏れは止まった。漏れた灯油は雪の塊でふき取った。

ストーブに圧力がうまくかからない。ポンプで圧力を加え続けなければならず、座ったままだったので、体が冷え、指は痛み、歯が鳴った。やっと点火に成功すると彼は立ち上がり、再びものが考えられるようになるまで廊下を何往復も走らなければならなかった——

朝食を終えると指とつま先の感覚がなくなっていたが、それでも彼は氷で鉄仮面のようになったフェイスマスクをかぶって観測棟へ戻った。毛布を見つけた部屋で、よろい張りの黒くて背の高いキャビネットのようなディーゼル・ヒーターを、もう一台見つけることができた。ヒーターは最大容量千ガロンの外付け給油ドラムにつながっている、と北極心理研究プロジェクトの男が教えてくれた。サブゼロは外に出て、シャベルと氷用の斧でそのドラムの周りの雪を切り崩した。バルブは二つついていた。――バルブを開いて一分くらい待ってから点火するように、と心理研究プロジェクトの男が言っていた。彼は両方のバルブをいっぱいに開いた。何も起こらない。――次はどうする？　急いでやるべきことをやらなければ。体が再び冷えてきて、頭が混乱し始めた。気分を明るくするため、歌を歌いながら開足跳びを二十回すると、どうにか頭が回るようになった。窓からそう遠くないところに、ジェット用の燃料が入った黄色いドラム缶を見つけたが、ほとんど空だということは、架台に乗せて転がしてみてすぐにわかった。一杯になったドラム缶なら一八〇キロはあるだろう。石油缶を開けるときはふつう樽口を使う。サブゼロは、氷用の斧の湾曲した先がちょうど樽口のかわりになることに気づいた。斧の尖端をそっと中に差し込みながらキャップをはずし、残ったわずかばかりの燃料をゴミ箱の中に注いだ。そのゴミ箱を暗闇の中へ運んで、ストーブの開き口からディーゼル油をそそぎ込んだ。ストーブの奥深くから燃料が滴る音が聞こえた。建物を全焼させたり、あるいはもっとひどいことになったら、と思うとマッチをする手も躊躇したが、彼はまたしても震え始めており、どうしてもマッチをすらなければならなかった。一番近くにある暗くて凍ったトイレからトイレットペーパーを一巻き取ってくると、ヒューズがわりとなる紙の先をつかんだまま、ロールをストーブの燃料庫に転がした。マッチはいつにも増して点火しにくく、途中何度も眠ってしまいそうになったが、それでも次々とマッチを擦り続けた。尖端がすっかりすり減るまで火花だけは何度も飛ぶのに、なかなか火がつかない。ようやく点火すると、彼はその火がトイレットペーパーに燃え移るまで、息を殺して見守った。そして火のついたペーパーの先をそのまま燃料庫に落とし、フタをしめた。ストーブパイプのバルブはすでに開けてある。彼は待った。燃料に火がつき、やがて安定した穏やかな炎が上がった。

✲
✲
✲

最高の気分だった。首のまわりの氷の首輪が溶け始め、湯気が体から立ち上るのが見えた。カーペットの雪は溶けなかったが、部屋はそれと分かるほど暖かくなってきた。座っていればいるほど寒くなる、そうならずに座っていられたのは、いつ以来のことだろう。必死になって立案し、計画を立て、考えをめぐらす必要はなくなった。ただそこにいればよかった。何もせずに。指に感覚が戻り始めた。彼は地球上でもっとも幸せだった。

✲✲✲

バケツの燃料は一時間半もった。観測所の裏でもう一つ、今度は満タンのドラム缶を見つけたので、そこからさらに燃料を採集した。ヒーターの上でランチを調理し、焦げ臭くならないよう、ディーゼル油にふさわしくゆっくりと雪を溶かして飲み水にした。ストーブのゴムリングも熱で温めて柔らかくした。それから汗が固まってできた薄汚れた氷を溶かすためにジャンプスーツとVBLスーツのジッパーを降ろした。

次の仕事は明らかにマーヴの小屋から寝袋を取ってきてそれを乾かすことだった。そうすれば夜の苦行もだいぶ楽になる。丘を駆け戻りながら、彼は喜びに耽った。問題はすべて解決した。長手袋がすっかり固くなっていたので寝袋をうまく巻くことができず、橇にそのまま放り投げた。足元がふらついた。ディーゼル油の臭いに酔ったのだ。彼は自分に言った。おまえの精神状態はおかしい。落ち着け。判断力が低下している。——だが彼は自分の言葉を信じることができなかった。銃があまりにも冷えて、その冷たさが二重の革でできた探検用の手袋を貫き、焼け付くような感覚が素手まで届くのと同じように、彼の睡眠不足もついに彼の心に達してしまった。もう何の責任も負わなくていい、そんな気持ちだった。寝袋の氷が溶けたら中に入って眠り、体も暖かくなって、そのうちに飛行機がやってくるだろう。何も心配することはない。彼はさっきと同じようにディーゼル・ヒーターに火をつけた。寝袋からは期待どおり湯気が立ち始めた。彼は目を閉じた。やがて煙の臭いがした。

✲✲✲

彼は消防士方式で建物を全焼から救った。つまり外に飛び出し、氷用の斧で窓を叩き割り、炎が上がる壁に雪の塊を投げつけ、ストーブパイプの一部を蹴り落とし、新聞、雪の塊、古いブーツなど、手あたり次第になんでも詰め込んでヒーターそのものの炎を押し殺した。終わってみると部屋の中はひどい有様だった。床はディーゼル油でぬらぬらしている(油は目の中に入ったし、服も油だらけ。そのためまたしても体温を保つのが難しくなった)。後になって彼の指が凍傷になったのは、このときに手袋まですっかり油にまみれたせいだった。あたり一面雪とすすだらけだった。火を止めようとした時に眉毛が焦げてなくなったが、そのことに気づいたのはずっと後になってからだった。

✲✲✲

彼は無線機を使ってブラッドリーを呼び出した。もちろん雑音しか入らなかったが、大丈夫か、と問いかける声が聞こえている、と思い込もうとした……

ああ、大丈夫、と彼は言った。でも服に油がかかってしまって、それが心配だ。明日かあさって、迎えに来てほしい。よろしく。以上。

彼はそのときとてもハッピーだった。明日になれば迎えがくる。

寝袋を引いてマーヴの小屋へ戻った。外で子供たちの遊ぶ声がする。夏なのでボール遊びをしているのだ。そこに子供などいるはずがないことは彼にも十分わかっていたが、それでも彼はその声を楽しんだ。子供の数は二、三人。とてもはしゃいでいる。なんて言っているのか、はっきりとは聞き取れない。百メートルほど離れたところでキャッチボールかサッカーでもやっているらしい。一人ぼっちでないことが、彼を微笑ませた。

✲✲✲

少しだけ眠った。どれくらい眠ったかは分からなかった。目を覚ますとあまりの寒さに震えることすらできなかった。外に出て排便しようとした時に(感覚のない指、凍りついたジッパー、そして冷たく縮んだナイロンのせいで、これには二十分も要した)、尻に氷の塊が張り付いていることが分かった。観測所までふらふらと歩き、朝食を食べた。そして泣きながら小屋に戻った。

マーヴの小屋にはプロパンのタンクと小型のヒーターが置いてあった。必要なら使ってもいい、とマーヴが言ってくれたものだ。点火するためにまずタンクのバルブを三十回くらい回して開かなければならない。——その間、指の痛みがあまりにもひどく、彼は十五回まわしたところで指を温めるために休まなければならなかった。——それからヒーターのバルブを「切る」から「低」にひねり、最後に片手で火のついたマッチをグリルに近づけながら、もう片方の手でストーブの下の方についている金属ボタンを押し続けた。すでに感覚のなくなった指でマッチに火をつけるのに十五分かかったが、その頃になると指の状態はますますひどくなった。金属ボタンを押すのが一番辛かった。グリルがサクランボのようなピンク色に輝く炎をあげるまで、二十秒かそれ以上ボタンを押し続けなければならない。そしてヒーターがパチパチと音を立て始めたら、もう一度押す。冷たさで第一関節が焼けついた。そこで今度は指をずらして第二関節でボタンを押さえ、次の指はこの時点で待機させる。自分の頬を寄せるようにして、グリルの向こうに見える格子模様の、幸せで人なつっこそうな、丸顔のヒーター嬢を眺めているうちに、彼女が自分の友人であること、彼の指もまた彼の体の残りの部分を救うために自らを犠牲にしようとしている友人であることに気づいた。彼の指がこの先どうなってしまうのか、そんなことは考えもしなかった。ヒーター嬢の残酷な冷たいボタンに次々と焼かれながら、彼の指はやるべきことをやるだけだった。

寝袋を乾かすのに一日を費やした。氷はぜんぶ溶かした。力の入らない手で寝袋に大きな穴を開け、ダウンを外にかき出した。マーヴの小屋は鶏小屋と化した。ダウンのパーカーやパンツにも穴を開けた。再び子供たちの声が響いた。晩には作業を終わらせることができた。寝袋に入り、上から毛布をたくさんかけると、とても暖かかった。やがて女の声が聞こえてきた。銃を取りなさい。——彼は長い間そこに横たわり、なぜそうしなければならないのか、その理由を考えた。ヒーター嬢の暖かさで銃の中の蒸気が水滴になり、それがたまってしまわないよう銃は外にかけてある。とうとう彼は目を開き、銃を取ってくることにした。ドアが大きく開いているのが見えた。彼は立ち上がって銃を中に持ち込んだ。そこで突然彼は自分が靴をはかず、薄地の手袋しかつけていないことに気づいたが、すでに遅かった。手の痛みが消えていたのは、すっかり感覚がなくなっていたからだ。寝袋のジッパーをあげることができず、彼はそのままじっとそこに横になっていた。しばらくすると左手の二本の指が奇妙な感じになった。手を叩いて陽気さを装う以外どうすることもできなかった。二度と目が覚めないときのために、神に祈りを捧げてそのまま目を閉じた。自分を誘う天使が見えたような気がしたので、彼は彼女にこう告げた。結婚してしばらく一緒に暮らしたい人がいる、だからまだ君と天に昇るつもりはない。天使はがっかりした様子だったが、彼を地上に降ろしてくれた。飛び去る彼女が泣いているのが見えた。

午後七時だった。十時になると彼は震えながら目が覚めた。ヒーター嬢をつけようとしたが、彼女は灯ってはくれなかった。その作業で彼はますます指を痛めた。だが体を動かして少しは暖まったのでもう一度寝袋に潜り込んだ。その晩は二回、目を覚まし、そのたびにすっかり痺れた手足を寝袋の中で動かして感覚を取り戻そうとした。そうすることで彼は再び眠ることができた。太陽が昇れば観測所に行って暖かい朝食が食べられる。彼は自分にそう言い聞かせた。(マーヴの小屋では、観測所での食べ物の暖かさを思うことで自分を励ました。一方、観測所では、マーヴの小屋での寝袋の暖かさを自分に約束した。どちらの約束も彼はいつも信じた。だが実際に彼を一番暖かくしてくれたのは、小屋と観測所の間を行き来することだった。)

❖ ❖ ❖

翌朝は零下四十度で、これまでにない寒さだった。もちろんもっと寒くなっても不思議ではなかったのだから、これはいい方かもしれない。物事はなんでも明るい方に考えるべきだ。眠るための装備と服がしっかり暖かければ零下四十度も耐えられない寒さではない。自分の温度計の、大したことのないこの数字を披露するのは、いささか恥ずかしい気もする。というのも零下四十度の中で狩りや釣りを楽しむ人々を私は知っているし、彼らはその体験をいちいち本に書いたりはしない。もちろん彼らとて避難するのは暖かい場所の方がいい。イヌイットですら、零下四十度では暖房のきいたシェルターに何度も戻ってお茶休みをとる。テントやイグルーや雪洞の中、コールマン社のストーブの桃色がかった青い炎がゆらめき、水が沸騰するかたわらで彼らは座って談笑する。誰かがもう一枚、パンにバターを塗っている間、カーミクを脱ぎ、靴下ばきの足を伸ばして、足の指を暖かいポットにあてることだってできるかも知れない。さぁ、チョコレートと砂糖を用意して! テントの中、ストーブが無邪気さを産み出すことができるような状況では、零下四十度はほんとうの零下四十度とは言えない。だがサブゼロの場合、どうすれば無邪気さを取り戻すことができるだろう？　ヒーターは氷に埋もれて眠り続け、ディーゼル・ストーブは壊れ、寝袋は相変わらず不毛だった。

彼は体を暖めることができなかった。

軽い風が吹いていた。彼は体を暖めようと散歩に出ることにした。フェイスマスクの中の目の両端からは、すっかり感覚が失われていた。フェイスマスクそのものが今やすっかり凍りつき、息を吸ったり吐いたりできなくなった。顔は冷たく、濡れていた。

サブゼロは観測所まで行って朝食を取った。フェイスマスクをはずすのはとても辛い作業だったので、いっそつけたままでいた方がましだと思った。フェイスマスクを被るのも同じくらい辛かった。

体を暖かくして物事を考えられるようにするため、マーヴの小屋へ戻った。彼の思考はすっかりこわばり、固くとぐろを巻いていた。滑走路を行ったり来たりして、そのたびに寒さがますます募っていった。

小屋に戻って寝袋に入り、寒さが去るのをじっと待つことにした。

小屋に入って寝袋を見ると、まるで冷凍イカのように縮みあがっており、それをみすぼらしい暗闇が囲んで、壁にも天井にも霜が降りている。耐え難い嫌悪感にとらわれた彼はもう一度滑走路を歩くことにした。再びマーヴの小屋に戻ろうとしたそのとき、何かが彼にこう告げた。もう一度あの冷たい氷袋に入ったが最後、それはおまえの墓になるだろう、と。彼は観測所に向かった。その途中で頭もすっきりするかもしれない。

彼の指は十本とも麻痺していた。氷だらけの長手袋ごしに彼は指にキスをした。指も手もジッパーも、すべてが互いの友達だった。

シャベルは持ったが、銃は持たなかった。銃はあまりにも冷たかった。建物に入ってカビだらけのマットレスを掘り出し、そのうちの一つに横たわり、別なマットレスを体の上に引っ張りあげて、どうなるか、様子をみることにした。ほどなくして彼は震え始めた。意外でもなんでもなかった。マットレスの中がすっかり凍っていたのだ。

サブゼロは起き出して、ドアに標識のかかった部屋の中をのぞき込んだ。標識には　溲瓶　必要な場合以外は使用しないでください と書いてあった。溲瓶の下には黄色い氷が小山のようになっていた。

彼は日のあたる屋外に出て笑い出した。考えてみれば、屋根の下、燃料とマッチがたっぷりあるところで死ぬなんて馬鹿みたいだ。いざというときには、暖を取るため、一つ一つの建物に火をつけて燃やせばいい！

笑っているうちに、これまでの危険がなんでもないことのように思えてきた。

彼はかつて寮だった建物に入ってスープを作った。スープを飲むためにフェイスマスクをはずすのがとてもイヤだったが、それがなんだというのだ。鼻水が流れる鼻の下に、薄地の手袋をはめた手を走らせた次の瞬間、手袋に氷が張り付いた。冷たいスープの最後の一口をノドに流し込んだ。息を止めて氷だらけのフェイスマスクを被ると、頭蓋骨の内側で再び目がきくようになり、水晶型の氷で飾られた自分の鼻や、ぐっと視線を下げれば自分の口も見え、さらには光の端から雪も見ることができた。観測気球の格納室にさまよい込んだ彼は、そこでサッカー・ボールを見つけた。蹴るとボールは彼の前に躍り出て、彼がそれを追い、蹴っては笑い、笑っては蹴っているうちに、ボールはどんどん転がって北極海の端まで到達した。そこでまた蹴るとボールは雪をかぶった氷の上を飛び、彼がそれを追いかけた。謎めいたブルーの筋がところどころに走る霧色の氷が愛おしい。果てしない海原が、青味がかった白い漆喰を不規則に塗りつけたように低く、固く盛り上がっている。その間を縫うようにして彼がボールを蹴り続けていると、世界は自らのあらゆる善良さをもって彼の前に広く、広く、開けて行った。青白い恍惚の敷布の上、決してたどり着くことのない山に向かって彼はボールを蹴り続け、それで幸せだった。

✡ ✡ ✡

翌朝、気温は零下二二度まで上がり、だいぶ暖かく感じられた。彼は観測所へ行って叫んだ。俺は釘のように打たれ強いぞ！

✡ ✡ ✡

その晩寝袋に入ると、自分の服がピン！と音を立てて凍るのが聞こえた。その後冥界から飛んできた蚊にでも刺されたような、痒さを伴う鋭い冷気が差し込んだ。気を紛らわすために彼は北極生活のルールをさらに増やした。たとえば――

1　睫の氷が払えなかったり、鼻をほじることができないほど厚手の手袋は避けるべし。

2　手を温めることができるように、寝袋の中では社会の窓を開けておくべし（ただし低温でのマスターベーションは努力の甲斐なし）。

3　尻をふくとき、長手袋をはめた手でトイレット・ペーパーを不器用につかもうとするよりは、一握りの氷で済ますべし。

＊＊＊

沈黙すら被い尽くすような、細かい雪の降る真っ白な一日だった。空と地面との唯一の違いは、空には彼の足跡がついていないというそれだけだった。気圧計によると、気圧はまだ下がり続けている。明日あたり嵐になるかもしれない。見上げてもまぶしさとは無縁の太陽は、淡色の黄身か、磨き抜かれた輝石でできたバックルを思わせ、光のベルトがぼんやりとした空を二つに裂く。アノラックの襟首についた水晶のような氷が、丘を歩くのに合わせて澄んだ音を響かせる。そよ風が風になり、気圧計がじりじりと下がってゆく。自分の黒い長手袋の上に小さくて白い雪の結晶が降りてくるのを、彼は眺めた――

＊＊＊

寝袋の下に毛布を敷き、寝袋の上にも毛布をかけた。毛布で体をくるんで寝袋に入ってみたが、それでやっと少し暖まった。震えることなく四、五時間は眠り続け、それから寒くて目が覚めると運動をしてまた眠った。この発見はとても重要なことのように思えた。次に買う寝袋はウールの裏地をつけた特注品にしよう。ウールの裏地は取り外せるようにして、裏地とダウンの間にはＶＢＬを入れてもらう。今度の計画に抜かりはなかった。震えが止まらない夜、彼はそんなことばかり考えていた。

探検用の長手袋とその下の四枚重ねの手袋ごしですら、チョコレートのかけらにさわっただけで、五分後には指が痛んだ。冷気に向かって彼は雪の玉を投げつけた。寒さは実体ではなく、単なる欠如にすぎないことは分かっていたが、それにしてもなんて鋭い牙だろう！

　青い地面、白い空、白い地面、青い空、そんな景色が永遠に続いた。

　伸ばした指の間に冷たさが忍び込む。指を一本ずつ暖めている間にも、冷気が彼の手の脇にかみついた。ウェストと肩胛骨の間から震えが始まった。腹が冷え始め、心臓と腎臓が冷たくなってくると、さらにひどいことになった。

　雪のように白い霧で麓が隠れた雪の丘の上の、広々と美しい平原を歩いた。あまりの寒さに（風があったから余計に）最初の一息で鼻の感覚がなくなった。

　今日はヒーター嬢も輝いてくれた。点火の音はワーグナーの変ホ長調の出だしに匹敵した。


夜。ラジオはいつものように沈黙している。さっきまでささやくような二重奏で吹いていた風は、今、遠くもなく、近くもないところからの、長くてしっかりとした暗い息使いに変わった。氷の息吹がドアの隙間から泡立つように吹き込んだ。気温が急速に下がってゆく。寒さのせいで二つの鼻の穴を隔てる壁が息を吸うたびにピリピリと痛む。最初の震えは震えとも言えないものだった。それは背骨に近いあたりから始まった。筋肉はほとんど動かなかった。だがほんとうの痙攣まであとわずかだ。今や手足が冷え切っている。体の機能にはほとんど問題なかった――いや、たった今、彼のアノラックの下から、冷気がその細長い指を滑り込ませ、彼の心臓を一度だけ軽くはじいた。それ自体はまったく大したことではなく、最終的に冷気が彼に何をしようとしているのか、それを彼に思い出させるための小手調べにすぎなかった。アノラックは腰までしかなかったので、ウェストのあたりが特に冷えた。腹が痙攣を起こしたが、それもまだ本当の痙攣とはいえなかった。それが瞼に感染して、冷気を頭蓋骨に送り込み始めた。彼の手もやがて感覚を失うだろう。風がドアまで迫っていた。本格的に、とても強く。彼は震え始めた。

❄❄❄

……そして彼女は言った。あなたはあたしと来てくれるの？　すると彼は言った　ああ　すると彼女はうれしくて笑い出し、こう叫んだ。　あたしハッピー、ハッピー！

❄❄❄

翌日には飛行機がやってくるはずだったが、その気配がない。長い時間をかけて荷物をぜんぶまとめ、滑走路まで行って、あたりを歩きまわった。フェイスマスクの目出しの部分から風が吹き込んで彼の頬をとらえ、凍傷になりそうだったので小屋に戻った。観測所に行って料理をするのは控えた。その間に飛行機が来ては困ると思ったからだ。かといって小屋の中でストーブを炊くのは安全ではない。だから彼は食べ物を生のまま食べた。どんなに寒くても決して凍ったりしない、シリアルのように水気をまったく含まない食べ物。彼以外の世界中の人間が死んでしまったのだろうか。その手のことは遅かれ早かれ起こるだろうと思っていた。一人でどのくらい生き延びられるか？　できるだけ長く生きるのが彼の義務だ。レゾリュートまでの五一八キロを踏破する望みはまったくない。道中ずっと氷が張っているとは限らないので、途中できっと穴に落ち、冷たい水で溺れ死ぬだろう。さらに言えばレゾリュートへたどり着くための、北極星の正確な角度も彼には分からなかった。ここでがんばるしかない。ほかの誰もが死んで腐ってゆくばかりの中、彼一人、どのくらい生き延びられるか。一番大きな問題は飲み水だ。まずマッチが足りなくなる。当初の計画よりも五、六倍は多く使ってしまった。残り十数本となったところで、手持ちの炎を確実にしっかりと燃やし続ける方法を考えなければならない。食料にはかならずしも火を通す必要はないが、水はどうしても必要だ。死ぬとしたら喉の乾きで死ぬだろう。二つ目のストーブはさらに一日、二日もつかもしれない。それがだめになったら固形アルコールの空き缶を利用してストーブらしきものを作ればいい。ガソリンはたっぷり一週間分あったが、念のためにディーゼル油を使おう。明日あたり缶を拾ってきて穴をあけ、ディーゼルを浸したボロ布でも詰めてストーブ作りを始めた方がいいかもしれない。それを朝から晩まで静かに燃やして火を絶やさないようにしなければ……いや、ここからそう遠くないところに湖があったはずだ。観測所の人たちによると、そこの氷は厚さが二、三メートルはあるという。飲み水用にその氷を切り出せば燃料とマッチは節約できる。だがそこには雨風をしのぐ建物がない。雪でシェルターを作らなければならないだろう。気温が少しずつ上がってくるのを辛抱強く待ちながら、四月中はなんとか生きられるかもしれない。夏までもつことだってあり得る。気をつければ食べ物も足りるはずだ。もちろん少しずつ食べるので体は弱ってくるだろうが、だめになりかけたチョコレートか何か、観測所になかっただろうか……ああそうだ、冷凍ホタテがあった。それで夏がやってくるとして、その先は？　観測所が有人だった頃、夏には建物の間に板を渡して行き来していたらしい。島中が泥だらけになるからだ。動物はまったくいない。食料は補充できない。たとえ夏まで生き延びたとして、冬は再びやってくるわけだから……

❁
❁
❁

荷物を担いで観測所から滑走路に戻り、手持ちぶさたなので凍傷の具合を見ようとコンパスの鏡をのぞいてみた。いつもと同じ、奇妙な顔が写っている。細めた拍子に片目が凍りついて開かなくなり、固まった睫にはムクロジのような雪の花が咲き、眉毛にも白い星がまたたいていた（星の数があまりにも多く、彼は自分の眉毛が実のところ焦げてなくなっていることに気づきもしなかった）。左目の睫はしっかりと白く、等間隔にはえていた。赤い鼻の下には、芝草のような白い房の口ひげがあり、下唇の上からは粘液がわいていた。彼の髪（少なくともバラクラヴァ帽の外にはみ出ている部分）は凍りついたシダを思わせた。

❁
❁
❁

彼の真っ正面には柔らかく、白い、鞍の形をした山があった。麓はかすんでいたが、それは霧ではなく、雪だった。山の上には雲一つない。山に向かって歩いてみることにした。そんな機会は二度とないだろう。新たに剝き出しになった雪の層は固く、石膏のようなオフホワイトだった。雪の上にタビネズミの足跡があり、彼はそれについていった。足跡は浅くて広めの穴でいったん止まり、尿とひまわりのタネのような糞粒が残されている。それからまた先へ続き、そこにキツネの跡がまざり、どちらの足跡も新雪に紛れて唐突に消えている。美しい山に向かって歩いているうちに、とつぜん世界のすべてに対する哀れみが胸にこみ上げ、彼は泣いた。

✲✲✲

翌日の四時半、ラベンダー色の冬の朝、タビネズミがそそくさと雪の上を横切っていくのが見えた。月が驚くほど明るくて黄色い。その日、彼の手はとても冷たかった。恐ろしくて手袋を脱いで見る気になれなかった。

✲✲✲

飛行機はやって来ない。あきらめて観測所に行こうとした途端、エンジン音が近づいてくるのが聞こえた。悪天候のせいでトラブルが生じたのだろう。ラジオの沈黙は単に黒点の影響に過ぎなかった――

✲✲✲

彼が味わった困難に対処するための処方箋として、北極でのルールを増やすとすれば（こんなふうにタイプを打っている間にも、彼の指と世界の間にはまるで、目には見えないけれども分厚くてちくちくするベルベットの層があるような、そんな感じがした）、こんな項目が加わるだろう。

1　冷たい環境下では、ナイロンはほとんど価値なし。ほとんどのプラスチックもしかり。寝袋や南極にも携行できるはずのバックパック、ストーブポンプ、ゴーグルのレンズ、ジャンプスーツ、パーカー、VBLも同様。（唯一の例外がポリエチレン。冷凍用のポリエチレン袋は寒さの中で固くはなるが、もろく崩れることはない。）

2　次回はアザラシ革とカリブー革がお薦め。

美しいブロンド女性が飛行機に乗り込んできた。何とかさんの四回目の北極単独遠征のマネージャー役だとか。ステガーとも知り合いだと言う。彼の方はもちろんステガーとは面識がない。彼が知らないことは多い。ステガーがデザインした遠征用の手袋を彼女に見せると、彼女はこう言った。でもウィルはその手袋を持って行かなかったわよ。彼はビーバー革のを愛用してたもの。

　そうか、と彼は言った。

　イヌイットが彼の手袋を見て、礼儀正しくコメントした。日帰りのハイキングだったらそれで十分ですよ。

　イヌイットの少女が凍傷の指を見て彼をタフだと言った。が、彼はタフではなかった。馬車馬みたいに働き、みんなに蔑まれ、ある冬どうでもいい用事でミスター・フランクリンにグレートスレーヴ湖まで行くよう命令されたバックを思い出すがいい。とぼとぼと歩いていったバック。恋に破れたバック。面白みのないバック。最上の笑顔でさえ頑丈そうな歯ばかりが目立って、笑い声も耳障りなバック。愛する指揮官のためならどんな犠牲もいとわなかったバック。任務終了にあたってバックはこう書いているが、そこには傲慢さも、欺瞞的な謙虚さもない。五ヶ月ほどの留守を経て、健康きわまりない友人たちと再会できたことは私の喜びである。私は雪靴をはいて約二、二四六キロを行軍した。夜は零下四十度、あるときは五十七度まで下がったが、森の中、毛布一枚と鹿革以外に体にかけるものはなく、まったく何も食べずに二、三日が過ぎることもあった。

――サブゼロの不安な十二日間は確かに孤独で、暖を取ることすらほとんどできなかった、それに対してバックのそばには必ず誰かがいたし、火を起こすことも何度かできたはずだ。また、バックのカリブー革はサブゼロのダメになったグースダウンの寝袋よりも暖かかっただろう（冬のキャンプでダウンはほとんど役に立たない。それはイヌイットの間では常識で、そのことをサブゼロも聞いたことがあったのだ）。彼はイヌイットの声を真摯に受けとめるべきだったのだ）。サブゼロは完敗したわけではないが、成功したとも決して言えない。彼の間違いは、最初に誤った選択をしたその時から始まった。事前に試す機会のなかった新品の寝袋はすぐに彼を震え上がらせ、それが寝不足につながって、結果として幻覚を見ることになった。死んでも自業自得だ。バックが知識の豊かなインディアンや毛皮の運び屋たちと移動したように、サブゼロも経験豊富なイヌイットと行動を共にしていれば、度量だけでもバックと並ぶことができたかもしれない。バックほど体が健康ではないにしても、サブゼロは不快感に対してかなり忍耐強い方だ。それにどんな幻を見、どんな幻聴を聞こうとも、彼は決して自分を見失わなかった。――だがそんなことはどうでもいい。とにかく彼はバックよりも劣っていたのだ。ミスター・フランクリンは多分何よりもバックを恐れていたが、そのフランクリンもまた、同じ失敗をした。ミスター・フランクリンは知る者たちから学ぼうとしなかったのだ。

まだ死んでいない　1847

夜、皇帝ペンギンを捕まえた……甲板上ではペンギンが私たちの邪魔になるか、あるいはさらに悪いことに私たちがペンギンの邪魔になるか、そのどちらかだろうから、ペンギンは死刑に処せられることになった。息の根を止めるのに四時間かかったが、「それでもまだ死んでいない」と誰かが言った。頭蓋骨に穴がいくつも穿たれ、棍棒で殴られ、なのにまだ生きている。そこで哀れみから医者が呼ばれて、苦痛から解放してやることになった。医者が自信ありげにペンギンの背中に乗ってその脳をいじると、デッキに横たわったそいつは見るまに生命の抜け殻と化した。その二時間後、医者が様子を見に行くとペンギンはまるで神経痛でも患っているように頭を宙にもたげてあたりをさ迷っていた……

R・N・ルッドノーズ・ブラウン、特勲十字章『極点での博物学者——極点探検家W・S・ブルースの人生、仕事、そして旅』（一九二三年）

暴風の後の雪は、案外きっちりと美しく吹き付けられていることが多い。同様に、ミスター・フランクリンが自分の不運を詳述し終えると、部下たちは彼に対する献身的な思いを新たにした。だがフランクリン自身はなぜ氷が割れないのか、理解できなかった。もちろんまだ五月だ。氷が動き始めるのは来月に入ってからだろう。待ち、眺め、耳を澄ます以外にない。（自らの責務を果たし終えて、彼は怒っていた。彼は遠征隊を導き、守った。もっと早い時点で一行が壊滅したのであれば、彼は自分を責めることができた。だが氷がまったく溶けないことを、どうすれば予想できただろう？……）

　二十四日、二隻の艦船の乗組員たちが氷の上に集まり、女王陛下の誕生日を祝してライフル銃を発砲した。

もちろん飢えに対する不安はなかった。七月か八月には海峡の氷が割れ、一行は航路を完遂させることができるだろう。九月に入ってもスコーン十トン、小麦粉三十八トンが残っている計算だった。ゴールドナーの特許製法によって鉛でしっかり密封された子牛肉、牛の頬肉、そして保存用のビーフの缶詰、それから壊血病予防のレモン・ジュースの缶詰やレーズンや牛の脂肪など、他にもいろいろ残るはず……十一月の末、太陽が顔を隠す頃には船もロシア領域に入る、そうなれば安心できるはずだった——

リーパーの負債

したがって狩りや釣り、あるいは罠によって得られる収入は減る一方だが、それらの文化的な重要性は依然として高い。ただし狩りや罠は利益が少ない上に、スノーモービル、銃、弾丸、ガソリンにかかる諸費用がかさむばかりなので、狩りを行なうことは金銭的にどんどん難しくなっている。

カナダ政府発行のパンフレット『ザ・イヌイット』(一九九〇年)

ミスター・フランクリンはベッドに横たわっていた。制服を着ている。世話役のミスター・ホアが着せたのだ。二列並んだ一ペニー硬貨のようなボタンが、首からベルトまで彼の体を縦断している。彼はまだ目を開くことができた。指でしきりに目をいじっており、一度は部下たちが彼のうわごとを聞いた。これで幸運がやってくる。――フィッツジェームズが唇を噛んだ。枕元にはミスター・クロージャーが座り、少しでも指揮官殿の気持ちを和らげようと静かに聖書を読み続けていると、フランクリンの頬と顎が襟に当たりながら震え始めた。息が擦れるように荒い。口の端がいつも以上に下がっている。灰色がかった顔は濡れていたが、それが汗のせいなのか涙のせいなのか、誰にも分からなかった。

そこへドクター・ペディが他の患者たちの診察から戻ってきた。彼らのほとんどが重体だった。部屋に通じるドアのそばで、くさび型に並んだ士官たちは、ドクターを通すために少しずつ後ろへ下がった。ミスター・フィッツジェームズが一番前に立っていた。顔つきだけでなく、灰色がかった顔色の点からも、フィッツジェームズは若き日のミスター・フランクリンにそっくりだ。ドクター・ペディがそう思ったのはその時が初めてではない――

変わりはないかね？　とドクター・ペディが尋ねた。

ないと思います、と希望的観測もこめてフィッツジェームズが答えた。たった今何かをおっしゃったようです。幸運について何か――

リーパーがトランプの絵柄となって姿をあらわしても、ミスター・フィッツジェームズは彼女を見ることができないだろう。彼が愛していたのはミスター・フランクリンただ一人。脳を走る鉛がそれほど広がらなかったのも、その愛ゆえだ。フィッツジェームズはミスター・フランクリンの船室では最良の自分にしがみつくことができた。鉛でつるつるになった両手の中で、あの魚のような存在がどんなに蠢いても――

公平で愛情溢れる父母を持った子が、自分こそは両親の一番のお気に入りだ、と信じ込むのと同じように、フィッツジェームズもまた、自分がミスター・フランクリンの一番のお気に入りであることを知っていた。その晩彼は夢を見た(ちょうど六月九日になろうとしていた)。長い筒状の眠りのちょうど中ほどで、ミスター・フランクリンが彼を呼びだし、こう言った。我が良き友よ、真夜中になったら乗組員たちに命令を下してくれたまえ。ライフル銃を北極星に向けるように、と。

✲ ✲ ✲

彼の上にかがみ込んだフィッツジェームズの顔は濡れていた。手には帽子を持っている。彼はフィッツジェームズをとても哀れに思った。フィッツジェームズには成功を味わわせてやりたかったのに、今や持札は何も残ってない。彼はフィッツジェームズに微笑みかけようとしたが、それを見てドクター・ペディがこう言った。ミスター・フランクリンは苦しんでいらっしゃるようだ。ミスター・ホアが毛布を剝ぐと寒さが押し寄せ、ドクター・ペディが彼の袖をまくって針を刺したが、冷気が皮膚の上で結晶化する程度にしか痛みを感じず、続いて何もかもがずっと楽になり、自然になり、そのうちに部屋が広くなったように見え、それはちょうどエンパイヤー・ステート・ビルに行って列の最後に並ぶためにどんどん廊下を歩き、次々に角を曲がっていくにつれて彼女の目もまたいっそう見開かれていったのに似ていた。列の長さから見て何時間もかかることは明らかだったが彼女はただ驚いてイイイ! とだけ言って笑った。二人は最初のエレベーターに乗り、それから二番目と三番目のに乗った。彼女は眼下に広がるニューヨークを見下ろし、顔を手でおおいながら指の間からちらりとのぞき、にやにやしながらこう言った。ほんのちょーっと怖い！

✲ ✲ ✲

ロープウェイに乗ってルーズヴェルト島へ連れて行ったときも彼女は　ィイイ　と言って彼の手をきつく握りしめ、ロープウェイががくんと動きだし、宙を上がり、宝石のような黄色いタクシーが並ぶクイーンズボロウ橋の上を揺れながら進んでいくと、彼が　怖い？　と尋ね彼女が　ほんのちょーっと　と答え、彼は　怖がらないで　と言って彼女の頬を軽くなでて勃起した。ロープウェイが地面についていドアが開いた。彼は彼女を降ろした。看板には**芝生への立入禁止**と書いてあったが、二人で芝の上を歩いた。彼女は笑い、しゃがんで芝生をぽんぽん叩いた。――これがとても懐かしい。――それから彼女をロックフェラー・センターへ連れて行き、そこにある巨大なクリスマス・ツリーを見せると、彼女は　ワオ！　と言い、顔を輝かせ、天使を見つけて喜び、角を曲がると黒人の男たちがとても美しいダンスを踊っていたので、彼女はそれを見て言ったブレークダンスがほしい！　そこで彼は跪き、彼女を肩に乗せて立ち上がった。笑いながら必死にしがみつく彼女がちがう、ちがう　と言っても彼はかまわず人混みの中を進み、肩車された彼女は微笑みながらダンサーたちを見下ろし、ドラムの音に合わせて頭を振り、彼は彼女を愛しく思った。

✲ ✲ ✲

彼女はタイ・レストランのイエロー・カレーは気に入らなかったが、バジル・ソースのラム肉についてはこう言った。おいしい！　カリブーと同じ味！

✲ ✲ ✲

食べる？　と彼女は彼に聞いた。彼がレゾリュートに滞在していたあのとき、彼女が初めて口にした言葉だ。

　もちろん。

トウモロコシが一本とゆでたポテト三個。

それきり、彼女は話しかけてこなかった。その頃はまだはにかんでいたのだ。夕食は冷凍チキンのときもあったし、バノック・パンやマカロニのこともあった。だが彼が彼女といっしょに暮らしている間、彼女はいつも尋ねた。食べ物は足りているか、と。

❈❈❈

彼らはヒミツを買いに行くところだった。

彼女は自分のセーターを摑んで言った。私のこれを取り替えたい！

彼女は彼が買ってあげた黒い革ジャンを着たがった。

そのとき、彼は鼻高々だった——

❈❈❈

愛してる！ 彼は彼女を抱きながら言い、彼女は彼をきつく抱きしめ、彼を受け入れ、素晴らしい声をあげた。その後彼女はそっと言った。 愛してる！

❈❈❈

夜、とても悲しそうなリーパーの泣き声が聞こえた。ジェーンがもうじきヴァン・ディーメンズ・ランドから帰ってくる。いっしょにいるところをジェーンに見られないようにするため、彼は別の部屋で寝た。そこへ彼女が入ってきて言った。あなたに触ってごめんなさい、だってあたしもあなたを愛してる！

❈❈❈

ハーイ、ジェーン！ とリーパーが言った。

ジェーンは彼女を無視した。

ハーイ、ジェーン！ とリーパーはさらに静かに言った。

ジェーン、あなたきれい、写真といっしょ！

ジェーンは夫の方を向いて言った。——あなたのエスキモーのお友達はずいぶん醜いわね。

＊　＊　＊

君への最後の命令と指示は……

なんでしょうか？

クロージャー艦長？

はい、ここにおります。

これで——幸運がやってくる。

＊　＊　＊

ジェーンが戻って来たので、リーパーはソファーで寝なければならなくなった。こんなふうに爪弾きにされた彼女は、ジェーンと、前述のとおりジェーンの配偶者であるミスター・フランクリンからも距離をおくようになった。惨めなミスター・フランクリンは隙あらば何度でも彼女の手を握りに行った。最初の一日を除けば、ジェーンはほとんど家にいなかった。彼はたとえ一分でもリーパーと過ごせる時間を大切にした。もうすぐ彼女は死んだ双子の片割れのもとへ帰ってしまう。そいつは彼女をミスター・フランクリンのいる苔の下へ引きずり込むだろう。そして彼は知っていた。目を開けたら最後、彼らのいる場所へ行こうとしている自分や、彼らといっしょに横たわっている自分の姿も見えるに違いないことを。彼らの体は折れ曲がり、手足がもつれ、ボタンがぼんやり光って、それを見た彼は叫び出す。ポンド・インレットでもそうだった。彼がとてもとても善良で、リーパーの十分の一でも良き人間であれば、百年に一度、雪で閉ざされた自分の墓の上をさまよう機会が与えられるかもしれない。そのときセスは慰め役として彼の傍らで輝き、賢く正直で疲れたような瞳を向けて微笑みながらこう言うだろう。かっこいいよな、ジョン、一つの場所に埋められた途端、雪の中からキンポウゲとかが一斉に咲き出すなんてさ！　——だけどそのことがまた彼を叫び出させる。というのも彼は待ち構える自我の元へ帰るなんて真っ平だったからだ。そこで彼は目を閉じて、フィッツジェームズの息を額に感じながら、リーパーと過ごした数百年を味わい続けた。他のあるとき、たとえばジェーンが彼をベッドに呼びつけ、夜更かしのリーパーには空っぽの時間がまだ五時間も残っているのにそれを紛らわすためのビールすらなかったとき、彼は携帯用のＣＤプレイヤーを荷物の中から掘り出して彼女の膝の上に置いた。そして、まるで没薬《もつやく》を塗って聖化でもするように彼女にデジタル・ヘッドホンをつけさせた（最初にこの玩具を買ったときも、彼はボーフォートのたわごとに耳を貸さず、自分自身を磁気コードで聖化した）。そしてリーパーが気に入りそうなCDを何枚か選び、その中からキングクリムゾンのディスク（これはジェーンでさえ、とても素晴らしい、凄い傑作、と絶賛したものだ）をセットした。スピーカーよりもヘッドホンを通した方がずっと音がいい（なんといってもスピーカーはまだ発明すらされていなかったのだから）。こうして彼を呼ぶジェーンの苛立った声（彼がベッドに入るのがなぜこんなに遅いのか、その理由を知っているジェーンは、彼がもっともビクつき、もっとも屈辱を感じるような方法で彼の邪魔をすることだけが望みだった）も無視して、彼はリーパーをソファーに座らせ、板チョコほどの厚さしかない小さなCDプレイヤーを彼女の膝に乗せてコードをつなぎ、OPENのボタンを押し、氷の下にいるアザラシを押さえ込むように、丸いフタを閉じてCDディスクを固定して、その間、彼女は退屈そうに待った。彼は一番好きな五曲目の「クリムゾンキングの宮殿」を選んでPLAYボタンを押した。彼には何も聞こえなかったがそんなことはどうでもよかった。カウンターが000から001に動くのを、彼は楽しそうに見つめた。（その間もジェーンは叫んでいた。ねえぇ、あなた、そのチビのエスキモーにオヤスミを言うのにいつまでかかってるの？　あら、チビなんて言っちゃいけなかったかしら？　言い方がまずかったらごめんなさいね……）旨味たっぷりのドラムビートに乗って曲が始まろうとしている。リーパーの表情を眺めていると、それはやがて喜びと楽しさと生気に満ちあふれた。LSD常習者の壮麗なるコード進行が快感とともに彼女を燃やしているのを知って、彼は声を上げて笑った。おなじみのミュージシャンたちが　クリムゾンキングの宮殿で――ああぁああああああああああああああああ！　と歌っているのを聞いて、にこにこしていた彼女はさらに口元をほころばせ、頭を揺らし、唇を動かし、彼女の喜びを増幅させるために彼がボリュームを2から3にあげるとキングクリムゾンが　**ああああああああああああああああああああ！**　と歌い、リーパーも笑いながら　あああと声を合わせ、今や彼らは花を踏みつけ、パターン・ジャグラーがどうしたこうした、というあたりまで曲が進み、そこで（このあたりでジェーンがベッドルームの明かりを消した）リーパーが座ったまま踊り出したので、彼は指で刻み目の手応えを一つ一つじっくり味わいながらボリュームを3から6に上げると、音が大きくなるのに比例してリーパーの目も大きく見開かれ、それを彼がじっと見つめた。そしてキングクリムゾンが　**ああああああああああああああああ！**　と歌ったとき、彼女は人間としてこれ以上ないほど大きな微笑みを浮かべた。曲が終わり、彼女がもう一度同じ曲を聞こうとしているところで彼は部屋を出た――

❄ ❄ ❄

彼女は言った。歩きたい――もう一度だけ！　縁に刺繍がしてあるブルーのパーカーを早々と着込んで彼女が待っているので、彼もコートを羽織って外へ出たが、見るべきものといえば閉店後のショーウィンドウばかり。彼女が言った。ディスコが欲しいの、お願い！　だが彼は応えた。もうお金がないんだよ。ごめん！　――あたしにウソついてる！　と彼女は泣いたが、やがて彼を許し、彼の手を取った……道を渡るとき、彼が先に立って彼女をリードすると、彼女はいつも興奮してくすくす笑った。彼女にとってトラックやタクシーはクラクションを鳴らすスリル満点の脅威の壁であり、彼女は彼の腕にしっかりしがみついて走った。――天国に〈アプティク〉[*1]はある？　と彼が彼女に尋ねた。――ないよ。――天国には何があるの？――彼女の表情がぱっと明るくなった。――きれいなの、とてもきれい！――そこでまた君に会えるかな？　君はそこで天使になるの？――みんななるの！――僕も？　君は善いけど僕は悪いよ。――みんなって言ったでしょ！――ねぇリーパー、僕にキスしたい？――したくない。――オーケー。――だがそれから少したって彼が壁に寄りかかっていると、彼女が彼の腕の中に滑り込み、二人ともめまいがするほどキスをした。――あたしのヘビはいけない！　と彼女はちらちらと震えるような自分の舌を指さし、笑いながら言った。――彼は彼女をイースト・リバーへ連れて行き、こう言った。見える？　あれが島であっちがロープウェイだよ、覚えてる？――覚えてる！　と彼女

＊1　雪

はそっと答えた。——油のような輝きとぬめりをたたえた真夜中の川に沿った遊歩道を、二人は南へ歩いて行った。はしけと二人の間には腐りかけたディンギーが浮かび、その上で大きなドブネズミが動くのがぼんやり見えた。リーパーはドブネズミたちが気に入った。二人はきれいな場所に出てキスをして、それから彼はポケットから一セント硬貨を二枚取り出した。そして自分の硬貨を川に投げた。——幸運を願って、と彼はささやいた。——あたしも？と彼女。——そうだよ。——彼女も彼の後に続いて硬貨を投げ、水しぶきを見て微笑んだ。通り過ぎるタグボートの航跡が、彼らに向かって波を寄越し、彼は彼女にこう言った。これで僕たちにも幸運がやってくる。

バックの負債

肉に関して言えば、我々の主要にして最上の食料はクジラ肉のフリッターであったが、それらは臭気はなはだしく、世界でもっとも嫌悪すべき肉の一つと言えるだろう。鹿はなかなか見つからず、仕留めるとなるとさらに困難だった。主要な食料の三種類目はクマの肉で、クマと自分のどらちが先に喰われるか、それがいつも危ういところだった……私たちが奴らを殺したいと思うのと同じように、奴らも私たちをむさぼり喰うことを望んでいた。

エドワード・ペルハム『神の力と摂理』（一六三一年）

八月末、キャプテン・フランクリンの死去以来指揮を取っていたキャプテン・クロージャーが、主要な士官たちを呼んで会議を開いた。その頃にはさらに多くの肉が腐っていた——思った以上にずっと多くの肉が。乗組員たちもそろそろ腹をすかし始めている。氷に閉ざされて動けない状態がさらに一冬続きそうなことは明らかだ——グレーヴゼンドを出航してから、これで三度目の冬になる——彼らの運命が定まるのも時間の問題だった。せり上がり、歪んだ二隻の艦船はシーズンを通してたった三十キロしか動いていない。風は帆をいたずらに爪弾くだけ。男たちが激しく傾斜したデッキを上へ下へと這ってゆく……地図にも載っていない地域にいるため、たとえ救援隊が送り込まれたとしても発見される見込みは少なかった。——いや（とキャプテン・クロージャーが言った）、救援隊を望むこと自体キリスト教信者にあるまじきこと、というのも救援船の乗組員たちとて結局は同じ運命に陥るに違いないのだから。

バックのせいだ、とフィッツジェームズが吐き捨てるように言った。東へ向かう彼の航路が誤っていたからこんなことになったのだ。あのもう一つの海峡を通るルートを取っていれば——

たとえ誰かのせいだとしても、それが誰かは分からないだろう、とキャプテン・クロージャーが応えた。それにはっきり言って、ミスター・フィッツジェームズ、ここに居もしない人物を君が責めるとはちょっと意外だね。誰かを責めたところで私たちには何の助けにもならないのだよ。

氷が唸り声をあげた。

さぁ、もういいじゃないですか。それより計画を立てましょう、とゴアが言った。

計画？　とフィッツジェームズが笑った。あなたの計画なら僕も喜んで聞かせてもらいますよ。

いいかげんにしたまえ、ミスター・フィッツジェームズ、とキャプテン・クロージャーが言った。それからはフィッツジェームズも口を慎んだ。

ミスター・アーヴィング、もう一度バックの海図を開いてもらえないかね？　とキャプテン・クロージャー。

分かりました。

ミスター・ブランキー、この海図がどの程度正確なものか、君の意見だけが頼りだ、とクロージャーがアイス・マスターに言った。この近辺に関してはロス卿の海図と大差ないと考えていいのだね？

ええ。私はいつもそう言ってきました。ミスター・フィッツジェームズのお考えがどうであろうと、私はキャプテン・ロスの観測は正しかったと思います。

これを言うのは最後にするが、ここではこれ以上の諍いは不要だ。我々の生死がかかっていることが君たちには分からんのかね？

もちろん分ってますとも、とフィッツジェームズが一人ごちた。

ミスター・ル・ヴェスコンテ、悪いがドクター・ペディを呼んできてくれないか。

部屋の外から聞こえる音は岩が動き、帆布がはためき、海がとどろく音だった。波がくだける音は大きいときもあれば小さいときもあった。ただしそれは実際には風の音に過ぎなかった。波が立っているはずはなかったのだから。

ああ、ドクター・ペディ、わざわざ悪いね。ミスター・フィッツジェームズをちょっと見てやってほしいのだよ。

鎮静剤か何かを……

そんなことは分ってますよ、とドクター・ペディに連れられて部屋を出るフィッツジェームズが繰り返した。

では、ミスター・ブランキー、この海図は航海を目的と

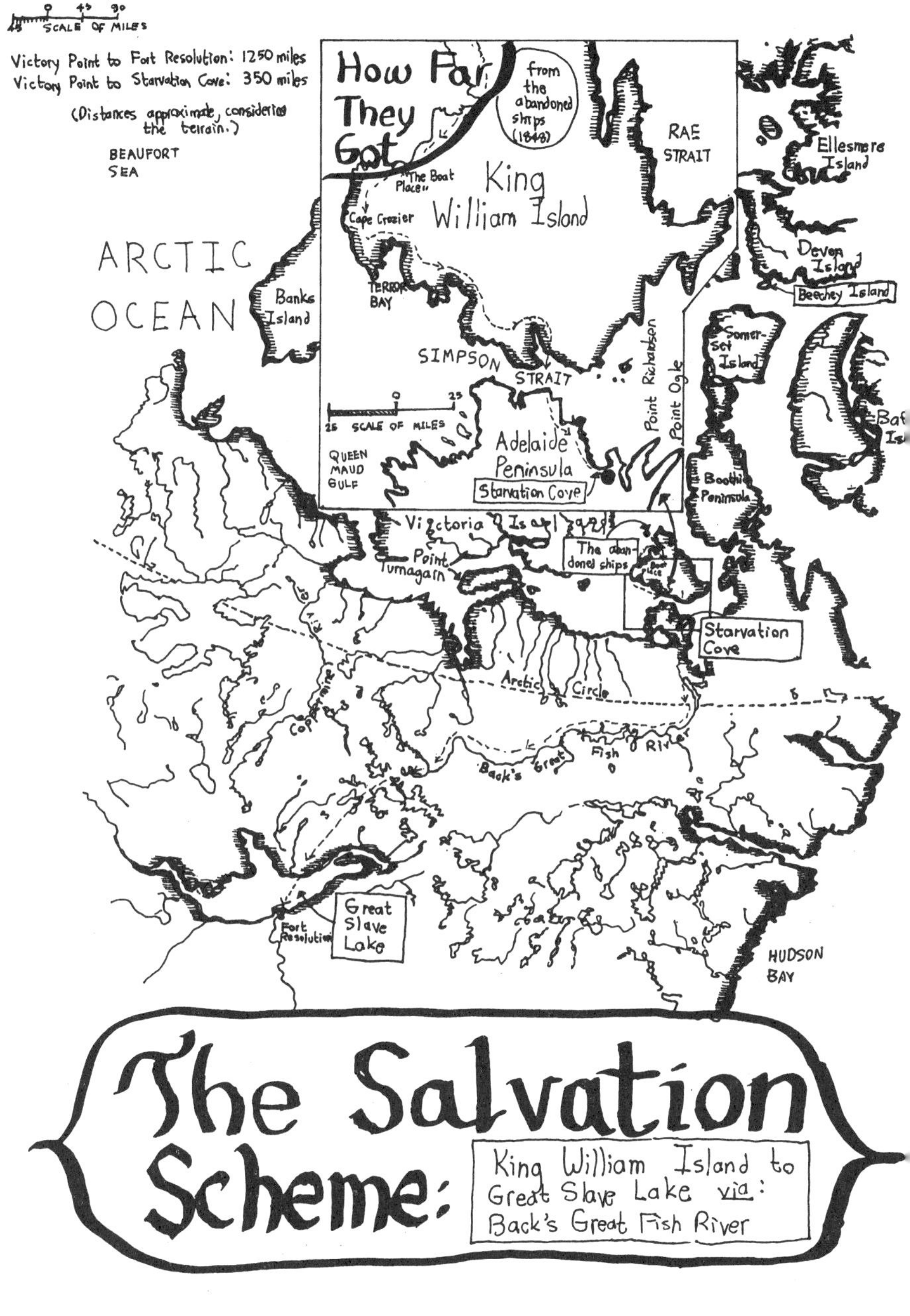
SCALE OF MILES
Victory Point to Fort Resolution: 1250 miles
Victory Point to Starvation Cove: 350 miles
(Distances approximate, considering the terrain.)
BEAUFORT SEA
ARCTIC OCEAN
Banks Island
How Far They Got
from the abandoned ships (1848)
"The Boat Place"
Cape Crozier
King William Island
TERROR BAY
SIMPSON STRAIT
RAE STRAIT
Point Richardson
Point Ogle
Adelaide Peninsula
Starvation Cove
QUEEN MAUD GULF
Ellesmere Island
Devon Island
Beechey Island
Somerset Island
Boothia Peninsula
Victoria Island
Point Turnagain
The abandoned ships
Starvation Cove
Arctic Circle
Coppermine
Back's Great Fish River
Great Slave Lake
Fort Resolution
HUDSON BAY
The Salvation Scheme:
King William Island to Great Slave Lake via: Back's Great Fish River

した場合にも十分正確だと君は思うわけだね。

そうです。私はキャプテン・ロスの元でも働いて……

だがこのグレート・フィッシュ川についてキャプテン・ロスはバックほど知り尽くしてはいなかったのではないかな。なんといってもこの川を発見したのはバックだからね。バックはこの川を下ったこともある——キャプテン・ロスを見つけるという任務中にな。キャプテン・ロスは当時行方不明になっていて——

お言葉ですがそれは違います。

いや、少なくともバックにはキャプテン・ロスが行方不明になったと信じるだけの根拠があった訳だ。というのもキャプテン・ロスは帰国したことを報告していなかったのだから。ということで私の提案はこうだ——みんな、聞いているかね？

聞いてます。

つまりこのグレート・フィッシュ川は、と言ったところでキャプテン・クロージャーは突然口ごもった。つまり——いや失敬、ちょっとめまいがしたもので……

もう大丈夫だ、とキャプテン・クロージャー。ポイント・ヴィクトリーからフォート・レゾリューションまではおよそ二〇〇〇キロ。二隻の艦船に備えられたボートを引きずってキング・ウィリアム島からバックのグレート・フィッシュ川の河口まで進み、そこから上流に向かってゆけばグレートスレーヴ湖にたどり着くのは——そうだな——秋の半ばくらいか……バックの話によるとグレート・フィッシュ川のそばにはたくさんのカリブーやジャコウウシがいるらしいし、インディアンやエスキモーもいるからいざというときにも助けてもらえる。とにかく私たちに今、一番必要なのは新鮮な肉だ……

その通りです、とゴアが言った。ですが私はお気の毒なミスター・フランクリンが何度か話してくださったことを思い出さずにはいられません。あの奇妙な肉のことなど。それに早めにバレン・グラウンズを横断してしまわないと、きっと私たちは餓死してしまうでしょう……もう一つの可能性はランカスター海峡まで戻ることです。たった九六〇キロしかありませんし——

パックアイスの上を渡って、か。できないこともないだろうが、君はよほど氷が好きなんだな、ミスター・ゴア。だがその先はどうする。捕鯨船がやってくるのを待つのかね。

そうです。

今のが第二の意見ということになるが、とキャプテン・クロージャー。第三の意見はないか。

とにかく忍耐だと思います、とアイス・マスターが静かに言った。結局のところどれだけの食料を運ぶことができるでしょうか。四十日分？　そのあとはどうしますか？　氷が割れるのを待った方がいいと思います。エスキモーが我々を発見してくれる可能性だってありますし。今年の夏が異常だったことはかなりの確信をもって――

かなりというのは正確にどの程度のことを指すのかな、ミスター・ブランキー。本当に十分な確信がもてるのかね。

このような状況で絶対的な確信をもつことは不可能です、とブランキーが再び口を開くと、他の北極の盟友たちが怒声をあげて、先を続けようとする彼を制した。彼らのギラついた瞳はさらに大きな怒声をあげているように見え、ついにキャプテン・クロージャーがうんざりした様子でテーブルを叩いた。

ミスター・ル・ヴェスコンテ、君の声が一番大きかったようだが、もう少し上品に自分の意見を述べてもらえないか。

分かりました。現実問題として、我々には四年目の冬を越すほどの余裕はないと思います。蓄えが三年分しかないことは知っての通りですし、保存用の肉も腐ってきています。ドクター・グッドサーによりますとレモン・ジュースも悪くなってきているし、壊血病予防として期待されていた酢も大して効果はありませんでした。私自身歯がガタガタになってきています！　乗組員たちも――彼らについてはいつまで私の力で抑えられるか、はっきり言って自信がありません。ですが一番恐ろしいのは、このまま春まで待っても氷が割れなかったときのことです。そうなると私たちは――私たちは死ぬしかないでしょう。

それは誰もが言ってることだ、ミスター・ル・ヴェスコンテ。もちろん私自身も含めてな。だが他の船員たちのためにもここで一つ約束を交わそうではないか。死ぬという言葉は今後二度と口にしない、と。――どうだろう？

約束します、と全員が応えた。

待つことに賛成の者は誰もいないようなので、とキャプテンが続けた。残る選択肢はランカスター海峡で捕鯨船を見つけるか、バックのグレート・フィッシュ川をさかのぼるか、そのどちらかだ。さて、これについて意見はないか。

ランカスター海峡へ向かう計画についてもう少し具体的なことをミスター・ゴアから聞かせてもらえないでしょうか……とブランキーが言った。

だがゴアはうつむいて自分の手を見つめるばかりだった。

翌年、一行が船を棄てたとき、キャプテン・クロージャーは乗組員全員に持てる力をすべて出し切るよう要求し、彼らを南にある飢餓の入り江へと率いた。弱った者たちがあまり長く歩けるとは思えなかった。今や誰もがひどく腹をすかせていた。彼らはリーパーの夢を見た。両手の指を切り落とされ、復讐心に燃える彼女が心をほぐし、食料となる動物を自分たちのもとへ遣わせてくれるよう、願いをこめて彼女の髪をとかしてやる夢を。彼らは病のせいでほとんど、あるいは完全に目が見えなくなっていた。彼らはできるだけ公平に荷物を分けた(そして彼はフィッツジェームズを脇に引き寄せて耳打ちをした。二隻の艦船の乗組員たちが早くも互いをライバル視しているのが分かる、数日もすれば規律無用の事態となるだろう。フィッツジェームズはうなずいた。このときはたまたま彼の頭もすっきりしていた)。風がとても強く吹いていた。ボートを橇に乗せ、乗組員たちが南へ向かう。凍結した雪が橇とこすれて音をたてる。軍艦旗を釘でマストに打ち付けたのを最後に、そのまま置き去りにしてきた死船のことなど、もはや誰も考えなかった。竿を杖にして道なき道を確かめながら、ポイント・ヴィクトリーまでとぼとぼ歩き、竿に寄りかかったまま時折立ち止まると、竿が今や氷の山に隠れて見えなくなった艦船のように反り返り、病気の船員の体が少しずつ竿を滑り、士官が優しく声をかけて彼らを励まし、しゃんとさせ、先に進ませる。翌日か、あるいはその次の日には彼らを置いていくことになるだろう。そうでもしない限り誰もグレート・フィッシュ川にはたどり着けない。――思い出すんだ、と士官たちは言った。ミスター・バックはスノーシューズで一九二〇キロあまりを歩き通したんだぞ! ――こうして乗組員たちは一方の足をもう一方の足の前に出し続けた。自分たちがどこにいるのか、どこへ向かっているのか、彼らには分からなかった。(チョコレートが二かけ、いや一かけあれば、途方もなく勇敢な選択ができる、そんな危機的状況が他にあるだろうか。)――思い出すんだ、と士官たちは言った。ジェームズ卿はここで三年間も越冬した! ――こうして男たちは南へ向かった。――耐性二ポイント、と譫妄状態の水兵がつぶやいた。そして静かに、とてもゆっくりと雪の上に座り込んだ。――カリブーだ！　と一人の乗組員が叫んだ。士官たちが止める間もなく、ライフル銃を撃ち放ったが、撃った先には何もなかった。――病気の者はテラー湾で置き去りにするしかない――それ以上先まで連れて行くのは無理だろう（キャプテン・クロージャーは心の中で考えた）。そう、それしかない。だがいずれエスキモーを寄越してやるつもりだ。何人かは生き残れるかもしれない……――そして彼は一行を南へ導いた。――戻ったら豚の腿骨の大きい奴を手に入れてスープにしよう。安い腿骨じゃないぞ。安いのは骨ばかりだからな。高い奴だ。――彼らはボートの底を銅で被い（イヌイットならそれを何十年も使うだろう）、雪が彼らの足下でオレンジ色に光り、オーロラが彼らの行く手にオレンジとグリーンのアーチを作り、彼らは長手袋の甲で口ひげから霜を払いながら、橇を通すため、場合によってはツルハシで氷を砕いた。五月、六月、四月、それとも七月だったか、彼らは人間を見かけた。バフィン湾へ捕鯨に来ていたプリンス・オブ・ウェールズ号とエンタープライズ号の乗組員たちと別れて――もう三年前の話だ――以来初めてのことで、彼らは一行が出会った最後の人間となった。イヌイットは水路の向こう側で、警戒するようにじっと立って彼らを眺めている。怖がらせてはいけないと思い、クロージャーが少し後ずさるよう男たちに命令し、自分の首にメダルをかけた。亡くなったミスター・フランクリンはエスキモーと交渉するときいつもこうしており、クロージャーもそれにならったのだ。武器を持っていないことを示すために両手を上げながら、乾ききってうまく動かない黒ずんだ口を開いて肉がほしいと哀願した。彼らは彼を見つめた。それからル・ヴェスコンテ大尉といっしょにイヌイットに近づくと、イヌイットたちはそれをも黙って見ていた。ことの成り行きを見守る女たちの革袋にはアザラシの肉が入っている。イヌイットは男たちの足を見た。顔も汚れている。光が当たって彼らの髪が輝いた。アザラシ革のパーカーは乾燥した内臓のように皺が寄って生気がない。キャプテン・クロージャーが彼らに近づき、引き裂くように革袋を開いて、肉を奪った。小さなナイフを持った少年が目を大きく見開いた。彼はオコジョのように偏屈で好奇心が強かった。キャプテン・クロージャーが彼のナイフに気づき、ますます素早く女たちの革袋から肉を取っていった。というのもこの場合、確固たる態度こそ賢明であるように思われたからだ。女たちは落ち着かない様子でクスクスと笑った。誰も逃げ出そうとはせず、ソーセージかカワウソのようにただそこに立ち尽くしていた。肉の代償としてクロージャーはイヌイットに手斧とメダル、そしてビーズ玉を幾つか与えた。とにかく部下たちの窮状を印象づけようと、知っている単語をつないでイヌイットに話しかけたが、通じないようなので口をつぐんだ。イヌイットは頭を反らし、彼らをにらみつけた。女が一人舌なめずりをした。そこにいたのは四家族だった。クロージャーは身振り手振りで、部下たちのそばでキャンプを張ってほしい、彼らの面倒を見てやってほしいと訴えた。イヌイットが寄ってきて、クロージャーの部下をテントの回りに集めた。彼らは目を見開いたまま黙って身を寄せ合った。円錐形のテントには、表面がところどころ地衣のように毛羽立った動物の毛皮が張ってあり、重石がぐるりとまわりを取り囲み、いくつもの皮がまるで鱗のように重なり合ってぶら下がっていた。テントの中には肉があった。三人の娘と母親が見えた。一番幼い子供が両手を握りしめている。彼女のパーカーの裾には白い帯が何本か縫いつけてある。彼女の名前はリーパー。出入り口から一人の男が石を掴もうと手をのばした。房飾りがついた縁なし帽をかぶっている。彼の周りではロープが平らな石に伸びていた。皺だらけの顔や幼い顔がフードの中からこちらを見つめ、ときには微笑んでいる。そしてクロージャーの部下たちはとても静かだった。棚から下がっている青やシルバーのキツネの毛皮が、地面の汚れた雪に触れそうになりながら風に吹かれているのを、彼らは見つめた。乗組員の一人が毛皮に近づき、やがて近づきすぎた。毛皮の裏側に残っているかもしれない肉をなめようとしたのだ。心持ちアゴを突き出し、相変わらず用心深いが静穏さはすっかり失ったキャプテン・クロージャーがその男を見とがめ、突き倒し、その上ピストルの床尾で殴りつけて、こう言った。馬鹿者! 我々の命がこの人たちとの友情にかかっていることが貴様には分からんのか? そして回りを見渡すと、イヌイットがその様子をテントの中からじっと見ていた。顔の微笑みはすっかり消えている。ビーズをあしらった服を着て、アザラシの髭のような入れ墨をした女性が目についた。——その晩キャプテン・クロージャーの部下のうち、さらに二人死んだが、埋葬するのはあまりにも大変な作業だったので、彼らは死者の腕を胸の上で交差させ、その上に石を積み上げていった。（きちんとした埋葬は一ヶ月前に死んだミスター・ゴアが最後だった。彼の遺体は氷の下、深さ一二〇センチのところに埋められた。）イヌイットはそれも見ていた。だがクロージャーの部下たちはよく眠った。彼らにとってこの埋葬は初めてではなかったし、彼らは眠りを必要としていた。それに、これからはもう誰も死ななくて済むことが分かっていた。善良なるエスキモーたちは彼らが元気になるまでそばにいてアザラシを狩り、体力が回復したらバックの川までどうやっていけばいいか教えてくれるだろうし、ひょっとしたら苦労して進まなくとも、もっと楽な秘密の道を案内してくれるかもしれない。そうすれば秋になる前にフォート・レゾリューションに着くことができるだろう。だがクロージャーの部下たちの知らないことが一つだけあった。一八三四年、それまではスレウィーチョホーセス川と呼ばれ、やがて自分の名が冠される川をバックが初めて探検したとき、彼は八十三にのぼる大小の滝をすべて下り、首尾良くその急流も通り抜けて（獲物となる動物の群れについては、キャプテン・クロージャーが話したとおり）、部下たちをフューリー・ビーチへと導いた。あまりにも長い間帰国もせずにそこにとどまっているはずのジェームズ卿の居場所をつきとめ、救い出すのが目的である。だがジェームズ卿の姿はなく、仕方がないのでバックは帰ることにした。そこまでは万事順調だった。だがあるとき、何人かの部下たちがポイント・オーグル近郊の湖へ野鳥狩りに出かけることにした。そこにはたまたまイヌイットたちも釣りに来ていた。雪の中の湖なら、あたりにはガンの数と同じくらいたくさんあったのに、どういうわけかバックの部下たちはその湖を選んだ。そしていきさつはまったく分からないものの、ライフル銃の弾と矢の応酬があり、例によってライフル銃がしっかり勝利をおさめ、結果として三人のエスキモーが死んで地面に横たわり、さらに数人がケガを負った。バックの部下たちは走り去りながらこう叫んだ。キャプテンにはこのことを黙っているんだぞ！　実際、彼らがこの一件についてバックに話したのは、彼らがイギリスに帰国し、償いようがない状況になってからだった。一八三五年、再びバックが北極海に向けて出航したとき、ポイント・オーグルが航路からさほどはずれていなければ、バックも何らかの手を打つためにそこへ立ち寄ったに違いない。だが不運なことに彼はミスター・ゴアともどもフローズン海峡で氷に閉ざされてしまった。

そして長くて陰鬱な凍れる夜にはこの事件のことをミスター・ゴアに話したかもしれない。ミスター・ゴアはそれをキャプテン・クロージャーに話したかもしれないし、話さなかったかもしれないが、いずれにしてもミスター・ゴアはもう死んでしまった。だから私たちも、万能のライフル銃を心から称えようではないか。ライフル銃があったからこそ、翌朝早くキャプテン・クロージャーが目覚めてみると、イヌイットは革でできたテントを丸め、橇で引っ張っていたのだ。一番上にカヤックを乗せ（荷物は男たちの頭上高く積まれていた）、犬が数匹それを前へ引いた。先頭に立っている男が自分の竿で雪を確認した。雪と空の区別はほとんどつかない。キャプテン・クロージャーが叫び始め、他の男たちも物憂げに目を開けた。クロージャーはイヌイットに駆け寄ってその前でへりくだるように跪き、口の中にものを入れる身振りをしながらアザラシを意味するエスキモーの言葉を何度も何度も繰り返した、しかし彼らはまっすぐ前を向き、犬たちもそのまま進み、キャプテン・クロージャーの後ろでは部下たちの何人かが泣いていて、その鳴き声はワタリガラスがこちらの意表を突いて、案外優しくノドを鳴らす音に似ていた。

✡ ✡ ✡

捕まえたチャーをネックレスのように首から下げ、フードをかぶったまま膝まで川の水につかったイヌイットが、にやにや笑いながらフォーク状に先が分かれた銛を鋭く突くと、それは風に吹かれた木々のように斜めから水を貫いた。彼らがいるのは川の堰、しかも今は引き潮だ。食料はたっぷりある。長くて低い横縞模様のような尾根が彼らの後ろで平らに見える。

網棚で乾かすために彼らは魚を折り曲げた。

男がカヤックに乗ってアザラシ狩りをしていた。体が水面すれすれで、まるで水の中の住人のようだ。頭は毛皮のフードにすっぽりと被われている。彼の体は、鏡のような水の上に軽々と浮かぶカヤックの、襟首のような穴の中におさまっていた。

アザラシの椎骨や骨盤が草の中に散らばっている。砂に浸食されてしかも白い。犬たちがその骨を齧る。

カールナートたちのいる場所からライフル銃の銃声が聞こえることもあったが、彼らはそうした場所には近づかなかった。カールナートに見つからないところから彼らを眺めることはあった。しばらくすると銃声は聞こえなくなった。ずいぶん長くそこに暮らすカールナートが一人だけいた。彼が頭を抱えながら砂浜に座っているのを、彼らは毎日眺めていた。

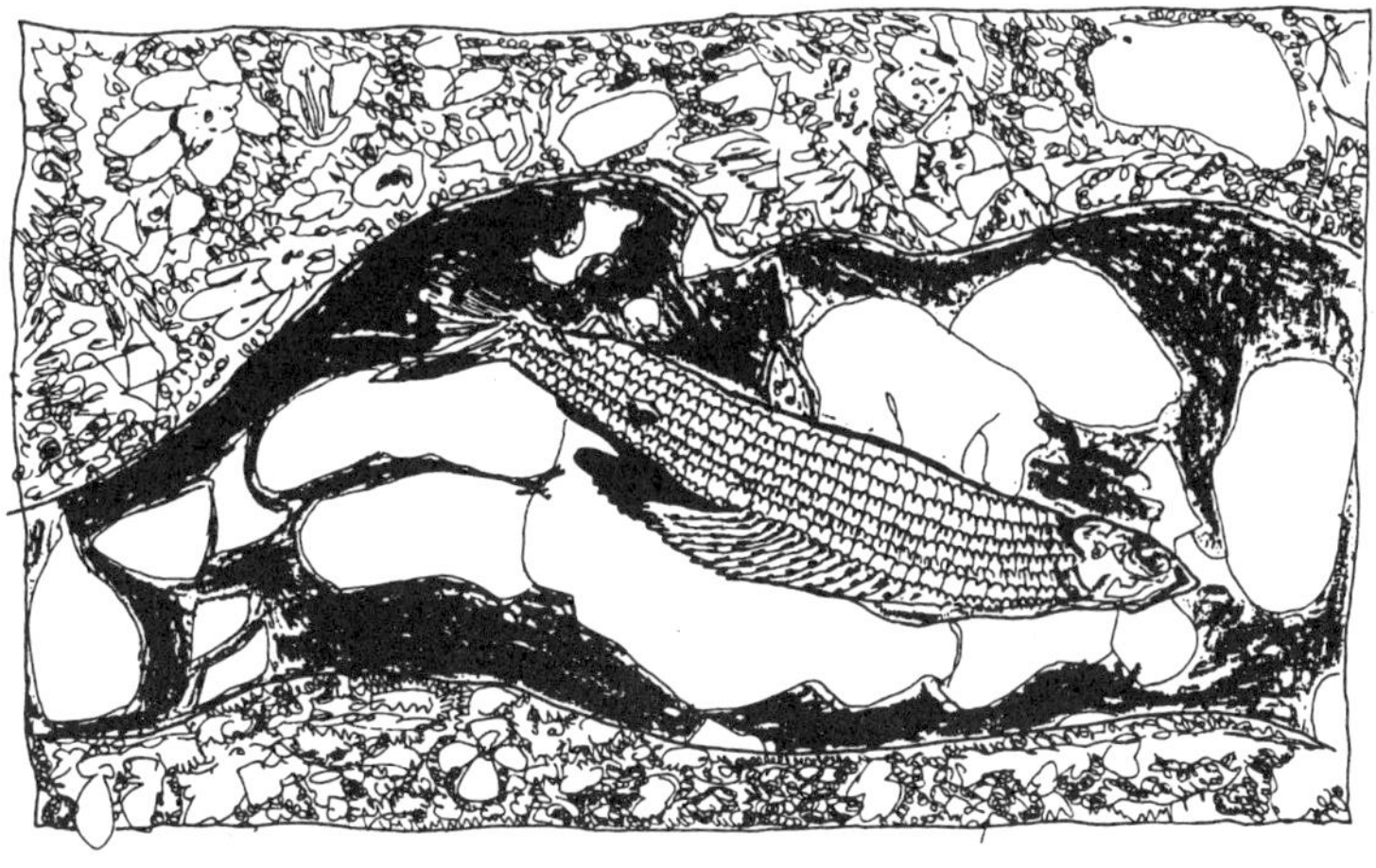

7 キング・ウィリアム島

ᑭᑲᖅᑕᒃ

肉 1848

旅の途中、原住民といっしょであろうとなかろうと、食べ物や眠る環境に関して我々は新風土に順化して、ある程度快適に過ごすことができるようになり、九月の終わりにはしばしば生肉を食べるようになっていた。ハインリッヒ・クルチャック『飢餓の入り江への陸路を行く――イヌイットとともにフランクリンを探して、一八七八～一八八〇年』(一八八一年)

夕刻(七時二十分)、太陽は日没と言ってもいいくらい低く、小峡谷の西側の白い壁が青い影に彩られ、見るものすべてにシマウマのようなストライプが入っていた。川の岩の白地に黒の模様は、フランス料理のムースのデザートを思い起こさせた。尾根の間の剝き出しの地面の線はチョコレート・エクレアさながらに濃厚で、小房のような草の茂みもそれぞれの尾根に並んで生え、まるで登校中の小鬼のようだった。今、彼はよろめきながら南へ進み、川は銀色で草は金色。足を下ろすたびに雪がザクザクと音を立てて踏み固められる。穏やかな氷点下の風が吹き、彼の影法師が東側に長く細く伸びて尾根の半分の高さまで届いている。

一週間ほど前に士官たちが横切った同じ泥だらけの地面が、今では色気のない固いセメントのようになり、ジャコウウシやオオカミやウサギの足跡がとてもくっきり残っていた。砂の中には象牙のボタン。彼は南へ向かった。その日の正午頃、低い太陽が雲の縁から熱のない光を発し、目がくらんだ。小鳥が金属の軋みのような鳴き声をあげ、物憂げな銀の川が雪の吹きだまりの列の間を縫うように流れた。アコーディオンの蛇腹のように皺の寄った泥の畝はまだ完全には凍っていない。彼のブーツの下で崩れる程度だ。南と東を見ると、尾根は白く固まっている――

湾曲した川岸の泥の中に、彼は黒くてずんぐりした形を見つけた。ジャコウウシだ。風下から彼らに近づくため、彼は雪の中にほとんど腰まで沈みながら尾根に向かって西側に進路を振った。ジャコウウシは鼻を鳴らしながら一列に並んでいる。数えてみると二十頭以上。色は黒っぽく、象牙のように滑らかで、顔はどことなくライオンに似て堂々としており、湾曲しながら下を向く角は口ひげを思わせた。背中を覆う毛は、二つに折った厚手の黒い絨毯を斜めから掛けたように見える。近寄るとジャコウウシはライオンのように唸った。彼はその臭いをかぐことができる距離まで近づいた。ジャコウウシの肉っぽい汗の臭い。ウシたちは一列で彼に対面した。右手の尾根で一頭のジャコウウシが頭を振りながら鳴き声を上げた。その途端に残りのウシたちが円陣を組んで外を向き、角を突きだして、釘つきの車輪のような態勢になった。彼らはじっと彼を見つめた。黒い雄牛が唸ると群れは百メートルほど後ろにギャロップして新しい布陣を敷いた。ジャコウウシの毛はこんがらがってぼさぼさだった。

金色の鬣が首に沿って、流れている。今だ。ライ

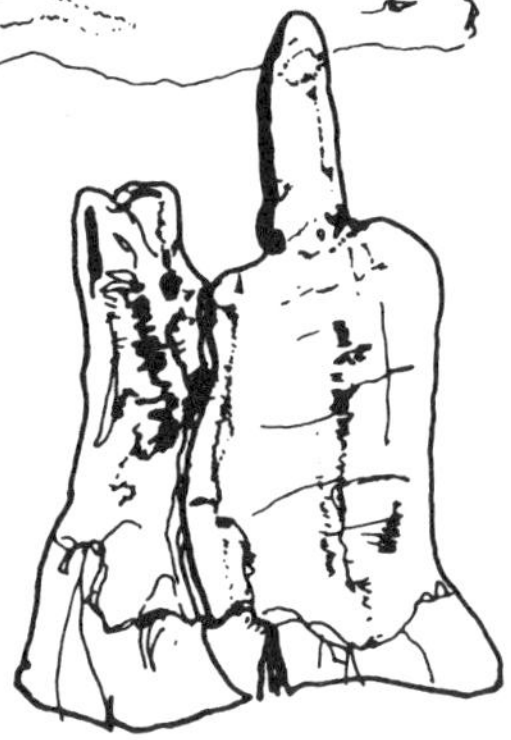

フル銃を持ち上げたが、銃身がどういうわけかぐらついた。何かがゆるんでいる。彼は一人言を言った。今だ。太った雄牛の肩が視界の中で踊っている。今だ。今だ。今だ。ついにジャコウウシたちが逃げ始め、足下から地響きが起こった。雪と埃でできた幟が彼らの後ろでゆらめいた。

彼はライフル銃をまっすぐ持ち上げ、雄牛の形をした雲を狙ってもう一度、とてもとても優しく引き金を引いた。またしても反応がない。カートリッジが詰まっているのか？　ボルト・レバーを握って後ろへ引こうとしたが引けなかった。凍結したか錆びついて動かなくなってしまったのだ。

他のものと同じように、ライフル銃も棄ててしまうべきだった。もはや何の役にも立たない、それは分っていた。だが銃を棄てて歩き去れば、彼はついに孤独になってしまう。そのことも彼には分かっていた。双子のかたわれも、三つ子の三人目も死んでしまった。このまま何も食べずにフォート・レゾリューションまで歩き通すのは無理だ。ライフル銃を棄てずに持っていれば太陽が氷を溶かしてくれる可能性があるし、今日か明日、もう少し元気になったところで修理することもできる。だが銃はとても重かった。銃を棄ててしまえばもう少し早く、もう少し遠くまで歩くことができるかもしれない。すっかり身軽になれば柔らかい砂の広がりの中、もっと遠くへ跳ねていくことだってできるだろう。食べ物を見つけることさえできれば、拾いに戻ってもいい。――そう、これは一考の価値がある、と彼はやはり歩きながら真剣な面もちで一人ごちた。早まったことだけは避けなければ。――彼は歩き続けた。背中に背負ったライフル銃の重みが、その分だけ忠実に彼を地面にのめり込ませた。

✲ ✲ ✲

するとある日、頭上の空に青い穴が空き、気温が摂氏一・六度まで上がった。膝を温めている太陽の光を感じることができた。歩いていると雪だらけのブーツの足先から湯気が立ち始めた。黒くて雪だらけの小川の先には霧の壁ができていたが、それがゆっくり昇って今や正面の湖まではっきりと見ることができた。湖は三ヶ所に裂け目の入った、キラキラ光る金属製のリボンのようで、その先の川が線となって流れている。湖や川がこれほど煌めくのを、彼は見たことがなかった。雲の間にできた穴は濃密で柔らかく、まるでアイダーダウンの枕に穴を一つ開けたかに見え、それを通してのぞく空は、イギリスの夏のように青くて親しみが持てた。砂で被われた氷の砂丘を横切ってテクテク歩いて行くと、サンデー湾と同じくらい青いフィヨルドが見え、そして——彼の心臓は止まらんばかりだった——最初の小さな岬の近くには二隻の白いヨットが停泊していた。が、それが氷河にすぎないことは、次の瞬間に分かった。

✲✲✲

彼はもう一人の男の足跡をたどった。それはかなりの迷いを示していた。足跡は南へ続いている。その足跡といっしょに、てっぺんに二つの白い雲をいただく土色の尾根を登ったが、気がつくといつの間にか幅広で色の薄い虹の弧に囲まれていた——それはどんな教会よりも素晴らしかった。虹を追いかけると、足跡がぴたりと止まった場所が見つかった。死体は横向きに膝を抱えていた。震えながら死んだのだ。これはいったい誰だ？　サブゼロだろうか？　彼はその顔をまじまじと見つめた。（氷の上の死体は黒く変色するので、黒ければ黒いほど古いという。）紫がかった灰色の唇はまるでゴムホースのように楕円形にのび、口の中は深紅色で、その深淵の奥には黄色い歯がぶら下がっている。男の歯茎には凍った血がこびり付いていた。顎の無精ひげについた霜がきらめき、髪の黒房の氷も美しく輝いている。目は半分開いているが、開き方がとても奇妙だ。死にゆく視線をすべてのものから守るため、上瞼が降りて凍りつき、なのに下瞼の方はそのまま縮んでしまっている。灰色の目玉は秋の木の実のようにしおれて干からびている。全体として彼の顔は酔っぱらったような、魅入られたような嫌悪感を表明していた。——おまえは私の肉を食べるつもりだろう、とでも言っているようだ。私にも、それからおまえにも分かっているはずだ。それについて私はどうすることもできないし、考えただけで吐きそうになるが、いずれにしても滑稽なことだ。こんなことを自分がしでかすなんて思いも寄らなかっただろう？

✲✲✲

穏やかな風が吹く青い日に、川が湾曲するあたりを彼が歩くと、地面はますます青白く凍りついていた。日の光がさざ波立った雲を通してあでやかに、さざめくようにこぼれていた。西側の岬はその光に照らされて黄土色がかった金色に輝き、その向こうには万年雪が積もり、さらに向こうの海峡にはあの紫の雲から雪が降り落ちているに違いない。金色の岬へ続く湾曲した光景の中程には、極北の果ての古代文化の名残である環状列石があった。赤い地衣と黒い地衣が石と、それに寄り添う吹きだまりをいっそう明るく見せた。石にはもはや何の意味もない。フィヨルドの水が安定した浅い波となって流れ、青く、楽しげで無関心に見えた。石の環の中には苔と雪しかなかった。

ウサギが目に入った。彼は今やライフル銃を楽々と肩の高さまで持ち上げて引き金を引いた。ウサギは爆裂した。すぐさまその上におおいかぶさり、どんなスープよりも栄養になりそうな生温かくて濃厚な血を飲んだ。彼は水気がなくなるまで死体に吸い付いてからそれを切り開いた。突然気分が悪くなった。胃が収縮した。痙攣が過ぎ去るのを待ちながら、彼は苦しさに耐えて地面に転がった。だがその間もずっと彼はウサギの心臓のことを考えていた。少しずつ冷たくはなっているが、まだ温かく、運が良ければ脂肪もついているかもしれない――

✡ ✡ ✡

知的な瞳をしたオオカミたちが白い頭を低く落としながら左右に振って、用心深く軽やかに彼から離れていった。彼らは肉を食べていた。群れは二つに分かれ、坂道に向かって音もなく進んでいたが、そのうちの二頭がまるで道中の退屈を紛らわすように遊び始めた。一頭がじっと見つめる中、もう一頭が隠れたかと思うと、恥ずかしそうに顔をのぞかせる。見つめる方のオオカミは大きな肉の塊をくわえていた。肉には青いブロードクロスの切れ端がこびりついている。オオカミは肉を二十メートルほど引きずり、ライバルから目を離さずに食いついた。別なオオカミもしっぽを足の間にはさみ込みながらどこかの部位を神経質そうに食べている。一頭が骨を割ろうとして地面にうずくまり、食べ終わる前に男の姿に気づいて、不安げに小便をした。黒い瞳と黒い耳は――雪の中にそびえる岩のようだ。さらに一頭、かなり大きめのオオカミが吹きだまりの中で顎を動かしていた。彼は男に向かってにやりと笑うと、足を伸ばしてあたりを見渡しながら自分の体をなめ始めた。北極ギツネは雪のように白いが――このオオカミは違った。男にはこの観察が薄気味悪く思われ、同時にとても重要な気がした。だがそれがなぜ、どんなふうに重要なのかは分からなかった。

彼は精力的に南を目指した。百年後、小柄でこざっぱりとした人類学者、オウエン・ビーティが彼と同じルートをさまようことになる。彼の骨を見つけることはできないものの、他の男たちの遺品を発見する。彼は有名な共著論文の中で、そのこと自体きわめて理にかなったことである、と結論づけている。人間の胴体部分を食べることで彼らはさらに前進する力を得た。持ち運びやすい頭部、両腕、両足は食料として携帯された。[*1]……ブース岬付近の小さな土地で彼らはキャンプを張って最後の食事をした。それは後にアルバータ大学の研究者たちが訪れることになる土地だった。だがそうしたあからさまな結論は、黒板を熱心に見つめる若き法医学生たちには役に立っても、必ずしも適切ではない。私たちは誰もが自分だけの飢餓の入り江に到達しなければならないが、いつ、どうやってたどり着くのか、それを知りたいと考える者がいるだろうか？　――彼がさらに南進すると、青い北極の午後がまたしても現れた。フィヨルドが青と灰色とオレンジ色にさざめき、長い雪の岬の尾根のすぐ後ろから雲がわき出て、おかげで岬がまるで煙を上げる火山のように見え、清らかで冷たい風が彼の魂を吹き抜けた。

　さざ波と氷の皮膚が、まるでカタツムリの殻の線のようにからみ合って曲線を描いている。

　ずっと彼のお供をしてきた白い岬は近づけば近づくほど大きくなり、そこに刻み込まれた険しい峡谷も見えてきた。岬には模様がついていた。それはウロコや髪ではなく自分の岩肌の模様だった。大地の黒い線が描くその模様のせいで岬には陰影ができている。すべてのものを皮膚が覆い、その下には生きた血が流れていることが、このときの彼にはとてもはっきり分かった。岬の姿が、琥珀色の太陽の光を宿した海に重たげに映り、一方海面の琥珀は雲に映っている。その大きなくさび形の琥珀の光が、なだらかな勾配で海へと続く岬の最後の尾根の縁からわき立つように見えた。彼はこれに気付いて立ち止まり、長い間岬を見つめた。というのも彼にはそれが、オオカミの白さとキツネの白さから得た教えの、第二部であることが分かったからだ。

シューシューという音が聞こえた。とてもゆっくりと、ヘビを思わせるエネルギーと冷酷さをもって潮が満ちてきたのだ。十秒に二センチほどの割合で、浜辺には固くて白い氷の砂州ができ、潮は新しい氷の皮膚を古い氷の皮膚の上に滑らせた。

そんな音は聞こえない、と彼は自分に言い聞かせた。その静寂の中で、脇腹を擦る彼の腕の音が、まるでささやき続ける群衆のように聞こえた。

彼は再び南へ歩き始めた。細くて青い雲が灰色の空に筋状に浮かんでいたが、痛いほど豪華な青と金の穴が彼のめざす方向にまだ残っていて、そこから水面に光が降り注いでいた。

✲ ✲ ✲

あたりは陰鬱な雰囲気に包まれ、ぬくもりが彼の体からしみ出ていくのが感じられた。失血死しそうな気分だった。


まず足の指の関節から、そして感覚を失いつつある踵から、それから指と膝とお腹――今やほんとうにあちこちから！

――鼻からも腰のくびれからも尻からも肩からも首からも。

――かつては彼の中核地帯であったこうした場所のすべてが、何層もの衣類によって寒さと飢えの最前線から守られていたが、今やそれ自体が同時攻撃にさらされて陥落寸前の境界部所と化している。もちろん震えながらも雄々しい苦闘は続いていた。だが震えのせいで体力は消耗した。

――チョコレート・バーが一本あれば、と彼は思った。いや、欲張ってはいけない。半分でもいい。それを拾ったと想定してみよう（残りの半分についてはあとで考えればいい）。ピカピカの銀紙をまるで包皮のようにゆっくりと剝き、ひと欠片パキッと折ったときの音に興じ、その新鮮な切り口からのぞくミルク・パウダーとチョコレートのマーブル模様を楽しむことができたらどんなに素敵だろう。とても薄くて小さなチョコレートのクズが一つか二つ手の中にこぼれる。そのクズはすぐに食べてしまわなければいけ

＊1　探検家のステファンソンはこう書いている。「今の私の意見では、一般に動物の体の部位の中では頭部が一番優れている。いや、少なくともほとんど肉ばかり食べている人々はそれに同意するだろう。」

ない。そうしないと掌のぬくもりであっという間に溶けてしまうからだ。一つ、また一つと舌の上にのせ、そのまま溶けるのを味わおう。それから折ったチョコレートにゆっくりと歯を沈めると、体の中を暖かさと楽観主義が駆け抜けてゆく。そうなることは分かっていた――だがこれは物質主義的な夢にすぎず、実現するはずはなかった。

❋ ❋ ❋

砂礫はとても鋭く、白かった。石の間には、時折苔や小さな北極ケシが生えていた。彼はとにかく探し続けた。イワタケ、萎れたツルコケモモ、なんでもいい。腹の中の感覚があまりにも奇妙だったので、苔をかき集めてそれを噛んでみた。頬張った量の半分で腹一杯になり、口の中の残りの苔を吐き出してしまうとまたしても空腹になった。

❋ ❋ ❋

南へ向かう旅をほんの少し中断して尾根に登り（それにはずいぶん時間がかかった）、遺体か足跡を探してみた。北東の方向に道が見えたような気もしたが、あまりにも遠すぎた。せっかく行ったのにけっきょく食べ物が見つからないのでは失望が大きすぎる。

彼らのほとんどは自分と同じく、海岸線に沿って歩くはずだ。彼は論理的に考えようとした。道すがら次々に死んで行ったのだろう。遅かれ早かれ次の遺体が見つかるはず。そうなればいつもの自分を取り戻せる――

❋ ❋ ❋

朝の七時半（いや、朝ではなく、夜だったのかもしれない）、川向こうの尾根には嵐のときの雲と思しき灰色の影がかかっていた。その上には、物語に出てきそうな白くてふわふわした小さな雲が浮かび、そこから太陽が低く冷たく、だが相変わらず耐え難い様子で輝いていた。残りの空はひたすら青い。夜の間に冷気が訪れ、すべての岩に霜が降り、苔から流れていた小さな水の流れが凍りついていた。彼のリュックサックやブーツも凍った。触れてみると地面はモルタルのように固く、そこに埋まった一番小さな小石ですらも抉り出すのに苦労した。（単に彼が弱っていただけかもしれないが。）その前日、濡れてスポンジ状になった小さな苔の茂みを歩くと、ほとんど一足ごとに甲革までブーツが沈み込んだ。今日の地面は足下で形が崩れるものの、スポンジというよりはむしろ荒いより糸でゆるく編んだマットのようだった。固く凍りつくほどではない。水の流れに張った氷の皮膚はまだ薄くて新しかった。踏めば壊れる程度だった。これには子供っぽい満足感を覚えた。氷を壊す、そんな他愛のないことでも、まだ何かに影響を及ぼすことができるという満足感だ。岩の上では霜の小さな先端部が雲母のようにきらめいた。川向こうの沖積土の扇状地の砂は、とてもよく肥えてほとんど黒に近い灰色をしており、そこを流れる水の流れは、銀色に光る皮膚に覆われていた。太陽が照り、風もほとんどなかったが、それでも冷気が彼の体に届いた。まずはブーツの中で溶けた霜を起点に、指先と鼻先をそっと撫で……。体が温まるほどのペースではもはや歩くことができない。何かを食べなければ。食べなければ！

休憩のつもりで二つの巨礫の間に横たわったが、震えがきつくて眠れなかった。これでは体力を消耗するばかりだ。立ち上がってライフル銃を肩から下ろし、それを杖代わりにして前へ進んだ。痙攣のような強烈なめまいが押し寄せるたびに立ち止まり、両手で銃にしがみつく。彼がよりかかると銃はぐらつき、まるでコンパスの針のように不安定になった。銃が静止すると彼は先に進んだ。

雲が出て、雲といっしょにぼんやりとした湿っぽさが吹き込んだ。南に続く尾根の切り通しの背後から不吉な黄色い光がさしているが、その光のせいであたりはいっそう湿っぽくなった。

風が邪悪になってきた。みすぼらしく破れた彼の服が雨音のような音を立ててはためいた。南へ向かって夢遊病者のように夜通し歩く間に見た夢の中でも雨が降っていた。

朝が来ても、彼はなだらかな下り坂の、小石や砂利だらけの平野をまだ歩き続けていたが、やがてリバー・オブ・クリフスに出た。崖《クリフ》と言っても、平石をいい加減に積み上げて作った、高さ一二〇センチ足らずの崩れかけた壁か柱のようだった。川は茶色く、雪堤の裏の水たまりには小さな黒い虫か何かの幼虫がわびしく浮かんでいた。川がゆるやかにうねる砂礫の岸辺は丸みを帯び、冷たく白い雲を貫いて、太陽がそこだけ白く冷たく照りつけていた。砂礫の中には化石化したカタツムリの殻がころがり、二枚貝の化石は石に囲まれてまるで額縁にでも入っているようだった。彼は跪いて、川に浮かぶ黒い虫を手ですくった。水はとても冷たく、骨が軋んだ。黒い虫は彼の掌でできた小さな湖の中で泳ぎ回った。その虫たちを飲み干して彼は言った。これでもうすぐ力がわく、と。こうして彼はすくった虫を全て飲み下したが、縮みきった胃袋にそれ以上水を流し込むことができなくなったので、今度は別な種類の虫を、まるで宝物でも探すように気持ちを集中させ、丹念に数えながら、溝のついた石の上に集め始めた。それらも全部食べ尽くすと、彼は先に進んだ。

❖❖❖

今や一日が終わろうとしている。太陽が照っているのに寒い。自分の息を見ることができた。砂丘を見つけたので砂の中に体を埋めようとしたが、すぐに岩と氷に当たってしまった。先へ行くと、巨礫の間に夜露をしのげそうな場所が見つかり、彼はそこで横になった。岩が突き出て背中に当たる。満足できずに、別な場所を探そうとする者もいるだろう。勝手に文句を言えばいい。彼はじっと横たわり、眠りに落ちつつある自分にうれしくなった。虫が効いたのだ。それでもしっかり服をまとった遺体を見つけなければ、と彼は思った。そして眠った。

❖❖❖

翌朝、浜辺で茶色いカニを見つけたので（ここでは鳥以外のあらゆる生き物が茶色、または赤茶色だった）、彼はそれを石で殺して、生のまま食べた。この食事で彼はすっかり生き返り、ライフルの銃床を小気味よく地面に打ち付けながらかなり速いと思われるペースで歩き続けた。彼には理屈にかなった一連の秘密があったが、その中の三つ目の秘密がもうすぐ明らかになる、彼はそう期待していた。こんもりと盛り上がった砂礫の丘が今やほとんど優しく感じられた。雪のシャツをかぶっているおかげで、丘は柔らかな何かに変化して、白く、灰色に、そして従順そうに見えた。地平線にまた一つ遺体が横たわっているのを発見したのは、それから間もなくのことだった。青いブロードクロスのシャツが空の色よりも鮮やかだった。頭を腕にのせ、ゆったりと体を伸ばしているさまは眠っているようにも見えた。息はしていない。死者の二つの鼻孔には霜が張り、まるで北極に咲く真っ白で小さな薔薇のようであることを、彼は確認した。言うまでもなく、痛みはなかったのだろう。穏やかな幸福感に包まれながら死体に近づくと、その脇の石の陰にもう一体横たわっていることに気付いた。まだ完全に死んではいないようだ。彼が二番目の体をのぞきこむと、それは目を開けて何かを言った。死にゆく男がなんて言ったのか、彼には理解できなかった。理解できなくても構わなかった。彼は踵を返し、砂礫に横たわる最初の死体の方へ歩いていった。まずそいつのリュックサックを開けて食べ物を探す。もちろん何もない。この男はライフル銃さえも途中で棄ててきたらしい。男の体を仰向けに転がし、シャツのボタンをはずし始めた。自分のシャツの上に羽織りたかったからだ。青い、青い胸の上に、あばら骨が黄色いストライプを描いている。ずっと前なら恐ろしいと思ったかもしれない。だが今の彼にとっては恐ろしいことなど何もなかった。彼はもうずっと前に自分の安息所を見つけたのだ。少しでも脂肪がついてやしないかと思い、ナイフをぐさりと刺し込んで心臓をくり抜いた。そのときもう一人の死んだ男が、しわがれたような音を発するのが聞こえた。そいつは一点を見つめ、手を鉤型に曲げて爪で空《くう》を引っ掻きながら、よろよろと立ち上がろうとしていた。彼は振り向いたまま待った。死んだ男は寒さに震えながら彼に向かって歩き始めた。そしてばったり倒れて、それきり二度と動かなかった。生きている方の男はすぐさま彼の上に覆い被さり、喉に小さな切り目を入れてそこから生温かい血を飲んだ。食欲を満たすために他の人間を殺すようなことを、彼はぜったいにしないつもりだった。そんなことをするくらいなら、飢え死にする方を選ぶだろう。だがたった今人が死んでその血が新鮮ならばそれを無駄にするのは犯罪だ。即座に力がみなぎり、活力が戻ってくるのを感じた。肉片をいくつか切り落とし、満足するまで食べた。それからオオカミに嗅ぎつけられないように、岩の裂け目まで二つの遺体を引きずっていった。新しい服のおかげで体が暖かい。とても幸せな気分で横になり、彼はそのまま眠った。

❋❋❋

目が覚めて時計を見ると、クリスタル部分が割れており、一時間眠ったのか、それとも一日、あるいはそれ以上たったのか、時間の感覚がつかめなかった。時計をはずして岩と岩の間に放り投げた。それから運べるだけの肉を切り取って再び南へ向かった。

❋❋❋

幸運の頂点に達していても私たちのほとんどはそれに気付かず、もっと高いところを目指そうとする、その間にも観覧車はがくんと動き出し、私たちは哀れなる無へと戻り始める。だが彼には分かっていた。北極で彼は賢くなったのだ。満腹のあまり胃が痛むのもうれしいことだった。彼はもう少しだけ生き延びて太陽と氷を見ることができた。あるいは例の三つ目の大事なことを発見し、さらに四つ目を待つこともできるかもしれない。フォート・レゾリューションに到達したいとはもはや思わなくなった。到達できるとは思えなかった。もうチョコレートすら欲しくなくなっていた。

❋❋❋

砂の中に、また一つボタン。

❋❋❋

砂の中に、聖書。

❋❋❋

砂の中に、開けられていない錆びだらけの缶詰。ゴールドナーの特許を示すスタンプが押されている。

❋❋❋

飢餓の入り江には、死んだ者、あるいは死にかけている者たちがかなり大勢横たわっていた。彼らはかつて立派な石塚をたて、何も書かれていない紙をその中に入れた。そしてスポンジや本や香りのついた石鹼や鉛の竿を積んだロングボートを引きずりながら、狂ったように丘を登った……目を開ける者はだれもいない。三十二年後、シュワトカの遠征隊がこの地域でいくつかの遺品や遺骨を発見した——完璧な保存状態の白人の頭蓋骨や、イヌイットのキャンプでうち捨てられた木片多数。木片はもともと船の木材と思われたが、イヌイットがそれを加工して、最後はシュワトカ隊の火口や燃料となった。彼らに雇われていたエスキモー・ジョーという男は、たくさんの骨、衣服、靴、ブーツ、ボタン、それからアルバート皇太子殿下による英国汽船の進水式——フランクリンがテームズ川を永遠に後にする二年前に行われた式典だ——を記念した銀のメダルもそこで発見した、と報告した。ホールが骸骨を埋めた。シュワトカも骸骨を埋めた。今、そうした過去の遺品は在処の分からない墓か博物館のケースの中に陳列されている。フランクリンが残したさまざまな遺品を思い浮かべても、実際の彼とまったくつながらないのは、そのせいかもしれない。かわりに見えてくるのは、リーパーが彼に古いナイフを見せたときに、彼の脳裏に浮かんだもの。そのナイフは彼女がまだ十歳だった頃、ツンドラを横切っているときに見つけたものだ。彼女はそれを拾うと、わああ！　と言った。——ナイフの刃は鉄を打って作られており、打ったときの窪みがかすかにきらめき、L字型の柄はカリブーの骨でできていた。柄はすっかり色が抜け、緑がかった白い地衣と同じような鈍い色合いで、Y字に並ぶ四本の鉄釘で刃に固定されていた。刃そのものは尖端以外はほとんど鋭さを失っていた。彼は刃に沿って指を走らせたが、厚さや鋭さは尖端のエッジ部分とほとんど変わらない。つまり刃全体が同じ厚さで、ヨーロッパ人が残した金属板を加工して作ったとも考えられる。釘の出所も同じかもしれない。同じ赤茶色だったし、打ち方も似ていた。柄に裂け目をつけて刃がはめ込んである。その裂け目のみね側はしっかりと締まったままだが、刃の側は傷んで広がり、みね側の釘のうちの一本を軸にして刃を軋ませながら回すことができた。これがこのナイフに奇妙な「作者の意図」——これは昔の文学批評の用語だ——を与えていた。刃と柄の重さはほとんど同じだったので、刃の動きには一定のバランスがあり、もしかしたらそのためにこの道具が作られたのではないか、と思わせた。このナイフで何かを切ろうという気にはなれ

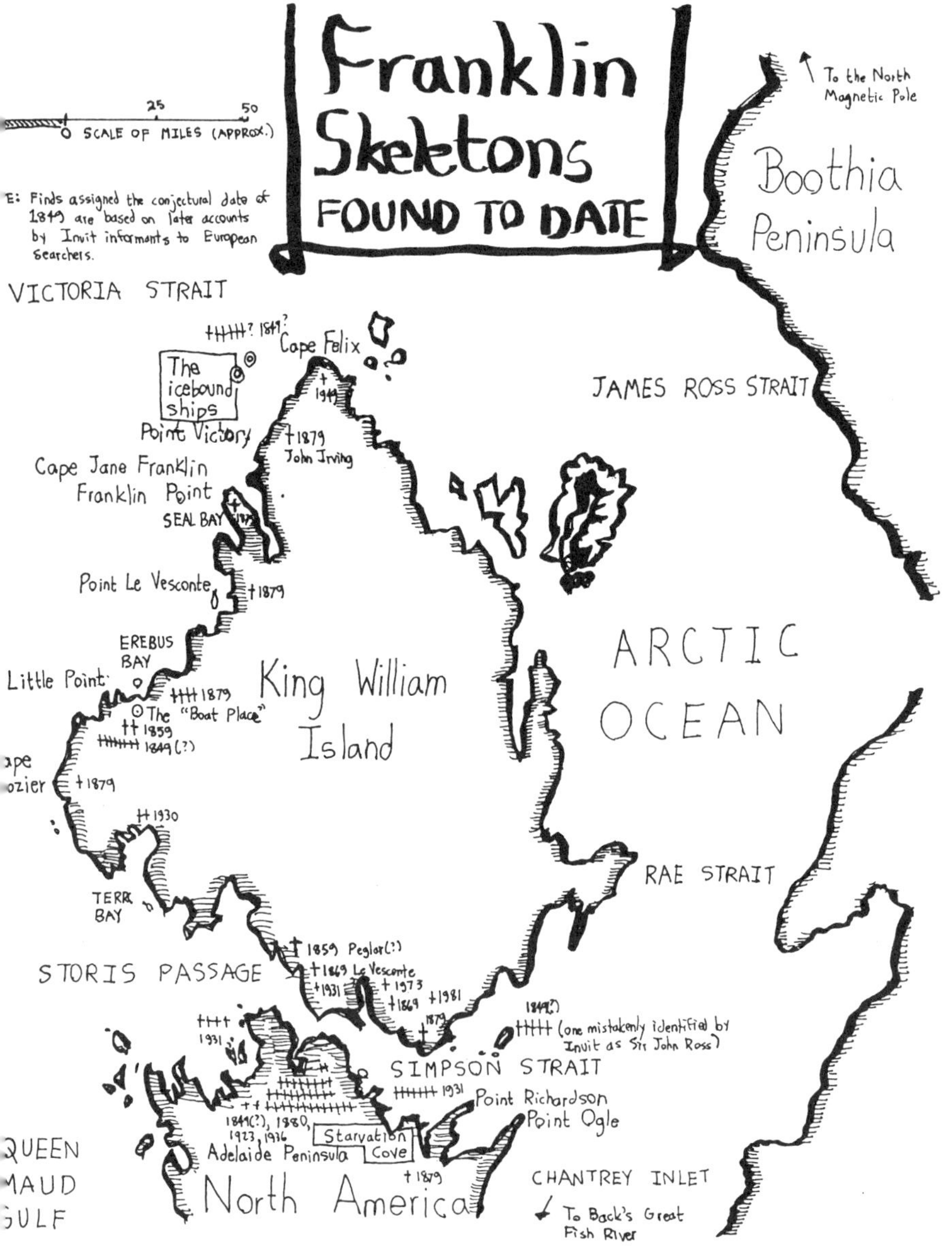

Franklin Skeletons FOUND TO DATE
0 25 50
SCALE OF MILES (APPROX.)
E: Finds assigned the conjectural date of 1849 are based on later accounts by Invit informants to European searchers.
To the North Magnetic Pole
Boothia Peninsula
VICTORIA STRAIT
1849?
Cape Felix
The icebound ships
1949
Point Victory
1879 John Irving
Cape Jane Franklin
Franklin Point
SEAL BAY
JAMES ROSS STRAIT
Point Le Vesconte
1879
EREBUS BAY
Little Point
1879
The "Boat Place"
1859
1849 (?)
1879
1930
King William Island
ARCTIC OCEAN
TERR BAY
RAE STRAIT
1859 Peglar (?)
STORIS PASSAGE
1869 Le Vesconte
1931
1973
1869
1981
1879
1931
1849(?)
(one mistakenly identified by Invit as Sir John Ross)
SIMPSON STRAIT
1931
Point Richardson
Point Ogle
1849(?), 1880, 1923, 1936
Starvation Cove
Adelaide Peninsula
QUEEN
1879
North America
CHANTREY INLET
To Back's Great Fish River

なかった——あまりにも古いし、不気味だし、奇妙だったからだ。柄は滑らかで、刃も滑らかに打ってあり、こうしてそれはそこにあった。まるで生きた化石とも呼ばれるシーラカンスのように、リーパーの家に生き残った——

✲✲✲

リーパーの額には横一文字に赤い線が走っていた。彼は指でなぞって、それが何なのか尋ねた。

ナイフの跡、と彼女は言った。

自分でやったの？

違う。他の人。

男の子、それとも女の子？

女。

どうして？

あたし、狂ってたの。

なにがあったの？

あたしが狂ってたの。それだけ。

✲✲✲

一度彼は彼女に、ミルクシェークが大好きだと言ったことがあった。それは何、と彼女が聞いた。——それはね。彼が説明した。ミルクやアイスクリームなんかをいっしょに混ぜたものだよ。

おいしい？

とてもおいしいよ。

彼が次に彼女のところへ行ったとき、彼女は脱脂粉乳の缶の中にスプーンですくい取ったアイスクリームを入れ、そこに水を足した。——まずい！　と彼女はしかめっ面をしながら言った……

✲✲✲

彼は赤ん坊と遊ぶのが大好きだった。赤ん坊も彼が大好きで、彼の姿が見えなくなると悲しくて泣き叫んだ。それにいつもお腹をすかせていた。何はともあれミルクが欲しかったのだが、リーパーは赤ん坊にミルクを与えることができなかった。だから彼女は哺乳瓶に砂糖水を入れた。赤ん坊は愛にも飢えていた。少なくとも赤ん坊が定義するところの愛、すなわち動きがあって、暖かく、優しく輝く永遠の楽しみ——

✲✲✲

だが彼は一度、彼女のミルクを味わっている。彼女の乳房に口づけたとき、暖かく、甘く、白っぽくて黄色いミルクが出てきた。

✲✲✲

彼はまたしても退歩していた。彼は白状した。チョコレートのことは考えていない、というのはウソだった、と。チョコレートのことばかり考えていたわけでもなかったが。スパイスの効いた透明な脂の中で、ソーセージがジュージュー音を立てながら泳いでいるところを思い浮かべた。やがてこんがりと焦げ目がつき、肉の暖かくておいしそうな臭いが家を満たし、ソーセージがほとんど焼き上がったところで卵の小隊がその脂の中に出動しようと待機する。タマネギがあってもいいかもしれない。白身が脂の中で音を立ててはじけ、黄身は乳を与えたことのないジェーンの乳房のように丸くてしっかりしている。その様《さま》が目に浮かんだ。焼けるソーセージが見え、音も聞こえ、彼の額を直撃しようと小さくて熱い脂の粒が楽しそうにフライパンから飛び出すのを感じることもできた。肉の臭いを嗅ぐことも、味わうことすらできそうだったが、腹が満たされる実感はない。一番大事なのは肉だった。彼も、みんなも、いやどんな動物でも、肉であることに変わりはない。出産だってそうではないか。新たな肉、子牛肉の生産だ。どうやって生きながらえることができるか？　肉を食べることによって。ジェーンが死んでここに横たわっていれば、脂肪がたっぷりついた彼女の乳房を彼は喜んで食べるだろう。飢餓の入り江での他の者たちの問題はそこにあった。肉にはある程度脂肪がついている。というよりはついていなければならない。最上のステーキ肉は脂肪が赤身と混ざって大理石模様になっている。スタイルのいい女の子というのは適切な場所に脂肪がついている、ということだ。だがここに横たわっている者たちは、貧相で筋ばって凍りつき、灰色で痩せて固い。三番目に大事なのは肉に決まっていた。一番目と二番目は？　太陽と氷。肉はもっと重要だった。

✡✡✡

川沿いに、内陸に向かって南へ進むと尾根がどんどん高くなり、川が少しだけ浅くなってもつれながら流れ、氷の皮膚が風でひび割れ、やがて太陽が出てくると、川の小石の色がどんどん豊かになって、前方のところどころからは青い空が顔をのぞかせていた。川の湾曲した部分を抜けるとジャコウウシがいた。次の湾曲部までの間の苔と泥の瀬戸でくつろいでいるのだった。ジャコウウシは黒くて四角い形をしており、彼らの後ろには、低くて青い空の方へ広々と昇ってゆく、氷の原野に立つ六本の雪の円錐が見えた。目の錯覚に違いない。ここに山などないことは彼自身よく知っているはずだった。ジャコウウシは肩と後軀を奇妙にぎこちなく、シーソーのように上下に揺らしながら、重心を低く保ったままゆっくりと歩いた。そんなにたくさんの肉を間近に見て彼は泣き出した。ライフル銃を構え、瑞々しい肉のたっぷりついた雌の肩を注意深く狙った。リーパーが教えてくれたことを思い出しながら。女の薬は雄のアザラシ肉。男の薬は雌のアザラシ肉。彼はコクがあって汗まみれの、いかにもおいしそうな動物の脂肪の臭いを嗅ぐことができた。注意深く狙いを定め、引き金を引いた瞬間にライフル銃が彼の命を助けてくれることを知りながら。

ここに終わりしは

六番目の夢

ストレート・ショット　1741-1991

イヌイットのさらなる歴史　1960-1991頃

私はいまだにカリブー革でパーカーを作るけど、そんなものはもう誰も着たがらないよ。

サラ・ベーコン（一九八二年）

一

人の男がアザラシ狩りをしていた。彼は凍った海の上に立って待っていた。別な男がテレビを見ていた。老いた女がアザラシ革のカーミクを縫っていた。二人の幼い男の子が中国式のチェッカーをして遊んでいた。彼らの兄が家に戻り、足から引っ張るようにしてカーミクを脱いだ。そして氷河の中から見つけたものをテーブルの上に静かに置いた。鉱石状に溶け合った錆び釘の塊、それからゴールドナーの特許のサインが押されたブリキの缶詰の錆びたフタ。隣にある学校では生徒たちが年長者の語る物語に耳を傾けていた。それから授業が終わり、白人の女性が生徒たちにハロウィンのカボチャの歌を歌わせた。（一番近いカボチャ畑はずっと南へ行ったところにある。）一人の男がアザラシ狩りをしていた。引き金を引いたが撃ち損じた。夜、何世帯もの家族が教会へ行った。彼らはイヌクティトゥット語で賛美歌を歌い、イギリス女王の健康を祈った。男の子と女の子がガソリンか何かを嗅いでいた。二人とも顔を赤らめて、笑い出した。彼が彼女に触り、彼女が体を引き、彼が彼女にパンチを食らわせて転倒させた。彼女には赤ん坊がいて、彼女はその子を一人で育てていた。ブルドーザーが新しい家を建てた。一人の老いた男が義歯を入れてもらって喜んでいた。これでまた食べられる、飢えて死ぬことはない。一人の女が日本人観光客に全室貸すことができて喜んでいた。一人の男がアザラシを狩っていた。固くて冷たい海の上で待った。しばらく待ったが、そのうちにつま先が冷たくなってきた。彼はスノーモービルに乗って家に帰った。どうせ狩りをする必要などないのだ。家の中に入り、アザラシ革の長手袋を脱ぎ、パーカー（これはオタワ製だった）を脱ぎ、アーミー・ブーツを脱ぎ、テレビのある暖かい部屋に通じる二重ドアの内側の扉を開けた。ストーブの上にはカリブー・シチューの入ったポットがかかって、冷蔵庫にはバノックが入っている。男は幸せだった。彼は何も考えずにテレビを見た。

グリーンランド 1987

自分で撃ち倒したカリブーを見降ろしながらとても誇らしげに微笑んでいる彼女のスナップショットを眺めていると、真夜中の太陽の光が窓からさし込み、彼は自分の人生と彼女の人生を取り替えることができたらどんなにいいだろう、と思った。彼女のことはほとんど何も知らなかったので、彼女が絶対的に自由なように思えたのだ。

　カリブーを狩るときは一日にどのくらい歩くの？

ええと、歩くのは十七……　——彼女は時計の針をさした。

　十七時間？

そう。

疲れない？

疲れない。今まで一度も疲れたことはない。それが私には普通。

✲✲✲

ここには金がねぇ！　と酔っぱらいが叫んだ。グリーンピースのおかげでアザラシ皮は絶対に売っちゃいけないってことになっちまったけど、赤ん坊のアザラシを狩ったことは一度だってなかったんだ。おかげで金はこれっぽっちだ。（彼は親指と人差し指を、隙間がほとんどなくなるまで近づけた。）——魚だって捕るのは雑魚ばっかりだから、魚の金だってこれっぽっちだ。（またしても隙間が消えるトリック。）

✲✲✲

幼い孫娘のアンギウックは恥ずかしがり屋で、キャプテン・サブゼロに近寄ろうともしなかった。彼女は絨毯の上に自分のコインをばらまいては拾い集め、それが楽しくて叫び声をあげ、誰もが笑い、彼女の祖母（四歳のとき、海獣の皮を張った木造の小舟に乗って漁に出て、今は低所得者用のアパートに住み、リビングルームのテーブルの上にはオレンジをのせた皿と毎週届く『ファミリー・ジャーナル』〔グラビア写真つき〕が鎮座している）が、片手を後ろに隠したまま台所からアンギウック、アンギウックと呼びかけながらやってくると、茶色い前髪を輝かせたアンギウックは、祖母に駆け寄って彼女の手からチョコレート・キャンディーを奪い取り、包み紙を剝こうとしても剝けないので、祖母が手伝おうとしたがそれもアンギウックは気にくわず、祖母から離れ、とうとう自分で紙を剝き、誰もがそれに拍手した——

✲ ✲ ✲

デンマーク人がここに居るのはいいことだと思う？　とサブゼロが尋ねた。

　私たちはみな混ざり合っています、とイヌイットの少女が言った。私は嫌い。ここはデンマーク人の国だから出て行け！　とか、ここはイヌイットの国だから出て行け！　なんて誰かが言うのは。好きじゃない。みんなウェルカムです。

✲ ✲ ✲

夕食の後、みんなでキャッチボールをしていると、少年がケタケタと笑い出し、それから犬を追いかけ、低い太陽を見つめながら伸びきった黄色い草の上に座った。（テープレコーダーからは合唱曲が流れ、みんなもそれに合わせて歌った。）男たちの一人が何度かライフル銃の遊底を調節し、銃身の照準装置を合わせた。一人の女がナイフのさやの、すり切れたかがり目を補強していた。しばらくしてから全員が残りの五匹の羊を撃ちに出かけた。

　川の先まで行ったところで彼らは白い石を飛び越え、急勾配の巨礫に登り、さらにフィヨルドの二つの入り江の間の肩先の部分にあたる緑の土地を、風に吹かれながら進んだ。いかにも黄昏どきの光が注ぎ、とても風が強く、うら寂しかった。彼らが渡った川の水は銀色に光っていた。前方に見える入り江は淡いブルーで、たくさんの砂州があった。同じく前方の尾根からは灰色がかった緑色をした細い岩が突き出ている。一八八八年、その岩陰でナンセンはテントを張った。さらに先にある尾根のすぐ向こうに広がる内陸の氷を横断する直前のことだった。尾根の上では、誰もがツンドラにライフル銃を投げ出し、風に吹かれ、笑いながら寝そべった。後方のフィヨルドの上には**太陽**からの金色の光が注いでいる。とてもいい眺めだった。

グリーンランド人たちは尾根のてっぺんからほんの少し降りたところを這い、上体を上げるたびに注意深くあたりを見回す。世界は緑とオレンジと灰色だった。――アァイィ！　女がうれしくてそっと叫んだ。サヴァ！[*1]　彼女が指さした。尾根のずっと向こう側に白い点が見えた。誰もが微笑んだ。ハンターたちが腹這いのまま前へ進む。かなりの時間がたち、やがて白い点がぴょんぴょん跳ねながら消えていった。――野ウサギだ！　みんな笑った。ウサギだったのだ。だがそれから少し先へ行ったところでヘンリエッタがにんまりと笑い、みんなに伏せるよう合図した。誰もが微笑みをかわしあった。とてもうれしそうだ。三匹の

サヴァ。誰もが小声で喋り、サブゼロにも微笑みかけた。信じられないくらい長いライフル銃の影を後にして、ハンターたちが下へ向かって這って行く間、彼らは柔らかいツンドラの上にうつ伏せになっていた。一人の女が自分の尻に向けたナイフで何かを突っ込むジェスチャーをすると、みなが声を押し殺して笑った。とうとう彼女はヘンリエッタのバックパックからトイレットペーパーを取り出し、適当な量を手に巻いて、そそくさと消えて行った。尾根の向こうからはまだ何も聞こえない。女が戻ってきた。犬が静かに鼻を鳴らした。――この犬はカリブーが大好きなんだ、と女が大きな笑顔でささやいた。獲物に気付かれてはいけないので、彼女は犬を連れて丘を降りた。誰もが待った。

　そこへ最初の銃声が谷の隅々までこだました。他のハンターたちの反対側から聞こえてきたし、ただの威嚇射撃だったので、いつものような魔術的な響きはなかった。顔の大きな女と少年が笑いながら尾根に沿って走った。食料だ！　やがて彼らは楽しそうに叫んだ。五匹いる！　ハンターたちは羊を全部仕留めた。

　羊は小さな池が見える高い岩棚に引っ張り上げられ、少女たちが喉を鳴らしながらその毛皮をなでて、ああああ、と声を上げた。羊の口からは血が流れていた。少女たちが最初の雌羊から乳房を切り取り、互いの口の中に温かい乳を飛ばした。

イカリュイ　1987

あたしたちはニューイヤーに出かけたの、去年のニューイヤーに、とイヌックが言った。兄と兄の友達四人と私。三台のスノーモービルで行った。フロビシャーの北へ三十キロくらい行った所。着くのに半日かかった。途中でガソリンを隠しておくことになって。一人がガソリンを運んで、もう一人がライフル銃なんかの荷物を持つことにした。スノーモービルのうちの一台が古すぎて、荷物を載せることができなかった。ガソリンを隠す係が、どこに隠したのか忘れちゃって。私たちはカリブーを撃ってケガまでさせたけど、とどめを刺すためのナイフが見つからなかった。どこへ行ってしまったのか分からない。カリブーの頭を殴っ

*1 「羊だ！」

ているうちにライフルの床尾が壊れそうになったけど、カリブーはまだ生きていて舌を口からだらんと垂らしてはぁはぁ息してた。スノーモービルで殴ることにして三回殴ってみた。まだ生きていた。上等なスノーモービルだった、ヤマハの。スノーモービルが血だらけになった。だから最後はカリブーの首の回りにロープを巻き付けて、それが必要になる場所に引っ張って行った。そうしてやっとカリブーも死んだ。若い男の子と狩りに行くのはもうまっぴら。

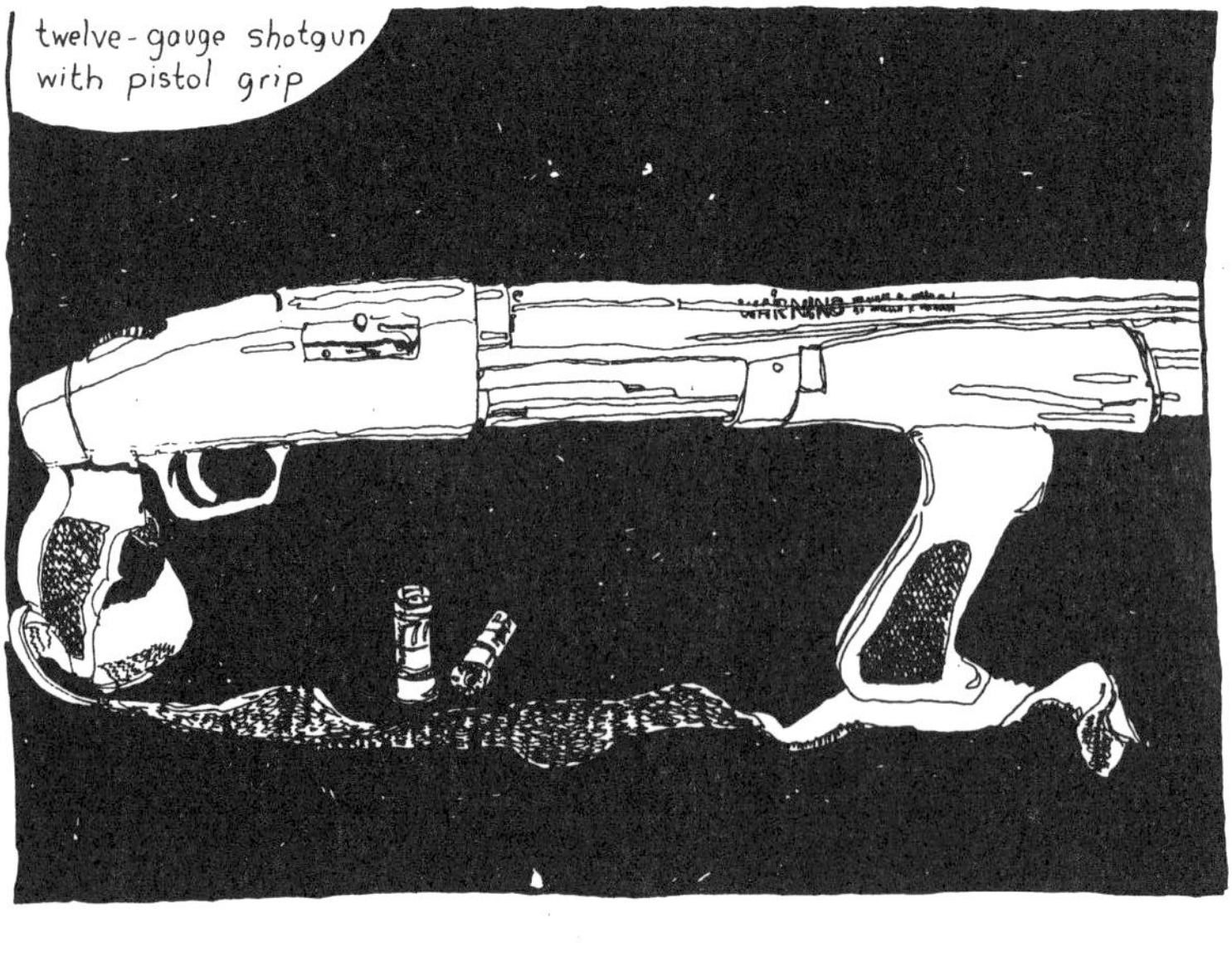

ᐊᐅᔪᐃᑦᑐᖅ
ᖃᐅᓱᐃᑦᑐᖅ
ᒥᑦᑎᒪᑕᓕᒃ
ᐃᒃᐱᐊᕐᔪᒃ
ᐸᖕᓂᖅᑐᖅ
ᐃᖅᑲᓗᐃᑦ
ᑲᖅᒥᖅᓯᐊᔫᐸ
ᐃᒪᖅᒐ
ᐳᕕᖅᓂᑐᖅ
ᐃᓄᒃᔪᐊᖅ

ある寓意劇 1990

党の決めた路線ではないのだから、それでいいはずはなかった。もちろん明日には正しいことになっているかもしれないが……

マネス・スプーバー『燃やされたイバラ』（一九四九年）

登場人物

委員会メンバー

ミスター・ロバート・E・スケリー

ミスター・ケン・ヒューズ 委員長

ミスター・ロバート・ノルト

証人

ミスター・サムウィリー・エリジャシアルク
イヌクジュアック代表、カナダ・イヌイット・タピリサット

ミスター・アンドリュー・イクアルク
イヌクジュアック代表、カナダ・イヌイット・タピリサット

ミスター・アリー・サアルヴィニック
レゾリュート湾代表、カナダ・イヌイット・タピリサット

ミスター・ジョン・アマゴアリック
組織代表、カナダ・イヌイット・タピリサット

ミズ・マーサ・フラハティ
カナダ・イヌイット・タピリサット

ミスター・ボブ・パイロット
カナダ騎馬警官隊退職者。元北西地方副行政官

第一場

舞台　オタワ市にあるカナダ下院西棟二〇九号室。三月の夕暮れ、午後六時。あたりはすでに暗くなっている。窓や椅子や水差しくらいはあるだろうが、二〇九号室がどんな様子か、私にはまったく分からないので、かえって二〇九号室に対して公平さを保つことができると思う。アボリジニー問題担当常任委員会のメンバーは食事を済ませ、これからじっくり証言を聞こうという態勢だ。今夜は九名のイヌイットが移住について証言することになっている。委員会は全員の証言をすべて聞くことになるが、私たちはそうではない。というのもあなた方がここで読むのは、一冊に綴じられた白い表紙の議事録ではなく、そこから一つか二つ抜粋されたものにすぎないからだ。それらの声は、風の中、片手につかんだライチョウの羽のように柔らかく、すぐに飛ばされてしまいそうだ。

証人たちは全員イヌクティトゥット語で話し、通訳がつく。委員会のメンバーは英語で話す。

エリジャシアルク　私はサムウィリー・エリジャシアルクと言います。グリース・フィヨルドに送られた一人です。グリース・フィヨルドに上陸すると、さっそく警察のためにドラム缶と石炭の積み荷を降ろさせられました。このような労働に対しては金が出ないと言われました。何年もの間いろいろな仕事をして、その労働量は大変なものでした。私がドッグ・チームの使い手だった頃のことは、今でも忘れていません。

警察はそこの人々をこんなふうに扱いました。そこにはとても小さな交易所がありました。私はずいぶん傷つけられました。警察が昔こんなふうに言ったことを、今では私も罪の意識を持たずに語ることができます。「交易したいんだったら、おまえの女房を使わせろ。」彼らはこんなことをしたのです。私はそのことを考えると今でも心が痛みます。間違ったことがあまりにも多すぎます。

たった今記録されたこれらのことはすべて真実で、ウソではありません。

イクァルク　私はアンドリュー・イクァルクです。私もグリース・フィヨルドで暮らしていました。はじめは、ほんの五十キロほど離れたところへ移住するような気がしていました。

サアルヴィニック　私はアリーE９－１８６０です。私はアリー・サアルヴィニックですがいつも番号で呼ばれていました。ここにいる者全員にそういう番号がついています、E９で始まる番号です。イヌクジュアックから一家で移住したとき、私はまだほんの子供でした。ですが上陸したとき、親しみを感じることのできる大きな岩があったこと、それからみんなとても寒がっていたことを覚えています。犬に体を暖めてもらう人もいました。

一つ言っておきたいことがあります。イヌクジュアックから移る準備をさせられているとき、私たちは一ヶ所にまとまって住むことができると教えられていました。ですが着いてすぐくらいに、今度は一族がばらばらにされると言われました。母は若くして死に、二度と親戚に会うことはできませんでした。

アマゴアリック　みんながC・D・ハウ号の甲板に出ていたときのことを覚えています。女たちがみんな泣き始めました。女たちが泣き始めると犬もいっしょに鳴きました。六歳だった私は船の甲板に立っていました。女たちは泣き、犬たちは遠吠えをし、男たちは誰がどこへ行くかを決めるために集まっていました。私たちはゴミのように浜辺に棄てられました。

フラハティ　私の名前はマーサ・フラハティです。私にもE９－１９００という識別番号がありました。私は五歳でした。彼らは子供全員の髪を切りました。切られなかったのは私だけです。ケンカまでして激しく抵抗したからです。髪が残っていたのは私一人でした。男も女も全員髪を切られました。

そこにやっと着くとあまりにも何もなくて荒涼としていたので、まるで月に到着したようでした。食べ物も住むところもありませんでした。母でさえ女だったにもかかわらずライチョウを捕まえようと一人ででかけました。

エリジャシアルク　母たちが一晩中泣いていたことは決して忘れません。母たちの前には自分の親戚に二度と会えないという事実が立ちはだかっていました。人生の目的を失い、やがて彼女たちは気がヘンになりました。母はそういう目にあわされたのです。義理の父はそこで一年ともちませんでした。そこにはカリブーとジャコウウシがたくさんいると信じ込まされていました。二度と親戚に会えないことに気づくと、父の心臓は動くのをやめました。

フラハティ　その頃の私はまだほんの子供でしたが、この目的のためにどの人が使われるかは分かっていました。その人たちには食べ物がありませんでした。セックスのために使われた後でなければ食べ物はもらえませんでした。あとでゴミのことも話します。警察のゴミを拾って私たちは生き延びました。

エリジャシアルク　小麦粉がありませんでした。お茶もありませんでした。キツネを捕まえなければそれらを手に入れることはできません。交易所はとても小さくて政府の代表者はこう言いました。「まず私がおまえを性的に所有しなければ、おまえは物を買うことができない。」私はこれに吐き気をもよおします。今言いたいのはこれだけです。

アマゴアリック　ゴミ捨て場にはずいぶん通いました。食べ物や服の大部分をそこで拾い、そこで夜露をしのぎました。——白人たちのゴミ捨て場で、です。

五年も入院していた私の弟に、父がほんの少しだけ現金を送っていたことも覚えています。カナダ騎馬警官隊が、送りたい手紙はないかと家にやってきました。父は言いました。「はい、手紙があります、これです。」すると騎馬警官隊が「現金は入っているか？」と聞きます。もちろん父は答えました。「はい、二ドル入れました。」騎馬警官隊は封筒の表に「二ドル」と書きます。ゴミ捨て場にはその手紙も棄ててありました——開封されて現金は抜かれていました。

レゾリュートに軍の飛行機が到着するときはとても興奮しました。飛行機に乗ってやってくる人たちには箱詰めのランチが出されることを知っていたからです。箱に入ったままの半分残ったサンドウィッチが欲しくて、真冬でも八キロ離れたゴミ捨て場へ走って行きました。

スケリー　下院議員になって十一年になるが、これほどまでに深刻な話は聞いたことがない。あなた方が話してくれたことを私の理解のもとにまとめると、要するにあなた方は強制的な抑留と奴隷労働を強いられたことになります。肉体的、性的な虐待の話が出ました。詐称やあからさまなウソの話も出ました。この委員会の面前に、深刻で犯罪的な違反、しかも国の警察官による違反に対する由々しき告発が突きつけられたのです。あなた方の共同体のメンバーの死、しかも犯罪的な過失によるものとしか解釈しようがない死についても言及されました。

下院議員の一人として、あなた方がこの委員会で証言してくれた事柄には驚くばかりです。ですが政府はあらゆる手段を使ってその責任を逃れ、曖昧にしようとするでしょう。それは、この十一年の間、いやそれ以前からの私の見聞からも明らかです。

この委員会で、あなた方に正義がもたらされることはないと思います。

第二場

舞台 中央棟にある一一二‐N号室が今回の舞台である。六月の晩、前回より少し遅い時刻。というのも委員会は七時半にやっと始まり、まずは「先住民障害者のためのナショナル・ネットワーク」からの証言が行なわれ、それから一同集まってコーヒーを飲み、トイレに行き、都会の明かりと夏の暗闇を眺めた。水に写った空のように暗い暗闇を――

司会者 ご静粛に。グリース・フィヨルドの問題に続いて次の議題に入りたいと思います。今夜の集まりにはミスター・ボブ・パイロットをお呼びしました。

パイロット（証言は英語で行なわれる） まずは司会者と当委員会のメンバーにお礼を申し上げます。みなさんにとっても、また私自身にとりましても、今日は長い一日でした。私の話はなるべく簡潔にしますが、同時になるべくたくさんの情報を委員会のみなさんに提示したいと思います。

イヌイットの男たちは全員、分遣所の新しい建物で働くために雇い入れられました。十月初旬にはその建物はすべて閉鎖され、私たちはまたしてもイヌイット恒例のセイウチ狩りを手伝いました。

確かに、交易所の商品が足りなくなることもありました。商品とは砂糖、紅茶、小麦粉などの基本的な食料品のことです。船が着く前はとくにそうでした。そんなときは騎馬警官隊が品物を店に回しました。船が到着したらその分を返すことになっていたのです。

個人的にはクレイグ・ハーバーとグリース・フィヨルドで過ごした数年間は、楽しい思い出しかありません。

イヌイットがポート・ハリスンに戻りたいと思えば政府はいつでも戻してくれる——イヌイットがそう約束されていたことについては、私も疑っていませんでした。バフィン島で地域管理を任されたときも、それから後に副行政官になってからも、私はこの約束を政府に認めさせようとしました。ですが、政府の答えはいつも同じ、そんな約束はしていない、というものでした。

結論を申し上げましょう。騎馬警官隊による性的虐待、あるいは食料を餌にしたセックスの強要に対する陳述が行われていることは、私も新聞報道を通して知っています。ですが、これはぜひ記録にとどめていただきたいのですが、私がクレイグ・ハーバーやグリース・フィヨルドに勤務していた期間中には、そんなことがあったなんて聞いたこともありません。私はマーサ・フラハティをとてもよく知っています。彼女が子供の頃には膝に乗せて遊ばせてやったものです。彼女の家族もグリース・フィヨルドに住んでいました。一九五六年に私たちはグリース・フィヨルドに移り住みました。そこの人たちのこともよく知っていますが、それだけに今回の陳述にはショックを受けています。そのことが新聞に出てからというもの、私のところにはいろいろな学者たちから電話がかかってきます。グリース・フィヨルドの研究がしたいとか、私の性的な嗜好を知りたいと言って。そのこともあって、私は今回、公に意見を述べることにしたのです。

ノルト　つまりあなたがおっしゃっているのは、基本的にすべては順調でうまくいっており、人々も食事をきちんと取ることができて幸せだった、ということですね。それならばなぜこの人たちは私たちの前へ進み出て、生活は辛く、厳しく、人間としてほとんどギリギリのところで生き延びていたと主張するのでしょう？　この種の陳述に対して、私は何らかの情報がほしいわけです。私たちの誰もがこれにはショックを受けましたからね。

パイロット　私にも大変なショックでした。繰り返しますが、なぜそうした陳述が行われるのか見当もつきませんし、あるいは私が赴任する前に起こった出来事で、私の耳に入らなかったのかもしれません。もちろん私があの土地を離れてから起こったとも考えられるでしょう。ただ私が言いたいのは、少なくとも私がいた間はそんなことはなかった、ということです。

先ほどの質問にお答えしますと、いいえ、私は人々が腹をすかせているところは見たことがありません。さっきも言いましたように野生の動物はたくさんいましたし、彼らは腕のいいハンターでした。

スケリー　イヌイットの一人が行なった陳述にこんな内容のものがあります。彼らがイヌクジュアックから移住させられたとき、コミュニティの仲間の一人が結核にかかって、ついにはそれが移住者全員にうつった、と。原因は薬もなく、治療も行われなかったからです。実際にそうだったのか、あるいはそんな話を聞いたことはありますか？

パイロット　私がクレイグ・ハーバーとグリース・フィヨルドにいた間に結核にかかったのは一人だけでした。名前はラリイと言いまして、彼は医師の手によって隔離され、船でモントリオールへ運ばれました。

スケリー　これはマルクサイ・パッツアックからの証言です。読み上げたいと思います。

［彼は証言を読み上げるが、内容についてはあなた方ももう想像できるでしょう。］

パイロット　それはレゾリュートの話ですね。あそこの状況はまた別ですから……。

スケリー　そうでしょうな。

パイロット　私はイヌイットの病人の面倒を見るために何度もリンドストロム半島へ行き、そのたびにイヌイットの家族といっしょに彼らの小屋に寝泊まりしましたが、なかなか快適でした。もちろん正確に言えばそれは原始的な小屋でした。時間のページを後戻りしたようなもので、その観点からも考えてみる必要はあると思いますよ。

スケリー　証言者の陳述に照らして生じる認識の違いには興味深いものがありますね。証言者たちは、ここへ来た晩は文字通り泣いて訴えました。一方あなたは彼らが飢えていたり、困難な状況下にあったとは思えないし、虐待についても知らないとおっしゃる。だがそれが果たしてどの程度の虐待や困難だったのか、単に多くの場合双方のコミュニケーション不足で、あなたがそれを知らなかった、ということはありませんか。

パイロット　グリース・フィヨルドではそんなことはめったに起こりませんでしたし、それは間違いありません。すでに申し上げましたように、彼らは取引をするため、分遣所へよくやってきました。グリース・フィヨルドの騎馬警官隊分遣所でのイヌイットたちの踊り、スクエアダンスのようなものですがね、彼らが踊っているところを映したとても楽しい映画もありますよ。私の思い出はどれも楽しいものばかりです。

✡ ✡ ✡

第三場は必要ないと思うが、どうだろう？　委員会は結論として、グリース・フィヨルドとレゾリュートの人々に対して政府が犯した過ちについて、政府は丁重に謝罪をし、経済的な補償をも考慮すべきである、と提言した。その提言は却下された。

ライフル銃のさらなる歴史　1741-1991

ニューファンドランドが、クマ狩りをするハンターにとって格別の体験をもたらす場所であることは、すでに知られているとおりである。……というのもこの地でのクマ狩りの歴史は浅く、またここのクマは遺伝的に体が大きくなる傾向が強いので、大物が仕留めやすい……アメリカクロクマが肉食であることが確認されて以来、この地のクマのステータスは上がっており、クマ狩りが組織的に推奨される現在にあっては、ますますこのスポーツが人気を得ることは確実だ……今こそニューファンドランドでアメリカクロクマを仕留めよう！　今なら認可は取り放題、シーズンも長く、本当に大きなクマが仕留められるはずだ。

ニューファンドランドおよびラブラドール行政区発行『ニューファンドランドとラブラドール――狩りと釣りがあなたを待っている』（一九八六年）

最後にライフル銃について何が言えるか？　これほど多くの問題をすべてライフル銃のせいにしてしまうのはあまりにも怠惰な独断ではないだろうか？　結局のところ、ライフル銃はイヌイットの移住とは関係ない。獲物が減り、人々が飢餓に苛まれたのは銃のせいである、という証拠はない。リーパーにしてもライフル銃で自殺をしたのは偶然で、他の方法でもよかったわけだ。覚えたばかりの言葉で愛してると初めて言ったときには、自分の母語で初めて愛してると言ったときと同じくらい効果的であるように感じるものだ。それと同様に、初めのうちはライフル銃の仮説もこれ以上有用なものはない気がするが、学ぶべき言語はいくらでもある……たとえばクジラのせいにしてみてもいい。クジラがいなければ誰かを困らせにわざわざやってくる者もいなかっただろう。説明ならいくらでもある、理屈に合うもの、合わないもの、お好み次第だ。片っ端から急襲せよ、ちょうどリーパーの兄が崖にのぼって一五〇個のウミガラスの卵を捕ってきたのと同じように。答えはコショウのような後味を残す薄緑色の地衣と同じで、決まって健康的なものだと思われている。答えは未知と既知を区分けし、航路の地図上の空白を記す。私たちが墓場の双子に侵入され、混乱させられないように守ってくれる。信じるためには識別しなければ。行動する前に信じなければ。そして私たちが信じるものときたら！　私たちは頭の中で夏と冬の違いを信じる。それならば、東から西へ伸びる偉大なる地平線に太陽が真夜中でも半分沈んだままになり始めている北極の島のいくつかは、なぜここでこうしてスポンジのように光を吸い込み、その一方でフランクリンが死亡した場所に近い島などは、永遠に霧に閉ざされ、崖に閉じこめられ、奪われたままなのか？……それを説明するとき、あなたの思考の影が縦縞模様を作り、それが白い平原の上で動いて一つまた一つ重なり合っていくのだと、あなたは信じている。実際平原の氷は溶けかかっており、その欠片が雪に被われ、縞模様の影は幅広の低い波で、まるでのたうつ脂肪を思わせ、それが見た目の固さをむしばんで、やがて固さは消えていく――もちろん優雅に、でも人の心を乱すように。縦縞の影が這うようにして近づき、平原の氷の塊をことごとくゆさぶる様子を眺めるのはとても不安なものだ。縦縞模様の影は、時には深い紫に近い青色だったり、またある時には流れる金色だったりする開水面や、灰色の曖昧さの中から、次々に湧き出るようにも見える。何が良くて何が悪いのか？　秘密だらけの世界を夢見ることでこの質問に答える者もいれば、決して答えない者もいる。晴れると同時に雪が降る日、みぞれが突風に合わせて吹きつけ、パラパラと降り、白い岬は灰色の雲を翼のように生やし、その間にも太陽が船から遠く離れた水路を金色に、あるいは深い青紫に、あるいは青緑色に染め、風は気むずかしい顔をして、氷山が鼻からつららを垂らしながら歌を歌い――こんなふうにほんとうに完璧な一日を生きる者もいる。雪のクッションは深すぎない程度に柔らかく、ベタつかず、さらさらで、風の流れに沿って一日が青い影の航跡となってなびき、じっとしていると一日がまるで砂のように足首を埋めてゆく。だが空は何も包み隠さず開放的だ。その下でリーパーは雪に被われた氷の岩棚を歩き、アザラシが海面から頭を出したり潜ったりして遊んでいるのを眺めた。風のせいで右の頬は何も感じなくなり、彼女は笑いながらその頬を叩いた。

ストレート・ショット　1741-1991

文明化された人間が、いまだ誰も足を踏み入れたことのない北の土地や海へ出かける術を、私に与えたまえ。そうすれば私は栄光に包まれるだろう。

チャールズ・フランシス・ホール、日記の書き出しから（一八六四年）

秋、八月の北極ではすさまじいほど金色の太陽が真夜中の空に軌跡をえがくが、その下には隙間なく金と銀の雲が広がり、雲の下の空は鉄のような灰色、一方海は鋼鉄のような灰色で、白く醜い氷山が唸り、歯を鳴らすような音をたて、コーンウォリス島は湿っぽく低く、薄汚れたもやに包まれた藻で緑色に見える。それと同じように、上の生活と下の生活は違う。そして運命もまた銃身の前にあるのと、撃鉄の後ろにあるのとでは違う。撃鉄は撃針にずどんと当たり、撃針は薬包を貫き、摩擦によって導火線が点火され、導火線は火薬を点火させて、火薬が爆発して薬莢から弾丸をはじき出し、弾丸は銃身を走り抜けて太陽の光を浴びた空気の中に出て、まるで雲か何かを貫くようにいとも容易にカリブーの肩を貫く……だが見知らぬあなた方に私は言おう——リーパーに、ではなくあなた方に。音がとどろくディスコのフロアで、泥だらけのカーミクを履いて笑いながら私と踊り、私と飛び跳ね、一杯、また一杯とこっそりビールを飲んで顔を真っ赤にして叫び始め、カリブーを愛し、赤ん坊には満足に食事を与えることもできなかったリーパーに、ではなく——私は他者であるあなた方に言おう。銃床を肩に当ててそこに跪きながら、カリブーのために祈りたまえ。あなたのその一撃が真実ではありませんように、と。

アメリカ北極圏の至るところに、こうした伝統的なカリブー狩りの痕跡が散見される。地面に突き立てたような石の長い列や積み上げられた石の山など。

ナショナル・ジオグラフィック協会（一九七四年）

に感謝を。ミズ・ハンナ・パニアパクーチョ、ミズ・ジョリーヌ・ライトストーン、そしてクルー全員にもお礼を言いたい。

オタワでは、雑誌『イヌクティトゥット』の編集者ミスター・デイヴィッド・ウェブスターが、この本の初版テキスト注でカナダ北極海諸島の地図を複写する許可を与えてくれた。ミスター・ウェブスターはまた、イヌクティトゥット＝英語辞典と有用な連絡先リストも送ってくれた。彼にも感謝。カナダ芸術評議会のミズ・ミーガン・ウィリアムズには1991年に北極圏へ向かうフライトなどのスケジュールを教えてもらい、おかげで旅の計画を立てることができた。北極大陸棚の連中には礼を言わずにおく。ウェザーヘイヴンのミスター・ブライアン・ハンナには感謝。

合衆国

雑誌『エスクァイア』は1991年春にイージクセンへ行く資金として依頼した一万二千ドルのうち、五千ドルを提供してくれた。これを実現させてくれたミスター・ウィル・ブリスには特に感謝したい。その後も彼にはいろいろなことで親切にしてもらっている。私の友人であり、恩師でもあるジョン・Ｅ・モービー博士はバークレーにある州立カリフォルニア大学古生物学博物館のハワード・ハッチンソン博士を紹介してくれた。ハッチンソン博士はエレズミーア島へでかける私にいくつもの有益な提案をしてくれた。極限的な状況下でのＭＳＲストーブの使い方についてアドバイスしてくれたのは山岳安全研究所のミスター・ジム・ファイフである。私のイージクセン行きの計画について、私の両親は長い手紙を書いてよこした。その最後の言葉は「おまえは絶対に凍死するに違いない」というものだった。それでも私が愚行をあきらめないと知ると、彼らはバックアップ用のストーブ、スノーシューズなどいろいろと買ってくれた。そのどれも、持参して良かったと思うものばかりであった。ミズ・ヘレン・エプスタイン、ミスター・セス・ピルスク、ミスター・ポール・フォスター、そしてミスター・マイケル・ジェイコブソンはそれぞれに原稿を読み、コメントを寄せてくれた。ヴァイキング社のミスター・ポール・スロヴァックは忍耐と友情をもって私を励まし、支えてくれた。

イギリス

いつに変わらず、友人のエスター・ウィットビーとハワード・デイヴィーズには原稿の段階からお世話になり、感謝している。このままいっしょに仕事をする状況が続くことを願っている。

マ情報についてはイヌヴィックのシロクマ観察官とイエローナイフのパークス・カナダのミスター・ボブ・ギャンブルにも感謝している。)

ウィニペッグ在住、大気環境局(カナダ環境庁)のミスター・デニス・ストッセルには、レゾリュートから大気環境局が管理する観測所のあるエレズミーア島ユリーカへ行くのに手を貸してもらったし、エレフ・リングナース島のイージクセンにある無人観測所を訪れるときにもいろいろ算段してもらった。彼の助言や励ましは仕事に対する単なる義務感を超えたものだった。私が質問をするとデニスは必ずそれに答えてくれるか、そうでなければ答えられる人物に紹介してくれた。自動観測所の監督者であるマーヴ・ラッシはイージクセンに建てた彼の小屋の鍵を渡してくれ、観測所のレイアウトと、さらにはプロパン・ヒーターの使い方を教えてくれた。それによって文字通り私は命拾いをした。最初の状態よりもひどいかたちにしたまま観測所を去らなければならなかったことは申し訳なく思っている。飛行機のフライトをチャーターしてくれたレゾリュートの大気環境局の面々にも感謝。イヴァンはとくに親切にしてくれた。

ユリーカでは便利屋のジョン・パテンがゴミ捨て場までの泥水をはね上げながらのドライブで、正式おかかえ運転手を務めてくれた。そのゴミ捨て場では北極オオカミと一羽のとても欲張りなカモメを見ることができた。ジョンはまた、こちらの気持ちを察したように、一番欲しいと思っていたときにビールをご馳走してくれた。気象観測球のオペレーターであるミズ・ケリー・ジェーン・フィヌフはスカル・ポイントで添乗ドライブ・サービスを行なっている。自分がいったい何を一番楽しんだのか、景色か、それともケリーの暖かい人柄か、あるいは凍りついたブーツをほんのしばらくでも解凍できたことか、よく分からない。担当職員のミスター・ウェイン・エモンドは、友人のベンと私が気象観測所の近くでキャンプすることだけではなく、観測所内で水筒に水を汲むことも許してくれた。川が凍ってしまったときなど、これは特にありがたかった。最後の晩には観測所内で夕飯をご馳走してくれた。夕飯と言えばコックのミスター・ロバート・ブーガルドの名をあげないわけにはいかない。ソートゥース・レンジから帰ってきたときにも彼は夕飯を作ってくれた。食事は温かく、脂ののった肉はみずみずしかった。ロバートに幸多からんことを。そしてなによりもこの旅で一番の感謝を捧げたいのが先ほど名前をあげたベン、つまりはサンフランシスコのミスター・ベン・パックスだ。常識をひとまず脇へ置き、三十四日ものあいだ風、霧、雪、孤独、そして凍り付いた靴の日々を私といっしょに耐えてくれた。彼は実に良き仲間であり、パートナーであり、友人である。

ポンド・インレットではグレンとエリサビ・ジョンソン夫妻、ジョン・ヘンダーソンとその妻ミセス・カルメン・カヤック、すばらしい三十歳の誕生パーティを開いてくれたミズ・オエギー・リチャードソン、ミスター・ジョーニー・マックター、エレンとパッククク、ミズミリー・トンガク、ミスター・レイ・スタバートとその家族、そして初めての訪問に同行してくれたミスター・セス・ピルスク

謝辞

カナダ

このシリーズの他の夢同様、本書もまたフィクションと歴史ドキュメンタリーの溝をまたぐものである。慎み深く悪気もない魂の持ち主である気の毒なフランクリンの亡霊に、私は多くを負うている。彼についてはずいぶん自由に解釈させてもらった。それ以上に多くを負うているのが、私が実際に会った人々だ。コーンウォリス島のレゾリュート湾に住むレヴィ・ヌンガクは、イヌクジュアックから移住させられた記憶を私と分かち合ってくれた。そのことに感謝する。ミズ・エリザベス・アラカリアラックは1988年のインタヴューや、さらには1991年に制作されたＢＢＣの番組のためのインタヴューでも、難しい状況のもとで通訳を引き受けてくれた。ミスター・デイヴィッド・ロバーツは帰国の飛行機が四日も遅れて困っている私のために、食料が少ない時期であるにもかかわらず素晴らしい宿を斡旋してくれた。移住に関する常任委員会聴聞会の文書をはじめて私に見せてくれたのもデイヴィッドである。1991年のレゾリュート滞在ではデイヴィッドとエリザベスがそれぞれの家に私を泊めてくれたし、イージクセンへ向かう私にいろいろなものを貸してくれた。それらが現地でとても役に立ったことは言うまでもない。彼らは私に食事をご馳走し、車であちこち案内して、いろいろな人々に紹介してくれた。二人には心から感謝している。彼らは私にはもったいないくらい良き友人である。ミズ・ミニー・アラカリアラックのおかげで私は初めてイヌイット・スタイルの食べ物を試してみることになった（原っぱで私は彼女の斧を使って一日中冷凍肉をうち砕いていた）。彼女は私がそれまでに食べたこともないほどおいしいバノックを作ってくれた。私は彼女の家にこれまで二回泊まったが、彼女からはずいぶんいろいろなことを学んだように思う。レゾリュートの沿岸警備隊に所属するラジオ・オペレーター、ミスター・クロード・パケットとミズ・ジャキンス・サンローランは1988年の滞在中、いつも私を歓待し、私のメッセージを送信してくれた。風が吹きすさぶ中、彼らを訪問しては三十分ばかり他愛のないお喋りに興じて帰る。それは楽しいことであった。漁業省のミスター・バスター・ウェルシュには北極イワナの鉛汚染の状況について教わった。カナダ騎馬警官隊の伍長ジム・オニールからはシロクマ対策の情報をもらった（シロク

鶏肉で作った）

パスタ（一袋）

チーズ（約900グラム——ただし昼食のスープに入れた分も含む） 他の食べ物は良かったが、これだけは失敗だった。というのもテキストにも書いたとおり、凍ってしまったから。

その他

チョコレート・バー　一日一個

タングとインスタント・ココア

旅行自体は十日の予定だったが、悪天候のために帰還が遅れたり、あるいは単にエネルギー代謝の上で必要となる場合に備えて、念のために二十日分を持参した。

医療用備品

イブプロフェイン（筋肉痛や凍傷の手当にも応用可） 未使用。

エース社のゴム入り包帯　未使用。

バンドエイド　未使用。

顔や手先、足先などに塗るためのヴァセリン　優秀。

ＶＢＬソックスを長時間履くので、デセネックス社の水虫軟膏　カチカチに凍結。

観察用の装備

ピート社製ポケット・バロメーター　優秀。

アートコ・ペンターヌ温度計（最低マイナス100度、最高50度） 優秀。ただし壊れるまでは。

「ウィンド・ウィザード」風速インジケーター　適切。

ブルントン社製コンパス（針がふざけたように動き回るのを見るのが主たる目的） 適切。

地形図　適切。

脆弱なる探究のために

ノート

フランクリンの『北極海の岸辺への旅の物語』

摂氏マイナス30度でもスケッチに使える紙と鉛筆　優秀。

予備用のＭＳＲ ＸＧＫのストーブ　適切。このストーブは古く、「心臓部からのつぶやき」が聞こえた。

ＭＳＲ ＸＰＤ調理用具、ヒート・エクスチェンジャーつき　優秀。

ストーブの底部を絶縁するための小さな四角いフォームパッド　屋内では不要。

計量カップ

スプーン

缶入り燃料、風のなかでも点火するマッチなど　ハリケーン社製マッチはめったに点火しなかった。夏の旅の三倍の量のマッチを携帯するべきだった。

ニッサン社製ステンレス１リットル用魔法瓶　沸騰した湯を入れれば零下30度でも13から14時間は凍らない。キャップを開くのにハンマーで軽く叩く必要あり。冷たいメタルへの熱伝導で、魔法瓶を扱うのは非常に不快だった。アザラシ革にくるんでおくべきだった。

柄がファイバーグラスのハンマー　適切。

雪のブロックを切り出すためのノコギリ　航空会社に没収されてしまったので使う機会なし。

アークティックＡディーゼル用プラスチック製吸い上げ管　即座に壊れた。

「ライフ・リンク」２ピース・レキサン・シャベル　適切。

軽量ロープとパラシュート・コード

ダクトテープ

ナイフ

余分な小袋（ポリエチレン、摂氏零下60度までＯＫ）　適切。

食料

朝食用

ドライ・フルーツ入り自家製ミューズリー、一日一カップのチョコレートと四分の一カップの粉ミルク

昼食用

自家製フルーツ・ナッツ入りペミカン（一袋あるいは約10カップ）

自家製ビーフ・ジャーキー（一袋）

濃度を出すために大豆粉とオイルを加え、ソーセージとチーズを入れたさまざまな即席スープ

夕食用

インスタント・マッシュドポテト

スパイスを加え、自分で乾燥させた野菜

自家製の肉とタマネギのソースを乾燥させたもの（約２キロの挽肉と同量の

ソレル「ドミネーター」ゴム製ブーツ、中底はネオプレン　一週間は優秀な状態を保つ。フェルトの裏打ちは使うたびに取り替えるよう書いてあるが、きつく張ってあるので感覚のない指ではなかなか簡単に取り替えられない。ＶＢＬソックスのおかげでこの作業に煩わされずにすんだ。だが一週間もたつと裏打ちが蒸気を含んで革に凍りついてしまい、約800メートル歩いてやっと溶け始めたが、それでも履くのは不快。ブーツの上の方の革は柔らかく、皺が寄ってソックスがずり落ちてくる。そこでもう少ししっかりさせるため、旅に出る前に長細い革を内側に縫いつけた。これがとても良かった。

重い荷物を担いでいない時の私の体重に合わせたシェルパ「スノウ・クロー」スノウ・シューズ、靴底は「レクリエーション用」の短い刃の縁取りつき　雪があまりにも固くて使えず。

道具

ステファンソン社製、超厚手「ＳＳＳＳ」トップと全面フォームパッドつきウォームライト「トリプル」寝袋　製造者の主張にもかかわらず、この寝袋は零下四十度では役に立たない。人体をあたためるにはダウンが足りないし、全面フォームパッドはそれなりに機能するが、かなりかさばる。細かいジッパーは上げ下げするのがきわめて困難。冬の北極にこの寝袋は推薦できない。

特に寒いときのため、ダウンのパーカーとパンツのままでも使用できるよう、若干大きめに作ってある、寝袋にも使えるテント用外袋　良好。

キャンバス布（必要なときは寝袋を包むため）　適切。

上記の荷物を詰め込むためのシュイナード社製特大スタフ・サック　ナイロンだったのでとてももろく、結局破れたが、旅の最後まではなんとかもった。高い金を払って買うほどの価値なし。

ノースフェイス社製「ユキヒョウＨＣ」バックパック（9000キュービック・インチのものまで詰め込み可）　製造者の保証にもかかわらず、プラスチック製のヒップ・ベルトのバックルがすぐに壊れた。

手製の杖、スキーストックのリングと打ち込みネジつき　優秀。

口径.12モスバーグ500ポンプ式ショットガンと旋条散弾50発分　優秀。コンパクトにするために木製の銃床をはずして携帯した。グリースを除いてシンコ社製テフロン・スーパー潤滑油をスプレーしたら、旅の最終日まで機構のアクションは実に滑らかだった。

ＭＳＲ　ＸＧＫ　IIのストーブ　最初の晩にプラスチックのポンプが壊れたが、あとは優秀。

にはいらいらさせられた。じっとしているときの熱伝導の遮断も不適切。ジッパーの上げ下ろしは気が狂いそうになった。背骨付近からの汗を乾燥させるのが非常に困難。それでも重ね着としては相応に温かかった。もっと重ね着用の服を持っていけばよかったのだが、そうしなかったのは自分が悪い。

ワイルド・シングズ社製カスタムＶＢＬスーツ　上述のとおり。

パタゴニア社製探検用カピリーヌ上着　優秀。ジャンプスーツの下でせり上がってくることがあってイライラしたが、それはジャンプスーツのせい。インナー用のカピリーヌ・ジャンプスーツを着用すればよかったのかもしれない。

パタゴニア社製探検用カピリーヌ・ズボン　優秀。

ステガー・デザインズ社製革製探検用手袋、毛皮の縁取りつき　一週間は快適だった。シュイナード社製のものよりずっと厚手だし温かい。知り合いのイヌイットはアザラシ革か、最高のあたたかさを求めるならカリブー革の手袋がいいと言って、これにはさほど感心もしなかった。ステガー自身も北極ではこの手袋ではなく、ビーバーの毛皮の手袋を愛用していたと言う。ステガーと話したことはないので、それが事実かどうかは不明。

シュイナード社製ナイロン・シェル探検用手袋、ポーラープラス・ライナーつき　良好。ステガー手袋の内側が凍りつくようになってからはこの手袋が手放せなかった。ただしあくまでもバックアップ用。

ゴアテックス・スキー用手袋　もっと温かくてもいい。感覚のない指でこの手袋をはめるのは困難。

軽量カピリーヌ手袋　優秀。

軽量ポリプロピレン手袋　優秀。

ステファンソン・ウォームライト・ＶＢＬ手袋（二組）　体を動かしているうちは優秀。静止しているとむしろ危険。寝袋の中で、この上にカピリーヌまたはポリプロピレン手袋だけをはめていると、このＶＢＬ手袋の中の湿気が凍りついて辛かった。

ステファンソン・ウォームライト・ＶＢＬソックス（二組）　優秀。

ホロフィル社製ソックス　優秀。

ウールのソックス　優秀。

サーモロフトで裏打ちされたソックス　優秀。

ステガー・デザインズ社製「北極ブルース」ゴム製「シューパック」タイプの長靴、中底はウールでスペアの内張つき　私には不要。低温では縮んでしまって足を入れることすらできなかった。だが寝袋がもう少し温かければその中で長靴を温めて履くこともできたかもしれない。したがって有用かどうかの判断はできない。

イージクセンへの旅の 装備一覧

イージクセンへの旅はきらびやかな達成からはほど遠く、それは一つには私の装備が悪かったことに原因がある。他の人々には手間暇かけて不要なことを繰り返してほしくないし、私はそれらの装備を売り出している会社から資金援助を受けているわけでもないので、製品名を書き出して良い点や悪い点を指摘する贅沢が許されている。かくして多少の支援を必要としたもののとりあえず単独で1991年3月、廃墟となった気象観測所へ行ったときに持参したものをここに記す。それが何の役に立つか分からないままに。気象観測所に入れば風がしのげることは分かっていたので、テントやその他の付属品は持って行く必要がなかった。私の予想最低気温は摂氏マイナス40から45度であった。

服装

マーモット社製「8,000メートル」バッフル・ダウン・パーカー　一週間ほどは快適だったが、蒸気を吸収したとたんに凍りついた。

フェザード・フレンズ社製「零下40度」バッフル・ダウン・パンツ　同上。

「ダヴコ・ドライウォール」(オクラホマ州タルサ市)の赤い野球帽　必要だったわけではないが気に入っていたので。

パタゴニア社製カピリーヌ・バラクラーヴァ　優秀。

パタゴニア社製カピリーヌ・フェイスマスク(口と鼻のまわりは毛皮つき)　口と鼻のまわりの毛皮は凍ると手におえない(私のはコヨーテだったがオオカミの毛のものを試すべきだった)。それ以外は優秀。もう一枚ほしかった。

エディ・バウアー社製ダウン・フェイスマスク　風よけにはいいがあっという間に凍りついて死の鉄仮面と化した。

ワイルド・シングズ社製特注サーマックス/サーモロフトで縁取りしたクライミング・スーツ、毛皮の縁取りフードつき　上述のとおり毛皮

はないかと役人たちが考え、それを試そうとした、という推論もあり得るでしょう。

その頃の北極圏域担当の騎馬警官隊隊長——彼はちょっとしたロマンチストで1942年に北西航路をたどってセント・ロクスを航海したのですが、イヌイット文化も自分が航海した当時のままに保存したいと考えていました——も計画を練り上げた一人でした。彼らは北極圏でも緯度の高い地域へイヌイットを移住させ、その共同体を支えるのに適切な量の獲物が生息する場所で彼らが「やっていける」かどうかを見きわめようとしたわけです。獲物がいるだろうと推測できたのは、グリーンランド・イヌイットがエレズミーア島へ狩猟にやってきていたからでした（ここに統治問題が発生する根拠を見ることもできるでしょう……）

言いかえれば、移住はカナダの統治権を強化するために、生きた人間を利用しようという意図的かつ悪魔的な計画ではなかったということ……それでも政府の文書で使われている言葉にはぞっとさせられます。役人たちは「人体実験」について語っているのですから……

私は彼らがさらなる移住を計画していたことを確信しています——というより実際にそれは記録で証明されているのです……ファーレイ・モワットが1951年に『鹿を追う人々』を出版したのは、官僚たちのあいだにプレッシャーや恐怖が広がりつつあったことと関係していると思います。彼の本は——その大部分が残念ながら作り話ですが——この国で飢えによって死ぬイヌイットがこれ以上一人も出ないようにすることをめざしており、それは政府に対する大きな圧力となりました。お分かりのように、国際舞台で何らかの役割を担おうとしている近代西洋国家であるカナダにとって、こうした話はけっして歓迎されるものではありません。

役人たちはおそらく過剰反応したのでしょう。北極圏ケベック州での状態は——たしかに劣悪でしたが——役人たちが考えるほど劣悪ではなかったと思います……

レゾリュート湾とグリース・フィヨルドでの人々の生活条件は相当ひどいものだったでしょうし、この企て全体の計画はずさんで、実行もずさん、人々が苦しんだことは疑い得ないことです。送られたはずの物資は行方不明になり、テントや生活用具は用をなさず、ライフル銃のための適切な弾すら不足する有様でした。性的虐待があったことを疑う理由はありませんが、そうした告発が証明されることはまずないでしょう。

ウィリアム・T・ヴォルマン

この手紙について丁寧な返事がベネット（彼女は以前にも私の手助けをしてくれた）から届き、私の手紙はカナダ・イヌイット・タピリサットのジャック・ヒックス氏へ回覧されたとの旨が記されていた。オタワ州にいるヒックスを訪ねると、公式な返答はできないと言われた。カナダ・イヌイット・タピリサットが行なっていることを私は支持するし、彼らと論争するつもりはない。移住に関する結論としては、組織よりも個人の方がずっと良い情報源であるということであり、これはどんなことについても当てはまるだろう。

4
ブリティッシュ・コロンビア大学、フランク・J・テスター教授

ブリティッシュ・コロンビア大学
社会福祉学部

［テスターよりヴォルマンへ。抜粋］　1991年8月27日

自らの北極海諸島の統治をより強固なものにするために、カナダ政府がイヌイットを移住させたという主張について、最近はかなりの論争が巻き起こっています。そうした目的のために利用された人々がいた、という主張はかなり劇的に訴えるものがありますし、弁護士ならぜひとも追求したい事例に違いありません。ニュルンベルク裁判などのように大規模な人権裁判に発展する可能性は大いにあるわけですし、第二次世界大戦中に西海岸に住んでいた日系カナダ人が強制移住させられた件をも鑑み、カナダ政府から補償金が得られるかもしれません。本件について人々が過熱気味になる理由もそこにあります。私は弁護士ではありませんし、ほとんどの弁護士を軽蔑しています――もちろん一見人道主義的な事件をお膳立てすることによって利益を得ようとする一部の弁護士をも含めて……

そう、イヌイットの移住と統治権の問題をからめて考えることは決して的外れではないでしょう。ですがそれだけが理由だったわけではないし、それが一番の目的だったわけでもないと思います。あの当時、少なくとも移住というアイディアを思いついた下級公務員のあいだでは、統治は現代の人々ほど「大事なこと」ではなかったようです。ではいったい何が起こったのか。私が思うに、政府は福祉のための支出について少々あせり始めており、ケベック州北極圏でも将来を見越した貧民救済や福祉関連の問題が生じつつあったのではないでしょうか。ケベック州での状況が当時の他の地域に比べてより困窮していたかどうか私には分かりません。でもイヌイットが生計や福祉を全面的に国に頼るようになっている問題を、移住によって解決できるので

イフルズ』という本を書き上げたばかりです。北極圏が荒廃しつつあるこの難しい時期に、カナダ・イヌイットに対する認識と敬意を高めることが私の大きな目的の一つでした。この本はアメリカ合衆国、イギリス、そして（私の希望としては）カナダでもそれなりに広範に書店に並ぶものと思われます。したがって本書で主張されている事柄を実証することがどうしても必要となります。

私は本の最後の方で『カナダ下院公開記録第22号、1990年3月19日月曜日、アボリジニー問題担当常任委員会における経過と証言、個別的には以下の事柄について。議事規則第108条2項に基づく命令に従い、アボリジニーに関連する現在の諸問題についての最新の情報を得るのを目的とする。第三十四回カナダ議会1989-90年、第二会期』（オタワ市、クイーンズ・プリンター・フォー・カナダ発行）、pp.8, 10-12, 14-15, 19, 22-23から相当量の引用を行なっています。この文書についてはすでにご存知のことと思います。その中からカナダ・イヌイット・タピリサットの証言者であるサムウィリー・エリジャシアルク氏、アンドリュー・イクァルク氏、アリー・サアルヴィニック氏、ジョン・アマゴアリック氏、そしてマーサ・フラハティ氏らの証言を私の本に引用させていただきました。この方々は強制売春、強制労働、郵便物に入れたはずの現金の盗難などについて証言を行なっています。

ポンド・インレットやレゾリュートの人々と話しているうちに、こうした証言が決して虚偽ではなく、おそらくは本当であろうと分かり、安心しました。騎馬警官隊の歴史課にも手紙を出しましたが、主張の一点一点を論駁する努力は払ってもらえませんでした。

ところで一つ腑に落ちないことがあります。マキヴィック報告書（常任委員会議事録付属書類4）には、カナダ・イヌイット・タピリサットの証言者が行なった申し立てが含まれていません。移住に関する評価は言うまでもなく否定的でしたが、カナダ・イヌイット・タピリサットの証言者たちが主張したかなり深刻な告発はマキヴィック報告書には出てきていないのです。

私も何かの力になりたいと思っておりますが、そのためにはこの不一致を理解する必要があります。このことについてそちらで説明していただけますか？　これらの主張についてご提供いただけるような追加の情報はないでしょうか？　他のイヌイット・グループで同じような申し立てを行なっている者はいますか？

マキヴィックには二度手紙を出しました。一度はケベック市の住所へ出したのですが、その住所はもはや使われていないようで、二度目はクーユアックの住所へ出し直しました。（ご参考までにそのときの手紙を同封します。）返事は届いていません。

そちらからの意見表明は全文（表明が数ページ以上にわたる場合はその抜粋）を私の本の巻末補遺に含ませていただきます……

私の本の基調となるテーマは、貴殿から見ればあまりにも陰鬱であるかもしれません。非イヌイットの人々はイヌイットの生活様式を急速に、そして取り返しがつかないほどに破壊しつつあり、非イヌイットが通った跡には依存、アルコール中毒、暴力、ガソリン嗅ぎ、新旧の世代間の埋めがたいギャップばかりが残って、その締めくくりとしてこの先二十年のうちにカナダ領北極圏の生態系には決定的な被害が出るだろうと言われています（たとえばランカスター海峡の石油流出、採掘、ブルドーザーを使った地形の破壊などによって）。事態がこんな様相を呈しているのはあくまでも私の目を通してのことで、言うまでもなく私は自分の見方が正しいとは思いたくありません。ただ、私の観点では、移住はイヌイットの生活や所有物に対する非イヌイットの理不尽な軽視の典型的な例であるように思われます。これについての貴殿の意見を聞かせていただければ幸いです。こうした長期にわたる問題を解決するために貴殿が実際に行なっていること、あるいは私にできることがあればご教示ください。さらに私の読者（彼らの大半はアメリカとイギリスに住み、ごく一般的な良識を持ち合わせ、イヌイットについてはほとんど何も知りません）が貴殿から何を学ぶべきか、あるいは彼らにできることがあれば、それを教えてください。合衆国の人間として貴殿の遺産はたいへんうらやましく、また大いに尊重されるべきだと考えます。私は時間と状況が許す限り北極圏に足を運びますが、北極圏のため、またカナダ国民の資源としてもそれが守られ、次世代へと引き継がれることを願ってやみません……

ウィリアム・T・ヴォルマン

返事はいまだ届かず。

3
カナダ・イヌイット・タピリサット

エリザベス・クローとジョン・ベネット
イヌクティトゥット・マガジン編集者
カナダ・イヌイット・タピリサット
170　オーリエ通り西
スイート510
オタワ州、ON　K1P 5V5

1991年8月24日

親愛なるクロー様、ベネット様
……私はイヌクジュアックとポンド・インレットからレゾリュートとクレイグ港／グリース・フィヨルドへの1950年代の移住を部分的に扱った『ザ・ラ

ヴォルマンさん

これは1991年５月23日付の手紙に対する返事です。奇妙なことにその手紙は７月10日になってようやく当方の事務所に配達されました。

まず申し上げたいことは、私はあなたにうんざりはしていませんが、残念ながらご期待に添いかねることもまた事実です。あなたの研究プロジェクトは非常に興味深いものですが、すでに資料をお送りしたこと以外に当方にできることはありません。他のさまざまな仕事に加え、歴史研究スタッフ二名のもとにはあなたのような問い合わせが毎月平均85件も届きます。ご研究のさなかにあなたが遭遇した問題点を解決してさしあげたいのは山々ですが、私にはそうするための十分な時間がありません。残念ですが、ご研究が成功裏に完結することをお祈りするばかりです。

A/IC　カナダ騎馬警官隊歴史課

ウィリアム・ビーヘン博士

2
マキヴィック・コーポレーション

マキヴィック・コーポレーション
4898　デ・メゾヌーヴ・ウェスト
ウェストマウント、ケベック州　H3Z 1M7　　1991年５月24日

ご担当者様

私ウィリアム・Ｔ・ヴォルマンは、1950年代にケベック州イヌクジュアックとバフィン島のポンド・インレットから、レゾリュート湾とグリース・フィヨルドへ移住したイヌイットの家族が部分的に関係する本を、先頃書き上げたばかりです。グリース・フィヨルド以外の三ヶ所は実際にたずね、何人かにインタヴューを行ない、常任委員会の聴聞会議事録や、貴殿の報告書をも含めた関連文書を読みました。公平を期するためにも私の本からの関連する箇所を抜粋し、同封しましたので貴殿のご意見をいただきたいと存じます。(騎馬警官隊の意見を聞くため、同じ抜粋を彼らにも送るつもりです。）この本には私の目から見た物語が語られていますし、基本的には貴殿のこれまでの見解に賛成します。騎馬警官隊について私には何の思惑もありません。私の結論が誤りであることを彼らが示してくれれば私は自分の記述を変更するつもりです。また、貴殿からいただいたコメントは可能な限り本文、あるいは注の中に含めるつもりです。

特に性的虐待の問題は、もっとも論議を呼ぶ事柄であるにも関わらず、マキヴィック報告書ではなんら触れられていない点に私は関心を抱いています。ですがそれ以外にも貴殿からの意見はどんなものでも歓迎します。

原稿にも書きましたとおり、私はポンド・インレットで、移住するより死んだ方がマシと言って自殺した男の話を聞きました。レゾリュートへ行くと人々はそれが誰なのかすぐに教えてくれましたし、そこに住む彼の親戚の名前も教えてくれました。遠く離れた二つの共同体で同じ話が語り継がれているのですから、ハモンドの補遺Cの14ページ第4段落にもかかわらず、私はそれを信じる方へと傾きます。繰り返しになりますが、ハモンド報告書にイヌイットからの聞き取りが一つも出てこないのは非常に残念です。

1956年以降、イヌイットからの帰還要求がいつ頃、どの程度出ていたのか、そちらで調べて分かったことはありますか？　言うまでもなくそんな要求がほとんど、あるいはまったくなかったとすれば（そしてもちろん記録が紛失したと考える根拠もないとすれば)、イヌイットの主張は少し弱くなります。

補遺Aの5ページについてですが、『カナダ騎馬警官隊季刊誌』の記事に書かれているようにイヌクジュアックのイヌイットは銃を撃ったことがなかったのなら、ＨＢＣ交易場にあった六十枚のカリブー皮はどこから来たのでしょう？　どこか別なところから運ばれて来たのか、それとも移住してきたイヌイットはたまたま銃を撃ったことがなかったが、他のイヌイットは銃を使っていた、ということでしょうか？

同じ補遺の10ページには当時イカリュイで銃の弾がいくらだったか、そのリストが掲載されています。値段としては適正と思われます。レヴィ・ヌンガクはアザラシ皮二枚出してやっと弾一つもらえたと言っていますが、あなたはこれを不正確だと考えますか？

補遺Cの8ページはレゾリュートの居住地の「素晴らしい外観」について語っています。イヌイットの証言者たちは単に現在の目から当時を振り返って不公平な主張を行なっていると思いますか？

補遺D-2の2、3ページそして5ページに載っているC・J・マーシャル氏の反論（2、5、9hそして10）はかなり深刻なもののようですが、それに対するカントリー氏の返答は概して状況をよく説明してはいるものの、言及されている困難をどうすれば克服できるか、この点には触れていません。レゾリュートでの最初の冬は予想されていたものより厳しかったと思いますか、それとも生活条件のきつさや不安定さは当時は当たり前のことで、またしても後知恵が醜い頭をもたげたものとお考えですか？

これらの問い合わせを最後まで読んでくださって感謝します。私にうんざりしているのでなければ、返事をください。それが届くのを楽しみにしております。

ウィリアム・T・ヴォルマン

1991年7月24日

かったからです。

　その一方で私はイヌイットにインタヴューを行ない、すでにそちらにお送りした本にもその一部を引用しましたが、それらは移住についてひどく否定的です。私が記事に疑念を抱くのはそのためでもあります。

　あなたはイヌイットの証言者による申し立てについてどんな意見をお持ちですか？　また両者の言い分の乖離を埋めるために、上述した三点のうちどれを選びますか？

B．マーク・M・ハモンドが発見した事柄についての報告書、1984年8月3日

ハモンドの発見（彼の報告書p.1）が示唆するのは、移住についてのとても重要な側面の少なくとも一つが、私たちの基準もさることながら、当時の基準から考えても適切に扱われなかったということです。イヌクジュアック・イヌイットは、希望すれば無償でもとの家に戻れるものと信じていました。ですがそうではありませんでした。

　それとも私が何かを読み違えたのでしょうか。私の本に載せた二つのインタヴューで語られている不満について、どう答えますか？

　ところでハモンドがイヌイット側の話を聞くために、なぜ彼らに会いに行かなかったのか、私にはまったく分かりません（彼の人名リスト21ページ参照）。

　統治についての説（p.3，抜粋#3）は私には人々の注意をそらすためのものとしか思えませんし、イヌイットがそれにこだわる理由も見あたらないような気がします。移住が自発的であり、イヌイットがそれで得をしたのであれば、そもそもの移住の理由が何であろうと関係ないではありませんか？（移住が自発的でイヌイットがそれによって得をした、と仮定しての話ですが。）カナダ政府が北極海諸島への移住を薦めることによって領土権を主張するのは悪いことでもなんでもありません。レヴィ・ヌンガクの話についてあなたはどんなご意見をお持ちですか？（ほんとはレヴィもここへは来たくなかった。あたしの両親だって同じ気持ちだったけど、レヴィのお兄さんがここから出られない以上、離ればなれのままではいられないから、両親たちがここに来るしかなかった。あの頃、白人に何か言われたら、その通りにするのが当たり前だった。嫌なことではあったけど、みんなそう思ってた[*1]。こうしてＲＣＭＰは移住者を獲得して、55年にはレヴィの家族も引っ越して来た。大して躊躇もしなかったみたい。二年もたてば戻れると思っていたから。）これが問題の核心のように思われます。

＊1　これは、イヌクジュアック・イヌイットは「政府を非常に信頼していた」というリューベン・ブラウマンの主張（ハモンド、p.14）とも一致すると言えよう。

ですが141ページの記述は、ボブ・パイロット氏がアボリジニー問題常任委員会で行なった証言を裏付けるものです。つまりイヌイットと騎馬警官隊はほとんどと言っていいくらい接触することがなかった。したがって移住者の幸せ、あるいは満足感について警官隊が抱いた印象は必ずしも正確ではなかったのではないでしょうか。そうでなければ聴聞会の早い時期に行われたイヌイットの証言とパイロット氏の証言との間の驚くべき乖離は説明できません。

（ところで証言者がクレイグ港／グリース・フィヨルドのことを話しているのか、レゾリュートのことを話しているのか、私には分からない部分がありました。ですがそれは大したことではないのでしょう。『カナダ騎馬警官隊季刊誌』の記事はクレイグ港の状態についてまったく正しいのかもしれません。パイロット氏自身が証言で語っています。「それはレゾリュート湾の話ですね。あそこの状況はまた別ですから。」仮りに、両地のどちらかが、イヌイットの証言者が言及するような状況にあったとすれば、『季刊誌』の説明は現実に即していないことになります。）

記事の牧歌的な主張とイヌイット証言者の苦い主張との間の絶対的な衝突について、以下の三点のうちの一点は真実であるに違いありません。

1．イヌイットの証言者が金銭的な補償を得るために、また／あるいはカナダ政府の名誉を汚すために、悪意をもって虚偽の証言を行った。（私の国アメリカで言えばタワナ・ブラウリー事件がそうでした。）

2．イヌイットの証言者とカナダ騎馬警官隊の間には事柄の認識と理解において相違があった。たとえば強制的な売春と考えられたことはたまたま起こったことであり、白人男性は自らが誘った女性が自主的に誘いに乗ったのだと思い込み、イヌイットの女性は誘いに乗ることを要求されたと思い込んだ。たとえば手紙に同封された現金を盗まれた件の証言について、同じような解釈を行なうのはかなり無理がありますが、不可能ではないでしょう。イヌイットが強制労働と呼んだ事柄についても理解の相違があったと考えられなくもない。騎馬警官隊はイヌイットが望むことを行なったのであり、労働力をタダで提供するのは政府の努力に報いる一つの方策であった、などなど。

3．騎馬警官隊は士官たちの腐敗に気づかなかったか、意図的にそれを隠蔽しようとした。言いかえれば少なくともいくつかのイヌイットの主張は真実であった。

騎馬警官隊に対するもっとも痛烈な告発がマキヴィック報告書に出ていないのはとても奇妙な気がします。マキヴィック報告書がいっそう信用ならないように思われるのもこのためです。このことを含め、いくつかの事柄についてマキヴィックにも手紙を出してみましたが、今のところ彼らからの返答はありません。というのも私の手元にあったケベック市の彼らの住所はすでに古いもので、そのためクーユアックの住所へ改めて投函しなければならな

親愛なるヴォルマンさま

貴殿同様私も1950年代に実行されたイヌイット家族の移住に関する研究を、けっして十全とは言えないながらも行なってきました。ご推察のとおり、貴殿の原稿においてこれらの出来事が正確に描写されているとは思いません。ですがなるほど、これは貴殿の目から見た物語です。一点ごとに貴殿の説明に対して論駁しても意味のないことでしょう。そのかわりに当時起こった事柄に関するまったく別な見方を提供する報告書のコピーを同封しました。また、オタワのカナダ国立公文書保管センターにおいでになれば他にも適切な資料が見つかるはずです。

A/IC　カナダ騎馬警官隊歴史課

ウィリアム・ビーヘン博士

ウィリアム・ビーヘン博士　A/IC　カナダ騎馬警官隊歴史課
カナダ騎馬警官隊本部
1200　アルタ・ヴィスタ通り
オタワ、オンタリオ州　K1A 0R2　　1991年5月23日［日付は誤り］

ビーヘン博士

早速返事をいただき、感謝いたします。同封された資料を読み終わりました（ハモンド報告書については再読し終わりました、と言うべきでしょう）。部外者である私の目から見ると、両者がまったく異なる説明を行なっている点がいささか奇妙に思われます。私の原稿を読み終えた時点で特定の事柄について指摘を行なうことは控えるとおっしゃったことは重々承知しておりますが、それでもなお以下に具体的な問題点をあげることをお許しください。言うまでもなくマキヴィックからも返事が届き次第、同様のアプローチを取るつもりです。

A.『カナダ騎馬警官隊季刊誌』からの記事、第20巻2号（発行日不明、ただし142ページ記載の引用文から1954年2月と推測される）

他の資料同様、この文もまた移住が最良の意図をもって行なわれたことを示すものに違いありません。フライヤーが描くクレイグ港での生活は前向きだし信じるに足るもののようです。特に興味深かったのは、イヌクジュアックから移住してきたイヌイットがそれまでにセイウチやカリブーを銃で撃ったことが一度もなかったという139ページの記述です。つまり彼らはほぼ伝統的なやり方にのっとって自活していけるよう奨励されていた、ということになります。これ以上良いことはありません。

移住に関する主張について
取り交わされた手紙

1
カナダ騎馬警官隊

カナダ騎馬警官隊本部
1200　アルタ・ヴィスタ通り
オタワ、オンタリオ州　K1A 0R2　　1991年5月23日

ご担当者様

私ウィリアム・T・ヴォルマンは、1950年代にケベック州イヌクジュアックとバフィン島のポンド・インレットから、レゾリュート湾とグリース・フィヨルドへ移住したイヌイットの家族が部分的に関係する本を、先頃書き上げたばかりです。グリース・フィヨルド以外の三ヶ所は実際にたずね、何人かにインタヴューを行ない、常任委員会の聴聞会議事録や関連する文書を読みました。現時点で私はこの件に関するイヌイットの考え方をかなりよく理解できたように思います。これについて騎馬警官隊が有利な立場にあると言いきれないことは、あなたがたも認識していらっしゃることでしょう。公平を期するためにも、私の本からの関連する箇所を抜粋し、同封しましたのでご意見をいただきたいと存じます。この本には私の目から見た物語が語られています。ですが私には何の思惑もありません。実際、イヌイットたちの主張のすべて、あるいは一部でもいいですから、それが誇張にすぎないことを私に納得させていただければうれしく思います。私の結論が誤りであることを示してくだされば私はそれを変更しましょう。いただいたコメントは可能な限り本文、あるいは注の中に含めるつもりです。

……ご協力に感謝いたします。

ウィリアム・T・ヴォルマン

グ社のカタログpp.28–29. ルガー社「全天候」ライフル銃は同社の1989年版カタログのp.10. アザラシ皮の仮面はBetty Issenman and Catherine Rankin, *Ivalu: Traditions of Inuit Clothing*（Montréal: McCord Museum of Canadian History, 1988), p.88（写真、アイテム#30）とp.97（カタログ解説、アイテム#30)。

ボールペンを使った絵（207頁と314頁）——1989年、ポンド・インレットにてそれぞれジェイミー・Tとアニー・アタグータクが筆者のために書いてくれたもの。他にも多くのイヌイットの子供たちが絵を描いてくれた。ここに感謝の意を述べる。

地図

本書におさめられた多くの地図の地形は、少なくとも部分的には既存の地図の輪郭をトレースしたものである。雑誌*Inuktitut*（1986年夏号）の裏表紙に印刷された「イヌイットの北」というタイトルの地図を含め、いくつかの地図を参考にした。*The National Atlas of Canada*（第五版）に一枚刷りで入っていた "Indian and Inuit Communities and Languages". KlutschakとBeattie and Geigerの本におさめられている地図。*The Times Atlas of the World*（第七版）におさめられている世界、カナダ、そして北極地域のさまざまな地図。そして最後になったがもっとも頻繁に活用したのはCanada Map Office, Department of Energy, Mines, and Resources（Ottawa）発行の地図である。ベルチャー海峡、エレフ・リングナース島、ユリーカ、イヌクジュアック、イージクセン、ランカスター海峡、ポンド・インレット、そしてレゾリュートを含め、それぞれ場合に応じて自分の地図を作る際には大きさを変更した。自らでかけた場所のスケッチ地図も可能な限り活用した（グリーンランド東部、キング・ウィリアム島、ビーチー島、コッパーマインには一度も行っていない)。

the Mouth of the Great Fish River (London: J. Murray, 1836)。

517頁　フランクリンの引用——Houstonの前掲書 *Arctic Ordeal*, p.254.

514頁　コッパー・インディアンの引用——Franklinの前掲書p.287. Yerburyの前掲書p.153.

511頁　イヌクジュアックの引用——Secrétariat des activités gouvernementales en milieu amérindien et inuit, *Native Peoples of Quebec* (1984), p.163.

510頁　キケルタックの引用——Boasの前掲書p.48.

508頁　バックのグレート・フィッシュ川についての引用——Cyriaxの前掲書p. 145のバックの引用より。

508頁　ビーチー島の引用——Beattie and Geigerの前掲書p.92.

508頁　ポヴングニトゥクの引用——Nungak and Arimaの前掲書p.13.

507頁　ラブラドールの引用——Francis Parkman, *Pioneers of France in the New World* (1865), in *France and England in North America*, vol. 1 (New York: The Library of America, 1983) p.165脚注。Triggerの付記は筆者への個人的なメモより、1989年。

505頁　ウミアクの引用——Lucien Schneider, OSU, *Ulirnaisígutit: An Inuktitut-English Dictionary of Northern Quebec, Labrador and Eastern Arctic Canada* (Québec: Les Presses de l'Université Laval, 1985)。

年譜

498頁　1800-1900年——Yerburyの前掲書p.157.

496頁　1840-2年——同p.125.

491頁　1950年代——カリブーについてのMowatの前掲書*Tundra*のp.396.

491頁　1950年代——カリブーについて、Testerから筆者への手紙、1991年。

出典一覧

485頁　題辞——Roy Godson, ed., *Intelligence Requirements for the 1980s:* no. 5, *Clandestine Collection* (Washington, D. C.: National Strategy Information Center, Inc., 1982), p. 200。

イラスト

ライフル銃の鉛筆画（169-171頁）と儀式に用いる仮面（326頁）——以下の書籍に掲載された写真を参考にスケッチした。ノースウェスト・カンパニーの交易用火打ち石銃はBrown, p. 285より。ブラウンの出典はネブラスカ州チャドロンにある毛皮交易博物館。BARグレード・ワンは1990年版ブラウニン能であった……この主張を裏付ける直接的な証拠を見いだすことはできなかった」(p. 9) というよりは (彼らがイヌイットに行なった質問から判断すれば) 彼らは証拠を探そうともしなかったのだ。自らの視野を都合良く狭めようとするヒックリング報告書の提言はかなり断定的である。「本プロジェクトの計画および遂行において政府が取った行動が誤っていたとする申し立てについて、我々が検討した証拠はそれを裏付けるものではない。我々が検討した資料から得られた結論はむしろそれとは異なり、プロジェクトは良心的に計画され、相応に効果的な方法で遂行され、イヌイットはより良い生活を求めて自主的に参加し、その体験から利益を得た、と我々は考えている……この観点から、犯してもいない過ちについて謝罪するのは、むしろ政府が人心を欺くことになるだろう」(p.6)。これは非道なまでの虚偽であるように私には思われる。それでも疑わしきは罰せず、というべき点もいくつかある。たとえば移住の本当の目的は北極海諸島の統治権がカナダ政府にあることをはっきりと見せつけるためであり、イヌクジュアックには食料となる獲物が少ないという政府側の懸念は、本当の目的を隠す口実に過ぎないとイヌイットは主張する。これは真実かもしれないし、そうではないかもしれない。言うまでもなくヒックリング報告書はこれが真実ではないとの立場をとっている。私が入手した十全とは言えない証拠に基づけば、この件について判断を下すのは難しい。だが、実はそんなことはどうでもいいのだ。カナダ政府の当初の意図は最大限の慈悲に基づいたものだったかも知れない。だがイヌイットが戻りたいと言う以上、その希望を聞き入れずに拒絶したのは完全に誤りである。

移住についての申し立てに関する詳細は、このセクションに続く手紙のやりとりを参照のこと。

440頁　アメリカクロクマの題辞——Government of Newfoundland and Labrador, *Newfoundland and Labrador: Hunting and Fishing Just Waiting for You* (Saint Johns: Department of Development and Tourism, Tourism Branch, 1986), pp.5-6.

442頁　Hall の題辞——Chauncey C. Loomis, *Weird and Tragic Shores: The Story of Charles Francis Hall, Explorer* (Lincoln, Nebraska: University of Nebraska Press / Bison, 1991), p.193 からの引用。

443頁　題辞「アメリカ北極圏の至るところに……」——National Geographic Society, *The World of the American Indian* (Washington, D.C., 1974), p.84.

用語集

520頁　アカイチョの引用——Franklin の前掲書 p.251.

520頁　グリーンストッキングズの引用——Franklin の前掲書 p.254.

519頁　タタノユックの引用——George Back, *Narrative of the Arctic Land Expedition to*

433頁　強制売春があったとする主張——レゾリュートの友人はその時代について、手紙の中で淡々と描写した。「初期のグリース・フィヨルドとレゾリュートの店は政府が運営していました。北方の土地では使いものにならない商品が『エスキモー・ローン基金』（政府設立）からの借金で購入され、毛皮との交換で私たちに提供されました。ただしグリース・フィヨルドの場合、騎馬警官に妻を一晩さし出すことによって初めてその権利が生じました。基金からの支出、収入は騎馬警官が記録していました。他の政府事務所で働いて得た賃金がわずかでも出ると帳簿に記載され、こうしてこの土地で初めてのキャッシュレス社会が早々と実現されていたわけです。福祉援助というものがあったとしても、それがどのように提供されていたのか、ついに私には分からずじまいでした。」

436頁　第22号の証言の付属書類には（付属書類４）、マキヴィック、イヌイット・コーポレーション、そしてカナダ・インディアンおよび北方地区政務局が受理した、自主契約者による報告書が添付されている。それによると移住に関与したポンド・インレット・イヌイットはなんらかの不満があれば帰郷が許されていた。イヌクジュアック・イヌイットはそれが直接約束されたものではないにしろ自分たちにも適応されるものであり、その約束が破られたと信じるに足る根拠があった。

436頁　パイロットの証言とコメント（第二場）——カナダ下院公開記録第40号、1990年６月18日月曜日、アボリジニー問題担当常任委員会における経過と証言、個別的には以下の事柄について。議事規則第108条２項に基づく命令に従い、読み書き能力についての研究。グリース・フィヨルド問題の追跡調査、以下のものを含む。（グリース・フィヨルドについての）下院への第三回報告、第三十四回カナダ議会1989-90年、第二会期（Ottawa: Queen's Printer for Canada）pp.40, 42-45, 47-49, 51, 60. 証言はしばしば割愛し、複数の証言者の証言は順番も変えた。その場合でも大意に重大な冒瀆は行っていない（と心から信じている）。パイロットが自主的に証言を行ったことはここに明記するべきだろう。

439頁　解決策が却下された理由——1990年９月、ヒックリング・コーポレーションがDIAND北方プログラムに提出した報告書 *Assessment of the Factual Basis of Certain Allegations Made Before the Standing Committee on Aboriginal Affairs Concerning the Relocation of Inukjuak Inuit Families in the 1950s* を参照。総じてこれは卑劣な報告書である。奴隷労働、郵便物の窃盗、強制売春の申し立てについてはまったく簡単に片付けてしまっている。「刑法に分類されると思われる申し立てを、契約者が扱うことは期待されていないことが、共通の理解であった」（pp. 2-3）。政府が言うように移住が自主的であったのか、それとも白人の言うとおりにしなければならないと思った、とイヌイットが主張するように本質的に不本意であったのか、この問題については「結論に達することは不可

421頁　何人かの男たちは六月一杯まで生き延びた可能性が高い。五年目の冬をなんとか凌ごうと一隻あるいは二隻の艦船まで戻ってきた生存者が数名いると言われている。艦船へ向かう北上の道中で棄てられたとおぼしき道具を捜索隊の一人が発見しているし、イヌイットの報告もそれを裏付けている。結局は死んでしまったが、バックの川までたどり着いた者も一人や二人いたかもしれない。

ストレート・ショット

425頁　Sarah Bacon の題辞――Avataq Cultural Institute Inc. の前掲書 p.121.

426頁　「グリーンピースのおかげでアザラシ皮は絶対に売っちゃ……」――善行を施さんとするこうした人々が引き起こす問題はグリーンランドだけでなく、各地に波及している。「アザラシ革を売ることによって得られた現金は、イヌイット家族にとって最近までは貴重な収入だった。だが二十年来続いている国際的な反アザラシ狩りキャンペーンに関連するグループが行なう敵愾心剝き出しの広告活動によって、アザラシ革市場は実質的には全壊し、イヌイット家族の多くが苦境に立たされている」――Indian and Northern Affairs Canada, *The Inuit* (Ottawa: Minister of Supplies and Services Canada, 1990), p.52.

427頁　アメラリック・フィヨルドの描写――1987年7月の来訪より。

429頁　カリブー狩りの話――これは1988年イカリュイでイヌックから聞いたもの。

429頁　アザラシ革禁止の問題同様、未熟なハンターの問題も至る所で生じている。三十年ほど前に Richard Nelson はアラスカの町について、以下のように書いている。「ここ二十年ほど狩りの重要性はどんどん低下している……今日では若い男の子が初めてカリブー狩りで獲物を手にするのは十代に入ってからの場合が多い……今後数年、私たちは地元の人々とともに暮らしながら、できる限りの事柄を今のうち学ぶことに最大限の努力を払わなければならないだろう。それが老人たちの氷の墓の中に永遠に失われてしまう前に」(前掲書 pp.384-87)。

432頁　党の路線についての題辞――Manès Sperber, *The Burned Bramble*, trans. Constantine Fitzgibbon (New York: Holmes and Meier, 1988), p.198.

433頁　第一場の証言とコメント――カナダ下院公開記録第22号、1990年3月19日月曜日、アボリジニー問題担当常任委員会における経過と証言、個別的には以下の事柄について。議事規則第108条2項に基づく命令に従い、アボリジニーに関連する現在の諸問題についての最新の情報を得るのを目的とする。第三十四回カナダ議会1989-90年第二会期 (Ottawa: Queen's Printer for Canada) pp.8, 10-12, 14-15, 19, 22-23. 証言はしばしば割愛したし、複数の証言者の証言を、順番を変えてはさみ込んだりもしている。

ウンそのものが塊となり、そのまま凍りついたとしか思えない。アイディアとしてはこの寝袋を気に入っている。比較的低温の土地ではそれなりに役立つだろう。だがきわめて低温となると、この寝袋は薦められない。最近私は重さ二十五ポンド（約一キロ）で、ウールのライナーがついたウッズ社製の寝袋を購入した。レゾリュートにいる友人のデイヴィッドも言うように「生存率に比べれば携帯性など二の次だ」。

381頁　ペンギンの題辞――Rudnose Brown の前掲書 pp.50-51.

383頁　狩りがますますやりにくくなってきているとの題辞――*The Inuit*（カナダ政府発行のパンフレットより）（1990年）p.53.

391頁　題辞――Edward Pellham, *Gods Power and Providence; Shewn,* IN THE MIRACVLOVS *Preservation and Deliverance of eight Englishmen, left by mischance in Greenland, Anno 1626, nine moneths and twelve dayes*（London: R.Y./John Partridge, 1631）。

396頁　キング・ウィリアム島でフランクリン遠征隊が取ったと思われる行動については、仮説にすぎないながらも非常に人気の高い本がある。Paul Fenimore Cooper, *Island of the Lost*（New York: Putnam, 1961）。だが Neatby and Cyriax の方がより精緻であり、フランクリンの部下たちの最後の行動をかなり詳細に描き出している。体力の衰えが激しい乗組員はテラー湾（クロージャー岬の南）にキャンプを張り、そのままそこで息絶えたらしい。残りの乗組員たちはハーシェル岬を回り込み（氷さえ張っていなければ船でこの岬付近を通り、北西航路を完遂させることができたはずだ）、そのまま東へ進んだ。何人かはその途中で死んでいる。生き残った者たちはシンプソン海峡を渡って飢餓の入り江へたどり着いた。

400頁　Cyriax はイヌイットが白人たちを助けなかった理由をもう一つあげている。つまりイヌイットは白人全員に食べさせることは不可能だと判断したのである。

7
キング・ウィリアム島

405頁　肉の題辞――Heinrich Klutschak、前掲書 p.23.

405頁　キング・ウィリアム島の描写――実際にはコーンウォリス島とエレズミーア島の描写（1988年 8-9 月）。

410頁　「人間の胴体部分を食べることで……」――Beattie and Geiger の前掲書 p.62.

411頁　肉についてのステファンソンの意見――前掲書 p.69.

417頁　シュワトカの部下たちと白人男性の頭蓋骨――Klutschak の前掲書 p.116.

417頁　船の材木を道具や燃料に使うこと――同 p.112-13.

417頁　エスキモー・ジョーが見つけたもの――同 p.110.

がすぐそこにある、と思ってのことだ。五分から十分で体がこごえ、けっきょく暖房の入った乗り物で出直すのが常であった。

289頁　艦船の装備について――"Memorandum of the fittings of Her Majesty's ship *Erebus*, by Mr. Rice, of Chatham Dockyard," in Sir James Ross, 前掲書, vol. 1, Appendix 1, pp. 327–28. ここでジェームズ卿が説明している南極遠征の後、二隻の艦船はさらに装甲板や防護具を増やした（たとえば鉄の板金など）。

294頁　ドッグ゠リブ・インディアンについてのフランクリンの言葉――Gilbert の前掲書 p.393.

294頁　「エスキモー」に襲撃される話――同 pp.415–22.

294頁　テイマ、テイマ！――現在のレゾリュート湾に住むイヌクティトゥット語では「止まれ、止まれ！」という意味。（シュナイダーの辞書によると、「タイマ」で「準備ができた」という意味もあるらしい。フランクリン隊とエスキモーの遭遇が二世紀ほど前に起こり、その場所もかなり西寄りだったことを考えると、他の方言が支配的かもしれず、「止まれ！」という意味ではないとも考えられる。だがレゾリュート湾での意味が今のところは一番妥当。）

295頁　氷に対するイヌイットの警告――同 p.429.

295頁　ポイント・サビーヌで難破しかけたこと――同 pp.438–39.

300頁　骸骨の題辞――Mircea Eliade, *Shamanism: Archaic Techniques of Ecstasy* (Princeton: Princeton University Press, Bollingen Series LXXVI, rev. ed., 1971), p.62.

305頁　イヌイット女性の胸についてのフッドの考え――Houston の前掲書 *To the Arctic by Canoe*, p.14.

311頁　身体切断と再生の題辞――Eliade の前掲書 p.44.

313頁　ゴアとデ・ヴォーの署名が入った海軍省文書――Beattie and Geiger の前掲書 p.36 の複写に基づく。

315頁　「天地の**主なる父**よ、我感謝す……」――ルカ伝10章21節。

329頁　フランクリン、自らの死を思う――ロンドン、ウォータールー・プレイスにあるフランクリンの碑に描かれている彼の葬儀の描写に基づく。

348頁　イージクセンの描写――1991年３月に訪れたときのもの。

354頁　寝袋が凍ってしまったこと――何が起こったのか未だによく分からない。製造者が意図的に手抜きをしたとも思えないが、寝袋を受け取ったとき、ダウンがあまりにも薄いので会社に電話をかけたところ、心配いらないとの解答を得た。実際に使用する前に北方へ行って試してみる余裕がなかったので、とりあえず会社の言い分を信じるしかなかった。ダウンは明らかに薄すぎた。だが寝袋で寝られなくなった第一の原因は寝袋の内側のＶＢＬが機能しなかったからではないかと思う。そのせいで体が発する蒸気が寝袋の内部に拡散してしまった。ＶＢＬがうまく機能していれば寝袋の内側には霜が張り、それから外側にも私の息のせいで霜が張っていたはずである。だが実際にはダ

着して捜索隊が発見した缶詰の数は決して多すぎるとは言えない、と主張する。だがジェームズ・ロス卿は一部の肉が腐っていた、と信じている。詳細な論議については Cyriax の前掲書 pp.109-17 を参照。Beattie と Geiger の示唆によると（前掲書 pp.156-58)、缶詰の継ぎ目が完全に溶接されていなかったので肉が腐り、さらにハンダ付けに使われた鉛そのものが「エレボス号とテラー号の乗組員全員の健康をそこねる大きな要因となった。肉体的なエネルギーの消失につながっただけではなく、むしろ精神的な絶望感に強く影響が出たものと思われる……少量の鉛の摂取が及ぼす影響そのものは微少であったにしても、それでも船員たち、とくに士官たちが決断を下す過程においては、その影響が相当大きいものだったことは想像に難くない」(p.161)。

265頁　危険についてのフッドの言葉——Houston の前掲書 *To the Arctic by Canoe*, p. 13. より明瞭にするため、筆者はこの抜粋に少しだけ変更を加えた。

269頁　鉛の体内蓄積による影響について——たとえば Wyngaarden and Smith, 前掲書, pp. 2308-9 を参照。鉛中毒の解毒に用いられる薬品は存在するが（ジメルカプロール、カルシウム２ナトリウム、D-ペニシラミン)、これらの薬品自体危険である。

276頁　フィンランダー・キッドの頭蓋骨——アラスカのパヌック島で発掘されたセイウチの牙で作られたオクヴィク族の小立像に基づく。Allen Wardwell, *Ancient Eskimo Ivories of the Bering Strait* (New York: Hudson Hills Press, 1986), p. 46 # 23 の写真参照。

278頁　フランクリンの方向選択——東側の海峡［キング・ウィリアム島の東側］は閉ざされているとした「[ジェイムズ] ロス［卿］の過ちによって、この遠征隊は初めから失敗する運命にあった。そこに偶然が重なって惨事がいよいよ完璧なものとなったのだ。」Leslie H. Neatby, *The Search for Franklin* (London: Arthur Barker Ltd., 1970), p.267.

6

ピール海峡

281頁　景観の描写——実際にはエレズミーア島、ユリーカの数マイル東での記録による（1988年９月)。

282頁　ところでユリーカの気象観測所は、ライフル銃によってもたらされた幾つかの矛盾の好例を提供してくれた。(1) 観測所の中はどこも暖かく、何もかも清潔であらゆるものがふんだんにあり、それゆえ無駄も多かった。友人のベンは、夕食の残りものを入れたバケツ一つで、三回分の食事を作ることができる、と語ってくれた。(2) まわりの地域についての観測所の職員の知識は、私たちよりもずっと乏しいものだった。(3) 膝までの吹きだまりの中を歩くのに手袋をはめず、まともなブーツすら履かない職員もいた。観測所

１日木曜日（p.163)、11月７日水曜日（pp.164-65)、11月９日金曜日（p. 165)、11月16日金曜日（p.167)、11月17日土曜日（pp.167-68)、12月14日金曜日（p.178. アカイチョの言葉は句読点を現代風に直した他は、そのまま引用されている)。

Yerbury はこう書いている。「……北西地方の寒帯森林移行帯の保護と、マッケンジーの排水システムはリスクが高く、見返りの少ない活動だった。とくにその地域への人口流入と、狩りや罠がけに際しての保護・保存行為を怠ったことにより、結果として過剰搾取が進んでしまった」(前掲書 p.146)。

255頁　ミシェル、フッド、ヘップバーン、そしてリチャードソン――Mowat は *Tundra* の中でミシェルが最初の運び屋二人を食べたものの、初めからそれが目的で殺したという証拠はない、と主張している。「ミシェルが処刑された後、彼の死骸も無駄なく活用されたことが推測できる。フォートに到着したヘップバーンとリチャードソンの健康状態は比較的良好だった……」――前掲書 p.183.

255頁　フッドのシルエット――Houston の前掲書 *To the Arctic by Canoe* の口絵より。

256頁　グリーンストッキングズの服装――典型的なチプウィアン族の女性の衣装は同 pp.72-73 に描写されている。

257頁　ここで語られている出来事に照らして、フランクリンが何喰わぬ態度でクリー族のことを以下のように語っていることは興味深い。「(クリー族は) 一種の吸血鬼か悪魔に相当するウィータコの話をした。人肉を喰った者が変身してウィータコになるという」(同 p.77)。

258頁　フランクリンが二千頭以上のカリブーを見る――（同 p.240)。

260頁　生き抜くことについての題辞――Willie Cooper, ᑰᒡᔪᐊᒥᐅᒃ ᐊᐅᓚᔾᔭᖅᑎᑦ / *Memories of a Kuujjuamiuq* (Inukjuak, Québec: Avataq Cultural Institute Inc., Publication of the Documentary Center on Inuit History No. 1, 1989), p. 5.

260頁　釣りの描写――1989年、ポンド・インレットへの訪問より。

261頁　釣りの題辞――Saali Arngnaituq, "The Giant and the Man," in Nungak and Arima, 前掲書, p. 23.

261頁　ジェームズ卿と同行した南極での缶詰肉について語るクロージャー――Captain Sir James Clark Ross, *A Voyage of Discovery and Research in the Southern and Antarctic Regions During the Years 1839-43* (1847) (New York: August McKelley, 1969), p.xx. フランクリンが出発した後に本書は出版されたが、クロージャーの体験からはフランクリンも恩恵を受けていたものと想像される。

261頁　Cyriax によると（p.112)、「ゴールドナーの製法に何らかの意図的な詐欺行為があったということはおよそ考えられない。」Cyriax はビーチー島に到

＊1（474頁）　リチャードソンは日付にいつも曜日を書き添えるとは限らない。

なかった。1845年のかの有名なフランクリンの遠征隊がたどった悲惨な運命が何よりもそれを示している……」(前掲書 *Tundra* の p.135 脚注)。

229頁　私の第一の夢の中心となるメタファーに関連して、フランクリンが行なった観察（前掲書 pp.293-94）を御紹介しよう。それによるといくつかのチプウィアンの部族は自分たちの出身地についてこう語っている「冬がなく、今では記憶に残っていないような木が生え、大きな果実がなり……それ以来海が凍りつき、彼ら［チプウィアン族］は二度とそこへ戻ることはできなくなってしまった。」

233頁　バックへのシンプソンの言葉――これは実際に語られたわけではなく、日誌に書かれていた。Houston の前掲書 *To the Arctic by Canoe* の p.xxvii.

233頁　ここで言及されているフォート・エンタープライズからブラッディー・フォールズへの最初の陸路遠征の出来事について――Houston の前掲書 *Arctic Ordeal* より、1820年９月13日水曜日（p.10）、９月14日木曜日（p.11）、10月９日水曜日（pp.17-18）、10月19日月曜日（p.19）、12月１日金曜日（p.22）、1822年１月５日金曜日（p.25）、２月14日水曜日（p.29）、５月22日（pp.39-41）、６月15日金曜日（p.51.「持ち込まれた鹿肉の量に応じて……ことわらざるを得なかった」――この文章はほとんどそのまま本書にも用いた）、７月７日土曜日（p.68）、７月８日日曜日（p.68）、７月12日木曜日（p.75）、７月15日日曜日（p.77）。

238頁　アカイチョを天体の食で驚かすことについて――フランクリンの前掲書 pp.228-29. 劇的効果のため、この物語では食の日付を変えてある。この年、実際に食が起こったのは、一行がコッパーマインへの旅に出る前だった。

239頁　若いイヌック女性の殺害についてのハーンの記述――*A Journey from Prince of Wales's Fort to the Northern Ocean*（1772）。この抜粋は Mowat の前掲書 *Tundra* の p.60 に載っている。

239頁　コッパーマインの河口からポイント・ターンアゲンを経てフォート・エンタープライズとフォート・プロヴィデンスに戻る、最初の陸路遠征中の出来事について――Houston の前掲書より、７月18日水曜日（p.82）、７月19日木曜白（p.83. 運び屋への恐怖についてのリチャードソンの日誌への書き込みはここから引用されている）、８月18日土曜日（p.114）、８月20日月曜日（p.115）、８月22日水曜日（同上）、８月23日木曜日（p.116）、８月24日金曜日（p.118）、８月25日土曜日（p.119. 上陸に際しての運び屋たちの喜びようについてのリチャードソンの日誌への書き込みはここから引用されている）、９月７日金曜日（pp.126-27）、９月８日土曜日（p.127）、９月10日月曜日（pp.129-30）、９月14日金曜日（p.133）、９月17日月曜日（p.136）、９月23日日曜日（p.138）、９月25日火曜日（p.139）、９月27日木曜日（p.141）、10月６日土曜日（pp.146-47）、10月11日＊1（pp.150-51）、10月20日（pp.154-55）、10月23日（p.156）、10月29日月曜日（p.161）、10月30日火曜日（p.62）、11月

者は航路からだいぶはずれているし、後者も前者ほどではないにしろ遠回りになる。ただし氷のいたずらで流された可能性がないとは言えない。四十数年後Boasはこう書いている（前掲書p.34)。「クライド・リバー……［には］沿岸にいつも人がいるとは限らないが……不規則な期間をおいてアクドニルミユット族がやってくる」アクドニルミユットはイヌイットの部族で、当時バフィン島に住みながら捕鯨者たちと結びつきのなかった人々と同様、多かれ少なかれ遊牧をしていた。同じところでBoasはポンド・ベイがアッゴミユットの亜族であるツヌニルミユット族の夏の間の住処であったとも書いている。彼らはイッカクやベルーガを獲物とし、彼らの子孫は今日もその伝統を継承している。

197頁　鉛による精神錯乱の引用——Donald B. Louria, "Trace Metal Poisoning," in James B. Wyngaarden, MD and Lloyd H. Smith, Jr., MD, *Cecil Textbook of Medicine*, 17th ed.（Philadelphia: W.B. Saunders Co., 1985), pp.2308-09.

198頁　**セドナ**と**フルマカモメ**——Boasの前掲書pp.175-83.

201頁　生のライチョウ肉——ブリの刺身によく似た味。

216頁　ウェリントン海峡の描写——ジェームズ・ハミルトン作、1852年頃のビーチー島、ウェリントン海峡の水彩画に基づく（Glenbow Museum, Calgary)。

219頁　鷹揚な給金についての題辞——Martin Lindsay（Royal Scots Fusiliers), *Those Greenland Days*（London: Blackwood, 1932), p.111.

219頁　冬の船の描写——Sherard Osbornの*Stray Leaves from an Arctic Journal*（1852), Mowatの前掲書*Ordeal by Ice*のpp.270-71. オズボーンはフランクリン捜索のために送り出された一人。

226頁　コーンウォリス島の描写——1991年3月の訪問より。

229頁　初めての陸路の遠征——「これらの海兵隊員たちは、まったく不適当な準備しかしていないにも係わらず、困難な任務を遂行しようとしていた。遠征隊の指揮官をひきうけたフランクリンは、名声と出世の誘惑にあまりにも簡単に屈してしまったと言えよう。白人として初めての北アメリカ北岸の海岸線への遠征を、海軍省が〈安上がり〉に行なおうとしていることに、彼は指揮官として気づくべきだった。海軍一筋だったフランクリンはそれまでの訓練や経験がまったく役に立たない陸路の任務を不当にも与えられたのである」——C. Stuart Houston, *Arctic Ordeal: The Journal of John Richardson, Surgeon-Naturalist with Franklin 1820-22*（Montréal: McGill-Queen's University Press, 1984, p.xxiv)。Mowatはさらに批判的だ。「英国海軍の士官たるもの地域の状況など地元に住む者たちよりずっとよく把握している、とフランクリンは頑迷に思い込んでいた。チプウィアンの族長がその秋、海岸線を進むのはあきらめるようフランクリンを説得したからよかったものの、そうでなければ彼の思い込みのおかげで遠征隊は——アカイチョが予言したとおり——間違いなく破滅の道をたどっただろう。それでもフランクリンはこの経験から何も学ば

171頁　Gontran de Poncins, *Kabloona* (New York: Time Incorporated, 1965), p.317.

172頁　Levi Nungaq――筆者とのインタヴューによる。

172頁　Hugh Brody, *Living Arctic: Hunters of the Canadian North* (Toronto: Douglas & McIntyre, 1987), p.189. ライフル銃とスノーモービルを使った狩りについては Jacobs and Richardson の前掲書 p.157 を参照。

172頁　コッパーマイン・イヌイットについてのカナダ騎馬警官隊検察官デニー・ラ・ノーズの描写（1914年）、Mowat の前掲書 *Tundra* の p.285.

174頁　クリー族についてのフランクリンの手紙――同 p.123.

175頁　Welzl の題辞――前掲書 p.75.

177頁　「私が唯一残念に思うことは……」――これはそっくりフランクリンの言葉である。前掲書 p.xiv 参照。ただしフランクリンは以下のように文章を始めている。「ミスター・フッドの不幸な死は私が唯一……」

178頁　種の題辞――In-Cho Chung, *The Arctic and the Rockies as Seen by a Botanist: Pictorial* (Seoul, Korea: Samhwa Printing Co. Ltd., 1984), p.29.

179頁　テラー号とエレボス号が「薔薇色の靄の中で……」の描写――Robert Hood の油絵, "The Hudson's Bay Fleet 31 July 1819 by Cape Farewell" より。なおこの絵は Hood が書いた以下の本に図版として付されている。*Narrative of the Proceedings of an Expedition of Discovery in North America Under the Command of Lieutenant Franklin, R.N.* これは以下の本に採録されている。C.Stuart Houston, ed., *To the Arctic by Canoe 1819-21: The Journal and Paintings of Robert Hood* (Montrêal: The Arctic Institute of North America / McGill-Queen's University Press, 1974), plate 2.

182頁　クジラの解体の描写――1987年、グリーンランド、ヌーク港で筆者が見たものに基づく。

183頁　男たちの熱意――と想像されるが、その実、彼らには不満があってむしろパングニルツングに行きたがっていたのかもしれない。今ではパングニルツングには朝食付きの宿をはじめいろいろなアトラクションがある。バフィンの島じゅうで聞かれた惹句は彼らの耳にも入っただろう。パングに行こう、セックスしよう。

189頁　夕食の席でのフランクリンの描写――Houston の前掲書 p.190 の版画より。

190頁　「グリーンハイスで行なったのと……」――フランクリンの最後の急送公文書は Cyriax の前掲書 pp.62-63.

192頁　「氷に一番悩まされるのは……」――1845年1月24日付けのフランクリンからの手紙より。同 p.24.

193頁　よそ者についての題辞――Nelson の前掲書 *Hunters of the Northern Forest* の p.307.

194頁　クライド・リバーとポンド・インレット――これらの場所をフランクリンが訪れたかどうかは断定できないが、訪れていない可能性の方が高い。前

147-55を参照。

166頁　J・コリン・ヤーベリーは以下のように書いている。1650年から1850年には「マスケット銃の理論上の有効性は100ヤードで40から53パーセント、200ヤードで18から30パーセント。高いパーセンテージは訓練された兵士によるものである……単発式のこの銃は一分間に二発か三発発射することができ、不発に終わる率は乾燥した地域で15から25パーセントであるのに対して、亜北極地帯では25から35パーセントにのぼる」(J. Colin Yerbury, *The Subarctic Indians and the Fur Trade 1680-1860* [Vancouver: University of British Columbia Press, 1986], pp.49-50)。ヤーベリーによれば、英国人は1680年代には早くもヨーク・フォートでクリー族を相手に銃の取引を行っていたという。クリー族は銃を狩りだけではなく、戦闘にも使用した(pp.19-20, pp.22-23)。

168頁　海でとれるユニコーンとはおそらくイッカクと思われる。

169頁　Heinrich Klutschak, *Overland to Starvation Cove: With the Inuit in Search of Franklin 1878-1880*, ed. and trans. William Barr (Buffalo: University of Toronto Press, 1987), p. 118. 最初の出版年は1881年だった(*Als Eskimo unter den Eskimos: Eine Schilderung der Erlebnisse der Schwatka'schen Franklin-Aufsuchungs-Expedition in den Jahren 1878-1880* [Vienna: Hartleben Verlag])。1987年に出版されたUniversity of Toronto Pressのヴァージョンが英語の初版である。

169頁　ロス――Mowat, *Ordeal by Ice* (Salt Lake City: Peregrine Smith Books, 1973), p.208.

170頁　Boasの前掲書p.102.

170頁　ムーディ地域監督――W. Gilles Ross, *Whaling and Eskimos: Hudson Bay 1860-1915* (Ottawa: National Museums of Canada, Museum of Man, publications in ethnology, no. 10, 1975), p.109の引用より。ロスが参照にしたのは*Report of the Royal Northwest Mounted Police* (Ottawa: King's Printer, 1905)。

170頁　Jeannie Mippigaq, *Memories from Kuujjuarapik* (Inukjuak, Nunavik [Québec]: Avataq Cultural Institute Inc., 1990), p.32.

170頁　Richard K. Nelson, *Hunters of the Northern Ice* (Chicago: University of Chicago Press, 1969), pp.302, 213, 308, 233-35.

171頁　Vilhjalmur Stefansson, *Hunters of the Great North* (New York: Paragon House, 1990), pp.65-66.

171頁　Farley Mowat, *People of the Deer* (Toronto: Seal Books / McClellan and Stewart, 1975), pp.64-65.

171頁　Minnie Takai――Avataq Cultural Institute Inc., *Northern Quebec Inuit Elders Conference, Povungnituk, Quebec, September 18-October 5, 1982* (Inukjuak, Nunavik [Québec]: Avataq Cultural Institute Inc., 1983), p.38.

171頁　Moesie Maqu――同p.76.

171頁　Monsieur Nicholas Jérémie――Yerburyの前掲書p.21に引用。

の危機に瀕している話は現代に生きる私も聞いたことはない。）Boasが認めた飢えの原因は次のようなものだ。秋に入ってからの比較的遅い時期に氷が張ったこと。これによりアザラシへの接近が難しくなった。冬の嵐。それから特定の地域では土地勘が働かなかったこと。だがダメージの大きさがはっきり表れてくるのはそれから20年から30年先のことであった。（JacobsとRichardson［p.139］は1930年代がもっとも困難な時期であったと言う。当時毛皮の値段は、大型の獲物や毛皮の立派な動物たちの減少とともに暴落した。）Boasのように理知的な観察者でさえも当時起こっている事柄が理解できなかったとすれば、私たちもまた鋭敏なる後知恵をうるさく求める理由などない。ライフル銃はそれ自体悪ではなく、ライフル銃を持ち込んだ白人もまた悪人ではない。この悲劇に悪人がいないとは、なんと都合の悪いことか！

163頁　ライフル銃と飢餓、再考——「1950年代初頭のイハルミユットで起こった問題を連発式ライフル銃のせいにすることについては疑問が残ります」とフランク・J・テスター氏は書く（1991年8月27日、筆者への手紙より。テスター氏はレゾリュートとグリース・フィヨルドの状況を社会学的な見地から研究している）。「歴史的な記録を見ても、カリブーが移動のルートを変えたり、自然のサイクルで頭数が減ったりするたびに、イヌイットは飢えの時期を体験しております。こうした事柄についてカリブーを研究する生物学者たちの話は実に興味深いものです。彼らは何もかも知っている——と同時にまったく何も知りません。カリブーの数が減っていることの原因が、無節操な狩猟にあると彼らは考えています（ですがカミヌリアック地区の群れの場合、たとえばある生物学者が無節操な狩猟によって群れの危機、ひいては絶滅が迫っている、と予言したのですが、そのすぐ後にカリブーの数はむしろ急激に増えました。ちなみにこの生物学者は、パイプラインの建設がキーワティン地区に及ぼすと思われる影響について、1970年代に私が催した公聴会に出席した一人です）。カリブーの増加が起こった数年間、狩りの様式はずっと変わりませんでした。動物の数の増減の理由が分かると考えるのはひどく傲慢な気がします。生物学者は動物の個体数を示すときには、誤差が生じる余地も含めて提示するのが常です。ところが誤差がそのときの動物の数とほとんど変わらないという例を、私は何度も見てきました。しかも彼らはそうした発表を真顔で行なうのです！」

163頁　注——Karl O. Brauer, *Handbook of Pyrotechnics*（New York: Chemical Publishing Company, Inc., 1974), pp.3–4.

164頁　フス信奉者のワゴンが描かれた古写本——古写本3062（1432年）、ウィーン国会図書館蔵、M. L. Brown, *Firearms in Colonial America: The Impact on History and Technology 1492–1792*（Washington: Smithsonian Institution Press, 1980), p.16.

166頁　戦場での連発式の火器についての秀逸かつ簡潔な説明はTom Wintringham and John Blashford-Snell, *Weapons and Tactics*（New York: Penguin, 1983）pp.

トの描写。

146頁　電話でジェーンと話すフランクリンの言葉――一部はグリーンランドから彼女に宛てた最後の手紙に基づく。

148頁　グリーンランドの氷についての題辞――デンマーク観光協会のパンフレット（1987年頃）, p.1.

149頁　「……島はたいへん豊かに変わりつつあります……」――Mackaness の前掲書 p.12.

150頁　ここからは Richard J. Cyriax, *Sir John Franklin's Last Expedition: A Chapter in the History of the Royal Navy*（London: Methuen and Co., 1939）が大いに参考になった。この本は事実の整理や正確な情報に基づく推測において優れており、フランクリンの最後の遠征や、遠征のための準備と予測がいかに遠征隊の運命を左右したか、あるいは北極圏の地理について、より正確な議論を望む向きにはこの本を大いに推奨したい。この惨事の原因について果たして決定的な真実が解明されているのだろうか。Beattie と Geiger は主要な原因として鉛中毒をあげ、近代的な科学捜査技術を用いて遺留品を解析して自分たちはそれを初めて証明したと主張する。一方 Cryiax は同じくらい自信をもって壊血病を原因にあげる。というのもビタミンCの存在は彼の時代に入ってようやく証明されたに過ぎないからだ。一方私はあれほど長い時間氷に閉じこめられたこと、この単純な事実こそが致命的であり、上述の二つの原因は付帯的なものに過ぎないと考える。いずれにしても Geiger は以下のことを認めている。「遠征が失敗した原因を一つに特定することはできない」(p.161)。

152頁　ステファンソンの題辞――Mowat の前掲書 *Tundra*, p.317.

153頁　「寒いですか？……なぜならあなたは親切で優しい白人だからです」――P.E. Spalding, *Salliq: An Eskimo Grammar*（Ottawa: Educational Branch, Department of Inidian Affairs and Northern Development, 1969）, p.11.

155頁　「私たちは飢えに慣れているが……」――Franklin, *Narrative of a Journey to the Shores of the Polar Sea in the Years 1819, 20, 21, and 22*（New York: Greenwood Press, 1969 repr. of 1823 ed.）, p.271.

162頁　手軽で読みやすいという題辞――B. Gilbert, intr., *Thirty Years in the Arctic Regions*（New York: H. Drayton, 1859）, p.5.

163頁　ライフル銃と飢餓――Boas（前掲書）による以下の文がここでは参考になるだろう。「エスキモーの生活様式はこれらの動物の分布に全面的に依存していることが、こうして明らかになった」(p.11)。だが「食料不足のためにエスキモーが絶滅しかかっているという意見は誤っている。というのもネイティヴたちが無差別に、かつ先々のことも考えずにアザラシを殺していることは確かだが、その数は種としてのアザラシ全体の減少につながるものではない」(pp.18-19)。Boas の時代（1880年代）、「減少」は明らかに彼の目に止まるほどのものではなかったらしい。（カナダ領北極圏でアザラシが絶滅

93頁　イヌクジュアックの描写——1990年８月の訪問より。

96頁　「今回は行政委員会の進言に従って……」——ジョン・フランクリン卿からレディ・フランクリンへの手紙、1839年４月26日より。George Mackaness, ORE, MA, Litt. D, DLitt., FRAHS, *Some Private Correspondence of Sir John and Lady Franklin (Tasmania 1837-45)* (Sydney: D.S. Ford, Printers, 1947), p.65.

109頁　梅毒の題辞——Franz Boasの前掲書 p.18.

122頁　骨の題辞——Owen Beattie and John Geiger, *Frozen in Time: Unlocking the Secrets of the Franklin Expedition* (Saskatoon, Saskatchewan: Western Producer Books, 1987), p.55。

130頁　移住の題辞——北西地方立法議会のパンフレットより（1987年頃), p.5.

131頁　小火器の題辞——William Byrd, *Histories of the Dividing Line betwixt Virginia and North Carolina*（New York: Dover Books, 1976)。ヴァージニア州に関係する七つの夢の三巻目で引用するならまだしも、私はなぜここでバードの言葉をひきあいに出しだか。ネイティヴ・アメリカンに銃を伝播すれば、結果はいつも同じだからだ。つまりは依存、無用で大量の獲物の殺戮、それに伴う自由と/または生活の喪失。この暗澹たる現象についてのより詳細な検討については七つの夢の二巻目を参照のこと。

5
北西航路

135頁　フランクリンへのマーチソンの賞賛——Beattie and Geigerの前掲書 p.16の引用より。

135頁　「分かってほしい、親愛なるフランクリンよ……」——キャプテン・ボーフォートからジョン・フランクリン卿へ、1840年６月10日の手紙より。Mackanessの前掲書 pp.98-99.

136頁　レディ・ジェーンの話し方のパターン——Willingham Franklin Rannsley, *The Life, Diaries and Correspondence of Lady Jane Franklin 1792-1875* (London: Erskine Macdonald, 1973) に掲載されている彼女の手紙や日記をもとに類推した。

143頁　パエトーンの墓碑銘——Ovid, *Metamorphoses*, trans. Frank Justus Miller, rev. G. P. Goold (Cambridge: Harvard University Press; Loeb Classical Library, 1977), p.82. ミラーのラテン語からの訳（p.83）は以下のとおり。「ここにパエトーン、横たわる。父なるポイボスの車駕をあやつり/大いなる失敗を喫するも、その試みはまた勇壮なり。」

145頁　死と失望の題辞——William Tecumseh Sherman, *Memoirs* (New York: Library of America, 1990 repr. of 1886 ed.), p.870.

145頁　ストームネスの通りや空港の描写——実際には1988年９月のレゾリュー

75頁　「人生が完遂されて、人ははじめて……」——cf. Taivitialuk Alaasuaq, "Aliakammiq's Kayak Drowning," in Zebedee Nungak and Eugene Arima, *Inuit Stories: Povungnituk* (Hull, Québec: Canadian Museum of Civilization / National Museums of Canada, 1988), p.95.

78頁　カリブーの題辞——チラシの解説より。*Fauna of Auyuittuq National Park Reserve and Proximity* (*ca.* 1976), p.1.

3
レゾリュート湾

83頁　フランクリンに捧げるテニスンの墓碑銘——ウェストミンスター寺院の死者の記念碑より。採録は *The Poetical Works of Alfred, Lord Tennyson* (*Poet Laureate*), *Complete Edition from the Author's Text* (New York: Thomas Y. Crowell & Co., 1885), p.598.

85頁　カリブー皮の下準備をし、使うための決まり——Jill Oakes, *Inuit Amuraangit / Our Clothes: A Travelling Exhibition of Inuit Clothing* (University of Manitoba, Dept. of Clothing and Textiles, 1987?) を参照した。

85頁　新しいルール——「予想されたとおり、イヌイットの社会生活は人口集中、政府支給の住居、社会福祉、コミュニティ・ホールやレクリエーション・センターの建設、そして新聞、ラジオ、テレビの導入により激変した。これらの社会的、経済的変化に伴い、厳しい北極圏の気候に機能的にも社会的にも適応するために生じた嬰児殺しや老人殺し、配偶者の交換は消滅した」(Jacobs and Richardson, p.163)。*Nunatsiaq News* (8 March 1991, Year 19, No. 7, p.1) はさらにはっきりしている。「北西地方の人口の優に三分の一は、身近に自殺か自殺未遂をした者がいて、その事実に強く影響されている」(Matthew Spence, "Suicide: learning to grieve part of the process")。

レゾリュート在住 (1988年) の科学者バスター・ウェルシュによれば、レゾリュート近郊の魚は今やあまりにも鉛で汚染されているため、25〜30歳ほどのレイクトラウトを売りたければいっしょに小魚もつければならない。平均汚染指標値を合法的なレベルにまで落とすためである。

4
イヌクジュアック

89頁　最初のカリブーの題辞——Secrétariat des activités gouvernementales en milieu amérindien et inuit, *Native Peoples of Quebec* (1984), "The Montagnais" (p.120)。

89頁　二つ目のカリブーの題辞——*Encyclopaedia Britannica*, vol. 6, "Northwest Territories" (p.261) の項参照。

の点で、クッチン（アラスカ・アサバスカ・インディアン）とアラスカ・イヌイットは違うと主張する。「クッチン族はかなり発達した保護・保存の倫理を持つが、エスキモーはこうした特徴を持たない。インディアンたちは理由もなく動物を殺すことはめったにない。食べるための肉、売るための皮が欲しい、あるいは駆除するために殺す（ハイイログマやワタリガラスの場合がそうだ）。一方エスキモーは目的のない殺戮を行なう……クッチンは目的を果たす手段として狩りをする……だがエスキモーは狩るためだけに狩りをする。もちろん食べるために狩りをすることもあるが、何よりも彼らはエスキモーであることを証明するために狩りをする。彼らが耳にして喜ぶ究極のほめ言葉は『おまえこそはハンターだ！』か『おまえは立派な男だ！』である。ハンターであり男であることは分かちがたく結びついている。エスキモーが適応に成功したのは、彼らが単に生きるために狩りをするのではなく、狩りをするために生きる、という事実に関係しているだろう」——Richard K. Nelson, *Hunters of the Northern Forest: Designs for Survival among the Alaskan Kutchin*（Chicago: The University of Chicago Press, 1973）, pp.311-12.

ウェイン・スペンサーによると、北極圏西部では銛ではなく、銃で撃った後にクジラにとどめを刺すが、この地域では「無駄な殺戮の問題は深刻だ。撃たれたクジラの半数が引き上げられず、たとえ引き上げられても肉はほとんど無駄になる。クジラの皮は珍重されるが、それすらも活用されることはない。」だがスペンサーは、クジラを殺すたびに記録することで監視を行い、適切な用具の使用を徹底し、各グループのリーダーに経験者がつくよう指導すればこの問題は解決すると信じている。「筆者がイヌヴィックで過ごした四年の間、夏はいつもケンダル島をベースとする捕鯨者たちに同行したが、無駄な殺戮は一度も行われず、頭目の権威と賢明な指示が明瞭に息づいていた。捕鯨グループがとくに守るよう指導されていたのは、クジラを殺す前に必ず銛で撃つように、ということだった」——Wayne Spencer, "Arctic Wildlife Sketches: Whales of the Northwest Territories"（Pond Inlet: Norhtwest Territories Renewable Resources pamphlet, ISBN 0-7708-7130）。私にはこれがとてもよく分かる。ライフル銃は良きものにも、悪しきものにもなり得るのだ。

73頁　ハーンの注——Farley Mowat, ed., *Tundra: Selections from the Great Accounts of Arctic Land Voyages*（vol. 3 of the "Top of the World" trilogy）（Toronto: McClelland & Stewart, 1973）, p.45.*1

75頁　「惨状がすこしずつ我らの背後に忍び寄り……」——同 p.182.

75頁　「……一時間の停泊後…」——同 p.168.

＊1　Mowatのオリジナル版のかわりに重版された三巻本"Top of the World Trilogy"（*Ordeal by Ice, The Polar Passion* and *Tundra*）からの出典を記載するようにした。というのもオリジナルは絶版になっているが三巻本はまだ手に入るからだ。

40頁　飢えた男がいる風景――エレズミーア島、ユリーカ海峡、1988年9月。

2
ポンド・インレット

45頁　題辞――ジェイコブ・ディキンソン、著者への手紙より、1986年9月1日。

47頁　ポンド・インレットの描写――1989年7月から8月にかけての訪問より。

47頁　スチュワーデスがレゾリュートは「カードで負けた奴の背中を退屈しのぎにナイフで突き刺す」ところだ思っていたことについて――こうしたデタラメは他の幾つかのコミュニティ、特に白人コミュニティで遭遇する典型的なものである。

49頁　オート三輪――事故率の高さから現在では北の区域で禁止されている。人々はたいていオート四輪（ホンダ）を運転している。

51頁　「マッチ箱」のような家――ポンド・インレットで会った白人女性のことは決して忘れないだろう。彼女はイヌイットに抵当貸しによる借金をすすめていた。もちろんうまくいくはずはなく、というのも貯金をするイヌイットはほとんどいないからだ。それでも彼女はこう言ったものだ。「私は衝撃を和らげるためにここにいるのよ。もちろん私たちは彼らの文化の墓にまたしてもシャベルで土をふりかけているわけだけど、少なくとも私なら思いやりをもってそれができるわ。」

58頁　インタヴューされている老女――メアリー・イヌアルック。

61頁　犬ぞりチームの死――メアリー・イヌアルックはこう付け加えた。「犬ぞりの犬たちの餌にするために他の動物を殺すのを政府は喜びません。だから私たちはスノーモービルに乗っているのです。人々は自分のチームをそれはきちんと世話したものですよ。ですが最近では町ぜんたいで二、三チームの面倒を見ているような始末。古くなった死体を棄てたいときには、みんなそれをハンターのところへ持っていきます。」

62頁　動物の無駄な殺生――ポンド・インレットのハドソン・ベイの店のマネージャーだったグレン・ジョンソン氏によると、こうした行為の被害をもっとも受けやすいのがアザラシ狩りだという。アザラシ市場は冷え込んでおりイヌイットはもはや皮を売ることができず、狩りの出費すらまかなうことができない。体の大きなアザラシは味が落ちるが、水面から見える頭の部分だけでは全体がどの程度の大きさか分からない。そのため夏にはアザラシを見つけ次第殺して行き、大きいアザラシの場合は沈むにまかせる。というのも皮をはぐ価値すらないからだ。犬ぞりチームは最近はすっかり少なくなったし、犬の頭数も減っている。ジステンバーのせいで多くの犬が死んでいるからで、そのため、アザラシの死骸は犬の餌に持って帰る必要もない。だがもう少し一般的な説明を試みよう。民族地誌学者リチャード・K・ネルソン氏は以下

24頁　自発的対非自発的移住——レゾリュートの物語は楽しいものではない。さらに哀しいことに、1960年代には大半のカナダ・イヌイットがけっきょく町に移り住んでいる。何人かの研究者によると、その頃までには獲物となる動物の数があまりにも減少してしまい、人々はもはや狩猟だけで生活していけなくなったらしい。ある本は婉曲的にこう記している。「広がる土地の要所要所にキャンプを張って罠を仕掛けるやり方では、イヌイットたちも生きていくことができなくなった。そこで複数の家族が少しずつ居留地に移ってきた。最初は季節を限って、やがては永住するかたちで」——Martina Magenau Jacobs and James B. Richardson III, ed., *Arctic Life: Challenge to Survive* (Pittsburgh: Carnegie Museum of Natural History, 1983), p.150. ただしこの主張には反論も出ている。他の研究者によれば、獲物は十分適正な数だったが人々は医療や、とくに子供たちの学校のために移住してきたという。これも同じ様にありうる話である。レゾリュートに住むイヌイットの一人、トニー・マニックは週末に狩りをしたたけで彼の家族が食べる食料の五〇%をまかなうことができたと語ってくれた（ＢＢＣのインタビュー、1991年10月)。それならば昔ながらの生活様式でやっていけるか、と尋ねたところ、まちがいなくやっていけるだろう、と彼は答えた。食べ物、家、暖房、衣料はまったく問題ない——だが家族が同意しない、と言う。もう一人、かなり高齢の男性の話によれば、彼自身は昔のような暮らしで楽に生きていくことができるだろうが、孫たちはそこまでタフではない。孫たちがかわいそうなので、かつてのような生活には決して戻りたくないそうだ。

33頁　デビル・フィッシュと隕石、そしてカミネローロフ遠征隊についてのWelzlの記述は前掲書pp.286, 195, 250. デビル・フィッシュは実在するが、Welzlはその特徴をいささか誇張している。

36頁　セイウチについての題辞——R.N. Rudnose Brown, DSC, *A Naturalist at the Poles: The Life, Work and Voyages of Dr. W.S. Bruce, the Polar Explorer* (London: Seeley, Service & Co., 1923).

36頁　クジラについての題辞——Franz Boas, *The Central Eskimo* (Lincoln: University of Nebraska Press [Bison], 1964 repr. of 1888 ed.).

1
キング・ウィリアム島

39頁　痛みについての題辞——Yukio Mishima, *Sun and Steel*, trans. John Bester (New York: Grove Press, 1970), p.39. ［三島由紀夫『太陽と鉄』(中公文庫、1987年)、44頁］。

39頁　アザラシ狩りの描写——エレズミーア島、グリース・フィヨルドで撮影されたイヌクティトゥットのビデオより。

ザ・ライフルズ

14頁　無用な殺生を戒める題辞——Barnabas Piryuaq, "Life As It Was" in *Inuktitut magazine* (fall 1986, no.64), p.16. ただし、第2章（ポンド・インレット）、63頁の「動物の無駄な殺生」の項も参照のこと。

14頁　殺生を肯定する題辞——Jan Welzl, *The Quest for Polar Treasures*, trans. M. and R. Weatherall (London: Allen and Unwin, 1933), p.268.

ライフル＝テキスト

17頁　コーンウォリス島の描写——1988年8月16-25日、ならびに1988年9月15-21日に訪れたときのもの。

22頁　レヴィ・ヌンガクとのインタヴュー——1988年9月19日、コーンウォリス島、レゾリュート湾におけるミニー・アラカリアラックの家にて、エリザベス・アラカリアラックの通訳により行われた。ヌンガク氏の説明は比較的穏やかなものであった。レゾリュートに住むイヌックの女性はかつて私にこう話してくれた（BBCのインタヴュー、1991年10月)。「ここに着いたときは暗くて寒かったですよ。小屋で夜を明かすことになって、そのままそこに一ヶ月住み続けたことを覚えています。家の外に出ることもできず、どう面倒を見たらいいものか自分でも分からなかった……子供といっしょに。一ヶ月まるまる何も口にしていなくてお腹はペコペコでした……私の子供も空腹ですっかりやせ細っていました。」哀しい詳細を次々に語る彼女の夫はこう言った。「私たちはムラサキイガイや食用になる二枚貝、鳥、あらゆる種類の鳥、それからベリー、木に生えているベリーなどを食べ慣れていました。ここには苔もなく、それからベリーも一粒もありませんでした。」チャーチルでは数人の白人がイヌックの赤ん坊を二百ドルで買おうとしたそうだ。そこの人々はイヌイットの写真を撮っては彼らに二十五セント与え、その金がずいぶん役に立った、と彼は言う。……こうした話を聞くのは耐え難いほど辛い体験だった。

注記

私が参考文献をどのように利用したか、知りたいと思う読者もいらっしゃるかも知れない。〈七つの夢〉の目的は「象徴としての歴史」を創造することにある。「象徴としての歴史」とはすなわち私たちが知っている揺るぎない事実に基づきながら真実ではない、魔力による変身や起源の説明であり、そうした事柄は真実でないからこそいっそう真実味を帯び、人々はそれを深く実感することができる。そのとき、人は語りの綱渡りをするようなもので、片側には奴隷的な直解主義、もう片側には耽溺が待ち受けている。これらの危険を考えると、この出典一覧を明記するのは賢明とも思われる。そうすることで、望みさえすれば、読者は私が想像を介して作り上げたいろいろな事柄をよりたやすく確認し、あるいはそれらに対して異議を唱えたり、私の独自性を監視したりする*1手段が与えられる。また私と同様、素人ながら興味を持った者にとって、このような出典一覧は、第一次資料など、さまざまな有益なテキストを手に入れるきっかけにもなるだろう。

ある意味で『ザ・ライフルズ』というこの「夢」は〈七つの夢〉の一巻目『ザ・アイス＝シャツ』の姉妹編であり、以下に記されているとおり『ザ・ライフルズ』内の情報は1987年に私が初めてグリーンランドとバフィン島へ旅して入手したものが多い。私は1848年の夏にフランクリン遠征隊の生存者の多くが消息を絶ったキング・ウィリアム島へは行ったことがない。キング・ウィリアム島の情景の大半はコーンウォリス島のものであり、その理由は注意深い読者には明らかだろう。これは本書の「仕掛け」の一つだ。他の夢同様この「夢」で私は時間のパレットのみならず、場所のパレットからも色を混ぜたのである。

＊1　これを説明するものとして、一巻目『ザ・アイス＝シャツ』の出典一覧に掲げた二つの例を参照せよ。

公開された膨大な量の参考文献は、それだけではまったく使いものにならない。未完成の橋では川の向こう岸まで行けないのと同じである……

ロイ・ゴッドソン編『クランデスタイン・コレクション』(1982年)

出典一覧

そしていくつかの注記

のぼると同時に、全収監者の46%を占める。

何百頭ものタテゴトアザラシがバレンツ海の夏の餌場を離れてノルウェー北部へ移動——北極圏で生態系が深刻な危機に陥っていることの証である。また北極圏における海鳥の数も急激に減少していることが報告される。

イエローナイフではポリクロム酸塩ビフェニルによる汚染が確認される。

1989 北極上空のオゾン層に深刻な被害が出ていることが報告される。

1990 レゾリュートとグリース・フィヨルドに移住させられたイヌイットに対する謝罪の決議文、棄却される。

1992 カナダ・イヌイット、投票により、ヌナヴット領をめぐる権利同意書が認められる。

に住んでいる間子供たちを居留地に残し、神父や尼僧の手にゆだねることを躊躇したのである……ちょっと離れたところには石油、照明、食料、暖房のきいた建物、ラジオ［,］などがあるというのに、誰が好きこのんで最低限の公共サービスと食料しかないような、地球の果ての寒いイグルーなどに住むものか［？］」

1962 カナダ在住のイヌイット、連邦政府から選挙権を獲得する。

1968 アラスカのプルッドホー・ベイで石油が採掘される。

1969 先住民の権利委員会が結成。

1971 カナダ・イヌイット・タピリサットが結成される（用語集 3 を参照）。

1975 イヌイットとクリーがジェームズ・ベイと北ケベック同意書に署名する。狩猟、釣り、政治的・言語的権利と引き替えに981,610平方キロの土地の権利を放棄するという内容であった。

1979 イヌイット全国問題検討委員会が結成される。

1981 イヌイットが居住する家屋の17%以上が大規模な補修を必要とする（1981年国勢調査より）。

1984 ハイドロ・ケベック・ダムの余水路から放出された水によって、北ケベックのカニアピスク川を横断中の10,000頭のカリブーが溺れ死ぬ。

北極圏西部カナダ領のイヌヴィアリユット、1975年の同意書とほぼ同じ内容のものに署名する。

1988 旧ソビエト連邦の北方先住民グループが狩猟、または罠によって得る収入は世帯収入の58%を占める。

先住民、カナダの総人口の6%に

リブーが移動経路を変え、イヌイットの人口が増加の傾向にあるときはいつでも彼らは一定期間飢餓に苦しんでいる……狩猟の実際はほとんど変化していない……こうした事柄を理解できると考えるのはたいへん傲慢なことである。」

1953 イヌクジュアック（ポート・ハリソン）からコーンウォリス島のレゾリュート湾、エレズミーア島のクレイグ・ハーバー（グリース・フィヨルド近郊）に初めてイヌイットの家族が移住させられる。「1953年の移住以前から騎馬警官隊とともにアレクサンダー・フィヨルド［エレズミーア島のクレイグ・ハーバーよりさらに北に位置する］に住んでいたイヌイットの家族がいた」――フランク・J・テスター教授。

1955 レヴィ・ヌンガク、ミニー・アラカリアラック、そしてその家族がレゾリュートに移住させられる。

1953-7 イヌクジュアックからレゾリュート、そしてエレズミーア島のグリース・フィヨルドへ十九家族が移住させられる。

1956 口径.44マグナム・ハンドガンのカートリッジが売り出される。

1960 アサバスカ族インディアン領におけるカリブーの数は約200,000頭。(1700年と1950年を参照。)

1960s 大半のカナダ・イヌイットが永住居留地に移る。テスターによると「彼らは政府の方針に従って移住した。子供を学校へ行かせなければならず、自分たちが離れた土地

1921		カナダ騎馬警官隊、ポンド・インレットに分遣所を設置。
1926		ジョン・ブローニング死去。
1929		ドイツではフリッツ・ワルサーがポリツェイ・ピストル（PP）を発売。
1930	市場での毛皮の価格が急落。	
1931		ワルサー、ポリツェイ・ピストル・クリミナル（PPK）を発売。
1934-5	北極圏中央部で大規模な飢餓。	
1935		口径.357マグナム・ハンドガン・カートリッジが売り出される。 ブローニング・ハイ＝パワー、ベルギーのファブリーク・ナシオナールより売り出される。
1938		イヌイット以外の罠掛け猟が法的に制限される。
1947		ソビエト軍、AK-47（カラシュニコフ）を採用する。
1950		アサバスカ族のインディアン領におけるカリブーの数は約700,000頭。（1700年と1960年を参照。）
1950s	イハルミユット族（カリブー・イヌイット）、大規模な飢饉に苦しめられる。おそらく連発式ライフル銃の乱用がカリブーの移動に影響を与えたものと思われる。モワットによると、「私が見てきただけでもここには百万頭に及ぶカリブーがいたが、今では生物学者が種の絶滅を危惧するくらい少数のカリブーが散見される程度である。」——「1950年代に起こったイハルミユット族の問題については、連発式ライフル銃が必ずしも原因であるとは断定できないと思う」とフランク・J・テスター教授は書いている（出典一覧148頁の項を参照）。「記録によれば、カ	

1896		ポール&ピーター・モーゼル、弾倉ばね式のピストルを製造し始める。
1899		スコットランドの捕鯨船員たちがサウサンプトン島に基地を設置。三年以内には五人を除き地元民全員が病死。
1900		ジョージ・ルガー、ボーシャールのピストルを改良して半自動拳銃ルガーを考案し、ドイチェ・ワッフェン・ウント・ムニシオンスファブリケン社が通常生産を始める。
		ハドソン海峡沿いとハドソン湾北西部では小火器が恒常的に使われるようになる。
		鋼鉄製のキツネ罠が北極圏西部にも導入される。
		北極圏西部でカリブーの数が著しく減少する。
		コルト社、ジョン・ブローニングの口径.38自動装塡式ピストルを生産し始める。
1903		米国、ロシアからアラスカ購入。
		ハドソン湾におけるジャコウウシの減少があまりにも激しいので地域監督者がジャコウウシの毛皮の輸出を禁止する。
1903-6		アムンゼン、北西航路をはじめて航行する。
1908		コルト社、1889年式リボルバーを陸軍向け特別仕様に改良。このデザインは1960年代まで変わらず。
1909		デュポン社が無煙火薬を米国で売り出す。
		ハドソンズ・ベイ・カンパニー、北ケベックに初めての恒久的な交易所を設ける。
1911		ブローニング、傑作の誉れ高いM1911型自動小銃を生産。
1917		半自動式軽機関銃、はじめて配備される。
1920s	市場における毛皮の価格が高騰。	

		スター・ライフル銃を使用していることを確認。
1879	シュワツカ大尉、ジョン・アーヴィングの墓を発見。	
1880		イギリス、北極海諸島の統治をカナダに移譲。
1883		ヨーロッパでハイラム・スティーヴンス・マクシムがマシンガンを発明し、自らの名前をつける。
1884		フランスでポール・ヴィエイユが初めて無煙火薬製造に成功。
1884-5		捕鯨船アビー・ブラッドフォード号、ハドソン・ベイ・イヌイットとの通商で15,582ポンドのカリブー肉を入手する。
1885		カナダ・パシフィック鉄道が完成。
1886-8		捕鯨船アビー・ブラッドフォード号があげる利益のうち、イヌイットとの取引によるものが23.9%を占める（1872-73年の項も参照）。
1887		ノーベル、無煙火薬のバリスタイトの製造に成功。
1888		ハドソン海峡の南岸に住むイヌイット、弓矢を使用しなくなる。
		ジェームズ・ロス卿、ポンド・インレットを命名。
1889		コルト社、弾倉が横に飛び出るダブル・アクションのリボルバーを考案。デザインも洗練されたものとなる。
1889-1911		フラートン岬で生まれた子供の半分ほどが混血。
1890		西部の平原地帯ではバイソンがほとんど絶滅する。
1892		オーストリアでヨーゼフ・ラウマンが無煙火薬を使った初めての自動装塡式ピストルを製造する。
1893		ユーゴー・ボーシャール、弾倉ばね式のピストルを考案。
1894	音節文字が宣教師によってバフィン島にもたらされる。	

		器にアップグレード。だがイヌイットは雷管の入手が困難だったため、引き続き前装銃を使用した。
1860-1		ウィンチェスター湾の捕鯨者たち、イヌイットと取引をする。ジャコウウシの肉を火薬や弾薬と交換。
1860-1915		ハドソン湾での捕鯨、隆盛をきわめる。
1866-7		ハドソンズ・ベイ・カンパニー、マーブル島でイヌイットと毛皮の取引を始める。
1867		マーブル島で初めて性病が確認される。
1869	チャールズ・フランシス・ホール、ヘンリー・ル・ヴェスコンテ大尉の遺骨を発見。	
1870		スミス&ウェッソン社、基部周縁に導火線がついたリムファイアー式弾薬筒を使用する口径.44の拳銃「モデル・ナンバー・スリー」を発売。薬室の装薬を一掃できるトップ・ブレイク・デザインを採用した。 ハドソン湾でも捕鯨者による毛皮取引が盛んになる。 カナダの大陸横断鉄道建設着手。
1871		マーブル島でイヌイットが初めて捕鯨ボートを利用。
1872		スミス&ウェッソン社、ロシア帝国陸軍にダブル・アクション式の拳銃の売り込みをはかるが、失敗。
1872-3		捕鯨船アビー・ブラッドフォード号があげる利益のうち、イヌイットの取引によるものが0.9%を占める。(1886-88年の項も参照。)
1873		コルト社、メタリック・カートリッジ式のシングル・アクション口径.45リボルバーを生産。
1877		コルト社、初めてのダブル・アクション・リボルバーを考案。
1878		フレデリック・シュワツカ大尉、デポ島のイヌイットがウィンチェ

	シュ川へ向かう途中、壊血病と飢えのために死亡。	
1849		フランスでクロード・エチエンヌ・ミニエ、拡張型円錐鉛弾を発明。ライフル銃の性能が向上する。
1850	英国政府、フランクリン遠征隊の救出に成功した者に二万ポンドの賞金を出すことを発表。 ビーチー島で最初の三つの墓が発見される。	
1851		コルト式海軍モデル、発売。
1854	ロバート・マクルーア率いる遠征隊、北西航路完遂に成功。 ジョン・レイ、白人の一行が西方で餓死した、という話をペリー・ベイ・イヌイットから聞く。 フランクリンと彼の部下たち、全員死亡との公式見解が発表される。	
1857		スミス&ウェッソン社、最初のメタリック・カートリッジ式口径.22リボルバー「ナンバー・ワン」を考案。
1858		レミントン、ソリッド・フレーム・リボルバーを考案。
1859	フランシス・レオポルド・マクリントック、キング・ウィリアム島の砂礫層の尾根に、下士官の制服を着たままの遺骨を発見。副指揮官ウィリアム・ロバート大尉、二名の遺骨を乗せた救命ボートを発見。	
1860		米国陸軍、コルト式リボルバーを騎兵隊に配布することに同意。 ペルシャ陸軍のE・シュルツ少佐、ショットガンに最適なニトロセルロースの放射薬を発明する。 ハドソンズ・ベイ・カンパニー、取引用の銃を前装銃から雷管式火

1829		ウィリアム・エドワード・ペリー、四回の北極圏遠征の功績が認められ、ナイト爵に叙せられる。
1830		マッケンジー地区における「獲物となる動物の欠乏と食料の不足に対する全般的な不平」についてハドソンズ・ベイ・カンパニーが見解を残す。
1831		ジェームズ・クラーク・ロス、北磁極の場所を特定する。
1833	ジョージ・バック、ロスの発見と救出のために遠征を組んで出港。ロスが無事であることを確認した後、そのまま南下してグレート・フィッシュ川の地図を作製する。	マッケンジー地区のカリブーがますます減少。
1836	艦長に昇格したバック、テラー号に乗ってリパルス湾へ行くが、氷に閉じこめられ、艦船が危うく潰される。	
1840-2		マッケンジー地区のインディアンのあいだで飢えと人肉喰いが一般化する。「[インディアンの]大半にとって交易品を手に入れるために必要な毛皮は、罠掛け式の猟によって手に入れる以外に方法はなく、これらの交易品、とくに弾薬は生存のために不可欠であった」(Yerbury)。
1845	ジョン・フランクリン卿、北西航路完遂のため、遠征隊を指揮する。	クリスチャン・ショーエンバイン、綿火薬を発明する。
1845-6		カリブー、マッケンジー地区で徐々に増加。
1846		アメリカ人が北極海東部で捕鯨を始める。
1846-7		ランキン湾の南に住むイヌイット、火器を所有し始める。
1847	ジョン・フランクリン卿、死亡。原因は不明。	口径.44コルト拳銃「ウォーカー」、米国陸軍に採用される。
1848	フランクリン遠征隊の最後の生存者が、バックのグレート・フィッ	

		料不足にあってもひどく貪欲である。」(Yerbury)
1805	フランクリン、オーストラリア沿岸の測量を手助けする。	
1807		スコットランドで牧師のアレクサンダー・フォーサイス、撃発装置を発明し、特許を取る。
1812-13		スレイヴィーとドッグ＝リブ・インディアン、フォート・ネルソンで白人家族を虐殺。弾薬不足で空腹に陥ったのが原因。
1814	フランクリン、ニューオーリンズの戦いで負傷。	
1815		合衆国でジョシュア・ショーが雷管を発明する。
1817		ハドソン海峡では弾丸一つが木製目《ま》庇《びさし》一個と取引される。
1818	フランクリン、副指揮官としてブーカン遠征隊に参加し、スピッツベルゲン島に向かう。	
1819-22	ハドソン湾から北極海への遠征でフランクリンが指揮官を務める。乗組員10名が飢えと寒さで死亡。そのうちの一人が、グリーンストッキングズの恋人であったフッド。	
1823	フランクリン、エレノア・ポーデンと結婚するがエレノアはすぐに死亡。一人娘のエレノアが残された。	フォート・シンプソンでインディアンの一団が毛皮と食べ物を交換する――これは新しくも不吉な傾向である。彼らは商人に自らの生存をゆだね始めたのである。
1823-4		罠を仕掛ける領地をめぐってイエローナイフ族と、ドッグ＝リブをはじめとする数部族が戦いに突入。
1825-7	フランクリン、北極海への二回目の遠征の指揮をとる。今回はアラスカ西方が中心。帰還後、ナイト爵に叙せられる。	
1828		北西航路発見者へ賞金を与える議会案が廃止される。

		隷にし、殺し、略奪を繰り返す。
1743		ハドソンズ・ベイ・カンパニーがアルバニー川を臨む場所に、内陸部に初めての交易所、ヘンリー・ハウスを設置する。
1745		ハドソン海峡を通過して北西航路を完遂したイギリス人に二万ポンド与えることを、イギリス議会が決定する。
1760-4		チプウィアン族、火器への依存を強める。
1760s		チプウィアン、ビーヴァー、スレーヴ、そしてクリー族が友好関係を結ぶ。
1760-1860		クッチン・インディアン、人口の80%を失う。
1774		ハドソンズ・ベイ・カンパニー、クンバーランド・ハウスを設置。
		商人のグラハム、40人のイヌイットに銃の使い方を教える。
1776		北西航路発見の条件としてハドソン海峡通過の項目が議会案から削除。
1784		ライバルのノースウェスト・カンパニーが参入。
1786	ジョン・フランクリン卿誕生。	
1789		記録によると、マッケンジー・イヌイットが、地元の中間商人を介し、ロシア人と物々交換を行なって初めて鉄を手に入れる。
1792		ノースウェスト・カンパニーの商人、借金のカタにチプウィアン族の親戚の女をもらい受け、性的奴隷として従業員に売る。
1795		鋼鉄製の罠の使用でハドソン湾西側のビーバーの数が減少し始める。
1800-21		毛皮会社の間で激しい商業戦が展開。
1800-1900		カナダ・アサバスカ族、女子を殺して間引きをする。スレイヴィー・インディアン曰く「女は戦争のとき以外は足手まといだし、食

て使われる。

?1500 古代ノルウェー人、グリーンランドから消滅する。

1515 ドイツでヨハン・キーフスがホイール・ロック式のマスケット銃を発明する。

1554 イギリスで初めて銃が鋳造される。

1576 マーチン・フロビシャー、初めて北極圏へ航海。

1577 二回目の航海でフロビシャー、グリーンランド・イヌイットを訪ねる。

1585 爆弾が発明される。

1587 北西航路を求めてジョン・デイヴィス、北極圏へ航海。

1595 英国軍、弓矢の使用を停止。

?1600 北極圏に近代イヌイット文化が発祥。

1605 キャプテン・ゴツケ・リンデナウ、イヌイットを誘拐しはじめる。

1616 ウィリアム・バフィン、北西航路を求めて航海。

1621 ヴァージニアで鉛の精錬と採掘が始まる。

1680s 商人たちから武器を手に入れたクリー・インディアンがチペウィアンを駆逐し始める。

1700 アサバスカン・インディアン領におけるカリブーの数は約2,400,000頭。(1950年と1960年を参照。)

1716 ヨーク・ファクトリーから帰還したインディアンの三分の一が、十分な火薬と弾を入手できなかったために餓死。

1719 イヌイットが、フォート・チャーチヒルでビーズの交換を始める。

1721 ハンス・エジェデがグリーンランドへ航海し、イヌイットたちを改宗させる。

1741 ロシア人、アリューシャン列島を発見する。彼らは現地の人々を奴

ライフル銃の時代

??	バフィンランドでセドナが豊饒の神となる。	
?30,000BC		シベリアの狩猟民、ベーリング海峡にかかっていた陸の橋を渡り、ユーコン準州の北部へやってくる。
?10,000BC		ベーリング海峡の陸の橋が水没。
?2000BC		グリーンランド北部、エレズミーア島、デヴォン島、そしてコーンウォリス島にインディペンダンスI文化発祥。
		アラスカ、カナダ、グリーンランドに北極スモール・ツール文化発祥。
?1700BC		低北極圏で前ドルセット文化が主流となる。
?1000-500BC		インディペンダンスI文化からインディペンダンスII文化に移行。
?500BC-?AD1000		ドルセット文化が北極圏で主流となる。
?900-?1200		テューレ・イヌイットがアラスカから東のグリーンランドへ移住する。
?985		エイリック・ザ・レッドがグリーンランドに古代ノルウェイ人の居住地を作る。
?1200		小氷河時代に入る。
1284		ロジャー・ベーコン、火薬の描写を残す。
1400年頃		施条をつけた銃身が、記録上初め

ワインランド
第六の時代の年譜

マヌリク Manulik［カナダ・イヌクティトゥット語］ 息を吐くとフードのひだえりの毛皮にできる霜。

Lucien Schneider.

カーミク Kamiks［アングロ化されたカナダ・イヌクティトゥット語。kamikの複数形はkamiit］ ブーツ。一番外側に履く靴。本書のいうカーミクとは〈カミリウルプク〉（＝「彼女はブーツを作る」）によって、動物の皮を用いて手作りされたものをさすが、たとえば工場で作られた軍靴をカーミクと呼ぶこともできる。シロクマの皮で作ったカーミクは温かく、美しいが非常に稀。アザラシ皮で作ったものがもっとも一般的。防水になっているが薄いのですぐに傷む。靴底にはセイウチの皮を張ることもあり、そうすると非常に頑丈になるが、その場合、〈カミリウルプク〉はかなりの報酬を要求する。というのも彼女はセイウチの皮を長い時間をかけて噛み続けなければならないからだ。カリブー皮のカーミクはとても温かく、冬にはうってつけだがアザラシ皮のものに比べると防水は弱い。

カキウティ Qakiuti［カナダ・イヌクティトゥット語］ ライフル銃。

キラウヤウティ Qilaujjauti［ポンド・インレット・イヌクティトゥット語］ 白いアザラシ皮で作られた太鼓。**アヤ・アヤ・ソング**に使われる。

クキ・ウティクルク Quki utikuluk［カナダ・イヌクティトゥット語］ 良い銃。

クラワク Kulawak［カナダ・イヌクティトゥット語］ ある時期にどのカリブーを殺すのが一番良いか、それを指示する法をきちんと守る良き狩人。

クンガリイト Qungaliit［カナダ・イヌクティトゥット語］ 酸味のある植物。

コマティク Komatik［カナダ・イヌクティトゥット語］ 滑走部が長い、現地産の橇。（一番多く目にしたのがこの綴り。他にも *qamutiik, qamotik, kamatik* などと綴る。）

サヴィク Savik［カナダ・イヌクティトゥット語］ 幅広のスノー・ナイフ。ウールーに対して小さな台所用ナイフ、またはポケット・ナイフをさす。

スキードゥ Skidoo［英語とイヌクティトゥット語］ 電動ソリ。

スルク Suluk［カナダ・イヌクティトゥット語］ 翼。

スルク Suluk［ユピック語］ 鳥。

トリプ・ド・ロッシュ Tripe de roche［フランス語］ イワタケ。北極の探検家たちが空腹をまぎらわすために食べた黒い苔。

ナドラク Nadlak［カナダ・イヌクティトゥット語］ カリブーの横断。

ナノック Nanoq［カナダ・イヌクティトゥット語］ シロクマ。

ヒミツ Secret［リーパーが作った英語］ たばこ、シガレット。

ピュウユクルク Piujukuluk［カナダ・イヌクティトゥット語］ 愛しく小さき良きもの。

ピルクシアット Pirruqsiat［ポンド・インレット・イヌクティトゥット語］ 花。

マッタク Mattaq［カナダ・イヌクティトゥット語］ イッカク（または他のクジラ、とくにシロクジラ）の皮。美味な食料となる。（*maktaq, muktuk* とも言う。）

4
その他

アイラク Airaq［カナダ・イヌクティトゥット語］「私たちが食べる根っこ。クリスコ・オイルで調理するととても美味」――ハンナ・パニパクーチョ、ポンド・インレット、バフィン島（1989年）。

アツィアク Atsiaq［ウンガヴァ・イヌクティトゥット語］ 動物の名前の指小語。

アプティク Aputik［カナダ・イヌクティトゥット語］ 雪。

アヤ・アヤ・ソング Aya-aya songs［カナダ、グリーンランド・イヌクティトゥット語］ ドラムのリズムに合わせて歌われるこれらの歌は、バラッドに相当する物語歌の中のリフレーンとして、あるいは曲の中の唯一の言葉として、しばしば「アヤ」という語を含む。後者の場合は何度も繰り返される。

アルモーティ Armauti［カナダ・イヌクティトゥット語。字義通り「運ぶこと」］ 女性のフードと体の間から下げる袋でそこに赤ん坊を入れて運ぶ。（*armaouti, armautik, amouti* とも言う）

イヌクシュク Inukshuk［カナダ・イヌクティトゥット語］ 猟師が求める方向へカリブーを追い立てるために、石で作られた人型の「像」。

イヌクポ Inukpo［レゾリュート・ベイ・イヌクティトゥット語］ 肉につけて食べるディップとして利用される液状のアザラシの脂肪。

ウールー Ulu［カナダ、グリーンランド・イヌクティトゥット語］ 皮をはいだり、肉を細かく切ったするために使われる三日月型の女性用ナイフ。『ザ・アイス＝シャツ』にはグリーンランドの *ulo*（こう綴られることもよくある）の絵が載っている。

ウクトゥク Uktuk［カナダ・イヌクティトゥット語］ カント。（*Utuk* とも言う）。

ウヤロク Ujarok［カナダ・イヌクティトゥット語］ 岩。

ウミアク Umiak［カナダ・イヌクティトゥット語］「季節ごとの移住に際して使われるアザラシ皮のボート。二十人まで乗ることができる。ギア、帆、パドルがある。（これは主に家族向けのボートで、グリーンランドでは『女の』ボートと考えられており、女性だけがカイではなく、オールを用いてこいだ。ウンガヴァでは習慣上男性がカイでこぐことが許された［)］……」――

士はさらに付け加える。「地名は彼にちなんだものである。彼は農夫（labrada）であった。」

レゾリューション島 Resolution Island［英語］ バフィン島のメタ・インコグニータ半島から少し東に位置する島。1819年、フランクリンの第一回北極圏遠征隊の旗艦が座礁しかけた。

レゾリュート湾 Resolute Bay［英語］ イヌイットが移住させられた、コーンウォリス島の南岸にある集落、カスイッタクの英語名。「レゾリュート湾と**グリース・フィヨルド**……はイヌイットのコミュニティとして自然発生したものではなく、政府によって人工的に作られた集落である……アークトップスとして知られているカナダ＝アメリカ共同遠征のための気象基地として、レゾリュートは1947年に作られた。実は基地には別な場所が計画されていたが、氷の状態が悪く、船の到着も遅れたのでレゾリュートを代替地にすることを余儀なくされた」――マキヴィック・コーポレーション、カナダ・イヌイット・タピリサット、そしてカティヴィク地方省の声明文書より。

ポート・ハリソン Port Harrison　**イヌクジュアック**の項を参照。

北西航路 Northwest Passage　「北極の聖杯」と呼ばれ続けたこの航路は、アメリカ北部を横断し、ヨーロッパとアジアを結ぶ水路として夢想されたものに過ぎなかった。北米大陸でその夢がついえるや、探検家たちは早くも十六世紀後半にはカナダ圏の北極海諸島に目を向け始めた。ジョン・フランクリン卿（用語集1を参照）と129人の部下たちは航路完遂をめざす1845-48年の遠征で命を落とした。死亡したフランクリン隊が**飢餓の入り江**に到着したとき、彼らは「命をもって最後の輪をつないだ」と言う者もいる。後に彼らの救援に向かったマクルーアこそが北西航路の存在を初めて証明した（1854年）、という声もある。航路の全行程を船で初めて通過したのはアムンゼンであった（1906年）。

北磁極 North Magnetic Pole　コンパスの針が向くのは、私たちが真性北極点と呼ぶ地球の地軸の最北点ではなく、この北磁極である。磁極は北西方向に移動している。1831年、ロスによって初めて発見されたときは、北米本土のブーシア半島に位置していた。1980年にはバサースト島に到達し、1991年には、**イージクセン**にほど近いキング・クリスチャン島の北端にあった。

ポンド・インレット Pond Inlet［英語］王立天文台のジョン・ポンドを讃えて1888年にジョン・ロスが命名した。（フランクリンの古い地図にはポンズ・ベイと記されている。）ボアスによると、もともとはトゥヌニルミユットと呼ばれる一族がここで夏を越していたらしい。今世紀に入るまで永続的な集落は存在していなかった。ミッティマタリック（先住民による呼び名）はバフィン島北岸の美しいイヌイットの町。「1930年代、シンギヨックでサベルム・カンパニー交易所を経営していたイヌックであるミッティマが名前の由来だろう」――カナダ・インディアンと北方地域省発行のパンフレット『ザ・イヌイット』より。ここからレゾリュートに移住させられた人々もいた。ある男性は移住を嫌って銃で自殺した。1988年、人口は943人。地元で発行している観光案内のパンフレットには以下のように書かれている。「ストラスコナ湾の鉛と亜鉛開発、さらには高北極諸島の石油採掘のおかげで、この地の賃金雇用は北極圏内の大半のコミュニティに比べてずっと良好である。」

ユリーカ Eureka　エレズミーア島の西海岸、北緯八〇度にある。カナダ環境庁気象観測所もここにある。観測所はもともとカナダとアメリカの共同プロジェクトの一環として建てられた。現在アメリカは撤退。民間施設として世界で最北のものと思われる。（大規模な軍事基地である**アラート**はエレズミーア島の北岸に位置する。）地元の人々はユリーカを「北極の庭園」と呼ぶ。

ラブラドール Labrador［ラテン語］「ラブラドール――ラブラトリス・テラ――の名は、1500年にコートレアルが奴隷にするためのインディアンを何人か船に乗せて連れ帰ったことに由来する」――Parkman. ブルース・トリガー博

まりインディアンの領土となる。）1992年、カナダ・イヌイット・タピリサット（用語集２を参照）を初めとする数グループが、ヌナヴットの存在を認めると解釈できる同意書を政府との間で交わした。本書執筆の段階では現実がどう展開するか、即断はできない。［訳注――イヌイットによる地方政府「ヌナヴット準州」は1999年４月１日に発足。準州とはいえ独立した立法、行政、司法権を与えられ、実質的には「イヌイット政府」に等しい。］

バックのグレート・フィッシュ川 Back's Great Fish River ［英語］ **飢餓の入り江**からそう遠くない、我らが北米大陸の北方沿岸から流れる、急流の多い長い川。現在は略してバック川と呼ばれている。この川を最初に地図に記したジョージ・バック（用語集１を参照）から名付けられた。インディアン名はスリウィーチョホーセス *Thleweechohoesseth*。1848年、フランクリン隊の乗組員たちはこの川に最後の希望を託した。彼らは約1920キロ離れたグレートスレーヴ湖畔のハドソンズ・ベイ交易所まで、この川をさかのぼって到達しようと考えたのである。バック自身によると「体力を消耗し、疲れ切った一行がそこへ行っても生存の見込みはないだろう」とのことだった（Cyriax）。

バレン・グラウンズ Barren Grounds ［英語］ Barrens, Barren Lands とも言う。チャーチルからマッケンジー川河口、そしてリパルス湾におよぶ五十万平方マイルのツンドラ地帯。木が生えていないところからその名前がついた（ただし南側には小さな木がところどころ生えている）。湿地、川、茂み、そして蚊などの条件により、夏のこの地域を旅するのは、ことの他疲れる。冬、獲物となる移動動物は少なく、それゆえフランクリンもコッパーマイン遠征（1819-22年）で苦労した。

ビーチー島 Beechey Island ［英語］ 探検家フレドリック・ウィリアム・ビーチーを讃えてその名が冠せられた。デヴォン島南東に位置するこの小島は**レゾリュート**にも非常に近い。フランクリン最後の遠征隊は一年目の冬をここで過ごした（1845-46年）。「島の東側の斜面に沿って、目に見えるものと言えばジョン・トリントン、ジョン・ハートネル、そしてウィリアム・ブレインの墓石ばかりで、それを縁取るように、西にはそびえ立つ垂直の断崖、東にはエレボス湾の浜辺が見えた」――Beattie and Geiger.

フロビシャー・ベイ Frobisher Bay ［英語］ **イカリュイ**を参照。

ＰＯＶ ［カナダ・イヌクティトゥット語、省略形］ **ポヴングニトゥク**。

ポヴングニトゥク Povungnituk ［カナダ・イヌクティトゥット語。「腐った肉のような臭いがする所」］ ハドソン湾東側、**イヌクジュアック**から少し北へ行ったところにある町。名前の由来として考えられるのは「大量のベルーガがここに運ばれ、解体されたのでやがてこの場所には肉の臭いが充満した」（ゼベディ・ヌンガクとユージーン・アリマ）からか。別なイヌックによると、昔ここで大勢の人間が餓死し、腐敗する死体の臭いからこの名前がついた、とも言う。

ム島を訪れるようになった。こうして彼らは……ウグジュリルミユットと混ざり合った」——Boas.

キング・ウィリアム島 King William Island［英語］ **キケルタック**の項を参照。

クーユアラピック Kuujjuarapik［カナダ・イヌクティトゥット語］ **グレート・ホエール川**の項を参照。

グリース・フィヨルド Grise Fiord　移住させられたイヌイットたちが住んだエレズミーア島の南岸にある集落の名前。1986年、人口は114人。**レゾリュート**近郊よりも獲物となる動物は多い。「新たなコミュニティを形成すべく連邦政府によって選ばれた場所……1953年に交易所がわりとなったカナダ騎馬警官隊の駐屯地付近に作られた」——マキヴィック・コーポレーション、カナダ・イヌイット・タピリサット、そしてカティヴィク地方省の声明文書より。「グリース・フィヨルドのように小規模な人工集落の、長期にわたる継続性は常に疑わしいものであった」——『北米インディアン・ハンドブック』第五巻。

グリフィス島 Griffith Island［英語］ **コーンウォリス島**のすぐ南にある小島。

グレート・ホエール川 Great Whale River［英語］ ポスト・ド・ラ・バレイヌとも呼ぶ。**イヌクジュアック**の南、ハドソン湾の東岸にある集落、クーユアラピックにつけられた名前。クーユアラピックにはイヌイットとクリー族が混在する。高木限界線の真下に位置するので小さな木がところどころに生えている。

コーンウォリス島 Cornwallis Island［英語］ 東のデヴォン島、西のバサースト島にはさまれた泥と砂礫ばかりの島。南の沿岸には**レゾリュート**の町がある。この緯度だと一年のうち四ヶ月は日が昇らない。

コッパーマイン川 Coppermine River［英語］ 十八世紀、ヨーロッパ人として初めてサミュエル・ハーンがこの長大な川を下った。フランクリンと士官たちは1819-22年の一回目の陸路遠征において、北極海への途中、この川のより正確な地図を作成した。付近からはインディアンたちも利用した自然銅が産出されることから、その名前はおそらくインディアンがつけた名称をそのまま訳したものと思われる。

トゥッドヤート Tudjaat［カナダ・イヌクティトゥット語］ コーンウォリス島の**レゾリュート湾**の別名。

ヌナヴィック Nunavik［カナダ・イヌクティトゥット語］ ヌーヴォー・ケベック（ケベック州の北部、**イヌクジュアック**や**ポヴングニトゥク**を擁する）にあるイヌイットの故郷を彼らの言葉で称したときの言い方。現在カナダ政府はこの名称を正式に認めている。

ヌナヴット Nunavut［カナダ・イヌクティトゥット語。「我らの土地」］ カナダ・イヌイットが住む北極圏の土地。北西地方の北半分を自分たちの自治領とし、それをヌナヴットと呼ぼうとする動きがある。（南半分はデネー、つ

ples of Québec。イヌックの老人によるとこの地名は「多くのイヌイットの場所」という意味らしい。1990年、イヌクジュアックの人口は約900人。現在はマキヴィック・コーポレーションの本拠地となっている（用語集２を参照）。

ヴァン・ディーメンズ・ランド Van Diemen's Land［英語］ タスマニア。ジョン・フランクリン卿（用語集１を参照）は最後の北極圏遠征の前年までここの総督を務めた。「V・D・ランド」と呼ばれることが多い。

ヴィンランド Vinland［古ノルド語。「ブドウの木の国」または「ワインの国」］北アメリカ。

ウクトゥク湖 Uktuk Lake［カナダ・イヌクティトゥット語。「カント湖」］ バフィン島、**ポンド・インレット**から数マイル南西へ行ったところにある。湖を取り囲む狭い崖は唇のよう。

エレフ・リングナース島 Ellef Ringnes Island［ノルウェー語］ 1898-1902年にオットー・スヴェルドルップが発見したスヴェルドルップ諸島の一つ。カナダの北極海諸島の北西の角に位置する。

カナダ Canada［モホーク、ホシェラガ・インディアン］ セント・ローレンス川の名前、あるいは川沿いにあったインディアン集落の名前。かつてはルイジアナ領や、スペインが自らの領土であると主張したフロリダと呼ばれる地域をも（人によっては）含む、より広大なニュー・フランスのことを「カナダ」と称した。世界の新鮮な水の大半はカナダ、とくに北西地方にあると言われている。

カラトディット・ヌナット Kalâtdit Nunât［カナダ・イヌクティトゥット語。「人々の土地」］ グリーンランド。（グリーンランド語では *Kalaallit Nunaat.*）

飢餓の入り江 Starvation Cove［英語］ 我らが大陸の北方沿岸にある入り江で**キケルタック**とはシンプソン海峡によって隔てられている。フランクリンの最後の遠征で生き残った男たちが到達したここが、彼らにとっての「最南」であった。これ以降、彼らは飢えに屈服する。

キケルタック Kikertak［カナダ・イヌクティトゥット語。「島」］ キング・ウィリアム島。ここに住むイヌイットは自分たちをキケルタルミユット、つまり「島に住む者たち」と呼ぶ。彼らはネットシリク族（用語集２の「イヌイット」の項を参照。）のサブ・グループ。ブーシア半島のすぐ西、我らが大陸の北方沿岸からほんの少し離れたこの島で、ロスは1832年に**北磁極**を発見した。1846-48年にかけて、フランクリンの最後の遠征隊は不運にもここ（正確には北西の海岸線を臨むヴィクトリア海峡）で氷に閉じこめられた。キケルタックはもともとウグジュリルミユットと呼ばれるイヌイットの一族の領土であった。ネットシリク族は彼らの東方に住んでいた。「ウグジュリルミユットがフランクリンの二隻の艦船を解体して大量の金属と木材を手に入れるや、ネットチリルミユットもその分け前にあずかろうとキング・ウィリア

3
地名一覧

アドリヴン Adli'vun［バフィンランド・イヌクティトゥット語。「我々を超えた者たち」――Boas（1888年）］ 海の底の**セドナ**の家がある場所（用語集1を参照）。

アラート Alert　エレズミーア島の北、沿岸にある軍の基地。もともとはカナダとアメリカの共同プロジェクトの一環として作られた。

イージクセン Isachsen［ノルウェイ語］ **エレフ・リングナース島**の西岸に位置し、カナダ環境庁気象観測所の廃墟がある。観測所はもともとカナダとアメリカの共同プロジェクトの一環として建てられた。1991年、**北磁極**はイージクセンのすぐ南にあった。「イージクセン近郊で雄雌、それに仔の計三頭のカリブーが生息するには300平方マイルの餌場が必要とされ、それ以上荒涼とした地域での生存は難しいだろう」――『ブリタニカ大百科事典』

イヴィアギクナック Iviagiknak［カナダ・イヌクティトゥット語。「女の乳房のような」］ **コッパーマイン川**河口付近にある場所で、フランクリンの二回目の遠征隊が1821年6月18日から20日にかけてキャンプをした。

イカリュイ Iqaluit［カナダ・イヌクティトゥット語］ フロビシャー・ベイとも呼ぶ。バフィン島の南、北極圏のすぐ下に位置する大きな町。北極圏の南側を移動する飛行機の大半がここを経由する。**ヌナヴット**の首都候補。レゾリュートへの移住が行なわれていた頃、「イカリュイは合衆国空軍基地であり、軍・民合わせておよそ五十から六十人が住んでいた。」――ロバート・パイロット、北西地方の元副行政官。

イヌクジュアック Inukjuak［カナダ・イヌクティトゥット語］ ポート・ハリソンとも呼ばれる。ハドソン湾の東岸にあるケベック州の町。1950年代の移住計画により、この地の人々が最初に移住させられた。「この地域に住むイヌイットにとって、ここは長い間交易の中心地であった。四方約160キロに及ぶイヌクジュアック、つまり〈巨人〉はイヌクスアック川の河口に位置する。彫刻に使用される凍石ステアタイトの鉱床を有す……イヌクジュアミユットの……生活様式は……伝統を重んじるものである」――SAGMAI, *Native Peo-*

ナヤガ Najaga［カナダ・イヌクティトゥット語］ 妹、または姉（語り手が女性である場合）。

ナヤクサヴァ Najaksava［カナダ・イヌクティトゥット語］ 従姉妹（語り手が男性である場合）。

ヌカラ Nukara［カナダ・イヌクティトゥット語］ 同性の弟、または妹。

ヌリアシュック Nuliashuk［ウンガヴァ・イヌクティトゥット語］ 愛人、女性のセックス・パートナー。

-ミユット -miut［カナダ・イヌクティトゥット語］ ～に住む者たち（たとえばイヌクジュアミユット＝イヌクジュアックに住む者たち）

ユイット Yuit［ユピック語］ シベリア系**イヌイット**。シベリア北部に住む二十六のネイティヴ・グループの一つ。このうち大きなものはチュクチ、エヴェニー、カーンティ、ネンツィー、ナナイツィー。

レッド・ナイフ・インディアン Red Knife Indians **コッパー・インディアン**の別名。

チプウィアンのそれと同じだが、性格的には彼らよりもずっと長所が多い……」――フランクリン（1820年）。フッドによると、コッパー・インディアンはイエローナイフ（つまりレッド・ナイフ）インディアンにそっくりだったらしい（最近の研究書や論文にも同様の記述が見られる）。フランクリンはおよそ190人いると推定した。グレート・フィッシュ川を下ったバックの遠征に随行した博物学者によると、ヨーロッパの人々から感染した性病を患うコッパー・インディアンが非常に多く、「何らかの手を打たない限り彼らは今後数年のうちに絶滅するだろう」と記されている（Yerbury）。『北米インディアン・ハンドブック』（第六巻、亜北極圏）はまったく別な記述をしている。それによると**ドッグ＝リブ・インディアン**が戦さの復讐のために三十四人のコッパー・インディアンを殺した後、コッパー・インディアンは他の土地へ撤退し、チプウィアン族と再び融合した。グリーンストッキングズ、キャスカスリー、そしてアカイチョ（用語集１参照）はみなコッパー・インディアン。

チッペウァ・インディアン Chippewa Indians［「皺の寄った縫い目のモカシンを履く人々」――フッドの言葉より（1820年）］　彼らに関しては多少の混乱があるようだ。チッペウァはオブジワとしても知られ、**チプウィアン**とは別種族。だがフランクリンの一行が両者を区別していたかどうかは不明。

チプウィアン・インディアン Chipewyan Indians［「鋭い肌の人々」］　亜北極地帯に住む遊牧インディアンのグループ。ヨーロッパの人々が到着した頃には約3500人ほどいた。「北方**アサバスカ族**の中でもっとも数が多く、広い地域に住む。彼らは太古よりシー川の北、ハドソン湾付近から、北西へと大きく弧を描く領域に住み、北極圏境界線の北のコッパーマイン川河口までの森林－ツンドラの移行帯に居住した……チプウィアンたちは付近に住むアサバスカ族の**ドッグ＝リブ**やスレイヴィーについて、自分たちと似ているが民族的には異なると考えている。北方の**エスキモー**には『平地（つまりバレン・グラウンズのこと）に住む敵』、南方のクリー族には単に……『敵』と呼ばれている」――『北米インディアン・ハンドブック』（第六巻、亜北極圏）より。フランクリンの時代、**コッパー・インディアン**はチプウィアンと区別された。（フランクリンによるその他の綴り。*Chippewyans, Chippewayans*）

ドッグ＝リブ・インディアン Dog-Rib Indians　亜北極圏のこの一族は**イヌイット**より南、**チプウィアン**の西に住んでいる。イエローナイフのほとんどのインディアンはドッグ＝リブ族。「ジョン・フランクリン卿による1819–22年の遠征の記述によれば、当時のドッグ＝リブ族はアカイチョ族長（用語集１参照）に導かれたイエローナイフ族を恐れていた。……フランクリンはこの頃のスリングチャ・ディンエ（ドッグ＝リブ族）を描写し、彼らがクリー族から『奴隷』と呼ばれていた、と書き残している」――『北米インディアン・ハンドブック』（第六巻、亜北極圏）、p.294.

リブー（=**イハルミユット**）、ネットシリク（南をめざし、飢えに苛まれたフランクリン隊の生き残りは彼らに出会った）、**コッパー**、そしてマッケンジー。ヨーロッパから人々が渡来した頃、カナダ・イヌイットの数は二万二千人ほどだったが、1900年までに病気によって三分の二が死亡。だが人口は持ち直し、現在では急速に増えている。

イヌック Inuk［イヌクティトゥット語］ **イヌイット**を参照。

イハルミユット Ihalmiut［イヌクティトゥット語］ キワティン地区のカリブー・**イヌイット**で、息を呑むほど美しいビーズ細工で有名。現在はベーカー・レイク、チェスターフィールド・インレット、ランキン・インレット、ホエール・コーヴ、そしてエスキモー・ポイントに多く住む。彼らはかつて食料、衣類、住居について完全にカリブーに依存していた。大規模な飢えの後、移住させられる。

ウイシュク Uishuk［ウンガヴァ・イヌクティトゥット語］ 男の恋人／セックス・パートナー。

エスキモー Eskimo［オブジワ語？、モンタニエ語：*ayassime'w*＝「彼女は雪靴を編む」］ 外国人は**イヌイット**をこう呼ぶ。字義通りの意味は「生の肉を喰う者。」多くのカナダ・イヌイットたちはこれを蔑称と考える。だがアラスカでは今だに広く使われている。（*Esquimau, Eskimau* などと綴られることもある。）

カールナート Qaallunaat［カナダ・イヌクティトゥット語。字義通りには「もじゃもじゃの眉毛の人々」］ 白人に対するカナダ・**イヌイット**の呼称。

カイルニルミユット Qairnirmiut［カリブー・イヌクティトゥット語。字義通りには「なだらかな床岩の人々」］ ある資料は彼らについて簡単にこう説明している。「1950年に飢餓の被害が甚大だった**イヌイット**」

カナダ・イヌイット・タピリサット Inuit Tapirisat of Canada［文字通りには「人々のチーム」――一般的に「エスキモーの友愛」と訳されることもあるが、これを不満とする「エスキモー」もいる］ 1971年に設立された非営利組織でイヌイットの価値観を守るのが目的。1992年、ヌナヴット同意書（用語集3を参照）の調印が行われたが、際してこの組織が果たした役割は大きい。

ケベック・マキヴィック・コーポレーション Makivik Corporation of Québec 初のイヌイット系の開発企業。土地をめぐる政府との交渉などを行なう。多くの先住民企業と異なり、マキヴィックは比較的力を持ち、金銭的にも安定している。たとえば1991年にはバフィン島とその近辺を結ぶ航空会社ファースト・エアを買収している。

コッパー・インディアン Copper Indians 「……**チプウィアン**、タンツァフォット＝ディネー、またはバーチ＝リンド・インディアンによる呼称。もともとはチプウィアンの一部族だった。……彼らの言語……と習慣……は本質的に

2
民族・組織・親族用語一覧

アカガ Akaga［カナダ・イヌクティトゥット語］ 父方の叔父。

アサバスカ族 Athabascans 自らを「ディネー」と呼ぶカナダ北部のインディアンの総称（アサバスカという湖より）。チプウィアン、ドッグ＝リブ、スレイヴィー、ビーバー、セカニ、カスカ、マウンテン、そしてクッチン族のこと。（*Athapaskans* とも綴る。）

アターガ Ataaga［カナダ・イヌクティトゥット語］ 父。

アナナーガ Ananaaga［カナダ・イヌクティトゥット語］ 母。

アニガ Aniga［カナダ・イヌクティトゥット語］ 兄、弟（話者が女性の場合）。

アルナガティガ Arnagatiga［カナダ・イヌクティトゥット語］ 母方のいとこ。

アンガガ Angaga［カナダ・イヌクティトゥット語］ 母方の叔父。

アンガコック Angákok［グリーンランド語］ シャーマン。

アンガコット Angákot［カナダ・イヌクティトゥット語］ シャーマン。

アンガユガ Angajuga［カナダ・イヌクティトゥット語］ 同性で年上の兄、または姉。

イヌイット Inuit（単数は**イヌック** Inuk。イヌクティトゥット語でちょうど二をあらわす**イヌ・ク** Inu・k という特別な単語はアングロ系の言葉の多用により消えてしまったらしい）［イヌクティトゥット語。文字通り「人々」］ カナダとアラスカの一部でもっとも広く使われている。グリーンランドでは、たまに「イヌック」や「イヌイット」が使われることはあるものの、「グリーンランダーズ」と自らを呼ぶ場合が多い。アラスカでは「エスキモー」と言うこともあるが、もう少し限定的に「アリュート」（アリューシャン列島）や「ユピック」（南の）、あるいは「イヌピアット」（南の）が使われる。シベリアでは「ユイット」と言う。伝統的にすべてのイヌイットはカヤックを用い、大半はイグルーに住み、犬ぞりやイヌクシュク（用語集 4 参照）を使った。カナダ系のイヌイットは（服装やスタイルなどにより）以下のグループに分類されることがある。東から西へ、ウンガヴァ＝ラブラドール（リーパーはこのグループに入る）、S・バフィン、イグルリック、サドリク、カ

る。

ミシェル・テローオテ Michel Teroahauté［イロクォイ族］ 1819-22年にかけての二回目のフランクリン遠征隊に物資の運び屋として雇われた一人。切迫した状況下で殺人を犯し、その肉を食べたことから、ドクター・リチャードソンによって「処刑」された（Mowatによると処刑後は喰われたという）。

リーパー Reepah［イヌック］ 美しい心を持つ女。

エドワード・**リトル**大尉 Lieutenant Edward Little［イギリス人］ 最後のフランクリン遠征隊で帝国軍艦テラー号にて**クロージャー**の下に配属される。

ヘンリー・T・D・**ル・ヴェスコンテ**大尉 Lieutenant Henry T.D. Le Vesconte［イギリス人］ 最後のフランクリン遠征隊で帝国軍艦エレボス号にて**フィッツジェームズ**の下に配属される。彼の頭蓋骨はキング・ウィリアム島で1869年、探検家チャールズ・ホールとイヌックのガイド、イヌープージーユークによって発見された。1848年にそこで死んだものと思われる。

キャプテン・ジェームズ・**ロス**卿 Captain Sir James Ross［イギリス人］ **フランクリン**の友人。フランクリンも参加した北極圏への一回目の遠征の指揮官、ジョン・ロス卿の甥。その遠征でジョン卿は蜃気楼を本物の山脈と信じ込み、ランカスター海峡から引き返した。この過ちは彼の名声にも影響した。1829年、ジェームズ卿は叔父の遠征隊に加わり、北磁極を発見。この遠征で一行は氷に閉じこめられたまま三回の越冬を強いられたが、ついに食料をボートに積み、それを橇に載せて脱出をはかる。1848年、フランクリンの部下たちも同じ方法を試みた。十年後、ジェームズ卿は南極への四年間の遠征の指揮官となる。船はエレボス号とテラー号。フランクリンの最後の遠征隊でもこの二隻が使われた。実はこのときにも指揮官としての要請があったが、ロス卿はフランクリンへの敬意からそれをことわったらしい。消えた遠征隊の捜索でも積極的な役割を果たした。

書き記している。「海軍本部がかくも甚大なる努力を払ってきた以上、私たちが着手した事柄を他国の海軍に完遂させることは大いなる屈辱であり、信頼の失墜をも招きかねない。」かくして最後のフランクリン遠征隊が組織された。

ロバート・**ピール**卿 Sir Robert Peel［イギリス人］ 首相（1834-46年）。

キャプテン・ジェームズ・**フィッツジェームズ** Captain James Fitzjames［イギリス人］ 最後のフランクリン遠征隊で帝国軍艦エレボス号を指揮。北極は初めてだったが、蒸気船に乗ってユーフラテスをのぼった経験がある。

ザ・フィンランダー・キッド The Finnlander Kid［アラスカ人？］ ヤン・ウェルツルの『北極の宝を求めて』でも言及される、隠遁した探検家、探鉱者。だがウェルツルの本でもフィンランダー・キッドに関する記述は曖昧であり、架空の人物の可能性もある。『ザ・アイス゠シャツ』におけるスコフテ・カリオン゠クロウの対ともなるよう、フランクリン遠征隊の一人として登場させた。

ロバート・**フッド**少尉候補生 Midshipman Robert Hood［イギリス人］ 1819-22年、**フランクリン**が率いた二回目の北極遠征隊に同行。日誌を書き、美しい絵を数枚残す。**グリーンストッキングズ**と恋に落ち、娘をもうける。三人の雇われ運び屋の一人で、後に人喰いとなる**ミシェル・テローオテ**に頭を撃たれ、1821年に死亡。

レディ・ジェーン・**フランクリン** Lady Jane Franklin［イギリス人］ キャプテン・**フランクリン**の二番目の妻。彼を救出する遠征隊のために私財を投じた。

キャプテン・ジョン・**フランクリン**卿 Captain Sir John Franklin［イギリス人］ 1786年生。北極圏へ四回にわたって遠征を行なう（彼が副指揮官だった1814年の遠征をも含める）。1847年、最後の旅で死亡。「彼は想像力も洞察力も欠如した鈍重なる海軍士官ではあったが、同時に頑迷なほど意志が固く、危機に直面しても冷静で明るく、陽気だった」――C・スチュアート・ヒューストン。

トーマス・**ブランキー** Thomas Blanky［イギリス人］ 最後のフランクリン遠征隊では帝国軍艦テラー号の艦長代理を務める。捕鯨船での経験を持つブランキーはテラー号のアイス・マスター、つまり氷の海で進路を決定し、航行に際して艦長に忠言を与える役も兼ねていた。

キャプテン・ウィリアム・**ペニー** Captain William Penny［イギリス人］ 1850年、最後のフランクリン遠征隊の救援捜索に参加した捕鯨船の船長。

フランシス・**ボーフォート**卿 Sir Francis Beaufort［イギリス人］ 海軍少将であり、自身も北極探検家。現在も利用されている海上用の風力階級の考案者でもある。**フランクリン**の友人。

ジョージ・H・**ホジソン**大尉 Lieutenant George H. Hodgson［イギリス人］ 最後のフランクリン遠征隊で帝国軍艦テラー号にて**クロージャー**の下に配属され

ンの陸路の遠征で二回ともガイドを務める。フランクリンは彼をアウグストゥスと呼んだ。(陸路遠征のうちの一回に同行したタタノユックの仲間がホエオートエロック、別名ジュニウスだったが、彼はフォート・エンタープライズへの帰路にて行方不明となり、おそらくは死んだと思われる。) 1834年春、**バック**の遠征隊に加わろうとした途中吹雪に見舞われ、フォート・レゾリューション付近で死去。バックはこう書き残している。「忠実で公平無私、心優しき哀れなアウグストゥスの最後はかくも惨めなものであった……」(*Tattannaæuk* とも綴る、現代の綴りでは *Tatanoyuk*)

チャールズ・**F・デ・ヴォー** Charles F. Des Voeux [イギリス人] 最後のフランクリン遠征隊での帝国軍艦エレボス号航海士。ヴィクトリー・ポイントでは海軍省に宛てた文書に**ゴア**とともに署名した。

ヌリアヨク Nuliajok **セドナ**の項を参照。

レヴィ・**ヌンガク** Levi Nungaq [イヌック] 1955年、イヌクジュアックからレゾリュート湾に強制移住させられた。

サミュエル・**ハーン** Samuel Hearne [イギリス人] コッパーマイン川から北極海への河口まで航行した最初の白人探検家。五十年後、**フランクリン**は彼の足跡をたどることになる。「1769年から1772年にかけてサミュエル・ハーンはこの大陸を被うツンドラの平原の二十五万マイル以上を探査した……ハーンはバレン・ランズのマルコ・ポーロであった」——Mowat, *Tundra*, p.28.

ロバート・**パイロット** Robert Pilot [アングロ系カナダ人] 北西地方の元副行政官。移住に係わったカナダ騎馬警官隊の一人。1990年に開かれた移住に関する聴聞会で自ら証言台に立った。

ジョージ・**バック**卿 Sir George Back [イギリス人] **フランクリン**の最初の三回の遠征に同行する。続いて彼自身遠征の指揮を取り (1833-34年)、グレート・フィッシュ川 (現在のグレート・バック川) を初めて下って、グレートスレーヴ湖から北極海に至る。1848年フランクリンの最後の遠征で、船員たちはこの川の河口からグレートスレーヴ湖の湖岸にあるフォート・レゾリューションへ到達すべく南へ向かった。1836年に彼が指揮官として乗船したテラー号は、後にジェームズ・**ロス**卿を乗せて南極へ赴き、さらに最後のフランクリン遠征隊でも使用された。1836年の遠征でバックは氷に閉じこめられ、苦労の末に脱出。1839年、ナイト爵に叙せられる。

キャプテン・ウィリアム・エドワード・**パリー** Captain William Edward Parry [イギリス人] 北極圏への遠征を五回経験したベテランで、氷に閉じこめられることが何を意味するかを熟知していた。海軍次官として彼は**フランクリン**の最後の遠征隊をあきらめずに支援した。

ジョン・**バロー**卿 Sir John Barrow [イギリス人] 海軍第二次官。1817年以来、バローは**パリー**、**ロス**、**バック**、そして**フランクリン**らを指揮官として幾度かの北極遠征隊を編成し、送り出す。北西航路完遂については以下のように一号を指揮。クロージャーは北極探検のベテランで、**パリー**や**ロス**にも同行した……「イヌクティトゥット語に関する実用的な知識をクロージャーが得ていたことは十分考えられる」――William Barr, in Klutschak, p.ix. 1848年、クロージャーは紙の余白を使い、**フィッツジェームズ**にメモを書き取らせ、それが**ゴア**によって残された。判読可能な個所には以下のように記されている。「1846年9月12日以来氷に囲まれ、ここから北北西に約二十四キロの地点で、4月22日、帝国軍艦テラー号とエレボス号を棄船……ジョン・**フランクリン**卿は1847年6月11日に死去。本遠征隊における今日までの死者は士官九名、船員十五名……［私たちは］明日［4月］26日に、**バック**のフィッシュ川をめざして出発する。」

ケスカラー Keskarrah　**キャスカスリー**の項を参照。

グラハム・**ゴア**大尉 Lieutenant Graham Gore［イギリス人］ 最後のフランクリン遠征隊、帝国軍艦エレボス号の大尉の一人で、1836-37年には**バック**の部下としても北極へ遠征する。唯一発見された、最後の遠征に関する文書に、ゴアは1847年、署名を残している。文書はキング・ウィリアム島、ヴィクトリー・ポイント近くの石塚の中で発見された。ゴアの報告には「万事順調」とある。一年後、同じ紙に書かれた**クロージャー**の文章には、「今は亡きゴア中佐」と書かれている。

キャプテン・**サブゼロ** Captain Subzero［アメリカ人］ キャプテン・**フランクリン**の生まれ変わり。

ジューキー Jukee［イヌック］ ポンド・インレットに住み、**リーパー**を知っていた少女。

セス Seth［アメリカ人］ 植物学者。

セドナ SEDNA［カナダ・イヌクティトゥット語］ 豊饒の神（セイウチ、アザラシなどを司る)。海底に住み、飢饉のときにはバフィンランドのイヌイットのシャーマンが彼女の元を訪れる。かつて彼女はハドソン湾一帯でも知られていた。西は少なくともフランクリンの部下たちが死んだキケルタック（キング・ウィリアム島）まで、彼女の伝説は広がっている。セドナがまだ人間だった頃、カリブーを初めとする陸の動物たちは一帯に存在しておらず、したがってこれらについて彼女は支配権を持たないらしい（ただし文献によって記述がまちまちなので、この点についてははっきりしない)。これは彼女の力をかなり狭める印象を与えるが、カナダ領北極圏の東部において、人や犬にとって唯一にしてもっとも重要な食料源がアザラシであったことを忘れてはならない。(アイヴィリアヨク *Aiviliajoq*、ヌリアヨク *Nuliajoq*、ウイニグミッスイトゥング *Uinigumissuitung* と呼ばれることもある。「夫を持とうとしなかった女」の意味。グリーンランドで彼女に相当するのはアルナクアグサク *Arnaquagsaq*。「老女」の意味。)

タタノユック Tattannoeuck［イヌック。「それはいっぱい」の意味］ **フランクリ

1
人名一覧

ジョン・**アーヴィング**大尉 Lieutenant John Irving［イギリス人］ 最後のフランクリン遠征隊で帝国軍艦テラー号にて**クロージャー**の下に配属される。三十歳ながらすでに四つの任務を経験しており、インド諸島に配属されたこともある。彼の頭蓋骨はキング・ウィリアム島で1879年、砂岩の石板を積んだ墓の外側で、探検家ハインリッヒ・クルチャックによって発見された。墓がすでにイヌイットによって荒らされていたことは明らかである。墓の中からは数学の能力に対して与えられた銀のメダルがハンカチに包まれたまま見つかった。

アウグストゥス Augustus **タタノユック**の項を参照。

アカイチョ Akaicho［コッパー・インディアン。「大きな足」］ フランクリンは「族長」と呼んだ。1819-22年の遠征でのガイド役。彼の部族が探検者たちを飢餓から救った。当時彼には三人の妻と息子が一人いた。フランクリンは彼を長とする集団内の男性の数をおよそ四十人と推定した。（*Akaitcho* とも綴る。）

キャスカスリー Cascathry［コッパー・インディアン］ 1819-22年、二回目のフランクリン遠征隊のガイド役。**グリーンストッキングズ**の父。彼の妻は鼻の基底細胞癌により、遠征終了間際に死亡。（*Keskarrah* とも綴る。）

グリーンストッキングズ Greenstockings［コッパー・インディアン］ イギリス人による命名。「……部族の人々にとっては、彼女はたいへんな美人であるとのこと。ミスター・**フッド**が彼女の正確な肖像画を描いている。彼女の母親は彼女がモデルになることを大いに嫌った」――フランクリン。ミスター・フッドはまた彼女を身ごもらせ（1820年）、彼女をめぐって彼とミスター・**バック**は決闘を行なおうとした。当時彼女は十五歳で夫が二人いた。1823年、フォート・レゾリューションの人口調査には「フッド大尉の娘で孤児」と記録されている。

キャプテン・フランシス・ロードン・モイラ・**クロージャー** Captain Francis Rawdon Moira Crozier［イギリス人］ 最後のフランクリン遠征隊で帝国軍艦テラ

注記

理解しにくいと思われる用語はすべて定義するように努めた。（1）これは言語学の論文ではなく小説なので、語句はテキストに表れたままの表記であり、それらは気高くも正確な語形や慣用的な形態とは限らない。ただしテキストにおける語句の形は、私の、では決してなく、他の誰かの気まぐれの結果である。（2）語句の出所は網羅的ではない。単に私がそれらの語句に遭遇した場所を示唆している。したがってたとえば、カナダ・イヌクティトゥット語と分類された語句が同時にグリーンランドの語句である可能性もじゅうぶんあり得る。イヌクティトゥットの単語についてはなるべく限定的に記載するよう努めた（たとえば〈カナダ・イヌクティトゥット語〉に対する〈ポンド・インレット・イヌクティトゥット語〉のように）。[*1]（3）この本では同じ単語にしばしば異なる綴りが用いられている（たとえば「Eskimos」と「Esquimaux」や「Akaicho」と「Akaitcho」のように）。だがこれらの単語にはこれまでの夢のシリーズと違っていちいち注釈を加えなかった。というのも本書の物語が起こった時期に、綴りが少しずつ標準化され始めたからである。例によってすべての綴りはその最初の出典に従った。全体主義者となるよりは、変則的な形を独自な魅力のままに残すことを好んだからである。（4）「j＝ジ」の音はイヌクティトゥット語ではドイツ語の「j＝イ」または英語の「y＝イ」のように発音されることがある。

＊1　記載したウンガヴァ・イヌクティトゥット語の語句はすべて聖マリア修道会献身者ルシエン・シュナイダー『ウンガヴァ・エスキモーの挿入辞辞典』（ケベック、Ministère des Richesses Naturelles, Direction générale du Nouveau-Québec, Études de la langue esquimaude, 出版年不詳だが1979年頃）を参考にした。

用語集

1

人名一覧

セドナ、ジョン・フランクリン卿、そしてほとんどの登場人物の名が
連ねられている。ただしミスター・ゴールドナーは除く。

2

民族・組織・親族用語一覧

たとえば「アカガ」――父方の叔父を表す――のように親族関係をあらわす用語。
また、これまでの「夢」シリーズで同じ見出しのもとに記載された情報も含む。

3

地名一覧

かの地ではコンパスが使えないのでこれはとくに有用だろう。

4

その他

「息でできる霜」から「アザラシの脂肪」まで。

用語集

訳者あとがき

「XXの極北へ」なんて、惹句としてはかなりすり切れているけど、取材旅行と称してほんとうに単独で「極北」へ行ってしまった作家は、ウィリアム・T・ヴォルマンくらいのものだろう。

✡✡✡

ヴォルマンは一九五九年、ロサンゼルス生まれ。一九八七年に『きみたち輝ける復活天使たち』を出版して以来、二〇〇一年一月現在まで短編集三冊、長編八冊を出版している。この『ザ・ライフルズ』は長編としては七作目で、ヴォルマン自身が「七つの夢」と呼ぶ、北米大陸史を再発見する全七巻シリーズの六巻目に相当する。「七つの夢」、それは古代北欧人がグリーンランドへやってきたとされる西暦九八一年を起点として、コンクリートで覆われた一九八〇年代までの約一千年の象徴としての北米史を、七冊の長編にまとめようという壮大なプロジェクトだ。

では、この七つの夢を簡単に紹介しよう。まず一巻目は先述のとおり、古代北欧人とグリーンランドのイヌイットのおよそ三〇〇年にわたる闘争を描いた『ザ・アイス゠シャツ』。二巻目は九九〇ページの大著『父たちとカラス』で、時代は十七世紀前半、舞台はカナダ南部、イエズス会の伝道師を中心とするフランス人とネイティヴ・アメリカンとの遭遇と対立が縷述される。三巻目はポカホンタスを主人公とする『アーガル』、四巻目は十七世紀のキング・フィリップとザ・グレート・スワンプの戦いについての『ポイズン゠シャツ』、五巻目はアイダホの中部から西部に住むネイティヴ・アメリカンのネズパース族のリーダー、チーフ・ジョゼフの物語『ダイイング・グラス』、六巻目が一九九四年に出版された本書、そして最後の七巻目が、七〇年代と八〇年代のアメリカ南西部を舞台にホピ族とナヴァホ族が登場する『クラウド＝シャツ』となる。（ただし四、五、七巻目はあくまでも仮タイトルで、半分以上書き上がっている作品もあるが未完。三巻目の『アーガル』は今夏出版の予定。）

歴史小説のおもむきが濃厚だけれど、ことはそう簡単ではない。もちろん本書の巻末からも明らかなように、「七つの夢」は膨大な量の歴史的・文化的・社会的資料に基づいている。だがヴォルマンの場合、舞台となる場所へ実際に足を運び、現地の空気を肌で感じてから書くことも特徴の一つだ。たとえば「七つの夢」シリーズのために彼は都合七回北極を訪ねた。一九九一年にはマイナス四十度の冬を体験するために北磁極のあるキング・クリスチャン島に一番近いエレフ・リングナース島へ単独で出かけ、幻覚や幻聴に悩まされ、廃墟となった気象観測所を半分炎上させて、ついには凍え死にしそうになる（これは本書の一部にも昇華されているとおり）。『七つの夢』は今世紀から来世紀にかけて文学史上もっとも野心的な試みとなるだろう。「……ヴォルマン氏が生きてそれを完成させることができれば、の話だが」とはカナダのラジオ番組の司会者の言（一九九四年、CBC放送）。それもあながち大げさではない。

このように「知っていることについてだけ書く」というヘミングウェイ的な姿勢は、危険地帯を好むヴォルマンの嗜好と重なって、冒険野郎的肉体派の作家というイメージを呼び込みがちだ。さらに徹底した現場主義と資料の活用は、一見リアリズムに通じるように思われる。だが「七つの夢」においては、「知っていること」がリアリスティックに描写されている、と思った次の瞬間グラリ足下が揺らいで読者は見当識を失い、夢幻の世界にトリップする。つまりヴォルマンは自らが体験した現実と、歴史、地理、文化、伝承などについての膨大な第一次資料を自分の奥深いところで混ぜ合わせ、想像力を加えて独特の世界を作り上げる。「七つの夢」はヴォルマンならではの夢の物語であり、そこにこそ醍醐味がある。

たとえば本書の主人公の一人、ジョン・フランクリン卿は、言ってみれば本書最大の「事実」であり、実在の人物だ。一八四五年五月十九日、北西航路完遂をめざしてイギリスを後にしたまま、人肉喰いのスキャンダルに彩られながら乗組員のほぼ全員が死亡する「北極航海史上最大の悲劇」の立て役者。遠征隊の出発から実に一四七年を経た一九九二年には、乗組員数名の遺体がほぼ完璧なかたちで発見され、世界中が驚愕したのも記憶に新しい。だが問題はむしろ、北米大陸の歴史の本質を見据えるために、この一見「きらびやかな」題材を、ヴォルマンがどのように語り直したのか、ということにあるだろう。

事実《ファクト》と虚構《フィクション》の往復はかなり過激。時制は解体され、十九世紀と二十世紀が細かくインサートされ、構成はジグソーパズルのように複雑になってゆく。さらには鉛中毒でラリったり、極限状況で正気を失いかけた人物の心の風景が何のことわりもなく描写される。かくしてこの理屈に合わない世界はさらに加速度をつけ、登場人物たちが次々に双子や三つ子となり、別な登場人物たちの三角関係に重なり、神話とすり変わり、果ては人がキツネに、キツネが幽霊に、幽霊が神様になったりもする。人々の主体一つをとっても、時代、人種、性差、ついには動物間の種すら越えて揺らぎまくるのである（日本語に訳すときの人称の設定は悪夢だった）。

このように一貫性に欠け、過剰なまでに亀裂だらけの主体を、研究者なら文化研究やポストコロニアル批評のコンテキストで、とくに話題となっているエイジェントあるいはエイジェンシー（システム攪乱の可能性をはらむ主体）の問題に照らして読み解く誘惑に駆られるかもしれない。あるいは北西航路完遂によって満たされる知に対する帝国主義的欲望と、ネイティヴ女性に対するセクシュアルな欲望とを「双子」化することで、両者の間にひそむ同質の政治性を見て取ることもできるだろう。いっそのこと、ノン・リニアな夢の理論に基づく物語構造を、コンピュータのハイパーテキストに重ねて、エレクトロニクスが少しだけ人間の想像力に追いついた、なんて主張するのもおもしろい（かな？）。

だが、訳者が「研究者」としてではなく、読者として一番わくわくしたのは、美しい（あるいはときにとっつきにくい）文章に身を預け、ワケが分からないものをワケの分からないままに受け入れて流れに乗っているうちに、いつしかいろいろなものが生成してくるのを、薄ぼんやりとでも見届けることができた、そのプロセスだったような気がする。歴史的事実としての北西航路や、十九世紀イギリスの文化的・社会的背景、カナダ北部のイヌイットの暮らし、細かいところでは北磁極が移動することなどもそう。物語を読み進むうちに、それまで見えなかったものに少しずつ焦点が合い、関心を持つようになる。いろいろなことが「ぽん」と一ぺんに分かりやすく差し出されるのではなく、作中にちりばめられたヒントを拾い集めなければならないのだから、読み手はいっそうの没入を要求される。でも何かが見えたその時の印象はひときわ鮮やかだ。没入高じて訳者の場合、物語世界に浸ったまま狩猟解禁となったウズラを食べ、肉に埋もれた散弾銃の小さな弾を吐き出して感慨に耽り、「北海道立北方民族博物館」でカーミクやアルモーティの美しさに感嘆し、網走の「オホーツク流氷館」のマイナス十五度に保たれた「第一展示室」で唇を青くしたのもいい思い出である。それは極端としても、一人一人の想像力が独自の結節点を作って、オリジナルな絵模様が見えてくる。何が見えるかは読者によって違うだろう。本書はjudgement（道徳的・道義的審判）を下さない。ただ読者の目を向けさせるだけ。判断は読者に任せる。だからこの小説をカテゴライズせよ、と言われれば、やっぱり「恋愛冒険ネイチャー・タイムトラベル・詩的ドキュメンタリー・エコ・テクノロジー歴史小説」とでも答えるしかない。

二〇〇一年一月中旬、雑誌『ギア』の依頼を受け、東京の裏社会についての記事を執筆するためにヴォルマン氏が来日した（氏はジャーナリストとしても活躍している）。それまでにも、質問を送るたびに丁寧な答えが、リアルな質感を追求するヴォルマン氏らしく、Eメールでもファックスでもなく航空便で返ってきたが、細かい事柄までその時期に直接尋ねる機会を得ることができたのは翻訳者として幸運だった。氏の忍耐と誠意と優しさに心から感謝。帰国の前日、新宿のバーで「子供が生まれたことで他者との距離が縮まったような気がする」とヴォルマン氏は言った。それ自体比較的よく聞くセリフだが、ヴォルマン氏の場合は妙に切実な感じがした。その一週間後、取材のため、氏は再びチェチェンへ出かけている。

以下に、ヴォルマンの出版作品一覧と主な日本語文献をあげておこう。彼の作品群には、今のところ二つの系譜があり、そのうち一つは「七つの夢」のシリーズで、もう一つは訳者が勝手に「クラック系」と呼んでいるもの。後者については詳述できなかったが、社会的にマージナライズされ、一般人があらかじめ危険であると烙印を押して近寄ろうとしない人々と実際に出会い、見えない存在を見えるようにするその手法は、「七つの夢」のシリーズとも共通している。うち二冊はすでに邦訳されているので、ぜひご一読を。

Vollmann, William T. *You Bright and Risen Angles.* New York: Antheum, 1987.

——・*The Rainbow Stories.* New York: Antheum, 1989.
このうち「イエローローズ」（柳瀬尚紀訳）は『ラブストーリー、アメリカン』（新潮文庫、一九九五年）に所収。

——・*The Ice-Shirt.* New York: Viking, 1990.
抄訳は迫光訳で『時事英語研究』（研究社）一九九三年七月臨時増刊号に所収。

——・*Whores for Gloria.* New York: Pantheon Books, 1991.

——・*An Afghanistan Picture Show.* New York: Farrar Straus & Giroux, 1992.

——・*Fathers and Crows.* New York: Viking, 1992.

——・*Butterfly Stories.* New York: Grove Press, 1993.
『蝶の物語たち』山形浩生訳、白水社、一九九六年。

——・*13 Stories and 13 Epitaphs.* New York: Pantheon Books, 1993.
『ハッピー・ガールズ、バッド・ガールズ』迫光訳、講談社、一九九六年。ただし「亡き物語の墓」は柴田元幸訳もある。『Positive 01』（書肆風の薔薇、一九九一年）所収。

——・*The Rifles.* New York: Viking, 1994. 本書。

——・*The Atlas.* New York: Viking, 1996.
同年、PEN Center USA West Award for the best novel by a writer living west of the Mississippi を受賞。*The Atlas* のうち「一番うまいクラックの吸い方」（栩木玲子訳）は『すばる』（集英社）一九九五年二月号に掲載。

——・*The Royal Family.* New York: Viking, 2000.

〈日本語文献〉
ラリイ・マキャフリイ著、巽孝之他訳『アヴァン・ポップ』（筑摩書房、一九九五年）。
越川芳明他訳『Positive 01』（書肆風の薔薇、一九九一年）。
柴田元幸他編『世界×現在×文学　作家ファイル』（国書刊行会、一九九六年）。
柳下毅一郎他訳『ヴォルマン、お前はなに者だ！』、トーキングヘッズ叢書十二号（アトリエサード、一九九七年）。

公式インターネット・サイトは一応ペンギン・パットナム社のものがある。

http://www.penguinputnam.com/williamvollmann

だが充実度で言えば今のところ以下のサイトがお薦め。ハブとしても有用。

http://home1.gte.net/csweet/vollmann.htm

なお翻訳作業が終わる直前に谷田博幸氏の著書『極北の迷宮』（名古屋大学出版会、二〇〇〇年）を読むことができた。本書は十九世紀ヴィクトリア朝の人々がジョン・フ

ランクリンの物語をいかに受け止め、読み解こうとしたのか、それを跡づけている。『ザ・ライフルズ』の虚と実の距離を推し量る上でも非常におもしろかった。

✲✲✲

最後に。銃については「エア・ボーン」（新宿店）でいろいろなことを教わった。イヌイット語の発音は戸部実之著『イヌイット語辞典』（泰流社、一九八九年）を参考にしたが、多くはヴォルマン氏に直接尋ねた。二〇〇〇年三月には日本アメリカ文学会東京支部で、同年七月には京都アメリカ研究夏期セミナーで本書について語る機会を得、理解を深めることができたと同時に、多くの励ましをいただいた。声をかけてくださったのは巽孝之氏である。一九九八年九月、やはり取材で来日していたヴォルマン氏と初めて知り合うきっかけを作ってくださった佐藤良明氏や、細かい質問に変わらぬ誠意をもって答えてくださった法政大学第一教養部の同僚たちにも感謝。もちろん本書の翻訳で誤まりや不備があった場合はすべて訳者に責任があることは言うまでもないけれど。そして一九九三年からほぼ隔月で

掲載された『すばる』のアヴァンポップ・シリーズのうち「一番うまいクラックの吸い方」に着目し、早々と本書の翻訳を依頼してくださった島田和俊氏には、何にも増して、どうもありがとうございました。きわめて饒舌でハイ・カロリーなこの物語が、より多くの読者に楽しんでいただけることを祈りつつ。

二〇〇一年一月

栩木玲子

栩木玲子（とちぎ　れいこ）
一九六〇年、サンフランシスコ生まれ。
上智大学大学院博士後期課程満期退学。現在、法政大学助教授。
訳書に、バーナード・ジェイ『聖ディヴァイン』（青土社）、デイヴィッド・J・スカル『モンスター・ショー』（国書刊行会）、共訳書にマーリーン・バー『男たちの知らない女』（勁草書房）などがある。

ザ・ライフルズ
THE RIFLES
2001年2月23日初版第1刷発行

著者　ウィリアム・T・ヴォルマン
訳者　栩木玲子

写真　星野道夫
装幀・造本　前田英造(坂川事務所)

発行者　佐藤今朝夫
発行所　株式会社国書刊行会
東京都板橋区志村1-13-15　郵便番号＝174-0056
電話＝03-5970-7421　ファクシミリ＝03-5970-7427
http://www.kokusho.co.jp

印刷所　株式会社キャップス＋株式会社エーヴィスシステムズ
製本所　大口製本印刷株式会社
ISBN4-336-03961-5